KB167115

동물 농장 · 1984년

홍 신
세 계 문 학
0   1   5

동물 농장 · 1984년
Animal Farm · Nineteen Eighty Four

조지 오웰 지음
김성운 옮김

홍
신
문
화
사

차례

동물 농장
Animal Farm

존스	매너 농장의 주인.
메이저	모든 동물은 평등하다는 신념을 가진 연로한 수돼지.
나폴레옹	메이저 이후 독재자가 된 버크셔종 돼지.
스노볼	나폴레옹과 라이벌 관계인 돼지.
스퀼러	나폴레옹 수하에서 동물들을 다스리는 작고 흰 돼지.
복서	체제에 순종하는 힘 좋은 말.

1

매너 농장 주인 존스 씨는 밤이 되자 닭장에 자물쇠를 채우기는 했지만, 술에 몹시 취한 나머지 출입문 닫는 것은 잊어버리고 말았다.

램프에서 흘러나오는 둥그런 불빛을 이리저리 흔들면서 존스 씨는 비틀거리는 걸음으로 안뜰을 건너가, 뒷문 가에서 장화를 걷어차듯 벗어 던진 후 부엌으로 들어갔다. 그러고는 찬장의 맥주통에서 맥주를 한 잔 따라 꿀꺽 들이켠 다음 천천히 2층의 침실로 올라갔다. 마누라가 침대에서 벌써 코를 골고 있었다.

침실의 불이 꺼지자 기다렸다는 듯 농장 건물은 웅성거리기 시작했다. 품평회에서 미들화이트 상을 수상한 수퇘지 메이저 영감이 지난밤에 꾼 이상한 꿈 이야기를 다른 동물들에게 전하고 싶다는 전언이 돌았기 때문이다. 존스 씨가 깊이 잠들어서 절대로 발견될 염려가 없어지면 전원 즉시 창고로 집합하자고 약속되어 있었다. 메이저 영감(언제나 그렇게 불렸다. 물론 품평회 때의 이름은 '윌링던 뷰티'였지만)은 이 농장에서 최고로 존경받고 있는 인물이었기 때문에, 그 영감 명령이라면 잠자는 시간을 한 시간쯤 빼앗기더라도 이야기는 들어보자고 모두들 생각하고 있었다.

창고 한쪽 끝 한 계단 높은 연단 위에는 벌써 메이저 영감이 짚으로 만든 자리에 편안히 자리 잡고 있었다. 그 위 천장의 대들보에서 등불이 내려뜨려져 있었다. 올해 열두 살인 그는 요즘 약간 살찐 것 같았지만 여전히 위엄 있는 모습이었고, 이제까지 한 번도 송곳니를 잘라내는 일은 없었지만 총명하고 듬직한 용모를 지닌 돼지였다.

얼마 후 다른 동물들도 모여들어 나름 편안한 자세로 자리를 잡기 시작했다. 맨 먼저 들어온 것은 블루벨, 제시, 핀처 등 개 세 마리였고, 그 다음은 돼지들이었다.

돼지들은 연단 바로 앞의 짚 위에 주저앉았다. 암탉들은 창틀 위에 앉았고, 비둘기들은 서까래 위로 날아갔으며, 양과 암소들은 돼지 뒤쪽에 엎드려 되새김질을 하기 시작했다.

마차를 끄는 말 두 마리 복서와 클로버는 짚 속에 혹시 작은 동물이라도 들어 있을까 봐 아주 조심스럽게 발을 옮기며 넓적하게 생긴 발굽을 굽혀 앉았다.

클로버는 이미 중년이 가까운 통통한 암말이었는데, 네 번째 새끼를 낳은 후로는 전과 같은 모습을 되찾지 못하고 있었다. 복서는 키가 열여덟 뼘이나 되는 거구로, 보통 말 두 마리와 맞먹을 만한 힘을 갖고 있었다. 코에 흰 줄이 하나 있어 어쩐지 미련한 인상을 주었는데, 실제로도 지능이 뛰어나다고는 결코 말할 수 없었다. 그러나 착실한 성격과 뛰어난 작업 능력 때문에 누구한테나 존경받았다. 말의 뒤를 이어 흰 염소 뮤리얼과 당나귀 벤저민이 들어왔다. 벤저민은 이 농장에서 가장 나이가 많았고 성질도 가장 고약했다. 그는 좀처럼 말을 하지 않았지만 어쩌다 입을 열면 대개 비꼬는 말만 내뱉곤 했다. 예를 들면, 하느님은 파리를 쫓으라고 꼬리를 달아주셨지만 자기는 꼬리가 필요 없으니까 꼬리 대신 파리를 없애주셨으면 고맙겠다는 식이었다. 농장의 동물 가운데 이제까지 한 번도 웃지 않은 것은 그뿐이었다.

왜 그러느냐고 물으면 그는 입버릇처럼 "웃을 일이 없어서."라고 대답했다. 그런데 겉으로 드러내지는 않았어도 그는 복서에게만은 마음을 주었다. 일요일이면 이 둘은 곧잘 과수원 앞에 있는 작은 목장에서 나란히 풀을 뜯어 먹으며 말없이 함께 시간을 보냈다.

말 두 마리가 자리를 잡자마자 어미를 잃은 새끼 오리 한 떼가 줄지어 창고 안으로 들어왔다. 그러고는 가냘픈 소리로 삐악거리며, 자기들이 밟히지 않을 만한 곳이 없나 하고 여기저기 돌아다녔다. 클로버가 커다란 앞발로 임시 칸막이를 만들어주자 새끼 오리들은 그 속에 몰려 들어가 곧 잠이 들어버렸다. 다음엔 존스 씨 마차를 끌고 있는 바보스럽고 예쁘장한 흰 암말 몰리가 설탕 덩어리를 씹으면서 들어왔다. 몰리는 의기양양했다. 앞줄 가까이에 자리 잡은 뒤 빨간 리본을 달아놓은 흰 갈기를 흔들어대며 보란 듯 뽐내기 시작했다.

마지막으로 들어온 것은 고양이였다. 고양이는 여느 때처럼 가장 따뜻한 장소를 찾아 두리번거리다가 복서와 클로버 사이로 들어갔다. 그는 메이저의 연설이 계속되는 동안 연설은 한마디도 듣지 않고 기분 좋은 듯 목구멍에서 가르랑거리는 소리를 냈다.

뒷문 뒤에서 잠자고 있는 길든 갈까마귀 모제스를 제외하고는 동물들이 하나도 빠지지 않고 모두 모였다. 메이저 영감은 모두들 편하게 자리 잡은 뒤 자신을 바라보며 기다리는 것을 보고, 목소리를 가다듬어 연설을 시작했다.

"동지 여러분, 여러분은 내가 어젯밤 이상한 꿈을 꾸었다는 이야기를 벌써 들었을 것입니다. 하지만 그 꿈 이야기는 나중에 하기로 하고, 다른 이야기를 먼저 말씀드리겠습니다. 여러분, 내가 여러분과 이렇게 함께 앉아 있는 것도 이제 그리 오래지 않으리라는 느낌이 듭니다. 그래서 죽기 전에 내가 얻은 이 지혜를 여러분에게 전하는 것이 내 유일한 의무라고 생각합니다. 나는 오래 살았습니다. 혼자서 우리에 누워 오랫동안 여러 생각을 해본 적도 있습니다. 그리고 지금 살아 있는 어떤 동물보다도 생물의 본질을 잘 알고 있다고 확신합니다. 나는 이 일에 대해 말씀드리려고 합니다.

동지 여러분, 이 세상에서 우리가 살고 있는 현실은 어떻습니까? 이걸 똑바로 생각해봅시다. 우리의 생애는 비참하고, 그리고 짧습니다. 우리는 태어난 뒤 겨우 목숨만 유지할 정도의 먹이를 얻어먹으면서, 일할 수 있는 자들은 힘닿는 한 마지막 순간까지 강제로 일을 하게 됩니다. 그리고 쓸모없어지는 그 순간에 잔인하게도 학살당합니다. 태어나서 1년 후부터는 행복이라든가 여가라든가 하는 것이 도대체 무엇인지 아는 동물은 영국에 단 한 마리도 없습니다. 또 자유를 구가하고 있는 동물 또한 전혀 없습니다. 동물의 일생은 비참한 노예 생활의 연속입니다. 이것은 명백한 사실입니다. 하지만 이것이 단순히 자연의 법칙일까요? 우리가 살고 있는 이 땅이 너무 빈약해서 우리에게 풍요한 생활을 보장해주지 못한 때문일까요? 아닙니다. 동지 여러분, 결코 그렇지 않습니다. 영국 땅은 비옥하고, 기후는 온화합니다. 따라서 지금 살고 있는 수보다 더 많은 동물들에게 식량을 풍부하게 줄 수 있습니다. 이 농장 하나만 보더라도 말 열두 마리와 소 스무 마리, 양 수백 마리를 먹여 살릴 수 있습니다. 그것도 지금 우리가 거의 상상할 수도 없을 만큼 편안하고 품위 있는 생활을 누리면서 말입니다. 그런데도 우리는 어째서 이 비참한 생활을 계속하지 않으면 안 됩니까? 그것은 오로지 우리의 노동으로 생겨나는 수확의 대부분을 인간들이 약탈해 가져가 버리기 때문입니다. 동지 여러분, 여기에 우리 모두의 문제에 대한 해답이 있습니다. 그것은 한마디로 요약할 수 있는데, 바로 '인간'입니다. 인간이야말로 우리의 유일하고 진정한 적입니다. 인간을 이 농장으로부터 추방합시다. 그러면 굶주림과 과로의 근원이 영원히 제거될 것입니다.

인간은 생산하지 않고 소비하는 유일한 동물입니다. 우유도 생산하지 못하고 알도 낳지 않습니다. 힘이 없어서 쟁기도 끌지 못합니다. 산토끼를 잡을 수 있을 만큼 빨리 달리지도 못합니다. 그런데도 그들은 동물들 위에 군림하고 있습니다. 동물을 부리면서도 동물에게는 굶어 죽지 않을 정도의 식량만 줄 뿐 그 나머지 전부를 쌓아두고 있습니다. 우리의 노동으로 땅을 갈고, 우리의 배설물이 땅을 기름지게 하고 있습니다. 그런데도 우리에게는 벌거숭이 피부 외에는 아무것도 없습니다. 내 앞에 있는 암소 여러분, 당신들은 지난 한 해 동안 수천 갤런의 우유를 생산해냈습니다. 하지만 당신들이 송아지를 튼튼히 기르기 위해 소비해야 할 우유는 도대체 어떻게 되었습니까? 마지막 한 방울까지 우리의 적인 인간의 목구멍을 축이는 데 쓰인 것입니다. 또 암탉 여러분, 당신들은 지난 1년간 얼마나 많은 알을 낳았습니까? 그리고 그중 얼마를 부화했습니까? 나머지는 모조리 존스와 그 일당들이 돈을 벌기 위해 시장에 팔아버렸습니다. 그리고 클로버, 당신이 늙은 후 의지가 되고 즐거움이 되어야 할 당신의 네 마리 새끼들은 어디로 갔습니까? 한 살이 되자마자 모두 팔려 갔습니다. 그리고 당신은 두 번 다시 새끼들과 만날 수 없었습니다. 네 차례의 출산과 농장에서 고생하며 일한 대가로 당신은 도대체 무엇을 받았습니까? 겨우 목숨을 이어갈 정도의 음식과 마구간이 있을 뿐 아닙니까?

그리고 우리가 현재 살고 있는 이 비참한 생활조차 주어진 수명을 누리는 일이 허락되지 않을 정도의 수준입니다. 나 자신에 대해서는 별로 불평이 없습니다. 왜냐하면 나는 비교적 행복한 편에 속하기 때문입니다. 나는 올해 열두 살이며 4백 마리 넘는 자식들이 있습니다. 이것이 돼지로서의 참된 생활입니다. 하지만 어떤 동물이라도 최후의 잔인한 칼을 피할 수는 없습니다. 내 앞에 앉아 있는 어린 돼지들, 너희들은 1년도 안 지나서 비명과 함께 가엾게도 도살대 위의 이슬로 사라지게 될 거다. 그 공포는 반드시 우리 모두에게 한 번은 다가오는 것입니다. 암소도, 돼지도, 암탉도, 양도 모두 그렇습니다. 말이나 개라고 더 나은 운명을 타고난 것은 아닙니다. 복서 당신도 그 튼튼한 근육의 힘이 없어지면 그날로 즉시 존스가 당신을 도살장에 팔아버릴 것입니다. 개의 경우 나이를 먹어 이가 빠지면 목에 돌을 달아매어서 가까운 연못에 빠뜨려 죽입니다.

동지 여러분, 이렇게 본다면 우리들의 생활과 관계있는 일체의 재앙은 모두 인간의 횡포로부터 생긴다는 것이 마치 수정을 보듯 명백하지 않습니까? 한 가지뿐입니다. 인간들을 추방합시다. 그렇게 하면 우리 노동력의 산물은 우리 손에 돌아올 것입니다. 아마 하룻밤 사이에 우리는 부유하고 자유스러운 몸이 될 수 있을 것입니다. 그렇다면 우리는 무엇을 해야 할까요? 물론 주야로 몸을 아끼지 않고 노력하여 인간을 물리치도록 해야 할 것입니다. 오직 그것만이 우리의 목표입니다. 동지 여러분, 이것이 내가 당신들에게 보내는 메시지입니다. 궐기합시다! 그날이 언제 올지 그것은 모릅니다. 일주일 후가 될지도 모르고, 100년 후가 될지도 모릅니다. 하지만 내가 내 발 밑에 있는 이 짚을 보듯이 분명하게 알 수 있는 것은 조만간 정의가 실현되리라는 것입니다. 동지 여러분, 당신들의 짧은 여생 동안 이것을 한시도 잊어서는 안 됩니다. 그리고 나의 이 메시지를 우리 뒤를 잇는 자식들에게도 전해서 후손들이 투쟁을 계속해 영광된 승리를 얻게 합시다.

그리고 동지 여러분의 결의는 결코 흔들려서는 안 된다는 것을 꿈에도 잊지 맙시다. 어떤 말에도 현혹되지 말고 오직 한 길로 가야 합니다.

인간과 동물은 공통된 이해를 갖고 있다든가, 오직 인간의 번영만이 동물의 번영이라든가 하는 달콤한 말에 결코 귀를 기울여서는 안 됩니다. 그것은 모두 속임수입니다. 인간이라는 것은 자기들 이익 이외에는 어떠한 동물의 이익도 절대로 도모하지 않습니다. 따라서 투쟁하려면 우리 동물들은 완벽한 통일과 완벽한 대동단결을 하지 않으면 안 됩니다. 모든 인간은 적입니다. 모든 동물은 동지입니다."

바로 이때 굉장한 소동이 일어났다. 메이저 영감이 연설하는 동안 커다란 쥐 네 마리가 구멍으로부터 나와 뒷다리 두 개로 일어서서 그 연설을 듣고 있었다. 개들이 문득 그 모습을 발견하자마자 쥐들이 재빨리 구멍을 향해 뛰어들었으므로 겨우 목숨만은 건졌다. 메이저 영감은 앞발을 들고 조용히 하라고 제지했다.

"동지 여러분!" 하고 그는 입을 열었다. "여기 결정해야 할 문제가 있습니다. 쥐나 산토끼와 같은 야생동물의 일입니다. 그들은 우리 편입니까, 아니면 우리의 적입니까? 이것을 투표로 결정하고 싶습니다. 쥐는 동지냐 아니냐? 나는 이 의제를 본 회의에 제안합니다."

즉시 투표가 실시되었고 압도적으로 쥐는 동지라는 결정이 내려졌다. 반대표는 겨우 네 표로, 개가 던진 세 표와 고양이의 표 하나였다.

그런데 나중에 안 일이지만, 고양이는 찬성과 반대 양쪽에 투표했었다고 한다. 메이저 영감은 말을 계속했다.

"나는 할 말을 거의 다 했습니다. 오직 되풀이해서 말하려는 것은, 인간과 그들의 모든 행위에 대해 적개심을 갖는다는 의무를 한시라도 잊어서는 안 된다는 것입니다. 두 다리로 걸어 다니는 것은 모조리 적입니다. 네 다리로 걸어 다니는 것, 또는 날개를 가진 것은 모두 우리 편입니다. 또한 인간과 투쟁할 때 마음에 새겨둘 일은, 인간 흉내를 내지 말라는 것입니다. 인간을 정복한 후에도 그들의 악습에 물들어서는 안 됩니다. 모름지기 동물이라는 것은 꿈에라도 집에 살아서는 안 됩니다. 침대에서 자도 안 되고, 의복을 몸에 걸쳐서도 안 됩니다. 술을 마셔도 안 됩니다. 담배를 피워서도 절대 안 됩니다. 돈을 만지거나 장사를 하거나 해서는 더더욱 안 됩니다. 인간의 습관은 모두 악덕입니다. 그리고 무엇보다도, 어떤 동물이든 동포에 대해서 일시적이라도 탄압이나 횡포를 부려서는 안 됩니다.

약하든 강하든, 현명하든 우둔하든, 우리는 모두 동포입니다. 모름지기 동물이라면 어떤 동물도 죽여서는 안 됩니다. 모든 동물은 평등합니다. 자, 동지 여러분, 이제부터 나는 어젯밤의 꿈 이야기를 하겠습니다. 그런데 애석하게도 그 꿈을 잘 설명할 수 없습니다. 그것은 인간이 추방된 후 이 땅의 모습을 보여주는 꿈이었습니다. 하지만 그 꿈 덕분에 내가 오랫동안 잊고 있었던 일을 다시 생각해낼 수 있게 되었습니다. 벌써 오래된 이야기입니다만, 내 어머니나 다른 암퇘지들이 즐겨 부르던 옛 노래가 있습니다. 그들은 그 곡조와 가사의 첫 세 마디 정도밖에 몰랐습니다. 나도 어린 시절에는 그 곡조를 알고 있었는데 잊어버린 지 이미 오래입니다. 그런데 어젯밤 그 가락이 꿈속에서 되살아났습니다. 뿐만 아니라 노래의 가사까지 생각난 것입니다. 오래전 동물들이 불렀지만 그 후 잊혔던 가사를 말입니다. 동지 여러분, 이제부터 그 노래를 들려드리겠습니다. 나는 이미 늙고 목소리도 거칠어졌지만 여러분에게 그 곡조를 가르쳐줄 테니 여러분들은 더 잘 불러주십시오. 그것은 〈영국의 동물들〉이라는 제목의 노래입니다."

메이저 영감은 헛기침을 한 번 한 다음 노래를 부르기 시작했다. 그가 말한 대로 목소리는 거칠었으나 노래는 꽤 잘 불렀다. 그 노래는 〈클레멘타인〉과 〈라 쿠카라차〉를 혼합한 듯한 감동적인 노래였다. 가사는 다음과 같았다.

영국의 동물,
아일랜드의 동물,
만국의 동물들이여,
들어라, 빛나는 미래의
이 즐거운 소식을.

포악한 인간들
파멸의 날이 온다.
영국의 기름진 들판에
오직 동물만 활보하리.

코에서 굴레가 사라지고
등에서 멍에도 벗겨져,
재갈과 박차는
영원히 녹슬고
가혹한 채찍도 사라지리.

상상을 초월하는 재산이,
밀과 보리, 귀리와 목초,
클로버와 콩과 근대가
우리들 것이 되리,
그날에는.

영국의 들판은 빛나고
강물은 한층 맑아지고

바람도 시원히 불어오리,
자유해방의 그날에는.

그날이 오기 전에 죽더라도
그날을 위해 준비하리.
암소와 말과 거위와 칠면조도
자유 위해 부지런히 일하리.

영국의 동물,
아일랜드의 동물,
만국의 동물들이여,
펼치세, 빛나는 미래의
즐거운 이 소식을.

이 노래를 부르면서 동물들은 열광하기 시작했다. 메이저 영감의 노래가 채 끝나기도 전에 그들은 벌써 노래를 부르기 시작했던 것이다. 가장 머리가 둔한 것들도 벌써 그 곡조와 가사 몇 마디를 외우고 있었다.

그리고 돼지나 개처럼 영리한 것들은 몇 분 안 되어 그 노래를 전부 외워버렸다. 이윽고 몇 번 연습한 후, 농장 안의 동물들은 한목소리로 〈영국의 동물들〉을 부르기 시작했다. 암소들은 음매 하고 개는 멍멍, 양은 매에, 말은 히힝, 집오리는 꽥꽥 하면서 부르기 시작했다.

그들은 이 노래가 몹시 마음에 들었으므로 계속해서 다섯 번이나 되풀이해 불렀다. 방해하는 것만 없었더라면 밤새도록 계속 노래를 불러 댈 기세였다.

그런데 불행하게도 이 소란 때문에 존스 씨가 잠에서 깨어나 안뜰에 여우가 들어온 것으로 믿고, 늘 침실 구석에 세워두는 총을 들고 어둠을 향해 6호 산탄을 한 방 쏘았다. 총알이 날아가 창고 벽에 박혔기 때문에 회합은 갑자기 해산되고 말았다. 동물들은 제각기 서둘러 잠자리로 돌아갔다. 새들은 홰로 날아갔으며 동물들은 짚 속에 자리 잡고. 온 농장은 깊은 잠 속에 빠져들었다.

2

사흘 밤이 지난 후, 메이저 영감은 잠을 자다가 조용히 숨을 거두었다. 그의 시체는 과수원 아래에 묻혔다.

이때가 3월 초순이었다. 그로부터 3개월 동안 비밀 활동이 진행되었다. 메이저 영감의 연설은 농장 안의 총명한 동물들에게 전혀 새로운 인생관을 심어주었던 것이다. 메이저 영감이 예언한 봉기가 도대체 언제 일어날 것인지 그들은 몰랐으며, 그 봉기가 자신들이 살아 있는 동안에 일어날 것이라고 믿을 만한 근거를 갖고 있는 것도 아니었지만, 조만간 일어날 봉기를 준비해두는 것이 그들에게 부여된 의무라는 점만은 분명히 자각하고 있었다.

다른 동물들을 가르치고 조직을 만드는 일은 자연히 돼지가 떠맡는 식이 되었다. 왜냐하면 동물 가운데서 가장 지혜로운 것은 돼지라고 모두들 인정했기 때문이었다. 그 돼지 가운데서도 단연 뛰어난 것은 존스 씨가 팔기 위해 키우고 있는 두 마리의 젊은 수퇘지 스노볼과 나폴레옹이었다. 나폴레옹은 몸집이 크고 사나운 얼굴을 한 버크셔종이었다.

이 농장에 한 마리밖에 없는 버크셔종으로 별로 말은 많지 않았으나 자신의 의지를 밀고 나간다는 평이 널리 퍼져 있었다. 스노볼은 나폴레옹보다 더 쾌활하고 말도 잘하며 창의력도 있었으나, 나폴레옹과 같은 박력은 없는 것으로 알려져 있었다. 그 밖의 수퇘지는 모두 다 식용 돼지였다. 그중에서 이름이 가장 많이 알려져 있던 것은 스퀄러라는 통통하게 살찐 작은 돼지로, 볼이 동그랗고 눈이 반짝거렸으며, 동작이 민첩하고 목소리가 날카로웠다. 천재적인 웅변가로, 무엇이든 어려운 문제를 의논할 때는 이리저리 뛰어다니며 꼬리를 휘둘러대는 버릇이 있었다. 그런데 어쩐 일인지 그것이 어딘가 설득력이 있는 모양이어서, 동물들은 스퀄러라면 검은 것을 흰 것으로 바꾸어놓을 수도 있을 것이라고 말할 정도였다.

이 세 마리가 메이저 영감의 가르침을 연구하여 하나의 완전한 사상 체계로 꾸며서 이것에 '동물주의'란 이름을 붙였다. 일주일에도 몇 번씩 그들은 존스 씨가 잠든 후 창고에서 비밀회의를 열고 동물주의의 근본 이념을 다른 동물들에게 설명해주었다.

처음에는 전혀 흥미를 느끼지 못해 냉담한 분위기 속에서 모임이 이루어졌다. 어떤 동물은 자신들이 '주인님'이라고 부르는 존스 씨에 대해 충실한 것이 의무라고 내세우며 "존스 씨가 우리를 길러주고 있는 거요. 만일 그 사람이 없어지면 우리는 굶어 죽을 거요."라고 유치한 발언을 했다. 그런가 하면, "우리는 어째서 죽은 뒤에 벌어질 일까지 걱정하지요?" 혹은 "만일 머지않아 봉기가 일어날 거라면 그 때문에 우리가 노력하건 안 하건 무슨 차이가 있단 말이오?"라고 문제를 제기하기도 했다. 그래서 돼지들은 고심한 끝에, 그런 생각은 동물주의 정신에 위배된다는 것을 이해시켰다. 가장 바보스러운 질문을 한 것은 흰 암말인 몰리였다. 그녀가 스노볼에게 한 최초의 질문은 이런 것이었다.

"봉기 후에도 설탕이 있을까요?"

"없소."

스노볼은 단호하게 대답했다.

"이 농장에는 설탕을 제조하는 시설이 없소. 그리고 설탕은 없어도 귀리나 건초는 얼마든지 먹을 수 있을 거요."

몰리가 또 물었다.

"그렇다면 나는 지금까지 했던 것처럼 갈기에 리본을 달고 있어도 괜찮을까요?"

스노볼이 으스대며 말했다.

"동지! 당신이 매우 소중하게 생각하고 있는 그 리본은 노예라는 것을 나타내는 표시입니다. 자유는 리본보다도 한층 귀하다는 것을 모릅니까?"

몰리는 일단 동의했지만 충분히 이해한 것은 아니었다.

돼지들은 길든 갈까마귀 모제스가 퍼뜨려놓은 거짓말을 반박하느라 한층 더 어려운 상황을 맞았다. 존스 씨가 특별히 귀여워하는 모제스는 스파이에 밀고자였으나 그 역시 능란한 연설가였다. 그는 동물이 죽은 뒤에 가게 되는 슈거캔디 산이라는 신비한 나라에 대해 알고 있다고 주장했다.

모제스의 설명에 의하면, 그것은 높은 하늘의 구름 저쪽에 있다는 것이었다. 슈거캔디 산에서는 일주일에 7일이 모두 일요일이고, 1년 내내 클로버가 자라고, 울타리엔 각설탕과 박하 과자가 열려 있었다. 모제스는 고자질만 일삼을 뿐 전혀 일하지 않았으므로 동물들 사이에서 미움받는 존재였다. 그러나 그들 중 일부는 슈거캔디 산이 있다고 믿었다. 그래서 돼지들은 그런 곳이란 절대로 있을 리가 없다고 열심히 설득하지 않으면 안 되었다.

돼지들의 가장 충실한 제자는 마차 끄는 말 복서와 클로버였다. 이 두 마리는 무엇이건 스스로 생각해내는 것은 매우 어려워했지만, 일단 돼지들을 선생이라 인정한 후에는 가르치는 것을 하나에서 열까지 모두 받아들이고 단순한 토론을 통해 그것을 다른 동물들에게 전했다. 동물들은 창고의 비밀회의에 반드시 참가했고 끝날 때는 〈영국의 동물들〉을 불렀다. 그런데 실제로 일이 벌어지자 알게 되었지만, 봉기는 예상보다 빨리, 그리고 예상외로 간단히 완수되었다.

이제까지 오랫동안 존스 씨는 엄한 주인이었지만 한편으로는 수완 있는 농장 주인이었다. 그는 요즘 처지가 어려웠다. 소송 때문에 돈을 날린 후로 매우 의기소침해져서 몸에 해로울 정도로 폭음을 하곤 했다. 며칠 동안을 아침부터 밤까지 부엌의 윈저체어에 앉아 신문을 읽기도 하고 술을 마시기도 했으며, 때로는 모제스에게 맥주에 적신 빵 껍질을 주기도 하면서 건들건들 지내고 있었다. 일꾼들은 게을러져서 해야 할 일을 내팽개쳤으며, 밭에는 잡초가 무성해지고 건물 지붕에서는 물이 샜다. 울타리는 허물어지고, 동물들은 제대로 먹지 못해서 영양 불량이 되었다.

6월이 되어 목초가 다 자라서 거의 벨 때가 되었다. 성^聖 요한 축제 전날 밤은 토요일이어서 존스 씨는 윌링던의 레드라이온 술집으로 가 곤드레만드레 마셨기 때문에 일요일 정오까지 돌아오지 않았다. 일꾼들은 아침 일찍 암소 젖을 짰지만 그 뒤 가축에게 사료 주는 것을 까맣게 잊고 산토끼 사냥을 가버렸다. 존스 씨는 돌아오자마자 응접실 소파에서 《세계의 소식》지^誌로 얼굴을 가린 채 잠들었기 때문에 동물들은 저녁때가 되도록 먹지 못했다. 마침내 동물들은 참을 수 없게 되었다. 암소 한 마리가 뿔로 사료 창고 문을 부수자 모두 사료 상자의 사료를 제 맘대로 먹기 시작했다.

존스 씨가 눈을 뜬 것은 마침 이때였다. 다음 순간, 그와 네 명의 일꾼들은 손에 채찍을 들고 사료 창고로 뛰어 들어가 동물들을 마구 때리기 시작했다. 그러자 굶주린 동물들도 더 이상 참을 수가 없었다. 그들은 사전에 그렇게 약속한 것은 아니었지만 일제히 박해자들에게 덤벼들었다. 존스와 일꾼들은 갑자기 사방으로부터 받히고 걷어차이게 되었다. 아주 걷잡을 수 없는 사태였다.

동물들이 이제까지 이렇게 나온 적은 없었다. 지금까지 제멋대로 채찍으로 후려치거나 혹사했던 동물들이 이렇게 갑자기 들고일어난 것을 보고 그들은 기가 꺾여 정신이 혼미할 정도였다. 잠깐 동안 대항했지만 그들은 곧 대항할 뜻을 버리고 도망가기 시작했다. 1분쯤 뒤 그들 다섯 명은 큰길로 가는 마찻길로 허둥지둥 달아났고 동물들은 의기양양하여 추격하기 시작했다.

존스의 마누라는 침실 창문으로 사건의 동태를 살피다가 황급히 소지품을 여행 가방에 챙겨 다른 길로 몰래 농장을 빠져나갔다. 모제스는 홰에서 날아올라 큰 소리로 깍깍 울면서 그녀의 뒤를 따라 퍼덕퍼덕 날아갔다. 한편 동물들은 존스와 그 일당을 큰길까지 쫓아내자 다섯 개의 가로대가 달린 판자문을 굳게 닫았다. 그들 자신조차 무슨 일이 일어났는지 제대로 파악하지 못한 채 봉기는 매우 성공적으로 목적을 이루었던 것이다. 그리하여 존스는 추방되고 매너 농장은 그들의 것이 되었다.

최초의 몇 분 동안은 동물들도 자신들이 쥔 행운을 거의 믿을 수가 없었다. 그러나 곧 그들은 비로소 농장 어디에 인간이 숨어 있는지 확인하려는 듯 모두들 구석구석까지 한 덩어리가 되어 뛰어다니기 시작했다. 그런 다음 농장 건물로 돌아와 존스가 지배했던 저주스러운 흔적을 남김없이 지우기 시작했다.

마구간 끝에 있는 창고를 깨서 열고, 재갈, 코뚜레, 개 사슬, 존스 씨가 이제까지 돼지나 양을 거세할 때 사용했던 잔인한 칼 등속을 모두 우물 속에 던져버렸다. 고삐, 굴레, 눈가리개, 그리고 모욕적인 꼴망태도 모두 안뜰에서 쓰레기를 태우고 있는 불 속에 던져버렸다. 채찍도 불 속에 던져버렸다.

채찍이 타오르는 것을 보았을 때 동물들은 너무 기뻐서 모두들 춤을 추었다. 스노볼 또한 장날에 항상 말갈기나 꼬리에 장식하도록 되어 있는 리본을 불 속에 던져버렸다.

"리본이란, 인간이라는 표시인 의복이나 다름없습니다. 동물이라면 벌거벗고 살아야 합니다."

복서는 이 말을 듣자 이제까지 여름 동안 귓가에 몰려드는 파리를 막기 위해 썼던 작은 밀짚모자를 가져와 다른 것과 함께 불 속에 던져버렸다.

이리하여 동물들은 존스 씨를 회상할 만한 것은 모조리 태워버렸다. 나폴레옹은 그들을 데리고 창고로 돌아와 각자에게 항상 받고 있던 분량의 두 배나 되는 밀을 배급했다. 또한 개에게는 비스킷을 두 개씩 주었다. 그런 후에 모두들 〈영국의 동물들〉을 처음부터 끝까지 계속해서 일곱 번 합창하고, 그 뒤에 잠자리에 들어가 이제까지 맛보지 못했던 단잠을 잤다.

그러나 그들은 다음 날 여느 때와 같이 새벽에 눈을 떴다. 그리고 문득 어제 있었던 그 멋진 사건들을 기억하고 모두들 함께 목장으로 달려갔다. 목장을 조금 지난 곳에 농장 전체를 한눈에 바라볼 수 있는 나지막한 언덕이 있었다. 동물들은 그 언덕 위로 뛰어 올라가 맑은 아침 햇살 속에서 주위를 둘러보았다. 그렇다, 이것은 우리 것이다. 바라볼 수 있는 모든 것이 우리들 것이다! 그렇게 생각하자 가슴이 부풀어 도저히 가만히 있을 수 없었다. 그들은 그 일대를 이리저리 뛰어 돌아다니기도 하고 흥분한 나머지 껑충껑충 뛰기도 했다. 아침 이슬 위를 뒹굴기도 하고 싱싱한 여름풀을 입에 가득 넣고 씹기도 하며, 검은 흙덩이를 걷어차 그 산뜻한 흙냄새를 맡기도 했다. 그러고 나서 그들은 온 농장 안을 한 바퀴 돌며 말로 표현하기 힘든 감동에 젖어 경작지와 목초밭, 과수원, 연못, 덤불숲을 돌아다녔다. 그들은 이런 것 모두를 처음 본 느낌이었고 아직도 이것들 전부가 자신들 것이라고 믿어지지 않았다.

이윽고 그들은 줄지어 농장 건물이 있는 곳으로 돌아와 농장 주인의 저택 앞에 조용히 멈춰 섰다. 이 집도 역시 그들의 것이었다. 그러나 감히 안으로 들어갈 수 없었다. 마침내 스노볼과 나폴레옹이 어깨로 문을 밀어 열자 동물들은 한 줄로 들어가 물건 하나도 깨뜨리지 않도록 세심히 주의하면서 돌아다녔다. 그들은 무서워서 나지막하게 소곤거리는 것 외에는 소리를 내지 않고 다니면서, 믿을 수 없을 정도의 사치스러운 물품들, 가령 깃털로 만든 매트리스가 있는 침대, 큰 거울, 말의 털로 만든 소파, 브뤼셀 융단, 거실의 벽난로 위에 걸어놓은 빅토리아 여왕의 석판화 등을 놀란 눈으로 바라보았다. 그들은 계단을 내려오다가 몰리가 없다는 것을 깨달았다. 돌아가 보니 그녀는 아직도 가장 훌륭한 침실에 있었다. 존스의 마누라가 쓰던 화장대에서 푸른 리본을 꺼내 그것을 자기 어깨에 꽂고는 멍하니 거울에 비친 자신의 모습을 바라보고 있었다.

모두들 엄중하게 그녀를 꾸짖은 다음 밖으로 나왔다. 부엌에 매달려 있던 몇 개의 햄은 묻어버렸고 조리대의 맥주통은 복서가 발굽으로 차 구멍을 내버렸으며, 그 밖의 것에는 하나도 손대지 않았다. 농장 저택을 박물관으로 보존하자는 것이 그 자리에서 만장일치로 가결되었다.

동물은 아무도 거기서 살아서는 안 된다는 점에서도 모두들 의견이 일치했다.

동물들은 아침을 먹었다. 이윽고 스노볼과 나폴레옹이 다시 그들을 불러 모았다.

"동지 여러분! 지금은 6시 반이고 하루는 매우 깁니다. 오늘부터 목초 수확을 시작합니다. 하지만 먼저 처리해야 할 일이 하나 있습니다."

돼지들은 지난 3개월 동안 쓰레기 위에 버려졌던 존스 씨 아이들의 낡은 철자법 교과서를 가지고 읽고 쓰기를 연습해왔노라고 밝혔다. 나폴레옹은 검은색과 흰색 페인트 통을 가져오게 한 다음, 모두를 이끌고 큰길로 통하는 다섯 개의 가로대가 달린 판자문까지 앞장서서 갔다. 그리고 스노볼이(글씨를 가장 잘 쓰는 것이 스노볼이었기 때문에) 앞발의 두 발가락 관절 사이에 붓을 끼운 채 판자문의 맨 위에 적힌 '매너 농장'이란 글씨를 지워버리고는 거기에 '동물 농장'이라고 썼다. 그다음부터 이 농장은 동물 농장이라 부르게 되었다. 그 뒤, 그들은 농장 건물로 되돌아왔다. 건물 있는 데 도착하자 스노볼과 나폴레옹은 사다리를 가지고 오게 하여 그것을 창고 한쪽의 벽에 기대어놓게 했다.

그들은 이제까지 3개월에 걸친 자신들의 연구 끝에 동물주의 원칙을 7계명으로 정리하는 데 성공했다고 설명했다. 그 7계명을 이제부터 벽에 써두기로 했다. 그리고 이 일곱 가지 조항을 '동물 농장'의 모든 동물들이 앞으로 영구히 생활 지침으로 지켜야 할 불변의 법률이라 했다. 스노볼은 애를 먹으면서(돼지가 떨어지지 않고 사다리를 올라가기란 쉬운 일이 아니었으므로) 사다리를 기어 올라가 쓰기 시작했다.

스퀼러가 그 아래 몇 계단 밑에 페인트 통을 들고 서 있었다. 7계명은 타르를 칠한 벽 위에 30야드 떨어진 곳에서도 읽을 수 있도록 큰 글씨로 써놓았다. 그것은 다음과 같았다.

7계명
1. 두 다리로 걷는 자는 모두 적이다.

2. 네 다리로 걷는 자와 날개를 가진 자는 모두 우리 편이다.

3. 동물은 옷을 입지 않는다.

4. 동물은 침대에서 자지 않는다.

5. 동물은 술을 마시지 않는다.

6. 동물은 다른 동물을 해치지 않는다.

7. 모든 동물은 평등하다.

글자는 매우 깨끗했다. 그리고 friend가 freind로 적혀 있고 S 자 하나가 거꾸로 되어 있는 것 외에는 철자법이 틀린 곳은 없었다. 스노볼은 다른 동물들에게 커다란 소리로 읽어주었다. 동물들은 모두들 아주 만족하여 동의했고, 머리가 좋은 동물들은 즉시 그 7계명을 외우기 시작했다.

"자, 동지 여러분!"

스노볼은 페인트와 붓을 집어 던지면서 말했다.

"목초밭으로 갑시다! 우리의 명예를 위해서라도 존스나 그 일당들보다 한층 빨리 거두어들이도록 합시다."

그런데 마침 이때, 아까부터 우물쭈물하고 있던 암소 세 마리가 커다란 소리로 "음매!" 하고 울었다. 그들은 24시간이나 젖을 짜지 않았기 때문에 그야말로 젖이 터질 듯 부풀어 있었다. 돼지들은 잠깐 생각하고 나더니 양동이를 가져오게 해 훌륭한 솜씨로 암소의 젖을 짜주었다. 돼지의 앞발이 젖을 짜는 데 알맞았기 때문이다. 순식간에 거품이 이는 크림 같은 우유가 양동이로 다섯 개나 나왔다. 많은 동물들은 무척 흥미롭게 그 우유를 바라보고 있었다.

"이렇게 많은 우유를 도대체 어떻게 하지?"

누군가가 물었다.

"존스는 가끔 우리들 사료에 조금씩 섞어주었지만."

암탉 하나가 말했다.

"동지 여러분, 우유 같은 것은 걱정 마시오."

나폴레옹이 양동이 앞에 버티고 서서 말했다.

"이런 건 어떻게든 잘 처리될 거요. 수확이 더 중대한 일이오. 스노볼 동지가 선두에 서서 안내할 거요. 나도 뒤따라 곧 갑니다. 동지들, 앞으로! 목초가 여러분을 기다리고 있소."

이리하여 동물들은 줄지어 목초밭까지 가서 목초를 베기 시작했다. 그런데 저녁나절 돌아왔을 때 그들은 우유가 없어진 것을 알았다.

3

목초를 거둬들이기 위해 얼마나 땀을 흘리며 노력했던가! 그러나 그 노력은 보람이 있었다. 수확량이 예상 밖으로 성공적이었던 것이다.

때로는 일이 힘들기도 했다. 본래 도구라는 것은 동물을 위해 만들어진 것이 아니었다. 인간을 위해 만들어진 것이었다. 따라서 뒷다리로 서지 않으면 사용이 불가능한 도구도 있어, 그런 것을 쓸 수 없다는 것이 커다란 장애가 되었다. 그러나 돼지들은 매우 영리했으므로 어떤 고난이든 물리칠 방법을 생각해냈다. 말들은 밭을 구석구석까지 다 알고 있었다. 실제로 풀을 베거나 긁어모으는 일은 존스와 그의 일꾼들보다 말들이 훨씬 잘했다.

돼지들은 직접 일하지 않고 다른 동물의 지도와 감독을 맡았다. 뛰어난 지식을 갖추고 있었으므로 주도권을 잡는 것이 오히려 당연했다. 복서와 클로버는 항상 절단기나 써레를 끌며(물론 이제는 재갈이나 고삐가 필요 없었다) 듬직한 발걸음으로 쉬지 않고 몇 번이고 들판을 돌아다녔다. 돼지가 한 마리 항상 그 뒤를 따라다니며 이따금 "이랴, 동지!"라든가, "워, 동지!"라고 소리쳐주었다. 동물들은 모두 목초를 베고 거둬들이기에 열심이었다. 오리나 닭들조차 작은 다발을 주둥이로 물어 운반하면서 하루 종일 햇볕 아래서 부지런히 일했다. 마침내 그들은 존스와 그의 일꾼들이 해왔던 것보다 이틀이나 빨리 목초 수확을 끝냈다. 이것은 이 농장에서는 아직껏 보지 못했던 막대한 수확량이었다. 그리고 낭비도 전혀 없었다. 그것은 닭이나 오리들이 밝은 눈으로 마지막 한 포기까지 놓치지 않고 주워 모았기 때문이었다. 또 농장 안의 동물들 가운데 누구 하나 단 한 입조차 훔쳐 먹는 자가 없었다.

작업은 여름 내내 규칙적으로 진행되었다. 동물들은 행복했다. 이제까지 상상조차 할 수 없었던 행복이었다. 음식물 한 입마다 그야말로 몸이 뿌듯해질 정도로 상쾌한 기쁨이었다. 그 음식물이, 인색한 주인으로부터 조금씩 얻어먹는 것이 아니라 자신들을 위해 자신들이 만든 자신들의 것이었기 때문이다. 쓸모없는 기생충과도 같은 인간들이 없어졌으므로 모두에게 돌아가는 음식물의 비율이 훨씬 늘어났다. 또한 동물로서 직감적으로 느낄 수는 없었지만 여가도 많아졌다. 그들은 여러 가지 고난에 부딪혔다. 가령 가을이 되어 밀을 거둬들이면 농장에 탈곡기가 한 대도 없어 옛날처럼 발로 밟아서 낟알을 벗기고, 훅훅 불어서 왕겨를 날려 보내야만 했다. 그러나 돼지들은 현명했고 복서는 체력이 뛰어났으므로 항상 어떻게든 밀고 나갈 수 있었다. 복서는 모두에게 칭찬받는 존재였다. 존스 시대부터 근면한 일꾼이기는 했지만 요즘은 마치 몸이 셋으로 늘어난 듯했고, 농장 안의 모든 일을 우람한 양어깨에 혼자 짊어지고 있는 것처럼 생각되는 날도 있었다. 항상 가장 힘든 일을 도맡아 아침부터 밤늦게까지 밀고 끌었다. 그는 아침에 다른 동물들보다 30분 일찍 깨워주도록 젊은 수탉에게 부탁해두고 일과가 아직 시작되기 전부터 무엇이건 가장 곤란한 일을 스스로 맡아 처리했던 것이다. 어떤 어려운 문제에 부닥치거나 어떤 장애를 만나도 "내가 좀 더 일하면 된다." 라고 하는 것이 그의 입버릇이 되었다. 사실 그는 이 말을 자신의 좌우명으로 삼고 있었다.

모두들 각자의 능력에 따라 일했다. 가령 닭이나 오리들은 수확할 때 부지런히 밀 이삭을 주워서 5부셸(1부셸은 영국에서 약 28킬로그램)이나 되는 곡식의 낭비를 막았다. 도둑질하는 동물도 없었으며 식량 할당이 적다고 불평을 늘어놓는 동물도 없었다. 예전엔 싸우거나 물거나 질투하는 것이 다반사였지만 이제 그런 일들은 거의 자취를 감추어버렸다. 누구 하나 일을 태만히 하는 동물도 없었다. 사실 몰리는 아침에 일찍 일어나는 것이 잘 안 되었으며, 발굽에 돌이 끼었을 때는 어떻게든 구실을 만들어 일을 중단하려는 버릇이 있었다. 또 고양이의 행태도 약간 기묘했다. 나중에야 알았지만 무엇이든 일이 있을 때면 반드시 자리를 비웠다. 그리고 계속 몇 시간씩 모습을 감추었다가 식사 때라든가 저녁 일이 끝났을 때에야 비로소 태연히 나타났다. 그러나 항상 그럴듯하게 변명했고 그야말로 깊은 애정을 담아 목구멍을 골골거렸기 때문에 고양이의 선의를 믿지 않을 수 없었다. 당나귀 벤저민 영감은 혁명 후에도 전혀 달라지지 않은 것 같았다. 초과 근무를 피하지도 않았지만 스스로 맡겠다고 나서는 일도 없이 존스 시대와 똑같은 그 느리고 완고한 태도로 일을 했다. 혁명과 그 결과에 대해서 그는 비평 비슷한 말을 일절 하지 않았다. 존스가 없어져서 이전보다 행복해졌느냐고 물으면 그는 오직 "당나귀란 오래 사는 거다. 당신들은 아무도 죽은 당나귀를 본 적이 없을 거다."라고만 대답했다. 그래서 모두들 이 수수께끼 같은 대답을 수긍할 도리밖에 없었다.

일요일엔 일을 쉬었다. 보통 때보다 한 시간 늦게 아침 식사를 한 후에 매주 빠짐없이 다음과 같은 의식이 거행되었다. 맨 먼저 기를 게양했다. 스노볼은 마구간에서 존스의 마누라가 쓰던 낡은 녹색 테이블보를 찾아내어 거기에 흰색으로 굽과 뿔을 그렸다. 이 기가 일요일 아침에는 항상 농장 뜰에 있는 게양대에 올려졌다. 스노볼의 설명에 의하면 기의 녹색은 영국의 푸른 들판을 나타내고 굽과 뿔은 인류가 완전히 멸망한 후 수립될 미래의 동물 공화국을 표시했다. 기를 게양한 후 모든 동물들은 '미팅'이라고 부르는 총회를 열기 위해 창고로 행진해 갔다. 이 총회장에서 다음 주의 작업 계획이 세워지고 결의안이 제출되며 토론이 이뤄졌다. 결의안의 제출자는 항상 돼지들로 한정되어 있었다. 다른 동물들도 표결 방법을 알고 있었으나 그들이 방안을 생각해내는 것은 불가능했다. 토론 장소에서 단연 뛰어나게 활발한 발언을 하는 것은 스노볼과 나폴레옹이었다. 그러나 이 양자는 절대로 의견이 일치되는 경우가 없다는 것을 동물들은 알게 되었다. 한 편이 어떤 제안을 하면 다른 편은 반드시 그것을 반대하는 것이었다. 노동 연령이 지난 동물들을 위해 과수원 끝에 있는 작은 목장을 휴양지로 사용하자는 결의안이 제출되었을 때조차 그 자체에는 아무도 반대하지 않았지만, 동물들에 대한 적합한 퇴직 연령을 둘러싸고 격렬한 논쟁이 벌어졌다. 미팅은 항상 〈영국의 동물들〉을 함께 부르는 것으로 끝났고, 오후는 오락 시간으로 제공되었다.

돼지들은 마구간을 자기들의 본부로 정해두었다. 그리고 밤이 되면 농장 저택에서 가져온 책을 읽고 여기서 대장간 일, 목수 일, 또는 그 밖의 필요한 기술을 배웠다. 스노볼은 또 다른 동물들을 조직하여 그가 말하는 '동물 위원회'를 만드느라 분주했다. 이 작업에 그는 놀라운 집념을 보였다. 그는 읽고 쓰는 학급을 편성하는 일 외에도 암탉들을 위한 '달걀 생산 위원회'와 암소를 위한 '고리 미화 동맹', '야생 동지 재교육 위원회'(이 위원회는 들쥐와 들토끼를 길들이는 목적이 있었다)와 양을 위한 '순백모 운동' 등등 여러 가지 조직을 만들었다. 그러나 이런 계획들은 대체로 실패했다. 가령 야생 동물 길들이기 시도는 바로 무산되었다. 그들의 행동은 전과 조금도 변함없었으며, 관대하게 대우해주면 오직 그 관대함을 이용할 뿐이었다. 고양이는 '재교육 위원회'의 일원이 되어 며칠 동안 매우 열심히 일했다. 한번은 지붕 위에 앉아서 손이 닿을 듯한 곳에 있는 몇 마리의 참새들에게 이야기하고 있는 그의 모습을 볼 수 있었다. 동물들은 모두 동지이므로 당신들도 좋다면 이리 와서 내 손등에 앉아도 좋다고 이야기하고 있었다. 그러나 참새들은 역시 가까이 오지 않았다.

반면에 읽고 쓰기 교실은 대성공이었다. 가을이 되자 농장의 거의 모든 동물이 어느 정도 읽고 쓸 줄 알게 되었다.

돼지들은 완전하게 글씨를 읽고 쓸 수 있게 되었다. 개들은 겨우 읽을 수 있게 되었지만 7계명 이외에는 글을 읽는 데 전혀 흥미를 보이지 않았다. 염소인 뮤리얼은 개보다 다소 잘 읽을 수 있어 밤에 가끔 쓰레기 더미에서 주워 온 신문지 조각을 다른 동물들에게 읽어주었다. 벤저민은 돼지 못지않게 잘 읽을 수 있었지만 자신의 재능을 발휘한 적은 한 번도 없었다. 그는 말하기를, 자신이 알고 있는 범위 내에서는 읽을 가치가 있는 것이 하나도 없다고 했다. 클로버는 알파벳을 전부 익혔지만 단어를 쓸 수는 없었다. 복서는 D 자에서 더 이상 나갈 수 없었다. 그는 커다란 굽으로 흙에다 A·B·C·D까지 쓰고는 어떻게든 다음 글자를 생각해내려고 귀를 뒤로 젖히기도 하고 때로는 앞머리 털까지 곤두세우면서 글씨를 들여다보았다. 그러나 별수 없었다. 분명히 그가 E·F·G·H를 알았던 적도 몇 번인가는 있었지만, 그것을 다 알았을 때는 벌써 A·B·C·D를 깨끗이 잊은 상태였다. 결국 그는 첫 네 자만으로 만족하기로 결심하고 그것이 머릿속에서 달아나지 못하도록 매일 한두 번씩 써보기로 했다. 몰리는 자기 이름 여섯 글자 외에는 아무것도 배우려 하지 않았다. 그녀는 작은 나뭇가지를 잘라 이 여섯 글자를 아주 멋지게 만들고, 거기에 한두 개의 꽃을 장식한 다음 그 둘레를 빙빙 돌며 감탄하곤 했다.

그 밖의 동물들은 모두들 A 자 하나만을 기억할 뿐이었다. 또 양, 암탉, 오리와 같이 머리가 나쁜 동물들은 7계명조차 암기하지 못했다. 머리를 싸매고 여러 가지로 생각한 결과 스노볼은 7계명을 '네 다리는 좋고 두 다리는 나쁘다'라는 하나의 격언으로 요약할 수 있다고 선언했다. 그의 말에 따르면 이 격언 속에는 동물주의의 근본 원리가 포함되어 있고, 누구나 이 의미를 충분히 음미하면 인간의 영향을 받지 않게 되리라는 것이었다. 처음에는 새들이 이의를 제기했다. 왜냐하면 그들도 두 다리인 것 같다는 느낌이 들었기 때문이다. 그러나 스노볼은 그렇지 않다고 설명해주었다.

"새의 날개도 발이오."

그는 역설했다.

"앞으로 나가기 위한 기관이지 도구로서 사용하는 기관이 아닙니다. 따라서 그것을 다리로 보아야 할 것입니다. 인간의 분명한 특징은 '손'이고, 이것이 모든 나쁜 짓을 하게 되는 도구인 것입니다."

새들은 스노볼의 긴 말의 의미는 몰랐지만 그 설명을 받아들였다. 그리고 신분이 낮은 동물들은 열심히 그 새로운 격언을 암기하기 시작했다.

'네 다리는 좋고 두 다리는 나쁘다'라는 말이 창고 한쪽 벽에 있는 7계명 위에 커다란 글씨로 적혔다. 양들은 이 격언이 아주 마음에 들었다. 그래서 풀밭에 있을 때는 모두들 "네 다리는 좋고 두 다리는 나쁘다, 네 다리는 좋고 두 다리는 나쁘다."라고 싫증 내지도 않고 여러 시간을 계속 떠들어댔다.

나폴레옹은 스노볼의 위원회에 조금도 흥미를 갖지 않았다. 그에게는 이미 어른이 되어버린 동물들에게 무엇인가를 해주기보다는 젊은 세대를 교육하는 편이 한층 중요했다. 목초 수확이 끝난 직후에 제시와 블루벨 사이에서 튼튼한 강아지가 아홉 마리나 태어났다. 그 강아지들이 젖을 떼자 나폴레옹은 강아지 교육을 자기가 맡겠다며 즉시 어미로부터 떼어 갔다. 그리고 강아지들을 사다리 없이는 올라갈 수 없는 지붕 밑에 수용하고 마구간으로부터 완전히 격리했으므로 동물들은 곧 강아지의 존재를 잊고 말았다.

언젠가 우유가 없어졌던 수수께끼는 즉시 풀렸다. 매일 돼지가 자기들의 사료에 섞어서 사용하고 있었다. 때마침 풋사과가 빨갛게 물들기 시작해 과수원의 풀밭 위에는 바람에 떨어진 사과가 흩어져 있었다. 동물들은 그 사과를 물론 똑같이 나누어주리라 생각하고 있었다. 그러나 어느 날, 바람으로 떨어진 사과는 돼지가 먹도록 남김없이 모아서 마구간까지 운반하라는 명령이 떨어졌다. 이 명령을 듣고 모두들 불평했지만 아무 소용이 없었다. 이 점에 대해서는 돼지 전원이 의견 일치를 보이고 있었다. 스노볼과 나폴레옹조차 의견이 일치했다. 다른 동물들에게 적당한 변명을 하기 위해 스퀄러가 파견되었다.

"동지 여러분!"

그는 부르짖었다.

"여러분은 우리 돼지들이 이기적 근성이나 특권 의식으로 우유나 사과를 독점한다고 생각하지는 않겠지요? 사실을 말하자면 우리들 거의 모두가 우유나 사과를 매우 싫어합니다. 나도 매우 싫어합니다. 그런데 어째서 먹느냐 하면, 그 목적은 오직 하나, 건강을 유지하기 위해서입니다. 우유나 사과는(동지 여러분, 이것은 과학적으로 정확하게 증명되었습니다) 건강 유지에 절대로 없어서는 안 될 성분을 함유하고 있습니다. 우리들 돼지는 두뇌 활동에 종사하고 있습니다. 이 농장의 경영과 조직은 모두 우리들의 두 어깨에 달려 있습니다. 우리들은 밤낮 동지 여러분의 복지를 위해 마음을 쓰고 있습니다. 따라서 우리들이 우유를 마시고 사과를 먹는 것도 오직 당신들을 위해서입니다. 만일 우리 돼지들이 그 의무를 다할 수 없게 된다면 어떤 사태가 벌어질지 여러분은 알고 있습니까? 존스가 되돌아올 것입니다! 그렇습니다, 존스가 와요! 그래도 좋은가요, 동지 여러분?"

스퀼러는 꼬리를 분주히 흔들며 뛰어다니면서 거의 애원하는 태도로 힘껏 부르짖었다.

"여러분 중에서 존스가 다시 돌아오길 바라는 자는 하나도 없을 것입니다."

그런데 동물들이 분명히 확신할 수 있는 것 하나가 있다면, 그것은 존스가 되돌아오지 않기를 바란다는 것이었다. 이 같은 설명에 그들은 아무 이의도 제기할 수 없었다. 돼지들이 건강하게 지내는 것이 중요하다는 것은 명백한 일이었다. 그래서 모두들 순순히 우유와 바람으로 떨어진 사과—또 사과가 영글면 그 수확의 전부 다—를 돼지들이 먹도록 승인했던 것이다.

4

여름이 끝날 무렵, 동물 농장에서 일어난 사건 소식이 주州의 절반에까지 퍼져 있었다. 스노볼과 나폴레옹은 인근 농장의 동물들과 접촉해 그들에게 봉기 소식을 들려주고 〈영국의 동물들〉이란 노래를 가르쳐주라고 매일 몇 무리의 비둘기를 날려 보냈다.

이 무렵, 존스 씨는 윌링던의 레드라이온 술집에 앉아 자기 이야기에 귀 기울여주는 사람이면 누구에게나, 자신이 불법적으로 보잘것없는 동물 떼에 의해 자기 농장에서 쫓겨났다고 하소연하고 있었다. 다른 농장 주인들은 대체로 동정해주었지만 처음에는 그에게 별다른 도움을 주지 않았다. 그들은 모두 마음속으로 어떻게든 존스의 재난을 자기들에게 유리하도록 이용할 수 없을까 하고 생각했다. 동물 농장의 양옆에 있는 두 농장의 주인들은 훨씬 이전부터 사이가 나빴다. 그중 폭스우드라는 농장은 넓기는 하지만 손질이 잘 안된 구식 농장으로, 대부분 숲으로 덮이고 목장의 토질은 거칠었으며, 울타리는 보기에도 엉성했다. 지주인 필킹턴 씨는 마음이 낙천적인 신사로 계절 따라 낚시질이나 사냥을 하는 것으로 여가를 보내고 있었다. 또 하나는 핀치필드라는 농장으로 다소 규모가 작지만 잘 관리되고 있었다. 주인 프레더릭 씨는 고집이 세고 빈틈없는 사람으로 1년 내내 소송에 걸려 있었으며, 매우 까다로운 거래를 하는 것으로 이름난 인물이었다. 이 두 사람은 서로를 미워해서, 설사 자신들의 이익을 지키기 위한 일이라도 타협하는 것은 어려웠다.

그런데도 그들은 동물 농장의 봉기에 매우 놀랐다. 그래서 자기 농장의 동물들에게 어떻게든 그 소식을 자세히 알리지 않으려고 안간힘을 썼다. 처음에는 두 사람 다 동물들끼리 농장을 경영한다고 비웃으며 경멸했다. 그리고 그런 일은 두 주일쯤 지나면 모두 깨끗이 끝장나고 말 것이라고 말했다. 그들은 매너 농장(두 사람 모두 매너 농장이라 불렀으며, '동물 농장'이란 이름을 인정하지 않았다) 동물들이 저희들끼리 싸움질하다가 급기야 굶어 죽게 되었다고 소문을 퍼뜨렸다. 그런데 때가 지나도 동물들이 하나도 굶어 죽지 않은 것을 알게 되자 태도를 완전히 바꾸어 이제 동물 농장에서는 소름 끼치도록 참혹한 일들이 벌어지고 있다고 떠들어대기 시작했다. 거기서는 동물들이 서로를 잡아먹고 있으며 빨갛게 달군 편자로 서로 고문하고 암놈들을 공동으로 차지하고 있다고 선전했다. 이것은 자연의 법칙을 거스른 데 대한 보복이라고 프레더릭과 필킹턴은 소문을 퍼뜨렸다.

그러나 이런 이야기를 그대로 믿는 이들은 없었다. 인간들이 추방되고 동물들이 자주적으로 경영하고 있는 멋진 농장의 소문은 막연하게 와전되어, 그해 내내 봉기의 영향이 파도처럼 주 구석구석까지 퍼져 나갔다. 언제나 얌전했던 황소가 돌연 난폭해지는가 하면, 양이 울타리를 무너뜨리고 토끼풀을 마구 뜯어 먹었으며, 암소는 우유통을 걷어차서 뒤엎기도 하고, 사냥 말은 울타리 뛰어넘기를 거절하여 기수를 떨어뜨리는 일이 일어났다. 그리고 〈영국의 동물들〉의 곡조는 물론 가사까지 알려지지 않은 곳이 없었다. 그것은 놀라울 정도로 빨리 퍼져 나갔다. 인간은 이 노래를 듣고 그저 우스운 노래라고 생각했지만 한편으로는 분노를 참을 수 없었다. 그들은, 아무리 동물들이지만 어떻게 그런 천박한 노래를 부를 수 있는지 그 마음을 이해할 수 없다고 했다. 이 노래를 부르다 발견된 동물은 그 자리에서 채찍으로 두들겨 맞았다. 그런데도 이 노래를 막을 길이 없었다. 지빠귀는 울타리에서 이 노래를 불러대고, 비둘기는 느릅나무 위에서 꾸르륵거리며 이 노래를 불러 대장간의 시끄러운 소리와 교회의 종소리 속으로 파고들었다. 인간들은 이 노래를 들을 때마다 그 노래 속에서 자기들 미래의 운명을 예언하는 듯한 느낌이 들어 마음속으로 몸서리쳤다.

10월 초, 밀을 베어서 산같이 쌓아놓고 그 얼마쯤은 벌써 타작이 되었을 때, 한 떼의 비둘기가 하늘로부터 날아와 미친 듯이 흥분한 상태로 동물 농장 안뜰에 내리더니 외쳤다. 존스와 일꾼 전원이 폭스우드와 핀치필드에서 응원 온 여섯 명과 함께 판자문으로 들어서, 농장으로 통하는 마찻길로 전진해 온다는 것이었다. 모두들 손에 몽둥이를 들고 있었으나 선두에 있는 존스만은 손에 총을 들고 있었다. 그들은 농장을 되찾으려고 온 것이 분명했다.

그러나 훨씬 오래전부터 예상하던 일이었으므로 만반의 준비가 되어 있었다. 스노볼은 농장 저택에서 발견한 율리우스 카이사르의 낡은 전기傳記를 벌써부터 연구하고 있었으므로, 방어 작전의 지휘를 맡았다. 그의 신속한 명령에 따라 불과 2, 3분 만에 모든 동물들이 각자의 위치에 자리를 잡았다.

인간들이 농장 건물에 가까이 왔을 때 스노볼은 첫 공격을 개시했다. 35마리에 달하는 비둘기들이 인간들 머리 위를 좌우로 날면서 공중에서 배설물을 퍼부었다. 그들이 배설물을 뒤집어쓰지 않으려고 이리저리 피하는 동안, 울타리 뒤에 숨어 있던 거위들이 뛰어나가 그들의 종아리를 맹렬하게 쪼아댔다. 그러나 이것은 인간들을 약간 교란하기 위한 가벼운 작전에 지나지 않았으므로, 인간들은 몽둥이로 무난히 거위들을 쫓아버렸다. 스노볼은 두 번째 공격 작전을 개시했다. 스노볼과 뮤리얼, 벤저민, 그리고 양 떼들이 돌진해 인간들을 사방팔방에서 들이받고 때렸다. 한편 벤저민은 뒤로 돌아 작은 발굽으로 그들을 걷어차기 시작했다. 그러나 몽둥이를 들고 징을 박은 구두를 신은 인간들은 막강하여 이번에도 역시 동물들은 제압되었다. 그러자 돌연 스노볼이 소리 높여 한 번 울었다. 이것은 퇴각 신호로서, 그 소리를 듣자 동물들은 일제히 방향을 바꾸어 문에서 안뜰로 퇴각했다.

인간들은 승리의 함성을 질렀다. 그들은 예상대로 적이 패주하는 것을 보고 무질서하게 추격하기 시작했다. 이것이 바로 스노볼의 계략이었다. 인간들이 전부 안뜰로 들어서자 외양간에 대기하고 있던 말 세 마리와 암소 세 마리, 그리고 돼지 전원이 갑자기 그들의 배후를 급습하여 퇴로를 차단했다. 스노볼은 이때를 놓칠세라 공격 명령을 내렸다. 그리고 자기도 존스를 향하여 곧바로 돌진했다. 존스는 돌진해 오는 그의 모습을 보자 갑자기 총을 들어 발사했다. 총알은 스노볼의 등을 살짝 스쳐 피를 내고 양 한 마리를 맞혀 죽였다. 스노볼은 조금도 굽히지 않고 15스톤(1스톤은 6.35킬로그램)이나 되는 몸으로 존스의 다리를 들이받았다. 존스는 똥 무더기 속으로 동댕이쳐지고 총은 손에서 떨어져 날아가 버렸다. 그러나 가장 놀라운 솜씨를 보여준 것은, 뒷다리로 서서 커다란 징을 단 발굽으로 공격하는 복서였다. 그의 첫 일격은 폭스우드의 마구간지기 소년 머리에 명중해 그를 도랑 속에 쭉 뻗게 만들었다. 이 광경을 보고 몇 명의 사내가 몽둥이를 버리고 도망치려 했다. 인간들이 겁을 집어먹은 것이었다. 다음 순간 동물들은 한데 뭉쳐 안뜰을 돌며 인간들을 쫓아다녔다. 인간들은 뿔에 받히고 차이고 물리고 밟혔다. 농장 안의 동물들이 모두 나서서 그들 나름대로 인간에게 보복을 했다. 고양이조차 지붕 위에서 소몰이하는 사람 어깨에 갑자기 뛰어내려 목덜미를 발톱으로 할퀴자, 그는 무서운 비명을 질렀다. 그 순간 도망칠 길이 열리자 인간들은 살았다는 듯이 안뜰을 뛰어나와 큰길을 향해 도망치기 시작했다. 이렇게 하여 공격해 온 지 5분도 못 되어 인간들은 왔던 길을 통해 다시 꼴사납게 패주했다. 거위 한 떼가 그들 뒤를 쫓아가며 계속 종아리를 쪼아댔다.

인간들은 한 사람만 남기고 전부 도망갔다. 안뜰로 돌아오자 복서는 흙 속에 엎어져 있는 마구간지기 소년을 젖혀놓으려고 발로 건드렸으나 소년은 꼼짝도 하지 않았다.

"이놈은 죽었어."

복서는 가엾은 듯이 말했다.

"죽이려고 한 것은 아니었는데, 발에 징을 박고 있다는 것을 잊고 있었어. 일부러 그런 것이 아니라고 아무리 변명해보았자 아무도 믿어주지 않겠지만!"

"마음 약한 소리 마시오, 동지!"

아까 입은 상처로 인해 아직 피를 흘리면서 스노볼이 부르짖었다.

"전쟁은 전쟁입니다. 좋은 인간은 오직 하나, 죽은 인간입니다."

"나는 인간의 생명을 빼앗고 싶진 않아요."

복서는 다시 한 번 반복했다. 그의 눈에는 눈물이 그렁그렁했다. 누군가가 소리쳤다.

"몰리는 어디 갔을까?"

분명히 몰리의 모습은 보이지 않았다. 잠시 동안 큰 소동이 벌어졌다. 모르는 사이에 인간들이 해쳤거나 아니면 납치해 갔을지도 모른다고 다들 염려했다. 그러나 결국 자기 마구간에 숨어서 여물통의 목초 속에 머리를 처박고 있는 모습으로 발견되었다. 그녀는 총성이 들리자마자 도망쳤던 것이다. 모두들 그녀를 찾으러 갔다가 돌아와 보니, 기절했던 마구간지기 소년은 이미 의식을 회복해서 달아나고 없었다.

얼마 후, 동물들은 미친 듯이 흥분해 다시 모였다. 누구나 다 전쟁에 대한 자기 무공을 큰 소리로 떠들어댔다. 즉석에서 승리를 축하하는 모임이 열렸다. 기가 게양되고 〈영국의 동물들〉이 여러 번 제창되었다. 그후 전사한 양의 장례식을 엄숙히 치르고 그 무덤에 산사나무를 한 그루

심었다. 그 무덤 옆에서 스노볼은, 모든 동물은 필요한 경우 동물 농장을 위해 목숨을 바칠 각오를 다져야 한다고 강조했다.

동물들은 무공 훈장 '동물 영웅 훈장 제1급'을 제정하기로 만장일치로 가결하고, 즉석에서 스노볼과 복서에게 그것을 수여했다. 그것은 놋쇠로 만든 메달(마구간에서 발견된 몇 개의 낡은 놋쇠로 된 마구였다)로서 일요일과 축제일에 달도록 정해졌다. '동물 영웅 훈장 제2급'도 정해져, 전사한 양에게 추서되었다.

이 전쟁을 무슨 전투라고 이름 붙일까에 관해 열띤 토론이 벌어졌다. 그 결과 마침내 '외양간 전투'로 결정되었다. 그것은 복병이 일제히 뛰쳐나온 곳이 외양간이었기 때문이다. 존스 씨의 총은 진흙 속에서 발견되었다. 또 농장 저택에 탄약이 저장되어 있는 것도 알아냈다. 그래서 그 총을 깃대 밑에 대포처럼 곧게 설치하고 1년에 두 번, 10월 12일 '외양간 전투' 기념일과 6월 24일 혁명 기념일에 각각 발포하기로 결정했다.

5

겨울이 다가오자 몰리는 점점 귀찮은 존재가 되었다. 매일 아침 일에 지각하고서는 늦잠을 잤다는 핑계를 댔으며, 식욕은 매우 왕성하면서도 이름 모를 병에 걸렸다고 호소하는 것이었다. 항상 여러 가지 구실을 만들어서는 일에 빠지고 연못가에 가서 물에 비친 자신의 그림자를 홀린 듯 들여다보고 있는 것이었다. 그러나 그보다 더 심각한 소문이 떠돌았다. 어느 날 몰리가 기다란 꼬리를 흔들며 건초를 하나 입에 물고는 기쁜 듯이 안뜰로 나가자, 클로버가 가까이 다가갔다.

"몰리. 당신한테 매우 중대한 이야기가 있어요. 오늘 아침 당신은 동물 농장과 폭스우드 농장의 경계인 울타리 저쪽을 들여다보고 있었죠. 난 다 알고 있어요. 필킹턴 씨의 일꾼 하나가 울타리 저쪽에 서 있었지요. 그리고 훨씬 먼 곳에 떨어져 있었지만 내 눈은 못 속여요. 분명히 그 사람은 당신한테 말을 걸고 있었고, 당신은 그 사람이 당신 코를 쓰다듬어도 가만히 있었어요. 그건 도대체 뭐죠, 몰리?"

"뭐라고요? 그 사람과 아무 말도 하지 않았어요! 난 거기 없었어요! 그건 사실이 아니에요!"

몰리는 부르짖듯 말하고 펄쩍 뛰며 앞발로 땅바닥을 긁기 시작했다.

"그럼 몰리, 내 얼굴을 똑바로 봐요. 당신은 그 사람이 절대로 당신 코를 쓰다듬지 않았다고 내게 분명히 맹세할 수 있어요?"

"그건 사실이 아니에요."

몰리는 거듭 말했지만 클로버의 얼굴을 똑바로 쳐다볼 용기는 없었다. 그래서 재빨리 들판으로 달아나 버렸다.

'아아, 그렇군!' 하고 클로버는 어떤 생각을 떠올렸다. 다른 동물들에게는 아무 말도 않고, 그녀는 몰리의 마구간으로 가서 짚단을 들추어보았다. 짚단 밑에는 작은 각설탕 덩어리와 여러 가지 색깔의 리본 다발이 몇 개 숨겨져 있었다.

그로부터 사흘 후 몰리는 자취를 감추었다. 수 주일 동안은 그녀의 행방에 대해 아무 소식도 들을 수 없었다. 그런데 그 후 그녀를 윌링던의 저쪽에서 보았다는 비둘기들의 보고가 들어왔다. 그에 따르면 그녀는 어떤 술집 밖에 서 있는, 붉은색과 검은색으로 칠한 멋진 이륜마차에 매여 있었다. 그리고 체크무늬 바지에 각반을 두른 그 점포의 주인인 듯한 뚱뚱한 붉은 얼굴의 사내가 그녀의 코를 쓰다듬으면서 설탕을 먹여주고 있었다. 몸의 털이 다듬어지고 앞머리에 새빨간 리본을 달고 있었다. 그녀는 매우 기분 좋아 했다고 비둘기들은 입을 모아 말했다. 그 후 아무도 몰리 이야기를 하지 않았다.

1월이 되자 혹독한 추위가 닥쳐왔다. 땅바닥이 쇠처럼 단단하게 얼어붙어 바깥일은 아무것도 못하게 되었다. 창고에서 여러 번 회의가 열렸고, 돼지들은 내년 봄 작업 계획을 세우기에 분주했다. 분명히 다른 동물들보다 현명한 돼지들이 농장 경영에 관한 일체의 문제를 결정하는 것은 당연했다. 단지 그 결정은 과반수의 찬성표에 의해 확인되어야만 했다. 이 제도는 만일 스노볼과 나폴레옹 사이에 의견 대립이 생기지 않으면 원활히 운영되게 되어 있었다. 그런데 이 둘은 어쩐지 의견이 대립될 만하다고 여겨지는 부분에서는 언제나 맞서는 것이었다. 어느 한 편이 넓은 밭에 보리를 뿌리자고 제안하면 또 다른 한 편은 반드시 귀리를 심어야 한다며 반대했다. 또 한 편이 어느 밭은 양배추가 알맞다고 하면 상대편은 근채류 이외의 것은 전혀 좋지 않다고 주장하는 것이었다. 쌍방 모두 지지자가 있었으므로 때로는 자칫 싸움이 생길 것 같은 격론을 벌이는 일조차 있었다. 회의석상에서는 스노볼이 뛰어난 웅변으로 대다수의 지지를 얻는 일이 많았으나, 나폴레옹은 회의 도중에 지지표를 긁어모으는 데 능숙했다. 그는 특히 양들 사이에서 인기가 절대적이었다. 근래 양들은 '네 다리는 좋고 두 다리는 나쁘다'를 쉴 새 없이 반복하는 버릇이 생겨, 그것 때문에 회의가 방해받는 일도 여러 번 있었다. 주의해서 보면 그들이 특히 '네 다리는 좋고 두 다리는 나쁘다'를 계속하여 회의를 방해하는 것은 언제나 스노볼의 연설이 중요한 대목에 이르렀을 때였다. 스노볼은 농장 저택에서 발견한 《농민과 축산》이란 묵은 잡지를 몇 권 놓고 세심하게 연구해 여러 가지 개혁안과 개선안을 많이 갖고 있었다.

그는 농장 배수로와 사료 저장법, 그리고 인산석회 등에 대해 전문가처럼 떠들었고, 운반하는 노력을 덜기 위해서 모든 동물이 매일 농장의 각각 다른 장소에다 직접 배설한다는 복잡한 계획안을 만들어냈다. 나폴레옹은 자신의 계획은 무엇 하나 제안하지 않고, 그저 조용히 스노볼의 계획은 실패할 것이라며 때를 기다리고 있는 것 같았다. 그러나 둘의 논쟁 가운데 가장 맹렬했던 것은 풍차 건설을 둘러싸고 주고받은 논쟁이었다.

농장 건물로부터 별로 멀지 않은 커다란 방목장에 작은 언덕이 있는데 그곳이 이 농장에서 가장 지대가 높았다. 토지를 측량한 후 스노볼은, 여기가 풍차를 건설하는 데 가장 적합한 장소이니 여기에 풍차를 건설하면 그 풍차로 발전기를 움직이고 농장에 전기를 공급할 수 있다고 설명했다. 전기가 들어오면 축사에 전기를 켜고 겨울에는 난방을 할 수 있으며, 전기톱이나 건초 절단기, 여물 절단기, 그리고 전기 착유기 등을 가동할 수도 있다는 것이었다. 동물들은 이제까지 이런 것은 들어본 적도 없었으므로(이 농장은 구식 농장으로서 극히 원시적인 기계만 있었다) 자신들이 목장에서 한가롭게 풀을 뜯거나 또는 독서와 대화로 교양을 닦고 있는 동안에 대신 일을 해주는 꿈같은 기계의 모양을 생생하게 상상할 수 있도록 스노볼이 설명하는 것을 그저 놀라운 표정으로 듣고만 있었다.

몇 주일 후, 스노볼의 풍차 건설 계획이 다 완성되었다. 기계적인 부분의 자세한 점들은 대부분 존스 씨의 장서였던 세 권의 책—《가정 백과》,《벽돌 쌓는 법》,《전기학 입문》—에서 얻은 것이었다. 스노볼은 전에 인공 부란기 설치장으로 사용하던 방으로서 제도하기에 알맞게 매끄러운 널이 있는 헛간을 자기 연구실로 썼다. 그는 한 번 들어가면 몇 시간이고 계속 거기 틀어박혀 있었다. 책을 펼쳐 돌로 눌러놓은 채 앞발

끝 사이에 백묵을 끼우고 이리저리 돌아가며 한 줄 한 줄 선을 긋고는 흥분한 나머지 약간 코를 씨근거렸다. 설계도는 점점 무수한 크랭크와 톱니바퀴의 결합으로 복잡해져서 마룻바닥의 절반 이상을 차지하게 되었다. 그 설계도는 다른 동물들로서는 무엇이 무엇인지 전혀 알 수 없었지만 보고 있으면 몸이 뿌듯해지는 느낌을 갖게 했다. 누구나 적어도 하루에 한 번은 스노볼의 설계도를 들여다보러 왔다. 암탉과 오리들까지 찾아와서 백묵의 표시를 밟지 않도록 조심하며 걸었다. 찾아오지 않는 것은 나폴레옹뿐이었다. 그는 처음부터 풍차 건설에 반대한다고 분명히 말했었다.

그러나 어느 날, 그는 돌연 설계도를 조사해보겠다며 찾아왔다. 그는 육중한 몸으로 방 안을 돌아다니며 설계도의 세부를 조심스럽게 살펴보고 한두 번 코를 킁킁거렸다. 그러고 나서 잠시 곁눈질로 노려보고 서 있더니 갑자기 한쪽 발을 들고 설계도에 오줌을 깔기고는 아무 말 없이 나가버렸다.

온 농장이 풍차 건설 문제를 둘러싸고 둘로 갈라져 날카롭게 대립했다. 풍차 건설이 어려운 사업이라는 것은 스노볼도 부정하지 않았다. 돌을 깨어다 쌓아 올려 벽을 만들고 풍차의 날개판을 만들어야 하며, 그다음에는 발전기와 전선도 필요했다(이런 것들을 어떻게 구하느냐에 대해 스노볼은 아무 말도 하지 않았다). 그러나 그의 주장에 따르면, 그것을 1년 안에 전부 완성할 수 있다는 것이었다. 그리고 그것이 완성되면 노동력은 대폭 절약되어 일주일에 사흘만 일하면 된다고 주장했다. 한편 나폴레옹은 지금 무엇보다 긴급한 일은 식량 증산으로, 만일 풍차 건설에 시간을 허비한다면 모두 굶어 죽을 것이라고 주장했다. 동물들은 분열되었다. 그리고 각각 '스노볼에 투표하면 일주일에 사흘 노동', '나폴레옹에 투표하면 배가 부르다'라는 두 개의 표어 밑에 각각 당파를 결성했다. 어느 당파에도 가입하지 않은 것은 오직 벤저민 하나뿐이었다. 그는 식량이 좀 더 증산되는 것이나 풍차가 노동력을 감소해주는 것이나 모두 다 믿지 않았다. "풍차가 있든 없든 생활은 여전할 거야."라고 그는 말했다.

풍차 건설을 둘러싼 논쟁 이외에 농장 방위 문제가 있었다. 인간들이 외양간 전투에는 패했지만, 농장을 탈환하고 존스 씨를 복귀시키기 위해 각오를 새로이 하고 한층 단호한 공격을 해올 것이라는 점은 충분히 추측할 수 있었다. 인간이 패배했다는 뉴스가 그 근방의 온 시골에 퍼졌기 때문에 가까운 농장의 동물들을 한층 다루기 힘들게 된 이상, 그들로서는 대공세를 하지 않을 수 없었다. 언제나처럼 스노볼과 나폴레옹은 의견이 대립되었다. 나폴레옹에 의하면 동물들이 지금 해야 할 일은 화기를 들여다 스스로 조작 훈련을 하는 것이었다. 그런데 스노볼은 다른 농장으로 파견하는 비둘기의 수를 늘리고 그곳 동물들을 선동하여 봉기를 일으키지 않으면 안 된다는 것이었다.

만일 스스로 방위할 수 없으면 반드시 정복될 것이라고 한 편이 말하면, 만일 도처에서 반란이 일어나면 스스로 방위할 필요는 전혀 없게 될 것이라고 다른 편에서 말했다. 동물들은 우선 나폴레옹이 말하는 쪽으로 귀를 기울이고 다음에 스노볼의 말을 들었지만, 어느 쪽이 옳은가를 결정할 수 없었다. 사실을 말하자면 그들은 그때그때 말하고 있는 편의 의견에 끌려서 동의하고 있었던 것이다.

결국 스노볼의 계획이 완성되는 날이 왔다. 풍차 건설 공사에 착수하느냐 안 하느냐의 문제는 다음 일요일 총회에서 표결하기로 했다. 동물들이 창고에 모이자, 스노볼이 일어서서 가끔 양들의 매매 소리에 방해를 받으며 풍차 건설이 필요한 이유를 설명했다. 다음에 그것을 반박하기 위해 나폴레옹이 일어섰다. 그는 매우 조용하게, 풍차 건설이란 난센

스이니까 아무도 찬성하지 않도록 해주기 바란다고 말하고 곧 다시 앉았다. 말한 것을 시간으로 따지면 30초도 못 되는 것 같았고, 또 자기 말이 효과가 있는지 없는지 신경 쓰지 않는 듯했다. 그의 말을 듣고 스노볼은 분개하여 일어섰다. 그리고 또 매매 떠들기 시작한 양들을 꾸짖어 침묵케 한 후 풍차 건설 추진에 관해 열변을 토하기 시작했다. 이때까지 지지자는 양편 모두 거의 반반이었다. 그러나 그 순간 그들은 스노볼의 웅변에 완전히 매혹되었다. 그는 열띤 목소리로 동물에게서 천박한 노동이 없어지게 될 동물 농장의 미래상을 아름답게 묘사해나갔다.

그의 상상력은 이제 건초 절단기나 무를 얇게 써는 기계를 훨씬 넘어, 전기가 모든 가축 축사에 전용 전등과 냉온수와 난방을 제공해주며 탈곡기와 쟁기, 써레와 롤러, 그리고 수확기와 결속기까지도 운전할 수 있다는 데에까지 갔다. 그가 연설을 마쳤을 무렵, 이미 표결 결과가 어떨 것인가는 명백해졌다. 그런데 마침 이때 나폴레옹이 일어나더니 스노볼을 기묘한 곁눈질로 보면서 이제까지 들어본 적이 없는 높은 소리를 질렀다.

그 순간, 밖에서 무섭게 짖어대는 소리가 나며 놋쇠 단추를 목에 건 큰 개 아홉 마리가 창고 안으로 뛰어들었다. 그리고 스노볼을 향해 일제히 덤벼들었다. 스노볼은 물려고 덤벼드는 개들을 아슬아슬하게 피했다. 그리고는 눈 깜박할 사이에 밖으로 뛰쳐나갔고 개들은 그 뒤를 쫓아갔다. 동물들은 모두 너무 놀라고 겁에 질린 나머지 서로 밀치면서 밖으로 빠져나가 그 추격을 가만히 지켜볼 뿐이었다.

스노볼은 큰길로 통하는 기다란 목장을 가로질러 마구 뛰어갔다. 그야말로 돼지가 아니면 할 수 없는 뜀박질이었으나 개들은 계속 뒤를 따라가고 있었다. 갑자기 그가 미끄러져 분명히 붙잡혔다고 보였으나 곧 다시 일어나 앞서보다 더 빠른 속도로 뛰기 시작했고, 개들도 다시 쫓아가기 시작했다. 그중 한 마리가 조금만 속력을 내면 스노볼의 꼬리를 물어버릴 것 같았으나 스노볼은 꼬리를 흔들면서 겨우 도망쳤다. 그는 최대 속력으로 겨우 2, 3인치 차이로 울타리의 구멍을 빠져나가 그대로 어디론가 가버리고 말았다.

동물들은 겁에 질려 말도 못하고 슬금슬금 창고로 돌아왔다. 개들도 다시 돌아왔다. 처음에는 이 개들이 어디서 왔는지 아무도 상상하지 못했으나 그 문제는 즉시 풀렸다. 그들은 전에 나폴레옹이 어미에게서 떼어내 남몰래 키우고 있던 강아지들이었다. 아직 완전히 자라지는 않았으나 몸집이 크고 늑대처럼 사나운 얼굴을 하고 있었다. 그들은 나폴레옹 가까이 따라붙었다. 그리고 이전에 다른 개가 존스 씨에게 하던 그대로 나폴레옹을 향해 꼬리를 흔들고 있는 모습이 눈길을 끌었다.

잠시 후 나폴레옹은 개들을 이끌고 높은 연단에 올라갔다. 그것은 언젠가 메이저 영감이 서서 연설을 하던 곳이었다. 그는 이제부터는 일요일 아침 총회를 그만둔다고 선언했다. 그가 말하는 바에 따르면 그런 것들은 불필요한 시간의 낭비라는 것이었다. 따라서 오늘 이후로 농장 경영에 관한 모든 문제는 자신이 의장이 되는 돼지들의 특별 위원회에서 결정하겠다고 했다. 이 위원회는 비밀회의를 하고, 회의 종료 후 그 결정이 일반에게 전달될 것이라고 했다. 일요일 정기 집회는 계속하지만, 그것은 기에 경례하고 〈영국의 동물들〉을 제창한 후 그 주일의 명령을 받기 위해서였다. 따라서 토론회는 일체 폐지된다는 것이었다.

동물들은 스노볼의 추방으로 충격을 받기는 했지만 이 선언을 듣고 당황했다. 그들 중에는 정당한 의견을 제시할 수만 있으면 항의를 하고 싶다고 생각하는 자도 있었다. 복서조차도 막연하지만 걱정이 되었다. 그는 귀를 뒤로 젖히고 여러 번 갈기를 흔들어 세우면서 열심히 생각해 보려고 애썼으나, 결국 발언할 만한 것은 아무것도 찾아낼 수 없었다.

그러나 돼지 가운데는, 그보다는 나아서 생각하는 것을 발언할 수 있는 자도 있었다. 앞줄에 자리 잡고 있던 네 마리의 젊은 돼지는 소리를 꽥꽥 지르며 일제히 일어서더니 즉시 반대 의견을 말하기 시작했다. 그러나 나폴레옹 주위에 대기하고 있던 개들이 돌연 낮고 굵은 목소리로 으르렁거리자 돼지들은 입을 다물고 다시 주저앉았다. 그때 양들이 갑자기 "네 다리는 좋고 두 다리는 나쁘다!"라고 15분 동안이나 떠들었기 때문에 토의할 기회는 완전히 없어져 버렸다.

뒤에 스퀼러가 파견되었다. 농장 여기저기를 순회하면서 새로운 협의 내용을 다른 동물들에게 설명하기 위해서였다.

"동지 여러분!"

그는 부르짖었다.

"여기 계신 여러분은 나폴레옹 동지가 스스로 과외의 일을 맡기 위해 얼마나 큰 희생을 치르고 있는지를 충분히 알고 있으리라 생각합니다. 동지 여러분, 남을 지도하는 위치에 선다는 것이 즐거울 거라고 생각하지 마십시오! 오히려 그것은 깊고 무거운 책임입니다. 모든 동물은 평등하다는 것을 나폴레옹 동지 이상으로 확신하고 있는 분은 없습니다. 그는 당신들 스스로 여러 가지 결정을 하도록 마음속으로 원하고 있습니다. 그런데 여러분은 어쩌다 보면 잘못하여 그릇된 결정을 하는 수가 있습니다. 만일 그렇게 되었을 경우, 우리는 도대체 어떻게 되겠습니까? 여러분, 가령 풍차라는 농담을 하고 있던 스노볼, 그 스노볼을 지도자로 결정했다면 과연 어떻게 되었겠습니까?"

"그래도 그는 '외양간 전투'에서는 용감히 싸우지 않았소." 누군가가 말했다.

"그저 용감히, 그것만으로는 충분치 못합니다."

스퀼러가 쏘아붙였다.

"충성과 복종만이 오직 중요합니다. 그리고 '외양간 전투'에 대하여 말하자면, 이제 곧 우리가 스노볼의 공로를 과대평가했음을 알게 될 때가 옵니다. 동지 여러분, 규율입니다. 철통같은 규율입니다! 이것만이 오늘날 필요한 우리의 구호입니다. 만일 한 걸음 잘못 옮기면 적은 곧 우리들을 습격할 것입니다. 알겠습니까? 여러분 중에 존스가 돌아와 주었으면 하고 원하는 이는 한 명도 없을 것입니다. 어떻습니까?"

이번에도 이런 의견에 아무도 입을 열지 못했다. 분명히 동물들 중에서 존스가 돌아와 주었으면 하고 원하는 자는 하나도 없었다. 만일 일요일 아침 토론을 계속하는 것이 존스를 복귀시키는 결과가 된다면 토론을 그만두는 도리밖에 없을 것이다. 복서는 그때부터 시간을 들여서 이 문제를 충분히 생각했으므로 "나폴레옹 동지가 그렇게 말한다면 그것이 옳습니다."라고 말해 분위기를 띄웠다. 그리고 그 이후 계속 그는 '내가 좀 더 일하면 된다'라는 자신만의 격언 외에 '나폴레옹은 항상 옳다'라는 격언까지 채택하게 되었다.

이 무렵에는 이미 날씨가 풀려서 봄 경작이 시작되고 있었다. 스노볼이 앞서 풍차 설계를 하던 방은 폐쇄되어 모두들 마룻바닥에 그려진 설계도가 지워진 것으로 생각하고 있었다. 일요일 오전 10시에는 항상 동물들이 창고에 모여서 그 주일의 명령을 전달받았다. 이미 살이 깨끗이 떨어져 나간 메이저 영감의 두개골을 무덤에서 파내 총포 옆 깃대 밑의 나무 그루터기 위에 놓았다. 농장기 게양이 끝나자 동물들은 창고에 들어가기 전 그 두개골 앞에서 정중한 태도를 취하지 않으면 안 된다는 지시를 받았다. 이제 그들은 이전처럼 모두 함께 모여 있는 일은 없었다. 나폴레옹은 스퀼러와 노래나 시를 짓는 데 놀라운 솜씨가 있는 미니머스라는 다른 한 마리의 돼지와 함께 높은 단상 정면에 앉았고, 아홉 마리 젊은 개들이 그 세 마리를 둘러싸고 반원형으로 늘어섰으며,

다른 돼지들은 그 뒤에 앉았다. 나폴레옹이 딱딱한 군대식 말투로 그 주일의 명령을 읽으면, 모든 동물들은 〈영국의 동물들〉을 한 번 부르고 해산했다.

스노볼이 추방된 후 세 번째 일요일에 결국 풍차를 건설하기로 했다는 나폴레옹의 선언을 듣고 동물들은 매우 놀랐다. 그는 마음이 변한 이유에 대해서는 아무 말도 하지 않고, 오직 이 과외의 과제는 대단한 작업이며 식량 배급조차 줄이지 않으면 안 될지도 모른다고 동물들에게 경고를 줄 뿐이었다. 그러나 계획은 매우 자세한 부분까지 철저히 갖추어져 있었다. 돼지 특별 위원회가 이제까지 3주일이나 이 계획과 씨름해 온 것이었다. 풍차 건설 사업은 그에 따르는 여러 가지 개량 사업을 포함하여 완공하는 데 2년 정도 걸린다는 견해였다.

그날 밤 스퀄러는 다른 동물들에게, 실은 나폴레옹은 결코 풍차 건설에 반대하지 않았다고 실토했다. 뿐만 아니라 그의 설명에 따르면, 처음에 풍차 건설을 주장한 것은 오히려 나폴레옹이고 스노볼이 부란기 설치장 바닥에 그려놓은 설계도는 사실 나폴레옹의 서류 가운데서 도둑질한 것이며, 풍차는 실제로 나폴레옹 자신이 고안해냈다고 했다. 그럼 고안한 장본인이 어째서 그렇게 강력히 풍차 건설에 반대했느냐고 누군가가 반문했을 때, 스퀄러는 딴청을 부렸다. 정말 그것은 나폴레옹 동지의 솜씨라고 그는 말했다. 나폴레옹이 이 풍차 건설에 반대하는 듯이 보인 것은 위험인물인 데다 좋지 못한 영향력을 끼치는 스노볼을 추방하기 위한 책략이었으며, 이제는 스노볼을 추방했으니 그의 방해를 안 받고 계획을 추진할 수 있을 거라고 했다. 스퀄러에 따르면 이것이 이른바 전략이라는 것이었다. 그는 재미있다는 표정으로 꼬리를 흔들며 주위를 돌면서 여러 번 강조했다.

"전략, 동지들, 그것이 전략이란 말입니다!"

동물들은 그 말이 어떤 의미인지 분명히 알지는 못했지만 스퀼러의 말이 너무도 자신만만했고 또 그를 따라온 세 마리의 개가 위협적으로 으르렁거려서, 일동은 그 이상 질문하지 않고 스퀼러의 설명을 잠자코 들었다.

<h1 style="text-align:center">6</h1>

그해 동물들은 노예처럼 일했다. 그러나 일을 하면서도 그들은 행복했다. 그들이 하고 있는 일은 모두 자신들과 훗날 태어나는 자손들을 위한 것이며, 결코 빈둥빈둥 놀면서 남의 것을 훔치는 인간들을 위한 것이 아니라는 사실을 충분히 알고 있었으므로 노력과 희생을 아끼지 않았다.

봄과 여름 동안 그들은 일주일에 60시간이나 일했다. 그런데 8월에 들어서자 나폴레옹은 이제부터는 일요일 오후에도 작업을 하기로 했다고 발표했다. 이 작업은 전혀 강제하지 않는 자발적인 성격이었지만, 그 작업에 빠지면 식량 배급이 절반으로 줄어들었다. 그렇게 했는데도 몇 가지 일은 미처 하지 못하고 남겨둘 수밖에 없었다. 수확은 작년과 비교하면 다소 감소되었다. 그리고 초여름에 씨를 뿌렸어야 할 밭 두 곳은 밭갈이가 늦었기 때문에 씨를 뿌리지 못했다. 금년 겨울은 상당히 고통스러울 것 같다는 예측이 들었다.

풍차 건설 공사는 뜻하지 않은 난관에 부딪혔다. 농장에는 훌륭한 석회암 채석장이 있었고 창고 하나에서 많은 모래와 시멘트를 찾아냈으므로 건축 자재는 모두 갖추어져 있었다. 그러나 처음에 동물들이 해결 못한 문제는, 어떻게 해서 돌을 깨뜨려 알맞은 크기로 만드느냐 하는 것이었다. 방법은 곡괭이와 쇠지레를 이용하는 것뿐이었으나 동물들은 아무도 뒷다리로 설 수 없었기 때문에 그것을 사용하기는 불가능했다. 몇 주일이나 헛된 노력을 반복한 후 겨우 누군가가 좋은 생각을 해냈다. 그것은 지구의 중력을 이용하는 방법이었다. 즉, 너무 커서 쓸모없는 커다란 돌을 채석장 밑으로 굴려 떨어뜨리는 것이었다. 그들은 우선 그 돌을 로프에 걸어서 말, 양 등 어떻게든 로프를 잡을 수 있는 자는 모두 힘을 합치고, 때로 급할 때는 돼지까지도 합세해서 그야말로 죽을힘을 다해 조금씩 언덕으로 올라가 채석장 꼭대기까지 끌어 올렸다. 그리하여 꼭대기에서 언덕 아래로 굴러떨어진 돌은 조각이 났다. 일단 깨진 돌은 운반하기가 비교적 간단했다. 말들은 깨어진 돌을 마차로 실어 나르고 양들은 한 조각씩 끌고 갔다. 뮤리얼과 벤저민조차 낡은 이륜마차를 끌며 그들 나름대로 협력했다. 여름이 다 지날 무렵 돌이 충분히 쌓여, 돼지의 감독 아래 건설 공사가 시작되었다.

그러나 그것은 더디고 힘든 일이었다. 돌덩이 하나를 채석장 꼭대기까지 끌어 올리기 위해서는 온 종일 지쳐 쓰러질 정도의 노동을 버텨내지 않으면 안 되는 경우도 여러 번 있었다. 때로는 언덕에서 굴려 떨어뜨려도 돌이 잘 깨지지 않는 경우도 있었다. 만일 복서가 없었더라면 아무 일도 하지 못했을 것이다. 그의 힘은 다른 동물의 힘을 모두 합친 것과 거의 같았다. 돌이 구르기 시작해 동물들이 언덕 밑으로 질질 끌려 내려가 아우성칠 때, 버티면서 로프를 팽팽하게 당겨 돌이 미끄러져 떨어지는 것을 막은 것은 언제나 복서였다. 그가 훅훅 숨을 몰아쉬며 굽 끝을 땅바닥에 세우고 커다란 옆구리를 땀에 흠뻑 적시며 한 발짝 한 발짝 언덕을 기어오르는 모습을 보면 모두 머리가 숙여졌고 가슴이 벅

차오르는 것을 느꼈다. 때때로 클로버가 너무 몸을 혹사하지 말라고 충고했지만 복서는 완강했다. "내가 좀 더 일하면 된다.", "나폴레옹은 항상 옳다."라는 이 두 마디가 그에게는 모든 문제에 대한 충분한 해답인 것같이 생각되었다. 그는 수탉에게 아침에 30분이 아니라 45분 일찍 깨워달라고 부탁했다. 그리고 요즘은 그전보다 별로 많지도 않은 여가 시간에도 항상 혼자 채석장에서 깨진 돌을 한 짐씩 모아 아무에게도 도움받지 않고 풍차 건설 현장까지 끌고 가는 것이었다.

그해 여름, 일이 힘들기는 했지만 동물들의 생활은 나쁘지 않았다. 식량은 존스 시대보다 결코 많지 않았지만 적지도 않았다. 사치스러운 인간을 다섯 명이나 먹일 필요가 없어지고 오직 자신들이 먹을 만큼만 공급하면 되었으므로, 흉작이 계속되지 않는 한 식량 부족으로 곤란해지는 일은 우선 없게 되었다. 그리고 여러 가지 점에서 동물들이 하는 일은 인간보다 한층 능률이 좋아 노력이 덜 들었다. 가령 제초 작업은 인간이라면 생각할 수도 없을 정도로 철저히 할 수 있었다. 그리고 또 이제는 아무도 훔치지 않았기 때문에 목장과 밭 사이에 울타리를 만들 필요가 없어지고, 그 때문에 울타리나 문이 부서지지 않도록 손질하는 막대한 노력도 필요 없게 되었다. 그런데도 여름이 지나가면서 이제까지 상상도 못했던 여러 가지 물자 부족이 절실하게 느껴졌다. 파라핀유油나 못, 철사, 개에게 줄 비스킷, 그리고 말발굽용 징이 필요했으나 어느 것 하나도 농장에서 만들 수 있는 게 없었다. 나중에는 여러 가지 도구 외에 종자도 인공 비료도 떨어지고, 마침내 풍차에 쓸 기계도 들여오지 않으면 안 되게 되었다. 그러나 이런 것을 어떻게 들여올 것인지 아무도 그 방법을 몰랐다.

어느 일요일 아침, 동물들이 명령을 받기 위해 모였을 때 나폴레옹은 새 정책을 결정했다고 발표했다. 이제부터 동물 농장은 인근 농장과 거래를 하겠다는 것이었다. 그것은 물론 영리적인 목적을 위해서가 아니라 단순히 긴급히 필요한 자재를 얻기 위해서였다. 풍차 건설에 따른 필수품은 다른 모든 것에 우선되어야 한다고 그는 말했다. 따라서 건초 한 더미와 올해 수확된 밀의 일부를 팔기 위해 교섭을 하고 있는 중이었다. 그리고 이제부터 더 많은 돈이 필요하면 달걀을 팔아서 그 돈을 조달해야만 할 것이라고 했다. 달걀은 윌링던 시장에서 항상 거래가 이루어지고 있기 때문이었다. 나폴레옹은 특히 강조해서, 암탉은 풍차 건설에 특별한 공헌을 해야 하고 기꺼이 이 희생을 치르지 않으면 안 된다고 말했다.

또다시 동물들은 막연한 불안을 느꼈다. 인간들과 일체의 관계를 갖지 않겠다는 것, 절대로 거래하지 않겠다는 것, 절대로 돈을 사용하지 않겠다는 것, 이 세 가지야말로 존스 추방 후 승리의 첫 총회에서 가결된 최초 사항에 포함되어 있는 것이 아니었던가?

그 결의를 가결한 것은 동물들 전원이 기억하고 있었으며, 아니 적어도 그들은 기억하고 있다고 생각했다. 나폴레옹이 총회를 폐지했을 때 항의한 네 마리 젊은 돼지가 다시 조심스럽게 말을 꺼냈으나 개들의 으르렁거리는 소리에 압도되어 곧 입을 다물었다. 그때, 보통 때처럼 양들이 갑자기 "네 다리는 좋고 두 다리는 나쁘다."라고 합창하기 시작했으므로 잠시의 어색함이 해소되었다. 마침내 나폴레옹은 앞발을 들어 모두들 입을 다물게 한 다음, 이미 자신이 모든 준비를 끝냈다고 발표했다. 인간들과 접촉하는 것은 분명히 매우 좋지 못한 일이기 때문에 자신을 제외하고는 어느 누구도 인간들과 접촉하지 않도록 했다. 그는 중요한 임무는 모두 자신이 떠맡을 작정이었다. 윌링던에 사는 휨퍼 씨라는 변호사가 동물 농장과 바깥세계와의 중개인이 될 것을 승낙했으므로, 매주 월요일 아침 지시를 받기 위해 농장으로 찾아오기로 되어 있었다.

나폴레옹은 여느 때처럼 "동물 농장 만세!"라고 외치고 나서 연설을 끝냈다. 그리고 동물들은 〈영국의 동물들〉을 부른 다음 흩어졌다.

그 뒤 스퀼러가 농장을 순회하면서 동물들을 안심시켰다. 그는 말하기를, 동물들이 거래하고 돈을 사용하는 데 반대하는 결의는 절대로 가결되지 않았으며 그와 같은 결의안이 제출된 일조차 없었다고 잡아뗐다. 그것은 완전히 착각이며, 처음 스노볼이 퍼뜨린 거짓말이 원인이 되었는지도 모른다고 했다. 그래도 몇몇 동물들은 희미한 의혹을 씻을 수가 없었다. 그러자 스퀼러는 날카롭게 그들에게 반문했다.

"동지, 동지는 그것이 절대로 꿈이 아니었다고 확신할 수 있습니까? 분명히 그런 결의를 했다는 기록이라도 있습니까? 어디에 있습니까?"

그런 것은 아무 데도 기록되어 있지 않은 것이 분명했으므로 동물들은 자신들이 착각한 거라고 생각하여 그의 말을 받아들였다.

휨퍼 씨는 월요일마다 동물 농장을 찾아왔다. 그는 구레나룻을 기른 교활한 얼굴을 한 자그마한 체구의 사나이로 별로 이름이 알려지지 않은 변호사였으나, 매우 눈치가 빨라 누구보다 먼저 동물 농장에는 중개인이 필요하고 수수료가 상당할 것이라고 생각했던 것이다. 동물들은 일종의 두려운 눈으로 그의 출입을 지켜보았으며 되도록 그를 피하려 하고 있었다. 그런데도 네 다리인 나폴레옹이 두 다리로 서 있는 휨퍼에게 지시하고 있는 광경을 보면 동물들은 자랑스러웠고, 차츰 그 새로운 조치에 대한 불안이 사라졌다. 이제 그들과 인간과의 관계는 전과 다소 달랐다. 동물 농장이 번창하고 있다고 하여 동물 농장에 대한 인간들의 증오심이 엷어진 것은 아니었다. 오히려 실제로는 증오심이 한층 증폭되고 있었다. 인간들은 모두 동물 농장이 조만간 파산할 것이며, 특히 풍차 건설은 실패로 끝날 것이라고 믿어 의심치 않았다. 그들은 흔히 공회당에 모여, 풍차는 반드시 무너질 것이며, 또 만일 건설했다 해도 결코 움직일 수 없을 것이라고 그림까지 그려가며 서로 증명하고 있었다.

그러나 그들은 동물들이 자신들의 문제를 처리해나가는 그 좋은 능률에 대해 약간의 존경심을 품고 있었다. 그 증거의 하나로, 인간들은 이제 그곳을 동물 농장이라고 부르기 시작했다. 그래서 존스는 자신의 농장으로 되돌아가야겠다는 희망을 버리고 시골 어느 곳으로 이사해버렸다. 휨퍼의 손을 통하는 것 이외에 동물 농장과 다른 세계와의 접촉은 전혀 없었으나, 나폴레옹이 폭스우드의 필킹턴 씨나 핀치필드의 프레더릭 씨 중 어느 한쪽과 명확한 거래 계약을 체결하려고 한다는 소문이 계속 퍼지고 있었다. 그러나 절대로 두 사람과 동시에 계약을 체결하는 일은 없을 것이라고 했다.

돼지들이 돌연 농장 저택에서 기거하기로 결정한 것은 이 무렵이었다. 동물들은 다시 훨씬 이전에 이것을 금지하는 결의가 가결된 것을 기억하는 것 같았으나 이번에도 스퀄러가 그들을 설득하여 그런 일이 없었다고 믿도록 하는 데 성공했다. 그의 설명에 따르면, 돼지는 요컨대 농장의 두뇌이므로 조용한 장소에서 일하는 것이 절대로 필요하다고 했다. 그리고 또 보통 돼지우리보다는 이 집에 사는 것이 지도자(근래 그는 나폴레옹을 가리켜 '지도자'라고 호칭했다)로서 위신이 서는 일이라고 말했다. 그런데도 돼지가 식당에서 식사를 하고 응접실을 사용하며 게다가 침대에서 자고 있다고 들었을 때 동물들 가운데서는 이상하게 여기는 자도 있었다. 복서는 언제나처럼 "나폴레옹은 항상 옳다."라며 지나쳐버렸으나, 클로버는 분명히 침대 사용을 금지한 명확한 규정이 있었을 것이라고 생각하고서 창고 끝에 가 거기에 쓰여 있는 7계명을 읽어보려고 했다. 그러나 자기는 하나하나 문자를 더듬는 것이 고작이었으므로 뮤리얼을 데리고 갔다.

"이봐, 뮤리얼,"

그녀는 부탁했다.

"넷째 계명을 읽어줘. 동물들은 침대에서 자면 안 된다고 쓰여 있지 않아?"

뮤리얼은 애써 겨우 한 자씩 더듬어 읽어갔다.

"이렇게 쓰여 있어. '동물은 이불을 덮는 침대에서 잠자지 않는다.'라고."

그녀는 소리 내어 분명히 읽었다.

정말 기묘하게도 클로버는 넷째 계명에 이불에 대한 언급이 있다고는 기억하지 않았다. 그런데 마침 이때 개를 두세 마리 데리고 지나가던 스퀼러가 문제의 전모를 해명할 수 있었다.

그는 말했다.

"동지들, 알고 있었나요? 우리들 돼지가 요즘 농장 저택의 침대에서 자고 있는 것 말입니다. 분명히 침대 사용을 금지하는 규정이 있었다고 생각하는 것은 아닐 테죠? 침대라는 것은 요컨대 그저 들어가 자는 곳이라는 의미일 뿐이지요. 외양간 속에 짚을 쌓아놓아도 엄밀하게 말하자면 그것 역시 침대지요. 규정은 이불의 사용을 금지하고 있는 것입니다. 이불은 인간이 발명한 것이니까 우리들은 농장 저택의 침대에서 이불을 벗겨버리고 담요를 덮은 채 자고 있습니다. 그것도 정말 좋은 침대더군요! 그렇지만 요즘 우리들이 머리를 쓰는 모든 일에 비하면 최소한 그 정도의 잠자리가 필요하단 말입니다. 결코 사치가 아닙니다. 동지들, 동지들은 설마 우리들의 휴식을 빼앗지는 않겠지요? 그렇지요? 우리들이 매우 피로해서 의무를 다하지 못하면 좋겠다고 생각하는 이는 없을 겁니다. 또 동지 중에 존스가 되돌아왔으면 하고 원하는 자도 절대로 없을 것입니다. 안 그렇습니까?"

이 점에 대해서 동물들은 즉시 그렇다고 그를 안심시켰다. 그리고 돼지들이 농장 저택의 침대에서 자는 것에 대해서는 그 이상 아무 말도 하지 않았다. 그리고 또 며칠 후, 이제부터 돼지들은 아침에 다른 동물들보다 한 시간 늦게 일어나기로 했다고 발표했을 때도 특별히 이의를 제기하는 자는 아무도 없었다.

가을이 되자 동물들은 지쳐 있었지만 그래도 행복했다. 그들로서는 괴로운 한 해였다. 그리고 건초와 곡식의 일부를 팔아버리자, 겨울을 나기 위해 저장한 식량이 결코 풍부하지 못했다. 그러나 풍차 일을 생각하면 무엇이든 참을 수 있었다. 그 풍차도 벌써 반 정도 완성되었다. 수확을 끝낸 뒤 맑은 날이 한동안 계속되었다. 아침부터 밤까지 돌무더기를 이리저리 부지런히 운반하면서, 그것으로 풍차의 벽이 1피트씩 높아지는 것은 보람 있는 일이라고 생각하고 동물들은 한층 열의를 내어서 일했다. 복서는 밤에도 나와 가을 달빛을 따라 자발적으로 한두 시간씩 일했다. 동물들은 휴식 시간 때는 절반쯤 완성된 풍차의 둘레를 돌아보며 그 벽이 매우 튼튼하게 수직으로 서 있는 것에 감탄했다. 그리고 자신들이 이처럼 당당한 것을 건설할 수 있다는 사실을 자랑스러워했다. 오직 벤저민 영감만은 풍차 건설에 대해 절대로 열중하지 않았다. 으레 당나귀들은 오래 산다는 수수께끼 같은 말을 입 밖에 내는 것 외에는 아무 말도 하지 않았다.

11월이 되자 남서풍이 심하게 휘몰아쳤다. 너무 습기가 많아서 시멘트가 잘 엉기지 않았기 때문에 건설 공사를 중지하지 않으면 안 되었다. 결국 어느 날 밤 폭풍이 맹위를 떨쳐 건물이 밑까지 흔들리고 창고의 지붕 기와 여러 장이 날아가는 야단이 났다. 암탉들은 이때 모두들 약속이나 한 듯 멀리서 대포가 발사되는 꿈을 꾸었으므로 공포의 비명을 울리며 눈을 떴다. 아침이 되어서 동물들이 우리 밖으로 나와 보니 깃대는 부러지고 과수원 밑의 느릅나무는 마치 무같이 뿌리째 뽑혀 있었다. 이를 알고 모두들 절망적인 비명을 질렀다. 참담한 광경이 그들의 눈을 놀라게 했다. 풍차가 산산조각이 나 있었다.

그들은 모두 약속이나 한 듯 현장으로 달려갔다. 보통 때는 좀처럼 뛰어가는 일이 없던 나폴레옹도 이때만은 선두에 서서 달렸다. 정말 풍차는 쓰러져 있었다. 그들의 온갖 노력의 결정이 완전히 무너져 있고, 그렇게 고심하여 깨뜨려 운반한 돌이 사방에 흩어져 있었다. 그들은 처음에는 말도 못하고 그저 무참하게 흩어진 돌을 들여다보며 슬픔에 잠겨서 있을 뿐이었다. 나폴레옹은 입을 다문 채 천천히 여기저기 돌아다니면서 가끔 쿵쿵거리고 땅바닥을 냄새 맡으며, 꼬리를 곧추세우고 날카롭게 좌우로 움직였다. 그것은 그가 열심히 생각하고 있을 때의 버릇이었다. 그러다가 결심한 듯 그는 돌연 멈추었다.

"동지들."

그는 나지막이 말했다.

"이것이 누구의 짓인지 알겠습니까? 밤중에 들어온 적이 우리 풍차를 파괴한 것입니다. 스노볼입니다!"

그는 갑자기 벼락같이 소리쳤다.

"이것은 스노볼의 짓입니다! 우리들의 계획을 망쳐서 불명예스럽게 추방당한 자신의 원한을 풀려는 무서운 음모를 꾸민 그 배신자가, 밤을 틈타 이곳에 잠입해서 1년 가까이나 걸린 우리의 사업을 망쳐버린 것입니다. 동지 여러분, 나는 이제 여기서 스노볼에게 사형을 선고합니다. 아무라도 좋습니다. 그를 처형한 자에게는 '동물 영웅 훈장 제2급'과 사과 반 부셸을 주겠습니다. 또 그를 생포한 자에게는 사과 1부셸을 주겠습니다!"

스노볼조차 이런 일을 저지르는가 하고 동물들은 매우 충격을 받았다. 심한 분노의 절규가 일어났고, 모두들 스노볼이 되돌아오면 붙잡을 방법을 생각하기 시작했다. 거의 동시에 언덕으로부터 조금 떨어진 풀 속에서 돼지의 발자국이 발견되었다. 겨우 2, 3야드밖에 쫓을 수 없었지만 울타리의 구멍까지 이어져 있는 것 같았다. 나폴레옹은 신중히 그 발자국을 냄새 맡고 나서 그것이 스노볼의 발자국이라고 단정했다. 그리고 자기 짐작으로 스노볼은 아마도 폭스우드 농장 쪽에서 왔을 것이라고 덧붙였다.

"동지 여러분, 이제 더 이상 지체 맙시다!"

발자국을 조사하고 나서 나폴레옹이 부르짖었다.

"이 사업은 어떻게든 성취해야만 합니다. 오늘 아침부터 풍차의 재건을 시작합니다. 비가 오나 눈이 오나 열심히 합시다. 겨울에도 계속하는 겁니다. 이 비열한 배신자에게 우리들의 사업은 그리 쉽게 무너지지 않는다는 것을 보여주어야 하지 않겠습니까? 동지 여러분, 우리의 계획에는 변경이란 없습니다. 반드시 완성해야만 합니다. 여러분, 자, 전진이다! 풍차 만세! 동물 농장 만세!"

7

살을 에는 듯한 추운 겨울이었다. 험악한 날씨가 진눈깨비와 눈으로 변하고 그것이 서리가 되어, 2월로 접어든 지 이미 오래인데 좀처럼 풀리지 않았다. 동물들은 다른 세계가 자기들을 주목하고, 만일 풍차가 예정된 시기에 완성되지 못한다면 시기심 많은 인간들이 기다렸다는 듯 손뼉 치며 비웃을 것을 잘 알고 있었기 때문에 전력을 다해 풍차 재건에 힘을 쏟았다.

인간들은 괘씸한 나머지 풍차를 파괴한 범인이 스노볼이라는 것을 믿으려 하지 않았다. 그들은 벽이 너무 약해서 무너진 것이라고 말했다. 동물들은 그 말이 근거 없는 것임을 알고 있었다. 그래도 그들은 벽을 전처럼 18인치가 아니라 3피트 두께로 쌓기로 해 이전보다 훨씬 많은 돌을 모으지 않으면 안 되었다. 오랫동안 채석장은 눈으로 뒤덮여 있어 어찌할 수가 없었다. 그 후 서리가 내리는 좋은 날씨가 계속되어 작업은 다소 진전되었으나 워낙 어려운 일이었으므로 동물들은 이전처럼 밝은 희망을 가질 수 없었다. 오래도록 추웠고 또 언제나 배가 고팠다. 그래도 복서와 클로버만은 결코 꺾이지 않았다. 스퀼러는 봉사의 기쁨과 근로의 신성함에 대해 명연설을 했지만, 다른 동물들은 오히려 복서의 체력과 "내가 좀 더 일하면 된다!"라고 하는 그의 변함없는 부르짖음에서 용기를 얻었다.

1월이 되자 식량이 부족해졌다. 밀 배급량이 대폭 줄어들었다. 그리고 곡식을 보충하기 위해 감자를 특별 배급 한다는 발표가 있었다. 그러나 흙과 짚을 조금 덮었기 때문에 수확해놓은 감자는 대부분 산같이 쌓인 채 얼어버렸다는 것을 알게 되었다. 감자는 물렁물렁하고 색깔이 변해 먹을 수 있는 것은 불과 얼마 안 되었다. 먹을 것이 없어 여물과 근대만으로 연명해야 하는 날이 며칠씩 계속되곤 했다. 굶주림이 눈앞에 다가온 것같이 보였다.

이 사태는 무슨 일이 있더라도 외부 세계에서 모르게 해둘 필요가 있었다. 풍차의 파괴 때문에 기운을 얻은 인간들은 동물 농장에 대해 새로운 거짓말을 꾸며냈다. 동물들은 모두들 허기와 질병 때문에 빈사 상태에 있으며, 끊임없이 서로 싸우고 잡아먹고 또 새끼까지도 죽이고 있다는 소문이 또다시 퍼지기 시작했다. 나폴레옹은 식량 사정의 진상이 외부로 새어 나갔을 경우 좋지 못한 결과가 일어날지도 모른다는 것을 충분히 알고 있었기 때문에, 반대 소문을 퍼뜨리기 위해 휨퍼 씨를 이용하기로 결심했다. 이제까지 동물들은 매주 찾아오는 휨퍼 씨와는 거의, 아니 전혀 접촉할 수 없었다. 그러나 이제는 소수의 선발된 동물(거의 양들이었다)이 휨퍼 씨가 들을 수 있는 곳에서 넌지시 식량 배급이 늘었다고 말하라는 지시를 받았다. 그리고 또 나폴레옹은 창고에 있는 곡식 저장 상자 대부분에 모래를 꽉 채우고 그 위를 살짝 곡식이나 여물로 덮도록 명령했다. 또 적당한 구실을 만들어 휨퍼를 창고 속으로 끌고 다니며 그 곡식 저장 상자를 슬쩍 볼 수 있게 만들었다. 그는 완전히 계략에 걸려, 동물 농장에는 식량이 조금도 부족하지 않다고 외부 세계에 계속 알렸다.

그런데도 정월 하순이 되자 어디서든 어느 정도의 곡식을 들여오지 않으면 안 된다는 것이 분명해졌다. 근래 나폴레옹은 거의 공식 석상에 나타나지 않았고 대개 농장 저택에 틀어박혀 있었다. 그리고 입구마다 사나운 얼굴을 한 개가 지켰다. 나폴레옹이 밖으로 나올 때에는 개 여섯 마리가 삼엄하게 호위했으며, 개들은 그의 주위를 에워싸고 누구든 너무 가까이 다가오면 즉시 짖어댔다. 일요일 아침에도 얼굴을 보이지 않고 다른 돼지로 하여금(대개는 스퀄러) 명령을 전하게 하는 일이 많아졌다.

어느 일요일 아침, 스퀄러는 다시 알을 낳기 시작한 암탉들에게 알을 바치라고 발표했다. 실은 나폴레옹이 휨퍼를 통해서 매주 4백 개의 알을 매각하는 계약을 체결했는데, 그 매각 대금으로 여름이 되어 사정이 호전될 때까지 농장의 모든 동물들이 먹을 만큼 곡식과 밀기울을 사들일 예정이라는 것이었다.

암탉들은 이 발표를 들었을 때 맹렬히 항의했다. 그들은 이런 희생을 필요로 할지도 모른다고 미리 들어왔지만 그것이 현실이 될 줄은 꿈에도 생각지 못했다. 그들은 마침 봄에 품기 위해 한 배의 알을 준비하고 있었는데 이제 와서 알을 거둬들이는 것은 살육 행위라고 항의했다. 존스의 추방 이래 처음으로 반란 비슷한 사건이 일어났다. 검은색 미노르카 종자인 세 마리의 젊은 암탉을 선두에 세우고 암탉들은 나폴레옹의 뜻을 저지하기 위해 단호하게 행동했다.

그들이 취한 방법은 서까래로 날아 올라가서 알을 낳고 그것이 저절로 바닥에 떨어지게 하여 깨뜨려버리는 것이었다. 나폴레옹은 재빨리 냉혹하게 조치했다. 그는 암탉에 대한 사료 배급을 중지하라고 명령하고, 단 한 톨의 곡식이라도 암탉에게 주는 자는 사형에 처한다고 선언했다. 이 명령이 완전히 시행되도록 개들이 감시 임무를 맡았다. 암탉들은 닷새 동안 버텼으나 엿새째에는 항복하고 둥우리로 돌아갔다. 그 사이에 암탉 아홉 마리가 죽었다. 그 시체는 과수원에 매장되었고, 사망 원인은 콕시듐(가축의 장에 기생해 질병을 일으키는 전염병) 때문이라고 발표되었다. 휨퍼는 이 사건에 대해서는 아무것도 듣지 못했으며 달걀은 지체 없이 인도되었고, 그 이후 매주 한 번씩 알을 운반하기 위해 잡화상의 포장마차가 농장을 드나들었다.

이러는 동안에도 스노볼의 모습은 전혀 볼 수 없었다. 그는 폭스우드나 핀치필드 중의 어느 한 농장에 숨어 있다는 소문이 떠돌았다. 이즈음 나폴레옹과 인근 농장주들과의 관계는 전보다 다소 호전되었다. 동물 농장 안뜰에 10년 전 너도밤나무를 베어서 산같이 쌓아둔 목재가 있었다. 잘 건조되어 있었으므로 휨퍼는 나폴레옹에게 그것을 팔면 어떻겠느냐고 권했다. 필킹턴 씨와 프레더릭 씨도 모두 그 목재를 탐내고 있었다. 나폴레옹은 두 사람 중 누구에게 팔까 하고 망설이고 있었다. 주의해 보니 그가 프레더릭 씨와 협정을 맺으려 하면 항상 스노볼이 폭스우드에 숨어 있다는 소문이 떠돌고, 그의 마음이 필킹턴 씨 쪽으로 기울면 스노볼이 핀치필드에 숨어 있다는 소문이 떠돌았다.

초봄이 되었을 때 돌연 놀라운 사실이 드러났다. 놀랍게도 스노볼이 밤을 틈타 가끔 농장으로 몰래 숨어들곤 했다는 것이었다. 동물들은 너무나 불안해 자기들 우리에서 제대로 잠을 잘 수 없었다. 소문의 내용은 그가 매일 밤 어둠을 틈타서 숨어 들어와 온갖 나쁜 짓을 저질렀다는 것이었다. 그는 밀을 훔치고 우유통을 뒤엎어버리며, 알을 깨뜨리고 묘판을 짓밟으며, 과일나무의 껍질을 벗겨버린다는 것이었다. 잘못이 발견되면 대개는 스노볼 탓으로 돌려졌다.

창문 유리가 깨지거나 배수구가 막혀도 누군가가 무조건 스노볼이 밤에 숨어 들어와 저지른 것이라고 말했다. 창고의 열쇠를 분실했을 때도 온 농장에 있는 동물들은 틀림없이 스노볼이 우물 속에 던져버렸을 것이라고 믿었다. 정말 묘하게도 잃어버렸던 열쇠가 밀기울 자루 속에서 발견되었는데도 그렇게 믿었다. 암소들은 입을 모아서, 스노볼이 자신들의 외양간에 숨어 들어와서 잠자고 있는 틈에 우유를 짜 갔다고 보고했다. 그해 겨울 극성을 떨었던 쥐들도 스노볼과 결탁하고 있었다고 했다.

나폴레옹은 스노볼의 행동에 대해 전면적인 조사를 하도록 명령했다. 그는 개들을 데리고 출발해 농장 건물을 면밀히 시찰하면서 한 바퀴 돌았다. 다른 동물들은 실례가 안 될 정도의 거리에서 그 뒤를 따랐다. 나폴레옹은 두세 걸음 걷다가 멈춰 서서 스노볼의 발자국을 발견하려고 땅바닥에 코를 대고 킁킁거렸다. 그는 냄새로 스노볼의 발자국을 알 수가 있다고 했다. 그는 구석구석 창고, 외양간, 닭장, 야채밭까지도 냄새를 맡았고, 거의 모든 곳에서 스노볼의 발자국을 발견했다.

그는 코끝을 땅바닥에 대고 여러 번 깊이 냄새를 맡고는 두려워하는 소리로 외쳤다.

"스노볼이다! 여기도 왔었어! 냄새로 분명히 알 수 있어!"

그리고 "스노볼이다!"라는 말을 들을 때마다 개들은 일제히 소름이 끼칠 정도로 으르렁거리며 이빨을 드러냈다.

동물들은 완전히 공포에 떨었다. 그들은 마치 스노볼이 주위의 공기 속에 퍼져 있어서 갖가지 해를 입히려고 눈에 보이지 않는 힘으로 위협하고 있는 듯 여겼다. 저녁때 스퀼러는 일동을 모아놓고 상기된 표정으로 이제부터 중대한 뉴스를 여러분에게 알리겠다고 말했다.

"동지 여러분!"

신경질적으로 깡충깡충 뛰면서 스퀼러는 소리쳤다.

"매우 가공할 만한 사실이 밝혀졌습니다. 스노볼은 핀치필드 농장의 프레더릭에게 몸을 팔고 있었습니다. 프레더릭은 언제라도 우리를 습격해 우리 농장을 빼앗으려고 계획하고 있는 것입니다! 그 공격이 시작되면 스노볼은 안내 역할을 하기로 되어 있었습니다. 하지만 더 경악할 사실이 있습니다. 우리는 스노볼의 배신이 그의 허영과 야심 때문이라고 생각하고 있었습니다. 하지만 동지 여러분, 우리는 잘못 생각하고 있었습니다. 진짜 이유가 무엇인지 아시겠습니까? 스노볼은 처음부터 존스와 한패였던 것입니다. 그는 존스의 스파이였습니다. 그 증거가 그가 놓고 간 문서에서 발견되었습니다. 동지 여러분, 나로서는 이것이 실로 많은 것을 밝혀주는 데 도움이 된다고 여겨집니다. 우리는 '외양간 전투' 때 그가 어떻게 우리를 패배시켜 멸망하게 했었는지—다행히도 그 계획은 실패했지만—우리 눈으로 보지 않았습니까?"

동물들은 벌어진 입을 다물 수가 없었다. 이 악랄한 일과 비교하면 스노볼이 풍차를 파괴한 일은 좀 나은 편이었다. 그러나 그들은 잠시 동안은 이 이야기를 이해할 수 없었다. 그들은 모두 '외양간 전투' 때 스노볼이 선두에 서서 분전한 것, 불리해질 때마다 모두를 모아서 격려한 것, 존스가 발사한 산탄이 그의 등에 스쳐 상처를 입었을 때 조금도 굽히지 않았던 것을 기억하고 있었다. 아니, 기억하고 있는 것 같았다. 그 사실과 스노볼이 존스와 한패라는 사실이 어떻게 연관되는 것인지 이해하기 힘들었다. 별로 질문한 적이 없는 복서조차 고개를 갸웃할 정도였다. 그는 앉아서 앞다리를 밑으로 꾸부리고, 눈을 감고서 생각하려고 안간힘을 썼다.

"그건 믿을 수가 없군. 스노볼은 '외양간 전투'에서 용감하게 싸웠소. 나는 분명히 이 눈으로 보았고. 우리는 그 직후에 그에게 '동물 영웅 훈장 제1급'을 수여하지 않았던가요?"

"동지, 그것은 우리의 잘못이었습니다. 그것을 이제는 알게 된 거요. 우리가 마련한 비밀문서에 그 사실이 적혀 있습니다. 그는 우리를 파멸로 이끌어가려 했던 것입니다."

"하지만 그는 부상을 당했었소. 피를 흘리면서 뛰는 그의 모습을 우리는 모두 보았을 것이오."

"그것도 각본의 하나였습니다!"

스퀼러가 소리쳤다.

"존스의 총알은 스쳤을 뿐입니다. 만일 여러분이 읽을 수 있다면 그가 직접 쓴 것을 보여주겠습니다. 각본에 따르면, 위급할 때 스노볼이 퇴각 신호를 하고 진지를 적의 수중에 넘기기로 되어 있었던 것입니다. 또 그의 계획은 조금만 더 진행되었으면 성공할 뻔했습니다. 동지 여러분, 만일 우리의 영웅적 지도자 나폴레옹 동지가 없었더라면 그의 계획은 분명히 성공했을 것입니다. 존스와 그 일당이 안뜰로 쳐들어왔을 때, 스노볼이 갑자기 뒤돌아서서 도망쳐 많은 동물들이 그 뒤를 쫓던 일을 잊었습니까? 그리고 나폴레옹 동지가 '인간을 죽여라!' 하고 외치면서 존스의 다리에 덤벼들었던 것을 기억하지요?"

스퀼러는 이리저리 뛰면서 소리쳤다.

스퀼러가 그때의 상황을 생생하게 이야기하자 동물들은 기억하고 있는 것 같은 느낌이었다. 어떻든 그 전투에서 상황이 위급해지자 스노볼이 돌아서서 달아나던 것을 모두들 기억하고 있었다. 그러나 그래도 복서는 여전히 약간 미심쩍은 것 같았다. 그는 마침내 말했다.

"나는 스노볼이 처음부터 배신자였다고는 믿을 수 없소. 그 후 그의 행동은 다르오. 하지만 외양간 전투 때 그는 훌륭한 동지였다고 믿고 있소."

"우리의 지도자 나폴레옹 동지는……."

스퀼러는 매우 천천히 그리고 분명한 어조로 선언하였다.

"스노볼은 처음부터, 즉 봉기를 구상하기 훨씬 이전부터 존스의 앞잡이였다고 확실하게 언명했습니다."

"아, 그렇다면 이야기는 다르지! 나폴레옹 동지가 그렇게 말했다면 그것이 틀림없겠지."

"그것이 참된 생각입니다, 동지!"

스퀼러도 소리쳤다. 그러나 그가 반짝이는 조그만 눈으로 험상궂게 복서를 흘낏 노려보는 것을 알 수 있었다. 그는 가다가 되돌아서서 말했다.

"이 농장의 여러분에게 특히 경고하겠는데, 눈을 크고 넓게 뜨고 주의해주기 바랍니다. 그것은 어쩐지 스노볼의 스파이 몇몇이 내가 이야기하고 있는 이 순간에도 우리들 속에 숨어 있다고 생각되기 때문입니다!"

그로부터 나흘 후 오후 늦게 나폴레옹이 모든 동물은 안뜰로 집합하라고 명령을 내렸다. 모두 집합하자, 나폴레옹은 두 개의 메달을 목에 걸고(최근 '동물 영웅 훈장 제1급'과 '동물 영웅 훈장 제2급'을 자기 스스로 받았다), 커다란 개 아홉 마리를 이끌고 농장 저택에서 나왔다. 개들은 그의 둘레를 돌면서 등골이 오싹할 정도로 으르렁거렸다. 이제부터 무엇인가 무서운 일이 일어날 것 같은 예감이 들어 동물들은 다만 묵묵히 그 자리에 주저앉아 있었다.

나폴레옹은 위엄 있는 눈초리로 일동을 바라보며 날카롭게 소리쳤다. 즉시 개들은 앞으로 뛰어나가 돼지 네 마리의 귀를 물고, 고통과 공포로 비명을 지르는 것도 상관치 않고 나폴레옹 앞으로 끌어냈다. 돼지들의 귀에서는 피가 흐르고 있었다. 피를 맛본 개들은 한동안 미친 것처럼 보였다. 놀랍게도 그중 세 마리가 갑자기 복서에게 덤벼들었다. 이것을 본 복서는 커다란 발을 내밀어 한 마리를 공중에서 받아내고 땅바닥에 눌러버렸다. 짓눌린 개는 살려달라고 비명을 지르고, 다른 두 마리는 꽁지를 사리고 도망쳤다. 복서는 이 개를 죽여버릴 것인지 아니면 놓아줄 것인지 알려달라는 듯 나폴레옹의 얼굴을 보았다. 나폴레옹은 안색이 변하는 듯했으나 엄하게 즉시 놓아주라고 명령했다. 복서가 발을 들자 그 개는 상처를 입은 채 울부짖으며 슬금슬금 도망쳤다.

이윽고 소란도 가라앉았다. 돼지 네 마리는 벌벌 떨면서 기다리고 있었다. 나폴레옹은 그들에게 죄를 고백하라고 요구했다. 그 돼지들은 나폴레옹이 일요일 총회를 폐지했을 때 항의한 돼지들이었다. 더 이상 재촉도 하지 않았으나 그들은 스노볼이 추방된 이후 자기들이 은밀히 스노볼과 연락을 취하고 있었으며 스노볼과 공모해서 풍차를 파괴했고, 또 그와 함께 동물 농장을 프레더릭 씨에게 인도할 계약을 체결하고 있었음을 고백했다. 그들은 또 스노볼이 은밀히 그들에게, 자신은 훨씬 이전부터 존스의 첩자였다고 말했다고 덧붙였다. 그들이 고백을 끝내자 즉시 개들이 덤벼들어 목을 물어버렸다. 그리고 나폴레옹은 사나운 목소리로 다른 동물들 가운데 자백할 자는 없느냐고 몰아세웠다.

달걀을 둘러싼 반란 미수 사건의 주모자였던 암탉 세 마리가 앞으로 나서서, 스노볼이 꿈에 나타나 나폴레옹의 명령에 거역하도록 자기들을 선동했다고 말했다. 그들도 역시 처형되었다. 그리고 거위 한 마리가 앞으로 나가서 지난해 수확할 때 밀 이삭을 여섯 개 감춰두었다가 밤에 몰래 먹었다고 고백했다.

다음엔 양 한 마리가 식수로 사용하는 연못에 오줌을 쌌다고 털어놓았다. 그의 말에 의하면, 그렇게 하도록 스노볼이 선동했다는 것이었다. 또 그 밖에 양 두 마리는, 특히 열렬한 나폴레옹의 숭배자인 나이 많은 염소가 기침으로 고생하고 있을 때 그를 화롯불 주위로 빙빙 돌며 쫓아다녀 죽게 만들었다고 자백했다. 그들은 모두 그 자리에서 처형되었다. 이렇게 자백과 처형이 계속되었고, 그 사이 나폴레옹의 발아래에는 시체 더미가 생기고 둘레에는 존스 추방 이래 완전히 없어졌던 피비린내가 무섭게 났다.

모든 일이 끝났을 때 돼지와 개를 제외한 다른 동물들은 한 덩어리가 되어 슬금슬금 물러갔다. 그들은 놀랐고 한편으로는 서글퍼졌다. 스노볼과 결탁하고 있던 동물들의 배신행위와 방금 자신들이 본 참혹한 처형의 광경을 비교해보았을 때 과연 어느 쪽이 좀 더 큰 충격이었는지 그들은 알 수 없었다. 예전에도 그런 참혹한 광경을 가끔 보았지만, 이번에는 그것이 자신들 사이에서 벌어진 사건인 만큼 한층 더 끔찍스럽게 여겨졌다. 존스가 떠난 이후 오늘까지 동물이 다른 동물을 죽인 예는 없었다. 들쥐 한 마리조차 목숨을 잃은 일이 없었던 것이다.

동물들은 절반쯤 완성된 풍차가 서 있는 언덕으로 갔다. 그리고 마치 몸을 따뜻하게 하려는 듯 서로 몸을 붙이고 일제히 옆으로 누웠다. 클로버, 뮤리얼, 벤저민, 암소들, 양들, 거위와 닭들이 모두 그곳에 모여 있었다. 오직 고양이만이 나폴레옹의 집합 명령이 떨어지기 직전에 자취를 감추었다. 한동안 침묵이 흘렀다. 복서만은 그대로 서 있었다. 그리고 검고 기다란 꼬리로 계속 옆구리를 두들기며 이따금 나지막한 소리로 깊은 한숨을 쉬면서 이리저리 움직이고 있었다.

"나는 아무래도 모르겠어. 이 농장에서 이런 일이 벌어졌다는 사실이 믿어지지 않는단 말이야. 아마 우리들 자신 가운데 뭔가 나쁜 일이 있기 때문일 거야. 그것을 고치려면, 내 생각이지만 좀 더 열심히 일하는 수밖에 없어. 이제부터 나는 아침에 한 시간 일찍 일어나야지."

그러더니 그는 무거운 발걸음으로 그들에게서 떠나 채석장으로 걸어갔다. 채석장에 도착하자 그는 계속 두 짐의 돌을 모아서는 풍차 건설 현장까지 끌어다 놓고 나서야 잠자리에 들었다.

동물들은 조용히 클로버의 곁에 앉았다. 그들이 앉아 있는 언덕 위에서는 인근 마을을 모두 둘러볼 수 있었다. 동물 농장의 대부분이 그들 눈앞에 펼쳐져 있었다. 도로 쪽으로 뻗쳐 있는 기다란 목장, 목초밭, 덤불, 물 마시는 연못, 어린 밀이 빽빽하게 들어선 푸르고 산뜻한 경작지, 굴뚝에서 연기가 소용돌이치며 올라가고 있는 농장 건물의 붉은 지붕들이 보였다. 멋지고 맑은 봄날 저녁이었다. 풀이 돋아나기 시작한 울타리는 옆에서 내리쬐는 햇볕을 받으며 황금색으로 빛나고 있었다.

이 농장이 자신들의 것이고 이 농장 구석구석이 자기들 소유인 것을 생각하니 적지 않은 경이감이 들었다. 이 농장이 동물들에게 이렇게 좋은 장소로 보였던 적은 일찍이 한 번도 없었다. 언덕 중간을 내려다보고 있는 클로버의 눈에 눈물이 괴었다. 만일 그녀가 자신의 과거를 말할 수 있었다면 다음과 같이 말했을 것이다.

'지금부터 몇 년 전 우리가 인간을 쫓아내려고 열심히 버티고 있을 때 우리가 결코 이런 상태를 목표로 하고 있었던 것은 아니다. 메이저 영감이 우리를 분기시켜 봉기하라고 선동하던 그날 밤 우리가 마음에 그린 것은 결코 이런 무시무시한 참상은 아니었을 것이다.

만일 나에게 미래에 대한 꿈이 있었다면 그것은 동물들이 굶주림과 채찍에서 해방되고 모두가 평등하며 각자 자기 능력에 따라 일하고, 메이저 영감의 연설이 있던 그날 밤 내가 새끼 오리들을 앞다리로 지켜준 것같이 강한 자가 약한 자를 지켜주는 그런 동물의 모습이었을 것이다. 그런데 현실은 그것과 정반대여서 아무도 마음먹은 것을 말하지 못하고, 사납게 으르렁대는 개들이 활개를 치면서 자기 친구가 어떤 죄를 자백하면 달려들어 물어뜯는 것을 그저 보고만 있어야 하는 끔찍한 시절이 되었다. 나는 반란을 일으키거나 명령에 거역하려는 생각은 전혀 없다.

이런 상태라도 존스 시대와 비교해 훨씬 좋으니까 인간들의 복귀만은 어떻게든 저지해야 된다. 그것은 나도 알고 있다. 어떤 일이 일어나도 나는 성실성을 잃지 않고, 열심히 일하고 주어진 명령을 실행하며 나폴레옹을 지배자로서 인정할 작정이다. 그러나 나를 비롯한 다른 모든 자들이 희망을 갖고 열심히 일해온 것은 이런 결과를 맞기 위해서가 아니었을 것이다. 풍차를 건설한 것도, 존스의 총탄에 몸을 내맡긴 것도 물론 이렇게 되기 위해서는 아니었을 것이다.'

그녀는 말로 표현할 수는 없었지만 마음속으로 이렇게 생각했던 것이다. 마침내 그녀는 노래라도 부르면 말로 표현할 수 없는 감정이 다소 느껴질지 모른다고 생각하여 〈영국의 동물들〉을 부르기 시작했다. 그러자 그녀를 둘러싸고 앉아 있던 다른 동물들도 박자를 맞추어 계속해서 세 번이나 불렀다. 그러나 천천히, 슬픔에 잠겨 노래했다.

그들이 세 번째 노래를 끝냈을 때 스퀼러가 개 두 마리를 데리고 중대한 임무를 띠고 왔다는 듯한 얼굴로 그들 쪽으로 다가왔다. 그리고 나폴레옹 동지의 특명에 의하여 〈영국의 동물들〉은 폐기되었다고 발표했다. 따라서 이제부터 이 노래를 부르는 것은 금지되었다고 선언했다. 동물들은 그저 어이없어할 뿐이었다.

"왜 그러오?"

뮤리얼이 물었다. 스퀼러가 딱딱한 표정으로 말했다.

"벌써 필요 없게 되었습니다, 동지. 〈영국의 동물들〉은 봉기의 노래였지요. 그런데 봉기는 이미 완성되었습니다. 오늘 오후 이루어진 배신자들의 처형이 그 마지막이었습니다. 우리는 밖의 적과 안의 적을 섬멸했습니다. 우리는 장래 더 좋은 사회가 탄생하도록 바라는 마음을 〈영국의 동물들〉이라는 노래로 나타낸 것입니다. 그런데 그 사회는 이미 이루어졌습니다. 그래서 분명히 이 노래는 이제 아무런 의미가 없게 되었습니다."

그들은 깜짝 놀랐으며 몇몇은 반대를 할 것도 같았다. 그러나 그 순간양들이 언제나처럼 "네 다리는 좋고 두 다리는 나쁘다."라고 몇 분 동안 계속해서 합창을 했으므로 토론은 끝나고 말았다.

그래서 〈영국의 동물들〉이라는 노랫소리는 더 이상 들을 수 없게 되었다. 그 대신에 시를 쓰는 미니머스가 다른 노래를 만들었다. 그 첫머리는 다음과 같았다.

동물 농장이여,
동물 농장이여,
그대 내가 지켜주리!

그리고 이 노래는 매주 일요일 아침 기를 게양한 후에 불렀다. 그러나웬일인지 노래의 가사나 곡조가 동물들에게는 〈영국의 동물들〉만큼 마음에 와 닿지 않았다.

8

그 후 며칠이 지나서 처형 때문에 일어난 공포가 가라앉았을 무렵 몇몇 동물들이 7계명 중 여섯 번째 계명에 "동물은 다른 동물을 해치지 않는다."라고 명시해놓은 것을 기억했다. 아니, 기억하고 있는 것 같은 느낌이 들었다. 그리고 돼지나 개들이 듣는 곳에서 그것을 말하려는 자는 없었으나, 모두 전날의 처형은 분명히 계명에 위배된다는 느낌을 가졌다. 클로버는 벤저민에게 여섯 번째 계명을 읽어달라고 부탁했으나, 벤저민은 여전히, 그런 문제에 관여하고 싶지 않다고 거절했다. 할 수 없이 그녀는 뮤리얼을 데리고 왔다. 뮤리얼이 여섯 번째 계명을 읽어주었다. 그것은 이렇게 씌어 있었다. "동물은 이유 없이 다른 동물을 해치지 않는다." 어떻게 된 일인지 '이유 없이'라는 두 마디 말이 동물들의 기억에서 사라졌던 것이다. 그러나 그들은 이제 계명을 위반한 것은 아니라는 것을 알았다. 분명히 스노볼과 공모했던 배반자를 처형할 충분한 이유가 있었기 때문이다.

그 한 해 동안 동물들은 지난해보다 더한층 힘을 내어 노동했다. 농장의 규칙적인 일과를 다하는 것 이외에 벽이 전보다 두 배나 두꺼운 풍차 건물을 예정된 날짜 안에 완성하는 것은 여간 괴로운 노동이 아니었다. 동물들은 존스 시대보다 오랜 시간 노동하는데도 공급되는 음식은 존스 시대와 다를 바 없다는 느낌을 가질 때도 있었다. 일요일 아침마다 반드시 스퀼러가 앞발로 얇은 종이쪽지를 들고 모든 종류의 식량 생산고가 경우에 따라서 2백 내지 3백 퍼센트 또는 5백 퍼센트가 증가했다는 것을 나타내는 통계표를 그들에게 읽어주는 것이었다. 동물들은 봉기가 일어나기 전의 상태가 어떠했는지 분명하게 기억하지 못했으므로 그가 거짓말하고 있는 것이라고 단정할 근거는 아무것도 없었다. 그렇다고 하지만 숫자는 아무래도 좋으니 식량을 좀 더 늘려주었으면 하고 바랐다.

이제 모든 명령은 스퀼러나 다른 돼지 중 누군가의 입을 통해서 발표되었다. 나폴레옹 자신은 2주에 한 번쯤 군중 앞에 모습을 나타낼 정도였다. 또 모습을 보일 때는 개를 수행하고 있을 뿐 아니라 검은 수탉을 한 마리 앞장세워 데리고 다녔다. 이 수탉은 나폴레옹 앞에 서서 걸으며 나팔수 같은 역할을 했는데, 그가 말하기 전에 목청을 높여 "꼬끼오!" 하고 울어댔다. 농장 저택 안에서도 나폴레옹은 다른 돼지와는 다른 방에 살고 있다고 했다. 식사도 개 두 마리의 시중을 받으면서 혼자 하고, 항상 거실의 유리 찬장 속에 있는 크라운더비 식기를 사용했다. 또 이제부터 매년 나폴레옹의 탄생일에도 다른 두 번의 축제일과 똑같이 축포를 발사한다고 발표했다.

이제 나폴레옹은 그저 나폴레옹이라 불리지 않게 되었다. 항상 정식으로 '우리의 지도자 나폴레옹 동지'라 불리게 되었고, 돼지들은 그에게 '모든 동물의 아버지'라든가 '인류의 공포'라든가 '양 떼들의 보호자' 또는 '우리의 친구'라는 칭호를 붙여 불렀다. 스퀼러는 연설할 때 항상 눈에서 눈물을 뚝뚝 흘리며 나폴레옹의 지혜와 고운 마음씨, 그리고 모든 곳의 모든 동물들, 그중에서도 특히 다른 농장에서 아직도 무지와 예속 상태를 감수하고 있는 불행한 동물들에게 보내고 있는 깊은 애정에 대해 말하는 것이었다. 자신들이 훌륭하게 되고 행운이 찾아드는 것도 모두 다 나폴레옹의 은덕이라고 말하는 것이 통례가 되었다. 한 마리의 암탉이 다른 암탉을 향해 "우리의 지도자 나폴레옹 동지의 지도 덕분에 나는 엿새 동안 다섯 개의 알을 낳았다."라고 말하는 것을 종종 들을 수 있었으며, 두 마리의 암소가 연못에서 물을 마시며 "나폴레옹 동지의 지

도 덕분에 이 물은 참 맛이 좋다!"라고 감격해 소리를 지르는 일도 흔했
다. 농장 분위기는 미니머스가 만들어낸 〈나폴레옹 동지〉라는 시 가운
데 잘 표현되어 있었다. 그 시는 다음과 같았다.

아비 없는 자의 친구들이여!
행복한 샘이여!
여물통의 주主여!
근엄한 하늘의 태양과 같은
당신의 두 눈을 바라볼 때
내 영혼은 불같이 타오른다.
아아, 나폴레옹 동지!

그대만이 온 동포가 좋아하는,
하루 두 번 배불리고 잠 이루기 위한
시원한 짚을 주는 주인,
크고 작은 동물은 모두
편안히 우리에 잠들고
당신은 모든 것을 지켜주시니
아아, 나폴레옹 동지!

만일 내게 젖먹이 돼지가 있다면
병이나 방망이만큼
크게 자라기 전에
당신에게 충성과 진심을 바치도록
틀림없이 가르치리.

그가 외쳐야 할 첫 소리는

아아, 나폴레옹 동지!

나폴레옹은 이 시를 매우 좋아해, 창고의 7계명이 쓰여 있는 반대쪽 벽에 써놓게 하였다. 그리고 스퀼러가 이 시 위에 나폴레옹의 초상화를 흰 페인트로 그려놓았다.

한편 나폴레옹은 휨퍼의 알선으로 프레더릭과 필킹턴 양쪽을 상대로 복잡한 협정을 체결하려 하고 있었다. 쌓아둔 목재는 아직 팔리지 않고 있었다. 두 사람 가운데 프레더릭 편이 그것을 사려고 한층 열을 올리고 있었으나 적당한 값을 주려고 하지 않았다. 그 무렵 풍차 건설로 심한 질투심을 일으켰던 프레더릭과 그의 일꾼들이 동물 농장을 습격하여 풍차를 파괴할 계획이라는 소문이 또다시 돌기 시작했다. 스노볼이 여전히 핀치필드 농장에 숨어서 돌아다니고 있다는 것이었다.

여름도 중순경, 동물들은 암탉 세 마리가 스노볼의 선동으로 나폴레옹 암살 계획에 가담했다고 자백하는 이야기를 듣고 깜짝 놀랐다. 그 세 마리는 즉각 처형되었고 나폴레옹의 신변 보호를 위하여 새로운 경계 조치가 취해졌다. 매일 밤 침대 귀퉁이에서 개가 그를 지켰고, 그의 음식물에 독을 넣었을까 봐 핑크아이라는 젊은 돼지에게 음식물을 전부 미리 맛보는 역할을 맡게 했다.

바로 그 무렵에 나폴레옹이 목재를 필킹턴 씨에게 매각하기로 계약했다고 발표되었다. 그리고 그는 동물 농장과 폭스우드 농장 사이에 일정한 산물을 교환하기 위한 정식 협정을 체결하려 하고 있었다. 나폴레옹과 필킹턴과의 관계는 오직 휨퍼를 통해 계속되고 있을 뿐이었으나 이제는 거의 우호적인 성격을 띠고 있었다. 동물들은 필킹턴이 인간이기에 신뢰하지는 않았으나 프레더릭과 비교하면 훨씬 좋다고 생각하고 있었다. 그들은 프레더릭을 두려워하고 미워하고 있었던 것이다. 여름이 지나서 풍차가 완성될 즈음 반역자들이 머지않아 습격할 것이라는 소문이 점차 커지고 있었다. 소문으로는, 프레더릭이 총을 든 사람 20명을 동물 농장에 투입할 계획을 세우고 있으며, 치안판사나 경찰은 이미 매수되어, 만일 그가 동물 농장의 소유 증서만 손에 넣으면 판사나 경찰로서도 별로 문제 삼지 않으리라는 것이었다. 게다가 프레더릭이 자기 동물들에게 가하는 가혹 행위에 관한 무시무시한 소문이 핀치필드 쪽에서 새어 나왔다.

그는 늙은 말은 때려 죽이고 암소는 굶겨 죽였으며, 개는 아궁이에 던져서 태워 죽이고, 수탉의 발톱에 면도날을 달아 서로 싸우게 한 다음 그 광경을 즐기고 있다는 것이었다. 이처럼 잔인한 일들이 자기 동지들의 몸에 가해지고 있다는 소문을 들었을 때 동물들의 피는 분노로 들끓어, 모두 궐기해 핀치필드 농장을 습격하여 인간들을 추방하고 동물들을 해방시켜 주자고 외쳤다. 그러나 스퀼러는 무모한 행동을 피하고 나폴레옹 동지의 전략을 신뢰하라고 충고했다.

그런데도 프레더릭에 대한 반감은 더해갔다. 어느 일요일 아침 나폴레옹이 창고에 나타나, 자신은 목재를 프레더릭에게 팔 생각은 한 번도 하지 않았다고 해명했다. 그리고 그런 악당과 거래하는 것은 자신의 체면이 손상되는 일이라고 말했다. 반란 소식을 널리 알리기 위해 계속 파견되고 있던 비둘기들에게 폭스우드 농장에는 가지 말라고 명령하고, 또 이제까지의 슬로건인 '타도 인간'을 그만두고 그 대신 '타도 프레더릭'을 새로운 슬로건으로 정하라고 명령했다. 여름이 끝날 무렵 스노볼의 음모가 하나 더 폭로되었다. 밀밭에 잡초가 무성해졌는데, 그것은 스노볼이 언젠가 밤에 잠입했을 때 밀 종자에 잡초 씨를 섞어놓았기 때문인 것으로 밝혀졌다. 그 음모에 은밀히 가담한 수거위는 스퀼러에게 죄를 자백한 후 독이 있는 까마종이 열매를 먹고 스스로 목숨을 끊었다. 그 후 동물들은 또—이제까지 많은 동물들이 믿고 있었던 것과는 달리—스노볼이 결코 '동물 영웅 훈장 제1급'을 받은 적이 없었다는 것을 알게 되었다. 이것은 '외양간 전투' 얼마 후에 스노볼 자신이 퍼뜨린 단순한 소문이었다. 그는 훈장을 수여받기는커녕 그 전투에서 비겁한 행동을 보였기 때문에 견책된 것이었다. 동물들 가운데에는 이 말을 듣고 다소 미심쩍게 생각하는 자도 있었으나 스퀼러가 곧 그들의 기억이 틀렸다고 설득했다.

가을이 되어 땀 흘려 노력한 보람으로(작물 수확도 거의 같은 무렵이었기 때문에) 풍차가 완성되었다. 기계는 아직 설치되지 않아 휨퍼가 기계 구입 교섭을 벌이는 중이었지만 건물은 완성되었다. 경험도 없는 데다 도구가 원시적이고, 또한 악운이 겹쳐 스노볼 반란 사건까지 있었지만, 그런 커다란 장애를 물리치고 풍차는 예정된 기일에 정확히 준공되었던 것이다. 무척 피로했으나 동물들은 자랑스러워서 자신들이 쌓아 올린 풍차 주위를 빙빙 돌았다. 그들의 눈에는 처음보다 한층 아름답게 보였다. 또 벽의 두께가 그전의 것보다 두 배나 두터웠다. 이제는 폭파하지 않는 한 절대로 쓰러지지 않을 것이다! 그들이 얼마나 열심히 일했으며 어떻게 절망을 헤치고 나왔는가. 그러나 풍차의 날개가 돌아 발전기가 움직이기 시작하면 자신들의 생활에 어떠한 변화가 일어날 것인가를 생각하니 피로가 저절로 풀리는 듯했다. 그들은 환희의 소리를 지르며 뛰어서 풍차 둘레를 계속 돌았다. 나폴레옹은 개의 호위를 받으며 수탉을 앞장세우고 완성된 풍차를 시찰하러 왔다. 그리고 친히 동물들에게 대사업의 완성을 치하하고, 이 풍차를 '나폴레옹 풍차'라 부르기로 했다고 발표했다.

이틀 후 동물들은 창고에서 열린 특별 회의에 소집되었다. 나폴레옹으로부터 목재를 프레더릭에게 매각했다는 말을 들은 동물들은 너무나 놀라서 입을 열 수가 없었다. 내일부터 프레더릭의 마차가 와서 목재를 운반해 간다는 것이었다. 겉으로는 필킹턴과의 우호 관계를 유지하고 있는 것같이 보여주고 그 사이에 나폴레옹은 프레더릭과 비밀 계약을 맺었던 것이다.

폭스우드와의 모든 관계가 단절되었고 필킹턴에게 모욕적인 메시지가 보내졌다. 비둘기들은 이제 핀치필드 농장에는 가지 않게 되었고, 또 슬로건도 '타도 프레더릭'에서 '타도 필킹턴'으로 바뀌었다. 동시에 나폴레옹은 동물 농장에 대한 공격이 박두했다는 소문은 전혀 근거 없는 낭설이고, 프레더릭이 자기 동물들을 학대한다는 소문도 과장된 것이라고 단언했다. 이런 소문은 아마도 스노볼과 그 부하들이 꾸며낸 일일 것이라고 했다. 결국 스노볼은 핀치필드 농장에 숨어 있는 것이 아니었다. 아마도 태어나서 이제까지 한 번도 거기에는 간 일이 없었을 것이다. 소문에 의하면 그는 폭스우드에서 매우 사치스럽게 살고 있으며, 실제로 여러 해를 필킹턴의 식객이었다는 것이었다.

돼지들은 나폴레옹의 뛰어난 장사 수완을 매우 기뻐했다. 필킹턴과 사이좋게 지내는 것같이 보이면서 프레더릭으로부터 목재 값을 12파운드나 올려 받았던 것이다. 스퀄러의 설명에 따르면, 나폴레옹의 뛰어난 수완은 그가 아무도, 프레더릭조차 신뢰하지 않는 것만 보아도 잘 알 수 있다는 것이었다. 프레더릭은 목재 대금을 수표라는 것으로 지불하고 싶다고 했다. 그 수표라는 것은 지불 계약을 쓴 한 장의 얇은 종이에 지나지 않았다. 그래서 나폴레옹은 그런 방법을 거절했다. 그는 5파운드짜리 현금으로 지불할 것을 요구하고, 또 그 대금은 목재를 반출하기 전에 지불하라고 했다. 그래서 프레더릭은 이미 전액을 지불했다. 그 총액은 풍차의 기계를 살 수 있을 만큼 고액이었다.

한편 목재는 신속히 마차로 운반되고 있었다. 운반이 다 끝났을 때 동물들에게 프레더릭에게서 받은 지폐를 보여주기 위해 다시 창고에서 특별 회의가 열렸다. 두 개의 훈장을 단 나폴레옹은 만족스러운 웃음을 띠고 농장 저택의 부엌에서 가져온 도자기 접시 위에 가지런히 쌓아놓은 지폐를 끌어당겼다. 그러고는 연단 침대 위에 즐거운 듯 누웠다. 동물들은 행렬을 지어 천천히 그 앞을 지나며 실컷 구경했다. 복서가 코를 내밀어 지폐의 냄새를 맡자 그 얇고 흰 돈은 그의 숨결에 움직이며 팔랑팔랑 소리를 내었다.

그로부터 사흘 후 무서운 소동이 일어났다. 새파랗게 질린 휨퍼가 자전거로 달려와 자전거를 안뜰에 내던지고 총알처럼 농장 저택으로 뛰어들었다. 곧이어 숨 막힐 듯한 고함 소리가 나폴레옹의 방에서 들려왔다. 이 뉴스는 순식간에 온 농장 안에 퍼졌다. 전에 받은 지폐는 위조라는 것이었다! 프레더릭은 공짜로 목재를 가져간 셈이었다!

나폴레옹은 즉시 동물들을 소집하고 무서운 목소리로 프레더릭에게 사형을 선고했다. 프레더릭을 체포하면 산 채로 삶아버리겠다고 그는 흥분했다. 동시에 그는 이런 배신행위가 일어난 이상 최악의 사태를 각오해야 한다고 전원에게 경고했다. 프레더릭과 그 일당이 오랫동안 계획해온 공격을 언제 해올지 모를 일이었다. 농장으로 통하는 모든 길에 보초가 배치되었다. 그리고 비둘기 네 마리가 화해 메시지를 가지고 폭스우드에 파견되었다. 이 메시지는 필킹턴과의 우호 관계를 다시 회복하도록 하려는 것이었다.

바로 그 이튿날 아침 공격이 개시되었다. 동물들이 아침 식사를 하고 있을 때 파수꾼이 뛰어 들어와, 프레더릭과 그의 부하는 이미 다섯 개의 가로대가 달린 판자문을 통과했다고 알렸다. 동물들은 용감하게 이들을 맞아 싸웠으나, 이번에는 '외양간 전투' 때와는 달리 간단히 승리할 수 없었다. 적은 열다섯 명이나 되며 여섯 자루의 총을 가지고 있어서 50야드 이내로 접근하자 동시에 사격을 해왔다. 동물들은 무서운 폭발음과 날아오는 총알에 저항할 수 없어 나폴레옹과 복서의 필사적인 격려에도 불구하고 얼마 후 모두 패주했다. 이미 상당수가 부상당해 있었다. 그들은 농장 건물 안으로 도망쳐 들어가 벽 틈과 구멍으로 조심스럽게 밖을 내다보았다. 넓은 목장과 풍차까지도 모조리 적에게 점령되어 있었다. 잠시 동안 나폴레옹조차 어찌할 바를 모르는 것 같았다. 그는 꼬리를 세우고 부들부들 떨면서 묵묵히 이리저리 돌아다녔다. 그리고 무엇인가 기다리는 듯 폭스우드 쪽으로 시선을 돌렸다. 만일 필킹턴과 그의 일꾼들이 도와주러 온다면 아직 승리할 희망은 있는 것이다. 때마침 어제 파견했던 비둘기 네 마리가 되돌아왔으며, 그중 한 마리가 필킹턴이 보낸 한 장의 종이쪽지를 갖고 있었다. 거기에는 연필로 "꼴좋다."라고 쓰여 있다.

프레더릭과 그의 일꾼들은 풍차 옆에 서 있었다. 그것을 지켜보던 동물들 사이에는 실의에 찬 한숨 소리가 나왔다. 두 사람이 지렛대와 큰 망치를 들고 풍차를 부수려 하고 있었던 것이다.

"깨지지 않을걸!" 나폴레옹이 소리쳤다.

"아무리 두들겨도 꼼짝 않도록 벽을 훨씬 두껍게 만들었단 말이야. 일주일이 걸려도 안 깨질걸. 동지 여러분, 용기를 내시오!"

그러나 벤저민은 그 사나이들의 움직임을 열심히 보고 있었다. 망치와 지렛대를 든 두 사람은 풍차의 지면 가까이에 구멍을 뚫고 있었다. 거의 유쾌하다는 듯한 표정으로 벤저민은 기다란 콧등을 천천히 끄덕거렸다.

"내 그럴 줄 알았지. 저들이 무엇을 하려는 건지 모르겠소? 이제 곧 그 구멍에 폭약을 채울 거요."

동물들은 겁에 질린 채 기다리고 있었다. 이제는 숨어 있는 건물에서 뛰어나갈 수도 없었다. 얼마 후 사방으로 사람들이 뛰어가는 것이 보였다. 그와 동시에 귀를 찢을 듯한 폭음이 일어났다. 비둘기는 하늘로 날아 올라가고 나폴레옹을 제외한 동물들은 모두 엎드려 얼굴을 땅에 묻었다. 그들이 다시 일어났을 땐 풍차가 있던 곳에 검은 연기의 덩어리가 떠 있었다. 그 연기는 바람에 불려 천천히 움직였다. 풍차는 형체도 없었다.

이 참상을 보고 동물들은 용기를 되찾았다. 바로 조금 전까지의 공포와 절망은 이 끔찍하고 비겁한 행위를 보고 격분으로 변했다. 복수를 하겠다는 강력한 절규가 일어나 명령도 기다리지 않고 그들은 한 덩어리가 되어 적을 향하여 돌진했으나, 우박같이 쏟아지는 무자비한 총알 앞엔 아무것도 아니었다. 처참한 전투였다. 인간들은 계속 발포하면서 동물들이 육박해 오자 몽둥이로 두들기고 묵직한 구둣발로 걷어찼다. 암소 한 마리, 양 세 마리, 거위 두 마리가 전사하고 거의 모두가 부상당했다. 뒤에서 작전 지휘를 하고 있던 나폴레옹조차 총알에 맞아 꼬리 끝이 잘렸다. 그러나 인간들도 무사하지는 못했다. 세 사람이 복서의 발굽에 맞아 머리가 터졌고, 또 한 사람은 암소의 뿔에 배를 찔렸으며, 다른 한 명은 제시와 블루벨에게 바지를 전부 찢겼다. 울타리 밑에 숨어서 측면을 공격하도록 미리 나폴레옹이 일러두었던 그의 호위병 개 아홉 마리가 갑자기 사람들의 측면을 습격하며 격렬하게 짖어댔다. 그러자 그들은 당황했고 잘못하면 꼼짝없이 포위될 것이라고 생각한 모양이었다. 프레더릭이 부하들을 향해 길이 막히기 전에 퇴각하라고 소리 지르자 겁에 질린 적은 도망쳐버렸다. 동물들은 그들을 농장 끝까지 곧장 추격해, 가시울타리 사이로 겨우 밀치며 달아나는 것을 보고 마구 걷어찼다.

겨우 적을 물리치긴 했지만 동물들은 기진맥진하여 피를 흘렸다. 다리를 절면서 그들은 천천히 농장으로 들어오기 시작했다. 자기 친구들이 전사하여 풀 위에 쓰러져 있는 것을 보고 가슴이 뭉클해 눈물을 흘리는 동물도 있었다. 그리고 그들은 조금 전까지 풍차가 서 있던 장소에 오자 슬픔에 잠겨 한동안 말없이 서 있었다. 그렇다, 풍차가 없어졌다. 고생 끝에 만든 그들의 풍차가 흔적도 없게 된 것이다! 건물 기초도 여기저기 파괴되어 있었다. 재건하려고 해도 이번에는 저번과는 달리 무너진 돌을 이용할 수도 없었다. 이번에는 돌마저 없어졌기 때문이다. 폭파될 때 돌은 수백 야드나 멀리 날아가 버렸다. 풍차는 처음부터 없었던 것같이 되었다.

그들이 농장에 다가가자 어쩐 일인지 싸움이 벌어지는 동안 모습을 감추었던 스퀼러가 꼬리를 흔들며 온 얼굴에 만족한 웃음을 띤 채 깡충깡충 뛰면서 그들 쪽으로 다가왔다. 그때 농장 저택 쪽에서 무서운 총성이 들려왔다.

"저건 무슨 총소리야?"

복서가 물었다.

"우리들의 승리를 축하하기 위한 거지."

스퀼러가 소리쳤다.

"무슨 승리란 말이야?"

복서가 반문했다. 그의 무릎에서는 피가 흐르고 편자 반쪽이 없어져 발굽이 반은 터졌으며, 뒷다리에는 총알이 열두 발이나 박혀 있었다.

"무슨 승리라니, 동지? 우리는 적을 우리 땅으로부터 추방했지 않습니까. 이 신성한 동물 농장으로부터. 알겠습니까?"

"그렇지만 사람들은 풍차를 파괴했소. 그것은 우리가 2년 동안이나 열심히 일해서 겨우 만들어낸 것이 아닌가!"

"그게 어떻단 말입니까? 다시 풍차를 만들면 되지 않습니까. 우리가 원하면 풍차는 여섯 개라도 만들 수 있습니다. 동지, 당신은 우리가 이루어놓은 큰 사업이 무엇인지 모르는군요. 우리가 지금 서 있는 이 땅을 적이 점령하고 있었단 말입니다. 하지만 나폴레옹 동지의 지휘 덕분에 우리는 이 땅을 한 조각까지 다 되찾을 수 있지 않았습니까!"

"그건 우리가 전에 갖고 있던 것을 되찾았을 뿐이오."

"그것이 바로 우리의 승리란 말이오."

그들은 다리를 절면서 안뜰로 들어섰다. 복서의 다리 속에 박혀 있는 산탄이 쿡쿡 쑤셨다. 그는 자기 앞에 풍차를 다시 한 번 건설해야 한다는 숨 막히는 중노동이 가로놓인 것을 깨달았고, 마음속으로부터 그 대사업과 맞서기 위해 기운을 냈다. 그러나 문득 자신은 열한 살이므로 이제 체력도 예전과는 같지 않다는 데 생각이 미쳤다.

동물들은 녹색 농장기가 펄럭이고 또다시 축포가 울리면서—축포는 모두 일곱 발 발포되었다—노고를 치하하는 나폴레옹의 연설을 들었을 때, 결국 자기들이 큰 승리를 거둔 것이라는 느낌을 갖게 되었다.

전사한 동물들을 위해 엄숙히 장례가 거행되었다. 복서와 클로버가 영구차로 꾸며진 마차를 끌고 나폴레옹이 장례 행렬 선두에 섰다. 전승 축하 잔치는 이틀 동안 벌어졌다. 노래와 연설이 있었고, 다시 여러 번 축포가 발사되었다. 그리고 특별상으로 모든 동물에게 사과가 한 개씩 지급되었고, 새들에게는 각각 밀이 2온스, 개들에게는 비스킷 세 개씩이 각각 주어졌다. 이번 싸움은 '풍차 전투'라 부를 것이며, 나폴레옹이 새로이 '녹색기旗 훈장'을 제정해 이것을 자기 자신에게 수여했다고 발표되었다. 전 농장은 축하 분위기에 들떠 그 위조지폐를 둘러싼 사건은 시들해졌다.

돼지들이 우연히 농장 저택 지하실에서 위스키 한 상자를 발견한 것은 며칠 뒤의 일이었다. 처음 이 농장 저택으로 옮겼을 때에는 발견하지 못했던 것이었다. 그날 밤 농장 저택에서는 커다란 노랫소리가 들려왔다. 놀라운 일은, 그 노래들 속에 〈영국의 동물들〉도 섞여 있었다는 것이었다. 밤 9시 반경 나폴레옹이 존스 씨의 낡은 모자를 쓰고 뒷문으로 나와 안뜰을 급히 뛰더니 다시 집 안으로 사라지는 것이 역력히 보였다. 그러나 아침이 되자 농장 저택 주변은 조용했다. 돼지는 한 마리도 일어난 것 같지 않았다. 스퀼러가 몽롱한 눈으로 꼬리를 축 늘어뜨리고 마치 중환자처럼 비실거리며 천천히 걸어 나온 것은 거의 9시가 다 되어갈 무렵이었다. 그는 동물들을 불러놓고 이제부터 무서운 소식을 알리지 않으면 안 된다고 말했다. 나폴레옹 동지가 죽어가고 있다는 것이었다.

비탄의 소리가 나왔다. 농장 저택의 문밖에 짚이 깔리고 동물들은 가만가만 걸었다. 그리고 눈물을 흘리면서, 만일 자신들의 지도자가 죽는다면 어떻게 되나 하고 서로 의견을 주고받았다. 결국 스노볼이 나폴레옹의 음식에 교묘히 독을 넣었다는 소문이 퍼졌다. 11시에 스퀼러가 나와서 또 발표를 했다. 나폴레옹 동지가 살아 있는 동안 최후의 조치로서 술을 마신 자는 사형에 처한다는 엄명을 내렸다는 것이다.

그러나 저녁때 나폴레옹의 용태가 다소 회복된 것같이 보였고, 그 이튿날 아침에는 스퀼러가 그는 거의 회복되었다고 발표할 수 있을 정도였다. 그날 저녁부터 나폴레옹은 다시 집무를 보고 있었다. 그리고 그다음 날 그는 휨퍼에게 윌링던 시에서 양조와 증류에 관계된 책을 사 오도록 부탁했다는 것이 밝혀졌다. 일주일 후 나폴레옹은 이제까지 은퇴한 동물이 여생을 보낼 수 있도록 남겨두었던 방목장인 과수원 저편의 작은 울타리 목장을 갈도록 명령했다. 그 토지가 피폐해서 씨를 다시 뿌려야 된다고 말은 했지만, 실은 나폴레옹이 거기에 보리를 파종할 계획이라는 것이 곧 알려지게 되었다.

이 무렵 어쩐 일인지 거의 아무도 모르는 이상한 사건이 일어났다. 어느 날 밤 12시쯤 안뜰에서 덜커덩하는 꽹음이 울려 동물들은 모두들 우리에서 뛰어나왔다. 달밤이었다. 창고 끝 7계명이 쓰여 있는 벽 밑에 사다리가 두 토막으로 꺾여 있었다. 그리고 스퀄러가 그 옆에 기절해 있고 바로 옆에 램프와 페인트 붓과 흰 페인트 통이 뒤집힌 채 흩어져 있었다. 개들이 곧 스퀄러를 둘러싸고 그가 걸을 수 있게 되자 그를 부축하여 농장 저택으로 끌어 들였다. 이것이 도대체 어찌 된 일인지 동물들은 아무도 몰랐다. 오직 벤저민 영감만은 달라서 마음에 짚이는 게 있다는 듯 콧등을 씰룩거렸으나 아무 말도 하려 들지 않았다.

그러나 그 후 며칠이 지나서 뮤리얼은 7계명을 읽어보고, 그 조항 중에서 자신들이 잘못 알고 있었던 항목이 또 하나 있음을 알게 되었다. 그들은 다섯 번째 계명을 '동물은 술을 마시지 않는다.'라고 기억하고 있었으나, 실은 두 단어를 잊고 잊었던 것이다. 실제 다섯 번째 계명은 '동물은 너무 과도하게 술을 마시지 않는다.'였다.

9

복서의 갈라진 발굽은 오랫동안 낫지 않았다. 전승 축하 잔치가 끝난 다음 날부터 이미 풍차의 재건이 시작되고 있었다. 복서는 단 하루도 일을 쉬려 들지 않았다. 그리고 자신이 괴로워하는 것을 남에게 안 보이는 것만이 훌륭한 태도라고 여기고 있었다. 그러나 밤이 되면 남몰래 클로버를 향해, 실은 발굽이 아파서 못 견디겠다고 털어놓았다. 클로버는 약초를 씹어서 찜질해주었다. 그녀와 벤저민은 무리하지 않는 범위에서 일하라고 복서에게 충고했다. "말의 허파라 해서 영원토록 견딜 수는 없어요."라고 클로버가 말했지만 복서는 들으려 하지 않았다. "내 희망은 단 하나밖에 남지 않았어. 그것은 은퇴하기 전에 풍차 건설이 완전히 성공하는 것을 이 눈으로 직접 보는 거야."라고 그는 말했다.

동물 농장의 법률이 처음 제정된 당시의 정년은, 말과 돼지는 열두 살, 암소의 경우는 열네 살, 개는 아홉 살, 양은 일곱 살, 암탉과 거위는 다섯 살로 각각 정해져 있었다. 그리고 충분한 액수의 노후 연금이 지급된다고 결정되었었다. 아직은 은퇴해 연금을 타고 있는 동물은 하나도 없었으나 근래 이 문제가 점차 논의되고 있었다. 과수원 저쪽의 작은 목장에 보리를 심기로 결정한 후 큰 목장 한구석을 울타리로 막아서 정년퇴직한 동물들의 방목장으로 쓴다는 소문이 나돌고 있었다. 어떻든 그 소문에 의하면 말의 경우 연금은 하루에 밀 5파운드, 겨울에는 건초 15파운드, 그리고 축제일에는 당근 또는 사과를 한 개씩 더 준다는 것이었다. 복서의 열두 번째 생일은 내년 여름이 끝날 무렵이었다.

생활은 괴로웠다. 금년 겨울도 지난해 겨울과 똑같이 춥고, 식량 사정은 한층 악화되어 있었다. 돼지와 개를 제외하고는 또다시 식량 배급량이 감소되었다. 식량 배급량을 너무 엄격히 평등하게 하는 것은 동물주의의 원칙에 위배된다고 스퀼러가 설명했다. 아무튼 겉으로 어떻게 보이든 실제로는 결코 식량이 부족하지 않다는 것을 다른 동물들에게 증명하기란 그에게는 아주 간단한 일이었다. 분명히 잠시 동안은 배급량의 재조정(스퀼러는 식량 배급의 감축을 반드시 '재조정'이라 했고 결코 감축이라고는 말하지 않았다)이 필요하다고 보고 있으나, 그래도 존스 시대에 비하면 많이 개선되고 있다는 것이 그의 설명이었다. 그는 높은 소리로 빠르게 숫자를 읽어서 모두에게 귀리, 건초, 순무 등도 존스 시대보다 많이 먹고 있으며, 노동시간도 짧아졌고, 음료수도 좋아졌으며, 수명도 연장되고 어릴 때 사망하지 않고 자라나는 동물의 비율이 훨씬 높아졌으며, 축사의 갈짚이 많아지고 벼룩의 해가 훨씬 줄었다는 것을 증거로 들어서 자세히 설명하는 것이었다.

동물들은 그 설명을 곧이곧대로 모두 믿었으나, 실은 존스 시대 및 그가 표방하던 일체의 일은 거의 그들의 기억에서 지워져 있었다. 그들은 현재의 생활이 고달프고 항상 배가 고프고 추우며, 잠을 안 자고 있을 때에는 항상 일하는 것으로 알고 있었다. 그러나 그 무렵에는 분명히 지금보다는 심했던 것이다. 그들은 마음속으로 그렇게 믿었다. 또한 스퀄러가 빼놓지 않고 지적한 대로 그 무렵에는 노예 신분이었는데 지금은 자유의 몸이 되어 있었다. 이것은 대단한 차이인 것이다.

이제 먹여 살려야 할 식구가 많이 늘어났다. 가을에 암돼지 네 마리가 거의 동시에 출산해서 서른한 마리의 새끼를 낳았다. 그 새끼 돼지들은 흑백색의 점박이였다. 그리고 이 농장에서 수돼지는 나폴레옹뿐이었으므로 그 새끼 돼지의 아비가 누구라는 것은 쉽게 알 수 있었다.

그 후 벽돌과 재목을 사들였을 때, 농장 저택의 뜰에 교실을 건축한다고 발표했다. 당분간 새끼 돼지들은 농장 저택의 부엌에서 나폴레옹 자신이 교육했다. 그들은 뜰에서 운동을 했고 다른 동물들의 새끼들과는 어울리지 않았다. 이것도 그 무렵에 결정된 일이지만 돼지와 다른 동물이 좁은 길에서 만났을 때 다른 동물은 옆으로 비켜서야 하며, 모든 돼지는 그 신분 여하를 불문하고 일요일에는 꼬리에 녹색 리본을 다는 특권이 부여되었다.

그해 농장은 상당히 풍성한 수확을 올렸으나 그래도 현금은 부족했다. 교실을 세우기 위한 벽돌, 모래, 석회를 사들여야 했으며, 풍차의 기계를 구입할 돈도 모아야 했다. 그리고 집 안에서 사용하는 등유나 양

초, 나폴레옹의 식탁에만 올릴 설탕(그는 뚱뚱해진다는 이유로 다른 돼지에게는 설탕 사용을 금지하고 있었다), 그 밖에 도구, 못, 끈, 석탄, 바늘, 고철, 개가 먹을 비스킷 등의 생활필수품도 모두 보충하지 않으면 안 되었다. 건초 한 가리와 수확된 감자 일부가 매각되고, 달걀 판매 계약이 매주 600개로 늘었다. 그 때문에 올해에는 암탉들이 어떻게든 자기들의 수효를 줄이지 않을 정도의 병아리만 부화했을 뿐이었다.

12월에 감축된 식량의 배급량이 2월이 되어서 다시 감축되었고 축하 등불은 등유 절약 때문에 금지되었다. 그러나 돼지들은 매우 편한 것 같았으며 실제로 체중도 증가하고 있었다. 2월이 끝나갈 무렵 어느 날 오후, 동물들이 지금까지 맡아본 적 없는 구수하고 달콤하며 식욕을 돋우는 냄새가 부엌 뒤편의, 존스 시대에는 사용된 적이 없는 작은 양조장에서부터 안뜰 쪽으로 흘러들었다. 이것은 보리를 삶고 있는 냄새라고 누군가가 말했다. 동물들은 배가 고픈 듯 코를 킁킁거리며 그 냄새를 맡고는 저녁 식사 때 나올 따뜻한 여물이라도 만들고 있나 하고 생각했다. 그런데 따뜻한 국물은 나오지 않았다. 뿐만 아니라 그다음 일요일에는, 지금부터 보리는 전부 돼지에게만 지급한다는 발표가 있었다. 과수원 뒤의 밭에는 이미 보리가 파종되어 있었다. 그 얼마 후, 모든 돼지들에게 매일 세 홉의 맥주가 배급되었으며, 나폴레옹에게만 반 갤런이 할당되어 항상 크라운더비 상표의 제의 수프용 접시에 담겨 나온다는 뉴스가 어디선가 흘러나왔다. 그들은 여러 가지 고통을 참아야 했다. 그러나 그들은 지금의 생활이 과거의 생활보다 더 품위 있는 것이라고 생각하며 스스로 위로했다. 노래와 연설과 행진이 늘어났다. 나폴레옹은 매주 한 번, 동물 농장의 전투와 승리를 기념하기 위해 '자주적 시위행진'이라는 것을 실시하도록 명령했다. 정해진 시간에 동물들은 일을 중지하고 돼지를 선두로 말, 암소, 양, 거위의 순서로 편성해 농장 안을 행진하며 돌았다. 개들이 그 대열의 측면을 지켰고, 나폴레옹 직속인 검은 수탉이 선두에 섰다. 복서와 클로버가 말굽과 뿔이 그려져 있는 '나폴레옹 동지 만세!'라는 표제가 붙은 녹색 농장기를 들었다. 그런 후에는 나폴레옹을 찬양하는 몇 가지 시 낭독이 있었고 최근의 식량 생산 증가를 자세히 설명하는 스퀼러의 연설도 있었으며, 축포도 발사되었다. 양들은 '자주적 시위행진'의 가장 열렬한 지지자로서, 만일 누군가가 이런 것은 시간 낭비이며 춥기만 할 뿐이라고 불평하면(돼지나 개가 주위에 없으면 가끔 불평을 터뜨렸다) 기다렸다는 듯 "네 다리는 좋고 두 다리는 나쁘다."라고 연신 소리를 질러 상대방을 침묵하게 했다. 그러나 대체로 동물들은 이 축제를 좋아했다. 어찌 되었든 진실한 의미로 자신들이 주인이고, 자신들이 하는 일은 모두 스스로의 이익을 위해서라고 생각하니 그들에게는 유쾌한 일이었다. 그래서 노래와 행진과 스퀼러의 숫자 나열, 축포와 수탉의 울음소리, 펄럭이는 깃발 때문에 그들은 배고픔을 적어도 잠시 동안은 잊을 수 있었다.

4월이 되어 동물 농장은 공화국으로 선포되었고, 그래서 대통령 선거를 하게 되었다. 나폴레옹이 단독 후보여서 그는 만장일치로 당선되었다. 그날 스노볼이 존스와 공모한 경과를 좀 더 상세히 알 수 있는 새로운 문서가 발견되었다는 발표가 있었다. 그에 따르면, 모두가 이제까지의 생각과는 다르게 스노볼은 단순히 전략적으로 '외양간 전투'에 패하도록 계획을 세우고 존스 쪽에 붙어 싸웠다는 것이었다. 실제로 그는 인간군을 지휘했고 '인간 만세!'를 외치면서 전투에 가담했다는 것이었다. 몇몇 동물들이 지금도 기억하고 있는 스노볼의 등 상처는 실은 나폴레옹에게 물린 자리였다.

여름의 중간쯤에 수년 동안 행방을 감추었던 갈까마귀 모제스가 갑자기 농장으로 되돌아왔다. 그는 여전히 일은 하나도 안 하면서 예전과 똑같이 슈거캔디 산에 대해 말했다. 그는 나무 그루터기 위에 서서 검은 날개를 퍼덕거리며 누구든 자신의 이야기에 귀를 기울이는 동물에게는 몇 시간이고 계속 지껄여댔다. "저쪽에 말이요, 동지." 하고 그는 커다란 부리로 하늘을 가리키면서 뽐내듯 말했다.

"저쪽에, 지금 보이는 저 검은 구름이 있는 바로 저쪽에 슈거캔디 산이 있는데, 거기 가면 우리 같은 불쌍한 동물들은 일하지 않고 언제나 안락을 누릴 수 있는 행복한 나라가 있어요."

그는 언젠가 하늘로 높이 올라갔을 때 그곳에 갔었는데, 사철 클로버가 만발한 들판과 박하 과자가 있는 울타리를 보았다고 주장했다. 거의 모든 동물이 그가 말하는 것을 믿었다. 지금의 생활은 배가 고프고 힘들지만 어딘가 다른 곳에는 즐거운 세계가 있으리라고 생각하는 것이었다. '분명히 근거가 있는 이야기일 거야.'라고 그들은 생각했다. 아무래도 알 수 없는 것은 모제스에 대한 돼지들의 태도였다. 그들은 모제스의 슈거캔디 산 이야기는 거짓말이라고 했다. 그러면서도 그들은 일도 하지 않는 모제스에게 농장에서 살 것을 허락했고, 뿐만 아니라 매일 맥주를 한 홉씩 배급하고 있었다.

발굽이 완쾌되자 복서는 전보다 한층 근면하게 일했다. 실제로 그 1년간, 모든 동물들은 마치 노예처럼 일했다. 농장 일과 풍차 재건 작업 외에 3월부터 시작된 새끼 돼지의 교실 건축 공사가 있었다. 부족한 식량으로 장시간 노동하기란 매우 참기 힘들고 괴로웠다. 그러나 복서는 결코 굽히지 않았다. 그의 말이나 행동에서 체력이 이미 예전 같지 못하다는 징조는 보이지 않았다. 단지 조금 변한 것은 외모뿐이었다. 피부는 전처럼 윤기가 없었고 커다란 엉덩이의 살이 줄어든 것같이 보였다. "봄에 풀이 돋아나면 복서도 다시 살이 오를 거야."라고 다른 동물들은 말했으나 봄이 되어도 복서는 살이 오르지 않았다. 채석장 꼭대기까지 올라가는 언덕길 중간에 거대한 돌덩이를 힘으로 버티고 섰을 때 그의 전신은 오직 의지의 정신력밖에 없는 듯 보였다. 그럴 때 그는 "내가 좀 더 일하면 된다."라고 말하는 것처럼 보였다. 클로버와 벤저민은 늘 몸을 조심하라고 그에게 충고했으나 복서는 역시 들으려 하지 않았다. 그의 열두 번째 생일이 다가왔다. 퇴직할 때까지 충분한 돌덩이를 쌓아 올릴 수 있다면 무슨 일이 어떻게 되든 상관없었다.

어느 여름날 저녁 늦게 복서가 좀 이상하다는 소문이 돌연 온 농장에 퍼졌다. 그가 혼자 나가서 돌짐을 풍차 있는 곳까지 끌고 갔던 것이다. 그 소문은 사실이었다. 몇 분 후, 비둘기 두 마리가 소식을 가지고 날아왔다.

"복서가 쓰러졌어요! 옆으로 쓰러진 채 일어나지 못해요!"

농장 안에 있던 절반가량의 동물들이 풍차가 서 있는 언덕으로 뛰어갔다. 마차 바퀴 사이에 복서의 목이 끼어 머리를 들지 못한 채 쓰러져 있었다. 눈은 몽롱했고 옆구리는 땀으로 흠뻑 젖어 있었다. 그리고 입에서는 한 줄기 가느다란 핏줄기가 흘러내리고 있었다. 클로버가 무릎을 꿇고 그의 옆에 앉았다.

"복서! 어떻게 된 거예요?"

"폐를 다쳤소."

복서가 가냘프게 말했다.

"그렇지만 대단치 않아. 내가 없어도 반드시 여러분의 힘으로 풍차를 만들 수 있을 것이오, 돌을 매우 많이 쌓아두었으니까. 어차피 나는 정년까지 앞으로 한 달뿐이고, 이제 와서 말하지만 나는 은퇴를 마음속으로 즐겁게 기다리고 있었소. 그리고 벤저민도 나이를 먹었으니 나와 같이 은퇴시켜서 내 친구가 되도록 해줄지도 모르지."

"어서 치료해야겠어요. 누가 스퀼러에게 보고해줘요."

다른 동물들은 스퀼러에게 그 일을 알리기 위해 즉시 농장 저택으로 뛰어갔다. 클로버와 벤저민만이 뒤에 남았다. 벤저민은 복서 옆에 앉아 묵묵히 기다란 꼬리로 그에게 달라붙는 파리를 쫓아주고 있었다. 15분쯤 지나자 걱정이 가득한 표정으로 스퀼러가 나타났다. 그는 농장 안에서 가장 성실한 일꾼에게 이처럼 불행이 닥친 데 대하여 나폴레옹 동지가 매우 슬퍼하고 있으며, 복서를 윌링던 시의 병원에서 치료할 수 있도록 이미 수속하고 있는 중이라고 말했다. 동물들은 이 말을 듣고 약간 불안을 느꼈다. 그것은 몰리와 스노볼 외에는 농장을 떠난 자가 아무도 없었으며, 병든 동지를 인간의 손에 맡기고 싶지 않았기 때문이었다. 그러나 윌링던 시의 수의사라면 농장에서 하는 것보다는 훨씬 훌륭히 치료할 수 있다며 스퀼러는 쉽게 그들을 이해시켰다. 그리고 반 시간쯤 지나서 상태가 다소 좋아지자 복서는 겨우 일어나 다리를 절룩거리면서 자기 마구간으로 돌아왔다. 그곳에는 클로버와 벤저민이 그를 위해서 푹신푹신한 짚으로 된 침대를 준비해놓았다.

그로부터 이틀 동안 복서는 자기 마구간에서 지냈다. 돼지들이 욕실의 약상자 속에서 발견한 커다란 핑크색 약을 보내주어 클로버는 그 약을 하루에 두 번씩 식사 후에 복서에게 먹였다. 밤에는 그녀가 그의 마구간에 가서 그에게 이야기를 들려주었고, 벤저민은 그에게 달려드는 파리를 쫓아주었다. 복서는 자기의 병 같은 건 조금도 슬프지 않다고 말했다. 만일 완쾌된다면 아직 3년쯤은 살 수 있을 것이며, 그 큰 목장의 한구석에서 편안한 나날을 보낼 수 있게 되기를 기대했다. 그러면 태어나서 처음으로 공부를 하고 정신 수양을 할 것이며, 또 알파벳의 남은 22자를 외우는 데 여생을 바칠 작정이라고 그는 말하는 것이었다.

그러나 벤저민과 클로버가 복서에게 문안을 올 수 있는 것은 근무시간이 지난 뒤뿐이었다. 포장마차가 복서를 데리러 온 것은 대낮이었다.

때마침 동물들은 모두 돼지의 감독 밑에서 열심히 무밭의 제초 작업을 하고 있었다. 그때였다. 벤저민이 목이 터져라 절규하면서 농장 저택 쪽에서 전속력으로 달려오는 것을 보고 모두들 놀랐다. 벤저민이 흥분한 모습을 본 것도 처음이었다.

"빨리 와요, 빨리 와!"

그는 소리를 질렀다.

"빨리 와요! 복서가 끌려가요!"

동물들은 돼지의 명령도 기다리지 않고 일을 중지한 채 농장 저택을 향해 일제히 뛰어갔다. 과연 안뜰에 가로 간판을 써 붙인 커다란 상자형 이두마차가 서 있고 마부석에는 모자를 쓴 날카롭게 보이는 남자가 앉아 있었다. 복서의 마구간은 텅 비어 있었다.

동물들은 그 마차 둘레에 모여들었다. 그리고 "안녕, 복서! 안녕!" 하고 일제히 인사했다.

"바보들! 이 바보들아!"

벤저민은 그들의 주위를 이리저리 뛰며 작은 굽을 구르면서 소리를 높였다.

"이 눈뜬장님들아! 저 마차 옆에 뭐라고 쓰여 있는지 못 읽었어?"

그 말을 듣고 동물들은 조용해졌다. 뮤리얼이 한 자씩 떠듬떠듬 읽기 시작했다. 그러나 벤저민은 그녀를 옆으로 밀치고 조용해진 가운데 소리 내어 읽기 시작했다.

"앨프레드 시먼즈 폐마 도살 및 아교 제조업, 윌링던 시 피혁 및 골분 骨粉 판매, 개집 판매. 저 말이 무슨 뜻인지 모르겠어? 복서는 말 도살자에게 끌려가는 거란 말이야!"

동물들의 입에서 일제히 공포의 외침이 터져 나왔다. 그 순간 마부석의 사나이가 채찍으로 말을 때리자 마차가 매우 빠른 속도로 안뜰을 떠났다. 동물들은 모두들 소리치면서 그 뒤를 따라갔다. 클로버는 다른 동물을 밀치고 맨 앞으로 나갔다. 마차가 속도를 내기 시작했다. 클로버는 다리의 온 힘을 다해서 전속력을 내려고 하였으나 좀처럼 속력을 낼 수가 없었다. "복서!" 하고 그녀는 외쳤다.

"복서! 복서! 복서!"

계속 외치자 밖에서 부르는 소리를 들었는지 콧잔등에 흰 줄이 있는 복서의 얼굴이 마차 옆의 작은 창에 나타났다.

"복서!"

클로버는 거의 미친 듯한 소리로 불렀다.

"복서, 내려요! 빨리 내려요! 당신을 끌고 가서 죽이려고 해요!"

"내려요, 복서! 빨리 내려요!"

동물들은 모두들 그 소리에 맞추어서 소리 질렀다. 그러나 마차는 이미 속력을 내며 그들로부터 점점 멀어져 갔다. 클로버가 한 말을 과연 복서가 알아들었는지 분명하지 않았다. 그러나 잠시 후 그의 얼굴이 창에서 사라지고 마차 안에서 텅텅하고 발굽을 구르는 요란한 소리가 들렸다. 그는 마차를 차 부수고 도망치려고 했던 것이다. 이전 같아서는 복서가 발굽으로 두세 번 걷어찼으면 이런 마차쯤은 쉽게 부서졌을 것이다. 그러나 슬프게도 그에게는 이미 힘이 남아 있지 않았다. 잠시 후 발굽 소리가 점점 작아져 들리지 않게 되고 말았다. 동물들은 절망에 빠져 마차를 끌고 있는 두 말에게 멈춰주도록 애원하기 시작했다.

"동지! 어이, 동지!"

그들은 부르짖었다.

"소원이오. 당신들 형제를 도살장으로 데려가지 마오!"

그러나 얼빠진 이 말들은 뭐가 뭔지 아무것도 몰라서 그저 귀를 뒤로 젖힌 채 걸음을 빨리 했다. 복서의 얼굴은 다시 창문에 나타나지 않았다. 누군가가 빨리 앞으로 가서 판자문을 닫으면 좋겠다고 생각했지만, 때는 이미 늦었다. 다음 순간 마차는 판자문을 지나자 급히 한길 쪽으로 사라졌다. 그것이 복서를 본 최후였다.

그 후 사흘이 지나서, 복서는 말이 받을 수 있는 치료는 다 받았지만 아무 효험 없이 윌링던 시의 병원에서 사망했다는 발표가 있었다. 스퀼러가 이 소식을 모두에게 알리기 위해 나타났다.

"나는 복서의 임종 때에 여러 시간 함께 있었습니다. 나는 지금까지 그렇게 마음 아픈 정경을 본 일이 없습니다!"

스퀼러는 앞다리로 눈물을 닦으면서 말했다.

"나는 그가 마지막 숨을 거둘 때까지 그의 곁에 있었습니다. 그는 임종이 가까워지자 거의 들릴락 말락 한 가냘픈 소리로 내 귀에 대고, 오직 한 가지 마음에 걸리는 것은 풍차의 완성을 못 보고 죽는 것이라고 말했습니다. '전진합시다, 동지 여러분!' 하고 그는 가냘프게 외쳤습니다. '항상 전진하라, 동물 농장 만세! 나폴레옹 만세! 나폴레옹은 항상 옳다.' 동지 여러분, 이것이 그가 남긴 최후의 말이었습니다."

이렇게 말한 후, 스퀼러의 태도가 돌변했다. 그는 잠시 입을 다물었다. 그리고 그 작은 눈으로 수상쩍은 듯 구석구석 살펴보면서 다시 입을 열었다. 복서가 입원한 후 못된 소문을 들었다는 것이었다. 동물들 중에서 복서를 데리고 간 마차에 '폐마 도살업'이란 글이 쓰여 있는 것을 보고 경솔하게 복서가 마치 도살업자에게 인도된 양 비약한 일이 있었는데, 그런 일은 결코 있을 수가 없다고 그는 말했다. 그는 꼬리를 빳빳이 세우고 이리저리 뛰면서 분개하여 말했다. 우리의 존경하는 나폴레옹 동지가 그런 일을 할 리가 없다고 그는 외쳤다. 그러나 그 진상을 들어 보면 간단했다. 그 마차는 원래 도살업자의 소유였다가 수의사가 사서 미처 상호를 지우지 못했는데, 그것이 오해의 원인이었다는 것이었다.

동물들은 이 설명을 듣고 어깨의 짐을 내려놓은 것같이 안도의 숨을 내쉬었다. 그리고 스퀄러가 다시 앞으로 나가서 복서의 임종을 눈앞에서 본 듯 상세히 말하고, 그가 받은 친절한 간호와 나폴레옹이 비용을 아끼지 않고 지불한 값비싼 약에 대해 말하자, 한 가닥 의혹도 사라지고 동지가 죽음을 당해 그들이 느낀 슬픔은 복서가 행복하게 죽었다고 생각하자 조금은 진정되었다.

나폴레옹은 그다음 일요일 아침 회합에 나타나 복서를 칭찬하는 짤막한 연설을 했다. 그는 죽은 동지의 유해를 농장까지 옮겨 매장할 수는 없지만, 자기는 이미 농장 저택의 뜰에 있는 월계수로 커다란 조화를 만들어 복서의 무덤에 바치도록 지시했다고 말했다. 그리고 며칠 안으로 돼지들이 복서 추모회를 베풀 계획을 세우고 있다고 했다. 나폴레옹은 복서가 입버릇처럼 강조했던 '내가 좀 더 일하면 된다'와 '나폴레옹 동지는 항상 옳다'라고 하는 두 가지 표어를 상기시키면서, 모든 동물들이 이 말을 자기 자신의 것으로 삼아 마음 깊이 새겨두라고 역설하고는 연설을 끝냈다.

추모일이 되자 윌링던 시로부터 식료품점의 포장마차가 와서 농장 저택에 커다란 나무 상자를 전했다. 그날 밤 시끄러운 노랫소리가 들렸고, 얼마 뒤 심한 싸움을 하는 것 같은 시끄러운 소리가 계속 들렸다. 그리고 11시경 유리 깨지는 소리가 난 후 소동은 멈췄다. 다음 날 낮까지 농장 저택은 마치 모두 죽어버린 것같이 조용했다. 그리고 돼지들이 어디서인지 돈을 얻어 위스키를 한 상자 사 들여와 자기들끼리 마셨다는 소문이 퍼졌다.

10

몇 해가 흘렀다. 계절이 여러 번 바뀌었고, 단명한 동물들은 죽어갔다. 이제는 클로버, 벤저민, 모제스, 그리고 몇 마리 돼지들 외에는 봉기 이전의 옛일을 기억하는 동물은 아무도 없었다.

뮤리얼과 블루벨, 제시, 핀처도 죽었다. 존스도 역시 죽었다. 그는 다른 지방에 있는 알코올 중독자 수용소에서 죽었다. 스노볼은 기억에서 사라졌다. 복서도 그를 알고 있는 몇몇을 빼고는 잊혔다. 클로버는 이미 관절이 굳어져 버렸고 눈물이 자주 나오는 늙고 뚱뚱한 암말이 되어 있었다. 그녀는 은퇴 연령이 2년이나 지났다. 하지만 실제로 은퇴한 동물은 단 한 마리도 없었다. 정년퇴직한 동물을 위해 목장 한 귀퉁이를 남겨둔다는 이야기는 벌써 옛날에 사라져버렸다. 나폴레옹은 이제 24스톤이나 되는 성숙한 수퇘지가 되어 있었다. 스퀼러는 너무 뚱뚱해져서 눈이 아주 가늘어졌기 때문에 물건을 보는 것조차 괴로울 정도였다. 그러나 벤저민 영감만은 콧등 근처가 다소 회색이 되었을 뿐 거의 달라진 것이 없었다. 그리고 복서가 죽은 후로는 더 무뚝뚝해져 말이 없었다.

이제는 농장의 동물이 대단히 많이 늘어났지만, 증가율은 처음 기대한 것에 미치지 못했다. '봉기'에 대한 것은 입에서 입으로 전해져 희미한 전설 정도로 여겨지고 있었다. 그 후에 태어난 동물들 중 많은 수가 '봉기'를 사실로 믿지 않았고, 다른 곳에서 사들여 온 동물들도 여기에 오기 전까지는 전혀 봉기 이야기를 못 들었다는 것이었다. 이제는 농장에 클로버 외에 말이 세 마리나 있었다. 그들은 모양이 단정하고 훤칠하게 생긴 말로서, 일을 잘하고 선량한 동지였으나, 매우 머리가 나빴다. 시켜봐서 알 수 있었지만 알파벳의 B 자 이상을 외울 수 있는 것은 단

한 마리도 없었다. 봉기나 동물주의 원칙에 관한 이야기를, 그것을 특히 클로버로부터 들으면 그들은 맹목적으로 "네, 네." 하고 받아들였다. 왜냐하면 그들은 클로버에 대해서는 거의 어머니처럼 존경심을 갖기 때문이었다. 그러나 그들이 과연 그 중요한 내용을 이해했는지는 의문이었다.

농장은 이제 탄탄한 번영의 길을 걷고 있었고 조직도 개선되었다. 필킹턴 씨로부터 목초지 두 뙈기를 사들여 목장도 다소 넓어졌다. 풍차도 결국 완성되어 농장에는 전용 탈곡기와 건초 운반기가 장치되었으며, 여러 채의 새로운 건물도 증축되었다. 휨퍼는 자기가 사용할 이륜마차를 사들였다. 풍차는 결국 발전용으로는 이용되지 않았다. 그러나 곡식을 빻는 데 사용해 상당한 이익을 올렸다. 동물들은 또 다른 풍차 건설에 분주했다. 이 풍차가 완성되면 발전기가 설치된다고 했다. 그러나 스노볼이 동물들에게 이야기해준 전등이나 뜨거운 물이 나오는 시설이 있는 축사, 그리고 주 사흘 노동한다는 그 사치스러운 말은 아무도 화제로 삼지 않았다. 그와 같은 생각은 동물주의 정신에 위배된다고 나폴레옹이 공공연하게 비난했기 때문이다. 그리고 그는 또 진정한 행복은 근면하게 일하고 소박하게 생활하는 데 있다고 말했다.

어쩐 일인지 농장은 전과 비교해서 풍족해졌는데 동물들은 전보다 풍족해진 것 같지 않았다. 물론 돼지와 개는 다르지만. 그 이유는 농장에 돼지나 개의 수가 매우 많기 때문인지도 몰랐다. 물론 이 동물들이 그 나름대로 일을 안 한 것은 아니었다. 스퀼러가 싫증도 안 내고 설명한 바에 따르면, 그는 농장을 감독하고 조직을 위해 끊임없이 일했다. 이와 같은 일의 대부분은 무지한 다른 동물들로서는 알기 어려운 것이었다. 가령 돼지들은 매일 '문서', '보고서', '의사록', '각서' 등 마치 수수께끼 같은 어려운 것을 만드는 데 많은 노력을 기울이지 않으면 안 된다고 스퀼러는 설명했다. 그런 것들은 글씨를 써서 묶은 커다란 종이쪽지인데, 그것을 다 쓰고 나면 난롯불에 태워버린다고 했다. 이것은 농장의 복지를 위해서 매우 중요한 일이라고 스퀼러는 말했다. 그러나 돼지와 개는 자신의 노동으로 식량을 생산하는 일은 없었다. 또한 그들의 숫자는 매우 많고 식욕은 언제나 왕성했다.

다른 동물들의 생활은 어떠한가 하면, 그들이 알고 있는 한 옛날과 다름없었다. 대개는 배가 고팠고 짚 위에서 잤으며, 연못에서 물을 마시고 밭에서 일했다. 겨울에는 추위로 고생했고 여름에는 파리 때문에 괴로웠다. 때로는 그들 중 몇몇 나이 많은 자가 어렴풋한 기억을 열심히 더듬어서, 존스가 추방된 직후의 봉기 초기 무렵에는 사정이 과연 지금보다 좋았는지 나빴는지 분명하게 알아보려고 했으나 생각해낼 수가 없었다. 현재의 생활과 비교해볼 기준이 전혀 없었다. 항상 모두가 점점 좋아진 것을 분명하게 보여주고 있는 스퀼러의 통계표 외에는 근거로 삼을 아무런 자료도 없었던 것이다. 동물들에겐 이것이 풀 수 없는 어려운 문제였다. 게다가 이제는 이런 것을 차분히 생각할 만한 여가가 거의 없었다. 유일하게 자기의 오랜 일생을 자세히 전부 기억하고 있는 벤저민 영감만은 현재 상태가 현저하게 좋아지거나 나빠지지 않았으며, 또 앞으로도 마찬가지일 것이라고 단언했는데, 굶주림과 괴로움과 좌절, 이것이 항상 변함없는 이 세상의 일이라고 그는 말하는 것이었다.

그런 말을 들어도 동물들은 결코 희망을 버리지 않았다. 오히려 그들은 자신들이 동물 농장의 일원이라는 자존심과 자부심을 한시도 잃지 않았다. 그들의 농장은 변함없이 이 지방 가운데서, 아니 영국 안에서 동물이 소유하고 경영하는 단 하나의 농장이었다. 그들 가운데 극히 어린것들조차, 아니 10마일이나 20마일 떨어진 농장으로부터 데려온 새로운 자들조차 모두들 그 점에 경탄했다. 예포 소리를 듣고 녹색 농장기가 게양대 끝에서 펄럭이는 것을 바라볼 때마다 그들의 가슴은 영원한 자랑으로 충만하여, 항상 용감했던 옛날이나 존스 추방이나 7계명 제정, 침략해 오는 인간들을 물리친 위대한 전투로 이야기가 거슬러 올라가곤 했다. 옛날의 꿈을 아직 하나도 잊지 않고 있었다. 영국의 푸른 들판을 인간이 밟을 수 없게 된다는, 메이저 영감이 예언한 동물 공화국을 아직 믿고들 있었다. 언젠가는 반드시 찾아올 것이다. 물론 가까운 장래는 아닐지 모른다. 지금 살아 있는 동물들이 모두 죽어버린 후가 될지도 모른다. 그러나 언젠가는 꼭 실현될 것이다. 〈영국의 동물들〉 노래도 여기저기서 몰래 콧노래로 부르고 있는 것 같았다. 아무튼 마음 놓고 큰 소리로 노래하는 동물은 아무도 없었으나 농장의 모든 동물들이 그 노래를 알고 있는 것은 사실이었다. 분명히 그들의 생활은 괴롭고 그들의 희망이 전부 실현된 것은 아니었다. 그러나 그들은 자기들이 다른 동물들과는 다르다는 자부심을 갖고 있었다. 설사 배가 고파도 그것은 전제적인 인간들을 먹여 살리기 때문은 아니며, 열심히 일한다면 그것은 바로 자기 자신을 위해서였다. 그들 가운데 두 다리로 걸어 다니는 자는 하나도 없었다. 또 다른 동물을 '주인'이라 부르는 자도 하나도 없었다. 모든 동물은 평등했다.

초여름의 어느 날 스퀄러는 양들을 이끌고 농장 저쪽에 있는 황무지로 갔다. 거기에는 어린 자작나무가 무성하게 자라고 있었다. 양들은 스퀄러의 감독 아래 하루 종일 그 싱싱한 잎을 먹고 지냈다. 저녁때가 되자 그는 농장 저택으로 돌아왔으나 마침 따뜻한 계절이었으므로 양들은 모두 그곳에 머물러 있으라고 했다. 그 1주 동안 다른 동물은 어땠는지 모르지만 양들은 한 마리도 볼 수 없었다. 스퀄러는 매일 그들과 함께 지냈다. 그의 설명으로는 비밀을 요하고 있는 새로운 노래를 양들에게 가르치고 있다는 것이었다.

양들이 격리 생활로부터 돌아온 직후, 동물들이 막 일을 끝내고 농장 건물로 돌아가려는데 몹시 놀란 말 울음소리가 안뜰 쪽에서 들려왔다. 동물들은 깜짝 놀라 그 자리에 서버렸다. 그것은 클로버의 소리였다. 그녀가 다시 한 번 울자 동물들은 모두 안뜰로 뛰어 들어갔다. 그때 클로버가 본 것과 똑같은 광경이 그들의 눈에 들어왔다.

돼지 한 마리가 뒷다리로 서서 걸어 다니고 있었다. 그것은 바로 스퀼러였다. 커다란 몸체를 두 다리로 지탱하고 서 있는 폼이 아직 익숙하지 못하고 어색했지만, 조심스럽게 균형을 잡으면서 안뜰을 거닐고 있었다. 그러자 농장 저택의 출입구로부터 돼지들이 긴 행렬을 지어 나왔는데 모두가 두 다리로 걷고 있었다. 매우 잘 걷는 것은 아니었고 약간 위태로워 지팡이에 매달려 가야만 될 것도 두세 마리는 있었으나, 모두 함께 제대로 안뜰을 한 바퀴 빙 돌았다. 그리고 맨 나중에 사납게 짖는 개 소리와 수탉의 높은 울음소리가 들리자. 나폴레옹이 개들을 데리고 두 다리로 똑바로 서서 오만한 눈초리로 좌우를 살피면서 위엄 있게 나타났다.

그는 앞발에 채찍을 들고 있었다.

죽음과 같은 침묵이 흘렀다. 몹시 놀라고 공포에 질린 동물들은 서로 몸을 붙인 채 안뜰을 천천히 돌아서 행진해 가는 돼지들의 긴 행렬을 바라보았다. 마치 세상이 뒤집힌 것 같았다. 얼마 후 최초의 충격이 가라앉고 마침내―무엇보다도 개에 대한 공포심이 몸에 배어 있었고 어떤 일이 일어나도 결코 불평을 말하지 않고 비판하지 않는다는 오랜 습성이 몸에 배어 있었으나―항의가 제기되려는 순간이었다. 그러나 바로 그때 신호라도 받은 것같이 양들이 일제히 외쳤다.

"네 다리는 좋고 두 다리는 더 좋다! 네 다리는 좋고 두 다리는 더 좋다! 네 다리는 좋고 두 다리는 더 좋다!"

이 고함 소리는 5분 동안 계속되었다. 그리고 그 고함 소리가 그쳤을 때에는 항의할 기회가 이미 지나가고 말았다. 왜냐하면 돼지들의 행렬이 벌써 농장 저택으로 들어가 버렸기 때문이었다.

벤저민은 누군가가 자신의 어깨에 코를 비벼대고 있음을 느끼고 뒤를 돌아보았다. 클로버였다. 나이 먹은 그녀의 눈은 전보다 더 심하게 흐려져 있었다. 그녀는 가만히 그의 갈기를 끌고 뒤로 돌아서 7계명이 쓰여 있는 창고의 끝까지 그를 데리고 갔다. 둘은 타르를 칠한 벽에 하얗게 적혀 있는 글씨를 바라보면서 잠시 동안 말없이 서 있었다.

"나는 눈이 어두워지기 시작했어요. 젊었을 때도 저기 쓰여 있는 것은 읽지 못했지만 내게는 어쩐지 그 벽이 달라진 것처럼 보여요. 벤저민, 7계명이 이제까지와 같은가요?"

벤저민은 이번에 처음으로 자신의 규율을 깨뜨리기로 했고, 그래서 벽에 쓰여 있는 글자를 그녀에게 읽어주었다. 벽에는 단 하나의 계명이 있을 뿐, 그 밖에는 아무것도 씌어 있지 않았다. 그 한 가지 계명은 다음과 같았다.

모든 동물은 평등하다.
그러나 어떤 동물은
다른 동물보다 더 평등하다.

그런 일이 있었던 다음 날 농장 작업을 감독하는 돼지들 모두가 앞발에 채찍을 들게 되었지만 별로 이상한 느낌은 없었다. 또 돼지들이 자기들 전용 라디오를 사들였고 전화를 설치했으며, 《존불》및《티트 비츠》잡지와 《데일리 미러》신문을 예약하여 구독하기로 결정했다고 말했을 때에도 역시 이상하다고는 생각지 않았다. 또 파이프를 입에 물고 농장 저택 뜰을 거닐고 있는 나폴레옹의 모습을 보아도 전혀 어색한 느낌은 안 들었다. 아니, 심지어 돼지들이 옷장에서 존스 씨의 양복을 꺼내입고 나폴레옹 자신은 검은 상의에 승마용 바지를 입고 가죽 각반을 찬 모양으로 나타났으며, 그가 귀여워하는 암퇘지가 옛날 존스의 마누라가 일요일마다 입던 파도 무늬 명주옷을 입고 나타났을 때조차 조금도 이상스러운 느낌은 없었다.

그 후 일주일이 지난 어느 날 오후였다. 많은 이륜마차가 농장으로 들어왔다. 가까운 농장주들의 대표인 시찰단이 초대되었던 것이다. 일행은 온 농장을 두루 살피면서 보는 것마다 칭찬했고, 특히 풍차에는 깊은 감탄의 소리를 연발했다. 때마침 동물들은 무밭에서 김을 매고 있었다. 그들은 땅바닥에서 거의 고개도 들지 않은 채, 돼지들의 변화가 놀라운 일인지 인간이 손님으로 온 것이 더 놀라운 일인지조차 모르고 열심히 작업을 계속하고 있었다.

그날 밤 농장 저택으로부터 커다란 웃음소리와 들끓는 노랫소리가 흘러나왔다. 그리고 돼지 소리와 사람 소리가 뒤섞여 들려오는 것을 듣고 동물들은 돌연 호기심이 발동했다. 이제 동물들과 인간이 비로소 대등한 입장에서 만난 것이지만, 거기서 도대체 어떤 일이 일어나고 있는 것일까? 그들은 약속이나 한 듯이 되도록 조용히 농장 저택의 뜰로 기어 들어가기 시작했다.

문까지 오자 그들은 조금 무서워 걸음을 멈췄으나, 클로버는 선두에 서서 안으로 들어갔다. 그리고 가만가만 저택에 다가서자 창에 키가 닿는 동물들은 식당 창문으로 내부를 들여다보았다. 식당의 기다란 식탁 둘레에 여섯 명의 농장주와 여섯 마리의 지위 높은 돼지가 앉아 있고, 나폴레옹 자신은 식탁의 가장 높은 자리에 의젓하게 앉아 있었다. 의자에 앉은 돼지들의 자세는 아주 세련되어 보였다. 그들은 트럼프를 하고 있다가 건배하기 위해 잠시 중단한 것 같았다. 커다란 컵이 돌려지고 컵에는 맥주가 철철 넘치게 부어졌다. 창문으로 들여다보며 깜짝 놀란 동물들을 발견한 자는 아무도 없었다.

폭스우드 농장의 필킹턴 씨가 컵을 들고 일어서면서 말했다.

"참석하신 여러분과 건배를 들고 싶습니다. 하지만 그에 앞서 한마디 여러분에게 소감을 말씀드리게 되어 매우 기쁘게 생각하는 바입니다. 오랜 기간에 걸친 의혹과 오해가 이제 다 풀려 만족스러운 느낌입니다. 나는 물론 여기 계신 여러분들도 대단히 만족스러우리라고 생각합니다. 과거에는—나와 여기 계신 누군가가 그와 같은 감정을 가졌던 것은 아니지만—이 동물 농장의 훌륭한 경영자 여러분을 인근의 농장주들이, 구태여 적이라고는 말하지 않겠지만 다소 의혹의 시선으로 바라보던 시기가 있었습니다. 불행한 사건이 일어나고 잘못된 생각이 퍼져 있었던 것입니다. 돼지들이 주인이 되어 경영하는 농장이 있다는 것은 어딘가 비정상적이고, 자칫하면 인근의 인심을 동요시킬 수도 있다고 느꼈던 것입니다. 다수의 농장주들이 정확한 조사도 하지 않고, 이런 농장에는 아마도 방종과 무질서의 기풍이 만연해 있을 것이라고 처음부터 규정짓고 있었습니다. 그와 같은 사람들은 자기들이 부리고 있는 동물들이나 일꾼들에 대해서조차 이 동물 농장이 좋지 못한 영향을 미칠 것이라고 우려하고 있었던 것입니다. 하지만 이제 그와 같은 의혹은 모두 사라졌습니다. 오늘 나와 내 친구 몇 명은 이 동물 농장에 와서 이 눈으로 농장 구석구석을 자세히 시찰했습니다. 우리들이 여기서 무엇을 보았겠습니까? 단지 가장 근대적인 영농 방법을 발견한 것만은 아닙니다. 모든 농장주에게 참으로 모범이 될 규율과 정연한 질서를 발견한 것입니다. 이 동물 농장의 동물들은 이 지방 어떤 동물들보다 더 많은 노동을 하면서 보다 적은 식량에 만족하고 있다고 말해도 과언이 아닐 것입니다. 오늘 이곳에 초대된 여러분은 즉시 자신들의 농장에 대해 오늘 관찰한 특징을 도입하여야 할 것입니다. 나는 동물 농장과 인근 농장과의 사이에 현재 존재하고 있으며 또 앞으로도 존재할 우호적 감정을 다시 한 번 강조하면서 인사말을 끝내려고 합니다. 돼지와 인간 사이에는 지금까지 어떠한 이해관계의 충돌도 없었으며 또 있을 수도 없는 것입니다. 돼지에게도 또 인간에게도 노력해야 할 일이 하나라면 곤란한 일 또한 하나입니다. 노동 문제 하나를 들어보아도 이것은 어디를 가나 고통이 아니겠습니까?"

분명히 필킹턴 씨는 심사숙고하여 생각해온 말을 여기서 이야기하려 했으나 웃음을 참을 수가 없어서 잠시 말을 중단해야 했다. 웃음을 참으려고 여러 겹으로 겹친 턱이 빨갛도록 숨을 멈춰야 그는 거우 그 말을 할 수 있었다.

"여러분들이 대적해야만 할 하층 동물이 있다면 우리들에게는 하층 계급이라는 것이 있습니다!"

이 연설은 모두를 웃게 만들었다. 그리고 필킹턴 씨는 다시 한 번 적은 식량 배급 및 긴 노동시간과, 자신이 동물 농장에서 느낀 질서 정연함과 엄숙함에 대해 돼지들을 치하했다.

그런 다음 그는 마지막으로 일어서서 컵에 맥주를 가득 채우자고 말했다.

"여러분." 필킹턴 씨가 말했다. "여러분, 건배합시다. 동물 농장의 발전을 빌며, 건배!"

열광적인 갈채와 발을 구르는 소리가 일어났다. 나폴레옹은 매우 만족했다. 그는 자리에서 일어나 테이블을 돌아 자기 잔을 필킹턴 씨의 잔에 부딪친 후 맥주잔을 비웠다. 박수 소리가 가라앉자 계속 두 다리로 서 있던 나폴레옹은 자기도 한마디 소감을 말하겠다며 입을 열었다. 나폴레옹의 연설이 늘 그러하듯이 그것은 짧고 요약된 연설이었다.

"나는 오해의 시대가 막을 내린 데 대해 매우 기쁘게 생각합니다. 오 랫동안 나와 내 동료의 생각에는 무엇인가 파괴적인, 아니 혁명적인 데 가 있다는 소문이 어떤 악의를 품은 적에 의해—그렇게 말하는 것도 생 각할 만한 근거가 있기 때문입니다만—퍼져왔습니다. 우리가 인근 농 장의 동물들을 선동해 반란을 일으키려고 계획하고 있다고들 믿었던 것입니다. 하지만 이것이야말로 사실 무근의 극치라고 말씀드려야겠습 니다. 우리의 단 한 가지 소원은 예나 지금이나 주위의 여러분과 평화롭 게 정상적인 거래 관계를 유지하면서 살아가고자 하는 것입니다. 내가 관리를 담당하고 있는 이 농장은 하나의 공동 작업장입니다. 내가 소유 하고 있는 부동산 권리 증서는 돼지들의 공동 명의로 되어 있습니다.

옛날의 의혹이 아직도 꼬리를 물고 있다고는 도저히 믿을 수가 없지 만, 신뢰를 강화하는 데 힘이 되어주기를 바라는 마음에서 최근 농장의 일상 규정에 다소 변경을 가했습니다. 종래 이 농장에서도 동물들이 서 로 '동지'라고 부르는 매우 우둔한 습관이 있었습니다. 이제부터 이것을 금지하기로 하겠습니다. 또 그 기원은 분명하지 않지만, 일요일 아침마 다 뜰의 기둥 못에 걸려 있는 돼지의 두개골 앞을 분열 행진 하는 습관 도 있었습니다. 이것도 금지하기로 결정했고, 그 두개골은 이미 땅속에 매장했습니다. 또 게양대 꼭대기에 펄럭이는 녹색기도 어쩌면 여러분 눈에 띄었으리라 생각됩니다. 보셨으면 아시겠지만 이제까지 그려놓았 던 흰 발굽과 뿔을 모두 지우고 그 대신 아무것도 없는 녹색기로 하도 록 했습니다.

그리고 또 필킹턴 씨의 우정에 넘치는 훌륭한 연설은 잘 들었습니다 만, 한 가지 정정하고자 합니다. 필킹턴 씨는 시종 '동물 농장'이라는 이 름을 사용하셨습니다. 이것은 물론 필킹턴 씨가 '동물 농장'이라는 이름이 폐지된 것을 알지 못했기 때문일 것입니다. 이제부터 이 농장은 '매너 농장'이라고 고쳐 부르겠습니다. 그것이야말로 정당한 본래의 명칭이라고 믿기 때문입니다."

"여러분!" 나폴레옹은 결론으로 말했다. "나 역시 아까와 똑같이 건배를, 하지만 다른 형식으로 하겠습니다. 컵에 가득 채워주십시오. 그럼 여러분, 매너 농장의 발전을 빌며 건배!"

조금 전과 같은 박수가 일어났고 컵이 모두 비워졌다. 그러나 밖의 동물들은 그 광경을 바라보고 있는 동안 어쩐지 이상한 일이 벌어지고 있는 느낌이었다. 돼지들의 얼굴에서 변화된 것이 무엇이었을까? 클로버의 늙어서 흐린 눈이 얼굴에서 얼굴로 차례로 옮아갔다. 그 속에는 턱이 다섯 겹인 얼굴도 있고, 네 겹인 얼굴도 있었으며, 세 겹인 얼굴도 있었다. 그러나 점점 녹아서 모양이 바뀌게 하는 것은 무엇일까? 박수가 끝나자 그들은 중단했던 트럼프 놀이를 계속했다. 그리고 동물들은 슬그머니 그곳을 떠났다.

그러나 20야드도 못 가서 그들은 갑자기 멈추었다. 농장 저택으로부터 시끄러운 함성이 들려왔던 것이다. 동물들은 되돌아와 다시 창문으로 들여다보았다. 생각한 대로 무서운 싸움이 벌어지고 있었다. 고함 소리와 테이블을 부수는 소리가 났고 저주스러운 눈초리가 오갔으며, 상대방의 말을 가로막는 시끄러운 욕설이 일어났다. 싸움의 원인은 나폴레옹과 필킹턴 씨가 동시에 스페이드의 에이스를 내놓았기 때문이었다. 열두 번의 분노한 소리가 흘러나왔으나 그 소리는 모두 비슷했다. 돼지의 얼굴에 어떤 변화가 있었는지는 이제 분명해졌다. 밖의 동물들은 돼지에게서 인간에게로, 또 인간에게서 돼지에게로 눈을 돌리고, 다시 한번 돼지에게서 인간에게로 눈을 돌렸다. 그러나 이미 어느 쪽이 어느 쪽인지 전혀 알 수가 없게 되어버렸다.

1984년
Nineteen Eighty Four

**주요
등장인물**

윈스턴 스미스	주인공. 오세아니아의 당원이지만 전체주의적인 당에 저항한다.
줄리아	윈스턴과 금지된 연애를 하는 여인.
빅 브러더	오세아니아의 통치자를 상징한다.
오브라이언	형제단의 일원이자 당의 내부 요원.
골드스타인	반혁명 세력의 지도자, '그 책'의 저자.
채링턴	윈스턴과 줄리아에게 밀회의 장소를 제공하는 골동품점 주인.

제1부

1

맑고 쌀쌀한 4월의 어느 날이었다. 벽시계가 오후 1시를 가리키고 있었다. 윈스턴 스미스는 매서운 바람을 피해 가슴팍에다 턱을 집어넣고 미끄러지듯 빅토리 맨션의 유리문 안으로 들어갔다. 하지만 모래 섞인 먼지의 회오리바람이 재빨리 그 뒤를 따라 들어왔다.

홀의 복도에서 양배추를 끓이는 냄새와 누더기가 다 된 매트의 냄새가 풍겼다. 복도 한쪽 끝 벽에는 실내에 전시하기엔 지나치게 큰 채색된 포스터가 걸려 있었다. 거기에는 폭 1미터가 넘어 보이는 거대한 얼굴이 그려져 있을 뿐이었다. 마흔다섯 살가량 되어 보이는 사나이의 얼굴이었는데, 더부룩하게 턱수염을 기른 강인하면서도 잘생긴 용모였다. 윈스턴은 층계로 올라갔다. 승강기가 운행을 중단했기 때문이었다. 호황을 누리는 시기에도 승강기는 좀처럼 움직이는 일이 없었고, 근래에는 주간에 전원마저 끊겨버렸다. 증오의 주일에 대비하기 위한 절약 운동의 일환이었다. 그의 방은 7층에 있었다. 서른아홉 살의 윈스턴은 오른쪽 발목에 정맥류성 궤양을 앓고 있었기 때문에 천천히 발걸음을 옮겨놓으면서 도중에 여러 차례 쉬어야만 했다. 각 층의 층계참에 이를 때마다 승강기 맞은편 벽에 붙여놓은 포스터의 거대한 얼굴이 그를 쏘아보았다. 그 그림은 교묘하게 고안되어 있어서 사람이 움직일 때마다 그 시선도 따라 움직이는 것 같았다. '빅 브러더Big Brother가 당신을 주시하고 있다'라는 표제어가 그림 밑에 적혀 있었다.

실내에서는 무쇠의 생산량과 무슨 연관이 있는 듯한 숫자의 목록을 읽고 있는 낭랑한 음성이 흘러나왔다. 그 소리는 오른쪽 벽면의 일부를 이루고 있는, 흐릿한 거울처럼 보이는 장방형의 금속판에서 새어 나왔다. 윈스턴이 스위치를 돌리자 소리가 약간 낮아진 것 같았지만 그 말들은 여전히 뚜렷하게 들렸다. 그 기구(텔레스크린이라고 불린다)는 소리를 낮출 수는 있어도 완전히 꺼버릴 수는 없게 고안되어 있었다. 그는 창 쪽으로 다가갔다. 당黨의 제복인 푸른 작업복이 그의 작고 연약한 외모와 왜소한 체구를 더욱 두드러져 보이게 했다. 그의 머릿결은 유난히 아름답고 얼굴도 원래 불그스름했지만, 피부는 질 나쁜 비누와 무딘 면도날과 이제 막 물러간 겨울 추위로 인해 거칠어져 있었다.

닫힌 창문 너머로 내다보이는 외부 세계마저 냉혹해 보였다. 아래쪽 거리에서 조그맣게 소용돌이치는 바람이 먼지를 불어 올리고, 찢어진 종잇조각들을 하늘 높이 치솟게 했다. 태양은 빛나고 하늘은 눈이 시릴 정도로 푸르렀지만, 여기저기 붙어 있는 포스터 외에는 무엇 하나 색깔을 느낄 수 없었다. 오직 그 검은 턱수염의 얼굴이 눈길 닿는 어느 구석에서든 위압하듯 내려다보고 있었다. 곧바로 바라다보이는 건너편 집에도 포스터가 붙어 있었다. 역시 '빅 브러더가 당신을 주시하고 있다'라는 표제어와 함께 거무스레하게 그늘진 눈이 윈스턴 자신을 뚫어지게 응시하고 있었다. 저 아래쪽 거리에도 한 귀퉁이가 찢어진 포스터가 또 하나 붙어 있었는데, 바람이 불 때마다 INGSOC(영사, 즉 영국 사회주의의 약칭)이라는 낱말이 가려졌다 드러났다 하고 있었다. 더 멀리 떨어진 곳에서 헬리콥터 한 대가 건물의 지붕들 사이로 미끄러지듯 내려가, 마치 한 마리의 쉬파리처럼 잠시 빙빙 돌다가는 다시 날아가 버렸다. 그것은 집집의 창문을 기웃거리면서 염탐하는 경찰의 순찰기였다. 그러나 그런 순찰 따위는 아무것도 아니었다. 진짜 문제가 되는 것은 '사상경찰'이었다.

윈스턴의 등 뒤에서는 텔레스크린에서 흘러나오는 목소리가 쉴 새 없이 무쇠와 제9차 3개년 계획의 초과 달성에 대해 떠들어대고 있었다. 텔레스크린은 수신과 송신을 겸한 것이었다. 따라서 만약 윈스턴이 아무리 낮게 소리를 내더라도 그 기계는 여지없이 그 소리를 감지할 수 있었다. 게다가 이 금속판이 작용하는 시야에 머물러 있는 한 소리뿐만 아니라 모습까지 포착되었다. 사상경찰이 얼마나 빈번히, 그리고 어떤 시스템을 동원하여 개인에게 감시의 촉각을 뻗치느냐 하는 것은 그저 추측할 도리밖에 없었다. 어쩌면 매 순간 모든 사람을 감시하고 있다고 생각해도 좋을 것이다. 아무튼 그들이 원할 때마다 필요한 사람을 감시할 수 있다는 것만은 분명한 일이었다. 그래서 사람들은 자기가 내는 소리를 빠짐없이 청취당하고, 어둠 속을 제외하고는 자신의 움직임 하나하나가 면밀히 감시당하고 있다는 가정하에 살아야만 했고, 또한 그것이 본능이 되어버릴 정도의 습관 속에서 살아왔다.

윈스턴은 텔레스크린을 등지고 있었다. 등이 보이긴 하겠지만, 그의 판단으로는 그편이 오히려 안전했다. 1킬로미터쯤 떨어진 곳에 그의 근무처인 진리부Ministry of Truth(眞理部) 건물이 우중충한 풍경을 배경으로 넓고 새하얗게 우뚝 솟아 있었다. 이것이—그는 어떤 막연한 불쾌감을 갖고 생각했다—에어스트립 제1번의 주요 도시인 런던이었으며, 오세아니아에서 세 번째로 인구가 많은 곳이기도 했다. 그는 과거의 런던도 이랬었는지를 생각해내기 위하여 애써 어린 시절의 추억을 더듬어 보았다. 그 무렵에도 벽면을 통나무 서까래로 떠받치고, 창문마다 마분지가 덕지덕지 붙어 있고, 지붕은 우그러진 함석판으로 뒤덮이고, 볼썽사나운 정원을 둘러싼 담장은 사방이 허물어져 버린, 이런 19세기의 썩어가는 가옥들이 즐비하게 늘어서 있었던가? 당시 폭격을 당한 자리에는 석회 가루가 하늘 높이 치솟고, 버드나무 이파리들이 부서진 돌 더미 위에 여기저기 흩어져 있었다. 그리고 폭격이 휩쓸고 난 널따란 자리에는 닭장과도 같은 판잣집들이 한데 몰려서 있었다. 이런 곳이 옛 런던에도 있었던가? 그러나 소용없는 일이었다. 그로서는 기억해낼 수가 없었다. 그의 어린 시절의 기억으로서 남아 있는 것이라곤 이렇다 할 배경도 없고 좀처럼 알아보기 힘든, 밝게 칠한 일련의 그림뿐이었다.

진리부—신어Newspeak로는 진부Minitrue(眞部)라 한다—는 눈에 띄는 다른 건물과는 매우 달랐다. 그것은 번쩍이는 백색의 콘크리트로 된 거대한 피라미드형 건물로서 테라스와 테라스로 연결되어 300미터나 높이 치솟아 있었다. 윈스턴이 서 있는 자리에서 곧바로 읽을 수 있도록 그 새하얀 벽면에 당의 세 가지 슬로건이 우아한 글씨체로 새겨져 있었다.

전쟁은 평화다
자유는 예속이다
무지는 힘이다

진리부에는 지상에 3000개의 방이 있고, 지하에도 그와 거의 비슷한 수만큼 방이 있다고 한다. 런던에는 구조 및 크기가 이와 똑같은 건물이 세 채나 산재해 있었다. 이 건물 때문에 주위의 건물들은 상대적으로 매우 낮아 보였고, 빅토리 맨션의 옥상에서 이 네 개의 건물을 동시에 관찰할 수 있었다. 이들 건물은 모든 행정기관이 들어가 있는 네 개의 정부 청사였다. 뉴스, 연예, 교육 및 예술과 관계있는 진리부, 전쟁을 관장하는 평화부, 법과 질서를 유지하는 사랑부, 그리고 경제문제를 책임지는 풍요부가 있었다. 신어로는 이들 각 부서를 진부, 화부 Minipax(和部), 애부 Miniluv(愛部), 부부 Miniplenty(富部)라고 했다.

사랑부는 정말 놀라운 곳이었다. 이 건물엔 창문이라곤 하나도 없었다. 윈스턴은 이 사랑부에 들어가 본 적이 없을뿐더러 500미터 이내로 접근해본 적도 없었다. 이곳은 공적인 업무 이외로는 들어갈 수 없으며, 들어간다 해도 가시철조망에 가설되어 있는 기관총 사이를 통과해야 했다. 이곳과 연결된 외곽 지대의 검문소가 있는 거리까지도 검은 제복에다 고릴라 같은 얼굴을 한 경비병이 마디 있는 곤봉을 들고 어슬렁거렸다.

윈스턴은 재빨리 몸을 돌렸다. 텔레스크린을 마주 대할 때는 아무래도 즐거운 표정을 짓는 게 이로웠으므로, 그는 짐짓 차분한 표정을 지어 보였다. 그는 방을 가로질러 조그만 주방으로 들어갔다. 이런 시간에 퇴근했기 때문에 구내식당에서 점심 식사를 하지 않았는데, 주방에는 내일 아침 식사를 위해 남겨둔 검은 빵 한 덩어리 이외엔 아무것도 없다는 것을 그도 잘 알고 있었다. 그는 선반에서 '빅토리 진'이라는 평범한 흰색 상표가 붙은 무색의 술병 하나를 꺼냈다. 그것은 쌀로 빚은 중국의 소주처럼 역겹고 메스꺼운 냄새가 났다. 윈스턴은 그것을 찻잔에 가득 따라 약을 먹듯 진저리 치며 꿀꺽 삼켰다.

잠깐 사이에 그의 얼굴은 새빨개지고 눈에서는 눈물이 나왔다. 그 액체는 질산 같아서 목구멍으로 넘어가는 순간 마치 고무 곤봉으로 뒤통수를 호되게 얻어맞는 느낌이 들었다. 아무튼 다음 순간 배 속에서 활활

타는 듯한 불길이 가시고 나면 온 세상이 한결 기분 좋게 보이기 시작했다. 그가 '빅토리 담배'라는 상표가 붙은 구겨진 담뱃갑에서 담배 한 개비를 거칠게 뽑아 들자, 궐련 속의 담배 알맹이가 마룻바닥에 쏟아졌다. 그는 이번에는 조심스레 꺼내서 입에 물었다. 그는 다시 거실로 들어가서 텔레스크린 왼쪽에 놓인 조그만 책상 앞에 앉았다. 책상 서랍에서 펜대와 잉크병, 그리고 뒤표지는 붉고 앞표지엔 대리석 무늬가 그려진 두툼한 4절판짜리 노트를 꺼냈는데, 노트에는 아무것도 적혀 있지 않았다.

무슨 이유에선지 이 거실에 부착된 텔레스크린은 묘한 위치에 자리잡고 있었다. 대개 텔레스크린은 방 전체를 비칠 수 있도록 벽 끝에 설치되게 마련인데, 이곳에는 창 맞은편의 기다란 벽에 붙어 있었다. 윈스턴이 지금 앉아 있는 벽 한쪽은 움푹 들어간 곳인데, 그것은 책장을 설치하려고 일부러 그렇게 설계한 듯했다. 이 구석진 곳에 앉아서 등을 벽에 딱 붙이고 있노라면 용케도 텔레스크린의 투시망으로부터 벗어날 수 있었다. 물론 그가 내는 소리는 다 들리겠지만, 이렇게 앉아 있는 한 그의 모습은 포착될 리 없었다. 그가 지금부터 하고자 하는 일의 부분적인 동기는 이 방이 특이한 구조로 되어 있다는 점 때문이었다.

그러나 그의 행위는 직접적으로는 방금 서랍에서 꺼낸 노트로부터 암시를 받은 것이었다. 그것은 유별나게 예쁘장한 노트였다. 부드러운 크림빛 종이에 약간 누렇게 퇴색하긴 했지만, 적어도 이런 종류의 노트가 지난 40년 동안에 만들어진 일이 없다는 것을 의미하기도 했다. 그 때문에 이 노트가 40년도 더 된 것임을 알 수 있었다. 이 도시 빈민가 (지금은 어느 곳인지조차 기억나지 않는다)의 조그맣고 퀴퀴한 냄새가 풍기는 고물상에 진열되어 있는 이 노트를 발견했을 때, 그는 불현듯 갖고 싶은 욕망에 사로잡혔다. 당원들은 일반 상점에는 출입이 제한되고 있었지만(그것은 '자유 시장에서 거래되는 물건'이라고 했다), 그 규칙은 엄격히 지켜지지 않았다. 왜냐하면 그곳에는 다른 방법으로는 도저히 입수할 수 없는 구두끈이라든가 면도날 같은 갖가지 물건이 있었기 때문이었다. 그는 거리 위아래 쪽을 흘낏 살펴보고 나서 살며시 가게 안으로 들어가 이 노트를 2달러 50센트를 주고 샀다. 그 당시엔 이 노트를 갖고 싶은 무슨 특별한 이유가 있는 것은 아니었다. 그래서 마치 무슨 죄라도 지은 듯이 가방에 넣어 집으로 가져왔다. 그 노트에는 아무것도 적혀 있지 않았지만, 그런 것을 소유하는 자체만으로도 의심을 살 만했다.

그가 하려는 일은 일기를 쓰는 것이었다. 이것은 불법이 아니었지만(이제 더 이상 법률 따위는 없었기 때문에 불법이라고 할 것도 없었다), 만약 발각되는 날이면 사형을 당하든지 25년간 강제 노동에 처해지는 형벌을 면할 수 없었다. 윈스턴은 펜대에 펜촉을 꽂고 기름기를 닦아냈다. 요즘에 와서 펜은 서명을 하는 데도 좀처럼 쓰이지 않는 낡은 도구가 되어버리긴 했지만, 크림빛의 예쁜 종이에 볼펜으로 아무렇게나 휘갈겨 쓰기보다는 진짜 펜으로 써야 한다는 단순한 생각 때문에 남몰래 위험을 무릅쓰고 구해놓은 것이었다. 사실 그는 손으로 쓰는 일에는 서툴렀다. 아주 짧막한 메모 형식의 글을 제외하곤 무엇이든 구술 기록기로 받아쓰게 하는 것이 습관이 되어버렸기 때문이다. 그러나 지금과 같은 목적을 위해서 그런 방법을 쓴다는 것은 불가능한 일이었다. 그는 펜에 잉크를 찍고는 한동안 망설였다. 일종의 전율 같은 것이 그의 창자 속을 꿰뚫고 지나갔다. 종이에다 뭔가를 표시한다는 것은 판단이 필요한 행위였다. 그는 조그맣고 서투른 글씨로 다음과 같이 썼다.

1984년 4월 4일.

그리고 몸을 뒤로 젖혔다. 앞이 캄캄해지는 듯한 무력감이 몸을 엄습했던 것이다. 써놓고 보니 올해가 1984년인지조차 분명하지 않았다. 자기 나이가 분명히 서른아홉이고, 1944년 혹은 1945년에 태어났다고 믿고 있으니 연도가 그쯤 되리라는 것이 확실했다. 그러나 요즘에 와서는 1, 2년 내의 어떤 날짜를 꼭 집어서 말하기란 불가능한 일이 되어버렸다.

문득 누구를 위해서 이 일기를 쓰고 있는지 알 수 없는 기분이 되었다. 미래를 위해서, 아니면 아직 태어나지 않은 세대를 위해서? 그의 마음은 잠시 동안 페이지 위의 그 의심스러운 날짜에 머물러 있었다. '이중사고doublethink'라는 신어 낱말이 퍼뜩 떠올랐다. 처음으로 그가 착수한 일이 아주 대단한 일이라는 실감을 갖게 된 것이다. 어떻게 해서 인간이 미래와 의사소통을 할 수 있단 말인가? 그것은 근본적으로 불가능한 일이었다. 만약 미래가 현재와 비슷할 경우엔 사람들은 그의 말에 귀를 기울이지 않을 것이고, 반대로 현재와 다르다면 그가 처해 있는 곤경은 무의미한 것이 되어버리고 말 것이다.

한동안 그는 멍청하게 종이만 들여다보고 앉아 있었다. 텔레스크린에서는 이제 귀에 거슬리는 군가軍歌가 흘러나오고 있었다. 자기 자신을 표현하는 힘을 상실했을 뿐만 아니라, 처음부터 자기 자신이 하려고 한 말이 무엇인지조차 잊어버렸다는 것은 아무래도 이상한 일이었다. 이 순간을 준비하느라 지난 몇 주일을 보냈고, 용기만 있으면 무엇이고 안 될 일이 없다고 생각해온 터였다. 실제로 쓴다는 것은 쉬운 일이다. 그가 해야 할 일이란 고작 문자 그대로 몇 년 동안 그의 머릿속을 줄곧 스쳐 간 끝없는 독백을 종이에 옮겨놓는 일이었다. 그런데 이 순간에 와서 그 독백마저 메말라버린 것이다. 게다가 그의 정맥류성 궤양 때문에 참기 힘들 정도로 가렵기 시작했다. 그러나 긁었다가는 영락없이 염증을 일으킬 것이었으므로 가려운 곳을 긁을 수도 없는 노릇이었다. 시계의 초침이 똑딱거리며 움직이고 있었다. 지금 그는 자기 앞에 놓여 있는 텅 빈 페이지, 발목 위 살갗의 가려움증, 귀에 거슬리는 음악 소리, 그리고 진을 마신 뒤의 가벼운 취기만을 의식할 수 있을 뿐이었다.

갑자기 그는 순간적인 공포에 사로잡혀 쓰기 시작했다. 그러나 자신이 지금 무엇을 쓰고 있는지조차 분명하게 느껴지질 않았다. 어린아이가 쓴 듯 작고 서투른 글씨가 비뚤비뚤 페이지를 채워나갔다. 첫 글자를 대문자로 써야 한다는 것도, 문장이 끝날 때 마침표를 찍어야 한다는 것도 잊은 채.

1984년 4월 4일. 어젯밤에는 영화관에 갔다. 전쟁 영화뿐이었다. 피난민을 가득 실은 배가 지중해의 어느 지점에서 폭격당하는 장면이 가장 인상적이었다. 엄청나게 큰 체구의 한 사나이가 헬리콥터의 추격을 피해 헤엄쳐 달아나다가 총에 맞는 장면을 보고 관객들은 몹시 즐거워했다. 처음엔 사나이가 바닷물 속에서 돌고래처럼 버둥거리는 모습이 보였고, 다음엔 헬리콥터의 총안銃眼을 통해 사나이의 모습이 보였다. 다음 순간 사나이의 몸에 무수한 구멍이 뚫리고, 주위의 바닷물이 분홍빛으로 물들더니 구멍마다 물이 가득 스며든 것처럼 순식간에 가라앉아 버렸다. 관객들은 사나이가 가라앉을 때 고함을 치며 웃어댔다. 다음에는 아이들을 가득 태운 구명보트와 그 위를 빙빙 도는 헬리콥터가 보였다. 유태인인 듯한 중년 부인이 세 살가량의 어린애를 안고 뱃머리에 앉아 있었다. 어린애는 놀라 악을 쓰며 여인의 품속으로 파고들었다. 그러자 여인 역시 겁에 질려 창백한 얼굴로 아이를 껴안고 달랬다. 그녀는 자기 팔로 껴안고 있으면 총탄도 아이를 맞히지 못하리라고 생각하는 듯 줄곧 아이를 감싸주었다. 이윽고 헬리콥터가 20킬로그램짜리 폭탄을 배 한가운데에 떨어뜨리자 무서운 섬광과 함께 보트가 산산조각 났다. 이어 한 어린아이의 팔이 허공을 향해 솟아오르는 놀라운 광경이 연출되었다. 헬리콥터의 앞부분에 부착된 카메라가 팔이 날아오를 때 촬영한 게 분명했다. 그러나 당원석에서 요란한 박수 소리가 터져 나왔다. 그때 갑자기 극장 앞좌석에 앉아 있던 한 부인이, 아이들 앞에서 그런 것을 보여주어서는 안 된다, 아이들에게 그런 걸 보이는 것은 옳지 못하다고 큰 소리로 소란을 피우기 시작했다. 경찰이 그녀를 극장 밖으로 끌어냈는데, 나는 그녀한테 무슨 일이 일어났으리라고는 생각하지 않는다. 왜냐하면 프롤레타리아가 무슨 소리를 하든 아무도 상관하지 않기 때문이다. 전형적인 프롤레타리아의 반발에 대해서는 결코 신경 쓰지 않는 것이다.

윈스턴은 근육에 경련이 일어나서 일기 쓰는 것을 중단했다. 무엇 때문에 이런 너저분한 것들을 쓰게 되었는지 그 자신도 이해할 수 없었다. 그러나 이상한 일은, 그가 쓰기를 중단한 동안에 전혀 새로운 기억이 뚜렷이 마음속에 되살아나서 불현듯 그것을 기록해둬야겠다고 생각한 사실이었다. 게다가 오늘부터 집에 돌아가서 일기를 써야겠다고 갑작스레 마음먹은 것도 바로 이 엉뚱한 사건 때문이라는 것을 비로소 깨달았다.

만약 그렇게 막연한 일도 사건이라고 할 수 있다면, 그 사건은 그날 아침 청사에서 일어났다.

시계가 거의 11시 정각을 가리킬 무렵이었다. 윈스턴이 근무하는 기록국에서 직원들이 칸막이 사무실로부터 의자들을 끌어내다 거대한 텔레스크린 맞은편 홀 중앙에 모아놓고 '2분 증오'를 준비했다. 윈스턴이 한 번도 이야기를 나눴던 적이 없는 두 사람이 갑자기 방 안으로 들어왔다. 그중 한 사람은 복도에서 곧잘 마주치는 여자였다. 이름은 알 수 없었지만 창작국에서 일한다는 사실은 알고 있었다. 이따금 기름 묻은 손에 스패너를 들고 다니는 것으로 미루어 소설 기록기 조작을 담당하고 있는 것이 분명했다. 스물일곱 살가량의 대담해 보이는 처녀로, 숱이 많은 검은 머리에 주근깨투성이 얼굴을 하고 있었고, 움직임은 날렵하고도 힘이 있었다. 청소년 반성동맹Junior Anti-Sex League의 좁은 주홍색 띠 휘장을 작업복 바지 허리께에 몇 겹으로 감아 두르고 있어서 엉덩이의 선이 탄력 있고 두드러져 보였다. 윈스턴은 그녀를 처음 본 순간부터 혐오감을 느꼈다. 거기에는 이유가 있었다. 그것은 하키 운동장에서나 냉수욕이나 단체 도보여행 같은 때 그녀가 보이는 인상 때문이었고, 또 일부러 꾸민 듯한 지나친 결벽성 때문이기도 했다. 그는 거의 모든 여자들을 싫어하는 편이었고, 특히 젊고 예쁜 여자는 더 싫어했다. 당을 가장 열렬하게 지지하는 자라든가 슬로건을 무조건 신봉하는 자, 아마추어 스파이, 이단자의 동태를 살피는 자는 대개 여자들, 특히 젊은 여자들이었다. 게다가 이 특이한 여자는 다른 여자들보다 훨씬 더 위험한 인상을 풍겼다. 언젠가 복도를 지나치다가 마주쳤을 때, 그녀가 흘끗 곁눈질로 쳐다보자 그는 그녀의 시선이 온몸을 꿰뚫는 듯한 전율을 느꼈다. 어쩌면 그녀가 사상경찰의 끄나풀인지도 모른다는 생각이 순간적으로 머릿속을 스쳤다. 사실은 전혀 그렇지 않을지도 모른다. 그렇지만 그녀가 언제 어디서고 그의 신변 가까운 곳에 있으면 적의가 뒤섞인 공포와도 같은 야릇한 불안감을 떨쳐버릴 수 없었다.

　오브라이언이라는 또 한 사나이가 있었는데, 당의 내부 요원으로서 윈스턴이 그 성격을 희미하게밖에 파악할 수 없는 어떤 중요하고도 은밀한 지위를 차지하고 있었다. 검은 제복을 입은 당의 핵심 요원들이 가까이 오자 의자 주위에 몰려 있던 사람들은 쥐 죽은 듯이 조용해졌다. 오브라이언은 굵은 목에 천박하고 우스꽝스러우며 냉혹한 얼굴을 한, 몸집이 크고 험상궂게 생긴 사나이였다. 이런 험악한 용모에도 불구하고 그의 태도에는 어딘지 모르게 사람의 마음을 끄는 매력이 있었다. 그는 콧잔등에 걸려 있는 안경을 추켜올리는 버릇이 있었는데—무어라고 단언할 수는 없지만 기묘하게 세련돼 보여서—그것이 상대방의 긴장감을 풀어주는 것이었다. 이럴 때 그의 몸짓은, 이러한 표현을 써도 상관없다면, 18세기 귀족이 담뱃갑을 꺼내어 손님에게 권하는 태도를 연상하게 했다. 수년에 걸쳐 윈스턴은 아마 오브라이언을 열두 번쯤 보았을 것이다. 그는 오브라이언에게 깊이 끌렸는데, 그것은 단순히 오브라이언의 도시인다운 세련된 태도와 프로 권투 선수와도 같은 체격의 대비가 흥미를 끌었기 때문만은 아니었다. 그것은 오히려 오브라이언의 정치적인 신조가 완전하지 못하다는 은밀한 확신, 아니 어쩌면 확신이라기보다는 단순한 희망 때문이기도 했다. 그의 얼굴에 떠오른 알 수 없는 표정이 그런 것들을 사실 그대로 암시해주고 있었다. 그러나 자세히 살펴보면 그의 얼굴 표정에 나타나 있는 것은 이단이라기보다는 차라리 단순한 지성일지도 모른다. 어찌 되었든 텔레스크린이 없는 곳에서 단둘이 만난다면 가볍게 이야기를 나눌 수 있는 그런 인상의 사나이인 것만은 분명했다. 그렇더라도 윈스턴은 그런 생각을 실현해볼 노력을 전혀 해본 적이 없었다. 물론 그렇게 할 방법도 없었다. 이 순간 오브라이언은 손목시계를 흘끗 들여다보고는 정확히 11시가 되어가는 것을 확인하고 나서 '2분 증오 시간'이 끝날 때까지 기록국에 머물러 있기로 결정한 게 분명했다. 그는 윈스턴이 앉아 있는 자리에서 두 좌석쯤 떨어진 같은 줄에 자리를 잡았다. 그들 사이에는 윈스턴의 바로 옆 방에서 일하고 있는 몸집이 자그마한 갈색 머리의 여자가 앉아 있었다.

다음 순간 마치 거대한 기계가 기름이 떨어진 채로 돌아갈 때 들리는 것 같은 무시무시하고 날카로운 굉음이 방 끝에 장치된 커다란 텔레스크린에서 터져 나왔다. 그것은 이가 갈리고, 목덜미의 털을 곤두서게 하는 시끄러운 소리였다. '증오'가 시작된 것이다.

여느 때와 마찬가지로 인민의 적인 이매뉴얼 골드스타인의 얼굴이 갑자기 스크린에 나타났다. 이곳저곳의 관중들 사이에서 분노의 함성이 터져 나왔다. 갈색 머리의 조그만 여자도 공포와 혐오감이 뒤섞인 날카로운 비명을 질렀다. 골드스타인은 오래전에(얼마나 오래되었는지는 아무도 정확하게 기억하지 못한다) '빅 브러더'와 거의 같은 지위의 당 지도급 인물 중의 한 사람으로서 반혁명운동에 참가했다가 사형선고를 받았는데, 감쪽같이 탈출해 자취를 감춰버린 변절자이며 반동분자였다. '2분 증오' 프로그램은 대체로 매일 바뀌었지만 골드스타인이 중심인물에서 제외된 적은 한 번도 없었다. 그는 제1급의 반역자이며 당의 순수성을 모독한 최초의 사람이었다. 당에 대한 온갖 종류의 범죄, 즉 모든 반역 행위, 사보타주, 이단, 분파 행위 등은 그의 직접적인 지시에 의해 일어난 것이었다. 그는 지금도 지구 상의 어느 곳엔가 살아남아서 음모를 꾸미고 있다. 어쩌면 바다 건너 저쪽에서 외국인 스폰서의 비호하에 살고 있을지도 모르며, 심상치 않게 떠도는 소문에 의하면 이 오세아니아의 어느 곳에 숨어 살고 있을지도 모른다.

윈스턴의 횡격막이 죄어들었다. 그는 골드스타인의 얼굴을 볼 때마다 고통스러운 감정의 혼란에 사로잡히곤 했다. 유태인같이 여윈 얼굴에 후광과도 같은 하얀 머리털은 매우 헝클어져 있었고 게다가 빈약한 염소수염을 달고 있었는데, 영리해 보였지만 어딘지 모르게 천박한 기운이 흘렀다. 안경이 걸쳐져 있는 길고 가느다란 코에는 노인들에게서 흔히 볼 수 있는 어리석음이 깃들어 있었다. 꼭 염소 같은 얼굴에 목소리마저 염소 소리를 닮았다. 골드스타인은 언제나처럼 당의 강령에 악랄한 공격을 퍼부었는데, 그의 공격이 너무나 지나치고 황당무계해 아이들까지도 그 과장됨을 알아차릴 수 있을 정도였다. 그러나 그 과장된 욕설은 사람의 마음을 사로잡을 정도의 놀라운 설득력을 지니고 있어서,

지적 수준이 낮은 사람들은 그 말에 설복당할 수도 있었다. 그는 '빅 브러더'에게 욕설을 퍼부으면서 당의 독재성을 고발하고, 언론의 자유, 출판의 자유, 집회의 자유, 사상의 자유를 앞세워 유라시아와 즉각적인 평화협정을 체결하도록 요구하기도 했다. 그리고 혁명이 배신당했다고 신경질적으로 외쳐댔다. 빠른 다음절의 말로 이 모든 것을 역설했는데, 그것은 당의 웅변가들이 상투적으로 쓰는 수법을 우스꽝스럽게 흉내 낸 것이었다. 그의 연설 속에는 신어까지 포함되어 있었는데, 물론 거기에는 여느 당원들이 실생활에서 일상적으로 사용하는 것 이상의 신어 낱말까지 끼어 있었다. 골드스타인의 탁월한 선동적인 연설이 영향을 미칠지도 모를 진실성에 대해 청중들이 어떤 종류의 의혹을 품지 않도록, 그가 말하고 있는 동안 내내 그의 뒤쪽에 있는 텔레스크린에는 유라시아 군대의 대열이 끝없이 행진하고 있는 모습이 비쳤다. 경직된 모습의 무표정한 아시아인의 얼굴들이 차례로 열을 지어 스크린 표면에 떠올랐다가 사라지면, 다른 똑같은 대열이 모습을 나타냈다가 사라지는 것이었다. 둔탁하고 율동적인 군화 소리가, 골드스타인의 염소 같은 목소리의 배경음을 이루고 있었다.

'증오 시간'이 시작된 지 30초도 안 되어 실내에 있던 사람들 절반 이상이 극도로 분노해 함성을 질렀다. 스크린에 떠오른 자기만족에 빠진 염소 같은 얼굴, 또 그 얼굴 뒤에 나타나는 유라시아 군대의 막강한 무력을 보고 있노라면 도저히 견딜 수가 없었다. 게다가 골드스타인의 꼴을 보거나 그를 생각만 해도 저절로 공포와 분노가 끓어오르는 것이었다. 그는 유라시아나 이스트아시아보다 더 끈질긴 증오의 표적이었다. 왜냐하면 오세아니아가 이들 두 나라 중 어느 한 나라와 전쟁을 벌이면, 다른 한 나라와는 으레 평화롭게 지낼 수 있었기 때문이다. 그러나 이상한 일은, 골드스타인이 모든 사람들로부터 미움과 경멸을 받고, 매일같이 하루에도 수천 번씩 연단에서, 텔레스크린에서, 신문에서, 책에서 그의 이론이 반박당하고, 두들겨 맞고, 조롱당하고, 가련한 허섭스레기라고 지탄을 받는데도 그의 영향력은 좀처럼 약화될 기미를 보이지 않는다는 사실이었다. 약화되기는커녕 오히려 그의 유혹에 걸려드는 새로운 명청이들이 끊임없이 생겨났다. 그의 지령에 따라서 움직이다가 사상경찰에 의해 정체를 폭로당하는 스파이나 파업자를 날마다 볼 수 있었다. 그는 정체불명의 대규모 군대뿐만 아니라 정부의 전복에 헌신하는 음모자들의 지하조직을 이끄는 사령관이었다. 그 지하조직은 '형제단'이라고 일컬어지는 것 같았다. 뿐만 아니라 골드스타인 자신이 직접 집필한 모든 이단론을 요약한 가공할 책자가 이곳저곳에서 비밀리에 돌려가며 읽힌다는 이야기가 파다하게 나돌기도 했다. 그것은 제목이 없는 책이었다. 그러나 대부분의 사람들은 그저 간단하게 '그 책'이라고만 불렀다. 대부분의 사람들은 그 일을 단지 풍문으로만 들어 알고 있었다. 그래서 어떤 일반 당원도 '형제단'이니 '그 책'이니 하는 것을 가능한 한 화제에 올리지 않으려 했다.

2분이 되자 증오 시간은 거의 광란 상태에 이르렀다. 사람들은 스크린에서 울려 나오는 미친 듯한 염소 소리를 제압하기 위해 자기 자리에서 펄쩍펄쩍 뛰며 목청을 다해 고함쳤다. 몸집이 자그마한 갈색 머리의 여자는 얼굴이 벌겋게 상기되어, 뭍으로 끌려 나온 물고기처럼 입을 뻐끔뻐끔 벌렸다 오므렸다 하는 것이었다. 오브라이언의 침울한 얼굴마저도 달아올랐다. 그는 자기 자리에 상체를 꼿꼿이 세우고 앉아 있었는데, 마치 거세게 밀려오는 파도에 저항이라도 하듯이 몸을 떨면서 우람한 가슴을 들먹거리고 있었다. 윈스턴의 뒷자리에 앉은 검은 머리의 처녀가 "돼지! 돼지! 돼지!"라고 소리치기 시작하더니 묵직한 신어사전을 들어 올려 화면을 향해 던졌다. 책은 여전히 냉혹한 음성으로 이야기를 계속하고 있는 골드스타인의 콧잔등을 후려치고는 떨어졌다. 제정신이 들었을 때에야, 윈스턴은 자신도 다른 사람들과 함께 고함을 지르며 의자의 가로대를 미친 듯이 발뒤꿈치로 차고 있었음을 알았다. 이 2분 증오 시간이 가증스러울 정도로 무서운 것은, 어쩔 수 없이 군중과 한동아리가 되어 행동해야 한다는 사실 때문이라기보다는 스스로 거기에 가담하지 않을 수 없다는 사실 때문이었다. 그것이 시작되고 30초도 못 되어서, 일부러 꾸며 보이는 듯한 태도를 취할 필요조차 없었다. 공포와 복수심에 사로잡힌 끔찍한 환각이, 사람을 죽이고 고문하고 싶은 충동이, 커다란 쇠망치로 누군가의 얼굴을 마구 때리고 싶은 충동이 전류처럼 군중 속으로 꿰뚫고 흘러 들어와서 자기도 모르게 온통 얼굴을 찌푸리고 미친 듯한 괴성을 내지르게 되는 것이었다. 그러나 사람들이 느끼는 분노는 마치 가스램프의 불꽃처럼 하나의 대상에서 다른 대상으로 옮겨 갈 수 있는, 우발적이고 일정한 방향이 없는 것이었다. 이런 이유 때문에 윈스턴의 증오는 곧바로 골드스타인에게 쏠리지 않고, 반대로 '빅 브러더'나 '당'이나 사상경찰에 쏠리기 일쑤였다. 이런 순간이면 그의 마음은 화면에 나타난 이 고독하고도 저주받는 이단자, 위선으로 가득 찬 세계에서 유일하게 진실과 건전한 정신을 수호하는 이 사나이에게 이끌리는 것이었다. 그러나 바로 다음 순간에 그를 둘러싸고 있는 주위 사람들과 한 덩어리가 되어 골드스타인에 대해 언급되는 이야기 모두가 진실인 것처럼 느껴졌다. 그럴 때면 빅 브러더에 대해 품고 있는 은밀한 혐오감이 찬양으로 바뀌고, 빅 브러더야말로 아시아의 야만인들 앞에 거대한 바위처럼 떡 버티고 서 있는 용감무쌍한 보호자처럼 여겨졌다. 한편 골드스타인은 고립되어 있고 무력하며 그의 존재조차도 믿을 수 없는 의혹으로 남아 있음에도 불구하고, 그의 입에서 흘러나오는 단순한 목소리의 힘만으로도 문명 세계를 전복시킬 수 있는 위험한 마법사처럼 보였다.

인간이란 가끔 마음 내키는 대로 증오의 대상을 어느 하나에서 다른 것으로 바꿀 수 있다. 무서운 악몽에 시달리고 있는 사람이 베개 위의 머리를 이리저리 흔들어대듯이, 윈스턴은 일종의 격렬한 노력에 의해 증오의 대상을 스크린의 얼굴로부터 뒷자리에 앉아 있는 검은 머리의 여자에게로 돌릴 수 있었다. 생생하고 아름다운 환각이 번득이는 섬광처럼 그의 마음속을 스쳐 지나갔다. 고무 곤봉으로 그녀를 죽도록 두들겨 패고 싶은 충동이 스쳐 지나갔다. 그녀를 벌거벗겨 말뚝에 붙들어 매고 성 세바스티안처럼 수많은 화살로 쏘아 죽이고 싶었다. 그녀를 능욕해 절정의 순간에 목을 싹둑 베어버리고도 싶었다. 윈스턴은 자신이 어째서 그녀를 이처럼 증오하는지 전보다 훨씬 잘 알게 되었다. 왜냐하면 그녀가 젊고 아름다우면서도 성적性的 감각이 없고, 그녀와 함께 자고 싶은데도 절대로 그럴 수 없고, 팔로 껴안아주기를 바라는 듯 곡선을 이룬 가느다란 허리에 순결을 상징하는 듯한 괴상한 주홍색 띠가 걸쳐져 있기 때문이었다.

증오 시간은 절정에 달했다. 골드스타인의 음성은 진짜 염소의 울음소리로 바뀌었고, 잠깐 사이에 얼굴마저 염소의 모습으로 변했다. 이윽고 그 염소 얼굴은 화면 속으로 녹아 없어지고, 대신 엄청나고 전율스러운 유라시아 군대들이 앞으로 나가면서 화면 밖으로 불쑥 튀어나올 것 같은 기세로 기관총을 마구 쏘아댔다. 그러나 앞자리에 앉은 사람들이 그 자리에서 몸을 움찔하며 뒤로 물러났다. 그와 동시에 모든 사람들의 입에서 깊은 안도의 한숨 소리가 새어 나왔다. 그 끔찍스러운 모습이, 검은 머리에 검은 수염을 기르고 정력적으로 보이며 묘하게도 안정감을 주는 빅 브러더의 얼굴로 바뀌면서 스크린을 가득 메웠다. 아무도 빅 브러더가 하는 말을 듣지 않았다. 그것은 단순히 몇 마디의 격려일 뿐이며, 떠들썩한 전투의 소음 속에서 들려오는 말과 같아서, 굳이 듣지 않더라도 뜻을 파악할 수 있는 것이었다. 이윽고 빅 브러더의 얼굴도 사라지고 대신 당의 세 가지 슬로건이 굵직한 대문자로 나타났다.

전쟁은 평화다
자유는 예속이다
무지는 힘이다

그러나 빅 브러더의 얼굴은 몇 초 동안 화면에서 완전히 지워지지 않고 남아 있는 듯했다. 마치 동공에 와 닿은 충격이 너무나 생생해서 금방 지워지지 않는 것과 마찬가지로. 몸집이 자그마한 그 갈색 머리의 여자가 자기 앞의 의자 등받이 위로 갑자기 몸을 구부렸다. 그러고는 스크린을 향해 두 팔을 벌리면서 떨리는 소리로, "나의 구원자여!" 하고 중얼거리는 것 같았다. 그런 다음 두 손에 얼굴을 파묻었다. 기도문을 외고 있는 게 분명했다.

바로 그때 모든 사람들이 "빅 브러더!…… 빅 브러더…… 빅 브러더!"라고 외치면서 나지막하고 느릿하며 율동적인 찬가를 몇 번이고 천천히 거듭 되풀이했는데, 처음의 B 음과 다음의 B 음 사이의 간격을 길게 늘어뜨리면서 무겁게 중얼거리는 폼이, 마치 무대 뒤에서 야만인들이 기묘하게도 맨발로 발을 구르며 북을 쳐대는 소리 같았다. 아마 이런 짓을 32초쯤은 되풀이했을 것이다. 그 소리는 벅찬 감정을 주체하기 힘든 순간에 종종 들리는 후렴이었다. 한편 그것은 빅 브러더의 지혜와 숭고함을 기리는 일종의 찬미가이기도 했지만, 그보다는 오히려 이런 율동적인 소리를 냄으로써 짐짓 의식을 마비시키려는 자기최면의 행위였다. 윈스턴은 창자가 차갑게 얼어붙는 것 같았다. 이 2분 증오 시간엔 그 역시 남들처럼 황홀경에 휘말려 들지 않을 수 없었지만, 바로 이 "빅 브러더!…… 빅 브러더!"라고 외치는 비인간적인 찬가를 흥얼거릴 때마다 온몸에 소름이 쫙 끼치는 것이었다. 물론 그도 다른 사람과 함께 찬가를 불렀다. 그러지 않고는 견딜 도리가 없었다. 자신의 감정을 속이고, 자신의 표정마저도 일부러 꾸민 채 다른 사람들이 하는 대로 따라서 하는 것은 본능적인 반사작용이었다. 그러나 그 짧은 순간에 그의 눈에 나타난 표정이 자신의 정체를 폭로하는 경우도 있었다. 그런데 바로 이 순간에 심각한 일이 벌어졌다. 만약 그런 일이 정말로 일어났다면 말이다.

　순간적으로 그는 오브라이언의 시선과 마주쳤다. 오브라이언은 자리에서 일어나 안경을 벗어 들었다가 나름 독특한 몸짓을 보이면서 다시 콧잔등에 걸쳐 썼다. 그러나 이 짧은 순간에 그들의 시선이 마주쳤고, 윈스턴은 오브라이언이 자신과 똑같은 생각을 하고 있다는 것을 알아차렸다. 그렇다, 그는 분명히 알았다! 그들 사이에 명확한 메시지가 오갔다. 마치 그들 두 사람이 마음의 문을 열고 서로의 생각을 눈을 통해 전달하고 있는 것 같았다. '난 당신과 같은 생각을 가지고 있소.'라고 오브라이언은 그에게 말하는 것 같았다. '난 당신이 느끼는 것을 정확히 알고 있소. 당신이 경멸하고 미워하고 혐오스럽게 여기는 것을 모두 알고 있단 말이오. 하지만 걱정 마시오. 난 당신 편이니까!' 이윽고 그 지성의 번뜩임은 사라지고, 오브라이언의 얼굴은 다른 사람들과 마찬가지로 모호한 표정이 되었다. 그것이 전부였다. 그는 이미 그런 일이 있었는지조차 믿을 수 없게 되었다. 그런 사건은 결코 두 번 다시 되풀이되지 않았다. 그들 사이에 일어난 일은, 그 자신 이외에 또 다른 당의 적이 있다는 신념과 희망을 그의 마음속에 심어준 것이 전부였다. 대규모 지하조직의 음모가 있다는 소문은 결국 사실이었는지도 모른다. 어쩌면 그 형제단이라는 비밀단체가 실제로 존재하는지도 모른다! 그들이 끊임없이 체포되고 자백당하고 처형되는데도 불구하고, 형제단이 단순한 신화에 지나지 않는다고 믿어버린다는 것은 도저히 불가능한 일이었다. 결국 그도 때로는 그들의 존재를 믿기도 하고, 때로는 믿지 않기도 했다. 거기에 확증 같은 것은 없고, 그저 어떤 의미가 있을 수도 있고 없을 수도 있는 일별, 우연히 귓전에 들려온 이야기, 화장실 벽에 그려놓은 희미한 낙서, 두 명의 낯선 사람들끼리 서로 지나칠 때 뭔가를 알고 있다는 듯한 암호로 얼굴에 색다른 표정을 지으며 슬쩍 손짓을 해보는 정도에 지나지 않았다. 그런 것은 모두 추측일 뿐이었고, 그는 모든 것을 아주 사실적으로 상상해버린 것이다. 그는 두 번 다시 오브라이언을 쳐다보지 않고 자기 방으로 돌아갔다. 그들의 우연한 접촉을 계속 생각하고 싶지 않았던 것이다. 만약 그가 그 일을 어떻게 처리해야 할지 알았다 하더라도, 그것은 상상도 못할 만큼 위험한 일이었다. 그들은 단 1, 2초 동안 수상한 눈짓을 주고받았으며, 그것이 이 사건의 끝이었다. 그렇지만 폐쇄적인 외로움 속에 갇혀 살아야만 하는 사람으로서는 기억해둘 만한 사건이었다.

윈스턴은 몸을 일으키며 등을 쭉 폈다. 그리고 트림을 했다. 술이 위장에서 다시 식도를 타고 올라왔다.

그의 시선은 다시금 책갈피로 쏠렸다. 자신은 무기력하게 생각에 잠겨 있는데 그동안에도 손은 자동기계처럼 계속 글씨를 쓰고 있는 것을 알았다. 그래도 이번에는 전처럼 알아보기 힘든 글씨체는 아니었다. 그의 펜은 커다랗고 단정한 글씨를 써가며 마치 쾌락을 쫓듯 매끄러운 종이 위를 미끄러져 갔다.

빅 브러더를 타도하라.
빅 브러더를 타도하라.

빅 브러더를 타도하라.

빅 브러더를 타도하라.

빅 브러더를 타도하라.

거의 반 페이지가 똑같은 글로 채워졌다.

그는 공포로 인한 심한 통증에서 벗어날 수 없었다. 그렇지만 이런 특수한 낱말을 쓴다는 것은 일기를 쓰는 행위 자체보다 덜 위험했다. 그러나 일순간 더럽혀진 페이지를 찢어내고, 일기를 쓴다는 모험적인 일조차 포기해버리고 싶은 생각이 들었다.

그래도 그런 짓을 해보았자 아무 소용 없다는 것을 알았으므로 그만두었다. 그가 '빅 브러더를 타도하라.'라고 썼든 그렇게 쓰지 않았든 달라질 것은 아무것도 없었다. 일기도 역시 마찬가지였다. 결국 사상경찰은 그를 똑같이 취급할 것이다. 그는 행위 자체 속에 모든 죄를 포함하고 있는 범죄를 저지르고 말았다. 만약 그가 종이 위에 글을 쓰지 않았다 하더라도 그는 이미 죄를 범한 것이다. 그자들은 이런 행위를 가리켜 사상죄思想罪라고 했다. 사상죄는 언제까지나 감출 수 있는 것이 아니었다. 요행히 잠시 동안 혹은 몇 년 동안은 속일 수 있을지 모르지만, 조만간 그들은 정체를 밝혀내고 말 것이다.

그것은 항상 밤에 있었다. 체포는 예외 없이 밤에만 행해졌다. 잠을 깨우려고 갑자기 흔들기, 어깨를 잡아 흔드는 거친 손, 눈에다 대고 비추는 손전등 불빛, 침대를 빙 둘러싼 험상궂은 얼굴들. 그런 경우에는 대체로 재판이나 체포 영장 같은 것도 없었다. 그런 사람들은 항상 밤중에 감쪽같이 사라져버리곤 했다. 그의 이름은 기록부에서 제거되고, 지금까지 그가 해온 일도 남김없이 지워지며, 한때 생존했었다는 사실마저 부정당한 채 이내 잊혀버렸다. 그는 폐기되고 멸망당하고 마는 것이다. 이것을 흔히 '증발한다'라고 표현했다.

한동안 그는 일종의 히스테리에 사로잡혀 있었다. 그는 서둘러 아무렇게나 휘갈겨 쓰기 시작했다.

그들이 나를 총살하더라도 상관없다. 그들이 내 목덜미에 총을 겨누더라도 상관없다. 빅 브러더를 타도하라. 그들은 언제나 목덜미를 겨냥하여 쏜다. 하지만 나는 상관하지 않는다. 빅 브러더를 타도하라…….

그는 좀 부끄러운 생각이 들어서 펜을 놓고 의자에 등을 기댔다. 다음 순간 그는 소스라치게 놀랐다. 방문을 노크하는 소리가 들렸던 것이다.

벌써! 그는 생쥐처럼 조용히 앉아 있었다. 누군가 몇 번 노크를 해보고 그냥 가버리겠지 하는 헛된 희망을 걸어보았다. 그러나 노크 소리는 되풀이되었다. 무엇보다도 나쁜 일은 시간을 끄는 것이다. 그의 가슴은 북을 치듯이 뛰었지만, 얼굴은 오랜 습관 때문에 거의 무표정했다. 그는 일어나서 무거운 발걸음으로 문 쪽을 향했다.

2

문고리를 잡으면서 윈스턴은 일기장을 책상 위에 펼쳐놓은 채로 두었음을 깨달았다. "빅 브러더를 타도하라."라는 글자가 일기장 가득히 씌어 있고, 방 이쪽에서도 충분히 읽을 수 있을 만큼 글씨는 커 보였다. 상상조차 할 수 없는 어리석은 짓을 저지르고 만 것이다. 그러나 두려움

속에서도, 잉크가 채 마르기도 전에 노트를 덮어 크림빛 종이에 얼룩을 내고 싶지는 않았다.

그는 깊이 숨을 들이쉬고 문을 열었다. 갑자기 그의 몸속에 따스한 물결과도 같은 안도감이 흘렀다. 머리카락이 헝클어지고 주름살투성이에 핏기 없이 일그러진 얼굴을 한 여자가 문밖에 서 있었다.

"아, 동무." 그녀는 울먹이는 듯한 음산한 음성으로 입을 열었다. "동무가 들어오는 소리를 들었어요. 제 방에 오셔서 부엌의 수챗구멍 좀 봐주시겠어요? 수챗구멍이 막혀서……."

그녀는 같은 층의 이웃에 살고 있는 파슨스 부인이었다(당에서는 '부인'이라는 말을 쓰는 것을 왠지 못마땅하게 생각했다─누구든지 '동무'라고 부르게 되어 있기 때문이었다─그러나 그는 어떤 여자에겐 자기도 모르게 본능적으로 부인이란 말을 쓰곤 했다). 그녀는 서른 살가량 되었지만 나이보다 훨씬 늙어 보였다. 얼굴의 주름살 사이엔 먼지가 끼어 있는 느낌을 주었다. 윈스턴은 그녀를 따라 복도를 내려갔다. 이런 서투른 수리는 거의 날마다 하게 되는 귀찮은 일 중의 하나였다. 빅토리 맨션은 1930년경에 지은 낡은 건물로서 이곳저곳이 허물어져 가고 있었다. 천장과 벽에서는 쉴 새 없이 횟가루가 떨어지고, 파이프는 날씨가 추워지기만 하면 얼어터지고, 난방장치는 경제적인 이유로 꽉 잠가버릴 때가 아니더라도 으레 반밖에 들어오지 않았다. 자기 손으로 직접 고칠 수 있는 간단한 수리를 제외하고는 멀리 떨어져 있는 당 위원회의 인가를 받아야 했으며, 창틀 하나를 수리하는 데도 2년 동안이나 기다리기 일쑤였다.

"하필 이럴 때 톰이 집에 없어서……." 파슨스 부인이 맥 빠진 소리로 말했다.

파슨스의 방은 윈스턴의 방보단 컸지만, 어딘지 모르게 지저분해 보였다. 마치 커다란 맹수가 방금 난동을 부리고 지나간 자리처럼 모든 것이 마구 부서지고 어수선했다. 갖가지 운동기구들—하키 스틱, 권투 글러브, 가죽이 찢긴 축구공, 뒤집힌 채 내팽개친 스포츠용 반바지—이 마룻바닥에 널려 있고, 탁자 위에는 더러운 접시들과 구겨진 스포츠 서적들이 어지럽게 널려 있었다. 벽에는 청소년 동맹과 스파이단의 주홍색 깃발이 걸려 있고, 빅 브러더의 대형 포스터도 붙어 있었다. 이 건물 어디에서나 예외 없이 풍기는 지독한 냄새까지 났다. 이런 냄새는 맨 처음 숨을 들이쉴 적에는 느낄 수 있었지만 뭐라고 표현하기 어려운, 지금 이 자리에 없는 사람의 땀 냄새였다. 옆방에서는 누군가가 빗과 화장지를 들고 지금도 여전히 텔레스크린에서 흘러나오는 군대 음악에 장단을 맞추고 있었다.

"아이들이에요." 파슨스 부인은 다소 불안한 시선을 문 쪽으로 던지며 말했다. "오늘은 밖에 나가지 않았어요. 물론……."

그녀는 말을 하다가 도중에 음절을 끊는 버릇이 있었다. 부엌 수챗구멍은 거의 가장자리까지 끈적끈적한 더러운 물이 괴어 있어서 양배추 냄새보다 더한 악취가 풍겼다. 윈스턴은 무릎을 꿇고 앉아 파이프의 모서리 연결점을 살펴보았다. 그는 이런 일에 손을 대거나 허리를 굽히는 것을 죽기보다도 싫어했다. 그렇게 하면 으레 기침이 터져 나왔기 때문이다. 파슨스 부인은 멍청히 바라보고만 있었다.

"톰만 집에 있었더라면 두말할 것도 없이 당장 고쳤을 거예요." 그녀는 말했다. "그이는 이런 일을 좋아하거든요. 손재주도 썩 좋고요. 톰은 바로 그런 사람이에요."

파슨스는 윈스턴과 함께 진리부에서 근무하는 사람이었다. 그는 몸집이 비대한 데다가 어딘지 멍청한 데가 있고, 그러면서도 맹목적인 열성 당원이었다. 사실 당의 안정성은 사상경찰에 달려 있기보다는 당에 대해 손톱만큼의 의혹도 품지 않은 채 열심히 일만 하는 이런 사람들에게 달려 있었다. 서른다섯에 그는 마지못해 청소년 동맹을 탈퇴했으며, 이 동맹에 가입하기 전에는 규정된 연한을 넘어 1년 동안이나 스파이단에 적을 두고 활약했다. 이 부서에서 그는 지식이라는 것이 별로 요구되지 않는 하급 지위에 임명되었지만, 다른 한편으로는 스포츠 위원회라든가 등산, 우발적인 시위행진, 물가 절약 운동 등 일반적으로 자발적인 활동 단체를 조직하는 일에 종사하는 여타의 위원회에서는 지도적인 인물 중의 한 사람이었다. 말하자면 그는 파이프 담배를 뻐끔뻐끔 피워대면서 지난 4년 동안 하루도 거르지 않고 공회당에 출석했다고 은근히 자랑삼아 얘기하는 그런 친구였다. 그의 끈질긴 생활력을 무의식중에 증명이라도 하듯이 그가 가는 곳마다 물씬한 땀 냄새가 풍겼고, 그가 자리를 떠난 후에도 그 땀 냄새는 가시지 않았다.

"혹시 스패너 가지고 있습니까?" 윈스턴은 파이프 모서리 이음새의 암나사를 만지작거리면서 말했다.

"스패너라고요!" 파슨스 부인은 갑자기 맥이 빠져서 대답했다. "잘 모르겠는데요. 아이들이……."

이때 구둣발 소리가 들리고 빗을 부딪는 소리가 한바탕 시끄럽게 들리더니 아이들이 거실로 몰려 들어왔다. 파슨스 부인이 스패너를 가져왔다. 윈스턴은 물을 빼내고, 파이프를 틀어막고 있는 머리카락 뭉치를 진저리를 치면서 빼냈다. 그는 수도꼭지를 틀고 찬물로 손을 정성 들여 깨끗이 씻은 다음 옆방으로 돌아왔다.

"손들어!" 갑자기 야만적인 고함 소리가 들렸다.

아홉 살가량의 통통하게 생긴 귀여운 소년 하나가 탁자 뒤에서 불쑥 튀어나오며 장난감 권총으로 그를 위협했다. 바로 그때 두 살 정도 더 어려 보이는 사내아이의 여동생도 나뭇조각을 들고 똑같은 몸짓을 해

보였다. 두 아이 다 스파이단의 제복인 푸른색 반바지에 회색 셔츠를 입고 빨간 네커치프를 두르고 있었다. 윈스턴은 두 손을 머리 위로 쳐들었지만 왠지 불안했다. 소년의 태도가 너무나 악의에 차 있어서 단순한 장난으로 여겨지지 않았다.

"넌 반역자야!" 소년이 고함쳤다. "넌 사상범이야! 유라시아의 스파이야! 그러니 널 쏘겠어. 아주 없애버리겠어. 소금 광산으로 보내주고 말테야!"

갑자기 아이들은 "반역자!" "사상범!"이라고 외치면서 그의 주위를 뛰어 돌아다녔다. 조그만 소녀는 오빠의 동작을 그대로 따라 했다. 그렇게 날뛰는 꼴이 마치 조금만 더 자라면 사람을 잡아먹을 호랑이 새끼를 연상시켜 다소 두려워졌다. 소년의 눈에는 일종의 잔인성이 엿보였다. 그것은 윈스턴을 때려눕히고 걷어차고 싶은 욕망임이 틀림없었고, 어느 정도 자라면 충분히 그럴 수 있으리라고 생각되었다. 윈스턴은 아이가 들고 있는 것이 진짜 권총이 아니어서 천만다행이라고 생각했다.

파슨스 부인의 시선이 신경질적으로 윈스턴에게서 아이들한테로, 그리고 다시 윈스턴에게로 재빨리 옮겨졌다. 거실의 환한 불빛 아래서 보니 재미있게도 파슨스 부인의 얼굴 주름살 사이에는 정말로 먼지가 끼어 있었다.

"애들이 왜 이렇게 소란을 피우는지 모르겠어요." 그녀는 말했다. "밖에 나가 교수형을 구경할 수 없으니 저렇게 안달을 하는 거예요. 난 바빠서 애들을 데리고 나갈 수 없고, 톰은 시간 안에 일을 마치고 돌아올 수 없을 거고요."

"왜 우린 교수형을 구경하러 안 가지?" 소년이 큰 소리로 떠들어댔다.

"교수형 구경하고 싶어! 교수형 구경하고 싶어!" 꼬마 계집애도 여전히 방 안을 뛰어 돌아다니면서 종알거렸다.

오늘 저녁 몇 명의 유라시아인 포로들이 전범戰犯 혐의로 공원에서 교수형에 처해질 예정임을 윈스턴은 그제야 기억해냈다. 이런 일은 한 달에 한 번씩 있어서 흔히 볼 수 있는 구경거리였다. 그런데도 아이들은 으레 그걸 구경시켜 달라고 야단법석이었다. 그는 파슨스 부인 곁을 떠나 문 쪽으로 걸어갔다. 그러나 복도에서 대여섯 걸음도 걸어가지 않아 무언가가 호되게 목덜미를 후려쳤고 순간 얼얼한 아픔을 느꼈다. 마치 시뻘겋게 달군 철사에 찔린 것 같았다. 그는 홱 몸을 돌렸다. 그때 파슨스 부인은 아들놈을 낚아채듯 문 안쪽으로 끌어당겼고, 그 사이에 소년은 고무총을 호주머니에 집어넣고 있었다.

"골드스타인!" 문이 닫히는 순간에 소년은 그를 향해 소리쳤다. 그러나 무엇보다도 윈스턴에게 충격을 준 것은, 여자의 회색빛 얼굴에 떠오른 공포의 빛이었다.

자기 방으로 돌아오자 그는 재빨리 텔레스크린 앞을 지나, 여전히 아픈 목을 문지르면서 다시 책상 앞에 앉았다. 텔레스크린에서 흘러나오던 음악은 어느새 그쳐 있었다. 대신 냉혹한 군대식 목소리가 아이슬란드와 페로 제도 사이에 방금 닻을 내린 새로운 유동 요새의 군비軍備에 관해 약간 거칠게 설명하고 있었다.

저 아이들 때문에 불쌍한 여자는 평생을 공포 속에서 지내지 않으면 안 될 것이라고 그는 생각했다. 약 1, 2년 정도만 지나면 저 애들은 반동의 기미를 알아채고 자기 어머니를 밤낮으로 감시하게 될 것이다. 오늘날 거의 모든 아이들이 이렇듯 무서운 존재가 되어버렸다. 무엇보다도 가장 악독한 짓은, 스파이단과 같은 조직력을 이용해 어린아이들을 제도적으로 어떻게 손써볼 도리가 없는 작은 야만인으로 바꿔놓는 것이었다. 게다가 이렇게 함으로써 아이들은 전혀 당의 규율에 반발하거나 하지 않았다. 그러기는커녕 아이들은 도리어 당을 찬양했고, 모든 것을 당과 관련지어서 생각했다. 군가, 행진, 깃발, 등산, 모의 사격 훈련, 슬로건, 복창, 빅 브러더에 대한 찬양, 이 모든 잔인성은 외부 세계로, 즉 국가의 적에게, 외국인에게, 반역자에게, 그리고 파업을 선동하는 자들 및 사상범들에게 쏠려 있었다. 서른이 넘은 사람들이 자기 자식들을 두려워하는 것은 거의 보편적인 사실이었다. 거기에는 그럴 만한 이유가 있었다. 《타임스》지에 엿듣기 좋아하는 꼬마 고자질쟁이에 관한 기사가 실리지 않는 주라곤 거의 없었다. 이들에겐 대개 '꼬마 영웅'이라는 호칭이 사용되었는데, 그들은 어떤 위험한 이야기를 엿듣고 자기 부모를 사상경찰에 고발했다.

고무총에 맞았던 목덜미의 통증이 가셨다. 그는 별로 내키지 않는 마음으로 펜을 집어 들고는 일기장에 뭔가 더 쓸게 없을까 생각했다. 문득 그는 오브라이언 생각을 다시 하기 시작했다.

몇 년 전—얼마나 오래되었을까? 아마 7년 전이었으리라—그때 그는 자신이 어둠침침한 방 안을 걷고 있는 꿈을 꾸었다. 그런데 그가 지나칠 때 옆자리에 앉아 있던 사람이 "우리는 어둠이 없는 곳에서 만나게 될 것입니다."라고 말했다. 그 음성은 너무나 조용하고 또 예상치 못한 것이어서 명령이 아니라 증언같이 들렸다. 그는 멈추지 않고 걸었다. 그런데 기묘한 것은, 그때 꿈속에서 들었던 그 말이 그에게 별다른 감흥을 주지 못했다는 점이었다. 다만 시일이 지난 후에야 차츰 그 말이 어떤 의미를 품고 있는 것처럼 느껴졌다. 그가 오브라이언을 처음 만났던 때가 그 꿈을 꾸기 전이었는지 후였는지 지금은 기억나지 않았다. 그리고 그 음성이 오브라이언의 음성이라는 것을 맨 처음 깨달았던 것이 언제였는지도 기억이 나지 않았다. 그러나 어찌 되었든 어둠 속에서 그에게 말을 걸었던 사람이 오브라이언이었던 것만은 확실했다.

오늘 아침만 하더라도 서로의 시선이 잠깐 마주쳤지만, 윈스턴은 오브라이언이 친구인지 아니면 적인지 뚜렷한 확신을 가질 수가 없었다. 그런 일이 중대한 문제가 될 것 같지는 않았다. 두 사람 사이에는 우정이나 동지애보다 더욱 소중한 이해심이 있었다. "우리는 어둠이 없는 곳에서 만나게 될 것입니다."라고 그는 말했다. 윈스턴은 그 말이 무엇을 의미하는지 몰랐지만, 어떤 방식으로든 그것이 실현되리라는 것만은 알고 있었다.

텔레스크린에서 흘러나오던 음성이 그쳤다. 맑고 아름다운 트럼펫 소리가 침체된 실내의 공기 속에서 떠돌았다. 다시 그 음성이 거칠게 뒤를 이었다.

"알려드립니다! 주의를 기울여주십시오! 방금 말라바르 전선에서 긴급히 입수된 뉴스입니다. 우리의 군대는 남부 인도에서 영광스러운 승리를 거두었습니다. 방금 보도해드린 전투로 인해 머지않아 전쟁이 종식되리라는 것을 자신 있게 말씀드립니다. 지금 말씀드린 긴급 뉴스는……."

좋지 않은 소식이 전해지고 있다고 윈스턴은 생각했다. 그도 그럴 것이, 유라시아 군대를 전멸시켰다는 피비린내 나는 보고를 한 다음에 엄청난 숫자의 사망자와 포로들을 들먹이더니, 다음 주부터는 초콜릿 배급량을 30그램에서 20그램으로 줄이겠다는 발표가 나왔다.

윈스턴은 다시 트림을 하기 시작했다. 술기가 가시면서 기분이 위축되었다. 승리를 축하하기 위해서인지, 아니면 줄어든 초콜릿의 기억을 지워버리기 위해서인지는 모르지만, 텔레스크린에서 〈오세아니아여, 그대를 위해서〉라는 노래가 시끄럽게 방송되었다. 모든 사람이 감시를 받고 있으리라는 생각이 들었다. 그렇지만 그가 지금 앉아 있는 자리는 그의 모습이 포착되기 힘든 장소였다.

〈오세아니아여, 그대를 위해서〉라는 곡목이 끝나자 경음악이 흘러나왔다. 윈스턴은 창 쪽으로 걸어가서 텔레스크린에 등을 돌리고 서 있었다. 날씨는 여전히 쌀쌀하고 맑았다. 멀리 어디에선가 로켓탄이 둔중하면서도 반복되는 굉음을 울리며 터졌다. 이런 폭탄은 요즘 들어 일주일에 이삼십 개씩 런던에 투하되고 있었다.

바람이 불 적마다 거리 아래쪽의 찢겨진 포스터가 앞뒤로 펄럭이며 INGSOC라는 글자를 드러내 보였다 가렸다 했다. 영사, 영사의 신성한 강령, 신어, 이중사고, 과거의 부정否定, 그는 마치 괴물만 사는 세계에서 자기 자신도 괴물이 되어 방향감각을 잃고 바다 밑의 숲 속을 헤매는 느낌이었다. 그는 혼자였다. 과거는 사멸했고, 미래는 예측할 수 없었다. 도대체 단 한 명의 인간이라도 살아남아서 그의 편에 서줄 것인가? 그리고 당의 지배가 영원히 계속되지 않으리라는 것을 어떤 방법으로 알 수 있단 말인가? 그 물음에 대한 해답이라도 되는 듯이 진리부의 새하얀 벽에 씌어 있는 세 개의 슬로건이 그의 시야로 다가섰다.

전쟁은 평화다
자유는 예속이다
무지는 힘이다

그는 주머니에서 25센트짜리 동전 하나를 꺼냈다. 그 동전에도 역시 조그맣고 또렷한 글씨로 똑같은 슬로건이 새겨져 있었고, 동전 뒷면에는 빅 브러더의 두상이 새겨져 있었다. 그 동전에서조차 빅 브러더의 눈초리는 끈질기게 사람을 쏘아보고 있었다. 그 눈은 동전에도, 우표에도, 책 표지에도, 깃발에도, 포스터에도, 그리고 담뱃갑에도, 어느 곳에든 있었다. 언제나 그 눈이 감시하고, 그 목소리가 귓전을 맴돌았다. 잠을 자거나 깨어 있거나, 일을 하거나 음식을 먹거나, 집 안에 있거나 밖에 있거나, 목욕탕에 있거나 침대에 있거나 그것을 피할 수는 없었다. 해골 속에 들어 있는 몇 세제곱센티미터의 내용물을 제외하고는 자기 것이라곤 하나도 없었다.

태양이 기울어 위치가 바뀌자 진리부 건물의 무수한 창틀엔 더 이상 햇빛이 반사되지 않아 요새의 총안들처럼 음산해 보였다. 그의 가슴은 이 엄청나게 큰 피라미드형 건물 앞에서 위축되었다. 이 건물은 매우 견고해서 폭풍우가 몰아쳐도 끄떡없을 것이다. 천 개의 로켓탄을 퍼부어도 무너지지 않을 것이다. 그는 자신이 누구를 위해서 일기를 쓰는지 의심스러운 생각이 들었다. 미래를 위해서, 과거를 위해서, 아니면 상상할 수 있는 한 시대를 위해서인가. 그런데 그 앞에는 죽음이 아니라 파멸이 가로놓여 있었다. 일기장은 재가 되어 없어질 것이고, 그 자신은 증발해 버릴 것이다. 오직 사상경찰만이, 일기장을 기억에서 지워버리고 이 지상에서 그 흔적을 없애버리기 전에 그가 기록한 글을 읽어볼 것이다. 종잇조각 위에 끄적거린 필자 불명의 글뿐만 아니라 그 자신마저 흔적도 없이 사라지는 판에 어떻게 해서 미래를 향해 호소한단 말인가?

텔레스크린이 오후 2시를 쳤다. 이제 10분 안에 떠나야만 했다. 2시 30분까지는 직장에 돌아가 있지 않으면 안 되었다.

이상하게도 시간을 알리는 종소리가 그의 가슴속에 새로운 기분을 불어넣어 주는 것 같았다. 그는 어느 누구도 들어주지 않는 진실을 중얼거리는 고독한 유령이었다. 그렇지만 약간 애매모호한 방법으로 진실을 중얼거리기만 하면 이런 상태가 중단되지 않고 지속될 것이다. 인간에게 유산을 남겨주는 일은, 자신의 진실을 들려주는 데 그치지 않고 건전한 정신을 지니고 살아가도록 해줌으로써 가능할 것이다. 그는 다시 책상으로 돌아가 펜에 잉크를 찍어서 다음과 같이 썼다.

미래 혹은 과거에게, 사상이 자유롭고 인간이 제각기 다른 생각을 지닐 수 있으며, 혼자 고립되어 살지 않는 시대에게—그리고 진실이 존재하며, 이루어질 수 없는 일을 할 수 있게 될 시대에게.

획일적인 시대로부터, 고립의 시대로부터, 빅 브러더의 시대로부터, 이중 사고의 시대로부터—안녕히!

자기는 이미 죽었다고 생각했다. 자신의 사상을 체계화할 수 있고, 그래서 이미 결정적인 발걸음을 내딛게 된 것은 바로 지금이라는 생각이 들었다. 모든 행위의 결과는 행위 그 자체에 포함되어 있다. 그는 또 이렇게 썼다.

사상적인 범죄는 죽음을 수반하지 않는다. 사상적인 범죄야말로 죽음이다.

이제 그 자신이 죽은 사람으로 인정되었으므로, 가능한 한 오래 살아남아 있는 것이 중요한 문제가 되었다. 그의 오른쪽 손가락 두 개에 잉크가 묻어 있었다. 사실 그를 파멸시킬지도 모르는 것은 이런 사소한 일들이었다. 부처部處에서 냄새를 잘 맡기로 유명한 열성분자들(가령 그 갈색 머리의 자그마한 여자라든가, 창작국에서 일하는 검은 머리 여자 같은 사람들)이 무엇 때문에 그가 점심시간에 글을 쓰는 지, '무슨 내용'의 글을 쓰고 있는지 의심하게 될지도 모르며, 관할 당국에 넌지시 암시를 줄 것이다. 그는 목욕탕으로 들어가서 모래투성이의 흑갈색 비누로 조심스럽게 잉크 자국을 문질러 씻었다. 그 비누는 마치 사포로 문질러대는 것처럼 껄끄러워서 이런 용도로 안성맞춤이었다.

그는 서랍 속에다 일기장을 집어넣었다. 그것을 감추려고 생각한다는 건 소용없는 짓이었지만, 그렇게 넣어둠으로써 적어도 남의 눈에 발각되었는지 그렇지 않은지는 확인할 수 있을 것 같았다. 책갈피 끝에다 머리카락 하나를 끼워둔다면 더더욱 분명히 알 수 있을 터였다. 그는 손가락 끝으로, 자세히 들여다봐야 식별할 수 있는 하얀 먼지 같은 모래알 하나를 집어서 책 표지 구석에다 놓아두었다. 따라서 만약 누군가가 일기장을 건드리기만 해도 그 모래는 책에서 떨어져 나갈 것이었다.

3

윈스턴은 어머니의 꿈을 꾸고 있었다.

지금 생각해보면 어머니가 감쪽같이 자취를 감추어버린 것은 그가 열 살인가 열한 살 때의 일이었다. 어머니는 조각품을 깎아 세운 듯 키가 늘씬하게 컸고, 유별나게 아름다운 머리카락에 말이 없고 동작이 느린 여자였다. 그의 기억에 희미하게 남아 있는 아버지는 살결이 검고 몹시 야위었으며, 항상 검은 양복을 단정하게 차려입고(윈스턴은 특히 아버지의 얇은 구두창을 기억하고 있었다) 안경을 끼고 있었다. 두 분 다 50년대의 제1차 숙청 때 희생당한 게 분명했다.

꿈속에서 어머니는 어린 누이동생을 안고 그보다 더 낮은 쪽에 앉아 있었다. 누이동생에 대해서는, 작고 연약한 아기로서 언제나 말이 없는 데다 크고 겁먹은 듯한 눈빛을 하고 있었다는 것 이외에는 아무런 기억도 없었다. 두 사람 다 말끄러미 그를 쳐다보고 있었다. 그들은 어딘가 지하 깊숙한 곳에 있었는데—이를테면 우물 밑바닥 같기도 하고, 혹은 아주 깊은 지하 묘지 같기도 했다—아무튼 그가 있는 곳보다도 훨씬 아래쪽으로서, 그것도 자꾸만 밑으로 가라앉고 있었다. 말하자면 그들은 침몰하는 배의 선실에 앉아서 어두컴컴한 물을 통해 그를 쳐다보고 있었다. 선실에는 아직도 공기가 남아 있어서 그들은 그를 바라보고 그 역시 그들을 내려다볼 수 있었지만, 끊임없이 푸른 바닷물 속으로 가라앉아서 머지않아 그 속에 파묻혀버리면 영원히 시야에서 사라져버릴 것이었다. 그가 빛과 공기로 가득 찬 바깥세상에 있는 동안에 그들은 자꾸만 죽음 속으로 빨려 들어가고 있었다. 어쩌면 그가 위쪽에 있기 때문에 반대로 그들이 밑으로 가라앉고 있는지도 모를 일이었다. 그도 그 사실을 알고 있었고, 그들 역시 알고 있음을 얼굴 표정에서 읽을 수 있었다. 그러나 그들의 얼굴이나 마음에서는 어떤 후회의 빛도 찾아볼 수 없었고, 다만 그를 살아남게 하기 위해서는 자신들이 죽어야만 한다는 사실, 그리고 이것이야말로 피할 수 없는 섭리의 일부라는 사실을 그들은 알고 있었다.

그는 어떻게 해서 이런 일이 일어났는지 도무지 알 수 없었지만, 어떤 면에서 어머니와 누이동생이 그를 대신해 희생되었다는 것을 꿈속에서 어렴풋이나마 알 수 있었다. 이러한 꿈은, 깨어난 다음에도 인상적인 꿈의 장면이 끊이지 않고 지속되는 한 꿈꾼 사람의 정신생활에 영향을 끼침으로써 그 사람은 항상 새로운 사실과 이상을 깨닫게 마련이다. 지금 갑자기 윈스턴을 엄습한 것은, 거의 30년 전에 있었던 어머니의 죽음이 어떤 면에서는 유례를 찾아볼 수 없는 비극이며 슬픔이었다는 사실이었다. 그 비극은 아직 개인적인 비밀과 사랑과 우정이 존재하던 아주 오랜 옛날에 속했던 일이고, 가족의 일원이 아무런 이유도 따질 필요 없이 서로 의지하며 살아가던 시절의 일이라고 생각되었다. 어머니는 그를 사랑하면서 죽어갔고, 그는 너무 어려서 어머니의 사랑을 이기적으로 받아들였으며, 어떻게 된 영문인지는 모르지만 어머니는 은밀하고 변함

없는 하늘 같은 사랑으로 자기 자신을 희생했기 때문에 어머니에 대한 추억이 그의 가슴을 더욱더 갈기갈기 찢어놓았다. 그런 일은 아무래도 오늘날엔 있을 것 같지 않았다. 오늘날엔 공포와 증오와 고통만이 있을 뿐, 감정의 존엄성이라든가 깊고 복합적인 슬픔이라든가 하는 것 따위는 존재하지 않았다. 이 모든 것을 그는 여전히 수백 길 밑으로 가라앉아 가면서 그 푸른 바닷물을 통해 그를 쳐다보는 어머니와 누이동생의 커다란 눈망울 속에서 찾아보는 것이었다.

갑자기 그는 햇살이 비스듬히 미끄러지듯 지면을 비추는 여름날 저녁 무렵, 짧게 깎은 싱싱한 잔디밭 위에 서 있었다. 이런 풍경은 꿈속에서 너무 자주 보아왔기 때문에, 그것을 현실 세계에서 실제로 보았는지 어떤지조차 분명히 의식할 수 없을 정도였다. 이렇게 꿈에서 깨어나 있을 때는 그곳을 '황금의 나라'라고 불렀다. 그곳은 토끼가 뜯어 먹은 해묵은 풀밭이었고, 초원을 가로질러 길게 오솔길이 나 있었으며, 여기저기 두더지 구멍이 뚫려 있었다. 들판 건너편의 허술한 울타리 안쪽에서는 느릅나무 가지가 미풍에 가볍게 흔들리고, 잎사귀들이 숱 많은 여인의 머릿결처럼 하늘거렸다. 눈에 띄지는 않았지만 바로 근처 어딘가에 천천히 흐르는 맑은 시냇물이 있었고, 버드나무 밑의 깊은 물웅덩이에서는 황어 떼가 헤엄치고 있었다.

검은 머리의 처녀가 들판을 가로질러 그에게로 다가왔다. 어찌 된 노릇인지 그녀는 단 한 번의 동작으로 옷을 벗더니 경멸하듯 한쪽으로 내팽개쳤다. 그녀의 몸은 하얗고 부드러웠지만 그로 하여금 욕망을 일으키게 하지는 않았다. 하기야 그도 무감각하게 그녀를 보았다. 바로 그 순간에 그가 경탄해 마지않은 것은, 옷을 벗어 팽개치는 그녀의 동작이었다. 그 우아하면서도 분방한 동작이 모든 문화 및 사고思考의 체계를 절멸하려는 것 같았고, 빅 브러더와 당과 사상경찰마저 단 한 번의 눈부신 팔 동작으로 휩쓸어 없애버리려는 것 같았다. 그것 역시 옛 시절에 속하는 몸짓이었다. 윈스턴은 "셰익스피어."라고 중얼거리면서 잠에서 깨어났다.

고막을 찢는 듯한 호루라기 소리가 일정한 간격으로 30초 동안이나 텔레스크린에서 흘러나왔다. 7시 15분, 관리들이 잠자리에서 일어나야 할 시간이었다. 윈스턴은 몸을 비틀며 벌거벗은 채로 침대에서 일어나—왜냐하면 외부 당원에겐 1년에 의복비로 3000쿠폰이 지급되었는데, 잠옷 한 벌에 600쿠폰이었다—의자에 걸쳐둔 바지와 더러운 내의를 움켜쥐었다. 3분만 있으면 체조가 시작될 것이다. 다음 순간 그는 허리를 구부리며 격렬한 기침을 했는데, 이것은 잠을 깨고 난 직후에 거의 언제나 그를 엄습하는 것이었다. 그 기침은 허파 속의 공기를 깡그리 빼버렸으므로 반듯이 누워서 몇 차례 헐떡거리고 난 다음에야 간신히 숨을 쉴 수 있었다. 기침하느라 너무 애를 쓴 나머지 혈관이 부풀어 오르고 정맥류성 궤양이 근질거리기 시작했다.

"서른에서 마흔 되는 분들!" 날카로운 여자의 목소리가 시끄럽게 울려왔다. "서른에서 마흔 되는 분들, 자세를 바로잡으세요. 서른에서 마흔 살 되는 분들!"

윈스턴은 튕기듯 텔레스크린 앞으로 달려가 차렷 자세를 취했다. 화면에는 깡말랐지만 근육이 잘 발달된 젊은 여자가 튜닉 차림에 운동화를 신고 벌써 모습을 나타냈다.

"팔굽혀펴기!" 그녀는 구령을 붙였다. "제 구령에 맞춰서 하나, 둘, 셋, 넷! 하나, 둘, 셋, 넷! 동무들, 좀 더 힘을 주어서 따라 해봐요! 하나, 둘, 셋, 넷! 하나, 둘, 셋, 넷!……"

윈스턴은 고통스러운 기침이 가시지 않은 데다 꿈에서 받은 인상이 마음속에서 말끔히 지워지지 않은 상태였다. 그래도 체조의 규칙적인 율동을 반복하노라니 어느 정도 원기가 회복되었다. 그는 두 팔을 기계적으로 뻗었다 오므렸다 하면서 체조 시간에 적합하다고 생각되는 유쾌한 표정을 지어 보이려고 애쓰며, 마음속으로는 희미한 어린 시절의 옛 추억 속으로 되돌아가려고 안간힘을 썼다. 그렇게 한다는 것은 몹시 힘들었다. 최근엔 50년대 이전으로 거슬러 올라가면 모든 것이 기억 속에서 희미해져 버렸다. 어떤 외부적인 기록이 없다면 자기 자신의 생애의 윤곽마저 무뎌져서 기억에 떠올리기가 어려웠다. 어떤 큰 사건이 기억은 나는데 전혀 그런 일이 없었던 것도 같고, 그 사건의 사소한 부분이 머릿속에 떠오르긴 하는데 그때의 분위기가 얼른 연상되지 않아서 뭐라고 단정할 수 없는 긴 공백 기간이 생기게 마련이었다. 그때는 모든 것이 지금과는 달랐다. 그런데 이제는 나라의 명칭이라든가 지도의 모양까지도 달라져 있었다. 이를테면 그 당시엔 에어스트립 1번이라고 불리는 지역은 없었다. 그것은 잉글랜드나 브리튼이라고 불렸다. 다만 그때나 지금이나 런던은 런던이라고 불렸지만, 그 사실조차 애매하게 느껴졌다.

윈스턴은 자기 나라가 전쟁을 하지 않았던 때를 명확하게 기억할 수 없었다. 그러나 오랜 기억으로 미루어 단 한 번의 공습이 많은 사람들을 깜짝 놀라게 했던 걸 보면, 어린 시절에는 꽤 오랫동안 평화 기간이 있었던 게 분명했다. 아마 그것은 콜체스터에 원자탄이 떨어졌을 때였을 것이다. 공습 그 자체는 기억나지 않았지만 아버지가 허겁지겁 그의 손을 꽉 움켜잡고, 발을 옮겨 디딜 적마다 소리가 나는 나선형 계단을 빙빙 돌아 지하 참호 밑으로 자꾸만 내려갔고, 그가 끝내 다리가 아파서 칭얼대자 일가족이 멈춰 쉬었던 일이 생각났다. 엄마는 꿈속을 헤매듯 멀리 뒤처져서 따라왔다. 그때 엄마는 어린 누이동생을 안고 왔던가, 아니면 이불 짐을 들고 온 것 같았다. 그 당시 누이동생이 태어났었는지 그것은 확실히 기억나지 않았다. 이윽고 그들은 사람들이 뒤엉켜 아우성치는 지하철역이라고 생각되는 곳에 도착했다. 사람들은 돌을 깐 맨바닥에 앉아 있었고, 어떤 사람들은 철제 좌석 위에 포개듯이 앉아 있었다. 윈스턴과 어머니와 아버지는 마룻바닥에 간신히 자리 하나를 찾아냈는데, 그 옆의 간이 좌석에는 어떤 할아버지와 할머니가 나란히 앉아 있었다. 할아버지는 단정한 검정 양복에 검은 천으로 만든 모자를 새하얀 머리 위에 눌러썼으며, 얼굴은 붉었고, 푸른 눈엔 눈물이 가득 괴어 있었다. 그에게서는 술 냄새가 풍겼다. 그의 피부가 땀 대신 술을 흘리고, 그의 눈에서 흐르는 것은 눈물이 아니라 진짜 '진'인 것 같은 생각이 들게 했다. 얼근하게 취하기는 했지만 노인은 견딜 수 없는 슬픔으로 괴로워하고 있음이 분명했다. 윈스턴은 어린 마음에도 어떤 무서운 사건이, 용서할 수도 없고 치유될 수도 없는 사건이 이제 방금 발생했다는 것을 알았다. 그리고 그것이 어떤 사건인지도 알 것 같았다. 노인이 사랑했던 누군가가, 어쩌면 어린 손녀가 살해되었는지도 모른다. 몇 분마다 노인은 이런 넋두리를 되풀이했다.

"그놈들을 믿지 말았어야 했는데. 내가 그렇게 말하지 않았소, 할멈? 그놈들을 믿어서 이런 꼴을 당하고 만 거요. 내가 줄곧 얘기하지 않았던가, 그 미치광이들을 믿어서는 안 된다고 말이야."

그러나 지금 와서 생각해보면 그 노인이 말한 미치광이가 누구를 가리키는 것이었는지는 좀처럼 기억나지 않았다.

그 시절 이후로, 엄격히 말해서 똑같은 전쟁이 계속된 것은 물론 아니지만, 문자 그대로 전쟁이 그칠 새가 없었다. 그의 어린 시절에도 몇 달 동안이나 런던에서는 격렬한 시가전이 벌어졌으며, 그중 몇 가지는 지금도 생생하게 기억에 남아 있었다. 그러나 모든 시대의 역사를 추적해서 밝히고, 언제 누가 누구를 상대로 싸웠는가를 알아낸다는 것은 절대로 불가능한 일이었다. 왜냐하면 현존하는 것 이외에 별다른 기록 문서나 전해지는 말이 없을뿐더러 일정한 순서대로 배열된 해설 같은 것도 없었기 때문이다. 이를테면 1984년 당시에는(만약 지금이 1984년이라면), 오세아니아는 유라시아와 전쟁을 벌이고 이스트아시아와 동맹 관계를 맺는다. 공적인 발언이건 사적인 발언이건 세 강대국이 언젠가는 노선을 달리하리라고 단정하는 일은 금지되어 있다. 실제로 윈스턴이 알기로는 4년 전만 해도 오세아니아는 이스트아시아와 전쟁을 벌이고, 유라시아와는 동맹 관계에 있었다. 그러나 그것도 따지고 보면 윈스턴의 기억이 완전하다고 할 만큼 당의 통제하에 놓여 있지 않았던 덕분에, 우연히 남몰래 입수한 하찮은 지식에 불과하다. 공식적으로는 동맹자가 바뀌는 일은 절대로 없었다. 오세아니아는 현재 유라시아와 전쟁 상태에 있었다. 그러므로 오세아니아는 항상 유라시아와 전쟁을 하고 있는 셈이었다. 그 순간의 적은 언제나 절대적인 악을 대표하는 것이며, 과거나 미래에 적과 화해를 한다는 것은 불가능한 일이었다.

놀라운 일은, 그가 이런 생각을 수도 없이 많이 했다는 사실이었다. 그는 통증을 느낄 정도로 어깨를 뒤로 젖혔다(두 손을 엉덩이 쪽에다 대고 허리로부터 몸통을 회전하는 운동이었는데, 그것은 등의 근육을 발달시키는 데 좋다고 했다). 그리고 이 모든 것이 사실일지도 모른다는 데 생각이 미치자 그는 전율을 느꼈다. 만약 당이 과거에까지 손을 뻗쳐 이런저런 사건을 들추어내서 그런 일은 결코 없었다고 말한다면, 그것은 분명히 고문이나 죽음보다도 더 무서운 일일 수밖에 없었다.

당은 오세아니아가 유라시아와 동맹을 맺는 일은 절대로 없을 것이라고 말했다. 그러나 다른 누구도 아닌 윈스턴 자신은 지금으로부터 겨우 4년 전만 해도 오세아니아가 유라시아와 동맹 관계에 있었다는 사실을 알고 있었다. 그렇지만 그런 지식이 실제로 존재하기나 하는가? 그것도 그 자신의 의식 속에서 그나마 자칫하면 영원히 상실되어버리고 말 것이다. 그런데 만약 당이 강요하는 거짓말을 모든 사람들이 받아들이고 모든 기록들이 똑같은 내용만 반복한다면, 그 거짓말이 결국 역사에 남고 진실이 되고 말 것이다. '과거를 지배하는 사람은 미래를 지배한다, 현재를 지배하는 사람은 과거를 지배한다.'라고 당의 슬로건은 떠들어대고 있었다. 그렇지만 과거는 본질적으로 변형될 수 있는 성격을 지니고 있으면서도 결코 변형된 적이 없었다. 그러므로 현재의 진실은 그것이 무엇이든 먼 미래까지 영원히 진실인 것이다. 진리란 극히 간단한 것이었다. 필요한 것은 다만 한 개인의 기억 위에 여지없이 군림해버리는 일이었다. 그들은 이것을 '현실 통제'라 불렀고, 신어로는 '이중사고'라고 했다.

"편한 자세로 서 계십시오!" 지도 여교사가 다소 상냥한 음성으로 말했다.

윈스턴은 두 팔을 아래로 맥없이 늘어뜨리고 천천히 심호흡을 했다. 그의 정신은 미로와도 같은 이중사고의 세계 속으로 미끄러져 들어갔다. 알면서도 모른 체한다는 것, 진실을 속속들이 깨닫고 있으면서도 조심스럽게 위장된 거짓말을 한다는 것, 논리에 대항하기 위해서 논리를 사용하는 것, 도덕을 주장하면서도 거부하는 것, 민주주의란 불가능하다고 믿으면서도 당이 민주주의의 수호자라고 선전하는 것, 잊어버린 일들을 꼭 필요한 순간에 다시 기억에 떠올리는 것 그리고 다시 즉시 잊어버리는 것, 특히 과정 자체에다 똑같은 과정을 적용하는 것, 이런 일들은 지극히 미묘한 것이었다. 의식적으로 무의식을 유도한 다음에 다시 한 번 그 자신이 형성시킨 최면 상태의 행위를 의식하지 않게 되는 것. '이중사고'라는 말을 이해하는 데에도 이중사고의 활용 방법을 따라야만 했다.

여교사는 다시 그들에게 차렷 자세를 명했다. "자, 이제 우리들 중의 누가 발가락에 손끝을 갖다 댈 수 있는지 시험해보기로 해요!" 그녀는 이 말을 특별히 강조했다. "어서 엉덩이부터 구부리세요, 동무들. 하나—둘! 하나—둘!……."

윈스턴은 이 운동에 혐오감을 느꼈다. 이 운동은 그로 하여금 발뒤꿈치에서 엉덩이까지 칼끝으로 후벼 파는 듯한 통증을 느끼게 하고, 뒤이어 으레 발작처럼 일어나는 격렬한 기침으로 끝을 맺기 때문이었다. 그의 명상에서 우러나오는 즐거움이 반으로 줄어들고 말았다. 과거란 단순히 변형된 것이 아니라 실제로 파괴되어버린 것이라고 그는 생각했다. 자기 자신의 기억 이외에 아무런 기록도 없는데, 설령 가장 명확한 사실이라 하더라도 어떻게 그것을 증명할 수 있단 말인가? 그는 빅 브러더에 대한 소문을 최초로 들은 때가 언제였는지 기억해내려고 애썼다. 60년대의 어느 때쯤일 거라고 생각 들었지만 확실한 시기를 기억하기는 어려웠다. 물론 당사黨史에는 빅 브러더가 혁명 초기부터 혁명의 영도자이며 수호자로 되어 있었다. 그의 위력은 점차 과거로 거슬러 올라가, 자본주의자들이 괴상한 원통형 모자를 쓰고 유난히 번쩍이는 승용차를 타거나 양쪽에 유리창이 붙은 호화로운 마차를 타고 런던 거리를 질주했던 30년대, 40년대의 그 전설적인 세계로까지 확산되었다. 이런 전설 같은 이야기란 어디까지가 사실이고 어디까지가 가설인가를 알 도리가 없었다. 윈스턴으로서는 당이 언제쯤 창당되었는지조차 기억할 수 없었다. 196년 전만 하더라도 영사라는 말은 들어본 적이 없었고, 다만 그것의 옛날식 표현법인 '영국 사회주의'라는 말은 그 이전부터 줄곧 유행되었었다. 결국 모든 것이 안개 속에 녹아버렸다. 말할 나위도 없이 때로는 분명한 거짓을 지적해낼 수 있었다. 예를 들면 '당사'에서 당이 최초로 비행기를 발명했다고 주장하는 것은 사실이 아니었다. 아주 어린 시절부터 그는 비행기를 본 기억이 있었기 때문이다. 그렇지만 아무것도 증명할 수 없었다. 그의 생애를 통해서 꼭 한 번, 역사적 사실의 날조를 증명하는 정확한 문서를 입수한 적이 있었다. 그런데 이런 생각에 잠겨 있을 때였다.

"스미스!" 텔레스크린에서 째지는 듯한 잔소리가 튀어나왔다. "6079번 윈스턴 스미스! 그래, 당신 말이야! 제발 허리를 더 구부려요! 그렇게 잘할 수 있으면서 노력을 안 하는군요. 자, 더 굽혀봐요! 됐어요, 동무. 이제 편히 서세요. 여러분, 나를 보세요."

갑자기 뜨거운 땀이 윈스턴의 온몸에서 솟아 나왔다. 그의 얼굴은 완전히 무표정했다. 실망한 표정을 짓지 마라! 분노하는 표정을 짓지 마라! 눈 한 번 깜박여도 끝장이다. 그는 여교사가 두 팔을 머리 위로 추켜올렸다가―우아한 자세라고 할 수는 없었지만 분명히 단정하고 능숙하게―허리를 굽혀 손가락의 첫 번째 관절 마디를 발가락 아래까지 갖다 대는 것을 똑바로 쳐다보았다.

"자, 동무들! 이렇게 해보세요. 제가 하는 것을 다시 보세요. 난 서른 아홉 살에 아이도 넷이나 가진 여자예요. 자, 보세요." 그녀는 다시 한 번 허리를 굽혔다. "제 무릎이 휘지 않는 게 보이시죠. 여러분도 하려고만 마음먹는다면 얼마든지 가능해요." 그녀는 몸을 똑바로 일으켜 세우면서 덧붙였다. "마흔다섯 살 이하의 사람은 누구나 완벽하게 발가락에 손끝을 갖다 댈 수 있어요. 우린 모두 전선에 나가 싸울 특권을 갖고 있지는 않지만, 최소한 건강만은 유지해야 해요. 말라바르 전선에 나가 있는 우리 젊은이들을 생각해봐요! 그리고 유동 요새에 주둔하고 있는 해군들도 말이에요! 그들이 고생하는 것을 생각해보라고요. 자, 다시 한 번 해봅시다. 잘했어요, 동무들. 훨씬 나아졌어요." 그녀는 윈스턴이 몇 년 만에 처음으로 있는 힘을 다해 발가락에다 손가락을 갖다 대는 데 성공한 것을 격려하듯이 덧붙여 말했다.

4

하루의 첫 일과를 시작할 때면 윈스턴은 텔레스크린 가까이에 있음에도 불구하고 자기도 모르는 사이에 입에서 깊은 한숨이 새어 나오는 것을 어쩔 수 없었다. 윈스턴은 구술 기록기를 앞으로 끌어당기고, 주둥이 부분의 먼지를 입으로 불어낸 다음 안경을 썼다. 그런 다음 책상 오른쪽에 붙은 송기관送氣管으로부터 이미 떨어져 나온 네 개의 조그만 종이 두루마리를 풀어서 함께 철해두었다.

이 별실의 벽에는 세 개의 구멍이 나 있었다. 구술 기록기 오른쪽에 기록문을 보내는 조그만 송기관이 있고, 왼쪽에는 신문을 보내는 좀 더 큰 송기관이 있었으며, 윈스턴이 팔을 뻗치기만 하면 쉽사리 닿을 수 있는 옆 벽면에는 쇠창살로 막아놓은 커다란 장방형의 구멍이 나 있었다. 이 마지막 것은 휴지를 처리하는 구멍이었다. 이와 똑같은 구멍이 각 방뿐만 아니라 복도의 여기저기에 짧은 간격으로 널려 있어 건물 전체의 것을 합친다면 수천, 수만 개나 되었다. 무슨 이유에서인지는 몰라도 사람들은 그것을 가리켜 기억 구멍이라고 불렀다. 폐기해야 할 서류가 있다거나, 바닥에 버려진 휴지 조각을 발견했을 때는 기계적인 동작으로 손을 움직여 가까운 기억 구멍 속에다가 그것을 던져 넣었다. 그러면 건물 구석의 어딘가에 숨겨져 있는 거대한 소각로에서 새어 나오는 따스한 공기에 휘말려 그쪽으로 빨려 들어가 사라져버리는 것이었다.

원스턴은 자기가 풀어놓은 네 장의 기다란 종이를 자세히 관찰했다. 종이마다 뜻을 알 수 없는 약어로 한두 줄씩 메시지가 적혀 있었는데—전체는 아니지만 상당 부분이 신어로 적혀 있었다—그것은 대내적인 목적으로 부처에서 사용되는 것이었다. 거기에는 다음과 같이 적혀 있었다.

《타임스》84. 3. 17. bb 빅 브러더 아프리카 연설 오보 수정.

《타임스》83. 12. 19. 3개년 계획 83년 사분기 예보 인쇄상의 오류 최근에 확인.

《타임스》84. 2. 14. 부부富部의 잘못 인용된 초콜릿 수정.

《타임스》83. 12. 3. bb 1일 보고 극히 불량 무인無人 언급 재기록 상사上司에 제출.

희미한 만족감을 느끼면서 원스턴은 네 번째의 메시지를 한쪽으로 밀어놓았다. 그것은 복잡하고 책임이 따르는 일이었으므로 맨 나중에 처리하는 편이 좋을 듯했다. 두 번째 것은 지루할 정도로 숫자 표를 대조해가면서 처리해야 할 일이지만, 다른 세 가지 것은 항상 해오던 일이었다.

원스턴은 텔레스크린의 '백 넘버'를 돌려《타임스》지의 해당 기사를 요청했다. 몇 분이 지난 후에야 그 해답이 송기관을 통해 나왔다. 그가 받아본 메시지는 한두 가지 이유 때문에 변경할 필요가 있다고 생각되거나, 공식적인 용어를 빌려서 말한다면 수정할 필요가 있다고 여겨지는 논문과 뉴스에 해당하는 것들이었다. 예를 들어 3월 17일 자의《타임스》지에 실린 것을 보면, 빅 브러더가 전날 연설에서 예견하기를, 남인도 전선은 평온을 유지하겠지만 도전적인 유라시아군 최고 사령부는 남인도에서 공격을 개시했고, 북아프리카는 그냥 내버려두었다. 그렇기 때문에 빅 브러더가 잘못 예견한 연설을, 실제로 일어난 일을 예견한 것처럼 문장을 수정해야 할 필요가 있었다. 또 하나 예를 들면 12월 19일자의 《타임스》지는 1983년의 사사분기, 즉 제9차 3개년 계획의 제6차 분기에 생산된 각종 소비물자의 생산고를 공식적으로 예보한 것이었다. 세 번째 메시지는 아주 간단한 오류여서 바로잡는 데 2분밖에 걸리지 않았다. 바로 얼마 전 2월만 하더라도 풍요부에서는 1984년 중에는 초콜릿 배급량을 줄이지 않겠노라고 약속한 바 있었다(공식적인 표현으로는 '절대 서약'이었다). 그렇지만 윈스턴도 알고 있는 바와 마찬가지로 실제로 초콜릿 배급량은 이번 주말에 30그램에서 20그램으로 줄어들었다. 그러므로 처음의 약속을, 4월의 어느 시기에 배급량을 줄여야 할 필요가 생길지도 모른다는 경고로 바꾸기만 하면 되었다.

윈스턴은 각 메시지를 전부 손질하고 나서 구술에 의해 정정한 것을 《타임스》지 해당 호에 첨부해 송기관 속으로 밀어 넣었다. 그런 다음에 거의 무의식적인 동작으로 원본 메시지와 그가 작성한 메모지들을 구겨, 불길 속으로 휘말려 들어가게 되어 있는 기억 구멍 속으로 집어 던졌다.

송기관으로 연결된, 눈에 띄지 않는 미로에서 어떤 일이 일어나는지를 자세히는 모르지만 대충은 알고 있었다. 《타임스》지의 특정 호에 필요하다고 생각되는 정정 작업이 완료되어 한데 모아지고 대조가 끝나면 그 특정 호는 다시 인쇄되고, 원본은 파기한 후에 정정본이 대신 그 자리에 철해지는 것이다. 이런 변형 작업은 신문뿐만 아니라 서적, 정기 간행물, 팸플릿, 포스터, 광고지, 영화, 녹음테이프, 만화, 사진 등—조금이라도 정치적 혹은 사상적인 의미와 관계있다고 생각되는 모든 종류의 인쇄물과 서류—에 적용되는 것이었다. 이렇듯 날이 가고 순간순간이 지날 때마다 과거는 현재의 한 시점으로 바뀌는 것이었다. 이런 식으로 당에서 발표한 모든 예측이 적중했다고 문서로 증명해 보여야만 했다. 그 순간의 필요에 저촉되는 신문 기사나 자의적인 표현은 절대로 기록에 남겨지는 일이 허용되지 않았다. 모든 역사란 필요할 때마다 깨끗이 지워버리고 정확하게 다시 기록할 수 있는 양피지와도 같은 것이었다. 일단 이런 일이 완료되고 나면 어떤 경우에도 거기에 허위가 개입되었다고 증명하기란 도저히 불가능했다. 윈스턴이 일하고 있는 부처보다 훨씬 더 규모가 큰 기록국의 대부분은 단순히 폐지하거나 파괴해야 할 각종 문서와 서적과 신문들을 수집하고 찾아내는 일에 전념하는 직원들로 구성되어 있었다. 이런 정치적인 배열의 변동이라든가 빅 브러더가 발표한 잘못된 예측 때문에 수많은 《타임스》지들이 여러 번 정정 기록되어 첫 발간 날짜로 둔갑해 철해져 있었으며, 그것과 상반되는 다른 기록이란 남아 있을 수 없었다. 서적들 역시 몇 차례고 회수되고 재수정되었지만 내용이 변경되었다는 예고 한마디 없이 버젓이 재발행되었다. 윈스턴이 접수하여 처리가 끝난 대로 즉석에서 폐기해버린 문자화된 지시 사항에서도 위조 행위가 이루어져야 한다는 언급이나 암시를 찾아볼 수 없었다. 거기에 지시된 사항은 언제나 잘못된 표현, 오자, 인쇄 착오, 잘못 인용된 것들을 정확성을 기하기 위해 바로잡아야 할 필요가 있다는 것이었다.

그러나 실제로는 그는 풍요부의 숫자를 바로잡으면서도 그것을 위조할 수는 없다고 생각했다. 그것은 단지 어떤 종류의 난센스를 다른 종류의 난센스로 대체하는 작업일 뿐이었다. 이곳에서 사람들이 다루고 있는 대부분의 자료는 현실 세계에 존재하는 그 어느 것과도 무관한 것이며, 진짜 거짓말에 내포되어 있는 것과도 무관한 성질의 것이었다. 통계란 원형이나 수정된 것이나 다 같이 황당무계한 것이었다. 따라서 머릿속으로 그것들을 이해하려고 한다면 상당한 시일이 걸릴 터였다. 예를 들어 풍요부에서 예상한 사분기 장화 생산량은 1억 4500만 켤레였는데, 실제로는 6200만 켤레만 생산되었다. 그런데도 윈스턴은 예상액을 정정하면서 숫자를 5700만으로 줄여서 썼다. 그렇게 함으로써 언제나처럼 할당량을 초과로 달성했다고 떠들게 하려는 속셈에서였다. 그렇지만 어찌 되었든 6200만이라는 숫자가 5700만이나 1억 4500만이라는 숫자에 비해 더 진실에 접근한 숫자는 아니다. 어쩌면 장화 따위는 한 켤레도 생산되지 않았다는 편이 더 그럴듯한 진실일지도 모른다. 그런데 장화가 얼마만큼 생산되었는가를 아는 사람은 아무도 없었고, 어느 누구도 그런 일에 관심조차 기울이지 않았다. 사람들이 알고 있는 사실이란 오세아니아 인구의 거의 절반쯤이 맨발로 다니고 있는데도 매 분기마다 서류상으로 천문학적인 숫자의 장화가 생산된다는 점이었다. 각 분야에 있어서 기록된 사실이란 크든 작든 이런 식이었다. 모든 것이 그 늘진 암흑세계로 사라져서, 끝내는 그해의 날짜마저 분명히 알 수 없게 되어버리는 것이었다.

윈스턴은 홀 안을 힐끗 건너다보았다. 건너편 통신실에서 체구는 작지만 야무지게 생긴, 검은 턱수염을 기른 틸롯슨이라는 사나이가 무릎 위에 신문을 접어 올려놓고, 입은 구술 기록기의 마이크 쪽에 바짝 대고 열심히 일하고 있었다. 그는 텔레스크린에다 비밀 이야기를 하느라고 몹시 애쓰고 있는 것 같았다. 그가 얼굴을 처들자, 안경 속에서 적의에 찬 눈초리가 윈스턴을 날카롭게 쏘아보았다.

윈스턴은 틸롯슨을 잘 알지도 못했고, 그가 무슨 일에 종사하는지도 짐작이 가지 않았다. 기록국에 근무하는 사람들은 자신의 업무에 대해서 별로 얘기하지 않았다. 창 하나 없는 기다란 홀에는 두 줄로 집무실이 늘어서 있었고, 끊임없이 종이를 바스락거리는 소리와 구술 기록기에 대고 낮게 중얼거리는 소리가 들렸다. 복도에서 바쁘게 움직이다 마주치거나 2분 증오 시간에 괴상한 몸짓을 하는 사람들을 거의 매일같이 보아온 터였지만, 이 사무실 안에는 윈스턴이 이름조차 모르는 사람이 열 명 남짓 있었다. 그의 집무실 바로 옆 방에는 갈색 머리의 자그마한 여자가 날이면 날마다 갑자기 증발해버린 사람들의 명단을 신문에서 찾아내어 이 세상에 결코 존재하지 않았던 양 감쪽같이 지워 없애는 단조로운 일에 열심히 매달려 있다는 것을 윈스턴은 잘 알고 있었다. 벌써 2년 전에 그녀의 남편도 갑작스레 증발해버렸으므로, 어쩌면 이런 일이 그녀에겐 안성맞춤일지도 모른다. 그리고 몇 개의 집무실 건너에는 유순하고 나약하며 항상 꿈을 꾸고 있는 듯한 모습의 앰플포스라는 자가 근무하고 있었는데, 이자는 귀에 털이 많이 나 있고 시의 운율을 맞추는 데 탁월한 재능을 가지고 있어서, 사상적으로는 불온한 편에 속했지만 몇 가지 이유로 시선집에 꼭 수록해야 할 시들을 제멋대로 수정해 출판하는 일을 맡고 있었다. 이렇게 해서 만든 작품을 당국에서는 결정판이라고 불렀다. 약 50명가량의 직원이 일하고 있는 이 홀은 말하자면 그 조직이 엄청나게 복잡한 기록국의 한 별실, 즉 일개 분과에 지나지 않았다. 이 건물의 건너편에도 위에도 아래에도 상상을 초월할 만큼 거대한 조직체의 부서에서 일하고 있는 다른 무리의 직원들이 있었다. 방대한 규모의 인쇄실에는 부편집인과 인쇄 기능공들, 그리고 위조 사진을 제작하기 위해 정교하게 시설한 스튜디오들이 있었다. 텔레스크린 기획과에는 기계 기술자와 제작진들, 그리고 음성을 흉내 내는 데 뛰어난 재능이 있어 선발된 전속 성우들이 있었다. 거기에는 또 회수해야 할 책과 정기간행물의 목록만을 단순히 작성하는 한 무리의 보조 서기들이 근무했다. 그 때문에 수정된 서류들을 저장해두는 커다란 창고와, 원본을 태워 없애는 소각로가 눈에 띄지 않는 곳에 감춰져 있었다. 그리고 어느 누구인지 전혀 정체를 알 수 없지만, 모든 일들을 조정하고 과거의 단편적인 사건들 중에서 보존해야 할 것과 위조해야 할 것, 그리고 그 흔적을 완전히 지워 없애버려야 할 것들을 분류해 정책 노선을 결정짓는 감독관들이 있었다.

기록국은 결국 그 자체가 진리부의 한 부서에 지나지 않으며, 주된 업무는 과거를 재구성하는 일이 아니라 오세아니아 국민에게 신문, 영화, 교과서, 텔레스크린 프로그램, 연극, 소설 등 동상銅像으로부터 슬로건에 이르기까지, 서정시로부터 생물학 논문에 이르기까지, 어린이 교재로부터 신어사전에 이르기까지 갖가지 분야에서의 정보, 지도, 오락 등을 제공하는 일이었다. 게다가 이 부처는 당의 잡다한 요구 사항들을 제공해주는 데 그치지 않고 프롤레타리아 계급의 이익을 위해 거기에 알맞게 수준을 낮추어 모든 방법을 되풀이해 강구하고 있었다. 일반적으로 프롤레타리아의 문학·음악·연극·오락을 취급하는 각각 분리된 부서들이 쇠사슬처럼 연결되어 있었다. 그리고 스포츠, 범죄, 점성술, 감상적인 통속소설, 성욕을 자극하는 영화, 그리고 시작詩作 기계로 알려진 일종의 특수한 만화경으로 완전히 기계적인 수법에 의해 작곡되는 감상적인 유행가 이외에 다른 것은 일절 다루지 않는 아주 저질의 신문도 제작했다. 그 밖에 신어로 '춘화계春畵係'라고 일컫는 분과까지 있었는데, 거기서는 가장 저질의 춘화를 도맡아 제작했으며, 밀봉하여 소포로 발송했기 때문에 직접 그 일에 종사하는 사람들 이외에는 당원까지도 그것을 보는 것이 허용되지 않았다. 윈스턴이 일하는 동안에 세 가지 메시지가 송기관을 통해 흘러나왔다. 그러나 비교적 간단한 일들이어서 2분 증오가 시작되기 전에 처리할 수 있었다. 윈스턴은 2분 증오가 끝나자 자기 집무실로 되돌아와 구술 기록기를 한쪽으로 밀어놓고 선반에서 신어사전을 꺼낸 다음 안경을 벗어 깨끗이 닦고 아침에 해야 할 주요 업무에 착수했다.

윈스턴이 살아가면서 가장 큰 즐거움을 느끼는 것은 일을 할 때였다. 대부분의 일들은 지루할 정도로 단조로웠지만 동시에 무척 까다롭고 복잡해서, 어려운 수학 문제를 푸느라 정신이 없을 때처럼 일에 파묻혀 자기 자신을 잊을 수가 있었다. 그것은 예컨대 영사의 강령에 대한 지식과 당이 바라고 있는 그 자신의 평가 이외에는 아무것도 지침이 되지 않는, 교묘하게 스스로를 위장하는 일이었다. 윈스턴은 이런 종류의 일에 능숙했다. 그래서 가끔 전부 신어로 쓰인 《타임스》지의 사설을 수정하는 일까지 맡을 때가 있었다. 그는 방금 전에 한쪽으로 치워놓았던 메시지를 펼쳐보았다. 거기에는 다음과 같이 적혀 있었다.

《타임스》83. 12. 3. bb 1일 보고 극히 불량 무인 언급 재기록 상사에 제출.

고어古語(또는 표준 영어)로는 다음과 같은 뜻이었다.

1983년 12월 3일 자 《타임스》지에 게재된 빅 브러더의 1일 명령은 지극히 불만스러운 것이며, 존재하지도 않는 사람들에 대해 언급한 것이다. 전문全文을 다시 고쳐 쓴 다음 철해두기 전에 초고를 고위 당국에 보고하라.

윈스턴은 그 잘못된 기사를 처음부터 다시 읽어보았다. 빅 브러더의 1일 명령은 유동 요새의 해병들에게 담배와 그 밖의 위문품을 공급하는, FFCC라고 일컫는 기구가 맡은 일을 특별히 칭찬하는 내용인 듯했다. 당 내부의 특수 당원인 위더스 동무에 대한 특별한 언급이 두드러져 보였고, 2등 특수 공로 훈장이 수여되었다고 했다.

그런데 3개월 후에 FFCC는 뚜렷한 이유도 없이 갑자기 해산되고 말았다. 사람들은 위더스와 그 일파가 이제 총애를 잃은 것으로 추측했지만, 신문이나 텔레스크린에서는 그 일에 대해 한마디도 언급하지 않고 있었다. 대개 정치범은 재판에 회부되거나 공개적으로 탄핵당하는 일이 없었으므로 그것은 어쩌면 당연한 현상이었다. 9000명에 달하는 사람들이 반역자와 사상범으로서 공개재판에 회부되어 자신의 죄를 비굴하게 고백하도록 강요당하고, 그런 다음에 처형되는 대숙청은 2년에 한 번쯤 일어날까 말까 하는 흔치 않은 구경거리였다. 더욱 공공연하게 당의 비위를 거스른 사람은 쥐도 새도 모르게 제거되었고, 그 후로 다시는 그 사람의 소식을 들을 수 없었다. 그 사람들에게 무슨 일이 일어났는지 단서를 잡는다는 것은 거의 불가능했다. 경우에 따라서는 살해당하지 않을 수도 있었다. 윈스턴이 개인적으로 알고 있는 사람만 해도 자기 부모를 계산에 넣지 않고 약 30명가량이 어느 사이엔가 감쪽같이 사라져 버리고 말았다.

윈스턴은 종이집게로 자기 콧등을 가볍게 두드렸다. 건너편 집무실에서는 틸롯슨 동무가 여전히 구술 기록기 위에다 몸을 구부린 채 나지막하게 중얼거리고 있었다. 그는 잠시 고개를 들었다. 다시 한 번 안경 속에서 적의에 찬 눈초리가 번뜩였다. 윈스턴은 틸롯슨 동무가 자기와 똑같은 일에 종사하는 것이 아닐까 하고 생각해보았다. 그럴 가능성은 충분했다. 이런 위조 행위를 전적으로 한 사람에게만 맡길 수는 없는 일이며, 그렇다고 해서 이런 종류의 일이 위원회로 넘어가면 일종의 날조 행위가 공공연히 자행되고 있다는 것을 공개적으로 인정하는 셈이 되고 만다. 현재 10여 명이 빅 브러더가 실제로 행한 연설을 각색하고 있을지도 모른다. 그것은 얼마든지 가능한 일이다. 그리고 실제로 당 내부의 지도적인 어떤 참모가 몇 가지 기록문을 골라 재편집한 후에, 필요에 따라 복잡하고도 까다로운 참조 과정을 거쳐 취사선택된 거짓말을 영구적인 기록 문서로 옮겨 실음으로써 그것이 움직일 수 없는 진실이 되고 말 것이다.

윈스턴은 어떻게 해서 위더스가 은총을 잃게 되었는지 알 수 없었다. 어쩌면 부정부패에 관련되었거나 혹은 무능력 탓인지도 모른다. 그렇지 않으면 그가 지나치게 인기가 있다는 단순한 이유만으로 제거를 꾀했을지도 모른다. 그것도 아니라면 위더스나 혹은 그와 가까이 지내는 누군가가 이단적인 경향이 있다고 의심을 받았을지도 모른다. 어쩌면 무엇보다도 가장 설득력 있는 이유는, 숙청과 증발이 정부라는 틀을 유지하기 위해 절대로 필요하기 때문에 그런 일이 우발적으로 일어났을지도 모른다는 것이다. 위더스가 이미 살해당했음을 알려주는 유일한 단서는 '무인 언급'이라는 낱말에 담겨 있었다. 어떤 사람이 체포되었을 경우에는 절대로 이런 표현을 쓰지 않는다는 것을 누구나 짐작할 것이다. 이렇게 체포되는 사람은 1, 2년쯤 풀어주어 자유를 누리게 하다가 처형되는 경우도 있었다. 그리고 아주 드문 일이기는 하지만 오래전에 죽었다고 믿었던 사람이 공개재판에 유령처럼 모습을 나타내어 몇백 명의 연루자가 있음을 증언하고는 모습을 감춰버리는데, 이때는 영원히 사라져버리는 것이었다. 아무튼 위더스는 이미 이 세상에 없는 사람이다. 그는 존재하지 않고, 이전에도 결코 존재한 적이 없었다. 윈스턴은 빅 브러더의 연설 내용을 바꾸는 것만으로는 충분치 않다고 판단했다. 차라리 원래의 주제와는 전혀 무관한 내용을 다루는 것이 좋을 듯싶었다.

그는 연설문을 반역자나 사상범에 대한 상투적인 비난으로 바꿀 수도 있었지만 그럴 만한 명백한 증거가 없었고, 그렇다고 해서 전선에서의 승리나 제9차 3개년 계획을 성공적인 초과 달성으로 꾸며놓는다면 자칫 기록을 복잡하게 만들어버릴 우려가 있었다. 지금 필요한 것은 간단명료한 기상천외의 발상이었다. 문득 그의 마음속에 미리 준비되어 있었던 것처럼 최근 전투에서 영웅적인 명성을 떨치고 전사한 오글비 동무의 영상이 뚜렷이 떠올랐다. 빅 브러더는 가끔 1일 명령을 통해, 누구나 하나의 값진 표본으로서 따라야 할 보잘것없고 지위가 낮은 당원의 삶과 죽음을 기려야 한다고 말한 적이 있었다. 그래서 윈스턴은 오늘만은 오글비 동무를 찬미하기로 마음먹었다. 오글비라는 사람이 실제로 존재했었다고는 생각되지 않지만, 몇 줄의 글과 두 장의 위조 사진만 있으면 당장이라도 실존했던 사람으로 만들 수 있을 것이었다.

윈스턴은 잠시 생각한 끝에 구술 기록기를 앞으로 끌어당겨 빅 브러더와 비슷한 투로 구술하기 시작했다. 그것은 다소 군대식이고 현학적이며 질문을 던졌다가 곧바로 대답하는 투의(예컨대 "우리는 이 사실에서 어떤 교훈을 배울 것인가? 동무들, 그 교훈이란 영국 사회주의의 기본이념 가운데 하나로서…….") 기교를 부렸으므로 흉내 내기가 쉬웠다.

오글비 동무는 벌써 세 살 때부터 북과 기관총과 모형 헬리콥터 이외의 장난감은 가지고 놀지 않았다. 여섯 살에—특별히 규정을 완화시켜 1년 더 일찍—스파이단에 가입했고, 아홉 살에 단장이 되었다. 열한 살에 숙부의 대화를 엿듣고 불온한 내용이 담겨 있다고 판단하여 사상경찰에 고발했다. 열일곱 살에는 청소년 반성동맹의 지방 조직책을 맡았다. 열아홉 살에 수류탄을 고안해냈는데, 그것이 평화부에 채택되어 첫 실험에서 단 한 방으로 31명의 유라시아 포로들을 폭사시켰다. 그리고 스물세 살이라는 나이에 전투 중 사망하고 말았다. 중요한 문서를 지니고 인도양을 비행 횡단 하다가 적의 제트기에 추격당하자 기관총을 몸에 매달아 체중을 무겁게 한 다음 모든 중요 문서를 가지고 헬리콥터 밖으로 뛰어내려 바닷물 속에 가라앉아 버렸다는 것이다. 빅 브러더는 말하기를, 그의 최후는 부러운 느낌 없이는 생각조차 할 수 없는 일이라고 했다. 빅 브러더는 오글비 동무의 생애가 순수성과 성실성에 충만한 것이라는 몇 마디 말을 덧붙이는 걸 잊지 않았다. 그는 결코 술이나 담배를 입에 대지 않았고, 하루 한 시간씩 체육관에 나가 운동하는 것 이외에는 취미를 갖지 않았으며, 결혼하여 부양할 가족이 생기면 하루 24시간을 당의 의무에 충실할 수 없다는 신념하에 독신으로 지낼 것을 서약했다. 대화할 때도 영사의 강령 이외에는 절대로 입에 올리지 않았고, 오직 유라시아 군대의 궤멸 및 스파이와 동맹파업자와 사상범과 반역자를 소탕하는 것 이외에 별다른 삶의 목적이라곤 있을 수 없었다.

윈스턴은 이런 오글비 동무에게 특별 공로 훈장을 수여해야 되지 않을까 하고 거듭 생각했다. 그러나 그러면 결국 필연적으로 번거로운 대조가 있게 될 것이므로 상은 주지 않기로 결정했다.

다시 한 번 그는 건너편 집무실에 있는 자신의 경쟁자를 힐끗 쳐다보았다. 어쩐지 틸롯슨이라는 작자가 자기와 똑같은 일에 바쁘게 쫓기고 있다는 일종의 확신이 생겼다. 누가 작성한 원고가 최종적으로 채택될지는 알 수 없지만, 결국 자기 것이 채택되리라는 확신이 섰다. 한 시간 전만 하더라도 상상조차 할 수 없었던 오글비 동무의 존재가 이제 현실로서 나타난 것이다. 죽은 사람은 창조해낼 수 있어도 산 사람은 그렇게 할 수 없다는 사실이 그에게 기묘한 충격을 주었다. 현실 속에 존재한 적이 없던 오글비 동무가 과거 속에 존재해, 일단 이런 날조 행위가 잊히기만 하면 샤를마뉴나 율리우스 카이사르처럼 확실한 증거 위에 존재하게 될 것이었다.

5

지하층 깊숙이 자리한, 천장이 나지막한 식당에서 점심 식사를 하려고 사람들이 줄지어 기다리며 천천히 앞으로 움직이고 있었다. 그 홀은 벌써 사람들로 가득 차 있었고, 귀가 멍멍하도록 시끄러웠다. 카운터 앞의 창구에서 김이 무럭무럭 나는 스튜가 시큼한 냄새를 풍기며 자꾸 쏟아져 나왔지만 '빅토리 진'이라는 독한 술 냄새가 더 강하게 풍겼다. 식당 저쪽 구석에는 단순히 벽에 구멍을 뚫었을 뿐인 조그만 바가 있었는데, 술 한 잔에 10센트씩 받고 팔았다.

"내가 찾고 있던 사람이 바로 여기 있군." 누군가의 음성이 윈스턴의 등 뒤에서 들렸다.

그는 뒤돌아보았다. 조사국에 근무하는 친구인 사임이었다. 어쩌면 '친구'라는 말은 적당한 표현이 아닐지도 모른다. 요즘 세상엔 친구란 없으며 단지 동무만 있을 뿐이기 때문이다. 하지만 동무 중에도 다른 사람들보다 더 친근하고 다정스럽게 지내는 사이가 있는 법이다. 사임은 언어학자로서 신어에 특별한 전문 지식을 가진 사람이었다. 사실 그는 지금 신어사전 제11판의 편집을 맡고 있는 전문가들로 구성된 막강한 임원 중의 한 사람이었다. 그는 작달막한 체구에 키는 윈스턴보다 작았으며 머리카락은 검은색이었다. 툭 불거져 나온 그의 커다란 눈은 슬퍼 보이기도 하고 혹은 조소의 빛을 띠는 듯도 했는데, 이야기할 때면 상대방의 얼굴을 면밀히 뜯어보는 것 같았다.

"자네 혹시 면도날을 가지고 있나." 그가 물었다.

"하나도 없어!" 윈스턴은 무슨 부끄러운 짓이라도 저지른 것처럼 서둘러 대답했다. "나도 구해보려고 애썼는데 어디 찾을 수가 있어야지."

요즘은 누구나 사람을 만나면 면도날을 찾았다. 사실 윈스턴은 아직 사용하지 않은 면도날 두 개를 소중히 간직해두었다. 지난 몇 달 동안 면도날은 품귀 현상을 빚었다. 때로는 당원 전용의 가게에서조차 생활 필수품을 구하기가 어려웠다. 그것이 단추일 경우도 있었고, 터진 데를 꿰매는 털실일 경우도 있었으며, 구두끈일 경우도 있었는데, 지금은 면도날이었다. 이렇게 되면 남의 눈을 피해 자유 시장에 가서 구걸하듯 간청해야만 겨우 구할 수 있었다.

"난 6주 동안이나 똑같은 면도날을 쓰고 있다네." 그는 일부러 거짓말을 했다.

줄이 다시 앞으로 움직였다. 줄이 멈추자 윈스턴은 다시 몸을 돌려 사임을 마주 보았다. 두 사람 다 카운터 끝의 그릇을 쌓아둔 곳에서 집어든 기름 묻은 철제 쟁반을 들고 있었다.

"어제 교수형이 집행되는 곳에 구경하러 갔었나?" 사임이 물었다.

"난 일을 했다네." 윈스턴이 시무룩하게 대답했다. "아마 영화로 보게 되겠지."

"영화로 보면 별로 실감이 나질 않아." 사임이 다그치듯 말했다.

그의 빈정거리는 듯한 눈초리가 윈스턴의 얼굴을 더듬었다. '난 자넬 알아.' 그 눈초리가 이렇게 말하는 것 같았다. '난 자네 속을 빤히 들여다보고 있단 말이야. 자네가 왜 포로들의 교수형을 구경하러 가지 않는가를 잘 알지.' 사상적인 면에서 사임은 지독할 정도로 교조주의자였다. 그는 헬리콥터가 적지를 공습했다든가, 사상범에 대한 재판과 자백, 사랑부 지하실에서의 처형 같은 것을 못마땅해하면서도 고소하다는 듯이 이야기했다. 그와 이야기할 경우에는 가능한 한 이런 종류의 화제는 피해서, 그가 권위 의식과 흥미를 느끼고 있는 신어의 전문적인 성격에 대해 집중적으로 이야기하는 편이 나았다. 윈스턴은 약간 머리를 한쪽으로 돌려 마음속까지 꿰뚫어 보는 듯한 검은 눈을 애써 피했다.

"볼만한 교수형이었지." 사임은 그 일을 회상하듯 말했다. "내 생각엔 그놈들의 발목을 한데 묶지 말았어야 했어. 발버둥 치는 꼴을 보는 게 좋았을 텐데 말이야. 그렇긴 하지만 마지막 순간에는 혀를 길게 빼더군, 파란 혓바닥을 말이야……. 아주 새파랗던걸. 그 장면이 내겐 신이 났어."

"다음 분!" 흰 앞치마에 국자를 손에 든 종업원이 소리쳤다. 윈스턴과 사임은 창구 밑에다 쟁반을 디밀었다. 각자의 쟁반에 규정량의 점심 식사가 재빨리 담아졌다. 철제 냄비에 담은 불그죽죽한 스튜, 빵 한 덩어리, 치즈 한 조각, 우유를 타지 않은 빅토리 커피 한 잔, 사카린 한 알.

"저쪽 텔레스크린 밑에 빈자리가 있군." 사임이 말했다. "가는 길에 술이나 한 잔씩 갖고 가세."

술은 손잡이가 없는 도자기 잔에다 따라주었다. 그들은 사람들로 가득 찬 홀을 이리저리 빠져나가 위쪽에 철판을 깐 식탁에다 음식 접시를 내려놓았다. 식탁 한쪽에 누군가가 스튜 국물을 흘렸는데, 그 지저분한 국물이 꼭 토사물 같았다. 윈스턴은 술잔을 들고 잠시 신경을 집중한 다음 그 기름 맛이 나는 액체를 목구멍 속으로 흘려 넣었다. 눈에서 찔끔 눈물이 나왔을 때에야 그는 갑자기 시장기를 느꼈다. 그는 스튜를 숟가락으로 떠서 연신 삼키기 시작했는데, 스튜라고 해야 고작 희멀건 액체로서 스펀지같이 질긴 고깃덩어리가 몇 조각 들어 있을 뿐이었다. 두 사람은 냄비 속에 들어 있는 것을 깨끗이 비울 때까지 입을 열지 않았다. 윈스턴의 바로 등 뒤 왼쪽 식탁에서 누군가 빠른 말투로 쉴 새 없이 지껄여대고 있었는데, 거위가 꽥꽥거리는 듯한 거친 음성이 홀 안의 웅성거림을 뚫고 들려왔다.

"사전 일은 어떻게 돼가나?" 윈스턴은 시끄러운 소리를 누르려고 음성을 높였다.

"슬슬 해나가지." 사임이 대답했다. "난 형용사를 맡았는데, 아주 재미있어." 신어 이야기가 나오자 그의 얼굴이 금방 밝아졌다. 그는 냄비를 한쪽으로 치우고, 가냘픈 손으로 한쪽엔 빵을 들고 다른 한 손으로는 치즈를 집어 들고는 고함을 지르지 않고도 들릴 수 있도록 몸을 식탁 위로 기울였다.

"제11판은 결정판이야."라고 그는 입을 열었다. "우린 신어의 마지막 형태를 손질하고 있는 중인데, 그렇게 되면 누구나 다른 말을 쓰지 않아도 될 거야. 우리가 이 작업을 끝내고 나면 자네 같은 사람들은 처음부터 다시 신어를 배워야 될걸. 아마 자네는 우리의 주된 업무가 새로운 낱말을 만들어내는 일이라고 생각하겠지. 하지만 절대로 그렇지 않아! 우린 낱말들을 파괴하고 있어. 하루에도 몇 번씩, 수백 번씩 말이야. 언어가 뼈만 남을 때까지 깎아내는 거야. 제11판에는 2050년 이전에 사어가 될 낱말은 한마디도 수록되지 않을걸세."

그는 게걸스럽게 빵을 물어뜯고 두 번 베어 문 것을 꿀꺽 삼키면서 일종의 현학적인 열정이 담긴 음성으로 쉴 새 없이 지껄여댔다. 그의 그늘진 야윈 얼굴에 생기가 돌면서, 두 눈에서는 조소하는 듯한 빛이 자취를 감추고 대신 꿈에 취한 듯한 표정이 떠올랐다.

"낱말을 파괴한다는 것은 정말 멋진 일이야. 물론 가장 쓸모없는 쓰레기 같은 말들은 동사와 형용사에 들어 있지만, 없애버려야 할 명사도 수백 개나 된다네. 동의어뿐만 아니라 반의어도 마찬가지야. 결과적으로 한 낱말이 단순히 다른 낱말과 반대되는 뜻만을 가지고 있다면 그런 낱말이 존재해야 할 필요가 어디 있겠나? 한 낱말은 그 자체 속에 반대의 뜻을 지니고 있거든. 예를 들어 'good'이란 낱말을 보세. 'good'이란 낱말이 있는데 군이 'bad'란 낱말이 필요할까? 'ungood'이란 낱말로도 충분할 걸세. 이 말은 다른 낱말에는 없는 정확한 반대의 개념이 들어 있어서 더 낫지. 한 가지 예를 더 들어보세. 만약 'good'의 강조어가 필요하다면 'excellent'라든가 'splendid' 같은 애매모호한 낱말들이 무슨 소용이 있겠나? 'plusgood'이란 말이면 충분히 의미가 전달되고, 그것만으로는 아직 부족하다고 생각된다면 'doubleplusgood'이라고 하면 되지 않겠나. 물론 우린 이미 그런 형태의 말을 사용하고 있지만, 신어사전의 최종판에는 그 밖의 다른 말은 수록되지 않을 거야. 결론적으로는 좋다든가 나쁘다든가 하는 전체 개념이 단 여섯 단어로 완벽하게 표현될 걸세. 실제로는 단 한 단어로도 충분할 테지만 말이야. 멋있지 않아, 윈스턴? 말할 필요도 없이 이건 B. B.빅 브러더의 독창적인 아이디어지."

그는 한참 생각한 후에 덧붙였다.

빅 브러더라는 말이 나오자 윈스턴의 얼굴에 일종의 맥 빠진 듯한 열의가 스쳐 지나갔다. 순간적인 일이었는데도 사임은 윈스턴의 얼굴에서 열기 같은 것이 사라져버렸음을 이내 알아차렸다.

"윈스턴, 자네는 신어의 진가를 모르고 있군." 그는 거의 울상이 되어 말을 꺼냈다. "자네는 신어를 쓰고 있을 때조차 고어를 생각할 거야. 난 자네가 가끔 《타임스》에 발표하는 기사를 읽어보았네. 내용이야 그럴듯하지만, 그건 번역문 정도밖에 안 돼. 자넨 마음속으로 의미가 모호하고 필요 없이 불투명한 고어 쪽을 택하고 싶겠지. 그렇지만 그건 단어의 파괴에서 생기는 아름다움을 이해하지 못하는 탓이야. 신어야말로 매년 어휘가 줄어드는 세계에서 유일하게 살아남을 언어라는 걸 모르겠나?"

물론 윈스턴도 그런 것쯤은 알고 있었다. 그는 말로는 나타내지 않았지만, 동감이라는 뜻을 보여주고 싶어 미소를 지었다. 사임은 거무스레한 빵 한 조각을 다시 베어 물고 무감각하게 씹으면서 말을 계속했다.

"신어의 최종적인 목표가 사고의 폭을 좁히는 데 있다는 걸 모르나? 종국에 가선 사상적인 범죄가 그야말로 불가능하게 될 걸세. 왜냐하면 그런 범죄를 표현할 말이 없어질 테니 말일세. 지금까지 필요했던 모든 개념은 단 한마디 말로 정확하게 표현될 거고, 그 뜻이 엄격하게 한정되어 다른 모든 보조적인 의미는 희미해져 잊히고 말 거야. 이미 제11판에서 그 점에 접근하고 있어. 하지만 그 과정은 자네나 내가 죽고 난 다음에도 오랫동안 계속될 걸세. 해가 갈수록 단어의 수는 줄어들고, 거기에 따라 사고의 폭도 좁아지게 되지. 그야 지금도 사상적인 범죄를 저지르는 데 하등의 이유나 변명이 있을 수는 없어. 그건 단순히 자기 훈련이나 현실 통제의 문제거든. 하지만 최종적으로는 그런 문제조차 불필요하게 될 거야. 언어가 완벽해질 때쯤이면 혁명도 완수될 테니까. 신어는 영사이고, 영사는 곧 신어야." 그는 일종의 정체 모를 만족감으로 덧붙였다. "윈스턴, 늦어도 2050년이면, 지금 우리가 나누고 있는 대화를 이해할 사람이 단 한 명이라도 있으리라고 생각하나?"

"글쎄……." 윈스턴은 의아해하며 입을 열었다가 그만 다물어버렸다.

그의 혀끝에서 '글쎄, 프롤레타리아뿐이겠지.'라는 말이 곧 튀어나오려고 했지만 간신히 참았다. 이런 표현이 어떤 면에서 교조주의에 저촉되지 않을까 하는 느낌이 강하게 들었기 때문이었다. 그렇지만 사임은 윈스턴이 무슨 말을 하려 했는지 귀신같이 알아차렸다.

"프롤레타리아는 인간이 아니야." 그는 무심코 지껄였다. "2050년까지는—아마 더 빠를 수도 있겠지만—고어에 대한 실제적인 지식은 모두 사라져버릴 거야. 과거의 문학도 남김없이 파괴될 거고. 초서, 셰익스피어, 밀턴, 바이런, 이들은 신어 번역판으로만 이 세상에 남게 될 거야. 그들의 작품은 단순히 다른 무엇으로 바뀌는 데 그치지 않고 본래의 뜻과는 상반되는 것으로 변하고 말 걸세. 당의 문학까지도 변할 거야. 슬로건도 물론 변하겠지. 자유라는 개념이 없어지고 난 후에 어떻게 '자유는 예속이다'라는 슬로건을 내세울 수 있겠나? 모든 사상적 풍토도 달라지고 말 거야. 사실 지금 우리가 이해하고 있는 사상 따위는 존재하지도 않을 테니 말일세. 교조란 생각하는 것을 의미하지 않아. 생각할 필요조차 없어. 교조란 무의식이야."

머지않아 사임이 증발해버리고 말 거라는 갑작스러운 확신이 윈스턴의 뇌리를 스쳤다. 이 사람은 지나치게 이지적이다. 너무나 분명하게 관찰하고, 너무 명확하게 이야기한다. 당은 이런 사람을 좋아하지 않는다. 어느 날 그는 사라져버릴 것이다. 그의 얼굴에 그렇게 씌어 있다.

윈스턴은 빵과 치즈를 다 먹어치웠다. 그는 의자에서 몸을 약간 옆으로 돌리고 커피를 마셨다. 왼쪽 식탁에 앉은 사나이가 여전히 꽥꽥거리는 목소리로 열심히 떠들어대고 있었다. 그의 비서인 듯한 젊은 여자가 윈스턴 쪽으로 등을 돌린 채 앉아 있었는데, 그녀는 귀를 기울이고 있다가 사나이가 말할 때마다 열심히 맞장구를 치는 것 같았다. 가끔 윈스턴은 그녀가 젊음이 넘치는 여성다운 순진한 목소리로 "선생님 말씀이 옳아요, 선생님의 견해에 절대적으로 동감이에요."라고 소리치는 것을 들었다. 그러나 상대방의 목소리는 여자가 맞장구를 치고 있는 동안에도 쉬지 않았다. 윈스턴은 얼핏 보기만 해도 이 사나이가 누구인지 알 것 같았다, 사실은 그가 창작국의 요직에 앉아 있다는 것 정도밖에는 몰랐지만, 서른 살가량의 이 사나이는 근육이 잘 발달된 목과 커다란 입을 가진, 변덕스러워 보이는 사람이었다. 그는 머리를 약간 비딱하게 뒤로 젖히고 있었는데, 앉아 있는 각도 탓인지 안경에 빛이 반사되어 눈 대신 두 개의 텅 빈 유리알만 보였다. 그의 입에서 쏟아져 나오는 말의 홍수로부터 단 한마디의 말조차 알아들을 수 없게 되자 윈스턴은 약간 무서운 생각이 들었다. 윈스턴은 꼭 한 번 "골드스타인의 완벽하고 결정적인 제거"라는 말을 알아들었는데, 그 말은 마치 한 줄 전체가 타이핑되어 나오듯이 아주 재빨리 튀어나왔다. 나머지 말들은 거위가 연신 꽥꽥거리는 소리로만 들렸다. 그 사나이가 지껄여대는 말을 실제로 알아들을 수는 없다 하더라도, 그 말의 내용에 대해서는 대충 짐작이 갔다. 그는 골드스타인을 비난하고, 사상범과 파업자들에게 더욱 강경한 조처를 취해야 한다고 역설하고 있는지도 모른다. 어쩌면 유라시아 군대의 잔학성을 공박하고, 빅 브러더와 말라바르 전선의 영웅들을 찬양하고 있는지도 모른다. 그러나 어떤 말을 하든 마찬가지다. 무슨 말을 지껄이든 그 하나하나의 말들이 순수한 교조주의이며 순수한 영국 사회주의에 바탕을 두고 있음이 분명할 것이다. 눈이 없는 얼굴에 턱만 위아래로 재빨리 움직이고 있는 모양을 보고 있노라니, 윈스턴에겐 그가 진짜 인간이 아니라 일종의 꼭두각시 같다는 기묘한 느낌이 들었다. 말을 하고 있는 것은 인간의 두뇌가 아니라 그의 후두였다. 그에게서 쏟아져 나오는 것은 무수한 낱말들로 구성되어 있었지만, 그것은 진정한 의미에서 말이 아니었다. 말하자면 집오리가 꽥꽥거리는 것처럼 무의식에서 터져 나오는 시끄러운 소리였다.

사임은 잠시 동안 침묵에 빠져 있다가, 스푼의 손잡이를 쥐고 흘린 스튜 국물에다 갖가지 무늬를 그리고 있었다. 옆 식탁에서 급하게 꽥꽥거리는 듯한 소리가 주위의 소음에도 아랑곳없이 뚜렷이 들려왔다.

"신어에 이런 말이 있지. '집오리 말'이라는 거야. 집오리처럼 꽥꽥거린다는 뜻이야. 이 말은 꽤 흥미 있는 두 가지의 상반된 뜻을 지니고 있어. 즉, 적에 대해 사용할 때는 저주하는 것이고, 뜻이 맞는 사람에게 적용될 때는 칭찬한다는 거야."

의심할 여지없이 사임은 증발되어버릴 거라고 윈스턴은 다시 한 번 생각했다. 사임이 자기를 경멸하고 약간은 싫어하며, 어떤 의심스러운 짓을 하는 기미가 보이기만 하면 가차 없이 사상범으로 고발할 것이라는 사실을 알면서도, 그가 증발될 거라고 생각하니 어쩐지 슬퍼졌다. 사임에겐 무어라 단정할 수는 없어도 어딘지 잘못된 데가 있었다. 그에게는 분별력, 초연함, 신중함, 우둔성이 결여되어 있었다. 그가 비정통파라고는 말할 수 없다. 그는 영사의 강령을 신봉했고, 빅 브러더를 열광적으로 존경했으며, 승리를 기뻐하고 이단자를 증오했다. 또한 단순한 진실성뿐만 아니라 끈질긴 열정 같은 것도 지니고 있었다. 게다가 정규 당원조차 모르는 최신의 정보를 입수하고 있었다. 그러면서도 어딘지 모르게 떳떳하지 못한 평판이 항상 그의 몸에 붙어 다녔다. 그는 말하지 않아도 될 것을 입 밖에 냈고, 책을 너무 많이 읽었으며, 화가와 음악가들이 잘 드나드는 '호두나무 카페'에 뻔질나게 드나들었다. '호두나무 카페'에 자주 드나들어서는 안 된다는 법령이나 문서화된 법규 같은 게 있는 것은 아니었지만, 그곳은 왠지 모르게 불길한 전조 같은 것을 느끼게 했다. 나이가 들고 불신을 받는 당의 지도자들이 결국 추방당하기 전까지 그곳을 회합의 장소로 사용한 적도 있었다. 골드스타인 자신도 10여 년 전에 그곳에 드나들었다는 소문도 있었다. 사임의 운명을 예측하기란 별로 어렵지 않았다. 사실 사임이 윈스턴의 이런 은밀한 생각의 정체를 단 3초 동안만이라도 파악할 수 있다면 당장 윈스턴을 사상경찰에 고발했을 것이다. 다른 사람도 마찬가지겠지만 사임이란 인간이야말로 바로 그런 작자였다. 열성만으로는 충분치 않다. 교조는 무의식적인 것이다.

사임이 얼굴을 쳐들더니 "파슨스가 이쪽으로 오고 있군." 하고 말했다.

사임의 음성에는 '저 지독한 바보 녀석'이라는 뜻이 담겨 있었다. 실제로 윈스턴과 같은 빅토리 맨션에 거주하는 파슨스가 사람들로 꽉 들어찬 홀 안을 이리저리 비집고 이쪽으로 오고 있었다. 그는 고운 머릿결과 개구리 같은 얼굴을 한, 몸집이 통통한 중키의 사나이였다. 서른다섯에 벌써 목덜미와 허리께에 비곗살이 찌고 있었지만, 몸놀림은 날렵하고 소년 같은 이미지였다. 규정된 작업복을 차려입긴 했어도 빨간 목도리에 회색 셔츠와 청색 반바지로 단장한 스파이단의 소년 같은 인상이었다.

그의 모습을 상상하면 항상 보조개처럼 우묵 팬 무릎과 통통한 팔목에다 소맷자락을 걷어붙인 것이 먼저 떠올랐다. 물론 파슨스는 단체 하이킹이라든가 그 밖의 육체적인 활동을 할 기회가 주어지기만 하면 항상 반바지 차림으로 돌아가곤 했다. 그는 두 사람을 보자, "이봐, 이봐!" 하면서 유쾌하게 인사를 건네고는 식탁에 앉아 지독한 땀 냄새를 풍겼다. 구슬 같은 땀방울이 상기된 얼굴에 온통 배어 나왔다. 그는 땀을 몹시 흘렸다. 땀에 젖은 배트를 손에 쥐고 공회당에서 탁구를 칠 때의 그의 모습을 보면 잘 알 수 있었다.

사임은 단어들이 기다랗게 적혀 있는 두루마리를 펼쳐놓고, 손가락 사이에 펜을 낀 채 열심히 들여다보고 있었다.

"저 사람, 점심시간에도 일하고 있는 걸 보게나." 파슨스가 윈스턴의 옆구리를 쿡 찌르면서 말했다. "열성이군. 이봐, 자넨 어떻게 생각하지? 나 같은 사람에겐 골머리가 아프겠지. 여보게 스미스, 왜 내가 자네를 이렇게 열심히 찾고 있는지 아나? 그건 자네가 나한테 줘야 할 기부금을 깜박 잊었기 때문일세."

"무슨 기부금 말인가?" 윈스턴은 이렇게 말하면서 기계적으로 돈이 있는지 자기 몸을 더듬어보았다. 봉급의 4분의 1가량을 미리 의연금으로 떼어놓아야만 했는데, 너무 여러 종류여서 일일이 기억하기가 어려웠다.

"증오 주간에 쓸 기부금 말일세. 자네도 알고 있잖아, 집집마다 내는 것 말이야. 내가 우리 구역의 회계원일세. 우린 지금 최선을 다하고 있어. 엄청난 전시효과를 거두게 될 걸세. 분명히 말해두지만, 유서 깊은 빅토리 맨션에서 가장 큰 깃발을 내걸 수 없게 된다면 그건 내 책임이 아니야. 자넨 2달러 내겠다고 약속했지."

윈스턴이 구겨지고 더러워진 지폐 두 장을 찾아내어 건네주자 파슨스는 조그만 수첩에다 무식쟁이가 흔히 그러듯이 얌전한 글씨로 또박또박 적어 넣었다.

"여보게, 그건 그렇고," 파슨스가 말했다. "우리 집 개구쟁이 녀석이 어제 자네한테 고무총을 쐈다면서? 그 일로 따끔하게 야단을 쳤다네. 다시 또 그런 짓을 하면 고무총을 빼앗아버리겠다고 으름장을 놓았어."

"그 꼬마가 처형장에 구경을 못 가서 좀 심술이 났던 모양이더군." 윈스턴이 대꾸했다.

"아, 그래. 아무튼 정신 상태만은 올바른 녀석이지. 그렇잖은가? 그 두 녀석들 말썽꾸러기이긴 하지만, 말하는 걸 보면 제법 똑똑하거든! 그 녀석들이 생각하는 건 한결같이 스파이나 전쟁이란 말일세! 지난 토요일에 내 딸애가 대원들과 함께 버컴스테드로 행군을 나갔을 때 무슨 짓을 한 줄 알아? 다른 두 여자애들과 함께 살그머니 대열에서 빠져나와 오후 내내 수상쩍은 사나이의 뒤를 밟았다네. 그 애들이 두 시간 동안이나 숲 속에서 사나이의 뒤를 미행하다가 애머셤에 도착하자 순찰 중이던 경찰의 손에 넘겨줬다지 뭔가."

"그 애들이 왜 그런 짓을 했지?" 윈스턴은 자신도 모르게 주춤거리면서 말했다. 파슨스가 의기양양해서 계속 떠들어댔다.

"내 딸애는 그 사나이가 적의 스파이일 거라고 생각했던 거야. 말하자면 낙하산을 타고 침투했을지도 모를 거라고 말이야. 그렇지만 여보게, 여기에 요점이 있네. 첫째로 그 애가 무엇 때문에 그 사나이에게 혐의를 두었다고 생각하나? 그 앤 그 사나이가 우스꽝스러운 신발을 신고 있는데 생각이 미쳤던 거야. 그 애는 그런 신발을 신고 있는 사람을 한 번도 본 적이 없다고 하더군. 우연히도 그 사람은 외국인이었어. 일곱 살짜리 어린애로서는 당연하잖은가?"

"그 사람은 어떻게 됐지?" 윈스턴이 물었다.

"아, 그야 내가 말할 수 있는 성질의 것이 아니지. 그렇지만 어떻게 되었더라도 난 놀라지 않았을 걸세……." 파슨스는 소총을 겨누는 동작을 취하면서 혀를 움직여 총탄이 발사될 때의 소리를 냈다.

"됐어." 사임이 기다란 종이쪽지를 계속 내려다보며 심드렁하게 말했다.

"물론 우리에겐 외국인을 만날 기회가 없었으니까." 윈스턴이 짐짓 맞장구를 쳤다.

"내가 말하고 싶은 것은, 지금도 전쟁이 계속되고 있다는 점이야." 파슨스가 말했다.

이 말을 뒷받침이라도 하듯이 트럼펫 소리가 바로 머리 위의 텔레스크린에서 울려 퍼졌다. 그러나 이번의 트럼펫 소리는 군사적인 승리를 선포하는 것이 아니라 단순히 풍요부에서 무엇인가를 발표하려는 것이었다.

"동무들!" 열정에 찬 젊은이의 고함 소리가 들렸다. "주의를 기울여주십시오, 동무들! 여러분들에게 영광스러운 소식을 전해드리겠습니다. 우리는 생산력의 싸움에서 승리를 거두었습니다! 이제 막 완료된 각종 소비품의 생산 통계에 따르면 지난해에 비해 생활수준이 무려 20퍼센트나 향상되었습니다. 오늘 아침 오세아니아 전역에서 노동자들이 공장과 사무실을 뛰쳐나와 어느 누구의 강요에 의해서가 아닌 자발적인 시위를 벌였습니다. 그들은 깃발을 들고 거리를 행진하면서 빅 브러더가 우리에게 베풀어준 새롭고도 행복한 생활에 감사하는 구호를 외쳤습니다. 여기에 목표 달성이 완료된 통계표가 있습니다. 식료품은……."

'우리의 새롭고도 행복한 생활'이라는 구절이 몇 번이나 반복되었다. 그것은 요즘 풍요부에서 즐겨 쓰는 상투어였다. 트럼펫 소리에 넋이 빠진 파슨스는 바보 같은 엄숙성이랄까, 교화된 지루함이랄까, 아무튼 그런 표정으로 귀를 기울이고 있었다. 그는 그 숫자의 개념을 이해할 수는 없었지만, 그 숫자가 어떤 점에서 만족스러운 것임을 알았다. 그는 검게 탄 담배가 반쯤 채워져 있는 커다랗고 지저분한 파이프를 꺼냈다. 주당 100그램의 담배 배급으로는 파이프의 끝부분까지 담배를 채울 형편이 못되었다. 윈스턴은 빅토리 담배를 조심스럽게 수평으로 뻗치고 피웠다. 새로 배급을 받으려면 내일까지 기다려야 하는 데다 담배가 네 개비밖에 남지 않았기 때문이다. 한동안 그는 주위의 윙윙거리는 소음에는 귀를 틀어막고 텔레스크린에서 흘러나오는 소리에만 귀를 기울였다. 초콜릿 배급을 주당 20그램씩 올려준 빅 브러더에게 감사하는 시위가 있었다는 보도를 하고 있는 것 같았다. 바로 어제 배급량에서 주당 20그램을 줄이겠다고 발표한 것을 윈스턴은 기억해냈다. 그런데 겨우 24시간 후에 그 발표가 취소될 수 있는가? 그렇다, 그들은 그 발표를 취소했다. 파슨스는 동물과 같은 우둔함으로 그 발표를 쉽게 잊었다. 저쪽 식탁에 앉아 있는 눈 없는 짐승 같은 녀석도 거의 광적으로, 그리고 애써 그 사실을 잊어버리려 했다. 만약 누군가가 지난주의 배급량이 30그램이었다고 넌지시 알려준다면 저 녀석은 흥분한 나머지 그 사람을 짓밟고, 비난하고, 증발시켜 버릴 것이다. 사임 역시—어떤 면에서는 더 복잡한 방법으로 이중사고를 발휘하여—그 발표를 까맣게 잊어버렸다. 그렇다면 윈스턴 '혼자만' 그 기억을 간직하고 있단 말인가?

터무니없는 통계가 텔레스크린에서 계속 쏟아져 나왔다. 지난해와 비교해보면 더 많은 음식, 더 많은 의복, 더 많은 주택, 더 많은 가구, 더 많은 서적, 더 많은 아기가 생긴 셈이다. 질병과 범죄와 광기를 제외하곤 모든 것이 증가한 것이다. 해마다, 매 분기마다 모든 사람과 모든 것이 갑작스럽게 향상되고 있었다. 사임이 조금 전에 했던 것처럼, 윈스턴도 스푼을 집어 들고 식탁 위에 흘려놓은 희멀건 고기 국물을 찍어서 기다란 줄무늬를 그렸다. 그는 생활의 물질적인 구조에 대해서 짜증스럽게 생각해보았다. 지금까지 생활이란 것이 항상 이런 식으로 진행되어 왔던가? 음식 맛이 항상 이랬던가? 그는 식당 안을 둘러보았다. 나지막한 천장, 사람들로 붐비는 홀, 벽은 수많은 사람들의 몸뚱이에 맞부벼져 거무스레했다. 찌그러진 철제 식탁과 의자들, 그것들을 너무 다닥다닥 붙여놓아서 옆 사람과 팔꿈치를 맞대고 앉아야만 했다. 구부러진 스푼, 우그러진 접시, 조잡한 백색 사기그릇들은 표면이 기름투성이로 미끄러웠고 금이 간 곳마다 때가 끼어 있었다. 저질의 술과 커피 냄새가 뒤섞여 풍기는 악취, 시큼한 냄새가 나는 스튜, 더러운 옷에서는 괴상한 악취가 풍겼다. 사람들의 위장과 피부는 항상 그걸 받아들이기를 거부했고, 이런 것들에 의해서 인간이 조롱당하고 있다는 느낌을 떨쳐버릴 수 없었다. 윈스턴이 달리 특별한 기억을 갖고 있는 것은 아니었다. 그가 기억할 수 있는 한은 언제나 배불리 먹을 만한 음식이 없었고, 구멍이 뚫리지 않은 양말이나 내의를 입어본 적이 없었고, 가구는 항상 부서져서 흔들거렸고, 방은 난방이 제대로 가동되지 않았으며, 지하철은 만원이고, 집은 한 귀퉁이가 무너져 내려앉고, 검은 빵에다 홍차는 그나마 구하기 힘들었으며, 커피는 불쾌한 맛이 나고, 담배는 알맹이가 빠져 달아난 것뿐이었다. 합성주合成酒 이외엔 사실 값싸고 풍족한 것이라곤 하나도 없었다. 물론 인간의 육신이 늙어감에 따라 상황도 악화돼간다는 건 사실이다. 그러나 인간의 마음이 불편과 불결과 곤궁에 시달리고, 끝없는 겨울, 찢어진 양말, 작동하지 않는 승강기, 차가운 물, 더러운 비누, 터진 담배, 지독히도 맛없는 음식으로 병들어간다면 이것도 역시 자연의 섭리라고 할 수 있는가? 모든 것들이 한때는 달랐었다는 옛 추억을 갖고 있지 않으면서도 사람들은 어떻게 해서 현실을 견딜 수 없는 것이라고 느끼는 것일까?

그는 다시 식당 안을 둘러보았다. 사람들 대부분이 추해 보였다. 만약 제복인 푸른 작업복 대신 다른 옷을 걸쳤다 하더라도 추해 보이긴 역시 마찬가지였을 것이다. 홀 저쪽 끝의 식탁에 몸집이 작고 기묘하게도 딱정벌레같이 생긴 사나이가 혼자 앉아 커피를 마시고 있었는데, 날카로운 작은 눈으로 이곳저곳을 수상쩍게 흘끗거리고 있었다. 이건 얼마나 쉬운 일인가, 윈스턴은 생각했다. 만약 주위를 둘러보지 않는다면 당에서 말하는 이상적인 신체 조건, 근육이 잘 발달된 키 큰 젊은이들, 금발머리에 활력이 넘치고 햇볕에 그은 피부며 근심 걱정이라곤 없는 유방이 도톰한 처녀들이 실제로 존재하고 또 수적으로도 우세하다고 믿을 것이다. 실제로 그가 판단할 수 있는 한, 에어스트립 지역에 사는 대다수의 사람들은 체구가 작고 피부가 검으며 영양 결핍 상태에 있었다. 어떻게 저런 딱정벌레 같은 타입의 인간들이 각 행정부에서 자꾸만 증가되는지 이상한 일이었다. 인생의 초기에 벌써 비대해져서 짧은 다리로 잽싸게 종종걸음을 치고, 유난히도 작은 눈이 박힌 불가사의할 정도로 살찐 얼굴, 그런 타입의 인간들이 당의 지배하에서 가장 잘 번성하는 것 같았다.

다시 트럼펫 소리가 울리자 풍요부의 발표가 끝나고 가냘픈 음악 소리로 바뀌었다. 마치 포탄처럼 쏘아대는 통계 숫자로 인해 몽롱한 열기에 사로잡혀 마음이 뒤흔들린 파슨스는 입에서 파이프를 떼었다.

"분명히 풍요부에서는 금년에 좋은 일을 한 모양이야." 그는 뭘 안다는 듯이 머리를 끄덕이며 말했다. "그런데 스미스, 자넨 면도날을 몇 개 가지고 있을 텐데 좀 빌려줄 수 없겠나?"

"하나도 없어." 윈스턴이 대답했다. "나도 6주 동안이나 똑같은 면도날을 쓰고 있다네."

"아, 그런가. 난 자네한테 부탁해보려고 했지."

"미안하게 됐군." 윈스턴이 말했다.

옆 식탁에서 꽥꽥거리던 소리가 풍요부의 발표가 있는 동안에는 잠시 중단되는가 싶더니 다시 이전보다 더 큰 소리로 떠들어대기 시작했다. 무슨 까닭인지 윈스턴은 숱이 적은 머리와 주름살에 때가 끼어 있는 파슨스 부인의 얼굴을 문득 생각해냈다. 분명히 2년 안에 그녀의 아이들은 그녀를 사상경찰에 고발하고 말 것이다. 그러면 파슨스 부인은 증발해버리겠지. 사임도 증발할 것이다. 윈스턴 자신도 증발할 것이다. 오브라이언도 증발할 것이다. 이와는 달리 파슨스는 절대로 증발하지 않을 것이다. 저 꽥꽥거리는 소리를 내는 눈 없는 짐승 같은 녀석도 증발하지 않을 것이다. 행정부의 미로와도 같은 복도를 빠르게 종종걸음 치며 빠져나가는 조그만 딱정벌레 같은 녀석들, 그들 역시 절대로 증발하지 않을 것이다. 그리고 저 검은 머리카락의 창작국에 근무하는 그녀, 그녀도 마찬가지로 증발하는 일은 없을 것이다. 윈스턴은 누가 살아남고 누가 소멸해버릴 것인지를 본능적으로 알 것만 같았다. 그러나 무엇이 인간을 살아남게 하는가를 단정하기란 어려운 일이었다.

바로 이때, 윈스턴은 깜짝 놀라 공상에서 깨어났다. 옆 식탁에 앉아 있는 처녀가 윈스턴 쪽으로 몸을 반쯤 돌리고 그를 바라보고 있었다. 검은 머리의 처녀였다. 그녀는 곁눈질로 쳐다보았지만 예리한 그녀의 눈은 호기심에 차 있었다. 그와 시선이 마주친 순간 그녀는 눈길을 돌려버렸다.

윈스턴의 척추께에서 땀이 흘러나왔다. 무서운 공포의 아픔이 그의 몸을 꿰뚫고 지나갔다. 그 고통은 순간적으로 스쳐 갔지만 일종의 초조한 불안이 꺼림칙하게 뒤에 남았다. 왜 그녀가 나를 쳐다본 것일까? 어떻게 해서 그녀가 뒤쫓아 온 것일까? 불행히도 그는 식당에 도착했을 때, 그녀가 먼저 와서 식탁에 앉아 있었는지, 아니면 그가 도착한 다음에 왔는지를 기억할 수 없었다. 그런데 어제만 하더라도 2분 증오 시간에 그가 우연히 뒤를 돌아보았을 때, 전혀 그럴 필요가 없는데도 그녀는 바로 뒷자리에 앉아 있지 않았던가? 그녀의 목적은 분명히 그가 얼마나 큰 소리로 외치는가를 듣고 확인하는 데 있었다.

얼마 전부터 품고 있던 생각이 윈스턴의 기억 속에서 되살아났다. 어쩌면 그녀는 실제로 사상경찰이 아닐지도 모른다. 하지만 풋내기 정보원이라면 더욱더 두려운 존재다 그녀가 얼마나 오랫동안 그를 쳐다보고 있었는지 자세히는 모르지만, 아마 5분쯤은 된 것 같았다. 그렇다면 그가 자신의 표정을 완벽하게 위장하지 못했을 가능성도 있었다. 공공장소나 텔레스크린의 시야에 들어 있을 때, 제멋대로 자기 상념에 잠겨 있는 것은 위험천만한 행위다. 가장 사소한 일이 자기 자신을 포기하는 행위가 될 수 있다. 신경질적인 안면 경련, 무의식적인 고뇌의 표정, 혼잣말로 중얼거리는 버릇, 이런 행위는 모두 비정상임을 나타내고 무언가를 숨기고 있다는 것을 암시해준다. 어떤 경우에든 부적합한 표정을 짓는 것(예를 들면 승리의 소식을 발표할 때 의심스러운 표정을 짓는 것)은 그 자체가 처벌받아 마땅한 범죄행위였다. 이것에 대해서는 신어에 명칭까지 있었다. '안면범죄顔面犯罪'가 바로 그것이었다.

처녀가 다시 그에게 등을 돌렸다. 어쩌면 그녀가 그의 뒤를 추적하지 않았는지도 모른다. 그는 불이 꺼진 담배를 조심스럽게 식탁 가장자리에 놓아두었다. 궐련 속의 알맹이가 빠져 달아나지 않는다면 오늘 일을 끝마친 다음에 마저 피우고 싶었다. 어쩌면 바로 옆 식탁에 앉은 사람이 사상경찰의 *끄나풀*이고, 그래서 그는 사흘 안에 사랑부의 지하실에 감금될지도 모른다. 그렇다면 더더구나 담배꽁초 하나라도 헛되이 버려서는 안 된다. 사임은 종이쪽지를 접어서 호주머니 속에 집어넣었다. 이어 파슨스가 다시 떠들어대기 시작했다.

"이봐, 내가 전에 얘기한 적 있었던가?" 그는 파이프의 자루를 돌리면서 낄낄거렸다. "언젠가 우리 집 개구쟁이들이 늙은 여자의 치맛자락에다 불을 놓았다는 얘기 말이야. 그 여자가 빅 브러더의 초상화가 그려진 포스터로 소시지를 싸는 걸 보았기 때문이야. 애들이 여자 뒤로 살그머니 돌아가 성냥 한 통에 불을 댕겨 갖다 댔다네. 내가 알기로는 심한 화상을 입혔지. 개구쟁이치곤 머리가 좋잖은가! 우리 세대와는 달라서 요즘 스파이단에서 하는 첫 단계 훈련이 바로 그런 거라네. 그 애들이 받는 마지막 단계의 훈련이 뭐라고 생각하나? 열쇠 구멍으로 엿듣기 위해 귀나팔이라는 걸 사용하는 법이지! 어젯밤엔 딸년이 그걸 집으로 가져왔더군. 그걸 가지고 우리 집 거실 문에 대고 실험한 거야. 귀와 열쇠 구멍을 연결하면 소리를 두 배나 크게 들을 수 있다고 장담하던걸. 기억해 두게나. 하지만 그건 장난감에 지나지 않아. 그래도 꽤 그럴듯한 착상이 아닌가?"

이때 텔레스크린에서 날카로운 호루라기 소리가 들렸다. 근무처로 돌아가라는 신호였다. 세 사람은 시간에 맞춰서 초만원의 승강기를 타려고 다투어 자리에서 일어났다. 윈스턴이 피우다 만 담배 속의 알맹이가 쏟아져 버렸다.

6

윈스턴은 일기에 다음과 같이 쓰고 있었다.

3년 전의 일이었다. 캄캄한 밤, 커다란 정거장 부근의 좁은 샛길에서였다. 그녀는 불빛이라곤 거의 비치지 않는 가로등 밑, 담벼락에 뚫린 문간에 서 있었다. 젊은 얼굴에 매우 짙은 화장을 하고 있었다. 마치 가면처럼 새하얗게 분칠한 얼굴과 새빨간 입술이 남의 시선을 끌기에 충분했다. 여성 당원은 얼굴에 절대로 화장을 하지 않는다. 거리엔 사람의 그림자라곤 하나도 없었고, 텔레스크린도 있을 리 없었다. 그녀는 2달러를 요구했다. 나는—

거기에 이르자 계속 써 내려가기가 힘들었다. 윈스턴은 눈을 감고 자꾸만 떠오르는 환영을 지워 없애려고 손가락으로 두 눈을 눌렀다. 그는 목청껏 더러운 욕설을 퍼붓고 싶은 충동을 억제할 수가 없었다. 아니면 벽에다 머리를 부딪치고, 책상을 걷어차면서 잉크병을 집어 창에다 냅다 던지고 싶었다. 뭔가 난폭하고 소란스럽고 고통스러운 행동을 해야만 지금 그를 괴롭히고 있는 추억을 지워버릴 수 있을 것만 같았다.

죄악의 적은 자기 자신의 신경조직이라고 그는 생각했다. 어떤 순간에든 마음속의 긴장감이 뚜렷한 징후로 나타나서 겉으로 표출될 수도 있었다. 그는 몇 주일 전에 길에서 마주쳤던 한 사나이를 생각했다. 서른다섯 내지 마흔 살가량의 키가 크고 호리호리한 몸매에 매우 평범한 인상을 주는 그 사나이는 당원 같았으며, 손가방을 들고 있었다. 그들은 몇 미터쯤 떨어져 있었는데, 사나이의 왼쪽 얼굴이 갑자기 경련을 일으키며 일그러졌다. 그들이 스치고 지나가는 순간에도 경련은 다시 일어났다. 그것은 카메라의 셔터가 재빨리 찰칵하고 움직였을 때처럼 순간적으로 일그러지고 떨리는 그런 것이었다. 그렇지만 경련은 분명히 그 사나이에게는 습관적인 것임에 틀림없었다. 윈스턴은 그때의 느낌을 생각해보았다. 그때는 저 불쌍한 녀석도 이젠 끝장이구나 하는 생각이 들었다. 그런데 놀랍게도 그 행동은 완전히 무의식적인 것이었다. 무엇보다도 위험천만한 것은 잠을 자면서 헛소리를 하는 것이다. 그러나 그가 알기로는 잠꼬대를 제어할 방법이란 없었다.

그는 숨을 내쉬고 계속해서 써나갔다.

나는 그녀를 따라 문을 지나서 뒷마당을 가로질러 지하실 부엌으로 내려갔다. 침대가 벽에 붙여져 있고 테이블 위에는 심지를 아주 낮게 한 램프가 놓여 있었다. 그녀는—

그는 이를 악물었다. 침을 뱉고 싶었다. 지하실 부엌에서 여자와 함께 있노라니 문득 아내 캐서린이 생각났다. 윈스턴은 기혼자였으며, 어찌 됐든 결혼한 몸이었다. 아내가 죽지 않았다는 것을 알고 있었으므로 그 결혼은 아직도 유효했다. 그는 다시 콧속으로 파고드는 지하실 부엌의 숨 막힐 듯한 후끈한 냄새를 느꼈다. 그 냄새는 빈대와 지저분한 옷가지와 고약한 싸구려 향수 냄새가 뒤섞인 것이었는데도 어딘지 유혹적인 데가 있었다. 왜냐하면 여성 당원은 일절 향수 사용이 금지되고 있으며, 그런 일은 상상조차 할 수 없었기 때문이다. 프롤레타리아만이 향수를 사용했다. 그의 마음속에서 그 냄새는 어쩔 수 없이 간통이라는 상념과 뒤엉켰다.

아무튼 여자와 관계를 가진 것은 2년 만에 처음이었다. 물론 매춘부와의 관계는 금지되어 있었지만 용기만 낸다면 그런 규칙은 가끔 깨뜨릴 수 있었다. 위험하기 짝이 없는 짓이었으나, 그렇다고 생사의 문제가 달려 있는 것은 아니었다. 매춘부와의 관계가 발각되면, 동시에 다른 범죄를 저지르지 않는 한 5년간 강제 노동을 치르면 되었다. 그러니 현장만 발각되지 않는다면 한번 시도해볼 만한 모험이었다. 빈민가에는 몸을 파는 여자들이 몰려 있었다. 운이 좋으면 술 한 병으로 여자의 몸을 안을 수도 있었다. 프롤레타리아는 술을 마실 엄두조차 내지 못했다. 당에서는 암암리에 사창私娼을 조장했다. 완전히 억누를 수 없는 본능의 돌파구로서 그것이 필요했기 때문이다. 단순한 방탕은 비천한 하층계급의 여자들과 은밀하게 이루어지는 것인 한 별로 큰 문제가 되지 않았다. 용서받을 수 없는 죄는 당원들끼리 이루어지는 난잡한 성행위였다. 그러나―이것은 대숙청 때에 고발당한 자들이 예외 없이 고백해야 하는 범죄 중의 하나라고 하더라도―이런 일이 실제로 일어난다고 상상하기란 어려운 일이었다.

당의 목적은 남녀 사이에 당이 다스릴 수 없는 충절이 형성되는 것을 단순히 예방하자는 것만은 아니었다. 그 진짜 목적은 성행위로부터 오는 모든 쾌락을 제거하려는 데 있었다. 결혼 생활의 내부에서나 외부에서나 적대시되는 것은 도색적인 행위라기보다도 사랑이었다. 당원들 사이의 모든 결혼은, 그 목적을 위해 설치된 위원회의 승인을 받지 않으면 안 되었다. 그리고 그 원칙은 명백히 정해져 있지는 않았지만, 두 남녀가 서로 육체적인 면에 이끌린 듯한 인상을 보이기만 하면 가차 없이 결혼 허가가 취소되고 말았다. 유일하게 인정된 결혼의 목적은 당에 봉사하기 위한 어린애를 낳아주는 것이었다. 성교는 관장을 하는 것처럼 약간은 혐오스럽고도 시시한 작업으로 간주되었다. 이것은 명백하게 성문화되지는 않았지만 어린 시절부터 각 당원에게 간접적인 방식으로 강요되어왔다. 그 때문에 완전한 독신 생활을 고취시키기 위해 청소년 반성동맹 같은 조직이 있었다. 어린애는 전부 인공수정에 의해 낳고 (신어로 '인수人受'라고 한다) 공공시설에서 양육한다는 것이 기본 방침이었다. 윈스턴은 이것이 대단히 심각한 문제를 의미하는 것은 아니지만, 당의 일반적인 이데올로기와 어느 정도 부합한다는 것을 알고 있었다. 당은 성 본능을 말살하려고 혈안이 되어 있었지만, 그렇지 못할 경우에는 그것을 왜곡하거나 더러운 것으로 규정지으려고 했다. 그는 당의 이러한 행동을 이해하지 못했지만, 그렇게 하는 편이 당연할 것 같았다. 그런데 여자들에 관계되는 한 당의 노력은 상당히 성공을 거둔 편이었다.

그는 다시 캐서린을 생각했다. 그들이 헤어진 지가 9년인가 10년, 아니 11년째 되는 게 분명했다. 윈스턴은 그녀를 좀처럼 생각하지 않게 된 것이 이상스럽게 느껴졌다. 때로는 며칠씩이나 자신이 결혼한 적이 있었다는 사실을 까맣게 잊고 지낼 때도 있었다. 그들이 함께 생활한 기간은 고작 15개월이었다. 당은 이혼을 허용하지 않았지만, 자식이 없을 경우에는 오히려 별거를 권장했다.

캐서린은 늘씬한 키에 아름다운 머리카락을 갖고 있었으며, 몸놀림이 우아하고 단정한 여자였다. 얼굴 윤곽이 뚜렷하고 독수리같이 날카로워서 처음 보는 사람은 이지적이라는 인상을 받을지 모르지만 조금만 지나면 머릿속이 텅 빈 여자라는 것을 금방 알 수 있었다. 결혼 생활을 시작한 지 얼마 안 되어 윈스턴은―그가 아는 이 세상 어느 사람보다도 그녀에 대해서 잘 알게 된 터였지만―지금까지 만난 여자들 중에서 그녀가 가장 멍청하고, 상스럽고, 속이 텅 빈 여자라고 혼자 단정해 버렸다. 그녀의 두뇌 속에는 당의 슬로건 이외에는 아무것도 들어 있지 않았으며 저능하기 이를 데 없었고, 당이 그녀에게 주는 것이라면 독약이라도 받아서 삼킬 만큼 절대적인 신봉자였다. 그래서 그는 마음속으로 그녀에게 '인간 녹음기'라는 별명을 붙여주었다. 그렇더라도 만약 단 한 가지 문제, 즉 섹스 문제만 없었다면 그럭저럭 참아내면서 그녀와 함께 살았을 것이다.

그녀는 윈스턴이 몸에 손을 대기만 해도 당장에 몸을 움츠리며 뻣뻣이 굳어져 버리곤 했다. 그녀의 몸을 안는다는 것은 나뭇조각으로 만든 인형을 껴안는 것과 같았다. 게다가 기묘하게도 그녀가 그를 끌어안을 경우에도 있는 힘을 다해 그를 밀쳐내는 듯한 느낌을 떨쳐버릴 수 없었다. 그녀의 근육이 너무 뻣뻣해서 그런 느낌을 주는 것 같았다. 그녀는 눈을 감고 누운 채로 반항도 협조도 않고 마음대로 하라는 태도를 보였다. 그녀의 이런 태도가 그를 몹시 당황하게 했으며 시간이 흐를수록 무서운 느낌마저 주었다. 그러나 당시만 하더라도 그들이 육체관계를 하지 않고 독신자처럼 함께 사는 데 동의만 했더라면 그런대로 참고 살아갈 수 있었을 것이다. 그렇지만 정말 뜻밖에도 이 제의를 거부한 사람은 캐서린이었다. 그녀는 할 수만 있다면 아기를 낳아야 한다고 고집을 부렸다. 그래서 특별한 사정이 없는 한 일주일에 한 번씩 규칙적으로 성관계를 했다. 그녀는 그 날짜가 되면 아침에, 저녁에 치러야 할 그 행위를 잊어서는 안 된다고 귀띔해주는 것이었다. 그녀는 그 행위에 두 가지 명칭을 붙였다. 하나는 '아기 만드는 일'이었고, 또 하나는 '당에 대한 우리의 의무'였다('그렇다, 그녀는 실제로 그런 표현을 썼다). 지정된 날짜가 다가오면 예외 없이 그는 심한 두려움을 느끼곤 했다. 그러나 다행히도 아기는 생기지 않았고, 결국 그녀도 그런 시도를 포기하는 데 동의했으며, 얼마 안 있어 두 사람은 헤어지고 말았다.

윈스턴은 들리지 않게 한숨을 내쉬었다. 그는 다시 펜을 들어 쓰기 시작했다.

그녀는 침대 위에 몸을 내던졌다. 그러고는 당장에 아무런 예고도 없이 가장 추잡하고 끔찍한 태도로 스커트를 걷어 올렸다. 나는—

그는 빈대와 값싼 향수 냄새를 콧속으로 들이마시며, 바로 그 순간에도 당의 최면술과도 같은 힘에 의해 영원히 얼어붙어 버린 캐서린의 희멀건 육체에 대한 생각과 뒤엉킨 패배감과 분노를 가슴속에 간직한 채 어둠침침한 램프 불빛 속에 서 있는 자신의 모습을 그려보았다. 왜 항상 이런 꼴로 살아야만 하는가? 왜 몇 년 만에 한 번씩 이 더러운 난투극을 벌이는 대신 자기 자신의 여자를 가질 수 없단 말인가? 그러나 진정한 정사情事란 거의 생각조차 할 수 없는 일이었다. 순결은 당에 대한 충성의 증표로서 사람들의 마음속에 깊이 아로새겨져 있었다. 유년기부터의 집요한 개조 작업으로 인해, 운동과 냉수욕으로 인해, 학교와 스파이단과 청소년 동맹에서 귀찮게 되풀이해 주입시키는 잔소리로 인해, 강의와 행군과 노래와 슬로건과 군악으로 인해, 자연스러운 인간의 감정은 빠져 달아나고 말았다. 그의 이성은 분명히 예외가 있을 것이라고 말했지만, 그의 마음은 그 말을 믿으려 하지 않았다. 그녀들은 당이 의도한 대로 모두가 난공불락의 인간이었다. 사랑받는 것보다도 더 간절한 바람이 그에게 있다면, 평생에 단 한 번만이라도 덕德의 장벽을 무너뜨리는 것이었다. 만족스럽게 끝내는 성행위는 반역이었다. 욕정은 사상적인 범죄행위였다. 만약 그가 캐서린의 육체를 일깨워서 성적인 만족을 얻었다면, 아무리 그녀가 그의 아내라 하더라도 한 여자를 유혹한 범죄행위에 해당되었다.

그러나 나머지 이야기를 마저 써야 했다. 그는 이렇게 썼다.

나는 램프 불을 돋우었다. 불빛에서 그녀를 보았을 때—

이미 어두워진 후였으므로 파라핀 램프의 희미한 불빛도 아주 밝아 보였다. 그때서야 비로소 그는 여자를 제대로 볼 수 있었다. 그는 욕정과 두려움으로 가득 차서 여자 앞으로 한 발짝 다가섰다가 갑자기 멈춰 섰다. 위험을 무릅쓰고 여기까지 들어온 자신을 고통스럽게 의식한 것이다. 그가 이곳을 빠져나갈 때 순찰병이 낚아챌 가능성은 충분히 있었다. 어쩌면 지금 이 순간에 그들은 그를 체포하기 위해 문밖에서 기다리고 있을지도 모른다. 그러나 그가 아무 짓도 안 하고 나간다면, 이곳까지 온 목적은 뭐란 말인가!

그 일을 일기에 적어 고백하지 않으면 안 된다. 문득 램프 불빛에서 보니 여자는 '노파'였다. 얼굴에 분을 너무나 두껍게 발라서 마분지로 만든 가면처럼 금방이라도 금이 갈 것만 같았다. 머리에는 몇 가닥의 흰 머리도 섞여 있었다. 그러나 정말로 소름 끼치는 모습은 약간 벌어진 입이 꼭 시커먼 동굴 속처럼 보인 것이다. 이가 모두 빠져버린 것이다.

그는 서둘러 휘갈겨 썼다.

불빛에서 보니 그녀는 최소한 쉰은 될 듯한 아주 늙은 여자였다. 그러나 상관하지 않고 끝까지 그 일을 해치웠다.

그는 다시 손가락으로 두 눈을 눌렀다. 마침내 그 사실을 다 적었지만, 그렇다고 해서 아무것도 달라진 것이라곤 없었다. 그 정도의 요법으로는 아무 효과도 없었다. 더러운 욕설을 목청껏 외치고 싶은 충동이 전보다도 더 강하게 솟구쳤다.

7

만약 희망이라는 것이 있다면

윈스턴은 썼다.

그것은 프롤레타리아에게만 있다.

만약 이 세상에 희망이 있다면, 그것은 반드시 프롤레타리아에게만
남아 있다. 왜냐하면 오세아니아 인구의 85퍼센트를 점유하고 있는 저
벌 떼같이 우글거리는 외면당한 군중이야말로 당을 파괴할 만한 힘을
발휘할 수 있기 때문이다. 당은 내부로부터는 전복되지 않는다. 만약 당
내에 적이 형성된다 하더라도 서로 회합을 가질 방법도, 또 동지를 알아
볼 도리도 없다. 가령 전설에나 나오는 형제단이 존재한다 하더라도 그
단원이 한꺼번에 모일 수는 없고 고작 2, 3명만이 모일 것이다. 서로 시
선을 마주한다거나, 음성의 억양이 달라진다거나, 어쩌다 귓속말을 하
는 것까지도 반역으로 간주되었다. 그러나 프롤레타리아가 자신의 힘을
의식하기만 하면, 그때는 그런 음모를 꾸밀 필요조차 없을 것이다. 그냥
일어나서 파리 떼를 흔들어 쫓아버리는 말처럼 몸의 근육을 움직이기
만 하면 된다. 만약 그들이 마음만 먹는다면 내일 아침에라도 당을 전복
해버릴 수 있을 것이다. 그리고 분명히 멀지 않은 날에 그런 일이 그들
에게 일어나야 한다. 그러나 아직은!
　　그는 언젠가 수백 명이 내지르는 무서운 함성이—특히 여자들의 함
성이—얼마 안 떨어진 샛길에서 터져 나왔을 때의 일을 기억해냈다.

그는 사람들이 몰려 있는 거리로 달려갔었다. 그것은 가슴 깊이에서 "우—우—우." 하고 터져 나오는, 분노와 절망이 뒤섞인 무서운 절규였으며, 마치 종이 울려 퍼지듯이 번져나갔다. 그의 가슴은 뛰기 시작했다. 드디어 시작되었구나! 하고 그는 생각했다. 반란이다! 프롤레타리아는 마침내 일어섰다! 그 지점에 도착했을 대, 폭도로 돌변한 200명 내지 300명의 여자들이 마치 침몰하고 있는 배에 탄 승객들처럼 절망적인 얼굴을 하고 거리의 한 가게 앞에 몰려 있었다. 그러나 이때는 이미 일반적인 절망이 개인적인 폭력으로 변해 있었다. 이 거리의 한 가게에서 양철로 만든 소스 팬을 팔고 있었던 모양이다. 소스 팬이라고 해봐야 엉성하고 조잡한 물건이었지만, 그런 종류의 주방 기구나마 구하기가 힘들었다. 그런데 뜻밖에도 그런 물건을 팔려고 내놓은 것이다. 어렵사리 소스 팬을 구입한 여자들은 부딪치고 떠밀면서 군중 속을 빠져나가려고 법석을 피웠고, 미처 구하지 못한 여자들은 가게 주위에 엉겨 붙어 친한 사람에게만 판다는 둥, 물건을 딴 데로 빼돌리고 팔지 않는다는 둥 하며 가게 주인에게 욕설을 퍼부어댔다. 이윽고 새로운 고함 소리가 터져 나왔다. 극성스러운 두 여자가 소스 팬 하나를 두고 서로 차지하려고 맞붙어 싸우기 시작한 것이다. 한 여자는 머리를 숙이고 있었고, 다른 한 여자는 소스 팬을 낚아채려고 기를 썼다. 한동안 두 여자가 서로 잡아당기는 바람에 손잡이가 떨어져 나갔다. 윈스턴은 혐오스러운 시선으로 두 여자를 지켜보았다. 그러나 한순간의 일이기는 했지만, 불과 몇 백 명의 목구멍에서 터져 나온 함성이 저런 무서운 힘을 발휘할 수 있단 말인가? 그런데 왜 그들은 좀 더 중대한 일에 대해서는 저런 고함을 지르지 못하는 것일까?

그들의 의식이 되살아나지 않는 한 그들은 결코 반란을 꾀하지 못할 것이다. 그리고 반란을 일으키게 될 때까지는 그들의 의식이 결코 되살아나지 않을 것이다.

이 말은 당의 교과서에 적힌 구절을 그대로 옮겨놓은 것 같은 생각이 들었다. 물론 당은 프롤레타리아를 속박으로부터 해방시키겠다고 단언했다. 혁명 전만 하더라도 프롤레타리아는 자본가들에게 치가 떨릴 만큼 압박당하고 굶주리고 매질당했으며, 여자들까지 광산에 끌려가 강제노동을 했고(사실 여자들은 지금도 광산에서 일하고 있었다), 아이들은 여섯 살만 되면 공장으로 팔려 갔다. 그러나 지금도 당은 이중사고의 원리에 따라 프롤레타리아는 태어날 때부터 근본적으로 열등한 족속이므로 몇 가지 간단한 규율을 적용해 짐승처럼 복종하게 만들어야 한다고 가르친 게 아닌가. 실제로 프롤레타리아에 관해서 알려진 사실은 거의 없었다. 또 많이 알아야 할 필요도 없었다. 그들이 일을 계속하고 자식들을 낳는 한 다른 행동은 그다지 중요한 게 아니었다. 마치 아르헨티나 평원에서 제멋대로 풀을 뜯어 먹고 있는 가축 떼처럼 내버려두면 그들에게 잘 어울리는 생활양식, 즉 일종의 원시 상태로 되돌아가게 마련이었다. 그들은 태어나서 시궁창 속에서 자라고, 열두 살이 되면 일터로 나가고, 잠깐 동안 아름답게 꽃피는 시절을 거쳐 성욕을 느끼게 되면 스무 살에 결혼하고, 서른 살에 중년을 맞고, 대부분 예순에 죽었다. 육체적인 중노동, 가정과 아이들에 대한 관심, 이웃과의 사소한 싸움, 영화, 축구, 맥주, 그리고 무엇보다도 도박이 그들의 마음속에서 커다란 비중을 차지했다. 따라서 그들을 조종한다는 것은 아주 간단한 일이었다. 몇 명 안 되는 사상경찰의 끄나풀들이 늘 그들 속에 끼어들어 헛소문을 퍼뜨리고, 위험한 짓을 할 소지가 있다고 판단되는 자들을 점찍어두었다가 제거해버리면 그만이었다. 그들에겐 당의 이념을 주입할 생각조차 아예 하지 않았다. 프롤레타리아가 강한 정치의식을 갖는다는 것은 바람직하지 못했다. 무엇보다도 그들에게 요구되는 사항은 노동시간의 증가나 배급량의 감소를 그들이 자연스럽게 받아들이도록 할 필요가 있을 때마다 그들의 원시적인 애국심에 호소하는 일이었다. 가끔 그렇듯이 불만스러운 일이 있을 때조차도 그들에겐 일반적인 이념이 결여되어 있는 까닭에 달리 불만을 해소할 길이 없어 엉뚱한 곳을 겨냥하여 투정을 부리는 것이었다. 보다 큰 죄악은 으레 그들이 의식하지 못하는 곳에서 일어났다. 대부분의 프롤레타리아 가정에는 텔레스크린조차 없었다. 치안경찰마저도 그들을 간섭하는 일이 거의 없었다. 런던에는 이 세상에서 찾아볼 수 있는 갖가지 범죄의 소굴이 널려 있었다. 좀도둑, 강도, 매춘부, 무허가 약장수, 각종 사기꾼들. 그러나 이런 일들은 프롤레타리아 사회 자체 내에서 일어나기 때문에 문제 삼을 것이 없었다. 모든 도덕적인 문제에 있어서는 조상들의 관례를 따르도록 되어 있었다. 당에서 요구하는 청교도적인 성욕 억제는 그들에게 강요되지 않았다. 간통해도 처벌당하지 않았고, 이혼도 허용되었다. 이런 점에서 볼 때, 프롤레타리아가 필요로 하거나 원하는 기미를 보이기만 한다면 종교적인 신앙까지 허용되었을 것이다. 그들은 감시의 대상이 아니었다. '프롤레타리아와 동물은 자유다'라는 당의 슬로건 속에 이미 그런 의미가 내포되어 있지 않은가.

윈스턴은 팔을 아래로 뻗쳐 정맥류가 있는 부위를 조심스럽게 긁었다. 그곳이 다시 가렵기 시작했던 것이다. 혁명 전의 생활이 실제로 어떠했던가를 알아낼 길이 없다는 것이 자꾸만 마음에 걸렸다. 파슨스 부인한테서 빌린 어린이 역사 교과서를 책상 서랍에서 꺼내어 그중 몇 구절을 일기장에 그대로 베껴 쓰기 시작했다.

옛날에, 영광스러운 혁명 전의 런던은 오늘날 같은 아름다운 도시가 아니
었다. 런던은 어둡고 불결하며 비참한 곳으로서 사람들은 굶주림에 시달렸
고, 수천 수백에 이르는 가난한 사람들은 신발이 없어 맨발로 다녔으며, 잠
을 자려 해도 머리를 가려줄 지붕이 없었다. 여러분과 같은 또래의 아이들이
몰인정한 주인을 위해 하루 열두 시간씩 노동을 해주는데도 그 주인이란 작
자는 게으름을 피운다고 채찍질을 했으며, 썩은 빵 부스러기와 물밖에 얻어
먹지 못했다. 그러나 이렇듯 무섭게 가난한 사람들이 있는 반면에 엄청나게
큰 아름다운 집들이 몇 채씩 있었다. 그곳에서는 부자들이 살면서 30명이
나 되는 하인들을 거느렸다. 이 부자들을 자본가라고 불렀다. 그들은 옆 페
이지에 실린 그림의 인물같이 살찌고 추하며 간악한 얼굴을 하고 있었다. 보
는 바와 같이 그들은 프록코트라고 하는 기다란 검은 코트를 입었으며, 실크
해트라고 하는 연통같이 생긴 번쩍이는 모자를 썼다. 이것은 자본가들의 제
복으로서, 누구나 마음대로 입을 수 있는 옷이 아니었다. 자본가들은 세상의
모든 것을 소유했고, 세상 사람들 모두가 그들의 노예였다. 그들은 세상의
모든 토지, 모든 집, 모든 공장, 모든 돈을 독차지했다. 누구든지 그들의 명령
에 복종하지 않으면 감옥에 갇혔고, 일자리를 빼앗겨 굶어 죽을 수밖에 없었
다. 보통 사람들이 자본가에게 말할 때는 허리를 굽히고 모자를 벗고 '나리'
라고 불러야만 했다. 자본가들의 우두머리를 가리켜 '왕'이라고 불렀다. 그
리고—

그러나 그는 그다음에 무슨 내용이 씌어 있는지 이미 알고 있었다. 다
음엔 론 천으로 소매를 단 제의祭衣를 입은 주교, 모피로 안을 댄 법복
을 입은 재판관, 죄수의 머리에 씌우는 형틀, 발목에 채우는 차꼬, 감옥
속에서 발로 밟아 돌리는 연자방아, 아홉 가닥으로 갈린 채찍, 양반 나
리가 베푸는 연회, 교황의 발에다 입 맞추는 관습 따위가 서술되어 있

을 것이다. 어린이 교과서에서 다루기에는 부적합한 초야권jus primae noctis에 대한 언급까지 있었다. 그것은 모든 자본가는 자기 공장에서 일하는 어떤 여자와도 동침할 권리가 있음을 명시한 법률이었다.

이런 서술 중의 어느 부분이 거짓말인가를 어떻게 가려낼 수 있을 것인가? 현재는 대부분의 사람들이 혁명 전에 비해 비교적 더 풍요로워졌다는 게 사실일지도 모른다. 그러나 이것이 사실이 아니라는 유일한 증거는 뼛속에 스며 있는 무언의 항의, 지금 처해 있는 상황을 견딜 수 없다든가, 옛날은 분명히 지금과는 달랐다는 본능적인 느낌뿐이었다. 현대 생활의 참된 특징은 잔인성이라든가 불안정성이 아니라 단순히 삭막함, 추악함, 무감각이라는 생각이 갑자기 그의 뇌리를 스쳐 지나갔다. 주위를 둘러보면 인간의 삶이란 텔레스크린에서 흘러나오는 허위 선전뿐만 아니라 당이 달성하고자 애쓰는 이상과도 전혀 닮지 않았다. 심지어 당원조차 생활의 대부분을 차지하는 것은 중립적이며 비정치적인 것, 예컨대 지루한 일들을 열심히 해내는 것, 지하철에서 자리다툼을 하는 것, 구멍 난 양말을 꿰매는 것, 사카린을 구걸하고 담배꽁초를 버리지 않고 간수하는 따위의 일이었다. 당이 내세운 이상은 뭔가 거창하고 어마어마하며 빛나는 것이었다. 강철과 콘크리트, 거대한 기계와 가공할 무기의 세계, 모두가 일치된 생각만을 하고, 똑같은 구호를 외치고, 완전히 단결된 모습으로 전진하며, 쉴 새 없이 일하고, 싸워서 승리하고, 이단자를 처단하는 전사戰士와 광신자의 나라, 똑같은 얼굴을 한 3억 인구가 사는 나라였다. 그러나 현실은 어떠한가. 도시는 부패하고 더러우며, 사람들은 구멍 뚫린 신발을 신고서 발을 질질 끌며 영양실조에 걸린 채 돌아다니고, 누더기처럼 이어 붙인 19세기풍의 집들에서는 항상 양배추 냄새와 고약한 화장실 냄새가 풍겼다. 그는 런던이 마치 백만 개의 쓰레기통으로 이루어진 광활한 폐허처럼 보였다. 그 속에는 주름투성이에 숱이 적은 머리카락을 가진 파슨스 부인 같은 아낙네가 막힌 수챗구멍을 무기력하게 주물럭거리는 모습이 겹쳐 보였다.

그는 다시 밑으로 팔을 뻗쳐 가려운 발목을 긁었다. 텔레스크린에서는 밤낮없이 50년 전의 사람들에 비해 오늘날의 사람들이 더 많은 음식에 의복, 더 좋은 집과 오락 시설을 이용하게 되었고, 수명은 연장되고 노동시간은 단축되었으며, 몸집은 더 크고 튼튼해졌고, 보다 행복하고 지적 수준이 높으며, 더 나은 교육을 받고 있다는 증거를 대느라고 귀가 따갑도록 통계 숫자를 나열하고 있었다. 이런 숫자들은 단 한 번도 증명되거나 혹은 그에 대해 반론이 제기된 적이 없었다. 예컨대 당은 오늘날 45퍼센트의 성인 프롤레타리아가 문자를 해독할 수 있는 데 반해 혁명 전에는 문자를 해독할 수 있었던 사람이 15퍼센트에 지나지 않았다고 큰소리를 쳤다. 또 당은 오늘날 유아 사망률이 1000명당 160명에 불과한 데 반해 혁명 전에는 300명이었다고 단언했다. 매사가 이런 식이었다. 그것은 마치 두 개의 미지수로 이루어진 단 하나의 등식과도 같은 것이었다. 어느 누구도 일말의 의심 없이 받아들이는 역사책에 기록된 하나하나의 낱말마저도 순전한 상상의 산물이기 일쑤였다. 그가 알고 있는 한 초야권 같은 법률이나, 자본가로서의 인간형이나, 실크해트 같은 모자는 있지도 않았을 것이다.

모든 것들이 안개 속으로 스러져버렸다. 과거는 지워졌고, 지워졌다는 사실마저 잊혔으며, 거짓이 진실이 되기에 이르렀다. 그는 인생을 살아오면서 꼭 한 번―그 사건 이후인 것 같은데―허위 문서 조작에 대한 구체적이고도 명백한 증거를 확보했었다. 그는 30초 이상이나 그 증거물을 자신의 손에 들고 있었다. 1973년이었다고 기억된다. 아무튼 그와 캐서린이 헤어진 무렵이었다. 그러나 실제로 관계가 있던 날짜는 그보다 7, 8년 전이었을 것이다.

이야기는 혁명의 실질적인 중심인물인 지도자들을 일시에 모두 제거해버렸던 대숙청의 시기인 60년대 중반에 비롯되었다. 1970년까지는 빅 브러더 자신을 제외하고는 혁명의 중심인물 중 어느 누구도 이 세상에 살아 있지 않았다. 그때까지 살아남은 사람들도 모두 시간이 지남에 따라서 반역자와 반혁명 분자로 몰렸다. 골드스타인은 도망쳐 숨어버렸기 때문에 아무도 그가 있는 곳을 몰랐다. 그러나 남아 있던 몇몇 사람들은 감쪽같이 사라져버렸고, 대다수가 특별 공개재판에서 자신이 저지른 범죄를 자백한 후 처형당했다. 최후까지 살아남은 사람들 중에는 존스, 아론슨, 러더퍼드라는 이름의 세 사나이가 있었다. 이들 세 사람이 체포된 것은 분명히 1965년이었다. 항상 그렇듯이 그들 역시 1, 2년 사이에 자취를 감춰버렸기 때문에 어느 누구도 그들이 살았는지 죽었는지를 몰랐는데, 어느 날 불쑥 모습을 나타내어 자신들의 죄를 자백한 것이다. 그들은 적에게 정보를 제공하고(당시에도 적은 유라시아였다) 공금을 횡령해 갖가지 점에서 신뢰를 받고 있는 당원들을 살해하고, 혁명이 일어나기 오래전부터 시작된 빅 브러더의 영도권을 탈취하기 위해 음모를 꾸몄으며, 수만 명의 노동자를 죽음으로 몰고 간 파업 행위를 조종했다고 자백했다. 이런 사실들을 고백한 후 그들은 용서받고 다시 당의 요직에 앉게 되었지만 실상은 허울 좋은 이름뿐인 한직에 지나지 않았다. 이 세 사람은 모두 자신들이 변절하게 된 원인을 분석하고, 앞으로는 절대 잘못을 저지르지 않겠다는 약속을 장황하게 기술한 비열한 기사를 《타임스》지에 기고했다.

사실 그들이 석방된 이후 윈스턴은 가끔 '호두나무 카페'에서 그들 세 사람을 만날 수 있었다. 그는 일종의 두려움이 섞인 호기심을 품고 그들을 주시했던 일을 회상했다. 그들은 윈스턴보다 훨씬 나이가 많은 사람들로서 구세계의 유물이며, 초창기부터 당을 영웅적으로 이끌어온 최후의 위인들이었다. 그들의 모습에는 지하투쟁 운동이나 내란을 주도해 온 사람들에게서 흔히 엿볼 수 있는 마력이 희미하게나마 남아 있었다. 그 무렵만 해도 갖가지 사실과 날짜가 이미 퇴색해가고 있었지만, 윈스턴으로서는 빅 브러더의 명성보다 그들의 명성을 더 여러 해 전부터 들어온 것 같은 느낌이 들었다. 그렇지만 그들은 어쩔 수 없는 범법자이고 적이며, 감히 접근할 수 없는 인간들이었고, 1, 2년 사이에 감쪽같이 사라져버려야 할 운명에 놓여 있는 사람들이었다. 일단 사상경찰의 손아귀에 걸려든 사람은 누구를 막론하고 끝내 빠져나가지 못했다. 말하자면 묘지로 돌아가기를 기다리고 있는 시체나 다름없었다.

아무도 그들의 테이블 가까이에 앉지 않았다. 그런 사람들 곁에 앉아 있는 것만으로도 이미 위험한 일이었다. 그들은 이 카페의 특제품인 정향丁香을 탄 술잔을 앞에 놓고 묵묵히 앉아 있었다. 세 사람 중에 러더퍼드의 모습이 윈스턴의 눈에 가장 인상적으로 보였다. 러더퍼드는 한때 명성을 날렸던 풍자만화가로서, 그 과격한 풍자화가 혁명 전이나 혁명 기간 동안에 여론을 불러일으키는 데 큰 몫을 했다. 지금도 간간이 그의 풍자화가 《타임스》지에 게재되곤 했다. 그러나 이런 만화들은 그의 초기 시절의 수법에 대해 단순한 모방에 지나지 않았으며, 이상하리만큼 생명력이 없고 설득력이 없는 것들이었다. 그의 풍자화는 언제나 옛것에 관한 테마의 재현으로서, 즉 빈민가, 굶주림으로 인해 죽어가고 있는 아이들, 시가전, 실크해트를 쓴 자본가들—자본가들은 바리케이드 위에서도 실크해트를 쓰고 있었다—이 소재가 되었는데, 그것은 과거로 돌아가고자 하는 그의 끝없는 절망적인 노력의 표출이었다. 그는 괴물 같은 사나이로서, 기름기가 흐르는 잿빛 머리는 말갈기 같았고 두툼한 입술과 주름진 얼굴은 자루처럼 축 늘어져 있었다. 한때는 굉장한 힘을 지니고 있었지만, 지금은 그의 거구가 사방으로 처지고 늘어지고 부풀어 오르고 허물어져 가고 있었다. 그는 마치 거대한 산이 무너져 내리듯이 사람들의 눈앞에서 서서히 허물어져 내리는 것 같았다.

오후 3시, 외로운 시각이었다. 윈스턴은 이런 시간에 어떻게 해서 카페에 들어가게 되었는지를 기억할 수 없었다. 카페 안은 거의 텅 비어 있었다. 텔레스크린에서 가냘픈 음악이 끊겼다 이어졌다 하며 흘러나왔다. 세 사나이는 입을 다문 채 구석 자리에 손 하나 까딱하지 않는 자세로 앉아 있었다. 주문하지 않는데도 웨이터가 석 잔의 술을 새로 가져왔다. 그들 옆의 탁자 위에 체스판이 놓여 있고 말이 세워져 있는데도 아무도 두는 사람이 없었다. 거의 30초도 지나지 않은 사이에 텔레스크린에서 어떤 변화가 일어났다. 지금까지 연주되고 있던 가락이 바뀌면서 음조마저 바뀐 것이다. 뭐라고 설명하기 어려운 일이었다. 그것은 무언가가 쪼개질 때 나는 금속성 같기도 하고, 당나귀 울음소리 같기도 하고, 비웃고 놀리는 소리 같기도 한 특이한 가락이었다. 윈스턴의 생각에 그것은 선정적인 곡조였다. 그러고 나서 텔레스크린에서 노랫소리가 흘러나왔다.

우거진 호두나무 아래서
난 당신을 팔고 당신은 날 팔았지.
저기 그들이 누워 있고, 여기 우리가 누워 있네.
우거진 호두나무 아래.

세 사람은 전혀 자세를 흐트러뜨리지 않았다. 그러나 윈스턴이 다시 러더퍼드의 영락한 얼굴을 흘낏 바라보았을 때 그의 눈에는 눈물이 가득 괴어 있었다. 그리고 처음으로 내심 이유를 알 수 없는 전율을 느끼면서, 아론슨과 러더퍼드가 의기소침해 있다고 생각되었다.

얼마 안 되어 세 사람 모두 체포당했다. 그들이 석방된 직후에야 새로운 음모에 가담한 사실이 밝혀졌던 것이다. 두 번째 공판에서 그들은 새로운 범죄 사실 일체를 털어놓으면서, 옛날에 저질렀던 범죄행위도 되풀이해서 자백해야만 했다. 그들은 처형당했고, 그들의 운명은 후세 사람을 경계하기 위해 당사黨史에 기록되었다. 이 사건이 있은 지 5년가량 지난 후인 1973년에 송기관에서 책상 위로 흘러 떨어진 서류 두루마리를 풀다가 종이쪽지 한 장을 우연히 발견하게 되었는데, 그건 분명히 다른 서류 뭉치 속에 우연히 끼어 들어간 게 틀림없었다. 그 종이쪽지를 펼쳐본 순간 내용의 심각성을 알아차렸다. 그것은 10년쯤 전의《타임스》지 기사를 오려낸 반 페이지짜리 종이쪽지였는데—윗부분이었기 때문에 날짜가 적혀 있었다—거기에는 뉴욕에서 열린 당 행사에 참석한 대표들 사진도 실려 있었다. 그 그룹 가운데서 유난히 눈에 띈 사람이 존스와 아론슨과 러더퍼드였다. 분명히 그들이었다. 게다가 사진 밑의 표제어에 그들의 이름이 밝혀져 있었으니까.

중요한 점은, 두 차례의 재판에서 세 사람 모두 그 당시 유라시아 땅에 있었다고 자백한 사실이었다. 그들은 캐나다의 한 비밀 비행장을 통해 시베리아의 어떤 접선 장소로 날아가 유라시아군 장성 참모진들과 회합을 갖고, 그들에게 중대한 군사 정보를 팔아넘겼다는 것이다. 그 날짜가 우연하게도 미드서머 데이Midsummer Day(세례 요한의 축제일인 6월 24일)와 일치했기 때문에 윈스턴의 기억 속에 선명하게 남아 있었다. 그러나 사건의 전모는 다른 책자에도 똑같이 무수하게 기록되어 있었다. 여기에는 단 한 가지 가능한 결론이 남아 있었다. 즉, 그 자백은 허위라는 사실이었다.

물론 이것은 전혀 새로운 발견은 아니었다. 그 당시만 해도 윈스턴은 숙청으로 제거된 사람들이 실제로 고발당한 대로 범죄를 저질렀다고는 상상하지 않았다. 그러나 이것은 뒤집을 수 없는 증거였다. 그것은 잘 못된 지층에서 발굴된 화석이 지질학상의 학설을 뒤엎어버리는 것처럼 말살된 과거의 한 단편이었다. 만약 어떤 경로를 거쳐 진상이 세상에 공 표되어 그 중요성이 알려지는 날에는 당은 완전히 분해되고 말 것이다.

그는 계속 일을 해나갔다. 그는 이 사진이 무엇을 의미하는가를 깨달 은 순간 다른 종이를 그 위에 덮어버렸다. 다행히 이 종이쪽지를 펼쳤을 때 텔레스크린의 시야에서는 그 뒷면이 보였을 것이다.

그는 비망록을 무릎 위에 얹어놓은 채 의자를 뒤로 밀어붙여 가능한 한 텔레스크린에서 멀리 떨어져 앉으려고 했다. 얼굴을 일부러 무표정 하게 꾸미는 것은 그리 어려운 일이 아니었고, 노력하면 호흡까지도 조 절할 수 있었다. 그러나 심장의 고동만은 조절할 수 없는 일이었다. 그 런데 텔레스크린은 그것까지도 교묘하게 감지해냈다. 그는 한 10분쯤 흘러갔을 거라고 나름대로 판단했다. 그러나 잠시—예컨대 책상 위로 바람이 휙 불어가면서—뜻밖에 이런 일이 발각되어 그를 궁지로 몰아 넣지 않을까 하는 위구심에 사로잡혔다. 그 때문에 사진이 실린 종이쪽 지를 다시 펼쳐보지도 않고 다른 휴지와 함께 기억 구멍 속에다 집어 던져 버렸다. 아마 1분도 채 되기 전에 그 종이쪽지는 재가 되어 없어져 버릴 것이다.

그것은 10년 전, 아니 11년 전의 일이었다. 요즘 같으면 그 사진을 보 관했을 것이다. 사진을 손에 들고 있었다는 사실이, 그 사진 자체 및 그 것에 기록된 사건과 마찬가지로 단순한 기억에 불과하게 된 지금에 와 서도 중요하게 느껴진다는 것이 이상했다. 이미 오래전에 지워져 버린 한 조각의 증거가 다시 이 세상에 존재하게 되었다는 이유만으로 과거 에 대한 당의 지배력이 약화되는 것일까 하고 그는 한동안 의아하게 생 각했다.

그러나 이제 와서 어떤 방법에 의해 그 사진이 잿더미 속에서 재생되어 나온다 치더라도 그것이 증거물이 되지는 못할 것이다. 그가 종이쪽지를 발견했던 순간에는 이미 오세아니아는 더 이상 유라시아와 전쟁 상태에 있지 않았다. 처형된 세 사람이 자기 조국을 팔아먹은 상대는 틀림없이 유라시아의 정보원이었을 것이다. 그때 이후 두 가지 혹은 세 가지의 다른 죄목이 발견되었다. 아니, 사실은 몇 가지인지 기억이 나지 않는다. 대체로 자백서라는 것은 처음의 사실이나 날짜가 더 이상 의미를 갖지 않게 될 때까지 몇 번이고 반복해서 고쳐 써지는 것이다. 과거는 변화하는 것이며, 그것도 끊임없이 변화하는 것이다. 악몽같이 그를 가장 괴롭히는 것은, 왜 이런 사기 행위가 행해지는지 분명하게 이해할 수 없다는 점이었다. 과거를 날조하는 행위의 직접적인 이점은 명백한 것이지만, 그 궁극적인 동기는 미지수였다. 그는 다시 펜을 들어 써 내려갔다.

나는 '어떻게'에 대해서는 이해한다. 그렇지만 '왜'에 대해서는 이해하지 못한다.

그는 전에도 여러 번 스스로에 대해 의혹을 느꼈던 것처럼 자신의 정신 상태가 이상해진 것이 아닌가 염려스러웠다. 어쩌면 정신병자는 걱정하지 않아도 좋을 만큼 소수에 지나지 않는지도 모른다. 한때는 지구가 태양의 주위를 돈다고 믿는 것이 미친 짓이라고 여겨졌던 적이 있었다. 오늘날은 과거란 변질시킬 수 없는 것이라고 믿으면 정신병자 취급을 당한다. 어쩌면 윈스턴 자신만이 그런 신념을 갖고 있는지도 모른다. 만약 그렇다면 그는 정신병자가 되는 셈이다. 그러나 정신병자일지도 모른다는 생각이 그에게는 그다지 곤란한 문제는 아니었고, 다만 자신이 잘못되었을까 봐 그것이 두려울 뿐이었다.

그는 어린이용 역사책을 집어 들고 첫머리에 실린 빅 브러더의 초상화를 들여다보았다. 최면을 거는 듯한 눈초리가 그의 얼굴을 응시했다. 어떤 알 수 없는 힘이 그를 짓눌러대고 있었다. 그 힘은 두개골 속으로 곧장 파고 들어와서 머릿골을 후벼 파고, 그의 신념을 몰아내기 위해서 그를 위협하고, 그를 설득해 끝내 당은 둘 더하기 둘은 다섯이라고 공표한 다음 그로 하여금 그걸 믿게 만들 것이다. 조만간 그들이 그런 일을 추진하리라는 것은 명백한 사실이었다. 그들이 지금 처해 있는 논리적인 필연성이 그런 일을 요구하게 되어 있었다. 단순히 경험의 정당성뿐만 아니라 외적 현실의 존립마저도 그들의 현실에 의해서 암암리에 부인되었다. 반론에 대한 반론이 상식이 되어버렸다. 그런데 두려운 일은, 그들이 자기와 생각이 상반된다고 하여 사람을 죽이는 것이 아니었다. 오히려 더 무서운 일은, 그들의 판단이 옳다고 믿게 되는 것이었다. 결국 우리가 둘 더하기 둘은 넷이라는 사실을 어떻게 알 수 있단 말인가? 혹은 중력이 작용한다는 것을 어떻게 안단 말인가? 아니면 과거란 변절시킬 수 없는 것이라는 사실을 어떻게 알 것인가? 만약 과거와 외부 세계가 오직 마음속에만 존재한다면? 그리고 마음 그 자체는 조절이 가능한 것이라면, 그렇다면 어떻게 될 것인가?

그렇지만 그렇게 되어서는 안 된다. 갑자기 용기가 솟아나는 것 같았다. 일부러 연관 지으려고 하지 않았는데도 오브라이언의 얼굴이 그의 마음속에 떠올랐다. 그리고 전보다도 더 확고하게 오브라이언이 자기편이라고 믿어졌다. 그는 오브라이언을 위해서, 오브라이언 앞으로 일기를 썼다. 그것은 아무도 읽지 않겠지만 어떤 특정한 사람에게 보내는 장황한 내용의 편지와도 같았다.

당은 눈과 귀로 확인한 증거를 부인하라고 강요했다. 그것은 그들의 최종적이며 가장 본질적인 명령이었다. 그 앞에 거대한 힘이 가로놓여 있다는 사실을 생각하자 가슴이 덜컹 내려앉았다. 이른바 당의 지성인 이라는 작자들은 그가 이해할 수도 답변할 수도 없는 미묘한 문제를 끌 어내어 논쟁으로 몰아넣고는 그를 쉽사리 굴복시켜고 마는 것이었다. 그런데도 그는 정당했다. 그들 쪽이 잘못이고 그가 옳았다. 명백성, 우 직성, 진실성은 보호받아야 한다. 자명한 이치는 진실하기 때문에 끝까 지 사수해야 한다. 견고한 세계는 존재하며, 그 법칙은 변하지 않는다. 돌은 단단하고, 물은 축축하며, 허공에 내던진 물체는 지구의 중심부를 향해 낙하한다. 그는 오브라이언에게 친근한 말을 던지는 듯한 기분으 로 이렇게 썼다.

둘 더하기 둘은 넷이라고 말할 수 있는 것, 그것이 바로 자유다. 만약 이런 일이 허용된다면 그 밖의 모든 것은 부수적으로 따라오게 마련이다.

8

골목길의 어느 구석에선가 커피를 끓이는 냄새가 거리까지 풍겨왔다. 윈스턴은 무심코 발걸음을 멈췄다. 어쩌면 2초 동안 그의 기억은 반쯤 잊어버린 어린 시절의 세계로 돌아갔는지도 모른다. 갑자기 문이 쾅 닫 히는 소리와 함께 커피 냄새도 뚝 끊기고 말았다.

몇 킬로미터쯤 보도를 걸어왔기 때문에 정맥류성 궤양이 발작하기 시작했다. 지난 3주 동안 공회당의 야간 집회에 참석하지 못한 것은 이

번으로 두 번째였다. 공회당의 출석 횟수는 철저하게 조사를 했으므로 이런 일은 경솔한 행동이었다. 원칙적으로 당원은 여가를 즐길 수 없었고, 잠자리에 드는 것을 제외하고는 절대로 혼자 있어서는 안 되었다. 일하거나 식사하거나 잠을 자거나 하지 않을 때는 어떤 종류의 공공 오락회에든 참석하기로 되어 있었다. 고독하다는 느낌을 주는 어떤 행위를 하거나, 심지어 혼자 산책하는 것도 언제나 다소 위험이 뒤따랐다. 신어로는 이것을 '자생自生'이라고 불렀는데, 개인주의와 기행奇行을 뜻하는 말이었다. 오늘 저녁 퇴근했을 때 4월의 부드러운 공기가 그를 유혹했다. 하늘에는 올해 들어 처음인 듯한 따스한 푸른빛이 감돌았다. 공회당에서 보내게 될 지루하고도 소란스러운 저녁, 예컨대 넌덜머리가 나고 사람을 지치게 만드는 게임이나 강연, 술로 기름을 치는 덜거덕거리는 동지애가 갑자기 견딜 수 없이 혐오스럽게 느껴졌다. 그는 버스 정류장에서 충동적으로 발걸음을 돌려 정처 없이 런던의 미로 속으로 미끄러져 들어갔다. 처음엔 남쪽으로, 다음엔 동쪽으로, 그리고 다시 북쪽으로, 이름 모를 거리에서 길을 잃고 헤매면서도 자신이 지금 어느 방향으로 가고 있는지조차 거의 염두에 두지 않았다.

"만약 희망이 있다면, 그것은 프롤레타리아 속에 있다."라고 그는 일기장에 적어 넣었다. 그 말은 신비로운 진실과 명백한 불합리를 진술한 말로서 그에게 되돌아왔다. 그는 일찍이 세인트팬크라스 역에 있었던 북동쪽의 흐리멍덩하고 우중충한 빛깔을 한 빈민가의 어느 지점에 와 있었다. 찌그러진 문짝들이 곧장 보도를 향해 나 있어 마치 쥐구멍을 연상케 하는 조그만 이층집들이 줄지어 늘어선 자갈길을 걸어 올라갔다. 자갈길 여기저기에 더러운 물이 괴어 있는 웅덩이가 있었다. 어두컴컴한 현관의 안팎과 양쪽으로 갈라진 좁은 골목길의 저 아래쪽에 엄청나게 많은 사람들이 몰려 있었다. 입술에 짙게 립스틱을 칠한 한창

나이의 계집애들, 그리고 그 계집애들의 꽁무니만 쫓아다니는 젊은 녀석들, 몇십 년만 지나면 젊은 계집들도 영락없이 저런 몰골이 되어버릴 것이라고 가르쳐주기라도 하듯 뒤뚱거리며 걷는 비대한 몸집의 부인들, 늙어서 허리가 꼬부라진 자들은 발을 질질 끌며 휘청휘청 걷고, 누더기 옷에 맨발로 더러운 물웅덩이에서 놀고 있는 어린애들은 어미의 성난 고함 소리에 뿔뿔이 흩어져 달아나곤 했다. 거리에 면한 창문의 4분의 1가량은 유리가 깨져 판자를 붙여놓았다. 대부분의 사람들이 윈스턴에게 별다른 관심을 보이지 않았지만, 그중 몇 명은 경계에 찬 호기심 어린 눈빛으로 그를 쏘아보았다. 험상궂게 생긴 두 부인이 벽돌짝처럼 시뻘건 팔뚝을 앞치마에 포개고 문간 앞에서 지껄이고 있었다. 그쪽으로 다가가면서 윈스턴은 그들이 나누고 있는 대화 몇 마디를 알아들을 수 있었다.

"'그렇고말고.' 하고 내가 그 여자한테 말해줬지 뭐. '그건 잘된 일이야. 하지만 너도 내 처지라면 내가 당한 것과 똑같은 꼴을 당하게 될걸. 다른 사람을 비난하기는 쉽지만, 너도 나와 똑같은 문제로 골치를 썩이게 될 거야.'라고 말해줬다니까요."

"아, 그렇고말고요." 또 한 부인이 맞장구를 쳤다. "매사가 그 모양이니까요."

그 떠들썩한 대화가 갑자기 뚝 끊겼다. 윈스턴이 그 곁을 지나칠 때 부인들은 이야기를 멈추고 적의에 찬 눈초리로 그를 뜯어보았다. 그러나 정확히 말해서 그것은 적의가 아니었다. 지금까지 본 적 없는 낯선 짐승이 앞을 지나칠 때 느끼는 일종의 경계심이었고 순간적인 긴장감이었다. 푸른 제복의 당원이 이런 거리에 모습을 나타내는 것은 예사로운 일이 아니었다. 마찬가지로 특별한 볼일이 없음에도 불구하고 이런 장소에 모습을 나타낸다는 것도 현명한 일은 아니었다. 만약 우연히 경찰관과 마주친다면 검문을 당할지도 모른다. "신분증 좀 보여주겠소, 동무? 이곳에서 지금 뭘 하고 있는 거요? 몇 시에 퇴근했지요? 집에 돌아가려면 항상 이 길로 가는 거요?" 이런 식으로 꼬치꼬치 캐물을 것이다. 다른 길로 해서 집에 가지 말란 법은 없겠지만, 사상경찰이 그런 말을 들으면 수상쩍게 생각할 것은 뻔했다.

갑자기 온 거리가 소란스러워졌다. 사방에서 경계의 아우성이 들려왔다. 사람들이 토끼처럼 출입문 안쪽으로 뛰어 들어갔다. 윈스턴의 바로 앞쪽의 문에서 젊은 여자가 튀어나오더니 물웅덩이에서 놀고 있는 꼬마 애를 낚아채어 앞치마로 싸안고는 번개같이 문 안으로 다시 들어갔다. 바로 그때 손풍금쟁이처럼 검정 양복을 입은 사나이가 옆 골목에서 튀어나와 윈스턴 쪽으로 달려오더니 흥분된 몸짓으로 하늘을 가리켰다.

"스티머steamer요! 저것 보시오, 동무! 빵 하고 터질 거요! 빨리 엎드려요!"

'스티머'란, 무슨 이유에선지 노동자들이 로켓 폭탄에 붙인 별명이었다. 윈스턴은 재빨리 몸을 날려 엎드렸다. 프롤레타리아들이 이런 경고를 할 때는 예외 없이 들어맞았다. 로켓탄이 음속보다 더 빨리 움직인다 하더라도 그들은 로켓탄이 날아오기 몇 초 전에 미리 알아맞힐 수 있는 본능 같은 것을 지니고 있었다. 윈스턴은 두 팔로 머리를 감쌌다. 길바닥이 뒤흔들리는 듯한 굉음이 울리면서 가벼운 파편의 소나기가 그의 등 뒤로 후드득 떨어졌다. 일어나면서 보니 가까운 창문에서 박살 나 날아온 유리 조각들이 그의 온몸을 뒤덮고 있었다.

그는 계속 걸었다. 폭탄이 200미터 저쪽 거리에 있는 몇 채의 집들을 산산조각이 나도록 파괴해놓았다. 거대한 검은 연기가 하늘에 걸려 있고, 그 아래 횟가루 먼지가 구름처럼 피어오르는 속에 한 떼의 군중이 벌써 폐허 주위에 몰려와 있었다. 그 앞쪽에도 별로 크지 않은 횟가루

무더기가 있었는데, 그 한가운데에 한 줄기 빨간 선이 보였다. 가까이 다가가서 보니 그것은 누군가의 팔에서 떨어져 나온 손이었다. 피가 흐르는 잘린 부분만 빼놓고 그 손은 새하얗게 횟가루를 뒤집어써서 마치 석고상 같았다.

윈스턴은 그 손목을 길가 도랑 속에 차 넣어버리고 나서 군중을 피해 오른쪽 샛길로 접어들었다. 3, 4분도 채 걸리지 않아서 폭탄이 투하된 지점을 벗어나자 그 앞에는 더러운 돼지 떼들이 우글거리는 듯한 거리가 아무 일도 없었던 것처럼 펼쳐져 있었다. 거의 저녁 8시 가까워진 시각이어서 노동자들이 자주 드나드는 술집(그들은 '선술집'이라고 불렀다)은 단골손님들로 꽉 들어차 숨이 막힐 지경이었다. 쉴 새 없이 열렸다 닫혔다 하는 손때 묻은 흔들이문으로부터 오줌 냄새와 톱밥 냄새, 그리고 시큼한 맥주 냄새가 풍겨왔다. 가옥 전면의 돌출된 부분에 세 사나이가 바짝 붙어 서 있었는데, 중간에 선 사나이가 신문을 펼쳐 들고 있었고 나머지 두 사람은 어깨 너머로 읽고 있었다. 가까이 다가가 그들의 표정을 자세히 살펴볼 필요도 없이, 윈스턴은 그들의 몸짓 전체에서 그들이 얼마나 신문에 열중하고 있는가를 알 수 있었다. 그들이 읽고 있는 뉴스가 꽤 심각한 내용인 모양이었다. 윈스턴이 그들 곁을 지나쳐 몇 발짝 걸어갔을 때 그들 중 두 사람이 격렬한 말다툼을 벌이기 시작했다. 금방이라도 주먹이 오갈 것만 같았다.

"내가 말하는 걸 그렇게도 못 알아듣겠어? 7로 끝나는 숫자가 14개월 동안이나 당첨된 적이 없었다고 말했잖아!"

"아냐, 그때 당첨됐어!"

"틀렸어, 그런 일은 없었어. 난 2년 이상이나 당첨 번호를 종이쪽지에 적어놓았어. 시계처럼 정확하게 적어놨단 말이야. 다시 한 번 말해두지만 7로 끝나는 숫자는 없었어."

"있었어, 7도 당첨됐어! 제기랄, 맹세코 그 숫자도 있었단 말이야. 4나 7로 끝나는 수였었다고. 2월이야, 2월 두 번째 주야……."

"빌어먹을, 2월이라고! 그 숫자를 빠짐없이 똑똑히 적어놨단 말이야. 분명코 그런 숫자는……."

"아, 그만들 둬!" 세 번째 사나이가 소리쳤다.

그들은 지금 복권에 대해 이야기하는 중이었다. 윈스턴은 30미터쯤 갔다가 뒤돌아보았다. 그들은 여전히 상기된 얼굴로 열을 올리며 입씨름하고 있었다. 복권에는 매주 어마어마한 상금이 걸려 있었기 때문에 노동자들이 대단히 관심을 쏟고 있는 공적인 행사 중의 하나였다. 복권은 수백만 명의 프롤레타리아에게 있어 삶을 영위하는 유일한 이유는 되지 못하더라도 적어도 상당히 중요한 몫을 차지하는 것 같았다. 복권은 그들의 기쁨이었고 어리석은 행위이기도 했으며, 진통제이자 지적인 자극제이기도 했다. 복권과 관계되는 한 겨우 읽고 쓸 줄 아는 사람들까지도 복잡한 계산이나 변변찮은 기억의 위력을 발휘하는 것 같았다. 하긴 체계적인 도표나 예상 표나 행운의 부적 같은 것을 팔아서 생계를 꾸려가는 족속들도 있었다. 윈스턴은 풍요부에서 관장하는 이 복권이라는 것과는 아무런 관계도 없었지만, 그 상금이라는 게 대체로 허무맹랑하다는 사실쯤은 알고 있었다(사실 당원이라면 모두 알고 있었다). 단지 소액의 상금만 지불될 뿐, 거액의 상금을 탄 사람은 실제로 존재하지 않는 가상의 인물이었다. 오세아니아의 각 지방 사이에는 실제적인 통신 시설이 결여되어 있기 때문에 이런 속임수를 조작하는 것쯤은 간단했다.

그러나 희망이 있다면, 그것은 프롤레타리아 속에 있다. 때문에 거기에 매달리지 않을 수 없었다. 이렇게 말로 옮겨놓고 보면 그럴듯하게 들리는데, 길거리에서 곁을 스쳐 지나가는 사람을 보면 그것은 어떤 확신적인 행동이 된다. 그가 방향을 바꾸어 들어선 길은 내리막길이었다. 그는 전에 이곳에 와본 적이 있는 것 같았고, 멀지 않은 곳에 큰길이 있으리라는 생각이 들었다. 앞쪽 어디쯤에서 희미하게 고함 소리가 들렸다. 길은 급하게 꺾였고 이어서 계단으로 이어졌는데, 그 계단을 내려가면 움푹 팬 골목길이 나오고, 몇 개의 상점에서는 시들어빠진 야채를 팔고 있었다. 이 순간에 이르러서야 윈스턴은 자신이 어디에 와 있는지 생각났다. 이 골목은 큰길로 이어지고 그 길을 따라 채 5분도 못 가서 다음 골목길로 접어들면 그가 지금 일기장으로 쓰고 있는 노트를 산 고물상이 있다. 그곳에서 그다지 멀지 않은 문방구에서 펜대와 잉크병을 샀었다.

윈스턴은 잠시 층계 꼭대기참에 멈춰 섰다. 골목 맞은편에 조그맣고 허술한 선술집이 있었다. 창문에 온통 성에가 끼어 있는 것처럼 보였는데, 사실은 먼지가 잔뜩 끼어 있었다. 허리가 굽었지만 아직 근력이 있어 보이고, 새우 수염같이 앞으로 내뻗친 새하얀 코밑수염을 기른 한 노인이 흔들이문을 열고 술집 안으로 들어갔다. 윈스턴이 발길을 멈춘 채 지켜보는 동안, 최소한 여든은 되어 보이는 그 노인이 혁명이 일어났을 당시 이미 중년이었으리라는 데 생각이 미쳤다. 저 노인이나, 그와 비슷한 연배의 사람들이야말로 사라진 자본주의 세계와 현재를 연결지어주는 최후의 인간들이었다. 당 자체 내에도 혁명 전에 자신의 사상을 형성시킨 사람은 별로 많지 않았다. 나이 든 구세대는 50년대와 60년대의 대숙청 때 대부분 제거당했고, 남아 있는 몇몇 사람도 오래전에 위험에 견디지 못해 정신적으로 완전히 굴복한 상태였다. 만약 현 세기 초반의 상황을 사실 그대로 설명해줄 수 있는 사람이 살아남아 있다면, 그것은 오직 프롤레타리아뿐일 것이다. 갑자기 일기장에다 베껴놓은 역사책의 한 구절이 마음속에 되살아나서 윈스턴은 미칠 것 같은 충동에 사로잡혔다. 그는 선술집으로 들어가서 그 노인과 가볍게 교제하고 몇 마디 질문을 던지고 싶었다. "소년 시절에 어떻게 살았는지 말씀해주십시오. 그 시절은 어땠습니까? 지금보다 형편이 더 좋았나요, 아니면 더 나빴나요?"라고 묻고 싶었다.

무서운 생각이 들기 전에 행동으로 옮기겠다는 듯 그는 서둘러 계단을 내려가서 좁은 길을 건너갔다. 물론 그런 일은 미친 짓이었다. 일반적으로 말해서 노동자들과 이야기한다거나 그들의 단골 술집에 자주 드나드는 것을 법률로 규제하고 있지는 않았지만, 그런 행동은 너무나 비상식적인 일이어서 사람들의 눈을 피할 수가 없었다. 혹시 순찰 경관이 나타나면 갑자기 현기증을 일으켰다고 변명할 수도 있겠지만, 그들이 그런 말을 믿어줄 리 없을 것이다. 그가 문을 열고 들어섰을 때, 지독하게 역겨운 시큼한 맥주 냄새가 얼굴에 확 풍겨 왔다. 그리고 술집 안으로 한 발짝 들어가자 왁자지껄하던 소음이 반쯤 줄어들었다. 그의 등 뒤로 사람들의 시선이 일제히 그가 입은 푸른 제복에 쏠리는 것을 느낄 수 있었다. 술집 저쪽 끝에서 한창 진행되고 있던 화살 던지기 놀이도 그가 들어선 순간 약 30초 동안 중단되었다. 윈스턴이 뒤쫓아 온 노인은 카운터 앞에 서서 술집 종업원과 무슨 일로 말다툼을 벌이고 있었다. 종업원은 체구가 몹시 크고 매부리코에다 건장한 팔뚝을 한 젊은이였다. 몇 사람이 손에 술잔을 든 채로 그 주위에 몰려서 그 광경을 지켜보고 있었다.

"내가 자네한테 무슨 잘못을 했나?" 노인이 어깨를 뒤로 젖히면서 도전적인 태도로 말했다. "이 빌어먹을 술집에는 1파인트짜리 술잔이 없다는 건가?"

"도대체 '1파인트'라는 게 뭐요?" 종업원이 손가락 끝으로 카운터를 짚고 몸을 앞으로 내밀면서 대들었다.

"이런 답답한 녀석 봤나! 술 파는 놈이 1파인트가 뭔지도 몰라! 1파인트는 1쿼트의 반이고 4쿼트는 1갤런이야. 다음엔 A, B, C부터 가르쳐 줘야겠군."

"그런 말은 난생 처음 들어보는걸." 종업원이 잘라 말했다. "1리터와 반 리터짜리밖에 없어요. 당신 앞의 저 선반 위에 잔들이 있어요."

"난 1파인트짜리 술잔으로 마시고 싶어." 노인이 고집을 부렸다. "자네도 1파인트짜리 잔에다 따라주면 더 손쉬울 텐데. 제기랄, 내가 젊었을 땐 그놈의 리터라는 건 없었다고."

"당신이 젊었을 땐 우린 모두 나무 꼭대기에서 살았겠군요." 종업원이 다른 손님들을 힐끗 쳐다보면서 말했다.

요란스러운 웃음이 터지고, 윈스턴이 등장했을 때의 불안스러운 분위기도 사라져버렸다. 흰 수염에 싸인 노인의 얼굴이 벌겋게 달아올랐다. 노인은 몸을 돌려 혼자 투덜대면서 걸어 나오다가 윈스턴과 부딪쳤다. 윈스턴이 노인의 팔을 상냥하게 붙들었다.

"술 한잔 대접해도 될까요?" 윈스턴이 말했다.

"당신은 신사로군요." 노인은 다시 어깨를 젖히면서 말했다. 윈스턴이 입고 있는 푸른 제복을 못 본 모양이었다. "파인트!" 그리고 여전히 도전적으로 종업원을 향해서 덧붙였다. "맥주 1파인트!"

종업원은 카운터 밑의 물통에다 헹군 반 리터짜리 두꺼운 유리잔에다 흑갈색의 맥주를 재빨리 따랐다. 노동자들의 선술집에서는 맥주밖에 마실 수 없었다. 사실 마음만 먹으면 진을 쉽게 구할 수 있었지만 노동자들은 그런 술을 마셔서는 안 되는 것으로 여겼다. 화살 던지기 놀이가 다시 활기를 띠고, 카운터 앞에 몰려 있던 한 무리의 사람들도 복권에 관한 얘기를 지껄이기 시작했다. 잠시 동안 윈스턴의 출현도 잊어버린 모양이었다. 창문 밑에 송판 탁자가 있어서 윈스턴과 노인은 다른 사람들이 엿들을 염려 없이 이야기를 나눌 수 있었다. 이런 짓은 위험천만한 일이었지만 아무튼 이 홀엔 텔레스크린이 없었고, 그 점은 이 홀에 들어서자마자 확인한 것이었다.

"1파인트짜리 잔으로 가져올 수 있을 텐데." 노인은 술잔을 앞에 놓고 자리에 앉자마자 투덜거렸다. "반 리터짜리는 부족하고 1리터짜리는 너무 많아. 마시자마자 방광이 터질 것 같거든, 값은 고사하고 말이야."

"젊은 시절부터 세상의 온갖 변화를 보아오셨겠지요?" 윈스턴이 넌지시 말했다.

노인의 희뿌연 푸른 눈이 화살 과녁판에서 카운터로, 카운터에서 문 쪽으로, 마치 술집 자체가 변한 것처럼 움직이고 있었다.

"맥주는 좋았었지." 이윽고 노인은 입을 열었다. "값도 싸고 말일세! 내가 젊었을 때는, 맛이 순한 맥주는—그걸 월럽Wallop이라고 불렀는데—1파인트에 4페니를 받았지. 물론 전쟁 전이야."

"무슨 전쟁 말인가요?" 윈스턴이 물었다.

"전쟁이란 전쟁은 모두 말이야." 노인은 애매하게 대답했다. 그리고 술잔을 쳐들더니 다시 어깨를 젖혔다. "자네 건강을 위해서 건배하세!"

노인의 가느다란 목에 불쑥 튀어나온 결후結喉가 놀랄 만큼 재빨리 위아래로 움직이더니 순식간에 잔을 비웠다. 윈스턴은 카운터 쪽으로 가서 반 리터짜리를 두 잔 더 시켜 들고 왔다. 노인은 1리터는 너무 많다고 한 방금 전의 말을 잊어버린 모양이었다.

"할아버지는 저보다 훨씬 연세가 많으십니다." 윈스턴이 얘기를 꺼냈다. "그러니 제가 태어나기 전에 이미 어른이셨겠지요. 혁명 전의 옛날이 어땠는지 기억나실 겁니다. 내 또래의 사람들은 그때 일을 전혀 모르거든요. 그 시대의 일을 겨우 책에서나 읽을 정도인데, 책에 실린 것이 모두 진실이라고 할 수도 없고요. 그 점에 대해서 할아버지의 의견을 듣고 싶습니다. 역사책에는 혁명 전의 생활이 지금의 생활과 완전히 달랐다고 씌어 있더군요. 압제와 부정과 빈곤이 상상할 수도 없을 만큼 지독했다면서요. 이곳 런던만 하더라도 수많은 사람들이 태어나서 죽을 때까지 먹을 것이 없어 굶주렸다고 하더군요. 신발이 없어 맨발로 다닌 사람이 절반쯤 되었고요. 하루 12시간씩 노동을 하고, 학교는 아홉 살에 마치고, 한 방에 10명씩 잠을 잤다면서요. 그땐 얼마 안 되는 소수의 사람들, 이른바 자본가 몇천 명이 부를 독차지하고 세력을 떨쳤다더군요. 그들은 30명의 하인을 거느리며 거대하고 호화로운 저택에 살고, 자동차와 사륜마차를 타고, 샴페인을 마시고, 실크해트를 쓰고……."

노인의 얼굴이 갑자기 환해졌다.

"실크해트라고!" 노인이 입을 열었다. "자네가 그런 얘길 하니 우습게 들리는군. 나도 그와 똑같은 일을 어제 생각했거든. 왜 그런 생각이 떠올랐는지 이유를 모르겠어. 그저 그런 생각을 했을 뿐이야. 몇 년 동안 실크해트를 구경해본 적이 없지. 이젠 사라져버리고 없어. 내가 그걸 마지막으로 써본 것은 형수님의 장례식 때였지. 그래……. 확실한 날짜는 기억나지 않지만 틀림없이 50년 전일 거야. 물론 장례식에 필요해서 잠깐 빌려 쓴 것이긴 했지만 말일세."

"실크해트가 그렇게 중요한 건 아니지요." 윈스턴이 참을성 있게 말했다. "중요한 점은 이 자본가들이—이 자본가라는 자들과 그들의 등에 업혀 사는 소수의 법률가 및 목사 등이—지주였다는 사실입니다. 모든 것이 그들의 이익을 위해서 존재했습니다. 할아버지 같은 평민이나 노동자들은 그들의 노예였습니다. 그들은 또 사람들을 자기 마음대로 부려먹을 수 있었지요. 말하자면 사람들을 가축처럼 배에 싣고 캐나다에 가서 부려먹을 수 있었단 말입니다. 그리고 마음만 먹는다면 남의 집 딸을 데려다 동침할 수도 있었고요. 뿐만 아니라 아홉 가닥의 채찍으로 사람들을 후려치기도 했습니다. 그들이 지나가면 모자를 벗어야 하고요. 또 자본가라면 누구나 다 한 무리의 하인을 거느리고 외출⋯⋯."

다시 노인의 얼굴이 빛났다.

"하인이라고!" 노인이 그 말을 가로막고 소리쳤다. "오랫동안 들어보지 못했던 말이야. 하인! 그 말을 들으니 옛날로 되돌아간 기분이군. 아, 까마득한 옛날의 일이야⋯⋯. 난 가끔 일요일 오후면 녀석들의 연설을 들으러 하이드파크에 가곤 했지. 구세군이니 로마 가톨릭교도니 유태인이니 인디언이니⋯⋯ 별의별 사람들이 다 있었다네. 그리고 거기에 가면 한 녀석을 만날 수 있었지. 글쎄, 이름은 기억나지 않지만, 진짜 대단한 이야기꾼이었어. 그러고 보니 그 녀석은 자기 이름도 밝히지 않았었군! '하인 놈들!' 하고 녀석은 떠벌렸지. '부르주아의 종놈들! 지배계급의 아첨꾼들!' 그런 녀석들을 기생충이라고도 불렀지. 하이에나⋯⋯. 그래, 분명히 놈들을 하이에나라고도 불렀어. 물론 그 녀석은 노동 당원을 그렇게 불렀지만 말일세."

윈스턴은 그들이 서로 엇갈린 대화를 나누고 있다는 느낌이 들었다.

"제가 진짜 알고 싶은 것은 그게 아닙니다. 그 시대보다도 지금이 더 자유롭다고 느끼십니까? 할아버지는 지금 그때보다 더 인간적인 대접을 받고 있습니까? 옛날의 부자들, 그 실크해트를 쓴 사람들이⋯⋯."

"상원의원들 말이구먼." 노인이 옛날을 회상하듯 불쑥 말했다.

"뭐, 상원의원이라도 상관없습니다. 제가 지금 묻고 있는 것은, 그 사람들은 부유하고 할아버지는 가난하다는 단순한 이유 때문에 그들이 할아버지를 열등한 인간으로 취급했느냐 말입니다. 말하자면 할아버지가 그들 곁을 지나칠 때 '나리'라고 부르면서 모자를 벗어야만 했던 게 사실입니까?"

노인은 깊이 생각에 잠긴 듯했다. 그리고 대답하기 전에 맥주를 한 모금 마셨다.

"그랬지. 그들은 사람들이 자기들 앞에서 모자 벗는 것을 좋아했어. 그건 존경의 표시였거든. 난 그따위 짓을 좋아하지는 않았지만, 나 자신도 종종 그렇게 했어. 자네가 말한 것처럼, 그렇게 하지 않을 수 없었으니까."

"역사책을 읽고 안 것뿐이지만, 그들이 곧잘 하인을 시켜 눈에 거슬리는 사람들을 길가 도랑에다 처박았다면서요?"

"나도 한 번 처박혔지." 노인이 말했다. "마치 어제 일처럼 생생하군. 보트 경주를 하던 날 밤이었어. 보트 경주를 하는 날 밤엔 그 사람들은 으레 난폭하게 굴곤 했지. 섀프츠베리 거리에서 한 젊은 녀석과 부딪쳤거든. 녀석은 아주 말쑥하게 차려입었더군. 셔츠에 실크해트, 검은 오버코트를 걸치고 있었어. 녀석이 한길에서 비틀거리며 걷는 바람에 나도 모르게 부딪힌 거야. 녀석이 '왜 앞을 똑바로 못 보고 걷는 거야?'라고 주둥이를 놀리기에, '당신이 이 길바닥을 전부 샀다고 생각하는 거요?'라고 대들었지. 그랬더니 녀석은 '그따위 짓을 또 한 번 했다간 네놈의 목을 비틀어줄 테다.'라고 말하지 않겠어. 나도 지지 않고 '주정뱅이 같으니, 당장 경찰에 넘겨버려야겠군.' 하고 큰소리를 쳤지. 내 말을 곧이들을지 모르겠지만, 녀석이 내 멱살을 잡더니 왈칵 내동댕이치질 않겠나. 하마터면 버스 바퀴 밑으로 굴러 들어가 치일 뻔했다네. 글쎄, 나도 그때 젊은 혈기에 놈을 해치울 작정이었어……."

무력감이 윈스턴을 사로잡았다. 노인의 기억이라는 게 하찮은 것들뿐이었다. 이 노인을 붙들고 온종일 질문을 퍼부어봤자 진짜 정보는 한마디도 얻어듣지 못할 것이다. 어쩌면 당사가 어느 정도까지는 사실일지도 모른다. 아니, 전부가 진실일지도 모른다. 그는 마지막으로 한 번 더 시도해보았다.

"아마 제가 분명하게 말씀드리지 못했나 보군요. 제가 말씀드리고자 한 바는 바로 이런 것입니다. 할아버지께서는 아주 오랫동안 인생을 살아오셨습니다. 혁명 전에 이미 반평생을 사셨으니까요. 예컨대 1925년에 할아버지께서는 이미 성년이 되셨습니다. 할아버지께서 기억하실 수 있는 한 1925년의 생활이 지금에 비해 더 좋았는지 아니면 더 나빴는지 말씀해주세요. 만약 선택이 가능하다면 그 시대에 사시겠습니까, 아니면 지금 이 시대에 사시겠습니까?"

노인은 깊은 생각에 잠겨 화살 과녁판을 응시했다. 그리고 전보다 더천천히 자기 몫의 맥주를 마셨다. 이윽고 맥주가 그의 긴장을 풀어놓은 듯 여유 있고 철학적인 태도로 입을 열었다.

"내가 무슨 말을 해주길 바라는지 알고 있네. 내가 금방이라도 다시 젊어진 것처럼 입을 열기를 기대하고 있군. 사람들이란 모두 젊어지고 싶어 하지. 젊어야 건강하고 또 힘을 쓸 수도 있으니 말이야. 그렇지만 자네도 내 나이가 되면 무기력해질 걸세. 난 발이 저린 데다 쑤시고, 방광도 제대로 기능을 하지 못한다네. 하룻밤에 예닐곱 번쯤은 잠자리에서 일어나야 하니 말일세. 반면에 나이가 들면 아주 이로운 점도 있지. 똑같은 걱정을 하지 않아도 되거든. 난 30년 동안이나 여자 없이 지내고 있다네. 더 이상 욕정을 느끼지 않아."

윈스턴은 창틀에다 등을 기댔다. 이야기를 더 계속해봤자 소용이 없었다. 윈스턴이 막 맥주를 더 사려고 하는데, 노인이 급히 일어서더니 홀 한구석에 있는 악취 나는 화장실로 발을 질질 끌며 달려갔다. 반 리터 더 마신 것이 벌써 효력을 발휘한 모양이었다. 윈스턴은 1, 2분 동안 빈 잔을 내려다보고 있다가 자기도 모르게 다시 거리로 뛰쳐나오고 말았다. 고작 20년도 되지 않아서 제기한 '지금보다 혁명 전의 생활이 더 나았습니까?'라는 거창하면서도 단순한 질문이 결국 답변을 들을 수 없게 되어버린 것이 아닌가 하는 생각이 치밀었다. 그러나 여기저기 흩어져 사는 몇 명 안 되는 구세계의 생존자들도 한 시대와 다른 시대를 비교할 수 없기 때문에 실제로 이 문제의 해답을 듣는다는 것은 불가능한 일이었다. 그들은 온갖 시시한 일들만을 기억하고 있었다. 동료 직공과의 싸움, 잃어버린 자전거펌프를 찾던 일, 오래전에 죽은 누이의 얼굴 표정, 70년 전 어느 바람 부는 날 아침의 희부연 회오리바람 같은 것만을 기억하고 있었던 것이다. 그러나 정작 그들의 삶과 밀접한 관계가 있는 사실들은 그들의 관심 밖으로 밀려나 있었다. 그들은 큰 것은 못 보고 작은 것들만 보는 개미와 같았다. 기억은 상실되고 기록은 날조되는데도, 인간 생활의 조건이 개선되었다는 당의 주장이 곧이곧대로 받아들여질 수밖에 없었다. 왜냐하면 그 주장을 반박할 만한 증거를 제시할 수 없었기 때문이다.

이 순간에 이르러서 그의 사고의 연계는 갑자기 끊기고 말았다. 그는 걸음을 멈추고 하늘을 쳐다보았다. 주택가 사이에 듬성듬성 흩어져 있는, 몇 채의 조그맣고 우중충한 가게들이 있는 좁은 골목에 그는 와 있었다. 바로 그의 머리 위에, 옛날에는 도금했던 것처럼 보이나 지금은 벗겨져 색깔이 바랜 세 개의 금속 공이 매달려 있었다. 그는 이곳을 알 것만 같았다. 그렇지! 윈스턴은 지금 그가 일기장을 샀던 고물상 앞에 서 있었다.

가슴을 짓누르는 공포가 그의 몸을 꿰뚫었다. 애초에 일기장을 샀던 것 자체가 몹시 무모한 행동이었다. 그래서 다시는 이 근처에 얼씬거리지 않겠다고 맹세까지 하지 않았던가. 그러나 그의 생각이 제멋대로 방황하는 순간, 그의 발길이 자신도 모르는 사이에 그를 이곳으로 끌어다 놓았던 것이다. 그가 일기를 쓰겠다고 결심한 것은 이처럼 자살하고 싶은 갑작스러운 충동으로부터 자신을 보호하고 싶어서였다. 동시에 그는 밤 9시가 가까워지고 있는데도 아직 가게 문이 열려 있는 것을 보았다. 길바닥에서 어물거리기보다 가게 안으로 들어가는 편이 사람 눈에 덜 띌 것이라는 데 생각이 미쳐 그는 문을 열고 들어갔다. 누가 묻는다면 면도날을 사러 왔다고 그럴듯하게 둘러대면 될 것 같았다.

가게 주인이 벽에 걸린 석유램프에 불을 붙이자 매캐하긴 했지만 정겨운 냄새가 풍겼다. 예순쯤 된 주인 남자는 허리가 굽은 데다 몸이 허약했고, 코는 기다랗고 자비로워 보였으며, 부드러운 눈은 도수 높은 안경알 때문에 찌그러져 보였다. 머리는 거의 하얗게 세었지만, 눈썹은 짙고 아직 검었다. 그의 안경이며 상냥하지만 덤벙대는 몸놀림이며 구석의 검은 벨벳 재킷을 입고 있는 폼이 어쩌면 지난날 문학가였든가, 아니면 음악가였는지도 모를 희미한 지성의 풍모를 엿보게 했다. 그의 음성은 나지막한 것 같으면서도 부드러웠고, 악센트 역시 대다수의 노동자들과는 달리 천박한 느낌을 주지 않았다.

"당신이 길에 서 있는 것을 보았지요." 그가 불쑥 말했다. "숙녀용 노트를 사셨던 신사분이죠. 그건 매우 예쁜 종이로 꾸민 노트였어요. 크림을 바른 종이라고들 했을 정도였으니까요. 그런 종이는 이제 구할 수가 없습니다……. 앞으로 50년 동안은 말이에요." 그는 안경 너머로 윈스턴을 살폈다. "선생님한테 무슨 꼭 필요한 것이라도 있습니까, 그렇잖으면 그냥 구경하러 오신 건가요?"

"그냥 지나는 길에 들른 겁니다." 윈스턴은 멍청히 대답했다. "뭐 특별히 필요한 건 없어요."

"괜찮습니다." 가게 주인이 말했다. "손님을 만족시켜 드릴 만한 물건이 우리 가게엔 없으니까요." 그는 보드라운 손바닥을 펴 보이며 미안하다는 제스처를 했다. "보시다시피 가게가 텅 비었습니다. 이젠 손님한테 팔 골동품도 없고요. 물건을 사려는 손님도 없을뿐더러 팔 물건도 없습니다. 가구, 도자기, 유리 제품……. 모든 게 조금씩 깨져버렸거든요. 게다가 철제로 된 제품은 거의 다 녹여버렸답니다. 몇 년 동안 놋쇠 촛대는 구경도 못했지요."

사실 비좁은 가게 안이 물건들로 가득 차 있었지만 약간의 가치라도 있어 보이는 것은 하나도 없었다. 사방 벽을 따라 먼지투성이 그림 액자들을 수도 없이 늘어놓았기 때문에 마룻바닥의 공간도 답답할 정도로 좁았다. 창문 쪽에는 너트와 볼트를 담은 쟁반, 날이 무뎌진 끌, 날이 빠진 손칼, 제대로 움직일 것 같지도 않은 녹슨 시계들, 그 밖에도 온갖 잡동사니들이 잔뜩 쌓여 있었다. 다만 한구석의 자그만 테이블 위에 쌓여 있는 한 무더기의 신기한 잡동사니들, 래커 칠을 한 담배 케이스며 마노 브로치 등이 약간 사람들의 시선을 끌 만한 것들이었다. 탁자 주위를 어슬렁거리던 윈스턴의 시선이 램프 불빛에 반사되어 은은히 빛을 발하는 둥글고 매끄러운 물건에 멈췄다. 그는 그 물건을 집어 들었다.

그것은 묵직한 유리 덩어리로서 한쪽 면은 둥글고 다른 한쪽 면은 밋밋해 거의 반구半球를 이루고 있었다. 유리의 빛깔이나 질감은 빗방울처럼 아주 부드러워 보였다. 둥그런 한쪽 표면 때문에 크게 확대되어 보이는 유리의 중심부에서 기묘한 분홍빛의 나선형 물체가 눈에 띄었는데, 언뜻 보기엔 장미꽃이나 바다 말미잘 같기도 했다.

"이건 뭐죠?" 윈스턴이 그 물건에 강한 호기심을 느끼며 물었다.

"그게 바로 산호라는 거예요." 늙은 가게 주인이 말했다. "이건 필경 인도양에서 나왔을 겁니다. 흔히 이런 유리 속에다 박아두지요. 아마 100년이 넘었으면 넘었지 그 이하는 아닐 겁니다. 그 모양으로 보아 알 수 있지요."

"참 아름다운 물건이군요." 윈스턴이 말했다.

"아름다운 물건이고말고요." 주인도 황홀한 기분으로 말했다. "그렇지

만 오늘날 그런 물건을 아름답다고 말하는 사람은 거의 없어요." 주인
은 기침을 했다. "이제 진가를 아는 사람이 나타났으니, 그걸 사고 싶다
면 4달러만 내세요. 옛날 같으면 8파운드는 나갔을 거예요. 8파운드라
면…… 글쎄, 얼른 계산이 되지 않는군. 하여간 큰돈이었죠. 하지만 요
즘엔 진짜 골동품에 관심을 갖는 사람이 있어야지요. 게다가 그런 물건
이 거의 남아 있지도 않고 말입니다."

윈스턴은 즉시 4달러를 지불하고 그 탐나는 물건을 호주머니에 집어
넣었다. 이 물건에 마음이 끌린 것은 아름다운 모양 때문이기도 했지만,
한편으로는 지금과는 전혀 다른 시대에 속하는 물건을 소유한다는 미
묘한 기분 때문이기도 했다. 이처럼 부드러운 물방울 같은 유리는 그가
지금껏 보아온 유리와는 전혀 다른 것이었다. 그 물건은 옛날에 문진으
로 썼던 게 분명하지만 이제는 아무짝에도 쓸모가 없다는 이유 때문에
더욱더 애착이 갔다. 호주머니에 넣으니 묵직한 느낌이 들었으나 다행
히 불룩 튀어나오지는 않았다. 당원이 이런 물건을 소유한다는 것은 수
상한 일일뿐더러 당의 명예를 손상하는 일이었다. 오래된 물건 혹은 아
름다운 것은 무엇이든 항상 의혹을 사게 마련이었다. 노인은 4달러를
받은 다음 눈에 띄게 흐뭇해했다. 윈스턴은 3달러나 2달러까지 깎아서
라도 살 수 있었으리라고 생각했다.

"위층에 방이 또 하나 있는데, 올라가 보시면 흥미로운 게 있을 겁니
다. 물건이 많지는 않습니다. 그저 몇 가지 있을 정도죠. 올라가고 싶으
시다면 불을 켜드리지요."

그는 다른 램프에 불을 붙이고, 허리를 구부린 채 앞장서서 헐어빠지
고 가파른 층계를 천천히 올라갔다. 좁은 통로를 지나 한 방으로 들어가
니, 거리에 면해 있지는 않지만 자갈 깔린 마당과 굴뚝들이 숲처럼 솟아
있는 지점이 내다보였다. 방에는 마치 사람이 살고 있기나 한 것처럼 가

구들이 질서 정연하게 놓여 있는 것이 한눈에 들어왔다. 바닥에는 양탄자가 깔려 있고, 벽에는 그림이 한두 점 걸려 있었으며, 구석엔 볼썽사나운 팔걸이의자가 놓여 있었다. 12시간으로 나누어진 구식 유리 시계가 벽난로 위에서 똑딱거리며 움직이고 있었다. 창문 바로 밑에 거의 방의 4분의 1을 차지할 정도로 커다란 침대는 아직도 매트리스가 깔린 채 놓여 있었다.

"아내가 죽을 때까지 이 방에서 살았지요." 노인은 거의 변명에 가까운 투로 설명했다. "가구들을 하나씩 팔아치우고 있다우. 자, 저기 아름다운 마호가니 침대가 있어요. 손님이 저걸 갖게 된다면 적어도 빈대는 잡아야 하겠지만 말이지요. 하지만 빈대를 찾아내려면 좀 귀찮긴 할 거예요."

노인이 방 전체가 비치도록 램프 불을 높이 쳐들자 따스하고 희미한 불빛에 감싸여 방 안이 이상하게 포근한 느낌을 주었다. 만약 위험을 무릅쓴다면, 아마 일주일에 몇 달러만 주면 쉽게 이 방을 빌릴 수도 있으리라는 생각이 문득 윈스턴의 뇌리를 스쳤다. 그렇지만 그것은 당장 그만둬야 할 엉뚱하고도 터무니없는 생각이었다. 그러나 이 방은 그에게 일종의 향수와도 같은 옛 추억을 일깨워주었다. 불을 피운 벽난로 펜더에 발을 얹고, 벽난로 안의 석쇠에는 주전자를 올려놓고, 감시하는 사람이 아무도 없이 오직 혼자 안락의자에 편안히 앉아 어떠한 소리에도 신경을 쓰지 않고, 다만 주전자의 물이 끓는 소리와 벽시계의 친근한 똑딱거림만을 듣고 있는 기분이 어떠하리라는 것을 정확하게 알 것만 같았다.

"이곳엔 텔레스크린도 없군요." 그는 자기도 모르게 중얼거렸다.

"아," 노인이 말했다. "그런 물건은 가져본 적이 없어요. 너무 비싸서요. 게다가 그런 걸 입수해야 할 필요도 느끼지 않고요. 저쪽 구석에 다리를 접을 수 있는 멋진 테이블이 있습니다. 물론 사용하려면 망가진 경첩을 고쳐야 하겠지만 말입니다."

다른 쪽 구석에 조그만 책장이 있었는데, 윈스턴의 관심은 벌써 그곳으로 쏠려 있었다. 책장에는 아무런 가치도 없는 낡은 책들만 꽂혀 있었다. 다른 구역과 마찬가지로 이 가난한 노동자 구역에도 책이란 책은 모두 몰수되어 폐기되고 만 것이다. 그 때문에 오세아니아의 어느 곳에 가든지 1960년 이전에 발간된 책은 찾아볼 수 없었다. 여전히 램프를 들고 다니던 노인은 침대 맞은편 벽난로 한쪽 벽에 걸린, 장미 나무로 액자를 만든 그림 앞에 서 있었다.

"자, 이걸 좀 보십시오. 당신이 옛 그림에 흥미를 가지고 있다면……." 노인은 교묘하게 얘기를 꺼냈다.

윈스턴은 방을 가로질러 가서 자세히 그림을 관찰했다. 그것은 네모난 창이 있고 가운데 조그만 탑이 있는 타원형의 건물을 새긴 동판화였다. 건물 주위로 쇠창살이 둘러쳐져 있고, 한쪽 가장자리에 동상처럼 보이는 것이 있었다. 윈스턴은 잠시 그림을 살펴보았다. 그 동상에 대해서는 기억나지 않았지만 어렴풋이 눈에 익은 것이었다.

"액자는 벽에 고정되어 있습니다." 노인이 말했다. "하지만 사시겠다면 뜯어낼 수도 있습니다."

"나도 저 건물은 알고 있어요." 이윽고 윈스턴이 입을 열었다. "지금은 폐허가 되어버렸지만, 정의궁正義宮 바깥쪽 거리 한복판에 서 있었지요."

"그렇습니다. 법원 바깥쪽이었습니다. 오래전에 폭격을 당했지요. 한때는 세인트클레멘트데인스라는 성당이었습니다." 그는 자신이 필요 없는 말까지 지껄였음을 깨달은 듯 어색하게 웃었다. 그리고 다음과 같이 덧붙였다. "오렌지와 레몬이여, 세인트클레멘트의 종이 말하네!"

"그건 무슨 뜻입니까?" 윈스턴이 물었다.

"아…… '오렌지와 레몬이여, 세인트클레멘트의 종이 말하네.' 이건 내가 어린 시절에 불렀던 노래예요. 노래 가사가 전부 기억나지는 않지만, 끝부분은 알고 있답니다. '당신의 침대를 밝혀줄 촛불이 오고 있네. 당신의 목을 칠 도끼가 오고 있네.' 무도곡이었지요. 여러 사람들이 열을 지어 팔을 쳐들고 있으면 그 밑을 지나가고, '당신의 목을 칠 도끼가 오고 있네.'라는 구절에 이르면 팔을 내려 지나가는 사람을 붙잡아버려요. 노래 가사는 성당들의 이름으로 되어 있지요. 런던의 모든 성당들이 그 노래 속에 들어 있었으니까요……. 유명한 성당은 다 들어 있었습니다."

윈스턴은 그 성당이 어느 세기에 속한 것인지 좀처럼 머릿속에 떠오르지 않았다. 런던에 있는 건물의 연대를 알아맞힌다는 것은 언제나 어려운 일이었다. 규모가 크고 인상적이며 외관이 산뜻해 보이면 으레 혁명 이후에 지었다고 큰소리치는가 하면, 분명히 연대가 오래된 건물로 보이면 중세라는 어렴풋한 시대에다 갖다 붙이는 것이었다. 자본주의가 지배하던 세기에는 가치 있는 것은 무엇 하나 만들어내지 못했다고 했다. 그렇기 때문에 책에서 올바른 역사를 배울 수 없는 것과 마찬가지로 건축물에서도 역사를 배울 수 없었다. 동상, 비문, 석조 기념물, 거리의 이름 등 과거에 영광스러운 빛을 던져주는 것은 무엇이든 조직적으로 변형해버렸다.

"그 건물이 성당이었을 줄은 상상도 못했습니다." 윈스턴이 말했다.

"사실 많은 성당들이 남아 있지요." 노인이 말했다. "다들 다른 용도로 쓰이고 있지만 말입니다. 그런데 노래의 가사가 어떻게 나가더라? 아, 이제 생각이 났습니다!

오렌지와 레몬이여, 세인트클레멘트의 종이 말하네.

당신은 내게 서 푼의 빚을 졌다고,

세인트마틴의 종이 말하네…….

여기까지밖에는 기억이 나지 않는군요. 한 푼이라는 건 1센트같이 생긴 조그만 동전을 말합니다."

"세인트마틴 성당은 어디에 있었지요?" 윈스턴이 물었다.

"세인트마틴이라고요? 지금도 여전히 서 있지요. 미술관과 나란히 빅토리 광장에 서 있습니다. 입구 쪽이 삼각형으로 되어 있고, 전면에는 돌기둥이 줄지어 있으며, 높다란 층계가 달린 건물이지요."

윈스턴은 그곳을 잘 알고 있었다. 그곳은 갖가지 선전물을 전시하는 박물관으로서, 로켓탄과 유동 요새의 축소 모형, 그리고 적의 잔인성을 나타내기 위해 밀랍 인형으로 극적인 장면을 연출해놓기도 했다.

"흔히들 벌판 한가운데 있는 세인트마틴이라고들 불렀지요." 노인이 덧붙였다. "아무리 생각해봐도 그 근처엔 벌판 같은 게 없었는데도 말입니다."

윈스턴은 그 그림을 사지 않았다. 액자에서 그림을 떼어내지 않고서는 집으로 가져가기가 거의 불가능하고, 유리 문진에다 그림까지 소유한다는 건 아무래도 위험하기 짝이 없는 행위인 것 같았다. 그러나 몇 분 동안 더 어물거리면서 노인과 이야기를 나눈 덕분에 그의 이름이— 가게에 붙은 간판에 새겨진 이름으로 추측한 것이지만—위크스가 아니라 채링턴이라는 것을 알아낼 수 있었다. 채링턴 씨는 예순세 살의 홀아비로서 30년 동안 이 가게에서 살았다. 그동안 줄곧 간판에 새겨진 이름을 고치려고 마음먹었지만, 그 일을 곧바로 실행하지 못했다. 그들이 이야기를 나누고 있는 동안에도 내내 반쯤밖에 기억나지 않는 그 노래의 가사가 윈스턴의 머리에서 떠나지 않았다. '오렌지와 레몬이여, 세인트클레멘트의 종이 말하네. 당신은 내게 서 푼의 빚을 졌다고, 세인트마틴의 종이 말하네…….' 이 노래 구절은 이상했다. 그러나 혼자서 홍얼거리고 있노라면 그 종소리가 실제로 들려오는 듯한 환각에 사로잡혔다. 아직도 어딘가에 남아 있겠지만, 변형되고 잊히고 잃어버린 런던의 그 종소리를, 이곳저곳의 유령 같은 뾰족탑에서 울려오는 종소리를 듣고 있는 듯한 기분이었다. 그가 기억하고 있는 한 아직까지 성당에서 울려오는 종소리를 들어본 적은 한 번도 없었다.

그는 채링턴 씨와 헤어져 혼자 층계를 내려왔다. 문밖으로 나오기 전에 거리의 동정을 살피는 것을 노인이 눈치채지 못하도록 하려는 생각에서였다. 그는 이미 적당한 기간이 지난 다음에—대략 한 달쯤 후에—위험을 무릅쓰고서라도 이 가게를 다시 한 번 찾아와야겠다고 결심했다. 그것은 어쩌면 공화당의 저녁 모임에 불참하는 것보다는 덜 위험할지도 모른다. 일기장을 산 후에 가게 주인이 믿을 만한 사람인지 아닌지도 모르면서 무턱대고 이곳에 다시 나타난다는 것은 어리석기 짝이 없는 짓이었다. 그렇기는 하지만…….

그렇다, 그는 다시 찾아와야겠다고 생각했다. 예쁘장한 잡동사니 물건들을 더 사두고 싶었다. 세인트클레멘트데인스의 판화를 사서 액자로부터 뜯어낸 후에 제복 속에 숨겨 집으로 가져오고 싶었다. 채링턴 씨의 기억에서 나머지 시구도 끌어내고 싶었다. 2층 방을 빌려야겠다는 정신 나간 계획이 다시 한 번 섬광처럼 그의 마음속에서 번뜩였다. 약 5초 동안 이런 득의만면한 생각이 그를 방심하게 만들었다. 그래서 창문을 통해 미리 살펴보지도 않은 채 거리로 나왔다. 윈스턴은 즉흥적인 가락에 맞추어 콧노래까지 홍얼거리기 시작했다.

오렌지와 레몬이여, 세인트클레멘트의 종이 말하네.

당신은 내게 서 푼의 빚을 졌다고…….

갑자기 그의 심장이 얼음처럼 싸늘하게 얼어붙고, 창자가 녹아버리는 것 같았다. 푸른 제복을 입은 사람이 불과 10미터도 안 되는 지점에서 이쪽으로 걸어오고 있었다. 창작국에서 일하는 검은 머리의 여자였다. 불빛은 없었지만 그녀라는 것을 쉽게 식별할 수 있었다. 그녀는 그의 얼굴을 정면에서 똑바로 쳐다보더니, 마치 그를 보지 못한 것처럼 재빨리 걸어가 버렸다.

다음 순간 윈스턴은 온몸이 마비되어 움직일 수 없었다. 이윽고 그는 오른쪽으로 꺾어져 한참 동안 자신이 가고 있는 방향이 잘못되었다는 것도 모르고 무거운 발걸음을 옮겨놓았다. 아무튼 한 가지 의문은 풀린 셈이었다. 그녀가 그를 정탐하고 있다는 사실은 이제 의심할 여지가 없었다. 그녀는 여기까지 그의 뒤를 밟아온 것이 틀림없었다. 왜냐하면 그녀가 당원이 사는 구역으로부터 몇 킬로미터나 떨어진 똑같이 후미진 뒷골목에, 같은 날 저녁에 모습을 나타냈다는 것은 순전히 우연의 일치라고 믿어버릴 수 없는 일이었기 때문이다. 이것은 우연의 일치치고 너무 큰 사건이었다. 그녀가 진짜 사상경찰의 정보원이든, 아니면 비공식적으로 활동하는 풋내기 스파이이든 그런 것은 문제가 안 되었다. 중요한 점은, 그녀가 그를 감시한다는 사실이었다. 어쩌면 그가 선술집으로 들어가는 것까지 보았을지도 모른다.

걷기가 힘들었다. 호주머니 속의 유리 덩어리가 발걸음을 옮겨놓을 때마다 허벅지에 부딪쳤으므로 그걸 꺼내 던져버릴까 하는 생각마저 들었다. 가장 좋지 않은 일은 배가 아픈 것이었다. 당장 화장실에 가지 않으면 죽을 것 같은 기분이었다. 그렇지만 이런 노동자 구역에 공중 화장실이 있을 리 없었다. 이윽고 경련이 지나가자 희미한 통증이 남았다.

그 길은 막다른 골목이었다. 윈스턴은 발길을 멈추고 잠시 망설이며 멍청히 서 있었다. 그러다가 방향을 돌려 다시 오던 길을 되짚어 가기 시작했다. 방향을 바꾸었을 때, 문득 그 여자가 자신을 스쳐 지나간 것이 겨우 3분밖에 안 되었으므로 뛰어가면 그녀를 따라잡을 수 있으리라는 생각이 들었다. 어디 으슥한 장소에 이를 때까지 그녀의 뒤를 밟아가서 돌멩이를 집어 들어 그녀의 머리를 내리칠 수도 있으리라. 호주머니 속에 들어 있는 묵직한 유리 덩어리만으로도 그런 일을 해치우기에는 충분했다. 그러나 즉시 그런 생각을 거둬버렸다. 왜냐하면 폭력을 행사한다는 것은 정말 참을 수 없는 일이었기 때문이다. 그는 달릴 수도 없었고 한 대 후려갈길 수도 없었다. 게다가 그녀는 젊고 정력에 넘쳐 있어서 자기 자신을 방어할지도 모른다. 그는 또 공회당으로 급히 달려가 집회가 끝날 때까지 거기 머물러 앉아, 그날 저녁의 부분적인 알리바이까지 마련해두려고 생각했다. 그러나 그것 역시 불가능했다. 죽음과도 같은 무력감이 엄습해 왔다. 무엇보다도 그가 원하는 것은 어서 집으로 돌아가 조용히 앉아 있는 것뿐이었다.

그가 숙소에 돌아온 것은 밤 10시가 지나서였다. 11시 30분이면 대개 전기가 끊겼다. 그는 부엌으로 들어가서 빅토리 진을 찻잔에다 따라서 단숨에 들이켰다. 그런 다음, 들어간 벽면의 구석에 놓여 있는 책상으로 가서 서랍을 열고 일기장을 꺼냈다. 그러나 곧바로 일기장을 펼치지는 못했다. 텔레스크린에서 쇳소리와도 같은 여자의 음성이 미친 듯이 국가國歌를 노래하고 있었다. 그는 앉은 채로 대리석 무늬의 일기장 표지를 응시하며 자신의 의식 속에서 그 소리를 몰아내려고 안간힘을 썼지만 허사였다.

그자들이 사람들을 체포하러 오는 것은 밤이었다. 예외 없이 언제나 밤이었다. 최선의 방법은 그자들의 손에 걸려들기 전에 자살하는 것이었다. 어떤 사람들은 분명히 그렇게 했다. 행방불명된 사람들 중 대다수가 실제로 자살했다. 그렇지만 총기라든가 효과가 빠르고 정확한 독약을 구할 수 있는 길이 완전히 막혀버린 세계에서 자살한다는 것은 대단한 용기가 필요했다. 그는 고통과 공포에 대한 생물학적 무용성無用性과, 특별한 노력이 요구되는 순간에 예외 없이 타성으로 얼어붙어 버리는 인간의 육체에 대해 일종의 경악을 느끼며 생각했다. 만약 그때 때맞추어 재빨리 행동만 했다면 그 검은 머리의 여자가 영원히 침묵을 지키게 했을지도 모른다. 그러나 정확히 말해서 극한적인 위험에 처해 있었기 때문에 그는 행동할 힘을 잃어버렸던 것이다. 위기의 순간에 인간은 결코 외부의 적을 상대로 싸우는 것이 아니라 자기 자신의 육체를 상대로 싸운다는 것을 절실히 깨달았다. 지금 이 순간 술을 마셨는데도 배 속의 통증은 가라앉지 않은 채 그로 하여금 체계적으로 생각하는 것을 불가능하게 했다. 그리고 동시에 그는 영웅적이거나 비극적인 상황이 겉보기에는 다 똑같다고 생각했다. 싸움터에서나, 고문실에서나, 침몰하는 배 안에서나 인간은 정작 싸워야 할 대상을 늘 잊어버리고 마는 것이었다. 왜냐하면 육신이 온 우주를 채울 때까지 부풀어 오르며 공포로 몸이 마비되거나 아픔으로 비명을 지르거나 하지 않을 때라도, 삶은 굶주림이나 추위나 불면이나 위장이나 치통을 상대로 순간순간 끝없이 싸우는 것이기 때문이다.

그는 일기장을 펼쳤다. 중요한 것은, 무엇이든 그 안에 적어 넣는 일이었다. 텔레스크린의 여자가 새로운 노래를 시작했다. 그녀의 노랫소리를 듣고 있노라니 날카로운 유리 조각이 그의 머릿속을 찔러대는 것 같았다. 윈스턴은 오브라이언을 생각해보려고 애썼다. 그를 위해서, 또 그에게 일기를 썼지만, 사상경찰이 자기를 잡아간 후에 그에게 일어날 일을 생각하기 시작했다. 그자들이 당장 사형에 처해버린다면 문제 될 게 없을 것이다. 처형당한다는 것은 이미 예상했던 일이다. 그러나 죽기 전에(아무도 그런 일을 얘기하진 않았지만, 그래도 누구나 다 알고 있었다) 한 번은 치러야 할 자백의 과정이 남아 있었다. 마룻바닥을 기어 다니면서 살려달라고 애걸하고, 뼈가 바스러지는 소리가 들리고, 이가 부러지고, 머리카락에는 피가 엉겨 붙을 것이다. 종말이 결국 똑같을 바에야 왜 그런 고통을 견뎌야 하는가? 왜 자기 인생에서 며칠이나 몇 주일을 떼어내 버릴 수 없는가? 어느 누구도 수색을 피하지 못했고, 어느 누구도 자백을 모면하지 못했다. 일단 사상범이라는 누명을 뒤집어쓰면 지정된 날짜에 사형당하는 것만은 틀림없는 일이었다. 그렇다면 왜 아무것도 바꿔놓지 못하는 공포가 미래의 시간 속에 가로놓여 있어야 한다는 말인가?

윈스턴은 전보다는 좀 더 성공적으로 오브라이언의 영상을 기억 속에서 이끌어냈다. "우리는 암흑이 없는 곳에서 만날 것입니다."라고 오브라이언이 그에게 말했었다. 그는 그 말이 의미하는 바를 알았고, 최소한 알고 있다고 생각했다. 암흑이 존재하지 않는 곳은 상상 속의 미래일 뿐 어느 누구도 그런 세계를 보지 못할 것이다. 그러나 그것은 예지에 의해서 신비롭게도 참여할 수 있는 세계일 것이다. 텔레스크린에서 흘러나오는 소리가 끈질기게 그의 귓속으로 파고들었으므로 더 이상 그런 생각의 흐름을 따라갈 수 없었다. 그는 담배 한 개비를 빼어 입에 물었다. 그와 동시에 담배 가루가 절반쯤 혓바닥 위로 떨어져 내렸는데, 그 쓴 가루를 다시 뱉어내기도 힘들었다. 오브라이언의 얼굴 대신 빅 브러더의 얼굴이 그의 머릿속에 떠올랐다. 며칠 전에 그랬던 것처럼 주머니 속에서 동전 한 닢을 꺼내어 들여다보았다. 그 얼굴이 위엄 있게, 조용히, 그리고 보호해주려는 듯이 그를 물끄러미 쳐다보았다. 그러나 어떤 종류의 미소가 저 어두컴컴한 수염 속에 숨겨져 있을까? 마치 묵직한 조종弔鐘처럼 그 말들이 그의 눈앞으로 되돌아왔다.

전쟁은 평화다
자유는 예속이다
무지는 힘이다

제2부

~~~~~~~~~

1

아침 시간도 한참 지난 후에 윈스턴은 자리에서 빠져나와 화장실로 갔다.

외로운 그림자 하나가, 불이 환하게 켜진 기다란 복도 저쪽 끝에서 그를 향해 다가오고 있었다. 검은 머리의 여자였다. 고물상 밖에서 그녀와 마주친 이후 나흘이 지나갔다. 그녀가 가까이 다가왔을 때에야 그녀가 오른쪽 팔을 붕대에 감아 어깨에 매달고 있음을 알았다. 붕대의 색깔이 제복과 똑같았기 때문에 멀리서는 알아차리지 못했던 것이다. 아마 소설 초안을 잡는 거대한 만화경이 돌아갈 때 손을 다친 모양이었다. 그런 일은 창작국에서는 흔히 일어나는 사고였다.

그녀가 갑자기 나동그라지면서 바닥에 얼굴을 대고 쓰러진 것은 서로가 4미터쯤 떨어져 있을 때였다. 고통에 찬 날카로운 비명이 그녀의 입에서 새어 나왔다. 다친 팔을 깔고 쓰러진 게 분명했다. 윈스턴은 순간적으로 멈춰 섰다. 그녀는 무릎을 대고 일어섰다. 그녀의 입술이 전보다 더 붉어졌으며 반면에 그녀의 얼굴은 노래졌다. 그녀의 눈이 고통보

다는 공포에 가까운 애원하는 표정을 띠고 그의 얼굴을 뚫어지게 쏘아
보았다.

기묘한 감정이 윈스턴의 가슴속을 휘저어놓았다. 그 앞에 그를 죽이
려고 하는 적이 쓰러져 있었다. 또한 고통으로 일그러지고, 어쩌면 뼈가
바스러졌을지도 모르는 인간이 있었다. 거의 본능적으로 그는 그녀를
도우려는 자세를 취했다. 그녀가 붕대를 감은 팔을 깔고 쓰러진 순간에,
그는 마치 자신의 육신이 고통당하는 것처럼 괴로웠다.

"다쳤습니까?" 그가 물었다.

"아무렇지도 않아요. 내 팔이…… 조금만 지나면 괜찮아질 거예요."

그녀는 자신의 심장이 떨리고 있는 것처럼 말했다. 눈에 띄게 얼굴이
창백해졌다.

"어디 뼈가 부러지거나 하지 않았습니까?"

"아니에요, 괜찮아요. 잠시 동안 아팠을 뿐인걸요."

그녀가 성한 손을 내밀자 윈스턴은 그녀를 부축하여 일으켜 세웠다.
안색이 정상으로 되돌아온 걸 보니 한결 나아진 모양이었다.

"아무 일도 아녜요." 그녀는 똑같은 말을 짧게 되풀이했다. "팔목을 약
간 다쳤을 뿐이에요. 감사합니다, 동무!"

그러고 나서 정말 아무 일도 없었다는 듯이 가던 방향으로 계속해서
걸어갔다. 이 모든 일은 30초도 걸리지 않은 사이에 일어났다. 어떤 일
을 당하든 얼굴에 감정을 나타내지 않는 것이 본능적인 습관이 되어버
렸지만, 아무튼 그들은 텔레스크린이 똑바로 지켜보는 가운데서 이런
꼴을 당하고 만 것이다. 하여튼 순간적인 놀라움을 나타내지 않는다는
것은 몹시 어려운 일이었다. 그런데 그가 그녀를 일으켜준 2, 3초 동안
에, 그녀는 뭔가를 살그머니 그의 손 안에 넣어주었다. 의심할 여지없이
그녀는 의도적으로 그런 짓을 한 것이다. 그것은 뭔가 조그맣고 납작한

물건이었다. 윈스턴은 화장실 문으로 들어서면서 그것을 호주머니 속에 집어넣고 손가락 끝으로 만져보았다. 사각으로 접은 종이쪽지였다.

소변을 누고 있는 동안에 손가락을 좀 더 빨리 움직여 종이쪽지를 펼쳤다. 거기엔 분명히 어떤 메시지가 씌어 있는 게 분명했다. 문득 그것을 수세식 대변기 쪽으로 가지고 들어가서 당장 읽어보고 싶은 충동을 느꼈다. 그러나 그것이야말로 정말 어리석은 일이었다. 화장실은 텔레스크린이 가장 철저히 감시하고 있는 장소였기 때문이다.

그는 자기 자리로 되돌아가서 앉은 다음에 그 종이쪽지를 책상 위의 다른 서류 속에다 얼른 집어 던졌다. 그는 안경을 쓰고 구술 기록기를 자기 앞으로 잡아당겼다. '5분만.' 그는 마음속으로 중얼거렸다. '최소한 5분만!' 심장이 무섭게 방망이질을 했다. 다행히 그가 처리해야 할 일은 세심한 주의를 필요로 하지 않는 기다란 숫자의 리스트를 수정하는 단조로운 작업이었다.

종이쪽지에 무엇이 적혀 있든 그것은 어떤 의미에서 정치적인 뜻을 지니고 있을 게 뻔했다. 그가 예견할 수 있는 한 거기에는 두 가지 가능성이 있었다. 훨씬 더 분명한 한 가지는, 우려했던 대로 그 여자가 사상경찰의 정보원이라는 사실이었다. 그들 나름대로 이유가 있기 때문이겠지만, 왜 사상경찰이 그들의 메시지를 전하는 데 이런 방식을 택했는지 알 수 없었다. 쪽지에 적힌 내용이 협박장이거나 소환장, 혹은 자살하라는 지령이거나 어떤 종류의 함정일지도 모를 일이었다. 그러나 거기에는 또 하나의 잔혹한 가능성이, 그것을 짓눌러버리려고 헛되이 안간힘을 써도 자꾸만 고개를 쳐드는 것이었다. 그것은 이 메시지가 사상경찰이 아닌 모종의 지하조직으로부터 전해진 것일지도 모른다는 점이었다. 어쩌면 형제단이 실제로 존재하는 것일까? 아마 그녀가 이 비밀단체의 일원일지도 모른다! 그런 생각은 분명 터무니없는 것이었지만, 손 안에 종이쪽지를 쥐었던 바로 그 순간에 그런 느낌이 가슴속에서 솟구쳤던 것이다. 2분도 채 지나지 않아서 또 다른, 더욱 그럴듯한 구실이 떠올랐다. 그리고 지금도 그의 지성은 이 메시지가 죽음을 의미할지도 모른다고 타일렀지만, 여전히 그 사실이 믿어지지 않았고, 엉뚱한 희망이 되살아나 그의 가슴을 심하게 뒤흔들어 놓았다. 그런 탓인지 구술 기록기에다 대고 숫자를 중얼거리면서도 목소리가 떨리는 것을 진정할 길이 없었다.

그는 완전한 작업이 끝난 서류 뭉치를 둘둘 말아 송기관에다 밀어 넣었다. 그 사이에 8분이 흘러갔다. 콧잔등에 걸려 있는 안경을 매만지고 한숨을 내쉬며 다음 일거리를 앞으로 끌어당겼다. 그러면서 종이쪽지를 서류 뭉치 위에 올려놓고는 펼쳐 보았다. 거기엔 서투른 글씨로 다음과 같이 적혀 있었다.

당신을 사랑해요.

몇 초 동안 너무나 놀란 나머지, 이 파멸을 초래할지도 모를 종이쪽지를 기억 구멍 속에다 던져버리는 것조차도 잊었다. 이윽고 그것을 던져버릴 때, 지나치게 흥미를 보이는 것이 위험하다는 것을 뻔히 알면서도 그런 글자가 거기에 진짜로 적혀 있는지 확인하기 위해 다시 한 번 읽지 않을 수 없었다.

오전 내내 일에 집중하기가 무척 힘들었다. 단조롭게 계속되는 하찮은 일에 신경을 집중하는 것보다도 더 고약스러운 일은, 텔레스크린으로부터 동요된 자신의 모습을 감추는 일이었다. 배 속에서 불길이 타고 있는 느낌이었다. 후텁지근하고 사람들로 들끓는 소란스러운 식당에서 점심 식사를 하는 것조차 견디기 힘들었다. 점심시간만이라도 잠시 혼자 앉아 있고 싶었다. 그런데 운 나쁘게도 바보 같은 파슨스가 어느새 옆에 앉더니, 시큼한 냄새가 나는 스튜보다 더 지독한 땀 냄새를 풍기며 증오 주간의 준비에 관한 얘기를 쉴 새 없이 지껄여댔다. 그는 특히 자기 딸이 가입한 스파이단이 증오 주간을 위해 2미터 넓이의 종이로 만든 빅 브러더의 얼굴 모형에 대해 열을 올리며 떠들어댔다. 짜증스러운 일은, 소음 때문에 파슨스가 무슨 말을 하는지 알아들을 수 없어 계속해서 다시 말해달라고 얼빠진 부탁을 하게 되는 것이었다. 꼭 한 번 그녀가 식당 저쪽 끝의 식탁에 다른 여자 둘과 함께 앉아 있는 것을 흘낏 보았다. 그녀는 그를 보지 못한 것 같았고, 그 역시 다시는 그쪽을 바라보지 않았다.

오후는 그런대로 견딜 만했다. 점심 식사 후에 즉시 여러 시간이 걸리게 될 까다롭고 어려운 일이 맡겨졌으므로 다른 일들은 모두 밀쳐두어야만 했다. 그것은 지금 의심받고 있는 당 내부의 저명한 한 당원을 불신임하도록 하기 위해 2년 전의 일련의 생산 보고서를 날조하는 작업이었다. 윈스턴은 이런 일에 익숙해져 있었기 때문에 2시간 이상이나 그녀의 생각을 마음속에서 지워버릴 수 있었다. 그러나 그 일이 끝나자 그녀의 생각이 되살아나서 혼자 있고 싶다는 격렬하고도 걷잡을 수 없는 충동에 휘말려 들었다. 혼자 있게 될 때까지는 이 새롭게 전개된 사건에 대해 생각할 만한 여유가 없었다. 오늘 밤엔 공회당의 야간 집회에 나가기로 되어 있었다. 그는 다시 한 번 식당에서 맛없는 식사를 게걸스럽게 먹어치우고 서둘러 공회당으로 가서 '토론반'이라는 엄숙한 바보짓에 참가하고, 탁구를 두 게임 치고, 진 몇 잔을 들이켠 다음 '체스와의 관계에서 본 영사英社'라는 제목의 강연을 반 시간 동안이나 앉아서 들었다. 그는 참기 힘들 만큼 지루했지만, 처음으로 공회당의 야간 집회를 기피하고 싶은 충동으로부터 벗어날 수 있었다. "당신을 사랑해요."라는 글을 보았을 때 마음속에서 생에 대한 욕망이 솟구쳤고 시시한 모험을 감행한다는 것이 갑자기 어리석은 짓으로 여겨졌다. 밤 11시가 넘어서야 그는 집에 돌아와 잠자리에 들어서—어둠 속에서 침묵을 지키기만 한다면 텔레스크린으로부터 안전을 기할 수 있었다—끊임없이 생각에 잠겼다.

해결해야만 할 실질적인 문제는, 어떻게 그녀와 접촉해서 밀회를 갖느냐 하는 것이었다. 그녀가 그를 어떤 함정에 빠뜨릴지도 모른다는 가능성에 대해서는 더 이상 생각하지 않았다. 그녀가 쪽지를 건네줄 때 분명히 흥분한 것으로 미루어 그렇지 않으리라고 짐작되었다. 당연한 일이겠지만, 그녀 자신도 자기의 기지에 당혹감을 느낀 게 분명했다. 그렇다고 해서 그녀의 구애를 물리치고 싶은 생각은 추호도 없었다. 불과 닷새 전에 돌멩이로 그녀의 머리를 내려치고 싶다고 생각했는데, 이제는 그런 일이 중요한 문제가 아닌 것처럼 느껴졌다. 윈스턴은 꿈속에서 보았던 것처럼 그녀의 벌거벗은 젊은 몸뚱이를 생각했다. 전에는 그녀를 다른 모든 사람들과 마찬가지로 어리석다고 생각했고, 머릿속은 허위와 증오로 가득 차 있고, 배 속은 차가운 얼음덩어리로 가득 차 있는 여자로만 상상했다. 어쩌면 그녀를 잃을지도 모르며, 또 그 싱싱하고 새하얀 몸뚱이가 그에게서 빠져 달아나 버릴지도 모른다고 생각하자 갑자기 뜨거운 열기가 그를 휘감았다. 그가 무엇보다도 우려한 것은, 시급히 접촉하지 않는다면 그녀의 마음이 쉽게 바뀔지도 모른다는 점이었다. 그러나 그녀와 밀회를 갖는 데는 사실 엄청난 어려움이 따랐다. 그것은 이미 외통장군을 받아놓고 장기 말을 움직이려고 하는 것과 같았다. 어느 쪽으로 몸을 돌려도 텔레스크린이 정면을 비추었다. 실제로 그녀와 대화를 나눌 수 있는 갖가지 방법이 그 쪽지를 읽은 후 5분 이내에 머릿속에 떠올랐었다. 그런데 이제 생각할 시간 여유를 갖고, 마치 테이블 위에 도구들을 한 줄로 늘어놓고 하나씩 골라나가듯 그 방법을 찾아 나갔다.

오늘 아침에 우연히 그녀와 마주치는 식으로 다시 만난다는 것은 분명히 반복될 수 없는 일이었다. 그녀가 기록국에 근무한다면 이런 문제는 비교적 간단히 해결될지도 모른다. 그러나 창작국이 어느 지점에 위치하고 있는지도 얼른 생각나지 않았고, 그곳에 찾아갈 구실도 없었다. 그녀가 어디에 살고 있으며 몇 시에 퇴근하는지를 안다면, 그녀가 집에 돌아가는 길목에서 기다리다가 만나는 방법을 궁리해낼 수도 있을 것이다. 그러나 그녀의 집까지 뒤를 밟는다는 것은 안전하지 못한 일이었다. 부처 밖을 배회하다가는 쉽사리 남의 눈에 띄고 말 것이다. 우편으로 편지를 띄운다는 것은 상상할 수 없는 일이었다. 관례상 우편물은 비밀이 보장되지 않았으며, 모든 편지는 배달 전에 검열당했다. 실제로 편지를 쓰는 사람은 거의 없었다. 왜냐하면 빈번하게 보내야 할 소식은 우편엽서에 미리 기다란 문장의 리스트로 인쇄가 되어 있었으므로, 자기한테 해당되지 않는 부분만 삭제해버리면 되었기 때문이다. 게다가 그녀의 이름이나 주소도 모르는 처지였다. 결국 가장 안전한 곳은 식당이라는 생각을 굳히기에 이르렀다. 만약 그녀가 텔레스크린에서 다소 떨어진 식당 한가운데의 어떤 식탁에 혼자 앉아 있는 것을 발견하게만 된다면, 그리고 때맞춰 온 실내가 사람들의 떠드는 소리로 시끄럽기만 한다면, 이런 상태가 30초 동안만 계속된다면 그녀와 몇 마디쯤은 나눌 수 있을 것이었다.

이런 일이 있은 후 일주일 동안 그에게는 산다는 것이 불안한 꿈만 같았다. 이튿날, 그가 업무를 개시하라는 호루라기 소리를 듣고 구내식당을 떠날 때까지 그녀는 모습을 나타내지 않았다. 어쩌면 근무 교대 시간이 바뀌었는지도 모른다. 다음 날, 그녀는 점심시간에 맞추어 식당에 들어왔지만 다른 세 아가씨와 함께 있었고, 자리도 텔레스크린 바로 밑이었다. 그들은 곁눈질도 하지 않은 채 서로 지나쳤다. 그 후 다시 3일이 초조하게 흘러갔는데도 그녀는 전혀 모습을 나타내지 않았다. 그의 온몸과 마음은 견디기 힘든 과민성으로 고민당하는 것 같았다. 그것이 그의 모든 동작, 모든 소리, 갖가지 접촉, 그가 말하거나 듣는 모든 말들을 고뇌로 바꾸어놓았다. 잠을 자는 동안에도 그녀의 환영으로부터 도망칠 수가 없었다. 그동안에는 일기장도 들춰보지 않았다. 유일한 위안거리가 있다면 그것은 일이었다. 일 속에 파묻혀 있으면 최소한 10분 동안은 가끔 자기 자신을 잊어버릴 수 있었기 때문이다. 그녀에게 무슨 일이 일어났는지 전혀 예측할 길이 없었다. 누구에게 물어볼 수도 없었다. 어쩌면 증발해버렸거나 자살했을지도 모를 일이고, 오세아니아의 저쪽 끝으로 유형을 갔는지도 모른다. 기분 나쁜 일이지만 가장 그럴듯한 예측은 단순히 그녀의 마음이 변해서 일부러 그를 피하고 있는지도 모른다는 것이었다.

다음 날 그녀는 다시 나타났다. 그녀는 팔의 삼각 붕대를 풀어버리고, 팔목에 석고 밴드를 감아 붙이고 있었다. 그녀를 보았을 때의 안도감이 너무나 컸기 때문에 윈스턴은 한동안 그녀를 똑바로 응시하지 않을 수 없었다. 이어 그다음 날엔 운 좋게 말을 건넬 수 있을 뻔했다. 그가 식당에 들어섰을 때 그녀는 마침 벽으로부터 적당히 떨어진 식탁에 혼자 앉아 있었다. 좀 이른 시간이어서 좌석은 군데군데 비어 있었다. 사람들의 열이 앞으로 움직여 윈스턴이 거의 카운터에 가까워졌을 때, 누군가가 앞에서 사카린 정을 받지 않았다고 항의하는 바람에 2분가량 지체되었다. 윈스턴이 자기 몫의 음식 접시를 받아 들고 그쪽 식탁을 향해 가고 있을 때도 그녀는 여전히 혼자 앉아 있었다. 그는 자리를 잡기 위해 그녀 건너편의 식탁들을 눈으로 더듬으면서 무심코 그녀 쪽으로 걸어갔다. 그녀와 그 사이의 거리는 겨우 3미터 정도밖에 안 되었으므로, 2초만 더 걸어가면 충분했다.

"스미스!" 그때 누군가의 목소리가 등 뒤에서 불렀다. 그는 짐짓 못 들은 체했다. "스미스!" 그 소리는 반복되었고 더 커졌다. 이제 모른 체할 수가 없었다. 그는 몸을 돌렸다. 그와 별로 가깝지도 않은, 금발에 멍청한 얼굴을 한 윌셔라는 청년이 식탁에 앉아 자기 옆의 빈자리에 앉으라고 손짓하며 미소를 지었다. 이럴 때 거절하는 것은 위험한 짓이었다. 누가 오라고 하는데 그쪽으로 가지 않고 혼자 있는 여자에게로 가면 금방 남의 시선을 끌게 될 것이다. 그는 다정한 미소를 지으며 자리에 앉았다. 바보 같은 금발의 얼굴이 그를 보며 웃고 있었다. 윈스턴은 그 얼굴 한가운데를 곡괭이로 내려치고 싶은 망상에 사로잡혔다. 몇 분이 지나지 않아 그녀의 식탁에도 사람들이 모두 앉았다.

하지만 그녀는 그가 자기 쪽으로 걸어오고 있는 것을 틀림없이 보았을 것이며, 아마 눈치챘을 것이다. 다음 날은 마음먹고 일찍 그곳에 갔다. 예상한 대로 그녀는 혼자서 똑같은 식탁에 앉아 있었다. 바로 그 앞의 같은 열에 서 있는 사람은 작달막하고 몸놀림이 잽싸며, 납작한 얼굴에 작고 의심 많은 눈을 한 풍뎅이처럼 생긴 사나이였다. 윈스턴이 자기 음식 쟁반을 들고 카운터에서 돌아섰을 때, 그 작달막한 사나이가 곧바로 그녀의 식탁 쪽으로 가는 것이 보였다. 그의 희망은 다시 무너졌다. 약간 떨어진 곳의 식탁에도 빈자리가 하나 있었는데, 녀석의 거동으로 보아서 틀림없이 빈자리가 많은 그 식탁으로 곧장 갈 듯했다. 윈스턴은 얼음같이 싸늘해진 가슴을 안고 녀석의 뒤를 따라갔다. 그녀와 단둘이 만나지 않는다면 소용없는 일이었다. 바로 그 순간, 뭔가 벼락 치듯 요란스럽게 깨지는 소리가 들렸다. 작달막한 사나이가 사지를 쭉 뻗은 채 쓰러졌고, 쟁반은 허공에 내동댕이쳐져 어디론가 날아가 버렸으며, 수

프와 커피가 바닥에 두 줄기의 선을 그리며 흘러내렸다. 사나이는 분명히 윈스턴 때문에 걸려 넘어졌다고 의심하는지 악의에 찬 눈초리로 그를 노려보면서 일어섰다. 그러나 다행이었다. 5초 정도 지난 후에 윈스턴은 몹시 두근거리는 가슴을 안고 그녀의 식탁에 함께 앉았다.

윈스턴은 그녀를 쳐다보지 않았다. 다만 쟁반을 내려놓고 곧바로 먹기 시작했다. 누군가가 오기 전에 빨리 말을 꺼내는 것이 가장 좋은 수였지만, 새삼스레 무서운 생각이 그를 짓눌렀다. 그녀가 최초로 그에게 접근한 이후 일주일이 흘러갔다. 그녀의 마음이 변했을까? 틀림없이 변했을 것이다. 이런 일을 성공적으로 끝맺는다는 것은 있을 수 없는 일이었다. 그런 일이 현실 생활에 일어날 리가 없었다. 만약 이 순간 귀에 털이 잔뜩 난 시인 앰플포스가 앉을 자리를 찾아 쟁반을 들고 절룩거리며 식당 안을 돌아다니지 않았더라면 역시 말을 꺼내기를 망설였을 것이다. 만약 윈스턴이 정면으로 바라보았다면, 앰플포스는 이렇게 머뭇거리며 돌아다니다가 윈스턴을 발견하고 틀림없이 그 옆자리에 앉았을 것이다. 그렇게 하는 데는 채 1분도 안 걸린다. 그들이 지금 먹고 있는 음식은 강낭콩으로 만든 희멀건 스튜 국물로서, 그것이 사실은 수프였다. 낮게 속삭이듯 윈스턴은 입을 열었다. 두 사람 다 얼굴을 쳐들지 않은 채 묵묵히 물 같은 국물을 스푼에 떠서 입으로 가져갔다. 스푼으로 떠먹는 사이사이에 몇 마디 필요한 말들을 낮고 감정이 깃들지 않은 음성으로 주고받았다.

"몇 시에 퇴근하십니까?"

"6시 30분이에요."

"만날 수 있을까요?"

"빅토리 광장, 기념탑 근처에서."

"그곳엔 사방에 텔레스크린이 있을 텐데."

"사람들로 꽉 들어차 있으니 괜찮을 거예요."

"무슨 신호라도?"

"필요 없어요. 제가 군중들 틈에 섞여들 때까지 뒤쫓아 오지 마세요. 저를 쳐다보지도 말고요. 약간 거리를 두고 따라오세요."

"몇 시?"

"7시."

"좋아요."

앰플포스가 윈스턴을 발견하지 못하고 다른 식탁에 앉았다. 그녀는 재빨리 점심 식사를 마친 후 식기를 챙겼다. 그동안 윈스턴은 그대로 앉아서 담배를 피웠다. 그리고 다시는 입을 열지 않았다. 마치 모르는 사람끼리 같은 식탁에 마주 앉아 있는 것처럼 서로 쳐다보지도 않았다.

윈스턴은 약속 시간 전에 빅토리 광장에 나가 조각이 된 거대한 돌기둥의 기단 주위를 어슬렁거렸다. 그 돌기둥 꼭대기에는 빅 브러더의 석상이 세워져 있었는데, 빅 브러더는 에어스트립 1번 전투에서 유라시아 비행기들(몇 년 전만 해도 동아시아 비행대였다)을 격추시킨 남쪽 하늘을 바라보고 있었다. 그 앞거리에는 올리버 크롬웰로 보이는 말을 탄 사나이의 동상이 서 있었다. 약속 시간이 5분 지났는데도 그녀는 나타나지 않았다. 다시금 무서운 생각이 윈스턴을 사로잡았다. 이렇게 오지 않는 걸 보니 그녀의 마음이 변한 것일까? 그는 광장의 북쪽으로 천천히 걸어 올라가다가 세인트마틴 성당 건물을 알아보고 희미한 희열 같은 것을 느꼈다. 옛날 그 성당의 종소리는 '당신은 내게 서 푼의 빚을 졌지.'라고 울렸었다. 그때 윈스턴은 그녀가 기념탑 기단 옆에 서서, 정말 읽고 있는지 아니면 읽고 있는 체하는지 모르지만 돌기둥에 나선형으로 붙여놓은 포스터를 보고 있는 모습을 발견했다. 사람들이 좀 더 몰려들기 전까지 가까이 접근하는 것은 안전하지 못한 일이었다. 박공 둘레에 텔레스크린이 빈틈없이 설치되어 있었다. 그러나 바로 이때 사람들의 아우성 소리와, 왼쪽 어딘가에서 붕붕거리는 대형차들의 엔진 소리가 들렸다. 갑자기 모든 사람들이 광장을 가로질러 뛰어가는 것 같았다. 그녀도 재빨리 기념탑의 기단에 세워둔 사자 상을 돌아 달리는 군중들 속에 끼어들었다. 윈스턴도 뒤쫓았다. 그렇게 달리면서 아우성치는 소리를 듣고 유라시아 포로들의 호송차가 지나가고 있다는 것을 알았다.

벌써 빽빽하게 몰려든 군중이 광장 남쪽을 가득 메우고 있었다. 보통 때 같으면 이런 난장판을 이룬 군중들에게 밀려 바깥쪽으로 튕겨 나갔을 위인인 윈스턴이 이번만은 사람들을 떠밀고 부딪고 버둥거리면서 군중 한가운데로 비집고 들어갔다. 어느새 그녀에게 팔을 뻗치면 닿을 만한 거리까지 와 있었는데, 그 앞에 거구의 노동자와 그의 마누라인 듯한, 그에 못지않게 커다란 몸집의 아낙네가 앞을 가로막아 도저히 뚫고 들어갈 수 없는 육체의 장벽을 만들고 있었다. 윈스턴은 몸을 비틀어 옆 길을 틔우고는 있는 힘을 다해 밀어붙이면서 그들 사이로 어깨를 들이밀었다. 잠시 동안 두 개의 엄청나게 큰 엉덩이 사이에 끼었을 때는 내장이 터질 것 같았는데, 간신히 빠져나오니 땀이 배었다. 그는 그녀 바로 옆에 설 수 있었다. 그들은 어깨를 맞댄 채 앞쪽만 뚫어지게 바라보았다.

기관총으로 무장한 무표정한 얼굴의 감시병들이 감시하고 있는 가운데 트럭들이 기다랗게 열을 지어 거리의 모퉁이들을 돌아 천천히 통과하고 있었다. 트럭에는 꾀죄죄하고 푸르죽죽한 제복을 입은 왜소한 체구의 황색 인종들이 빽빽하게 한데 실려 웅크리고 있었다. 그 슬픈 몽골족의 얼굴들이 완전히 무표정하게 트럭 너머 도로 연변을 바라보고 있었다. 가끔 트럭이 갑작스럽게 흔들릴 때마다 철커덩거리는 쇳소리가 났다. 모든 포로들이 족쇄를 차고 있었다. 트럭마다 슬픈 얼굴들이 가득 가득 실려 지나갔다. 윈스턴은 이런 포로들의 호송이 있다는 것만을 의식하고 있을 뿐 계속 그 광경을 지켜보지는 않았다. 그녀의 어깨와 팔꿈치가 그의 몸에 밀착되어 있었다. 그녀는 곧 지난번 식당에서와 똑같은 태도를 취하며 입술을 거의 움직이지 않은 채 억양 없는 음성으로 말하기 시작했다. 이런 단순한 중얼거림은 붕붕거리는 트럭 소리와 시끄러운 사람들 소리에 쉽게 파묻혀버렸다.

"제 말이 들리세요?"

"네."

"일요일 오후에 나올 수 있으세요?"

"네."

"그럼 주의해서 들으세요. 제가 한 말을 반드시 기억해야만 해요. 우선 패딩턴 역으로 가서……."

사람을 깜짝 놀라게 할 만큼 군대식으로 정확하게 그녀는 그가 찾아가야 할 길을 가르쳐주었다. 반 시간 동안 기차를 타고 가서 역에 내린 후 왼쪽으로 돌아 길을 따라서 2킬로미터쯤 가면 빗장을 지르지 않은 커다란 대문이 나온다. 그 문을 통과해 들판으로 뻗어 있는 길을 지나면 풀에 덮인 오솔길이 있고, 거기서 덤불숲 사이의 샛길을 통과하면 이끼 낀 고목이 한 그루 서 있다. 그녀는 마치 머릿속에 지도를 간직하고 있는 것 같았다.

"전부 기억할 수 있으세요?" 이윽고 그녀는 이렇게 중얼거렸다.

"네."

"왼쪽으로 돈 다음에 오른쪽으로, 다시 왼쪽으로 도세요. 그러면 빗장이 걸리지 않은 대문이 나와요."

"알았소. 몇 시에?"

"오후 3시쯤에. 당신이 먼저 도착할지도 몰라요. 전 다른 길로 가겠어요. 분명히 다 기억하시겠죠?"

"네."

"그럼 가능한 한 제 곁을 빨리 떠나세요."

굳이 그런 말을 할 필요까지는 없었다. 그러나 한동안 군중 속에서 빠져나갈 수가 없었다. 트럭들이 아직도 꼬리를 물고 지나가고, 사람들은 여전히 탐욕스럽게 입을 벌리고 서서 구경하고 있었다. 처음엔 몇 차례 야유하는 소리가 터졌지만, 그것도 군중 속에 끼어든 당원들이 내는 소리였고 그나마 금방 그쳐버렸다. 집단 속에 번져가는 감정이란 단순한 호기심 이상의 것은 아니다. 유라시아에서 왔건 동아시아에서 왔건 외국인이란 일종의 낯선 동물일 수밖에 없다. 한마디로 말해서 그들은 포로의 신세로 전락한 외국인들의 모습밖에 보지 못했고, 그나마 아주 짧은 순간에 잠깐 보는 정도였다. 얼굴이 둥그스름한 몽골인들이 지나간 다음에는, 더럽고 수염투성이에다 기진맥진한 유럽인과 비슷하게 생긴 포로들이 지나갔다. 털이 더부룩한 뺨에 초췌한 얼굴들이 가끔 이상스럽게 윈스턴의 얼굴을 쏘아보는가 싶으면 이내 사라져버리곤 했다. 호송차의 행렬도 이제 끝이 났다. 마지막 트럭이 지나갈 때 윈스턴은 노인을 보았다. 노인의 얼굴은 반백의 털로 싸여 있었고, 두 손목이 묶인 것처럼 가슴에 손목을 포개어 댄 채 꼿꼿이 서 있었다. 윈스턴과 그녀가 헤어져야 할 시간이 가까워졌다. 그러나 군중들이 여전히 그들을 둘러싸고 있는 동안, 그녀의 손이 윈스턴의 손을 더듬는가 싶더니 번개같이 꽉 잡았다.

10초도 안 되는 시간이었는데도, 그들은 꽤 오랫동안 서로 손을 꼭 움켜잡고 있는 것 같았다. 그 시간이면 그녀의 손 세세한 부분까지 알기에 충분했다. 그는 그녀의 길쭉한 손가락과 맵시 있는 손톱, 고된 노동으로 딴딴하게 못이 박힌 손바닥, 손목 밑의 매끄러운 살결을 더듬었다. 그냥 손으로 더듬어보기만 해도 눈으로 보는 것만큼이나 환히 알 것 같았다. 바로 그 순간, 그녀의 눈빛이 어떤 색깔일까 하는 생각이 번개처럼 스쳐 갔다. 그녀의 눈은 아마 갈색일 것이다. 그렇지만 검은 머리에다 푸른 눈을 가진 사람도 더러 있다. 머리를 돌려 그녀를 쳐다보는 것은 매우 어리석은 짓이다. 그들은 다른 사람들의 몸뚱이에 떠밀리며 서로 손을 꼭 잡고 앞쪽만 계속해서 응시했다. 그녀의 눈 대신 늙은 포로의 눈이 털투성이 얼굴 속에서 슬픈 빛을 띠고 윈스턴을 빤히 쳐다보았다.

2

윈스턴은 햇빛과 그늘이 얼룩무늬를 그리고 있는 숲길로 접어들었다. 나뭇가지의 벌어진 틈새마다 황금빛 햇살이 폭포처럼 쏟아져 내렸다. 숲길 왼쪽의 나무들 밑에는 블루벨이 만발하여 안개처럼 대지를 덮고 있었다. 부드러운 공기가 살결에 입을 맞추는 것 같았다. 5월의 둘째 날이었다. 숲 한가운데의 저쪽 깊은 곳에서 산비둘기가 구구거렸다.

윈스턴은 다소 일찍 도착했다. 여행하는 데 별로 어려움을 겪지는 않았다. 분명히 그녀가 이미 와본 적이 있는 것 같았으므로 그는 평상시와는 달리 그다지 두려움을 느끼지 않았다. 아마 그녀가 안전한 장소를 찾아놓았을 것이다. 대체로 런던에 있는 것보다 시골에 있는 편이 더 안전하다고 생각할 수는 없는 일이었다. 물론 시골에는 텔레스크린이 없었지만, 사람의 목소리를 포착해 식별하는 마이크로폰이 비밀리에 설치되었을 위험성은 항상 있었다. 게다가 다른 사람의 주목을 받지 않고 혼자서 여행한다는 것은 쉽지 않았다. 반경 100킬로미터 이내에서는 여행 증명서를 갖고 다닐 필요가 없었다. 그러나 가끔 철도역 부근을 돌아다니는 순찰 경관의 눈에 띄면 당원증 제시를 요구받고 귀찮은 질문을 받게 마련이다. 그렇지만 다행히 순찰 경관의 모습도 보이지 않았고, 정거장에서 걸어오는 도중에 조심스럽게 뒤를 힐끗 돌아보았는데 미행하는 사람도 없다는 것을 확인했다. 본격적으로 여름으로 접어든 탓인지 열차는 휴일 기분에 들뜬 노동자들로 만원이었다. 그가 탄 나무 좌석이 놓인 열차 칸은 이가 다 빠진 할머니로부터 갓난아기에 이르기까지 엄청난 대가족으로 꽉 들어차 있었다. 그들은 시골에 사는 '친척'들과 오후를 보낼 겸 조그만 시골 암시장에서 버터를 구하기 위해 나왔노라고 윈스턴에게 거리낌 없이 털어놓는 것이었다.

오솔길이 넓어졌다. 한 1분쯤 더 가자 그녀가 말해준 대로 덤불숲 사이로 뚫린, 소 떼가 밟아서 생긴 샛길에 이르렀다. 발밑에 블루벨이 무성하게 피어 있어서 그것들을 밟지 않고는 지나갈 수가 없었다. 그는 시계를 갖고 있지 않았으나 아직 3시는 되지 않았으리라고 생각했다. 그는 시간도 보낼 겸 무릎을 꿇고 블루벨꽃을 몇 송이 꺾었다. 그러자 그녀를 만났을 때 꽃다발을 만들어 건네주고 싶은 막연한 생각이 솟구쳤다. 그가 커다란 꽃다발을 만들어 그 자극적인 희미한 꽃향기를 맡고 있는데, 등 뒤에서 마른 나뭇가지를 밟는 소리가 들렸다. 그는 바짝 긴장했다. 그래서 계속 꽃을 꺾는 체하며 걸어갔다. 그렇게 하는 것이 가장 현명한 방법이었다. 그것이 그녀의 발걸음 소리가 아니라면, 결국 그의 뒤를 밟아온 사람의 발걸음 소리일 것이다. 사방을 휘둘러본다는 것은 죄가 있음을 나타내는 증거였다. 그는 꽃을 한 송이 한 송이 꺾어나갔다.

그리고 얼굴을 들었다. 그녀였다. 그녀는 머리를 흔들어 아무 소리도 내지 말라는 분명한 경고를 하고는, 덤불을 빠져나가 숲 속으로 뚫려 있는 좁은 샛길을 따라 빠른 걸음으로 앞장서 갔다. 매우 익숙하게 물웅덩이를 피해 가는 폼이 전에도 이 길을 와본 것이 분명했다. 윈스턴은 여전히 꽃다발을 단단히 움켜쥐고 뒤를 따랐다. 처음엔 안도감을 느꼈는데, 엉덩이의 곡선이 두드러질 만큼 주홍색 띠를 단단히 잡아맨 탄력 있는 늘씬한 여자의 몸뚱이가 눈앞에서 흔들리듯 움직이며 가는 것을 보자 새삼스레 열등감이 무겁게 짓눌러왔다. 지금이라도 당장 그녀가 몸을 돌려 그를 본다면 놀라서 주춤거리며 뒷걸음질을 칠 것만 같았다. 싱그러운 공기와 푸른 나뭇잎들마저 그의 기를 꺾어놓았다. 역에서 이곳까지 걸어오는 도중에 5월의 햇살은 이미 그로 하여금 스스로를 지저분하고 누렇게 뜬, 실내에만 갇혀 있던 추물로 느끼게 했고, 사실 피부의 모공에까지 런던의 시커먼 먼지가 잔뜩 끼어 있는 기분이었다. 지금까지 그녀도 야외에서 환한 대낮에 그를 본 적이 없었으리라는 생각이 문득 떠올랐다. 그들은 전에 그녀가 말했던, 쓰러진 나무가 있는 데까지 왔다. 그녀는 나무를 훌쩍 뛰어넘더니 덤불숲을 헤치고는 평평한 공지가 있을 것 같지도 않은 곳으로 들어갔다. 윈스턴이 뒤따라가 보니 자연적으로 생긴 평퍼짐한 공지가 있었고, 작은 풀이 깔린 둥그런 언덕은 키 큰 어린 나무로 에워싸여 있었다. 그녀는 걸음을 멈추고 돌아섰다.

"드디어 이곳에 왔군요." 그녀가 먼저 입을 열었다.

그는 몇 발짝 떨어져서 그녀를 정면으로 보았다.

"오솔길에서는 아무 말씀도 드릴 수가 없었어요." 그녀는 말을 이었다. "혹시 마이크가 숨겨져 있을지도 몰라서요. 물론 아니겠지만, 가능성은 있어요. 저 돼지 같은 녀석들이 사람의 목소리를 포착할 기회는 얼마든지 있거든요. 하지만 이곳에 있으면 안전해요."

그는 여전히 그녀에게 가까이 다가설 엄두가 나지 않았다. 그래서 "정말 괜찮을까요?" 하는 소리만 멍청하게 되풀이했다.

"네, 저 나무들을 보세요." 그것은 작은 물푸레나무들이었다. 언젠가 벌목된 다음에 다시 싹이 터서 잔잔한 숲을 이루고 있었는데, 어느 나무고 사람의 팔목보다 굵지는 않았다. "마이크를 숨겨놓을 만큼 큰 나무는 없어요. 게다가 난 전에도 이곳에 와본 적이 있는걸요."

그들은 서로 이야기만 나누고 있었다. 그는 그제야 겨우 그녀 가까이 다가갈 수 있었다. 그녀는 윈스턴 앞에 꼿꼿이 서서 얼굴에 약간 짓궂은 미소를 띠고는, 왜 그가 그처럼 굼뜨게 행동하는지 의아하게 생각하는 것 같았다. 블루벨꽃 뭉치가 땅바닥에 폭포처럼 떨어졌다. 의도적이 아니라 저절로 떨어진 것이다. 윈스턴은 그녀의 손을 잡았다.

"지금 이 순간까지 내가 당신의 눈동자가 무슨 색인지 몰랐다고 하면 그 말을 믿겠소?"

눈은 갈색이었다. 다시 주의 깊게 살펴보니 까만 속눈썹이 달린 연한 갈색이었다.

"이제 당신도 내가 어떻게 생겼는지를 똑똑히 보았을 텐데, 그래도 참고 봐줄 만하오?"

"네, 그럼요."

"난 서른아홉이오. 그리고 머릿속에서 지워버릴 수 없는 아내가 있소. 정맥류성 궤양을 앓고 있고, 의치를 다섯 개나 갖고 있다오."

"그런 건 조금도 상관없어요." 그녀가 말했다.

다음 순간 누가 먼저랄 것도 없이 두 사람은 서로 껴안고 있었다. 처음엔 윈스턴은 도저히 믿어지지 않는다는 느낌뿐이었다. 젊고 싱싱한 육체가 그의 품 안에 들어 있었고, 탐스러운 머리칼이 그의 얼굴을 간질였다. 그렇다! 정말로 그녀는 그를 향해 얼굴을 쳐들고 있었고, 그는 그녀의 크고 붉은 입술에다 키스를 했다. 그녀는 그의 목에다 팔을 감고 그를 나의 님, 소중한 이, 사랑하는 사람이라고 불렀다. 그녀는 풀밭에 눕혀도 아무런 반항도 하지 않았으며, 그에게 몸을 맡긴 채 가만히 있었다. 그렇지만 사실은 단순한 포옹이었을 뿐 그는 별다른 흥분은 느낄 수 없었다. 그가 느낀 것은 그저 믿어지지 않는다는 사실과 자랑스러움뿐이었다. 이런 일이 일어난 게 기쁘기는 했지만, 육체적인 욕망은 일어나지 않았다. 너무나 갑작스럽게 다가온 그녀의 싱싱하고 아름다운 육체가 그를 움츠러들게 한 데다, 오랫동안 여자 없이 살아온 생활에 익숙해진 탓일까. 그는 까닭을 알 수 없었다. 그녀는 몸을 일으켜 세우며 머리에서 블루벨꽃을 털어냈다. 그런 다음 그의 허리에다 팔을 감고 기대앉았다.

"걱정 마세요. 서두를 건 없어요. 오후 내내 충분한 시간이 있으니까요. 이곳은 근사한 은신처죠? 언젠가 단체 행군을 하다가 길을 잃었을 때 찾아낸 곳이에요. 누군가가 이곳에 온다 해도 100미터 밖에서 발소리를 들을 수 있어요."

"이름이 뭐요?" 윈스턴이 물었다.

"줄리아. 난 당신의 이름을 알고 있어요. 윈스턴, 윈스턴 스미스."

"어떻게 내 이름을 알았소?"

"뭘 알아내는 데는 제가 당신보다 나을 거예요. 말해봐요, 제가 쪽지를 전해주기 전엔 저를 어떻게 생각하셨죠?"

그는 그녀에게 거짓말을 하고 싶은 생각이 없었다. 가장 고약한 진실을 말해줌으로써 싹트는 사랑도 있는 법이다.

"정말이지 꼴도 보기 싫었소. 당신을 강간하고 나서 죽이고 싶었다오. 2주일 전만 하더라도 돌멩이로 당신의 머리를 내려치고 싶었으니까. 정 알고 싶다면 말해주겠소. 난 당신을 사상경찰의 끄나풀이라고 상상했었소."

그녀는 이 말을 듣고, 자신의 위장술이 훌륭하다는 것을 확인한 듯 기분 좋게 웃었다.

"사상경찰은 아니에요. 정말로 그렇게 생각하는 건 아니겠죠?"

"글쎄, 진짜 그런 건 아니겠지. 그렇지만 당신의 일반적인 외모로 봐서—젊고 싱싱하고 건강하다는 단순한 이유 때문에—아마 그런 생각이 들었는지도 모르겠소."

"저를 훌륭한 당원으로 생각했겠죠. 말이나 행동은 그랬으니까요. 깃발, 행진, 슬로건, 게임, 단체 행군, 이런 일에는 매우 열성적이지요. 그러니까 작은 단서만 잡아도 당신을 사상범으로 고발해 처형시킬 거라고 생각하셨겠군요?"

"그래요. 그런 식으로 생각했었지요. 수많은 젊은 여자들이 그런 짓을 좋아한다는 걸 당신도 알잖소."

"바로 이런 진절머리 나는 것 때문에 그런 생각이 들었을 거예요."

그녀는 이렇게 말하면서 청소년 반성동맹의 주홍색 띠를 풀어 나뭇가지 위에다 던져버렸다. 그때 허리춤을 만지다가 뭔가 생각난 듯 제복 호주머니 속을 더듬어 조그만 초콜릿 조각을 꺼냈다. 그녀는 반 토막을 잘라 한 조각을 윈스턴에게 주었다. 그걸 받기 전에 벌써 윈스턴은 냄새를 맡고 흔해빠진 초콜릿과는 다르다는 것을 알았다. 그것은 색깔부터가 검고 윤기가 났으며 은박지에 싸여 있었다. 보통 초콜릿이라면 흐릿한 갈색에 잘 부스러졌고, 뭐라고 표현할 수 없는 쓰레기를 태우는 냄새와도 같은 맛이 났다. 그는 언젠가 우연히 그녀가 준 것과 같은 초콜릿을 맛본 적이 있었다. 처음 그 냄새를 맡았을 때 뭐라고 딱 꼬집어서 말할 수 없는 강렬하고도 고통스러운 추억이 되살아났다.

"어디서 이런 물건을 구했지요?" 그가 물었다.

"암시장에서요." 그녀는 아무렇지도 않다는 듯 대답했다. "사실 난 보시다시피 이런 여자예요. 난 게임에는 명수지요. 스파이단에서는 분대장까지 맡았으니까요. 일주일에 3일 밤을 청소년 반성동맹을 위해 자발적으로 일을 떠맡기도 하고요. 온 런던 거리에 그 빌어먹을 선전물을 붙이면서 몇 시간이고 돌아다닐 때도 있어요. 행진 때는 깃발 한쪽 끝을 붙잡고 걷죠. 전 언제나 활기차고 무슨 일에든 움츠러드는 법이 없어요. 군중 속에 섞여 있으면 언제고 고함을 지르고요. 이게 제가 할 수 있는 얘기예요. 그것만이 안전하게 살아가는 유일한 방법이지요."

처음 입속에 넣은 초콜릿 조각이 윈스턴의 혓바닥 위에서 녹았다. 맛이 기가 막혔다. 그러나 여전히 곁눈질로 본 물건처럼 의식의 가장자리를 맴도는 기억이 강렬하게 느껴지긴 하면서도 뚜렷한 형체가 잡히지 않았다. 그는 그 기억을 마음속에서 몰아내 버렸다. 그 추억이란, 그가 할 수 없지만 하고 싶었던 어떤 행동이라는 것을 알았기 때문이다.

"당신은 너무 젊소." 그가 말을 꺼냈다. "나보다 10년이나 15년쯤은 더 젊을 거요. 그런데 나 같은 남자의 어떤 점에 매력을 느낀 건가요?"

"당신의 얼굴 표정에 나타난 그 무엇 때문이죠. 그래서 기회를 붙잡으려고 애쓴걸요. 저는 열성 당원이 아닌 사람은 귀신같이 가려낼 수 있어요. 당신을 보자마자 '그들'한테 적개심을 품고 있다는 걸 금방 알았어요."

'그들'이란 당원을 의미하며, 특히 핵심 당원을 가리키는 것 같았다. 그들에 대해 공공연하게 증오심을 나타내고 조롱하는 걸 보자, 윈스턴은 이곳이 그 어디보다 안전하다는 것을 알면서도 내심 불안했다. 그녀에 대해서 더욱 놀란 것은, 태연하게 상소리를 지껄인다는 점이었다. 당원은 상식적으로 욕을 해서는 안 되며, 윈스턴 역시 무슨 일이 있어도 큰 소리로 욕하는 일이 거의 없었다. 그런데도 줄리아는 음침한 골목길의 담벼락에 휘갈겨놓은 낙서에나 적혀 있을 법한 상스러운 말을 쓰지 않고는 당이나 특히 핵심 당원을 입에 올릴 수 없는 것 같았다. 그는 그런 말이 싫지 않았다. 그것은 단순히 그녀가 당이나 당이 하는 일에 반감을 품고 있다는 증거였으며, 썩은 건초 냄새를 맡고 말이 코를 킁킁거리는 것처럼 어딘지 모르게 자연스럽고 건강해 보였다. 그들은 평평한 빈터를 나와 햇빛으로 얼룩무늬가 진 숲 속을 다시 거닐었다. 그리고 둘이서 어깨를 나란히 하여 걸을 수 있을 만큼 넓은 곳으로 나오기만 하면 서로 기다렸다는 듯이 허리를 껴안곤 했다. 어깨띠를 풀어버리고 나니 그녀의 허리가 한결 부드럽게 느껴졌다. 그들은 소리를 죽여 속삭였다. 공지를 벗어나자 줄리아가 조용히 걷는 편이 좋겠다고 말했기 때문이다. 그들은 곧 어린 나무들이 서 있는 숲 가장자리에 이르렀다. 줄리아가 그를 멈춰 세웠다.

"들판 쪽으로 나가지 마세요. 누군가가 감시하고 있을지도 모르니까요. 나뭇가지 뒤에 숨어 있는 편이 좋아요."

그들은 개암나무 숲 그늘에 서 있었다. 무수한 나뭇잎들 사이로 뚫고 들어오는 햇살이 그들의 얼굴 위에 아직도 따갑게 느껴졌다. 윈스턴은 저 건너 들판을 내다보고, 이상하게도 언젠가 본 적이 있는 듯한 충격에 서서히 사로잡혔다. 눈으로 보았을 때 알아차린 것이다. 해묵은 목장을 가로질러 오솔길들이 나 있고 여기저기 두더지 구멍이 보였다. 또 맞은편의 거칠어진 산울타리에는 느릅나무 가지가 미풍에 흔들리면서 이파리들이 숱 많은 여자의 머릿결처럼 가볍게 살랑거렸다. 눈에 띄지는 않지만, 분명히 어딘가 가까운 곳에 군데군데 푸른 웅덩이가 있는 개울이 있고, 그 속에서 황어 떼가 헤엄치고 있을 것이다.

"이 근처 어딘가에 개울이 있지 않소?" 윈스턴이 낮게 속삭였다.

"맞아요, 저쪽에 개울이 있어요. 저쪽 들판 끝에 진짜 개울이 있죠. 물고기들도 있고요. 아주 큰 놈들 말이에요. 그놈들이 버드나무 아래 물웅덩이에서 꼬리를 흔들며 움직이는 게 보여요."

"그야말로 황금의 나라로군." 그는 중얼거렸다.

"황금의 나라라고요?"

"아무것도 아니오. 가끔 이런 풍경을 꿈속에서 보았지."

"저걸 봐요!" 줄리아가 속삭였다.

개똥지빠귀 한 마리가 5미터도 안 되는 거리의, 그들 얼굴 높이의 나뭇가지 위에 가볍게 내려앉았다. 아마도 그들을 못 본 모양이었다. 새는 햇빛 속에 있고, 그들은 그늘 속에 있었기 때문이다. 그놈은 날개를 쫙 폈다가 다시 조심스럽게 접고는, 마치 해님에게 절이라도 하듯 잠시 머리를 끄덕이고 나서 잇달아 우짖기 시작했다. 오후의 정적 속에서 그 소리는 놀랄 만큼 크게 들렸다. 두 사람은 황홀한 기분으로 서로 껴안고 있었다. 새의 노랫소리가 놀라운 변화를 주어가며, 결코 같은 가락을 되풀이하는 일 없이 순간순간 끊임없이 흘러나왔다. 마치 있는 묘기를 전부 보여주려는 듯이 이따금 잠시 노래를 멈추고는 날개를 쫙 폈다가 다시 접고, 검은 반점이 있는 앞가슴을 부풀리면서 다시 해맑은 노랫소리를 터뜨리는 것이었다. 누구를 위해서, 무엇을 위해서, 새는 노래를 부르고 있는 것일까? 윈스턴은 일종의 희미한 경외심을 품고 새를 지켜보았다. 친구도 원수도 그것을 지켜보고 있지 않았다. 그런데 어쩌자고 외로운 숲 가장자리에 앉아서 허공 속에다 저런 아름다운 노래를 쏟아놓는 것일까? 윈스턴은 이곳 근처 어느 지점에 혹시 마이크로폰을 숨겨놓지 않았나 의심해보았다. 두 사람은 아주 작은 소리로 속삭이고 있었으므로 무슨 말을 하는지 마이크로폰이 청취할 수는 없겠지만, 개똥지빠귀의 노랫소리는 분명히 들릴 것이다. 어쩌면 이런 기계장치에 연결된 저쪽 끝의 세계에서 작달막하고 풍뎅이 같은 얼굴의 사나이가 저 '소리'

를 듣기 위해 열심히 귀를 기울이고 있을지도 모른다. 그러나 차츰 홍수처럼 쏟아지는 새의 노랫소리가 그의 마음속 갖가지 생각들을 내몰아 버렸다. 그것은 마치 나뭇잎들 사이로 새어 들어오는 햇살과 뒤섞여 그의 머리 위로 쏟아지는 어떤 액체와도 같은 것이었다. 그는 생각하는 것을 멈추고 단지 느끼기만 했다. 그가 팔로 감싸 안은 여자의 허리는 나긋나긋하고 따스했다. 그는 그녀의 몸을 돌려 가슴과 가슴을 맞대고 힘껏 끌어안았다. 그녀의 몸뚱이가 그의 품속에서 녹아버린 것 같았다. 그의 손이 움직여 닿는 그녀의 몸은 어디나 물처럼 용해되는 것 같았다. 그들의 입술은 서로 포개어져 있었다. 처음에 했던 그 경직된 키스와는 완연히 다른 것이었다. 이윽고 그들은 얼굴을 양쪽으로 돌리고 깊은 한숨을 내쉬었다. 새는 놀랐는지 날개를 퍼덕이며 날아가 버렸다.

윈스턴은 그녀의 귀에다 입술을 대고 "자아, 이제……."라고 속삭였다.

"여기선 안 돼요." 그녀도 속삭였다. "아까 그 은신처로 돌아가요, 그쪽이 더 안전하니까."

재빨리 마른 나뭇가지를 밟는 소리를 내며 그들은 조금 전의 빈터 쪽으로 걸어갔다. 일단 어린 나무들로 둘러싸인 움푹하고 평평한 빈터로 돌아오자, 여자는 몸을 돌려 그를 마주 보았다. 두 사람 모두 급하게 숨을 몰아쉬었지만, 그녀의 입 언저리에는 다시 미소가 번져갔다. 그녀는 잠시 서서 그를 바라보다가 제복의 지퍼에 손을 댔다. 그렇지! 꿈속에서 보았던 그대로였다. 그가 상상했던 대로 그녀는 재빨리 옷을 벗어 옆으로 던졌다. 그것은 모든 문명을 절멸해 버리려는 거대한 몸짓 같았다. 그녀의 몸뚱이가 햇빛 속에 하얗게 빛났다. 그러나 한동안 윈스턴은 그녀의 몸을 보지 않았다. 그의 시선은 아련하게 대담한 미소를 띠고 있는 주근깨투성이 얼굴에 머물러 있었다. 그는 그녀 앞에 무릎을 꿇고 두 손을 맞잡았다.

"전에도 이런 경험이 있었소?"

"물론이죠. 몇백 번, 아니 몇십 번쯤."

"당원들하고?"

"그래요, 언제나 당원들이죠."

"핵심 당원들과?"

"그런 돼지 같은 녀석들하곤 안 해요, 절대로. 하지만 기회만 있으면 그 짓을 하고 싶어 하는 작자들은 많아요. 겉으로 행동하는 것처럼 점잖은 작자들이 아닌걸요."

그의 가슴이 몹시 뛰었다. 몇십 번이나 그 짓을 했다고, 아니 그녀가 몇백 번, 몇천 번을 했으면 좋겠다는 생각이 들었다. 부패를 암시해주는 어떤 일과 마주치면 그의 가슴은 항상 희망으로 한껏 부풀어 오르는 것이었다. 누가 안단 말인가? 당이 내부적으로 심하게 부패해 있고, 불굴의 투지와 자기부정의 예찬은 단순히 그 부정을 은폐하기 위한 속임수에 지나지 않는 것이다. 놈들을 모두 문둥병과 매독에 걸리게 할 수만 있다면 그는 무슨 일이든지 기꺼이 할 것이다! 놈들을 부패시키고, 약화시키고, 전복시키는 일이라면 뭐든지! 그는 여자를 끌어 내려 함께 무릎을 꿇고 얼굴을 맞대었다.

"이봐요, 당신이 더 많은 남자를 경험할수록 난 당신을 더 사랑해요. 그걸 이해하겠소?"

"네, 그 기분 충분히 알겠어요."

"난 순결이라든가 선善이라든가 하는 것을 증오해. 미덕이라는 것이 존재하는 것 자체를 난 원하지 않아. 누구나 뼛속까지 썩어 있길 바라지."

"그렇다면 나 같은 여자가 당신한테 잘 어울리겠군요. 나는 뼛속까지 부패해 있으니까요."

258

"당신은 이런 짓을 좋아하지, 꼭 내가 아니더라도 말이야? 난 그 행위 자체를 얘기하는 거야."

"아주 좋아해요."

그 말이 무엇보다도 듣고 싶었다. 단순히 한 인간을 상대로 한 사랑의 행위가 아니라 동물적인 본능, 상대를 가리지 않는 단순한 육욕, 그것이야말로 당을 분해시키는 힘이었다. 그는 여자를 흩어진 블루벨꽃 사이 풀밭에 눕혔다. 이번에는 그다지 어렵지 않았다. 이윽고 부풀어 올랐다 가라앉았다 하던 그들의 가슴이 천천히 평온을 되찾자, 그들은 일종의 기분 좋은 나른함을 느끼면서 서로 떨어졌다. 햇볕은 갈수록 뜨거워지는 것 같았다. 두 사람 모두 졸음이 왔다. 그는 손을 뻗쳐, 벗어 던졌던 제복을 끌어당겨 그녀의 상반신을 덮어주었다. 그런 다음 곧바로 잠에 곯아떨어져 반 시간가량 잤다.

윈스턴이 먼저 잠에서 깨어났다. 그는 일어나 앉아, 아직도 팔을 베고 평화롭게 잠들어 있는 주근깨투성이 얼굴을 조용히 내려다보았다. 입을 빼놓고는 그다지 예쁜 얼굴이 아니었다. 자세히 들여다보니 눈 가장자리에 한두 줄의 주름이 있었다. 짧게 자른 검은 머리는 유난히 숱이 많고 부드러웠다. 문득 아직까지 그녀의 성姓과 현재 살고 있는 주소를 모른다는 데 생각이 미쳤다.

지금 나른하게 잠에 취해 있는 젊고 싱싱한 여자의 몸뚱이를 보고 있노라니 그녀를 동정하고 보호해주고 싶은 감정이 일어났다. 그러나 개똥지빠귀가 지저귀고 있는 동안 개암나무 밑에서 느꼈던 그 맹목적인 친근감은 끝내 되살아나지 않았다. 그는 제복을 살짝 들추고 그녀의 보드랍고 흰 허리를 자세히 살폈다. 옛날에는 남자가 여자의 몸뚱이를 보고 욕정을 느끼는 것이 아주 자연스러운 일이었다는 생각이 들었다. 그러나 오늘날에는 순수한 사랑이나 순수한 욕정 따위는 느껴볼 수 없었다. 모든 것이 두려움과 증오로 뒤범벅이 되어버렸기 때문에 어떤 감정도 순수하지 못했다. 그들의 포옹은 전투였고, 절정은 승리였다. 그것은 당에게 일격을 가하는 정치적인 행동이었다.

3

"우리 다시 한 번 이곳에 와요." 줄리아가 말했다. "은신처를 두 번 정도 이용해도 크게 위험하지는 않아요. 그렇지만 물론 한두 달 동안 간격을 두어야 해요."

그녀는 잠에서 깨어나자마자 태도가 바뀌었다. 행동이 치밀하고 사무적으로 바뀌어 옷을 입고 주홍색 띠를 허리에 둘러매고 나서는, 집으로 돌아가는 과정을 꼼꼼하게 설명하기 시작했다. 이런 일은 그녀에게 맡기는 편이 당연하다고 여겨졌다. 그녀에게는 분명히 윈스턴에게 결여된 현실 문제를 교묘하게 처리하는 능력이 있었고, 수많은 단체 행군에서 쌓은 지식으로 런던 근교에 대해서 구석구석까지 알고 있는 것 같았다. 그녀가 그에게 일러준 길은 올 때와는 전혀 달랐고, 기차역도 엉뚱한 곳이었다.

"절대로 왔던 길을 통해 집에 돌아가서는 안 돼요." 그녀는 마치 중요한 정책을 발표하듯 말했다. 그녀가 먼저 출발하고, 윈스턴은 30분을 기다렸다가 그녀의 뒤를 따라 출발했다.

떠나기 전 그녀는 지금부터 나흘 밤이 지난 다음에 일을 마치고 만날 수 있는 장소를 미리 지정해주었다. 그곳은 언제나 사람들로 들끓는 시끄러운 공설 시장이 자리한 빈민가 지역의 한 거리였다. 그녀는 구두끈이나 바느질용 실을 찾는 체하면서 상점들을 기웃거리기로 했다. 만약 그 주위가 안전하다고 판단되면 그녀는 지나가면서 코를 풀고, 그렇지 않다면 모른 체하고 그냥 지나치기로 했다. 그러나 다행히 군중들 틈에 끼이게 되면 15분가량 남몰래 이야기를 나누면서 다음 밀회 장소를 정할 수 있을 것이었다.

"자, 이젠 가봐야겠어요." 그녀는 그에게 지시할 것을 다 가르쳐주고 나자 말했다. "난 7시 30분까지 돌아가야 해요. 청소년 반성동맹에 들러 두 시간 동안 선전 팸플릿을 나눠주는 시시한 일을 해야 하니까요. 정말 지겨워요. 제 옷 좀 털어주시겠어요? 제 머리카락에 나무 부스러기 같은 게 붙어 있나 봐주고요. 됐어요? 그럼 안녕! 나의 사랑, 안녕!"

그녀는 그의 품에 몸을 던지더니 미친 듯이 키스를 퍼부어대고, 잠시 후에 어린 나무 덤불을 헤치며 소리 없이 숲 속으로 사라져버렸다. 아직까지 윈스턴은 그녀의 성이나 주소를 알아내지 못했다. 그렇지만 아무래도 상관없었다. 실내에서 단둘이 만난다거나 서로의 생각을 편지로써 보낸다는 것은 엄두조차 낼 수 없는 일이니까.

그 후, 다시는 숲 속의 빈터를 찾아가지 못했다. 5월 한 달 동안 꼭 한 번 사랑의 행위를 성공적으로 나눌 수 있는 기회를 얻었을 뿐이다. 그곳은 줄리아만 아는 또 다른 비밀 장소로서, 30년 전에 원자폭탄이 떨어져 거의 폐허가 되다시피 한 어느 시골의 황폐한 교회 종탑이었다. 일단 그 안에 들어가 보니 정말 훌륭한 은신처였는데, 그곳까지 가는 데 많은 위험이 따랐다. 그곳을 제외하고는 거리에서만 만나야 했고, 매일 저녁 장소를 바꿔야 했으며, 밀회 시간도 30분을 넘기지 못했다. 거리에서 만나면 무슨 방법을 쓰든 언제나 몇 마디쯤은 나눌 수 있었다. 군중들로 들끓는 거리로 밀려 들어가서 어깨를 나란히 하거나 서로의 얼굴을 쳐다보지도 못한 채, 등대에서 깜박거리며 새어 나오는 불빛처럼 기묘하게도 똑똑 끊기는 대화를 나누는 것이었다. 그러다가 당원의 제복이나 텔레스크린이 설치된 장소에 가까워지면 갑자기 말을 딱 끊었다가 몇 분 후에 조금 전에 했던 대화의 중간부터 다시 시작하는 것이었다. 그런 다음 약속된 장소에서 헤어질 때면 갑자기 말을 짧게 끊고, 다음 날 다시 만나면 서두도 없이 대화를 계속해나갔다. 줄리아는 이런 식의 대화에 꽤 익숙한 것 같았는데, 그녀는 이것을 '분할 대화'라고 불렀다. 역시 그녀는 입술을 움직이지 않고 말하는 데 놀라운 재능을 발휘했다. 이렇게 그들은 한 달 내내 밤마다 만났는데 꼭 한 번 키스할 수 있었다. 그들은 사잇길을 말없이 걸어 내려가고 있었다(줄리아는 큰길에서 벗어나면 절대로 말을 하지 않았다). 그때 귀가 멍멍해지는 폭음이 들리면서 땅이 진동하고 하늘이 캄캄해졌다. 윈스턴은 타박상을 입고 겁에 질려 나가떨어졌다. 로켓탄이 바로 가까이에 떨어진 모양이었다. 순간 죽은 사람처럼, 아니 백묵처럼 새하얗게 질린 줄리아의 얼굴이 그의 얼굴에서 불과 몇 센티미터 떨어져 있는 것을 발견했다. 그녀의 입술도 새하얬다. 줄리아가 죽은 게 아닐까! 윈스턴은 그녀를 부둥켜안고 키스를 퍼부어댔다. 그런데 그녀의 얼굴은 살아 있는 사람처럼 따뜻했다. 입을 맞추고 나자 그의 입술에도 하얀 것이 묻어 있었다. 그제야 두 사람은 얼굴에 횟가루를 뒤집어썼다는 것을 알게 되었다.

어느 날 저녁엔가는 밀회 장소에 도착하고 나서도 손짓 한번 해보지 못하고 그냥 지나쳐 가야만 했는데, 그것은 순찰 경관이 거리 모퉁이를 돌아다닌다거나 헬리콥터가 머리 위에서 맴돌고 있었기 때문이었다. 거기에 위험이 도사리고 있지 않다 해도 만날 시간을 마련하기란 여전히 어려웠다. 윈스턴은 일주일에 60시간을 근무해야 했고, 줄리아의 근무 시간은 더 길었다. 게다가 휴일에도 업무가 밀리면 일을 해야 했으므로 쉽사리 시간을 맞출 수 없었다. 아무튼 줄리아는 밤 시간을 완전히 쉬는 때가 드물었다. 그녀는 강의도 들어야 하고, 데모에도 참가하고, 청소년 반성동맹을 위한 인쇄물도 작성하고, 증오 주간에 쓸 깃발도 준비하고, 저축 운동을 위해 폐품도 수집하는 따위의 활동을 벌이느라 엄청난 양의 시간을 소모했다. 그 대가는 반드시 받게 된다고 그녀는 말했다. 사실 그것은 위장 행위에 지나지 않았다. 작은 규칙을 지키면 큰 규칙을 깨뜨릴 수도 있다는 것이 그녀의 생각이었다. 그녀는 윈스턴에게 열성 당원들이 자발적으로 참가하는 시간제 군수품 제조 작업에 가끔 참가하라고 권유하기도 했다. 그래서 윈스턴은 매주 하루 저녁, 텔레스크린의 음악에 맞추어 다분하게 망치질하는 소리가 들리는 공장의 희미한 불빛 아래서 폭탄의 퓨즈 같은 조그만 쇳조각을 나사로 죄는 단조로운 일을 하면서 온몸이 죄어드는 것 같은 지루한 네 시간을 보내야만 했다.

그들이 그 교회의 종탑에서 만났을 때에야 지금까지 띄엄띄엄 나누었던 대화의 끊긴 부분을 메울 수 있었다. 찌는 듯한 무더운 오후였다. 종루 위에 있는 네모난 조그만 방 안의 공기는 무덥고 혼탁했으며, 비둘기의 배설물 냄새가 지독하게 풍겼다. 그들은 먼지와 나뭇가지가 수북이 쌓인 마룻바닥에 앉아 몇 시간 동안이나 얘기했다. 그러는 사이에 두 사람이 틈틈이 번갈아 가며 누가 이쪽으로 오지 않나 좁은 틈새로 내다보면서 확인하곤 했다.

줄리아는 스물여섯 살이었다. 그녀는 30명의 다른 아가씨들과 함께 합숙소에서 살았다("밤낮없이 풍기는 지독한 여자 냄새! 여자라면 진절머리가 나요!"라고 그녀는 덧붙여 말했다). 그녀는 또 윈스턴이 추측한 대로 창작국에서 소설 기록기 다루는 일을 하고 있었다. 대체로 강력하면서도 정교한 전기 모터를 작동하는 일이었지만, 그녀는 자기가 하는 일을 즐겼다. '영리한 편은 아니었어도' 손을 움직이는 일을 좋아했고,

기계를 조작하는 데서 편안함을 느꼈다. 그녀는 또 소설에 관한 전체의 구성을 기록할 수 있었다. 예컨대 기획위원회에서 보내는 전체적 지시로부터 '수정반'의 마지막 손질까지 설명할 수 있었다. 그녀는 "난 독서에 흥미가 없어요."라고 말했다. 책이란 단순히 잼이나 구두끈처럼 생산되는 상품일 뿐이라는 것이 그녀의 생각이었다.

그녀는 60년대 초반 전에 대해서는 별다른 기억을 갖고 있지 않았다. 그녀가 지금까지 알고 있는 사람 중에서 혁명 이전 시대에 관해 자주 이야기를 들려준 사람이 있다면, 그것은 그녀가 여덟 살 때 행방불명된 할아버지뿐이었다. 그녀는 학창 시절에 하키 팀 주장이었고, 2년 연승으로 체조 우승컵도 따낸 경력이 있었다. 스파이단 부대장도 지냈으며, 청소년 반성동맹에 가담하기 전에는 청년 동맹의 지부장이었다. 이렇듯 그녀는 항상 훌륭한 소질을 발휘했다. 그녀는 또 프롤레타리아에게 값싼 도색물을 배포하는 창작국의 한 부서인 춘화계에 배치되기도 했다(이것은 그녀가 좋은 평판을 얻었다는 확실한 증거였다). 그곳에서 일하는 사람들은 춘화계를 '쓰레기집'이라는 별명으로 부른다고 그녀는 귀띔해주기도 했다. 그녀는 그곳에서 1년 동안 근무하며《신나는 이야기》라든가,《여학교에서의 하룻밤》같은 제목이 붙여진 밀봉된 소책자들을 제작하는 일을 거들었다. 뭔가 불법적인 것들을 구입하고 있다는 인상을 주는 프롤레타리아 출신 젊은이들이 이런 책을 몰래 사 보았다.

"그 책이 대체 어떤 내용이지?" 윈스턴이 호기심을 느끼며 물었다.

"아, 지독한 쓰레기예요. 정말 진력나는 것들이죠. 단지 여섯 개의 줄거리로만 구성되어 있는데, 약간씩 구성을 바꾸기도 해요. 물론 나는 만화경만 맡았죠. 한 번도 수정반에서는 일하지 않았어요. 내겐 문학적인 소양이 없어서 그런 일을 하기에는 부적당해요."

그 부서의 책임자를 제외하고, 춘화계에서 일하는 사람들 전부가 여자라는 사실을 알고 윈스턴은 깜짝 놀랐다. 거기에는 이유가 있었다. 여자에 비해 성적 본능을 억제하기 힘든 남자는 그런 지저분한 외설물을 다루다가 타락할 위험성이 컸기 때문이다.

"그곳에선 결혼한 여자들이 일하는 것도 싫어해요."라고 그녀는 덧붙였다. "처녀들이야말로 항상 순결하다고 간주되거든요. 아무튼 나처럼 순결하지 못한 아가씨가 있는데도 말이에요."

그녀는 열여섯 살 때 예순 살의 당원과 첫 경험을 가졌었다. 그런데 그는 후에 체포되는 것이 두려워 자살해버리고 말았다.

"아무튼 잘된 일이죠." 줄리아는 말했다. "그렇지 않았다면 자백을 강요당할 때 그 사람의 입에서 내 이름이 튀어나왔을 테니까요."

그때 이래 그녀는 여러 사람들과 관계했다. 그녀가 생각하는 인생이란 극히 간단한 것이었다. 인간은 행복한 시간을 갖고 싶어 한다. 그런데 '그자들'—당을 의미한다—은 사람들이 그런 시간을 갖는 걸 원하지 않는다. 그래서 사람들은 가능한 한 규칙을 깨뜨리려 한다. 그녀는, 누구를 막론하고 체포당하기 싫어하는 것처럼, '그자들'이 사람들로부터 쾌락을 박탈하고 싶어 하는 것도 극히 자연스러운 일이라고 생각하는 것 같았다. 그녀는 당을 증오했다. 그녀는 가장 잔인한 말로 자신의 그런 감정을 표현했지만, 당에 대한 일반적인 비판은 하지 않았다. 그녀 자신의 사생활에 직접 개입하지 않는 한 당의 교리에 대해 아무런 흥미도 갖지 않았다. 매일같이 사용하는 일상적인 말을 제외한다면, 그녀가 신어를 전혀 사용하지 않는다는 것도 그는 알았다. 그는 형제단에 관해 들어본 적이 없었으므로 형제단의 존재를 믿으려 하지 않았다. 당에 맞선 어떤 종류의 조직화된 반역도 끝내 실패로 돌아가고 말 것이 분명하므로 그런 것은 어리석은 짓이라고 그녀는 간주했다. 따라서 당의 규칙을 깨뜨리면서라도 계속해서 살아가는 것이 현명한 일이라는 것이었다.

젊은 세대로서 그녀와 같은 사고방식을 가진 사람이 어느 정도나 있을까 하고 그는 막연하게 생각해보았다. 혁명의 세계에서 성장한 사람들은 당을 마치 하늘 같은 불변의 존재로 받아들이는 것 외에는 아무것도 모르고, 당의 권위에 항거하는 것이 아니라 단순히 그 권위를 회피해버리는 것이었다. 마치 토끼가 개를 피하듯이.

윈스턴과 줄리아는 결혼의 가능성에 대해 한마디도 상의하지 않았다. 그들 사이의 결혼이란 일말의 가능성조차 없는 것이었다. 윈스턴이 아내인 캐서린과 정식으로 이혼한다 하더라도 당 위원회에서 결혼을 승인해줄 리가 없었다. 그것은 희망이라곤 전혀 찾아볼 수 없는 한낱 꿈이었다.

"당신의 아내는 어떤 여자였어요?" 줄리아가 물었다.

"그녀는 이를테면…… '선심적goodthinkful'이라는 신어를 알고 있소? 정설만을 받아들일 뿐 본질적으로 사악한 생각은 품을 수 없다는 뜻 말이오."

"몰라요. 그런 말은 모르지만 그런 종류의 사람이 있다는 것은 익히 알고 있어요."

그는 줄리아에게 자신의 결혼 생활에 대해 이야기하기 시작했다. 그러나 기묘하게도 줄리아는 이미 그 결혼 생활의 중요한 내막을 잘 알고 있는 듯했다. 줄리아는 마치 자신이 직접 목격했거나 느낀 것처럼 자세하게 이야기했다. 그가 손을 대자마자 캐서린의 몸이 굳어버리는 일이라든가, 그 행위를 하는 동안에 아내의 팔이 그의 몸을 단단히 끌어안고 있으면서도 여전히 있는 힘을 다해 그를 밀어내려는 듯한 인상을 주는 것까지도 알고 있었다. 줄리아와 함께 있으면 그런 얘기를 해도 별다른 어색함을 느끼지 않았다. 어찌 되었건 캐서린과의 관계는 이미 오래전부터 고통스러운 추억으로 남아 있을 뿐 아니라, 이젠 혐오스러운 존재가 되어버린 것이다.

"만약 한 가지 일만 아니었더라면 그럭저럭 견뎌낼 수 있었을 거야." 그는 줄리아에게, 캐서린이 매주 똑같은 날 저녁에 그에게 강요했던 그 무감각한 의식에 대해 설명해주었다. "그 여자는 그 짓을 혐오하면서도 끝내 중단하려고 하지 않았어. 그녀가 그걸 뭐라고 한 줄 알아……. 당신은 아마 짐작도 못할 거야."

"당에 대한 우리의 임무라고 했겠죠." 줄리아가 곧 알아맞혔다.

"어떻게 그런 것까지 알아?"

"이봐요, 나도 학교에 다녔어요. 열여섯 살이 넘으면 한 달에 한 번씩 섹스에 대한 토론회를 가졌어요. 청년운동에도 그런 모임이 있었고요. 그걸 몇 년에 걸쳐 주입시키는 거예요. 상당한 효과가 있으니까요. 그렇지만 그걸 꼭 믿을 수만은 없어요. 인간이란 원래 위선자니까."

줄리아는 이 주제를 좀 더 확대해 이야기하기 시작했다. 줄리아에겐 모든 것이 그녀 자신의 성욕으로 귀착되는 것이었다. 아무튼 이런 얘기가 나오자마자 그녀는 굉장히 민감한 반응을 보였다. 윈스턴과는 달리 그녀는 당이 요구하는 성적 순결에 대한 내적인 의미를 파악하고 있었다. 성의 본능은 단순히 당의 통제가 미치지 못하는 그 자체의 세계를 구축해나가기 때문에 무슨 수를 써서라도 파괴하려 한다는 것이었다. 더욱 중요한 것은, 성욕을 박탈하면 히스테리를 유발할 수 있고, 그 히스테리를 전투열과 지도자에 대한 숭배로 전환할 수 있기 때문에 바람직하다고 했다. 그녀는 이것을 다음과 같이 규정했다.

"인간은 사랑의 행위를 할 때 온 정력을 소모하게 돼요. 성교를 하고 난 다음엔 행복감을 느껴 아무런 생각도 하지 않게 되지요. 그자들은 인민이 그런 기분을 느끼는 걸 도저히 용납할 수가 없죠. 사람들이 항상 정력에 넘쳐 있기를 바라거든요. 온 시가지를 누비며 행진하고 함성을 지르고 깃발을 흔드는 이 모든 행위는 단순히 섹스가 변질된 것일 뿐이에요. 사람들이 내적으로 만족감을 느낀다면 무엇 때문에 빅 브러더가 3개년 계획이나 2분 증오나, 그 밖에 썩어빠진 그자들의 의식에 그처럼 열을 올리겠어요!"

그 말이 정말 옳다고 그는 생각했다. 순결과 정치적인 교리 사이에는 직접적인 밀접한 관계가 있었다. 강력한 본능을 축적해 그것을 추진력으로 사용하지 않는다면, 당이 당원들에게 요구하는 공포와 증오와 광적인 맹신을 무슨 방법으로 절정에까지 끌어올릴 것인가? 성적 충동은 당에게 위험한 것이므로, 당이 그것을 적절히 이용하려는 것도 당연한 일이었다. 그들은 부모로서의 본능에도 똑같은 방법을 적용했다. 가족 제도란 전적으로 폐지할 수 없는 것이었으므로 그들은 사람들에게 거의 옛 방식대로 자기 자식을 사랑하라고 권유했다. 이와 반대로 아이들에겐 조직적으로 부모에게 등을 돌리게 해 부모의 탈선을 정탐하고 보고하도록 가르쳤다. 그래서 가족이란 결과적으로 사상경찰의 확대 영역에 지나지 않았다. 그런 수법에 의해 모든 사람이 그들과 가장 친근한 밀고자들에게 밤낮없이 포위되어 있는 셈이었다.

문득 그의 생각은 캐서린에게로 되돌아갔다. 캐서린이 만약 그처럼 둔감하지 않아서 그의 정치적 견해가 정상에서 벗어났다는 사실을 눈치챘더라면 의심할 여지 없이 그를 사상경찰에 고발했을 것이다. 그러나 사실 지금 이 순간에 그녀가 기억에 떠오른 것은, 그의 이마에 땀방울이 맺히게 했던 어느 오후의 숨 막힐 듯한 더위 때문이었다. 그는 지금으로부터 11년 전 어느 무더운 여름날 오후에 일어났던, 아니 하마터면 일어날 뻔했던 일을 줄리아에게 이야기하기 시작했다.

그들이 결혼하고 나서 3, 4개월 지난 후의 일이었다. 그들은 켄트 지방에서 단체 행군을 하다가 길을 잃어버렸다. 다른 사람들보다 고작 몇 분 정도 뒤처졌을 뿐인데 길을 잘못 들어 오래된 백악白堊 채석장의 낭떠러지 끝까지 와버리고 말았다. 그곳은 10미터 내지 20미터쯤 되는 깎아지른 절벽으로서, 저 아래쪽 바닥에는 자갈이 깔려 있었다. 주위엔 길을 물어볼 사람도 없었다. 길을 잃었음을 깨달은 순간 캐서린은 무척 초조해졌다. 행군하는 소란스러운 무리로부터 떨어져 나왔다는 사실이 그녀로 하여금 뭔가 잘못을 저질렀다는 느낌을 갖게 했던 모양이었다. 그들은 오던 길로 되돌아가서 반대 방향으로 갈 수 있는지 길을 찾기 시작했다. 그러나 바로 그때 윈스턴은 그들 발밑의 낭떠러지 틈에 무성하게 자란 좁쌀풀 꽃을 발견했다. 분명히 똑같은 뿌리에서 자라난 한 포기의 풀인데 자홍색과 벽돌색의 두 가지 꽃망울을 달고 있었다. 이런 종류의 꽃은 한 번도 본 적이 없었으므로 그는 캐서린에게 보여주려고 그녀를 불렀다.

"저길 봐, 캐서린! 저 꽃 좀 봐. 저 아래쪽에 있는 덤불 말이야. 두 가지 빛깔의 꽃이 보이지?"

그녀는 벌써 몸을 돌려 저만큼 가 있었는데, 초조한 빛을 감추지 못한 채 잠시 되돌아왔다. 그녀는 그가 가리키는 방향을 보려고 낭떠러지 밖으로 얼굴을 내밀기까지 했다. 그녀의 바로 등 뒤에 서 있던 그는 그녀를 잡아주려고 허리를 붙들었다. 바로 이 순간, 주위엔 아무도 없고 그들만이 있다는 생각이 번개처럼 그의 뇌리를 스쳤다. 어디를 봐도 사람의 그림자라곤 찾아볼 수 없었고, 나뭇잎 하나 살랑거리지 않았으며, 새의 지저귐 소리도 들려오지 않았다. 이런 곳에 마이크로폰이 비밀리에 장치되어 있을 가능성은 희박했고, 설령 마이크로폰이 있다 하더라도 소리만 청취하는 데 그칠 터였다. 오후의 가장 무덥고 나른한 시간이었다. 이글거리며 내리쬐는 태양 탓인지 그의 얼굴에서는 땀방울이 줄줄 흘러내렸다. 그때 한 가지 생각이 번개처럼 스쳐 갔다.

"왜 뒤에서 당장 떠밀어버리지 않았어요?" 줄리아가 말했다. "나 같으면 그렇게 했을 텐데."

"그래, 당신이라면 그렇게 했겠지. 나도 옛날의 내가 아니라 지금의 나였다면 그렇게 했을 거야. 잘 모르긴 해도 틀림없이 나는……."

"그렇게 못한 걸 후회하세요?"

"그래, 그렇게 못한 걸 몹시 후회하고 있어."

그들은 먼지투성이 마룻바닥 위에 나란히 앉아 있었다. 윈스턴은 줄리아를 바짝 끌어당겨 안았다. 그녀가 머리를 그의 어깨에 기대자 비둘기의 배설물 냄새 속에서도 그녀의 머리 냄새가 향긋하게 콧속으로 스며들었다. 아직 젊은 그녀로서는 귀찮은 사람을 낭떠러지 밑으로 밀어버린다고 해서 결코 문제가 해결되는 것은 아니라는 사실을 이해하지 못하는 것 같았다. 그만큼 그녀는 아직까지 인생에서 뭔가를 기대하고 있었던 것이다.

"그렇게 하더라도 실제로는 아무것도 달라질 게 없어." 그는 말했다.

"그렇다면 어째서 후회를 하세요?"

"그것은 나 자신이 소극적이기보다는 적극적이기를 바라기 때문이야. 우리가 지금 연출하고 있는 이 게임에서 우리는 이길 수 없어. 어떤 종류의 실패는 다른 실패에 비해 다소 견디기 쉬울 수도 있다는 것, 그것뿐이야."

그녀의 어깨가 이의를 제기하듯 움찔하는 것이 그의 몸에 전해졌다. 그가 이런 식으로 얘기할 때 그녀는 언제나 반대했다. 하나의 독립된 인간이 항상 패배만 한다는 사실을 그녀는 자연의 섭리로 받아들이려고 하지 않았다. 어쩌면 머지않아 사상경찰이 그녀를 체포해 처형하리라는 것을 그녀는 하나의 숙명처럼 깨닫고 있었다. 그러나 한편으로는, 자신이 선택하여 살 수 있는 은밀한 세계를 건설할 가능성이 있지 않을까 하고 마음 한편으로 믿어보는 것이었다. 그렇게 하기 위해서는 행운과 술책과 대담성이 필요했다. 이 세상에는 행복 같은 것은 없고, 승리란 오직 자신이 죽고 나서 오랜 시일이 흐른 후에나 존재할 뿐이며, 당에 선전포고를 한 바로 그 순간부터 자신은 이미 시체가 되어버린다는 사실을 그녀는 이해하지 못했다.

"우린 죽은 몸이야." 윈스턴이 말했다.

"우린 아직 죽지 않았어요." 줄리아가 끈질기게 물고 늘어졌다.

"육체적으로 죽었다는 의미가 아니야. 6개월, 1년…… 아마 5년쯤은 살아 있을 수 있겠지. 난 죽음이 두려워. 당신은 젊으니까 어쩌면 나보다도 훨씬 죽음이 두렵겠지. 노력하면 분명히 죽음의 순간을 연장할 수는 있을 거야. 인간이 인간으로서 남을 수만 있다면 죽거나 살거나 마찬가지야."

"오, 쓸데없는 소리 마요. 지금 당장 누구와 함께 자고 싶죠? 나예요, 아니면 해골이에요? 살아 있다는 게 즐겁지 않아요? 느낀다는 것을 좋아하지 않으세요? 이게 나예요. 이건 내 손이고, 이건 내 다리예요. 나는 현실 속에 있어요. 난 이처럼 탄력 있고, 살아 있어요. '이런 것'을 좋아하지 않으세요?"

그녀는 몸을 뒤틀더니 그에게 가슴을 비벼댔다. 그녀의 제복을 통해 단단하면서도 탄력 있는 젖가슴이 느껴졌다. 그녀의 육체가 그의 몸속에 젊음과 활력을 불어넣어 주는 것 같았다.

"그래, 난 그걸 좋아해."

"그렇다면 죽는 얘긴 그만둬요. 잘 들어두세요. 다음에 만날 시간을 미리 정해둬야겠어요. 숲 속의 그곳으로 다시 가도 좋을 거예요. 그곳에서 오랜 시간 푹 쉴 수 있을 거예요. 하지만 이번엔, 당신은 다른 길로 그곳에 가야 해요. 난 계획을 다 짜놓았어요. 당신은 기차를 타고…….

보세요, 제가 그려 보여드릴게요."

그녀는 능숙한 솜씨로 쌓여 있는 먼지를 반반하게 손질하고 나서 비둘기 둥지로부터 마른 나뭇가지 하나를 꺼내더니 바닥에다 지도를 그리기 시작했다.

4

윈스턴은 채링턴 씨 가게의 위층에 있는 초라한 작은 방을 둘러보았다. 창 옆에 커다란 침대가 손질되어 있었는데, 낡아빠진 담요 위에 커버를 씌우지 않은 덧베개가 놓여 있었다. 12시간으로 나뉜 문자반이 달린 구식 시계가 벽난로 위에서 똑딱거리고 있었다. 방 한구석의 접는 탁자 위에는 그가 지난번에 왔을 때 샀던 유리 문진이 어슴푸레한 그늘 속에서 부드러운 빛을 발하고 있었다. 벽난로 속의 쇠그물 위에는 채링턴 씨가 갖다 준 우그러진 양철 오일 스토브와 소스 팬과 컵 두 개가 놓여 있었다. 윈스턴은 버너에 불을 붙이고 물을 끓이려고 주전자를 그 위에 얹었다. 빅토리 커피와 사카린 몇 알을 가져온 것이다. 시곗바늘이 오후 7시 20분을 가리키고 있었다. 그녀는 7시 30분에 오기로 했다.

'어리석어, 바보짓이야.' 그의 마음속에서는 이렇게 계속 외쳐대고 있었다. 의식적으로 이유 없는 자살을 기도하는 어리석은 행위, 당원이 저지를 수 있는 온갖 범죄 중에서 이런 행위야말로 가장 은폐하기 힘든 것이었다. 이런 생각은 유리 문진이 접는 탁자의 표면에 선명하게 그 형체를 드러내듯 문득 그의 머릿속에 떠올랐다. 그가 예상한 대로 채링턴 씨는 이 방을 선뜻 빌려주었다. 분명히 몇 달러가 굴러 들어온 게 기뻤던 모양이다. 윈스턴이 정사를 즐길 목적으로 이 방을 빌리고 싶다고 분명히 밝혔는데도 그는 전혀 놀라거나 불쾌한 기색을 보이지 않았다. 대신 그는 허공만 바라보며 시시껄렁한 이야기를 늘어놓았는데, 그 태도가 하도 기묘해서 윈스턴 따위는 안중에도 없다는 인상을 주었다.

"사생활이야말로 매우 가치 있는 일이지요."라고 그는 혼자 중얼거렸다. "누구나 가끔 혼자서 시간을 보낼 수 있는 장소를 갖고 싶어 합니다. 그리고 그런 장소를 가지면, 그 장소를 알게 된 사람은 누구를 막론하고 혼자서만 그 비밀을 간직하는 것이 상례지요." 그는 마치 자기 자신의 존재는 어디론가 사라져버리고 없는 것처럼 그런 말을 중얼거렸다. "이 집에는 출입구가 두 개 있는데, 그중 하나가 뒤뜰로 해서 골목길로 나가게 되어 있습니다."라고 그는 덧붙였다.

창 밑에서 누군가가 노래를 부르고 있었다. 윈스턴은 모슬린 커튼으로 몸을 가리고 살며시 바깥을 내다보았다. 6월의 태양은 아직 하늘 높이 걸려 있는데, 햇빛이 환한 안마당에서는 노르만의 기둥같이 단단한 적갈색 팔뚝을 가진 매우 몸집이 큰 아낙네가 허리에 헐렁한 앞치마를 두르고서 발소리를 쿵쿵 내며 빨래통과 빨랫줄 사이를 왔다 갔다 했다. 네모난 하얀 천들을 널고 있었는데, 윈스턴은 그것이 아기 기저귀라는 것을 알았다. 그녀의 입에 빨래집게가 물려 있지 않을 때면 노랫소리가 알토로 힘차게 흘러나왔다.

그것은 희망 없는 환상이었지.
4월의 꽃처럼 사라져버렸네.
그 모습, 그 말, 그 꿈을 흔들어놓고
내 마음 훔쳐가 버렸네!

이 노랫가락은 지난 몇 주간 런던을 휩쓸었다. 음악국의 한 부서에서 프롤레타리아를 위해 만들어낸, 같은 종류의 무수한 노래 중 하나였다. 이런 노래의 가사는 사람이 지은 것이 아니라 작사기作詞機라는 도구로 만들어진 것이었다. 그러나 아낙네는 이런 허섭스레기 같은 노래를 구성지게 불렀으므로 제법 흥겨운 노래로 들렸다. 윈스턴은 아낙네의 노랫소리와 포석 위를 스치는 그녀의 신발 소리, 거리에서 뛰노는 아이들의 고함 소리, 멀리 어디에선가 들려오는 자동차의 희미한 소리에 귀를 기울였다. 그런데도 방 안은 이상스레 조용했고, 텔레스크린이 없는 게 다행스러웠다.

어리석다, 어리석다, 어리석어! 그는 다시 생각에 잠겼다. 그들이 몇 주 동안 붙잡히지 않고 이 장소에 드나든다는 것은 도저히 상상조차 할 수 없는 일이었다. 그렇지만 실내나 혹은 가까운 곳에 진실로 그들만의 은신처를 갖고 싶은 유혹이 그들 두 사람에겐 너무나도 컸다. 교회 종탑에서 만난 이후 한동안 밀회를 갖기 어려웠던 탓도 있었다. 작업 시간은 증오 주간을 앞두고 급작스레 불어났다. 증오 주간은 아직 한 달도 더 남았지만, 준비할 것이 엄청나게 많고 또 복잡했기 때문에 모든 사람들에게 시간 외 근무가 부과되었다. 그런데 어렵사리 두 사람은 똑같은 날 오후에 쉬는 시간을 갖게 되었다. 그들은 지난번의 숲 속 빈터로 가자고 합의했다. 바로 그 전날 저녁에 그들은 거리에서 잠깐 만났다. 언제나 그랬던 것처럼 그들이 군중 속으로 휩쓸려 들어갔을 때, 윈스턴은 일부러 줄리아를 쳐다보지 않았다. 그러나 슬쩍 곁눈질로 살펴보니 그녀의 얼굴이 평상시보다 더 창백해 보였다.

"다 틀렸어요." 그녀는 말을 해도 안전하다는 판단이 서자 즉시 속삭였다. "내일 일 말이에요."

"뭐라고?"

"내일 오후, 난 갈 수 없어요."

"왜 안 되지?"

"아, 흔해빠진 이유예요, 이번엔 빨리 시작했거든요."

한순간 화가 벌컥 치밀었다. 그녀를 알고 나서 한 달 사이, 그녀에 대한 욕정이 바뀌어 있었다. 처음 시작했을 때 그의 욕정에는 사실 감각적인 면이 부족했다. 그러나 두 번째 이후부터는 달라졌다. 그녀의 머리칼 냄새, 입에서 느끼는 맛, 살결의 감촉이 그의 몸속으로 녹아들고, 주위의 공기 속에도 번져 있는 것 같았다. 그녀는 육체적으로 필요한 대상이 되었고, 그녀의 몸을 원했을 뿐만 아니라 당연히 소유해야 하는 것으로 여겨졌다. 그녀가 갈 수 없다고 말했을 때, 그는 그녀가 자기를 놀리는 줄만 알았다. 그러나 바로 그 순간에 군중이 그들을 밀어붙여 저절로 손이 맞닿았다. 그때 줄리아가 그의 손가락을 재빨리 꽉 쥐었는데, 그것은 욕정을 일으켜서가 아니라 애정의 표시 같았다. 남자가 여자와 함께 살자면 이런 뜻밖의 실망을 맛보게 되는 일은 아주 흔히 있을 것이라는 생각이 퍼뜩 떠올랐다. 그런 탓인지 전에는 그녀에게 느껴보지 못했던 깊은 애정이 갑자기 그를 사로잡았다. 그들이 10년 동안 줄곧 함께 살아온 부부라면 얼마나 좋을까 싶었다. 아무런 두려움도 없이 떳떳하게 얘기를 나누면서 이것저것 살림에 필요한 시시한 물건들을 사며 지금처럼 그녀와 함께 거리를 걷고 싶었다. 무엇보다도 그들이 만날 때마다 성교를 해야 한다는 의무감 같은 것을 느끼지 않고, 단둘이서만 함께 있을 그런 장소를 갖고 싶었다. 이상하게도 그때는 그런 생각이 떠오르지 않았다. 다음 날 어떤 순간에 채링턴 씨의 방을 빌려야겠다는 생각이 문득 떠올랐다. 그가 그런 생각을 줄리아에게 넌지시 알리자, 그녀는 의외로 순순히 그 계획을 받아들였다. 두 사람 다 그것이 미친 짓이라는 것을 알고 있었다. 그것은 의도적으로 그들의 무덤을 향해 가까이 다가가는 것이나 다를 바 없었다. 침대 가장자리에 앉아서 기다리는 동안 그는 다시 사랑부의 감방을 생각해보았다. 인간의 의식 속으로 미리 예정된 공포가 들어왔다 나갔다 하는 것은 참으로 기이한 일이었다. 99 다음에 100이라는 숫자가 있듯이 미래의 어느 정해진 시각에 분명히 죽음이 도사리고 있었다. 인간은 죽음을 피할 수는 없지만 연기할 수는 있으리라. 그런데 이와 달리 때때로 인간은 의식적이며 의도적인 행동에 의해 죽음을 향해 좀 더 다가갈 수도 있는 것이다.

이런 생각을 하고 있을 때 층계를 급하게 올라오는 발소리가 들렸다. 줄리아가 불쑥 방 안으로 들어왔다. 그녀는 갈색 범포로 만든 조잡한 가방을 들고 있었다. 그러고 보니 청사에서 그런 가방을 들고 왔다 갔다 하는 것을 본 적이 있었다. 그가 그녀를 포옹하려고 달려들자, 그녀는 얼른 몸을 피했다. 아직 가방을 손에 들고 있었기 때문이다.

"잠깐만요." 그녀가 말했다. "가져온 걸 보여드릴게요. 그 지저분한 빅토리 커피를 가져오셨겠죠? 그럴 줄 알았어요. 그런 건 던져버리세요. 그따위 것은 필요 없으니까요. 이걸 보세요."

그녀는 무릎을 꿇고 가방을 열었다. 그런 다음 가방의 위쪽에 채워 넣은 스패너와 스크루드라이버 같은 연장들을 꺼내어 팽개쳤다. 그 밑에는 깨끗한 종이로 포장한 꾸러미가 여러 개 들어 있었다. 그녀가 윈스턴에게 건네준 첫 번째 꾸러미는 어쩐지 어렴풋하지만 낯익은 느낌이 들었다. 그 속에는 손으로 만질 때마다 이리저리 쏠리는 모래알 같은 묵직한 것이 들어 있었다.

"이건 설탕 아냐?" 윈스턴이 말했다.

"진짜 설탕이에요. 그리고 여기 빵도 있어요……. 우리가 매일 먹는 그 더러운 빵이 아니라 흰 빵이에요. 잼도 한 통 있고요. 우유도 한 통 있어요……. 보세요! 이건 내가 진짜로 자랑하고 싶었던 거예요. 이것들은 천으로 둘둘 감아야만 했어요. 왜냐하면……."

그러나 그녀는 왜 이것을 천으로 싸야만 했는가를 굳이 설명할 필요가 없었다. 벌써 냄새가 온 방 안을 가득 채웠기 때문이다. 그것은 어린 시절에 맡아본 듯한 훈훈하고 풍요로운 느낌을 주는 냄새였다. 그러나 요즘도 가끔 그런 냄새를 맡을 수가 있었다. 잠시 열려 있는 남의 집 현관 안쪽에서 풍겨 나와 기묘하게도 사람들이 북적거리는 거리로 흩어졌다가 짧은 순간 코끝에 스쳤는가 하면 금세 사라져버렸던 냄새였다.

"커피로군." 그는 나지막하게 중얼거렸다. "진짜 커피야."

"핵심 당원 전용 커피예요. 아직 개봉하지 않은 1킬로그램짜리예요."

"어떻게 이런 물건들을 구했지?"

"이건 모두 핵심 당원들의 물건이에요. 그 돼지 같은 놈들은 없는 게 없어요. 모든지 다요. 그렇지만 말할 것도 없이 웨이터나 하인이나 그밖의 사람들이 이런 물건들을 훔쳐내죠. 자, 이걸 보세요. 이 조그만 봉지엔 홍차도 들어 있어요."

윈스턴은 그녀 곁에 웅크리고 앉았다. 그는 봉지의 한쪽 귀퉁이를 찢어서 텄다.

"진짜 홍차로군. 블랙베리 이파리가 아니야."

"요즘엔 홍차가 많이 나돌아요. 인도, 아니면 다른 곳을 점령했나 봐요." 그녀는 막연하게 말했다. "그런데 내 말 좀 들어봐요. 3분 동안만 저한테 등을 돌리고 계세요. 저쪽으로 가서 침대 반대편에 앉아요. 창쪽으로 바짝 다가앉지 말고요. 제가 말씀드릴 때까지 돌아봐서는 안 돼요."

윈스턴은 멍한 얼굴로 모슬린 커튼을 통해 밖을 내다보고 있었다. 아래쪽 마당에는 아직도 빨간 팔뚝의 아낙네가 빨래통과 빨랫줄 사이를 힘차게 왔다 갔다 하고 있었다. 그녀는 입에 물었던 집게 두 개를 빼내더니 감정을 곁들여 노래를 불렀다.

> 시간이 모든 걸 아물게 한다지만,
> 사람은 모든 걸 잊을 수 있다지만,
> 웃음과 눈물이 해마다 엇갈려
> 아직도 내 가슴 아프게 하네!

　그녀는 이 하찮은 노래를 전부 알고 있는 듯 감정을 한껏 넣어 부르고 있었다. 그녀의 노랫소리는 달콤한 여름의 공기를 뚫고 위로 떠올랐다가, 구성진 가락으로 짜릿한 애수를 불러일으켰다. 만약 6월의 저녁이 언제까지나 끝나지 않고, 빨랫감이 계속 이어지기만 한다면, 저 여인은 천 년이 가도 저기에 그대로 남아 기저귀를 널면서 하찮은 유행가 가락을 흥얼대며 만족스럽게 지낼 것 같은 느낌마저 들게 했다. 당원이 혼자서 흥에 겨워 노래를 부르는 것을 한 번도 본 적이 없다는 사실이 기이하게 느껴졌다. 노래를 부른다는 것은 혼잣말을 중얼거리는 것과 마찬가지로 다소 이단적이며 위험한 괴벽으로 보일 것이다. 어쩌면 사람들이 노래를 부르는 것은 아사 직전의 상황에 가까워졌을 때뿐인지도 모른다.
　"이젠 돌아앉으셔도 좋아요." 줄리아가 말했다.
　몸을 돌렸을 때, 그는 거의 몇 초 동안 그녀를 알아보지 못했다. 실제로 그가 예상했던 것은 완전히 벌거벗은 그녀의 몸이었다. 그런데 그녀는 나체가 아니었다. 그의 눈앞에 벌어진 변신은 그보다 훨씬 더 놀라운 것이었다. 그녀는 얼굴에 화장을 하고 있었다.
　그녀는 노동자 구역에 있는 어떤 가게로 슬쩍 들어가 화장품 한 세트를 구입한 것이 분명했다. 그녀의 입술에는 새빨갛게 립스틱이 칠해졌고 볼에는 발그레하게 연지를 발랐으며, 코에는 분이 칠해져 있었다. 눈밑에까지 뭔가를 발랐는지 한결 환해 보였다. 화장술은 별로 섬세한 편이 못되었지만, 그런 면에서는 윈스턴의 수준도 대단한 것은 아니었다. 그는 지금까지 여성 당원이 얼굴에 화장한 것을 한 번도 본 적이 없을 뿐더러 상상조차 해본 적이 없었다. 그녀의 외모는 놀랄 만큼 달라졌다. 필요한 부분에 약간 화장을 한 것만으로도 한결 아름다워졌을 뿐만 아니라 훨씬 여성답게 보였다. 그 때문인지 그녀의 짧은 머리와 남자 같은 제복이 한층 돋보였다. 그녀를 품에 안자 짙은 바이올렛 향수의 물결이 강하게 콧속으로 스며들었다. 윈스턴은 어둠침침한 지하실 부엌과 동굴 같은 여자의 입을 생각해냈다. 그 여자가 사용했던 것과 같은 종류의 향수였다. 그렇지만 이 순간만은 그런 것이 문제될 리 없었다.

"향수까지!" 그가 소리쳤다.

"네, 그래요. 향수까지 뿌렸어요. 다음엔 내가 뭘 하려는지 아시겠어요? 어디서든 진짜 여자 옷을 구해가지고, 이런 보기 흉한 바지 따위는 벗어 던진 다음에 바꿔 입을 작정이에요. 실크 스타킹과 하이힐도 신어볼래요! 이 방에서만이라도 당의 동무가 아니라 진짜 여자가 되겠어요."

그들은 옷을 벗어 던지고 커다란 마호가니 침대 속으로 기어 들어갔다. 그녀 앞에서 그가 완전히 벌거벗은 것은 이번이 처음이었다. 지금까지 그는 정맥류성 궤양 때문에 장딴지 위로 툭 불거져 나온 혈관과 발목을 덮고 있는 얼룩덜룩한 생채기에, 핏기 없는 빈약한 몸뚱이가 몹시 창피했다. 시트도 없었지만 그들이 깔고 있는 홑이불은 털이 닳아 부드러웠으며, 널찍하고 푹신한 침대의 탄력이 그들을 놀라게 했다.

"빈대가 우글거리겠죠. 하지만 상관없어요." 줄리아가 말했다. 요즘에 와서 이런 더블베드는 노동자 가정이 아니면 구경할 수가 없었다. 윈스턴은 소년 시절에 이런 침대에서 가끔 자본 적이 있었다. 그렇지만 줄리아는 아무리 기억을 더듬어봐도 이런 데서 자본 적이 없었다.

잠깐 사이에 그들은 잠에 곯아떨어졌다. 윈스턴이 잠을 깼을 때는 시곗바늘이 거의 9시까지 돌아가 있었다. 그는 몸을 움직이지 않고 가만히 누워 있었다. 줄리아가 팔을 구부려 베고 잠들어 있었기 때문이다. 그녀의 화장은 대부분 윈스턴의 얼굴과 덧베개에 닦여 있었지만 아직도 볼에 남아 있는 연한 연지 자국이 아름답게 보였다. 석양의 노란빛이 침대 발치 쪽을 가로질러 벽난로를 비추고, 벽난로에는 물주전자가 시끄러운 소리를 내며 끓고 있었다. 저 아래 뜰에서 아낙네의 노랫소리는 그쳤지만 골목길에서 떠드는 아이들의 고함 소리가 희미하게 들려왔다. 서늘한 여름날 저녁에 한 남자와 여자가 실오라기 하나 걸치지 않은 알몸뚱이로 마음껏 정사를 나눈 후 원하는 얘기를 나누고, 굳이 일어나야 한다는 의무감 따위는 느끼지 않은 채 마냥 침대에 누워 밖에서 들려오는 소리에 귀를 기울이고 있는 것이, 잃어버린 과거에는 일상적인 일로 느껴졌던 때가 있었던지조차 분명하지 않았다. 줄리아가 잠에서 깨어나 눈을 부비면서 일어나더니 팔꿈치를 짚은 채로 오일 스토브 쪽을 바라보았다.

"물이 반쯤 졸아들었을 거예요." 그녀가 말했다. "일어나서 빨리 커피를 타드릴게요. 한 시간쯤 잤나 봐요. 당신네 숙소에선 몇 시에 전기를 끊죠?"

"11시 30분."

"합숙소에선 11시예요. 그렇지만 그 시각보다 더 일찍 돌아가 있어야 해요. 왜냐하면……. 야, 꺼져! 이 더러운 것아!"

그녀는 갑자기 침대에서 몸을 뒤틀더니 바닥에서 구두 한 짝을 집어 들고 선머슴같이 팔뚝에 힘을 주어 구석을 향해 힘껏 내던졌다. 어느 날

아침 2분 증오 시간에 골드스타인을 향해 사전을 내던졌을 때의 모습과
똑같았다.

"왜 그래?" 그는 깜짝 놀라서 물었다.

"쥐예요. 저 징그러운 것이 벽 틈새로 코를 내밀잖아요. 저 아래쪽에
구멍이 있군요. 아무튼 쥐도 몹시 놀랐을 거예요."

"쥐라고." 윈스턴이 중얼거렸다. "이 방 안에!"

"요즘엔 쥐 새끼들이 사방에 널려 있어요." 줄리아가 다시 침대 위에
편안히 몸을 눕히면서 말했다. "합숙소와 부엌에도 쥐들이 있어요. 런던
의 어떤 지역에는 쥐란 놈들이 극성스럽게 우글거려요. 쥐들이 어린애
를 습격한 얘기 들어봤어요? 네, 그 얘긴 사실이에요. 그런 지역에서는
엄마들이 애를 2분 이상 혼자 내버려두어선 안 된대요. 몸집이 굉장히
큰 갈색 쥐들이 덤벼드니까 말이에요. 정말이지 그따위 더러운 짐승들
이 밤낮없이……."

"그만해!"

"당신 얼굴이 몹시 창백하군요. 왜 그러세요? 쥐 때문에 속이 메스꺼
운가요?"

"이 세상에서 제일 무서운 건 쥐야!"

그녀는 그를 꼭 끌어안고 자기의 따스한 체온으로 그를 안심시키려
는 듯 두 다리로 그의 몸을 감았다. 그는 곧바로 눈을 뜨지 못했다. 인생
을 살아오면서 문득문득 떠오르는 악몽에 빠져드는 느낌에 한참 동안
사로잡혀 있었던 것이다. 그 악몽은 언제나 똑같은 것이었다. 그는 캄캄
한 벽 앞에 서 있고, 그 벽의 반대쪽에는 뭔가 참을 수 없고 얼굴을 대하
기가 무서운 것이 있었다. 꿈속에서도 자신이 항상 어떤 자기기만에 사
로잡혀 있다는 것을 절실히 느꼈다. 왜냐하면 어두운 벽 뒤에 무엇이 있
는가를 잘 알고 있기 때문이었다. 만약 그가 죽을힘을 다해서, 마치 자

기의 두뇌 한 조각을 잡아 뜯듯이 애쓴다면 그 정체를 환한 곳으로 끌어낼 수도 있을 것이다. 그렇지만 그는 언제나 그 정체가 무엇인지를 밝혀내지 못한 채 잠에서 깨어나곤 했다. 그런데 그것이 왠지 지금 줄리아가 지껄이고 있는 것과 무슨 관계가 있는 듯했다.

"미안해." 그가 말했다. "아무것도 아냐. 그냥 쥐가 싫다는 것뿐이야."

"걱정 마세요, 당신. 그 징그러운 것들이 이곳엔 얼씬도 못하게 하겠어요. 떠나기 전에 부대 조각 같은 걸로 구멍을 틀어막아야겠어요. 다음번에 이곳에 올 때는 석회를 가져와서 완전히 구멍을 막을 거예요."

어느새 그 어두운 공포의 순간이 반쯤 잊혀갔다. 좀 창피하다는 생각이 슬그머니 치밀어 그는 침대 머리맡에 몸을 기대고 앉았다. 줄리아가 침대를 빠져나가 제복을 입고는 커피를 끓였다. 소스 팬에서 피어오르는 향기가 너무나 강렬하고 자극적이어서 바깥에 있는 누군가가 눈치채고 호기심을 낼까 봐 창문을 꼭 닫았다. 무엇보다도 구미를 돋우는 것은, 사카린 시대 이후 윈스턴이 거의 잊어버렸던 설탕을 탔기 때문에 커피 맛이 비단결처럼 부드럽다는 점이었다. 줄리아는 한 손을 주머니 속에 넣고 다른 한 손에는 잼을 바른 빵 한 조각을 들고 방 안을 왔다 갔다 했다. 그러고는 무심코 책장을 들여다보기도 하고, 접는 탁자를 수리하는 좋은 방법을 알려주기도 하고, 헐어빠진 안락의자가 진짜 편안한지 확인이라도 하려는 듯 털썩 앉아보기도 하고, 우스꽝스럽게 생긴 12시간짜리 문자반 시계를 아주 재미있다는 듯이 자세히 관찰하기도 했다. 그녀는 좀 더 밝은 빛에 비쳐 보기 위해 유리 문진을 침대로 가져왔다. 윈스턴은 그녀한테서 문진을 받아 들고는 언제나처럼 그 부드러운 빗방울 같은 유리 모양에 매혹되었다.

"그걸 들여다보며 뭘 생각하세요?" 줄리아가 물었다.

"이건 아무것도 아닌 것 같아……. 글쎄, 아무짝에도 쓸모없는 물건이야. 그래서 이걸 좋아해. 이것은 그자들이 깜박 잊고 변형하지 못한 역사의 조그만 한 조각이야. 만약 누군가가 해독할 수만 있다면, 이건 100년 전의 메시지야."

"그럼 저기 걸려 있는 그림도……." 그녀는 맞은편 벽에 걸려 있는 동판화를 보며 머리를 끄덕였다. "100년쯤 됐을까요?"

"더 되었을 거야. 한 200년쯤 됐을까? 아무도 알아맞힐 수는 없어. 오늘날은 어느 것의 연대를 알아낸다는 게 거의 불가능해."

그녀는 그림을 자세히 들여다보기 위해 벽 쪽으로 다가갔다. "여기가 그 징그러운 것이 코를 내민 곳이에요." 그녀는 그림 밑의 벽 틈을 갑자기 발로 차면서 말했다. "그런데 이곳은 어디죠? 어딘가 전에 본 적이 있는 곳 같은데."

"그건 성당이야. 최소한 성당으로 사용되었던 건물이야. 세인트클레멘트데인스라는 명칭이 붙어 있었지." 채링턴 씨가 그에게 가르쳐준 단편적인 노래의 가사가 다시 머릿속에 떠올라서 윈스턴은 반쯤 향수에 젖어 덧붙였다.

"오렌지와 레몬이여, 세인트클레멘트의 종이 말하네!"

그러자 놀랍게도 줄리아가 가사의 뒤를 이었다.

당신은 내게 서 푼의 빚을 졌다고,
세인트마틴의 종이 말하네.
언제 갚아주겠니?
올드베일리의 종이 말하네.

"그다음엔 어떻게 가사가 이어지는지 기억나지 않아요. 하지만 끝 구절은 대강 알고 있죠. '여기 당신의 침대를 밝혀줄 촛불이 오네. 여기 당신의 목을 칠 도끼가 오네!'"

마치 암호의 두 반쪽 같았다. 그러나 '올드베일리의 종' 다음에 분명히 다른 한 줄의 가사가 더 있을 것이다. 어쩌면 채링턴 씨가 잘 생각해보면 다시 기억해낼 수 있을지도 모른다.

"그 노래를 어디서 배웠지?" 윈스턴이 물었다.

"할아버지한테 배웠어요. 제가 어렸을 때 할아버지가 이 노래를 들려주시곤 했어요. 그런데 할아버지는 제가 여덟 살 되던 해에 증발해버렸어요. 어찌 됐든 사라져버린 거예요. 난 레몬이 어떻게 생겼는지 모르겠어요." 그녀는 엉뚱하게 이런 소리도 덧붙였다. "그러고 보니 오렌지는 본 적이 있군요. 껍질이 두꺼운 둥글고 노란 과일이죠."

"난 레몬을 기억하고 있어." 윈스턴이 말했다. "50년대에는 아주 흔했지. 맛이 너무 시어서 냄새만 맡아도 입에 침이 괼 정도였어."

"저 그림 뒤에 틀림없이 빈대가 있을 거예요." 줄리아가 말했다. "언제든 저 그림을 떼어서 깨끗이 청소를 하겠어요. 자, 이제 거의 떠날 시간이 된 것 같아요. 먼저 화장을 지워야겠어요. 정말 귀찮아! 당신 얼굴에 묻은 립스틱 자국은 조금 있다가 지워드릴게요."

몇 분이 더 지났는데도 윈스턴은 일어나지 않았다. 방 안이 점점 어두워져 가고 있었다. 그는 밝은 쪽으로 몸을 돌려 유리 문진을 들여다보았다. 볼수록 재미있는 것은 산호 조각이 아니라 유리 자체의 내부였다. 그만큼 깊이를 가지고 있으면서도 거의 공기처럼 투명해 보였다. 유리의 표면은 마치 둥그런 하늘인 양 완벽한 대기권 속에서 조그만 세계를 감싸고 있는 것 같았다. 그 자신이 유리의 내부로 들어갈 수 있는 듯 느껴졌고, 실제로 그 속에 들어가 있었다. 마호가니 침대와 접는 탁자와 시계와 동판화와 문진 그 자체까지 그 속에 들어가 있었다. 문진은 그가 들어가 있는 방이었고, 산호는 수정 같은 결정체의 심장부에 자리 잡은 자신과 줄리아의 생활이기도 했다.

<h1 style="text-align:center">5</h1>

사임이 자취를 감추어버렸다. 어느 날 아침 그는 근무처에 나타나지 않았다. 몇 명의 지각없는 사람들이 그가 결근했다고 수군댔다. 다음 날은 아무도 그에 관한 얘기를 꺼내지 않았다. 사흘째 되는 날, 윈스턴은 게시판을 보려고 기록국의 현관 안으로 들어섰다. 공고문 한 군데에 체스 위원회 명단이 인쇄되어 있고, 그중에 사임의 이름도 늘 끼어 있었다. 그런데 공고문은 예전에 보았던 것과 완전히 똑같아 보였는데, 지운 흔적이 전혀 없는데도 이름 하나가 부족했다. 그것만으로도 충분히 짐작이 갔다. 사임은 더 이상 존재하지 않게 되었고, 과거에도 결코 존재한 적이 없었다.

찌는 듯이 무더운 날씨였다. 창문 하나 없는 미궁과도 같은 청사에는 냉방장치가 된 방들이 정상적인 온도를 유지하고 있었지만, 일단 바깥 거리로 나가기만 하면 당장 발을 태울 것같이 뜨거웠고, 출퇴근 시간에 지하철에서 풍기는 악취는 몸서리가 쳐질 정도였다. 증오 주간을 위한 준비 작업이 한창이어서 모든 부처의 직원들은 시간 외 근무를 하고 있었다. 행진, 화합, 군대의 퍼레이드, 강연회, 밀랍 인형 전시회, 영화 상영, 텔레스크린 프로그램 등 이 모든 것을 짜야만 했다. 진열대도 세워야 하고, 초상화도 내걸어야 하고, 슬로건도 지어야 하고, 노래도 작곡해야 하고, 유언비어도 퍼뜨려야 하고, 사진도 위조해야만 했다. 창작국의 줄리아가 속한 부서는 소설 제작을 중단하고, 대신 잔인무도한 행위를 줄거리로 쓴 일련의 팸플릿을 마구 쏟아놓았다. 윈스턴은 정규적인 작업 이외에 매일같이 여러 시간을 할애해 전에 발간된 《타임스》지의 철을 뒤적여서 연설문에 인용할 뉴스 기사들을 변조하거나 윤색했다. 밤늦게 난폭한 노동자들이 떼를 지어 거리로 몰려다닐 때면, 시가지에는 기묘하게도 열병과 같은 공기가 감돌았다. 로켓탄이 여느 때보다 더 자주 터지고, 가끔 먼 곳에서 엄청난 폭음이 들려오면 누구 하나 제대로 설명해주는 사람 없이 뜬소문만 무성하게 나돌았다.

증오 주간에 불릴 주제가(〈증오의 노래〉라고 했다)의 새 멜로디가 이미 작곡되어 끊임없이 텔레스크린에서 흘러나왔다. 정확히 말해서 그것은 음악이라기보다는 정신없이 두들겨대는 북소리 같았고, 개가 짖어대는 듯한 야만적인 리듬이었다. 지축을 뒤흔들며 행진하는 발걸음에 맞추어 수백 명이 한 목소리로 울부짖는 노랫소리는 끔찍한 것이었다. 프롤레타리아는 그 노래에 도취되어 한밤중에 거리에서, 아직도 인기가 있는 〈그것은 희망 없는 환상이었지〉라는 노래와 번갈아가며 불러댔다. 파슨스의 아이들도 밤낮을 가리지 않고 빗과 휴지 뭉치를 두들겨대며 지겹도록 그 노래만 불렀다. 윈스턴의 저녁 시간은 전에 없이 일거리가 많았다. 파슨스가 조직한 자원봉사대는 증오 주간을 위해 깃발을 만들고, 포스터를 그리고, 지붕 위에는 국기 게양대를 설치하고, 위험을 무릅쓴 채 거리를 가로질러 환영 현수막의 줄을 매는 등 거리 단장에 여념이 없었다. 파슨스는 빅토리 맨션만이 400미터짜리 휘장을 내걸게 되었다고 자랑이 대단했다. 그는 천성이 그래서인지 언제나 종달새처럼 즐거웠다. 녀석은 또 덥다는 것과 힘든 육체노동을 한다는 구실로 저녁이면 반바지와 앞이 터진 셔츠로 갈아입었다. 그는 이곳저곳에 바람처럼 나타나 밀치고 당기고 톱질하고 망치질하고 즉석에서 뜯어 맞추고 동지적인 격려로 모든 사람을 즐겁게 하면서, 몸을 움직일 때마다 끊임 없이 시큼한 땀 냄새를 풍겼다.

순식간에 새로운 포스터가 런던 구석구석에 나붙었다. 3, 4미터 정도 의 키에 커다란 가죽 장화를 신고 엉덩이 쪽에 기관총이 비쭉 내민 무 표정한 몽골 족 얼굴의 괴물 같은 형상의 유라시아 군대가 무지막지하 게 전진해 오는 그림이었는데, 거기에는 아무런 표제어도 붙어 있지 않 았다. 포스터는 어떤 각도에서 보더라도 원근법에 의해 확대된 기관총 의 총부리가 보는 사람을 똑바로 겨냥하도록 되어 있었다. 이 포스터는 벽이라는 벽에 빈자리가 조금이라도 있으면 붙여져서 빅 브러더의 초 상화보다 그 수가 더 많아 보였다. 대체로 전쟁에 냉담한 반응을 보이 는 노동자들까지 이 주기적인 애국심의 광기에 휘말려 들었다. 이런 전 체적인 분위기에 동조라도 하듯이 로켓탄이 보통 때보다도 더 많은 사 람들을 죽였다. 이런 폭탄은 사람들로 만원을 이룬 스테프니의 영화관 에도 떨어져 몇백 명을 한꺼번에 폐허 속에 묻어버렸다. 이웃 주민들은 모두 몇 시간씩 기다란 열을 지어 장례 행렬에 참가했으며, 이런 모임은 끝내 규탄 대회로 변모해버리곤 했다. 또 하나의 폭탄은 운동장으로 사 용하는 황무지에 떨어져 수십 명의 아이들이 산산조각 되어 날아가 버 렸다. 그 바람에 데모는 더욱더 격렬해지고 골드스타인의 허수아비가 불태워졌으며, 수백 장에 달하는 유라시아군의 포스터가 찢겨져 불꽃 속에 던져지고, 수많은 점포가 이런 난장판 속에 약탈당했다. 그런 다음 엔 스파이들이 무선전신으로 로켓탄을 투하할 장소를 지시한다는 유언 비어가 나돌고, 한 노부부는 외국인 혈통이라고 의심받아 집에 불을 질 러 질식시켜 죽였다고도 했다.

줄리아와 윈스턴은 채링턴 씨 가게 위층의 방에 오면 더위를 식히기 위해 창문을 열어놓고 실오라기 하나 걸치지 않은 맨몸으로 낡은 침대 위에 나란히 누워 있었다. 쥐는 다시 나타나지 않았지만, 날씨가 더워지자 대신 빈대가 무섭게 우글거렸다. 그렇지만 그런 것쯤은 문제가 되지 않았다. 더럽든 깨끗하든 이 방은 천국이었다. 그들은 이 방에 도착하면 즉시 암시장에서 사 온 후춧가루를 방 안 구석구석에 뿌리고, 옷을 벗어 던진 다음에 땀을 뻘뻘 흘리면서 사랑을 나누었다. 그런 후에 잠에 곯아 떨어졌다가 깨어나면 빈대들이 시위나 하듯 떼를 지어 덤벼드는 것이었다.

그들은 6월 한 달 동안에 네 번, 다섯 번, 여섯 번, 아니 일곱 번이나 만났다. 윈스턴은 밤낮없이 진을 들이켜던 습관을 그만두었다. 그럴 필요가 없어진 것이다. 그는 차츰 살이 쪘고, 정맥류성 궤양도 발목 위 살갗에 누르스름한 자국만 약간 남긴 채 가라앉았으며, 아침에 눈을 뜨면 발작처럼 일어나던 기침도 멎었다. 이제 더 이상 인생이 고통스럽게 여겨지지 않았고, 텔레스크린을 향해 얼굴을 찌푸리거나 목청껏 욕설을 퍼붓고 싶던 충동도 가라앉았다. 거의 가정이나 다름없는 안전한 은신처를 갖게 되었으니 자주 만날 수도 있고, 만나더라도 한두 시간밖에 함께 있지 못했지만 그다지 고통스럽게 느껴지지 않았다. 중요한 것은 고물상 윗방이 계속 존재해야 한다는 사실이었다. 이 방이 침해받지 않고 그대로 남아 있다는 것을 알기만 해도 그 방 안에 있는 것이나 다름없었다. 그 방은 하나의 세계였고, 단절된 동물들이 걸어 다닐 수 있는 과거의 주머니였다. 채링턴 씨 역시 또 하나의 사멸한 동물이라고 윈스턴은 생각했다. 윈스턴은 항상 위층으로 올라오는 길에 잠깐 멈춰서 채링턴 씨와 이야기를 나누었다. 노인은 여간해서, 아니 결코 문밖에 나가는 일이 없는 것 같았고, 그렇다고 해서 고객이 찾아오는 일도 거의 없었다. 그는 조그맣고 어둠침침한 가게와 손수 음식을 조리하는 한층 더 비좁은 뒤쪽의 부엌 사이를 유령처럼 왔다 갔다 하며 살았다. 부엌에는 엄청나게 커다란 나팔이 달린 아주 오래된 축음기 한 대가 다른 물건들 틈에 끼여 놓여 있었다. 그는 이야기할 기회가 생기면 몹시 기쁜 표정을 지었다. 기다란 코에 도수 높은 안경을 쓰고, 구부정한 어깨에 벨벳 재킷을 걸치고 아무 쓸모도 없는 물건들 사이에서 서성거리는 걸 보면, 장사꾼이라기보다는 폐품 수집가 같은 풍모를 엿볼 수 있었다. 어딘가 맥이 풀린 듯한 모습으로 허섭스레기 같은 물건들을—예컨대 도자기 병마개라든가, 채색된 부서진 담뱃갑 뚜껑이라든가, 오래전에 죽은 어린아이의 머리카락을 담아놓은 모조품 함—이것저것 만지작거리면서 윈스턴에게는 사라고 권하지도 않고 그저 감상이나 하도록 내버려두는 것 같았다. 그와 이야기할 때면, 낡아빠진 축음기가 덜커덩거리는 소리를 듣는 것 같았다. 그는 자신의 기억을 하나하나 되짚어 잊어버린 가사의 몇 조각을 더 끄집어냈다. 그 노래에는 스물네 마리의 찌르레기와, 찌부러진 뿔을 가진 암소 한 마리와, 가련하게 죽은 울새 수컷이 나왔다.

"당신이 흥미를 느끼는 것 같아 방금 생각해낸 거요." 채링턴 씨는 가사의 새로운 구절이 생각날 때마다 나무라는 듯 가벼운 웃음을 터뜨리며 말하는 것이었다. 그러나 그는 어떤 노래든 몇 구절밖에 기억하지 못했다.

줄리아와 윈스턴은 모두—어떤 면에선 이런 생각을 한순간도 그들의 마음속에서 지워버리지 못했지만—지금과 같은 상황이 오래가지는 못하리라는 것을 알고 있었다. 어쩌다 둘이서 침대에 누워 있을 때면 죽음이 가까이 다가오고 있다는 사실이 뚜렷하게 느껴져, 마치 저주받은 영혼이 마지막 죽음의 5분 전에 최후의 쾌락 한 조각을 붙들고 늘어지듯이 절망적인 육욕으로 서로를 힘껏 껴안는 것이었다. 그러나 가끔 그들은 안전할 뿐만 아니라 이런 상태가 영원히 계속되리라는 환상에 젖을 때도 있었다. 그들이 이처럼 이 방 안에 있기만 하면 아무런 위험도 닥치지 않을 것 같았다. 이 집에까지 오기가 어렵고 위험스러웠지만, 일단 도착하기만 하면 이 방은 성단聖壇이나 다름없었다. 그것은 마치 윈스턴이 문진의 한가운데를 들여다보고 그 유리의 세계 속으로 들어갈 수만 있다면 시간도 정지해버릴 것 같은 느낌이 드는 세계였다. 그들은 가끔 탈출하는 백일몽에 빠지기도 했다. 그들의 행운은 영원히 계속되어, 남아 있는 생애 동안 이처럼 남몰래 사랑을 나누며 보내게 되리라는 공상도 해보았다. 혹은 캐서린이 세상을 떠나면 어떻게든 교묘한 책략을 써서 윈스턴과 줄리아는 결혼하는 데 성공할지도 모른다. 그것이 불가능하면 둘이서 함께 자살하면 된다. 또는 둘이서 감쪽같이 사라져 다른 사람이 못 알아보도록 신분을 바꾸고, 노동자들이 쓰는 어투를 배워 공장에서 일자리를 구한 다음 수색이 미치지 않는 뒷골목에서 살았으면 싶었다. 그러나 이런 생각들이 전부 부질없는 몽상이라는 것을 두 사람 다 잘 알고 있었다. 실제로 이 세계에서 도망칠 길이란 없었다. 단 한 가지 실현할 수 있는 방법이 자살인데, 그것도 행동에 옮기는 데는 많은 어려움이 따랐다. 공기가 끊이지 않는 한 허파가 계속 숨을 쉬게 되는 것과도 같은, 극복할 수 없는 본능에 따라 그날에서 그다음 날로 그 주에서 그다음 주로 미래가 없는 현실에 매달려 사는 길밖에 없었다.

가끔 당을 전복하기 위한 적극적인 반란에 가담하자는 이야기도 해보았지만, 그 첫발을 어떻게 내디뎌야 할지 적당한 묘책이 떠오르지 않았다. 그 황당무계한 형제단이 실제로 존재한다 하더라도 거기에 가입하는 방법을 찾아낸다는 것은 역시 어려운 문제로 남았다. 윈스턴은 그와 오브라이언 사이에 존재하는, 아니 존재하는 듯이 느껴지는 기묘한 유대감을 그녀에게 이야기해주었다. 그래서 때로는 오브라이언을 찾아가 자기는 당의 적이라고 밝힌 다음 그의 도움을 청하고 싶은 순간적인 충동까지 느끼기도 했다. 그런데 기묘하게도 줄리아는 이것을 무모하고도 엉뚱한 짓이라고 하지는 않았다. 그녀는 얼굴을 보고 사람을 판단하는 버릇이 있었기 때문에, 윈스턴이 단 한 번 예사롭지 않게 시선을 마주친 것만 가지고 오브라이언을 믿어도 좋을 만한 사람으로 확신하는 것을 당연하게 받아들이는 것 같았다. 더욱이 줄리아는 많은 사람이, 아니 거의 모든 사람들이 남몰래 당을 혐오하며 신변의 안전만 느끼면 당의 규칙을 위반하고 싶어 한다고 믿었다. 그러나 그녀는 보다 광범위하고 조직적인 반대 세력이 존재한다거나 존재할 수 있다는 가능성은 믿으려 하지 않았다. 골드스타인과 그의 지하조직에 관한 이야기는 당이 자체의 목적을 위하여 일부러 조작해낸 것으로, 사람들이 믿는 척할 수밖에 없는 헛된 풍문에 지나지 않는다고 말했다. 수없이 많은 당 대회나 자발적인 데모 행진에서 그녀는 한 번도 이름을 들어보지 못하고 무슨 죄를 저질렀으리라고는 전혀 믿어지지 않는 사람들을 처형하라고 목청껏 외쳐댔었다. 공개재판이 벌어질 때면 아침부터 밤까지 법정을 둘러싸고 있는 청년 동맹 파견대 속에 한 자리를 차지하고서 틈날 때마다 "반역자를 죽여라!" 하고 되풀이해서 소리치곤 했다. 2분 증오 시간에는 항상 다른 사람들보다 몇 배나 더 큰 소리로 골드스타인에게 저주의 욕설을 퍼부었다. 그렇지만 아직도 골드스타인이 누구이며, 그가 어떤 정책을 표방하고 있는지에 대해서는 전혀 알지 못했다. 혁명 이후의 세대인 그녀로서는 50년대와 60년대의 이념 전쟁을 파악한다는 것이 무리였다. 그녀에게 있어서는 개인적인 정치 활동 같은 것은 상상조차 할 수 없는 일이었다. 더더구나 당은 전복될 수 없는 것이었다. 당은 언제까지나 존재할 것이며, 언제고 한결같을 것이다. 남의 눈에 띄지 않는 불복종 행위로만, 아니면 기껏해야 누군가를 죽이거나 뭔가를 파괴하는 따위의 고립된 폭력 행위로만 당에 대한 반역을 꾀할 수 있는 것이다.

어떤 면에서 그녀는 윈스턴보다 훨씬 날카로운 데가 있어서 당 외 선전에 잘 넘어가지 않는 편이었다. 언젠가 그가 우연히 유라시아와의 전쟁에 관한 얘기를 꺼냈을 때, 그런 전쟁은 실제로 일어나지도 않았다는 그녀 자신의 견해를 불쑥 말함으로써 그를 놀라게 했었다. 매일같이 런던에 투하되는 로켓탄도 어쩌면 오세아니아 정부 자체가 '국민들 사이에 공포 분위기를 조성하기 위해 발사하는' 것인지도 모른다고까지 얘기했다. 이런 것은 그가 지금까지 상상조차 해보지 못했던 생각이었다. 그녀는 또, 2분 증오 시간에 가장 힘든 일은 터져 나오려는 웃음을 참는 것이라고 얘기해서 그로 하여금 일종의 부러움 같은 감정을 느끼게 했다. 그렇지만 그녀는 당의 교육이 그녀 자신의 생활을 침해하지 않는 한 이것을 믿었다. 대체로 그녀는 이런 공식적인 당의 신화를 받아들일 준비가 되어 있었는데, 그것은 단순히 진실과 허위의 차이가 그녀에게 있어서는 별로 중요한 문제가 아니기 때문이었다. 예를 들면 학교에서 배운 대로 당이 비행기를 발명했다는 선전을 믿었다(윈스턴의 기억에는 그가 학생이었던 50년대 후반만 하더라도 당이 발명했다고 주장한 것은 헬리콥터뿐이었다. 그런데 12년이 지난 후 줄리아가 학생이었을 때는 비행기까지 발명했다고 우겼다. 이런 식으로 가다가는 한 세대만 지나면 스팀 엔진도 발명했다고 큰소리칠 게 뻔했다). 그래서 비행기는 그가 태어나기 전, 혁명이 일어나기 오래전부터 있었다고 설명해주었지만, 그런 사실이 그녀에겐 흥미가 없는 모양이었다. 결국 누가 비행기를 발명했든 그것이 무슨 상관이 있겠는가? 오히려 불과 4년 전에 오세아니아는 동아시아와 전쟁 상태에 있었고 유라시아와는 평화 관계를 맺고 있었다는 사실을 그녀가 조금도 의식하지 못하고 있음을 우연히 발견했을 때 그는 충격을 받았다. 그녀가 모든 전쟁을 허위로 보는 것은 사실이었다. 그렇다라도 그녀는 분명히 전쟁 상대국이 바뀌었다는 사실조차도 의식하지 못했다. "난 우리가 항상 유라시아하고만 전쟁을 하고 있다고 생각했는데요." 그녀는 막연하게 이렇게 대답했다. 그 말을 듣고 윈스턴은 약간 당혹감을 느꼈다. 비행기의 발명은 그녀가 태어나기 오래전 일이지만, 전쟁 상대국이 바뀐 것은 그녀가 이미 성년이 된 후인 4년 전이 아닌가. 그는 이 문제 때문에 거의 15분 동안이나 그녀와 말씨름을 했다. 결국에 가선 그녀로 하여금 한때 적극적이었던 것은 유라시아가 아니라 동아시아였다는 사실을 어렴풋이나마 기억하도록 하는 데 성공했다. 그렇지만 여전히 그 문제는 그녀에게 대수롭지 않은 것이었다.

"그게 무슨 상관이 있어요?" 그녀는 초조하게 대꾸했다. "언제나 그 지겨운 전쟁은 끊임없이 일어나는 데다 뉴스라는 것도 따지고 보면 모두 거짓투성이니까요."

가끔 그는 기록국에 관한 얘기와, 그가 그곳에서 저지르는 뻔뻔스러운 날조 행위에 대해 그녀에게 말해주었다. 그러나 그런 일 정도로는 그녀를 놀라게 하지 못한 것 같았다. 거짓이 진실이 된다고 해서 그녀의 발밑에 무서운 함정이 생기는 것은 아니라고 그녀는 믿었던 것이다. 그는 또 존스와 아론슨과 러더퍼드에 대해서, 그리고 언젠가 그가 우연히 받아보게 된 종이쪽지에 대해서도 얘기해주었다. 그런 얘기도 그녀로 하여금 별다른 관심을 불러일으키게 하지는 못했다. 줄리아는 물론 처음부터 이야기의 요점마저 파악하고 있지 못했다.

"그분들이 당신의 친구예요?" 줄리아가 물었다.

"아니야, 난 그들을 알지 못해. 핵심 당원들이야. 게다가 나보다 훨씬 나이가 많아서 그들은 혁명 전의 옛 시대에 속하는 사람들이야. 얼굴만 보았을 뿐 잘 알지는 못해."

"그렇다면 뭣 때문에 걱정하는 거예요? 사람들은 항상 살해당하고 있어요. 그렇잖아요?"

그는 그녀를 이해시키려고 했다. "이건 예외적인 경우야. 누군가가 살해당하는 문제하고는 달라. 당신은 어제를 비롯해 모든 과거가 깡그리 부정되고 있다는 사실을 알고나 있어? 만약 그 과거가 어디엔가 남아 있다면, 저기 있는 저 유리 덩어리처럼 한마디 말도 붙여볼 수 없는 몇몇 고체 속에 들어 있을 뿐이야. 이미 우리는 혁명이나 혁명 전의 일에 대해서는 아무것도 아는 게 없어. 모든 기록은 폐기되거나 날조되었고, 책이라는 책은 모두 다시 쓰였고, 모든 그림은 다시 그려졌고, 동상과 거리와 건물들에는 모두 새로운 이름들이 붙여졌고, 역사적인 날짜마저 모두 변조되었어. 이런 상황이 날마다 시시각각으로 계속되고 있는 거야. 역사는 정지해버렸어. 당이 언제나 옳다고만 하는 이 끝없는 현재 이외엔 아무것도 남아 있는 게 없어. 물론 과거가 날조되었다는 것은 나도 알고 있지. 하지만 나 자신이 날조 행위를 하고 있을 때조차도 그 사실을 증명할 길이 전혀 없어. 일단 그런 짓이 자행되고 나면 어떤 증거물도 남아 있지 못해. 유일한 증거는 나 자신의 마음속에 남아 있을 뿐인데, 이 세상의 어느 누구도 내 기억을 뒷받침해주리라고 장담할 수 없어. 지금까지 살아오는 동안에 꼭 한 번—그나마 몇 년이 흘러가 버렸지만—그 사건 이후 실질적이고도 확고한 증거를 찾아냈던 적이 있었지."

"그렇다고 해서 무슨 좋은 수가 있겠어요?"

"아무 소용도 없었지. 몇 분도 되지 않아 그 증거물을 폐기해버렸으니까. 그렇지만 똑같은 일이 오늘 발생한다면, 난 그 증거물을 보관할 거야."

"글쎄, 나라면 그렇게 하지 않겠어요!" 줄리아가 외쳤다. "저도 위험을 무릅쓸 각오는 돼 있어요. 하지만 뭔가 값진 일을 위해서지, 그런 헌 신문지 조각을 위해서 모험하지는 않겠어요. 그런 걸 보관해서 뭘 하겠다는 거예요?"

"별로 쓸모는 없겠지. 하지만 그건 증거물이야. 위험을 무릅쓰고 아무에게나 그걸 보여준다면, 이곳저곳에 약간이나마 현 시대에 의혹을 품는 사람들을 심게 될 거야. 우리가 살아 있는 동안에 그 무엇을 변형할 수 있다고 생각하지는 않아. 하지만 여기저기에서 조그만 저항 세력이 일어나 그들 스스로 소규모의 집단을 이루게 되고, 차츰 그 세력이 불어나서 후세에 몇 마디의 기록만 남기게 되면 우리가 세상을 떠난 후에라도 다음 세대가 뭔가를 수행할 수 있으리라고 믿어."

"난 다음 세대엔 흥미가 없어요. 오직 '우리'한테만 관심이 있는걸요."

"당신은 허리 아래쪽만 반역자일 뿐이야." 그는 그녀에게 말해주었다.

그녀는 이 말을 기발한 재담이라고 생각했는지 기뻐하면서 그를 얼싸안았다.

그녀는 당의 세부적인 강령에 대해서는 전혀 관심이 없었다. 영사의 원칙, 이중사고, 과거의 일을 날조하는 행위, 객관적 사실에 대한 부정, 그리고 신어의 사용에 관한 이야기를 꺼낼 때마다 그녀는 지루해하고 난색을 표했으며, 그따위 일엔 전혀 관심이 없다고 말했다. 누구나 다 그런 것들이 쓸데없는 짓이라는 걸 알고 있는데, 왜 그런 일로 골치를 앓아야 하는가? 그녀는 기뻐해야 할 때와 경멸해야 할 때를 알면 그것으로 충분하다고 했다. 그래도 윈스턴이 계속 그런 화제를 끄집어내면 그녀는 못 들은 체 잠에 빠져드는 버릇이 있었다. 그녀는 때와 장소를 가리지 않고 잠들 수 있는 그런 사람이었다. 그녀와 이야기하는 동안에 교설이라는 것이 무엇인가를 전혀 모르면서도 교설의 정체를 제시하는 것이 얼마나 쉬운 일인가를 깨달았다. 어떤 면에서 당의 세계관은, 그것을 이해할 만한 능력이 없는 사람들에게 가장 잘 주입되는 것이다. 그들은 자기에게 요구되는 일이 얼마나 나쁜 것인가를 완전히 파악하지 못할뿐더러 공적인 사건에서 어떤 일이 일어나고 있는가에 관심을 기울이지도 않기 때문에, 가장 잔학한 현실 파괴도 망설임 없이 받아들일 수 있었다. 말하자면 이해의 결핍으로 그들은 정신이상에 걸리지 않고 살아남게 된 것이다. 그들은 무엇이든 닥치는 대로 꿀꺽꿀꺽 삼켜도 탈이 없었다. 마치 곡식의 낟알이 소화되지 않은 채 새의 창자를 통과해도 그 뒤엔 아무 찌꺼기도 남지 않듯이.

6

마침내 올 것이 오고야 말았다. 기대했던 메시지가 온 것이다. 지금까지 인생을 살아오면서 그는 이런 일이 일어나기를 고대하고 있던 것 같은 느낌이 들었다.

윈스턴은 청사의 기다란 복도를 걸어가고 있었다. 줄리아가 그의 손에 살그머니 쪽지를 쥐여주었던 지점에 가까워졌을 때, 누군가 그보다 덩치가 큰 사람이 뒤에 따라오고 있음을 느꼈다. 누군지는 몰라도 그 사람은 분명히 말을 꺼내려는 것처럼 잔기침을 했다. 윈스턴은 갑자기 발걸음을 멈추고 뒤돌아보았다. 오브라이언이었다.

마침내 그들이 얼굴을 마주 대했을 때, 윈스턴은 그 자리에서 도망치고 싶은 충동만을 느꼈다. 심장이 몹시 뛰어서 말도 꺼낼 수 없을 정도였다. 아무튼 오브라이언은 똑같은 동작으로 걸어와서는 잠시 동안 윈스턴의 팔을 다정하게 잡았으므로 두 사람은 나란히 걷게 되었다. 그는 대부분의 핵심 당원과는 달리 유별나게 정중한 태도로 말을 걸어왔다.

"당신과 이야기할 기회가 오기를 바라고 있었지요." 그는 말했다. "지난번 당신이 《타임스》지에 게재한 신어의 기사를 읽었습니다. 신어에 대해 학문적인 관심을 갖고 계시더군요. 그렇지 않습니까?"

윈스턴은 간신히 가슴을 가라앉혔다. "학문적이라고 할 것까지야 없지요. 그저 풋내기에 지나지 않습니다. 제 전공 분야도 아니고요. 신어를 조립하는 데 직접 참여한 적도 없습니다."

"그렇지만 아주 훌륭하게 썼더군요." 오브라이언이 말했다. "이것은 단순히 개인적인 견해만은 아닙니다. 최근에 그 분야에 관한 상당히 전문가급인 당신의 친구와도 얘기를 나눈 적이 있습니다. 글쎄, 그 이름을 깜박 잊어버렸지만 말입니다."

윈스턴의 심장이 다시 고통스럽게 두근거렸다. 그런 사람이라면 사임 말고 다른 사람이 있을 리 없다. 그렇지만 사임은 죽었을 뿐만 아니라 흔적조차 없이 지워져서 이 세상에는 '존재한 적이 없는 인간'이었다. 그에 대해서 아는 체 언급하는 것은 치명적으로 위험한 짓이었다. 그런데 오브라이언이 이런 이야기를 꺼낸 것은 분명히 의도적으로 던져본 신호이거나 암호 같았다. 이런 조그만 사상죄의 행위를 함께 나누어 가짐으로써 두 사람이 공범이 되자는 저의였다. 두 사람은 천천히 복도를 걸어갔는데, 오브라이언이 먼저 발걸음을 멈췄다. 그리고 늘 하는 몸짓으로 이상하게도 안정감을 주는 친밀감을 띠고서 콧잔등에 걸쳐 있는 안경을 고쳐 썼다. 그런 다음에 말을 이었다.

"내가 정작 말하고 싶었던 것은, 당신이 쓴 기사에서 이미 사어가 되어버린 낱말을 두 개나 발견했다는 사실입니다. 하지만 그 낱말이 없어진 것도 최근의 일이지요. 신어사전 제10판을 본 일이 있습니까?"

"아니요." 윈스턴이 대답했다. "아직 발간되지 않은 걸로 알고 있는데요. 기록국에서는 현재 제9판을 사용하고 있습니다."

"내 예상으로 제10판은 몇 달 안에는 나오지 못할 겁니다. 하지만 몇 권의 견본이 미리 나와 있지요. 나도 한 권 갖고 있습니다. 아마 그걸 보면 흥미가 끌리겠지요?"

"꼭 보고 싶군요." 윈스턴은 그 말이 무엇을 의미하는지 즉각 알아차리고 대답했다.

"몇 가지 새로운 진보는, 가장 독창적인 것이라는 점이지요. 동사의 수적인 감소 말입니다. 내 생각엔 그 점이 가장 당신의 흥미를 끌 것 같군요. 가만있자, 그 사전을 당신한테 보내드릴까요? 그런데 난 건망증이 너무 심해서 말입니다. 아무 때나 당신이 편리한 시간에 직접 내 집에 들러주면 어떻겠습니까? 잠깐, 내 집 주소를 적어드리겠습니다."

그들은 텔레스크린 앞에 서 있었다. 오브라이언은 태연하게 호주머니 두 개를 뒤지더니 가죽 표지의 수첩과 황금빛의 볼펜을 꺼냈다. 텔레스크린 바로 밑이었기 때문에 기계의 저쪽 끝에서 지켜보고 있는 사람이 무슨 글자를 쓰고 있는지 환히 알아볼 수 있는 위치에 서서 그는 주소를 끼적끼적 적고는 그 페이지를 찢어 윈스턴에게 건네주었다.

"난 저녁에는 항상 집에 있습니다." 그가 말했다. "혹시 집에 없다 하더라도 하인이 사전을 전해드릴 겁니다."

그는 윈스턴에게 종이쪽지를 쥐여주고는 가버렸다. 이번에는 종이쪽지를 감출 필요가 없었다. 그렇지만 거기에 적힌 글자를 조심스럽게 기억해두고는 몇 시간 후에 다른 종이쪽지들과 함께 기억 구멍 속에다 집어 던져 버렸다.

그들은 기껏해야 2분 정도 서로 이야기를 주고받았다. 이런 에피소드가 지닐 수 있는 의미란 단 한 가지밖에 없었다. 그것은 오브라이언이 윈스턴에게 자기 주소를 알려주기 위해 생각해낸 유일한 방법이었다. 직접 물어보지 않는 한 다른 사람이 어디에 사는지를 알아내기란 절대로 불가능했기 때문에 이런 방법이 필요했던 것이다. 어떤 형태의 주소록이든 있을 리가 없었다. '나를 만나고 싶거든 이리로 오면 된다.'라는 것이 오브라이언이 그에게 전하려 했던 말이었다. 어쩌면 사전의 책갈피에 메시지가 숨겨져 있을지도 모른다. 하지만 어쨌든 한 가지 일만은 분명했다. 그가 상상해왔던 음모는 존재했으며, 그는 드디어 그 음모의 문턱에까지 도달한 것이다.

늦든 빠르든 윈스턴은 오브라이언이 부르면 자신이 응하게 되리라는 것을 알고 있었다. 어쩌면 내일이 될지, 아니면 먼 훗날로 연기될지, 그것만이 불확실한 뿐이었다. 방금 일어난 사건은 몇 년 전에 시작된 음모가 실천되는 한 과정일 뿐이었다. 그 첫 단계는 은밀하고도 모호한 생각이었고, 두 번째 단계는 일기를 쓰기 시작한 일이었다. 그는 생각으로부터 문자로 옮겨 갔으며, 지금은 문자에서 행동으로 옮겨 간 것이다. 마지막 단계는 사랑부에서 일어나게 될 어떤 사건일 것이다. 그는 그것마저도 받아들였다. 마지막은 언제나 시작에 포함되어 있는 것이다. 그렇지만 그것은 끔찍스러운 일이었다. 아니, 더 정확히 말해서 그것은 죽음을 미리 맛보는 것이며, 삶을 더 짧게 단축하는 것과 마찬가지였다. 그가 오브라이언에게 말을 던졌던 그 순간조차도, 그 말의 의미가 잦아들면서 차가운 전율이 그의 몸을 뒤흔드는 듯이 느껴졌다. 그는 습기 찬 무덤 속으로 걸어 들어가는 듯한 전율을 느꼈지만, 무덤이 거기에서 그를 기다리고 있음을 항상 의식하고 있었기 때문에 심한 공포는 느끼지 않았다.

7

윈스턴은 눈에 눈물이 가득 괸 채로 잠에서 깨어났다. 줄리아가 그 옆에서 몸을 뒤척이며 뭐라고 중얼거렸는데, 마치 '왜 그러세요?' 하고 묻는 것 같았다.

"꿈을 꾸었어……." 그는 입을 열었다가 다시 다물었다. 꿈이 너무나 혼란스러워서 말로 표현할 수가 없었다. 분명히 꿈은 꿈이었는데, 한 가지 기억이 잠을 깬 다음에도 몇 초 동안 그의 마음속에서 헤엄치듯 스러지지 않았다.

그는 여전히 꿈속의 분위기에 젖어 눈을 감고 누워 있었다. 마치 비 온 뒤의 여느 여름날 저녁 풍경처럼 지금까지 살아온 그의 생애가 눈앞에 펼쳐졌는데, 유리의 표면은 궁륭을 이룬 하늘이었고, 그 내부에는 모든 것이 맑고 부드러운 빛으로 충만한 가운데 한없이 펼쳐져 있었다. 꿈속에서 어머니가 팔을 흔드는 모습이 보였고—물론 꿈이 암시하는 진짜 의미가 그 광경 속에 있었는데—어느덧 30년 후로 되돌아와 뉴스 영화에서 본 유태인 부인이 헬리콥터에서 쏘아내는 총탄으로부터 어린 아들을 보호하려고 안간힘을 쓰다가 끝내 둘 다 총에 맞아 산산조각이 되어 날아가 버리는 광경도 보였다.

"지금 이 순간까지 어머니를 죽게 한 것은 나 자신이었다고 믿어왔다는 사실을 알아?" 윈스턴이 말했다.

"왜 어머니를 죽이셨어요?" 줄리아가 여전히 잠에 취한 소리로 물어보았다.

"난 어머니를 죽이지 않았어, 적어도 신체적으로는 말이야."

꿈속에서 잠깐 본 어머니의 마지막 모습이 기억에 떠올랐고, 잠을 깨고 나서 잠시 후에는 그 꿈을 형성하고 있던 조그만 사건들의 단편이 되살아났다. 그것은 여러 해를 두고 그의 의식에서 몰아내려고 안간힘을 썼던 기억이었다. 날짜는 분명하지 않았지만, 그것은 그가 열 살인가 열두 살쯤 되었을 무렵에 일어난 일이었다.

아버지는 그 일이 있기 전에 사라져버렸다. 얼마나 더 일찍 사라졌는지는 기억하지 못한다. 다만 그 당시의 소란스럽고 불안했던 상황만이 분명히 머릿속에 남아 있었다. 공습에 대한 주기적인 공포와 지하철역으로 피난했던 일, 여기저기에 널려 있는 돌무더기들, 거리 모퉁이에 붙여진 의미를 알 수 없는 포고문, 똑같은 색깔의 셔츠를 입은 젊은이들의 무리, 빵 가게 앞에 늘어선 엄청난 사람들의 줄, 멀리서 쉴 새 없이 들려오는 기관총 소리, 무엇보다도 중요한 것은 먹을 것이 부족하다는 사실이었다. 다른 소년들과 어울려 다니면서 쓰레기통과 쓰레기 더미를 뒤져 양배추 줄기와 감자 껍질을 줍고, 때로는 썩은 빵 조각을 썩은 부분만을 조심스럽게 긁어내고 먹었던 그 기나긴 오후를 생각했다. 또한 가축의 사료를 싣고 항상 똑같은 길을 지나가는 트럭을 기다리고 있으면 운 좋게도 길바닥이 팬 곳에서 덜커덩거리며 흘리는 몇 조각의 깻묵을 얻을 수도 있었다.

아버지가 자취를 감춰버렸을 때, 어머니는 별로 놀라는 기색을 보이거나 격심한 비탄에 사로잡히지는 않았지만, 갑작스레 사람이 변하고 말았다. 어머니는 완전히 얼빠진 사람 같았다. 그녀는 뭔가 꼭 일어나고야 말 일을 기다리고 있었음을 윈스턴의 눈으로도 역력히 알아볼 수 있었다. 그녀는 필요한 일, 예컨대 요리를 하고, 빨래를 하고, 옷을 깁고, 침대 손질을 하고, 마루를 쓸고, 벽난로의 먼지를 털어내는 일 등을 마치 화가의 지시에 따라 움직이는 모델처럼 이상하게도 불필요한 동작은 모두 제거해버린 아주 느린 동작으로 해내는 것이었다. 그녀의 크고 균형 잡힌 몸이 저절로 정물靜物이 되어버린 것 같았다. 그녀는 한 번에 몇 시간씩이나 침대 위에 꼼짝 않고 앉아서, 말라비틀어져 원숭이 같은 얼굴을 한 조그맣고 병약하고 제대로 울지도 못하는 두세 살짜리 어린 누이에게 젖을 물리고 있었다. 어쩌다 가끔 어머니는 윈스턴을 팔에 안은 채 오랫동안 한마디 말도 없이 앉아 있을 때도 있었다. 윈스턴은 아직 어리고 철부지였지만, 어머니의 이런 태도가 앞으로 일어나게 될 어떠한 사건을 암시하고 있음을 알았다.

윈스턴은 하얀 시트가 깔린 침대가 공간의 절반을 차지한 그 어둡고 냄새나는 방에서 그들이 함께 살았던 일을 잊지 않았다. 벽난로의 펜더 위에 가스풍로가 놓여 있었고, 음식물을 넣어두는 선반이 하나 있었으며, 바깥 층계참에는 몇 집이 공동으로 사용하는 누르스름한 오지 수채통이 있었다. 그는 가스풍로 위로 몸을 구부려 소스 팬에 담겨 있는 음식물을 휘젓고 있는, 조각상 같은 어머니의 모습을 잊을 수가 없었다. 무엇보다도 자신의 끝없는 굶주림 때문에 식사 때마다 조금이라도 더 먹으려고 아우성치던 탐욕에 찬 모습은 도저히 잊히지 않았다. 그는 몇 번이고 되풀이해서 왜 먹을 게 더 없느냐고 투정을 부렸고, 마침내 고함을 지르며 대들곤 했다(처음엔 갈라질 듯한 음성으로 성급하게 소리를 지르다가 기묘하게 윙윙거리며 울리는 소리로 울부짖던 자신의 음조마저 기억났다). 때로는 자기 몫보다 더 먹을 욕심으로 비통한 소리로 훌쩍훌쩍 울기까지 했다. 그러면 어머니는 항상 자기 몫에서 더 덜어주곤 했다. 어머니는 은연중에 '사내아이'는 더 많이 먹어야 한다고 생각했던 것이다. 그럼에도 그는 끊임없이 더 달라고 졸랐다. 식사 때마다 어머니는 그에게 자기 한 몸만 알아서는 안 된다고 타이르고, 어린 누이동생이 병들어 있기 때문에 음식을 먹여야 한다고 입버릇처럼 일렀지만 그는 막무가내였다. 음식을 퍼 담던 어머니의 손길이 멈추면 그는 화가 나서 울부짖으며 어머니의 손에서 소스 팬과 스푼을 낚아챘으며, 누이동생의 접시에 담긴 조그만 부스러기까지 빼앗아 먹었다. 그는 자기가 어머니와 누이동생을 굶어 죽게 만든다는 것을 알고 있으면서도 어쩔 수가 없었다. 그에겐 그렇게 할 권리가 있다고까지 느꼈다. 그의 배 속에서 아우성치는 허기가 그의 행동을 정당화해줄 것 같았다. 식사 시간이 끝나고 나서도 어머니가 한눈을 팔기만 하면 선반 위에 올려놓은 말라빠진 음식들을 번개같이 훔쳐 먹었다.

언젠가 초콜릿 배급이 나왔을 때였다. 몇 주 동안, 아니 몇 달 동안 그런 배급은 없었다. 그는 지금도 그 귀중한 초콜릿 조각을 아주 생생하게 기억하고 있었다. 그들 세 사람 몫으로 2온스짜리 한 조각이 나왔다(당시만 하더라도 아직 온스라는 계량단위를 사용했다). 초콜릿은 똑같이 3등분해서 나누어 먹는 것이 당연했다. 갑자기 누군가가 외치는 소리를 듣는 것처럼 윈스턴은 자신의 내부에서 초콜릿을 자기 혼자서 모두 먹어야 한다고 아우성치며 요구하는 소리를 들었다. 어머니는 먹는 걸 가지고 그렇게 욕심을 부려서는 안 된다고 나무랐다. 몇 시간 동안이나 고함치고, 칭얼대고, 눈물 흘리고, 야단치고, 타이르고, 잔소리하는 소동이 되풀이되었다. 유별나게 조그만 누이동생은 꼭 아기 원숭이처럼 두 팔로 어머니의 목에 매달려 크고 슬픔에 찬 눈으로 어깨 너머의 오빠를 빤히 넘겨다보고 있었다. 결국 어머니는 초콜릿의 4분의 3을 잘라 윈스턴에게 주고, 나머지 조각을 누이동생에게 주었다. 어린 계집애는 그것을 받아 쥐고 그게 뭔지 모르는 듯 멍하니 들여다보고만 있었다. 윈스턴은 잠시 동안 동생을 노려보고 서 있었다. 그러다가 번개처럼 몸을 날려 누이동생의 손에서 초콜릿 조각을 낚아채 가지고는 문을 열고 달아났다.

"윈스턴! 윈스턴!" 어머니가 뒤쫓아 오며 외쳐댔다. "돌아와! 동생의 초콜릿을 돌려줘라!"

그는 멈춰 섰지만 돌아가지는 않았다. 어머니의 애타는 눈초리가 그의 얼굴을 응시하고 있었다. 그때까지도 윈스턴은 어머니가 이제 곧 일어나게 될 어떤 일을 줄곧 생각하고 있었음을, 그리고 그것이 어떤 일인지를 알지 못했었다. 누이동생은 뭔가를 빼앗겼다고 생각했는지 힘없이 칭얼대기 시작했다. 어머니는 아이를 팔로 감싸 안아 끌어당겨서는 얼굴을 자기 젖가슴에다 갖다 대주었다. 어머니의 그 몸짓은 동생이 지금 죽어가고 있다는 사실을 알려주는 것 같았다.

그는 몸을 돌려 찐득찐득하게 녹아서 손에 달라붙은 초콜릿을 움켜쥐고 층계를 뛰어내려 달아나고 말았다.

그 후 다시는 어머니를 보지 못했다. 초콜릿을 게걸스럽게 먹어치운 다음에 왠지 창피한 생각이 들어 몇 시간 동안이나 거리를 헤매며 돌아다니다가, 배가 고파 견딜 수 없게 되자 마지못해 집으로 돌아갔다. 집에 돌아왔을 때 어머니는 사라지고 없었다. 그때부터 이미 이런 일은 당연한 것처럼 일어나고 있었다. 어머니와 동생 외에는 방 안에 없어진 것이라곤 하나도 없었다. 옷가지 하나 없어지지 않았고, 어머니의 오버코트도 그대로 있었다. 그는 지금까지도 어머니의 생사를 정확히 알지 못한다. 어머니는 단순히 강제노동수용소에 보내졌을 가능성이 가장 컸다. 누이동생은 윈스턴과 마찬가지로 내란으로 인해 늘어난 집 없는 아이들을 수용하는 집단 부락(그곳을 재활원이라고 불렀다)으로 옮겨졌을지도 모른다. 아니면 어머니를 따라 수용소로 보내져서 어딘가에 살아남아 있든가 혹은 죽었을 것이다.

그 꿈은 지금도 생생하게 그의 마음속에 남아 있었다. 특히 그 꿈의 모든 의미가 담겨 있을 것 같은, 뭔가를 감싸주고 보호해주려는 듯한 팔의 동작이 그대로 기억에 남았다. 그의 생각은 두 달 전에 꾼 또 하나의 꿈으로 되돌아갔다. 어머니는 때가 끼어 거무스름해진 시트를 씌운 침대에 앉아 있고 어린 아기가 찰싹 매달려 있는 모습 그대로 침몰하는 배 안에 앉아 있었다. 매 초마다 그의 발밑 저 아래로 자꾸자꾸 가라앉아 가면서도, 점점 컴컴해지는 물속을 통해 그를 빤히 쳐다보고 있었다.

그는 줄리아에게 어머니가 행방불명된 이야기를 들려주었다. 그녀는 눈을 뜨지 않은 채 몸을 뒤치락거리다가 좀 더 편안한 자세가 되자 가만히 있었다.

"그땐 당신도 탐욕스러운 돼지 새끼 같았나 보죠." 그녀는 잘 알아듣지 못하게 중얼거렸다. "아이들이란 모두 돼지 같다니까요."

"그래, 그렇지만 이야기의 핵심은……."

숨소리를 들으니 그녀는 다시 잠에 곯아떨어진 게 분명했다. 윈스턴은 어머니에 대한 이야기를 계속하고 싶었다. 그가 기억할 수 있는 한, 어머니는 비범한 여자이거나 지성적인 여자라고 생각되지 않았다. 그렇더라도 그녀 자신이 개인적으로 따르는 단순한 표준 때문에 그녀는 일종의 고귀함과 순결성을 지니고 있었다. 그녀의 감성은 그녀 자신의 것이었으므로 외부의 압력에 의해 결코 변질될 수 없었다. 그러므로 효력이 없는 행동이라고 해서 그 의미마저 사라지는 것은 아니라고 그녀는 믿었다. 만약 누군가를 사랑한다면 끝까지 사랑하고, 아무것도 줄 것이 없더라도 사랑의 감정만은 주어야 하는 것이다. 마지막 초콜릿이 사라져버렸을 때, 어머니는 아기를 품에 꼭 껴안아주었다. 그것은 아무 소용없는 짓이었고, 어떤 변화를 주는 것도 아니었으며, 없어진 초콜릿이 다시 생기는 것도 아니었다. 그렇게 함으로써 아이나 그녀 자신의 죽음을 회피할 수 있는 것은 물론 아니었지만, 그렇게 하는 것이 그녀에게는 자연스럽게 여겨졌다. 보트에 탄 피난민 여자가 팔로 어린 아들을 감싸준다 한들 날아오는 총탄을 막는 데 어떤 도움이 되는 것은 아니었다. 당이 저지른 끔찍스러운 죄과는, 단순한 충동이나 단순한 감정이 전혀 무의미한 일이라고 강제로 인식시키면서도, 동시에 물질적인 세계를 지배하는 인간의 힘을 모조리 박탈해버리는 것이었다. 일단 당의 포위망에 걸려들면, 사람이 느끼거나 느끼지 못하는 것, 행동한 것이나 행동하지 못한 것이나 문자 그대로 아무런 차이가 없었다. 무슨 일이 일어나면 그 당사자는 감쪽같이 사라지게 되어 그 자신이나 그의 행동에 대해서도 다시는 얘기를 듣지 못하게 된다. 그는 역사의 흐름에서 깨끗이 지워져 버리는 것이다. 그런데 두 세대 전 사람들만 하더라도 이런 일을 중요하게 여기지 않았을 것이다. 왜냐하면 그들은 역사를 변형시킬 기도를 하지 않았기 때문이다. 그들은 개인적인 성실성에 지배받았고, 그것을 추호도 의심하지 않았다. 중요한 것은 개인적인 인간관계였고, 죽어가는 사람을 포옹하고 눈물 흘리고 한마디 말을 건네주는 완전히 무력한 몸짓이나마 그 자체에서 가치를 찾을 수 있었다. 노동자들은 그런 상황에 그대로 머물러 있으리라는 생각이 문득 그의 뇌리를 스쳐 갔다. 그들은 당이나 국가나 이념에 충성을 바치지 않고 그들 자신에게 충실했다. 그는 생전 처음으로 자신이 노동자를 경멸하지 않고 있음을 알았고, 그들이야말로 언젠가 생명을 얻어 일어서게 되면 세계를 재생시킬 숨어 있는 힘이라고 생각했다. 노동자들은 여전히 인간성을 지니고 있었다. 그들의 내부는 굳어져 버린 게 아니었다. 그들은 윈스턴 자신이 정신을 집중해 다시 배우려고 하는 원시적인 감정을 그대로 지닌 채 살았다. 이런 생각에 잠겨 있다가, 몇 주일 전에 보도에서 뒹구는 절단된 손을 발견하고는 그것이 양배추 줄기나 되는 것처럼 길가 도랑에다 차 넣어버렸던 일이, 애써 생각지도 않았는데 머리에 떠올랐다.

"노동자들이야말로 진짜 인간이야." 그는 큰 소리로 말했다. "우리는 인간이 아니야."

"왜 우리는 인간이 아니에요?" 줄리아가 다시 잠이 깨어 말했다.

그는 잠시 동안 생각했다. "당신, 이런 생각을 해보지 않았어?" 그가 반문했다. "우리가 해야 할 최선의 일은, 너무 늦게 전에 이곳을 빠져나가서 다시는 서로 만나지 않는 것이라고 말이야."

"네, 그래요. 저도 몇 번 그런 생각을 해봤어요. 하지만 난 아무래도 그렇게 하지 않을 생각이에요."

"우린 운이 좋았어. 하지만 이런 일은 오래갈 수가 없어. 당신은 젊어. 게다가 정상적이고 더럽혀지지 않았어. 나 같은 사람과 인연을 끊는다면 앞으로 50년은 더 살게 될 거야."

"아니에요. 저도 그런 건 다 생각해봤는걸요. 당신이 하는 대로 저도 따라서 할래요. 너무 절망하진 마요. 전 그럭저럭 살아남을 거예요."

"우린 앞으로 6개월은 함께 지낼 수 있겠지……. 아니면 1년……. 잘은 모르겠지만 말이야. 결국 우린 분명히 헤어지게 될 거야. 우리가 완전히 혼자가 될 때를 생각해봤어? 언젠가 놈들이 우리를 체포하는 날엔 모든 게 무無로 끝날 거야. 문자 그대로 아무것도 남지 않게 돼. 우린 서로를 위해서 아무것도 해줄 수가 없어. 만약 내가 자백하게 되면 놈들은 당신을 총살하게 될걸. 내가 자백을 거부한다 해도 놈들은 마찬가지로 당신을 총살하게 될 거야. 내가 무슨 짓을 하든, 무슨 말을 하든, 또는 침묵을 지키더라도 당신의 죽음을 5초 이상 연기시킬 순 없어. 우린 서로 죽었는지 살았는지조차 모를 거야. 우린 완전히 무기력해질 거야. 단한 가지 중요한 일이 있다면, 서로를 배신하지 말아야 한다는 거야. 그렇게 한다 해도 달라지는 건 하나도 없겠지만."

"자백 이야기가 나왔으니 말이지만." 그녀가 말했다. "우리도 결국 하게 될 거예요. 누구든 쉴 새 없이 자백을 하니까요. 당신도 피할 수는 없어요. 그자들이 고문할 테니까요."

"내 얘긴 자백이 아니야. 자백은 배신이 아니니까. 당신이 무슨 말을 하든 그건 중요하지 않아, 다만 감정이 문제야. 만약 놈들이 당신을 사랑하지 못하게 만든다면, 그게 진짜 배신이 되겠지."

그녀는 곰곰이 생각했다. "놈들은 그런 짓을 할 수 없어요." 그녀는 단호하게 말했다. "그것만이 그자들이 할 수 없는 유일한 일이에요. 그들은 당신에게 무엇이든지 말하게 할 수 있어요. 무엇이든지요. 하지만 당신으로 하여금 그 자백을 믿도록 만들 수는 없어요. 당신의 마음속까지 파고들 수는 없으니까요."

"맞아." 그는 다소 희망적으로 말했다. "그것만은 안 돼. 그건 옳은 말이야. 그자들이 사람의 마음속에까지 들어올 수는 없어. 인간으로서 살아가는 것을 가치 있는 일로 느낀다면, 비록 그것이 아무런 결과를 가져오지 못한다 하더라도 그자들을 굴복시키게 되는 거야."

그는 결코 잠들지 않고 귀를 기울이고 있는 텔레스크린을 생각했다. 놈들은 밤낮을 가리지 않고 정탐할 수 있겠지만, 정신만 똑바로 차리고 있으면 놈들을 따돌릴 수 있을 것이다. 그자들이 아무리 영리하더라도 다른 사람이 뭘 생각하는가를 알아내는 비밀 장치까지 만들어내진 못했다. 그렇지만 실제로 놈들의 손아귀에 걸려들면 사정이 달라질지도 모른다. 사실 사랑부 안에서 무슨 일이 일어나고 있는지 모르지만 어느 정도 짐작은 할 수 있다. 고문, 마취제, 사람의 신경 반응을 기록하는 정교한 기계, 불면과 고독과 끝없는 심문에 의해서 차츰차츰 지쳐가게 하는 수법이 있다. 아무튼 사실을 숨길 수는 없다. 놈들은 심문에 의해서 비밀을 캐낼 수 있고, 고문으로 사람의 마음속에 들어 있는 것을 끄집어낼 수 있다. 그렇지만 살아남는 것이 목적이 아니라 인간으로 존재하는 것이 목적이라면 궁극적으로 무엇이 달라진단 말인가? 놈들이 인간의 감정까지 변질시킬 수는 없다. 그런 면에서 보면 아무리 원한다 하더라도 우리들 역시 그자들의 인간성을 개조할 수는 없는 일이다. 놈들이 인간의 행동이나 말이나 생각을 속속들이 파헤친다 해도, 인간의 마음 속까지 공략할 수는 없을 것이다. 왜냐하면 인간의 마음이란, 그 작용이 자기 자신에게 있어서조차 신비로운 것이기 때문이다.

8

그들은 그 일을 해냈다. 마침내 해낸 것이다!

그들이 지금 서 있는 방은 기다랗고 부드러운 불빛에 싸여 있었다. 텔레스크린이 낮게 속삭이듯 희미한 소리를 내고 있었다. 탄력성 있는 짙푸른 양탄자가 마치 벨벳 위를 밟고 다니는 느낌을 주었다. 방 저쪽 끝에는 오브라이언이 양쪽에 서류 더미를 쌓아놓고 초록색 갓이 씌워진 램프의 불빛을 받으며 책상 앞에 앉아 있었다. 하인이 줄리아와 윈스턴을 방 안으로 들여보냈을 때도 그는 일부러 고개를 들어 쳐다보지 않았다.

가슴이 방망이질하듯 심하게 뛰어서 윈스턴은 제대로 말을 꺼낼 수 있을지 의심스러웠다. 그 일을 해냈다. 그는 고작 이런 생각밖에 할 수 없었다. 아무튼 여기에 찾아온 것은 경솔한 행동이었고, 함께 들어온 것은 더더구나 어리석은 일이었다. 비록 그들이 제각기 다른 길로 해서 이곳에 도착한 후 오브라이언의 집 앞에서 만나긴 했지만 말이다. 그렇지만 단순히 이런 곳에 온다는 자체가 신경을 쓰이게 하는 일이었다. 핵심 당원들이 살고 있는 지역에, 하물며 핵심 당원이 살고 있는 집을 들여다본다는 것은 드문 일이었다. 거대한 저택의 으리으리한 분위기, 모든 것이 호화롭고 고급스러워 보였으며, 맛좋은 음식 냄새와 고급 담배 냄새가 코에 스며들었고, 승강기는 소리 없이 번개처럼 미끄러지며 오르내렸으며, 흰 제복의 하인들이 바쁘게 움직이고 있어, 이 모든 것이 사람의 기를 죽였다. 물론 이곳에 올 만한 그럴듯한 구실을 갖고 있었지만, 발걸음을 떼어놓을 적마다 검은 제복의 감시병이 모퉁이에서 불쑥 나타나 신분증 제시를 요구하고는 이곳에서 나가라고 명령할 것 같아 겁이 더럭 났다. 아무튼 오브라이언의 하인은 아무 말 없이 두 사람을 들여보내 주었다. 하인은 키가 작고 검은 머리에 하얀 제복을 입고 있었는데, 마름모꼴 얼굴에는 마치 중국 사람처럼 전혀 표정이 없었다. 하인이 그들을 인도해 들어간 통로에는 부드러운 양탄자가 깔려 있었고, 크림빛 벽지가 발라져 있었으며, 새하얀 벽판이 눈에 띄게 깨끗해 보였다. 이런 것 역시 두려움을 느끼게 하는 것들이었다. 윈스턴은 지금까지 사람들의 손때가 묻어 거무스레해지지 않은 통로의 벽을 본 적이 없었다.

오브라이언은 종이쪽지 한 장을 손에 들고 열심히 들여다보고 있는 것 같았다. 묵직한 얼굴을 깊숙이 숙이고 있어서 위압감을 주면서도 지성적으로 보이는 콧날이 눈에 띄었다. 그는 그렇게 약 20초 동안 꼼짝 않고 앉아 있었다. 이윽고 그는 구술 기록기를 앞으로 잡아당겨 청사에서만 사용하는 혼성 특수 용어로 내뱉듯이 메시지를 전했다.

"항목 1, 5, 7 전적인 승인. 6항에 포함된 제안은 극히 불합리 사상죄에 가까움 삭제. 기계류 총경비 합산 견적서 입수 전에는 건설공사 중단. 이상 메시지 끝."

그는 의자에서 침착하게 몸을 일으키더니 소리 없이 양탄자 위를 걸어 그들 쪽으로 다가왔다. 신어로 이야기할 때의 약간 사무적인 분위기는 가셨지만, 그의 표정은 방해를 받아 불쾌한 듯 보통 때보다 딱딱해 보였다. 윈스턴이 벌써부터 느끼고 있던 공포가 갑자기 당혹감으로 바

뛰어 그의 온몸을 타고 흘렀다. 어리석게도 터무니없는 실수를 저지른 게 분명했다. 무슨 증거로 오브라이언이 자신과 어떤 종류의 정치적 공모자라고 믿게 된 것일까? 잠깐 동안 번뜩였던 눈빛과 단 한마디의 수상한 말밖엔 없었다. 그런 것을 제외한다면 꿈을 근거로 한 자신의 은밀한 상상력에 지나지 않는다. 이제는 사전을 빌리러 왔다는 핑계밖에 내세울 수가 없었다. 그렇지만 줄리아가 여기에 나타난 것을 설명할 길이 없었다. 오브라이언은 텔레스크린 앞을 지나치면서 무슨 생각이 퍼뜩 떠오른 모양이었다. 그는 발걸음을 멈추더니 옆으로 돌아서서 벽에 붙은 스위치를 눌렀다. 날카롭게 찰칵하는 소리가 들리면서 텔레스크린에서 흘러나오던 음성이 그쳤다.

줄리아는 깜짝 놀라서 작은 소리로 외쳤다. 심한 공포 속에서 윈스턴 역시 자기도 모르게 입을 열었다.

"그걸 끌 수 있군요."

"그렇소." 오브라이언이 말했다. "우린 저걸 끌 수 있소. 우리한테는 그런 특권이 있으니까."

이제 그는 그들 앞에 마주 서 있었다. 그는 흔들리지 않는 묵직한 자세로 그들 두 사람 앞에 버티고 서 있었지만, 그의 얼굴에 떠오른 표정은 여전히 읽을 수 없었다. 그는 엄숙한 얼굴로 윈스턴이 먼저 입을 열기를 기다리고 있었다. 그렇지만 무슨 말을 기대하는 것일까? 지금도 역시 자기는 아주 바쁜 사람인데 무엇 때문에 방해하느냐고 짜증을 내며 의아해하는 것이 분명했다. 아무도 입을 열지 않았다. 텔레스크린을 끈 후에 방은 쥐 죽은 듯이 조용했다. 초침이 움직이는 소리가 엄청나게 크게 들렸다. 윈스턴은 곤혹스러움을 느끼면서 계속 오브라이언의 얼굴을 주시했다. 갑자기 그 어둡게 굳어진 얼굴이 미소를 지을 것처럼 일그러졌다. 오브라이언은 그만의 독특한 제스처로 콧잔등에 걸쳐 있는 안경을 매만졌다.

"내가 먼저 말할까요, 아니면 당신이 먼저 말하겠소?"

"제가 먼저 말씀드리겠습니다." 윈스턴은 재빨리 대답했다. "저건 정말 꺼졌습니까?"

"그렇소, 모든 게 다 꺼졌소. 오직 우리들만 남은 거요."

"우리가 여기에 온 까닭은……."

그는 순간적으로 자신이 이곳을 찾아온 동기가 모호하다는 것을 깨닫고 말을 멈췄다. 사실 오브라이언한테서 무슨 도움을 기대해야 할지 몰랐기 때문에, 이곳에 온 이유를 설명하기란 쉽지 않았다. 그는 자신의 목소리에 힘이 없고 일부러 꾸며대는 느낌을 준다는 걸 의식하면서도 계속해서 말했다.

"우리는 당을 전복하기 위한 어떤 종류의 음모와 어떤 비밀조직이 있다는 것, 더욱이 당신이 거기에 가담하고 있다는 것을 믿고 있습니다. 우리도 거기에 합류해서 일하고 싶습니다. 우리는 당의 적이며, 영사의 강령을 믿지 않습니다. 우리는 사상범이며 간통자들입니다. 이런 얘기까지 꺼내는 이유는, 우리들 자신의 운명을 당신의 뜻에 맡기고 싶어서입니다. 만약 당신이 우리에게 어떤 방식으로 범법 행위를 자행하라 해도 우린 거기에 대한 각오가 되어 있습니다."

윈스턴은 문이 열려 있다는 느낌이 들어 얘기를 멈추고 어깨 너머로 힐끗 돌아보았다. 아니나 다를까, 체구가 작은 누런 얼굴의 하인이 노크도 하지 않은 채 들어와 있었다. 윈스턴은 그 사내가 유리병과 유리잔들을 쟁반에 받쳐 들고 왔다는 것을 알았다.

"마틴은 우리 편이오." 오브라이언이 무감각하게 말했다. "마실 걸 이리 가져와, 마틴. 그걸 저 둥근 탁자 위에 놓아두게. 의자는 충분한가? 그럼 우린 의자에 앉아서 편하게 얘기하는 게 좋겠어. 자네 의자도 가져오게, 마틴. 이건 비즈니스야. 앞으로 10분 동안은 하인이라고 생각하지 말게."

조그만 사나이는 스스럼없이 앉았다. 그러나 여전히 하인 티가 났고, 이런 특권을 즐기는 시종侍從의 풍모가 역력히 엿보였다. 윈스턴은 곁눈질로 이 사내를 자세히 뜯어보았다. 이 사나이는 평생 한 가지 역할만 해오면서 잠시 동안이라도 자신의 역할에서 벗어나는 것은 위험하다고 느끼는 것 같은 인상을 풍기고 있었다. 오브라이언은 유리병을 들어 잔들에다 검붉은 액체를 가득 따랐다. 그것을 보자 윈스턴의 머릿속에 오래전에 벽이나 광고판에다 네온사인으로 형상화한 거대한 병이 위아래로 움직이면서 유리잔에다 액체를 따르는 광경을 본 기억이 어렴풋이 떠올랐다. 위쪽에서 내려다본 액체는 거의 검은빛이었지만 유리병 속에 있을 때는 루비 같은 색깔로 빛났다. 그것은 시큼하면서도 달콤한 냄새를 풍겼다. 윈스턴은 줄리아가 잔을 들어 올려 솔직한 호기심을 보이면서 코에다 대고 냄새 맡는 것을 보았다.

"포도주라는 거요." 오브라이언이 희미한 미소를 지으며 말했다. "틀림없이 책에서 읽은 적이 있겠지요? 섭섭하게도 외부 당원들은 이런 걸 구하기가 어려워요." 다시 그의 얼굴이 엄숙해지더니 잔을 쳐들었다. "서로의 건강을 위해서 건배하는 게 좋을 것 같군요. 우리의 지도자들에게, 이매뉴얼 골드스타인을 위해서."

윈스턴은 눈에 띄게 흐뭇해하면서 잔을 들었다. 포도주는 책에서 읽고 상상했던 것이었다. 유리 문진이나 채링턴 씨가 반쯤 기억하는 노래 가사와 마찬가지로 포도주는 사라져버린 로맨틱한 과거, 마음속으로만 남몰래 되새겨보고 싶은 옛 시대에 속한 것이었다. 어떤 이유에선지 그는 늘 포도주란 검은 산딸기 잼처럼 아주 단맛이 나고, 마시면 금방 취해버릴 거라고 생각해왔다. 그러나 실제로 한 모금 마셔보니 분명히 실망감을 안겨주었다. 사실은 몇 년 동안 진만 마셔오다 보니 포도주의 맛을 알기가 힘들었다. 그는 빈 잔을 내려놓았다

"그렇다면 골드스타인이라는 사람이 실제로 있는 겁니까?" 윈스턴이 물었다.

"그렇소, 그런 사람이 있소. 게다가 살아 있지요. 어디에 있는지는 나도 모르겠지만."

"그럼 음모와 조직도 사실입니까? 그건 단순히 사상경찰이 조작해낸 게 아닙니까?"

"아니오, 그건 사실이오. 우린 그걸 '형제단'이라고 부르지요. 가령 당신이 그 단체에 소속되어 있다 하더라도 그런 조직이 존재한다는 것 외에 형제단에 대해서 많은 걸 알아내지는 못할 거요. 그 얘긴 잠시 후에 다시 하기로 합시다." 그는 손목시계를 들여다보았다. "핵심 당원이라 해도 텔레스크린을 반 시간 이상 끄두는 것은 현명한 일이 아니오. 당신들은 이곳에 함께 오지 말았어야 하는 건데. 그러니 돌아갈 때는 따로따로 가도록 하시오. 동지, 당신이……." 그는 머리를 움직여 줄리아를 가리켰다. "먼저 떠나도록 해요. 하지만 우린 20분가량 의논할 시간적 여유가 있소. 내가 먼저 몇 가지 질문을 해야겠는데, 이해해주시오. 대체로 말해서 당신은 무슨 일이건 할 준비가 되어 있소?"

"우리의 능력이 미치는 한 무엇이든 하겠습니다." 윈스턴이 대답했다.

오브라이언은 의자에 앉은 채로 약간 몸을 돌려 윈스턴을 마주 보았다. 윈스턴이 줄리아의 몫까지 대답해주리라고 생각한 탓인지 그는 줄리아를 거의 무시했다. 순간 그의 눈꺼풀이 껌벅거렸다. 이윽고 그는 낮고 무감각한 음성으로 질문을 시작했다. 그렇지만 이것은 순서가 일정한 교리문답 같은 것으로, 처음부터 그 대답을 뻔히 알고 있다는 투였다.

"목숨을 바칠 각오가 되어 있소?"

"네."

"살인을 저지를 각오도 되어 있소?"

"네."

"수백 명의 죄 없는 사람들을 죽음으로 몰고 갈 파업 행위도 할 용의가 있소?"

"네."

"외국 세력에게 자신의 조국을 팔아넘길 수 있겠소?"

"네."

"사기를 치고, 위조하고, 흑색선전을 일삼고, 동심을 더럽히고, 습관성 마약을 살포하고, 매춘을 권장하고, 성병을 만연시키는 등 당의 권력을 혼란시키고 약화할 수 있는 행위라면 무엇이든 망설이지 않고 할 각오가 되어 있소?"

"네."

"예를 들어 아이들의 얼굴에 황산을 뿌리는 것이 우리에게 이익이 된다면…… 그런 일도 할 용의가 있소?"

"네."

"당신의 사회적 신분을 포기하고 나머지 생을 하인이나 부두 노동자로 살아갈 각오가 되어 있소?"

"네."

"당신들 두 사람 다 헤어져서 다시는 서로 만나지 못하더라도 괜찮겠소?"

"안 돼요." 갑자기 줄리아가 나서서 소리쳤다.

윈스턴은 이렇게 대답하는 동안 꽤 오랜 시간이 흘러간 것처럼 느꼈다. 한동안 그는 말할 힘마저 박탈당한 것 같았다. 혀를 움직여도 소리가 나지 않았고, 하려는 말의 첫 음절이 입속에서 맴돌 뿐이었다. 어렵

게 그 말을 하게 되었을 때 윈스턴은 자신이 무슨 말을 하려고 했는지
조차 잊어버렸다.

"아니요." 그는 간신히 대답했다.

"나에게 말해주길 잘했소." 오브라이언이 말했다. "우린 모든 걸 알 필
요가 있으니까."

그런 다음 줄리아 쪽으로 몸을 돌리고 목소리에 좀 더 감정을 곁들여
덧붙였다.

"윈스턴이 살아남는다 해도 완전히 딴사람으로 바뀌어 살게 될 수도
있는데, 그것을 이해할 수 있겠소? 우린 그를 새로운 신분을 가진 사람
으로 만들어야 할지도 모르오. 그의 얼굴, 그의 동작, 손의 모양, 머리 빛
깔, 심지어 목소리까지도 달라질 거요. 그리고 당신 자신도 완전히 딴사
람으로 바뀔지 모르오. 우리 측 외과 의사들은 사람의 모습을 몰라보도
록 바꿔놓을 수 있소. 때로는 그런 일도 필요하니까. 가끔 멀쩡한 사지
를 절단하기까지 하오."

윈스턴은 마틴의 몽골인 같은 얼굴을 곁눈질로 훔쳐보지 않을 수 없
었다. 그의 눈으로 보기엔 수술한 자국 같은 것은 없었다. 줄리아는 새
파랗게 질려 얼굴의 주근깨가 한결 두드러져 보였다. 그러나 대담하게
오브라이언을 마주 보고 있었다. 그녀는 동의하는 것 같은 말을 뭐라고
중얼거렸다.

"좋소. 그러면 결정됐소."

탁자 위에 은제 담배 케이스 하나가 놓여 있었다. 오브라이언은 태연
한 얼굴로 무심코 담배 케이스를 그들 쪽으로 밀어주고는 자기도 한 개
비 꺼내 피워 문 다음, 자리에서 일어나야만 생각이 더 잘 떠오른다는
듯이 이리저리 천천히 걷기 시작했다. 담배 알맹이가 가득 차고 포장이
잘된 데다 좀처럼 구경하기 힘든 비단결 같은 종이로 만든 아주 고급

담배였다. 오브라이언은 다시 손목시계를 들여다보았다.

"마틴, 자넨 식료품 창고로 돌아가 있는 게 좋겠네. 15분쯤 있다가 텔레스크린의 스위치를 켜야 하니까. 가기 전에 이 동지들의 얼굴을 자세히 봐두게. 다시 또 보게 될 테니까. 난 못 만날지도 모르지만."

현관 앞에서도 그랬던 것처럼 이 작은 사나이의 까만 눈이 깜박거리면서 그들의 얼굴을 더듬었다. 그의 태도에서는 친밀감 같은 것은 조금도 찾아볼 수 없었다. 사나이는 그들의 외모를 기억해두고 있을 뿐, 그들에게 어떤 관심을 갖거나 별다른 흥미를 품지 않는 것 같았다. 윈스턴은, 성형수술을 한 얼굴에는 표정이 나타나지 않는 것일까 하고 생각했다. 인사하거나 무슨 말을 건네지도 않고, 마틴은 등 뒤로 살며시 문을 닫고는 나가버렸다. 오브라이언은 한 손을 검은 제복의 호주머니에 넣고, 다른 한 손엔 담배를 들고서 방 안을 왔다 갔다 했다.

"당신은 암흑 속에서 싸우게 되리라는 걸 알고 있겠지."라고 그가 말을 꺼냈다. "항상 어둠 속에만 있게 될 거요. 지령을 받으면 이유를 알 필요 없이 복종해야 하오. 우리가 살고 있는 사회의 진정한 본질과 그것을 전복하는 전략을 배우게 될 책을 후에 보내드리겠소. 그 책을 읽고 나면 당신은 '형제단'의 정식 단원이 될 거요. 하지만 우리가 싸우는 일반적인 목적과 순간순간의 긴급한 과제 사이에서 당신은 아무것도 알지 못하게 될 거요. 당신한테 형제단이 존재한다고 말했지만 사실 그 숫자가 백 명인지 천만 명인지 나도 모르오. 당신이 개인적으로 아는 범위에서는 결코 10여 명을 넘지 않을 거요. 당신은 고작 서너 사람과 접촉하겠지만, 그것도 수시로 사라지고 새로운 사람으로 바뀔 거요. 이런 식으로 당신의 접촉은 시작되어 그대로 계속되오. 당신이 받는 지령은 모두 나한테서 나갈 거요. 그리고 서로 연락을 취할 필요가 있을 때는 마틴을 통해서 해야 하오. 당신이 끝내 체포된다면 자백하게 되겠지. 그건 불가피하오. 하지만 자기 자신의 행위 외에 별로 자백할 게 없을 거요. 배신해봤자 하찮은 사람 몇 명밖엔 안 돼. 아마 나까지도 배신하지 못할걸. 그때쯤이면 난 죽었거나, 살아 있다 해도 전혀 다른 사람으로, 얼굴까지 바뀌어 있을 거요."

그는 부드러운 양탄자 위를 줄곧 이리저리 움직이며 걸어 다녔다. 체구가 큰데도 몸놀림이 눈에 띄게 유연했다. 그런 우아함은 호주머니에 손을 넣고 있거나 담배를 쥐고 있는 제스처에도 나타나 있었다. 완력이 세어 보인다기보다는 믿음직스럽고, 풍자로 채색된 이해심 같은 것이 엿보였다. 그가 아무리 열성적이라 해도 광신자에게 흔히 있는 외곬의 단순성 같은 것은 갖고 있지 않았다. 살인, 자살, 성병, 사지 절단, 변형된 얼굴 등에 대해 얘기할 때도 가벼운 농담을 지껄이는 것 같았다. '이건 불가피한 일이오.' 그의 음성이 이렇게 얘기하는 것 같았다. '이것은 우리가 주저하지 말고 해야 할 일이오. 그렇지만 인생이 다시 살 만한 가치가 있게 될 때는 이런 일은 할 필요가 없게 될 거요.' 오브라이언에 대한 거의 존경심에 가까운 찬탄이 윈스턴의 가슴속에서 솟구쳤다. 잠시 동안 골드스타인의 어렴풋한 모습마저 잊고 있었다. 오브라이언의 힘 있어 보이는 억센 어깨와 못생겼어도 지성적인 무표정한 얼굴을 보고 있노라면, 도무지 그가 패배하리라곤 믿어지지 않았다. 그가 대처할 수 없는 전략이라든가, 예견할 수 없는 위험 같은 것은 있을 수 없었다. 줄리아까지도 감명받는 것 같았다. 그녀는 담뱃불이 꺼진 줄도 모르고 열심히 귀 기울이고 있었다. 오브라이언이 이야기를 계속했다.

"당신들은 '형제단'이 존재한다는 소문을 들었을 거요. 의심할 여지 없이 그것에 대해 제멋대로 상상했겠지. 아마 모반자들의 거대한 지하 조직이 지하실에서 비밀리에 모임을 갖고, 벽에다 메시지를 휘갈겨 쓰고, 암호나 특이한 손짓으로 서로를 알아보리라고 상상했을 거요. 하지만 그런 일은 불가능하오. 형제단의 조직원들은 서로를 알아볼 만한 방법이 없고, 극히 소수를 제외하고는 서로의 신분을 알아낸다는 것은 불가능하오. 골드스타인 자신이 사상경찰의 손에 붙잡힌다 해도 조직원의 명단이 전부 기록된 리스트를 넘겨줄 수 없고, 그런 명단을 입수할 만한 정보를 제공할 수도 없소. 그런 리스트는 존재하지도 않으니까. 형제단은 일상적인 의미에서는 조직이 아니므로 깡그리 소탕할 수 없는 거지. 단지 파괴되지 않는다는 이념으로 그 조직은 유지되어가는 거요. 그런 이념이 없다면 당신도 결코 버텨나가지 못할 거요. 동지 의식을 갖는다거나 격려 따위를 받지도 못하오. 결국 당신이 체포된다 해도 조직으로부터 아무런 도움을 받을 수 없을 거요. 우리는 결코 같은 조직원들을 돕지 못하오. 기껏해야 누군가의 입을 다물게 해야 할 절대적인 필요가 있을 경우에만 감방 속에 몰래 면도날을 반입해줄 수 있을 정도요. 아무런 보람도, 아무런 희망도 없는 삶을 받아들여야 하오. 잠시 동안 일하다가 체포되어 자백하고 나서 죽게 될 것이오. 그것만이 당신이 기대할 수 있는 유일한 보람이오. 어떤 인식할 수 있는 변화가 우리들 생전에 일어나게 될 가능성도 없소. 우린 죽은 몸이나 마찬가지라오. 우리의 진정한 삶은 미래에만 있소. 우린 한 줌의 먼지와 몇 조각의 뼈가 되어 그 세계에 참여하게 될 거요. 그렇지만 그런 세계가 미래의 어떤 시점에 있는지는 아무도 모르오. 천 년 후가 될지도 모르오. 지금으로선 건전한 정신의 영역을 조금씩 넓혀가는 길밖엔 할 일이 없는 거요. 우린 집단적으로 행동할 수 없소. 우리는 우리의 지식을 개인으로부터 개인으로, 세대로부터 세대로 퍼뜨려 전해나갈 수밖에 없소. 사상경찰이 감시하고 있는 한 달리 방법이 없으니까.”

그는 발걸음을 멈추고 세 번째로 손목시계를 들여다보았다.

“동지, 당신이 떠나야 할 시간이 다 됐소.” 그는 줄리아에게 말했다.

"잠깐만, 병에 아직 술이 반쯤 남아 있군."

그는 술잔을 채우고 자기 잔을 쳐들었다.

"이번엔 무엇을 위에 건배할까?" 그는 여전히 약간 냉소적인 음성으로 말했다. "사상경찰을 혼란시키기 위해서? 빅 브러더의 죽음을 위해서? 인간성을 위해서? 미래를 위해서?"

"과거를 위해서." 윈스턴이 말했다.

"과거란 더욱 중요한 것이지." 오브라이언이 침통하게 동의했다.

그들이 잔을 비우고 나서 잠시 후에 줄리아가 가려고 일어섰다. 그때 오브라이언이 캐비닛 위에서 조그만 상자를 꺼내어 납작하고 하얀 알약 하나를 그녀에게 건네주며 입에 넣으라고 했다. 술 냄새를 풍기며 밖에 나가서는 안 된다고 했다. 승강기의 안내원은 눈치가 아주 빠르다고 했다. 그녀가 문을 닫고 나가자마자 오브라이언은 그녀의 존재를 잊어버린 것 같았다. 그는 한두 발짝 걷고 나서 멈춰 섰다.

"매듭을 지어두어야 할 사소한 일들이 몇 가지 남아 있소." 오브라이언은 말했다. "난 당신이 어떤 은신처를 갖고 있다고 생각하는데?"

윈스턴은 채링턴 씨 가게 위층의 방에 대해 설명했다.

"잠시 동안은 거기가 괜찮겠군. 후에 다른 곳을 알아봐 드리겠소. 은신처를 자주 바꾸는 게 좋으니까. 그동안에 '그 책'의 사본도 보내주겠소……." 오브라이언이 '그 책'이란 낱말을 특히 강조하며 말하는 것을 윈스턴은 알 수 있었다. "아시다시피 골드스타인이 쓴 책이오. 가능한 한 빨리 보내주도록 하겠지만, 그 책을 입수하려면 다소 시간이 걸릴 거요. 그런 책은 당신이 상상하는 만큼 그렇게 흔하지 않아요. 그 책을 찍어내기가 무섭게 사상경찰이 샅샅이 뒤져 없애버리니까. 하지만 그래봤자 별수 없지. 그 책을 깡그리 없애버릴 수는 없는 일이오. 마지막 한 권까지 없애버린다 해도 우린 거의 글자 한 자 틀리지 않게 다시 발간해낼 수 있소. 당신은 일이 있을 때 손가방을 들고 다니오?"

"네, 거의 항상."

"어떻게 생긴 가방이오?"

"몹시 헐어빠진 검은 가방입니다. 두 개의 끈이 달려 있고요."

"검은색에 두 개의 끈이라. 몹시 헐어빠지고……. 좋아요. 정확한 날짜는 말하기 어렵지만 아주 가까운 장래에, 당신이 오전 중에 처리할 메시지 가운데 오자가 한 자 있을 거요. 그러면 다시 보내달라고 계속해서 청구하시오. 그리고 다음 날은 손가방을 들지 말고 출근하시오. 그날 중의 어느 때, 거리에서 한 사나이가 당신의 팔꿈치를 건드리며 이렇게 말할 거요. '당신 가방이 떨어졌군요.'라고. 그가 당신에게 전해준 가방 속에 골드스타인의 책이 들어 있을 거요. 당신은 그걸 14일 이내에 돌려줘야 하오."

그들은 잠시 동안 침묵을 지키고 있었다.

"당신이 떠날 시간이 2분 정도 남았군." 오브라이언이 말했다. "그럼 다시 만나요. 만약 다시 만나게 된다면……."

윈스턴은 그를 쳐다보았다. 그리고 "암흑이 없는 그런 곳에서요?" 하고 머뭇거리면서 말했다.

오브라이언은 놀라는 기색도 없이 머리를 끄덕였다. "암흑이 없는 그런 곳에서." 그는 그 암시를 알아듣겠다는 듯이 말했다. "그런데 이곳을 떠나기 전에 뭐 얘기하고 싶은 건 없소? 무슨 메시지나 질문이라도?"

윈스턴은 생각해보았다. 더 이상 물어볼 말이 없는 것 같았다. 더욱이 어마어마한 일반론 같은 걸 입 밖에 꺼내어 묻고 싶은 충동은 느끼지 않았다. 대신 오브라이언이나 형제단과 직접적인 관계가 없는 어머니가 마지막 날을 보냈던 캄캄한 침실이라든가, 채링턴 씨 가게 위층의 조그만 방, 유리 문진, 장미 나무 액자에 끼워진 동판화 같은 것들이 뒤섞인 광경이 그의 머릿속에 떠올랐다. 그는 입에서 튀어나오는 대로 아무렇게나 지껄였다.

"'오렌지와 레몬이여, 세인트클레멘트의 종이 말하네.'라는 구절로 시작되는 옛 노래의 가사를 들어본 적이 있습니까?"

다시 오브라이언은 머리를 끄덕였다. 그는 유별나게 점잖은 태도로 그 시구를 완벽하게 외웠다.

　오렌지와 레몬이여, 세인트클레멘트의 종이 말하네.
　당신은 내게 서 푼의 빚을 졌다고,
　세인트마틴의 종이 말하네.
　언제 갚아주겠니? 올드베일리의 종이 말하네.
　부자가 되면 갚아주지, 쇼어디치의 종이 말하네.

"당신은 마지막 구절까지 알고 있었군요!" 윈스턴이 외쳤다.

"그렇소, 마지막 구절까지 알고 있소. 그런데 섭섭하지만 이제 가야 할 시간이 됐군. 잠깐만 기다려요. 알약을 드리는 게 좋겠소."

윈스턴이 자리에서 일어서자 오브라이언은 손을 내밀었다. 그가 너무나 억세게 잡았으므로 손이 아팠다. 윈스턴이 문 앞에서 뒤돌아보았지만, 오브라이언은 이미 마음속에서 그와의 일을 지워버린 듯이 보였다. 그는 텔레스크린을 조종하는 스위치에 손을 갖다 댄 채 기다리고 있었다. 오브라이언의 등 너머로 윈스턴은 초록색 갓이 씌워진 램프와, 구술 기록기와, 종이를 가득 채운 줄로 엮은 바구니가 놓여 있는 책상을 볼 수 있었다. 이 우발적인 사건은 끝났다. 30초 이내에 오브라이언은 지금껏 방해를 받았던 당과 관계된 중대한 일로 되돌아갈 것이라고 윈스턴은 생각했다.

9

윈스턴은 피로로 인해 녹초가 되었다. '녹초가 되었다'라는 말은 적절한 표현이었다. 그 말이 문득 머리에 떠올랐었다. 그의 육신은 젤리처럼 흐느적거렸을 뿐 아니라 반쯤 투명해진 것 같았다. 손을 쳐들면 빛이 그 손을 뚫고 통과하는 것이 보일 것만 같았다. 억척스럽게 일을 해낸 바람에 무른 신경조직과 뼈와 피부만 남기고 온 혈액과 혈청이 몸속에서 빠져 달아나 버린 느낌이었다. 모든 감각기관이 엄청나게 확대된 것 같았다. 제복이 거추장스럽게 어깨를 짓누르고, 펴기만 해도 관절이 삐걱거릴 듯이 힘들었다.

윈스턴은 5일 동안 90시간 이상이나 일했다. 청사 안의 다른 사람들도 마찬가지였다. 이제 모든 일이 끝났으므로 문자 그대로 할 일이 없었고, 내일 아침까지는 당과 관계된 서류를 기록하는 일도 없었다. 여섯 시간을 그 은신처에서 보내고, 나머지 아홉 시간을 자기 침대에서 잠자며 보낼 수 있게 된 것이다. 오후의 부드러운 햇살을 받으며 그는 천천히 지저분한 거리를 걸어 올라가 채링턴 씨 가게 쪽으로 방향을 잡았다. 가는 동안 줄곧 순찰병이 나타나지 않나 하고 눈을 크게 뜨고 살피면서도, 오늘 오후만은 그를 간섭하는 어떤 위험도 없으리라고 멋대로 확신했다. 발걸음을 옮겨놓을 때마다 묵직한 손가방이 무릎에 부딪혀 짜릿한 감각이 다리의 피부를 타고 위아래로 오르내렸다. 6일 전부터 가방 속에 '그 책'이 들어 있었으나 지금까지 펴보거나 들여다본 적이 없었다.

증오 주간의 6일째 되는 날이었다. 행진, 연설, 노래, 깃발, 포스터, 영화, 함성, 밀랍 인형, 천둥 같은 북소리와 비명 같은 트럼펫 소리, 행군의 발걸음 소리, 탱크 바퀴가 맞물리며 돌아가는 소리, 비행기가 대규모 편대를 지어 날아가며 내는 요란한 소리, 고막을 울리는 총소리 등 이렇게 6일을 보내면서 견딜 수 없는 쾌감이 절정에 이르고, 유라시아에 대한 한결같은 증오가 드디어 정신착란 상태로까지 끓어올랐다. 군중은 이 행사의 마지막 날 공개적으로 교수형에 처하게 될 2000명의 유라시아 전범들을 마음대로 손댈 수만 있다면 의심할 여지 없이 갈가리 찢어놓고 말았을 것이다. 바로 이 순간에 오세아니아는 더 이상 유라시아와 전쟁을 하지 않는다는 발표가 있었다. 오세아니아의 전쟁 상대국은 동아시아이고, 유라시아는 동맹국으로 바뀐 것이다.

물론 어떤 변화가 갑작스레 닥쳤다는 것을 당에서는 용인하지 않았다. 다만 아주 전격적으로 그리고 동시에 모든 곳에, 적은 유라시아가 아니라 동아시아라는 사실이 알려졌을 뿐이었다. 그 소식이 전해진 순간에 윈스턴은 런던 중앙광장에서 열리는 대규모 집회에 참가하고 있었다. 밤이었고, 사람들의 하얀 얼굴이 주홍색 깃발에 반사되어 붉게 물들어 있었다. 광장은 수천 명의 인파로 넘쳐흘렀으며, 거기에는 스파이단의 제복을 입은 1000명가량의 학생들도 한 자리를 차지하고 있었다. 주홍색 휘장이 드리워진 연단 위에는 균형 잡히지 않은 기다란 팔과, 번들거리는 큼지막한 대머리 위에 몇 가닥의 머리가 뒤엉켜 있는, 체구가 작고 깡마른 사나이 하나가 군중을 향해 장황한 연설을 늘어놓고 있었다. 증오로 얼굴이 일그러진 조그맣고 보잘것없는 그 사나이는 한 손으로 마이크의 목 부분을 움켜잡고, 뼈만 앙상한 팔 끝에 매달린 엄청나게 큰 다른 한 손은 머리 위로 쳐들어 미친 듯이 허공을 할퀴고 있었다. 확성기를 통해 흘러나오는 그의 금속성 목소리는 대량 학살, 추방, 약탈, 강도, 죄수 고문, 무고한 시민에 대한 폭격, 거짓 선전, 부당한 침략, 조약 파기 등 끝없는 항목들을 나열하고 있었다. 그의 이야기를 듣고 있노라면 처음엔 그런 것들을 확신하게 되고, 이어 열광하지 않을 수 없었다. 매 순간 군중의 분노가 끓어오르고, 연설자의 음성은 마치 사나운 짐승이 포효하듯 수천 명이 질러대는 함성에 묻혀버리고 마는 것이었다. 무엇보다도 가장 야만적인 함성은 학생들의 입에서 튀어나왔다. 연설은 한 사람의 메신저가 급하게 연단 위로 뛰어 올라가 연사의 손에다 종이쪽지를 슬쩍 쥐여주었을 때까지 약 20분 동안 진행되었다. 그는 연설을 계속하면서 종이쪽지를 펴 읽어보았다. 그의 음성이나 태도, 심지어 이야기의 내용마저 바뀌지 않았지만 갑자기 명칭들이 달라졌다. 그러자 한마디의 말도 없었는데 이해하겠다는 표시의 물결이 파도처럼 군중들 속으로 번져갔다. 오세아니아는 동아시아와 전쟁 상태에 있다! 다음 순간 무서운 동요가 일어났다. 광장에 장식된 깃발과 포스터는 모두 잘못되었다! 그들 중의 반 이상이 잘못 그려진 것이다. 이것은 사보타주다! 골드스타인의 끄나풀들이 암약한 것이다! 소란스러운 막간의 촌극이 벌어졌다. 포스터들이 벽에서 뜯겨 나가고 깃발들이 갈가리 찢겨 사람들의 발에 짓밟혔다. 스파이 단원들이 놀라울 만큼 조직적인 행동으로 지붕 위로 기어 올라가서 굴뚝에 매달린 채 펄럭이는 깃발들의 끈을 잘라버렸다. 불과 2, 3분 사이에 이 모든 일들이 해치워졌다. 아직까지 마이크의 목을 움켜쥐고 있던 웅변가는 어깨를 곱사등이처럼 앞으로 구부리고, 자유로운 다른 한 손으로 허공을 할퀴면서 연설을 계속해나갔다. 잠시 후에는 다시 분노의 잔인한 함성이 군중들로부터 터져나오고 있었다. 증오 행사는 목표물이 바뀐 것 이외엔 전과 똑같이 계속되었다.

조금 전의 일을 생각해볼 때 윈스턴을 감탄케 한 것은, 연설자가 말을 중단하지 않았을뿐더러 문맥을 단절하지도 않은 채 실제로 문장 중간의 한 줄로부터 다른 줄로 자연스럽게 전환해갔다는 점이었다. 그러나 그 순간 그는 다른 일에 정신을 빼앗겼다. 포스터가 찢겨져 떨어지는 소란 속에, 윈스턴이 한 번도 본 적이 없는 어떤 사나이가 그의 어깨를 톡톡 치며 이렇게 말한 것이다. "실례합니다. 당신 손가방이 떨어졌군요." 윈스턴은 무심코 가방을 받아 들었다. 그 가방 속을 들여다볼 기회는 한참 후에나 생기리라는 것을 그는 알고 있었다. 군중대회가 끝난 즉시, 시간이 이미 밤 11시에 가까워지고 있었지만 그는 곧장 진리부로 갔다. 부처의 전 직원들도 마찬가지였다. 텔레스크린에서는 벌써 근무처로 돌아가라는 지시가 있었지만 구태여 그런 명령을 내릴 필요조차 없었다.

오세아니아는 동아시아와 전쟁 상태에 있었다. 그리고 오세아니아는 항상 동아시아와 전쟁을 해왔다. 5년간의 정치적 문서 대부분이 이제 완전히 쓸모없게 되었다. 온갖 종류의 보고서와 기록문들, 신문, 서적, 광고지, 필름, 음반, 사진, 이 모든 것들이 빠른 속도로 개정되지 않으면 안 되었다. 어떤 지시도 하달되지 않았지만, 부처의 우두머리들은 일주일 이내에 유라시아와의 전쟁이나 동아시아와의 동맹 관계에 대한 증거물이 어느 곳에도 남아 있지 않도록 조처해야 한다는 것을 잘 알고 있었다. 게다가 그 처리 과정에서 그에 관련된 서류들을 본래의 명칭대로 부를 수 없기 때문에 부담감은 더욱 컸다. 기록국의 전 직원은 하루 24시간 중 18시간 일했고, 나머지 두세 시간만 잠깐 눈을 붙였다. 지하실에서 매트리스들이 운반되어 올라와 복도 여기저기에 깔렸다. 샌드위치와 빅토리 커피로 짜여진 식사가 식당 종업원들이 끌고 다니는 손수레에 실려 날라졌다. 잠깐 졸다가 깨어날 때마다 윈스턴은 책상 위에 쌓아놓은 일거리를 줄이려고 무진 애를 썼다. 그러나 짓무르고 쑤시는 눈으로 기다시피 하여 책상으로 되돌아올 적마다 실린더에서 새로 쏟아진 서류 다발들이 눈보라처럼 책상을 뒤덮고, 구술기를 반쯤 가린 채 바닥에까지 흘러 떨어져 있는 것이었다. 그 때문에 잠에서 깨어날 때마다 가장 먼저 해야 할 일은 항상 서류들을 가지런히 정리해서 쌓아 올려 일할 수 있는 빈자리를 만드는 것이었다. 무엇보다도 가장 곤란한 점은 말할 필요도 없이 일 자체가 순전히 기계로만 되는 것은 아니라는 점이었다. 어쩌다 단순히 한 명칭을 다른 명칭으로 바꾸기만 하면 되는 작업도 있었지만, 어떤 사건에 관한 세부적인 보고서는 주의와 상상력을 요했다. 세계의 한 지역에서 다른 지역으로 전쟁을 옮기는 데 필요한 지리적인 지식도 상당히 고려해야만 했다.

3일째가 되자 그의 눈은 견딜 수 없을 만큼 아팠고, 거의 매 분마다 안경알을 닦아야 했다. 그것은 마치 거부권을 행사하면서도 일이 성취되기를 초조하게 기다리고, 뭔가 몸이 부서지는 듯한 중노동에 매달려 발버둥 치는 것과 같았다. 이때의 일을 돌이켜보면 가장 고통스러웠던 것은, 펜을 한 번씩 휘갈길 때마다 구술 기록기에다 대고 각 낱말을 중얼거려야 했던 것이 아니라, 매번 머리를 짜내어 거짓말을 해야 한다는 사실이었다. 그는 이런 날조 행위를 저지르는 부서의 어느 누구에 못지않게 초조했다. 6일째 되는 날 아침에 실린더에서 떨어지는 서류의 속도가 느려졌다. 최소한 30분 동안 송기관에서 아무것도 나오지 않을 때도 있었으며, 이어 꼭 한 번 더 나오더니 다음부터는 아주 멈춰버렸다. 거의 모든 곳에서 동시에 일로부터 해방된 것이다. 기록국의 여기저기에서 깊고 은밀한 한숨이 새어 나왔다. 결코 들어볼 수 없었던 어떤 막강한 행위가 성취된 것이다. 이제 어떤 인간이라도 서류상의 증거물을 제시하여 유라시아와 전쟁을 벌였던 일을 증명하기란 불가능했다. 12시에 뜻밖에도, 청사 안의 전 직원은 내일 아침까지 자유로이 쉴 수 있다는 방송이 흘러나왔다. 윈스턴은 여전히 '그 책'이 들어 있는 손가방을 소지하고 있었다. 일하는 동안에는 두 다리 사이에다 끼고 있었고, 잠을 잘 때는 몸뚱이 밑에 깔고 잤다. 그는 집에 돌아가 면도를 하고 목욕을 했는데, 겨우 찬 기운이 가신 물속에서 하마터면 잠이 들 뻔했다.

뼈마디 사이에서 일종의 도발적인 마찰음을 내면서 윈스턴은 채링턴 씨 가게의 위층 층계를 올라갔다. 몹시 지쳐 있었지만 더 이상 졸리지는 않았다. 그는 창문을 열어놓고, 지저분한 소형 오일 스토브에 불을 붙인 다음 커피를 끓일 물주전자를 올려놓았다. 줄리아가 곧 도착할 것이고, 저기엔 여전히 '그 책'이 있었다. 그는 허름한 안락의자에 앉아서 손가 방의 끈을 풀었다.

표지에 이름이나 제목이 적혀 있지 않은, 서툴게 제본된 두툼한 검은 책이었다. 인쇄 역시 정상적이라고 할 수 없었다. 그 책은 많은 사람들 의 손을 거친 듯 책장이 쉽게 넘겨졌으며, 페이지 가장자리가 닳아 있었 다. 타이틀이 나오는 첫 페이지에 다음과 같은 제목이 붙어 있었다.

소수 독재적 집단주의에 관한 이론과 실제

이매뉴얼 골드스타인 저著

윈스턴은 읽기 시작했다.

제1장 무지는 힘이다

유사 이래, 아마 신석기시대 말기 이후부터였겠지만, 이 세상에는 상류·중류·하류라는 세 계층의 사람들이 살고 있었다. 그들은 여러 갈래로 나뉘고, 각기 다른 이름으로 헤아릴 수 없을 만큼 많이 태어났으며, 그들 상호 간에 대하는 태도와 마찬가지로 그들의 상호 관계도 시대에 따라 달라졌다. 그러나 사회의 본질적인 구조는 결코 변하지 않았다. 엄청난 봉기와 결정적인 변혁이 일어난 후에도 늘 똑같은 유형이 재현되어왔다. 그것은 마치 팽이가 이리 맞고 저리 맞아도 항상 균형을 되찾는 이치와 같다.

이러한 세 집단의 목표는 완전히 대립되어 있다.

윈스턴은 좀 더 편안하고 느긋한 자세로 음미하며 읽기 위해 잠시 읽기를 멈췄다. 어찌 되었든 그는 혼자 있는 게 아닌가. 거기엔 텔레스크린도 없고, 열쇠 구멍으로 엿듣는 인간의 귀도 없었으며, 등 뒤를 초조하게 힐끗거리거나 책장을 손으로 가릴 필요도 없었다. 싱그러운 여름 공기가 그의 볼을 어루만졌다. 어딘지 멀리서 아이들의 고함 소리가 희미하게 들려왔다. 방 안에는 벌레 소리와도 같은 시계 소리 외에는 아주 조용했다. 그는 안락의자에 깊숙이 몸을 파묻고 벽난로의 받침대 위에다 발을 얹어놓았다. 축복과 영원을 느낄 수 있는 시간이었다. 결국 끝까지 다 읽게 될 것이고, 낱말 하나하나를 더듬어갈 그런 책을 갖고 있는 사람이 흔히 그렇듯이, 그는 갑자기 아무 데나 펼쳤다. 제3장이 나왔다. 그는 그 부분을 읽기 시작했다.

제3장 전쟁은 평화다

세계가 세 개의 초대형 국가로 분할되리라는 것은 20세기 중엽 이전부터 예측할 수 있었던 일이며, 실제로 그렇게 예측되었다. 소련이 유럽을, 미국이 영국을 합병함으로써 현존하는 세 개 열강 중 유라시아와 오세아니아의 두 열강은 사실상 존재하고 있었다. 다만 제3의 동아시아만이 10년간 무질서한 전쟁을 치른 끝에 간신히 단일국가로 등장하게 되었다. 3개의 초대형국 간의 국경은 곳에 따라 제멋대로, 또 어떤 곳에서는 전황戰況에 따라 변경되기도 했는데, 일반적으로는 지리적 경계에 따랐다. 유라시아는 포르투갈에서부터 베링 해협까지 유럽과 아시아 대륙의 북부 지역을 전부 차지했다. 오세아니아는 아메리카 대륙과 영국, 오스트레일리아를 포함한 대서양 제도諸島 및 아프리카 대륙 남부를 차지했다. 동아시아는 그 둘보다 작고 서쪽 경계선이 분명치 않았지만 중국과 그 남부에 위치한 나라들, 즉 일본, 만주, 몽고, 티베트 등 대부분을 차지했다.

이 세 개의 초대형국들은 각기 상대국과 동맹을 맺어가며 끊임없이 전쟁을 벌였는데, 지난 25년 동안 내내 그래왔다. 그러나 이제 전쟁은 20세기 초엽처럼 그렇게 절망적인 상태도 아니었고, 그만한 파괴력을 지닌 것도 아니었다. 그것은 서로 상대국을 파괴할 수 없는, 교전국 간에 한정된 목표를 가진 국지전이었으며, 실질적인 전쟁의 이유도 없고 또한 순전히 이념의 차이에서 파생된 것도 아니었다. 그와 반대로 전쟁열은 모든 나라에서 그치지 않고 만연해 강간, 약탈, 영아 살해, 전 인구의 노예화를 표방하고, 끓는 물에 삶아 죽이거나 산 채로 매장하는 등 포로에 대한 보복 행위를 오히려 당연한 일로서 받아들였으며, 이런 짓이 적에 의해서가 아니라 자기편에서 행해질 경우에는 이를 공격으로 간주했다. 그러나 실질적인 면에서 전쟁은 대개 고도로 훈련된 전문가들이 하며, 비교적 사상자의 수가 적은 것이 특징이다. 전투는 일반 사람들이 예측할 수 없는 변경이나, 해상의 전략 지점을 방어하고 있는 유동 요새 부근에서 벌어진다. 문명의 중심 지역에서의 전쟁은 소비 물자의 결핍이라든가, 가끔 수십 명의 사상자를 내는 로켓탄의 폭발 이외에 다른 의미는 갖고 있지 않다. 사실상 전쟁의 성격은 변했다. 더 정확히 말하면 전쟁이 발발하는 이유에 있어 그 중대성의 순서가 뒤바뀐 것이다. 20세기 초반의 세계대전에서는 사소한 동기에 불과했던 것이 이제는 중요한 동기가 되고, 또 의식적으로 인정을 받아 행동에 옮겨진 것이다.

현대전의 성격을 이해하기 위해서는—몇 년에 한 번씩 전쟁 상대국이 바뀌기는 하지만, 전쟁은 언제나 한결같으므로—우선 결정적인 승리란 있을 수 없다는 것을 깨달아야 한다. 세 개의 초대형국 중 어느 하나가 다른 두 나라의 동맹에 의해 정복될 수는 없는 일이다. 그들의 세력은 서로 비슷하고 자연의 방벽 또한 매우 견고하다. 유라시아는 광활한 국토의 면적에 의해, 오세아니아는 광대한 태평양과 대서양에 의해, 동아시아는 국민의 다산성多産性과 근면성에 의해 방위되고 있는 것이다. 둘째로 실질적인 면에서 서로 싸워야 할 이유가 없다. 생산과 소비가 균형을 이루어 자립 경제체제가 확립되어 있으므로 지난날 전쟁의 주요 원인이었던 시장 확보를 위한 경쟁이 종식되고, 원자재 확보 경쟁 역시 생사를 건 문제가 될 수 없다. 아무튼 이 세 초대형 국가들은 영토가 광활하기 때문에 필요한 물자를 자국 내에서 조달할 수 있다. 전쟁이 경제적인 목적과 직접적인 관련이 있다면 그것은 노동력의 확보일 것이다. 영원히 그 어느 초대형국의 영토가 될 수 없는 이 세 나라의 경계선 사이에는 탕헤르·브라자빌·다윈·홍콩 등을 연결하는 완충 지대가 형성되어 있는데, 이 지역 안에 세계 인구의 5분의 1이 살고 있는 셈이다. 이 세 강대국이 전쟁을 하는 이유는 인구가 조밀한 이 지역과 북쪽의 빙원 지대를 장악하기 위해서다. 사실 어느 한 나라가 이 분쟁 지역 전체를 차지한다는 것은 불가능한 일이다. 다만 국지적으로 끊임없는 쟁탈전을 벌이며, 기습 공격을 감행해 어느 한쪽을 배신함으로써 한 지역을 장악할 수 있을 뿐이다. 그렇지만 그것도 수시로 동맹국이 바뀐다는 것을 암시하는 데 불과하다.

이 분쟁 지역에는 귀중한 광물이 매장되어 있고, 어느 지역에서는 고무 같은 천연자원이 생산되기도 한다. 이런 자원은 한랭한 지역에서는 비용이 많이 드는 합성 제품의 원료다. 그러나 무엇보다도 이 지역은 고갈되지 않는 값싼 노동력을 보유하고 있다. 어떤 강대국이 점유하더라도 적도 지역의 아프리카나 중동 지역, 그리고 인도 남부와 인도네시아 군도에는 저렴한 임금으로 중노동을 시킬 수 있는 수천만에 달하는 인력이 있다. 이곳의 주민들은 공공연히 노예로 전락하여 계속해서 정복자의 손아귀에 들어 있다.

그리하여 더 많은 무기 생산, 더 많은 영토 점령, 더 많은 노동력 확보를 위한 도구로 이용되고, 끊임없이 계속되는 전쟁에서 이 지역의 주민들은 많은 양의 석탄이나 석유처럼 소모되고 있다. 그러나 중요한 것은, 전투가 이 분쟁 지역의 테두리를 벗어나지는 않는다는 사실이다. 유라시아의 국경은 콩고 분지와 지중해 북안北岸을 사이에 두고 밀고 당기는 처지다. 인도양과 태평양에 있는 섬들은 오세아니아와 동아시아가 서로 번갈아가며 점령하고 있다. 유라시아와 동아시아의 접경 지역인 몽골은 항상 불안한 상태에 놓여 있다. 세 강대국은 사람이 거주하지도 않고 미개척지인 양극 지역의 방대한 영토를 서로 자기 것이라고 주장한다. 그러나 이 세 열강은 대체로 힘의 균형을 이루고 있어서 초대형국의 중심 지역은 침략을 받는 일이 거의 없다. 더욱이 적도 부근의 피착취 인민의 노동력은 세계 경제에 반드시 중요한 몫을 담당하고 있는 것도 아니다. 그들의 모든 생산물은 전쟁의 수행을 위해 이용되고, 전쟁의 목적은 그다음 전쟁에서 유리한 위치에 서려는 데 있기 때문이다. 그들의 노동력과 더불어 조밀한 인구는 지구전을 더욱 가속화시킨다. 하지만 이들이 존재하지 않는다 해도 세계의 유지에 본질적인 변화가 초래되는 것은 아니다.

현대전의 근본 목적은 국민의 전반적인 이익을 위해서가 아니라 기계제품을 소모하는 데 있다. 19세기 말 이래 잉여 물자를 처리하는 방법이 공업국가 내에 중요한 문제로 등장했다. 그러나 오늘날엔 식량이 부족하기 때문에 군이 인위적인 파괴를 일삼지 않더라도 그다지 큰 문제가 되지 않는다. 오늘날의 세계를 1914년 이전의 세계와 비교해보면 국민의 생활은 그때보다 훨씬 궁핍하고 국토도 황폐해 있다. 더욱이 그 시대 사람들이 예상했던 상상 속의 미래와 비교해볼 때 더욱 그러하다. 20세기 초반에 내다본 미래 사회에 대한 전망은 믿을 수 없을 만큼 풍요하고 한가로우며, 질서가 잡히고 능률적인 것이었다. 이른바 유리와 강철, 그리고 눈부신 하얀 콘크리트로 건설된, 영원히 썩지 않는 눈부신 세계일 거라고 당시의 지식인들은 상상했다. 그들은 과학과 기술이 놀랄 만한 속도로 발달하고, 그러한 계속적인 발전을 당연하게 생각한 것 같다. 그러나 예상과는 달랐다. 그 한 가지 이유는 장기전과 혁명으로 빈곤을 초래했다는 점이고, 또 하나의 이유는 과학과 기술의 발달이 경험론적 사고방식에 사로잡힌 엄격한 통제 사회에서는 지속적일 수 없었다는 점이었다. 전반적으로 평가할 때, 오늘날의 세계는 50년 전보다 더 후진성을 면치 못하고 있다. 오히려 일부의 후진적인 사회가 발달한 편이고, 전쟁과 통제에 관한 갖가지 묘책이 발달한 대신 실험과 발명은 거의 중단된 상태다. 1950년대의 핵전쟁으로 파괴된 지역은 아직 완전히 복구되지 않은 상태다. 그럼에도 기계 자체가 안고 있는 위험도는 여전히 상존하고 있다. 기계가 등장하기 시작한 순간부터 지각 있는 사람들은 인간의 불행과 불평등이 사라질 것이라고 착각했다. 기계가 본래의 목적을 위해 신중하게 사용되었더라면 기아, 과로, 불결, 문맹, 질병 등이 몇 세대가 가기 전에 근절되었을지도 모른다. 그러나 기계가 본래의 목적을 위해 사용되지 않았다 하더라도 그 부수적인 면에서—도저히 분배하지 않고는 배길 수 없는 부를 창출하여—19세기 말과 20세기 초의 대략 50년이라는 기간에 걸쳐 일반인의 생활수준을 현저하게 향상시킨 것은 사실이다.

그러나 전반적인 부의 증가가—실제로 어떤 면에서는 그 자체가 파괴적 요소인데—계급사회의 파괴를 초래할 위협적인 요소를 내포하고 있었음도 사실이다. 모든 사람이 약간의 노동만으로 넉넉한 식품을 얻고, 목욕탕과 냉장고가 있는 집에서 생활하며, 자가용과 비행기까지 소유할 수 있다면, 가장 뚜렷한 형태의 불평등은 소멸하고 말 것이다. 일단 모든 부를 향수할 수만 있다면 불평등이 존재할 리 없다. 개인적인 소유와 사치라는 의미에서의 '부'가 공평히 분배된다면, 반면에 '권력'이 소수의 특권계층의 손아귀에서 떨어지리라는 것은 명백한 사실이다. 그러나 그런 사회가 진정 장기적인 안정을 유지할 수 있을 것인가? 모든 인간이 시간적인 여유와 경제적인 안정을 누리게 된다면, 지금까지 경제적인 빈곤으로 말미암아 무지에서 벗어날 수 없었던 수많은 대중이 지식을 갖게 되고, 자기 방식대로 사고하는 법을 배우게 될 것이다. 그렇게 되면 소수의 특권계층은 머지않아 자기들이 누리는 특권적 기능을 상실하게 될 것을 우려해 그들을 축출하려고 애쓰게 될 것이다. 장기적인 안목에서 볼 때 빈곤과 무지를 바탕으로 해서만 계급사회는 성립되는 것이다. 20세기 초에 몇몇 사상가들이 바랐던 것처럼, 과거의 농경 사회로 복귀하는 것만이 실질적인 해결책은 아니다. 만일 그렇게 되면 전 세계적으로 거의 본능화된 기계화 경향과 맞지 않고, 더욱이 공업 분야에서 낙후된 국가는 군사적으로도 무력해져서 직접적이건 간접적이건 선진국의 지배를 받게 마련이다.

이 밖에 물자 생산을 감소시켜 대중을 빈곤 속으로 몰아넣는 것 역시 절대 만족할 만한 해결책이 아니다. 이것은 자본주의의 최종적 단계라고 할 수 있는 1920년대와 1940년대 사이에 대폭적으로 채택된 방법이다. 무수한 나라들이 경제적으로 침체하고, 토지는 황폐했으며, 자본재의 생산이 중단되고, 엄청난 인구가 일자리를 잃고 정부의 보조금으로 겨우 연명해갔다. 그러나 이 방법은 군사적으로 무기력한 상태를 초래했고, 그로 인한 궁핍이 분명히 효과를 거두지 못했기 때문에 불가피하게 그 반대 현상이 나타났던 것이다. 중요한 것은, 세계의 부를 실질적으로 증가시키지 않으면서 어떻게 공업을 활성화하느냐 하는 점이었다. 생산 활동이 중단되어서는 안 된다. 그러나 그것을 분배할 필요는 없다. 이런 목적을 실질적으로 수행하기 위한 유일한 방법은 전쟁뿐이다.

실질적인 전쟁 행위는 인간의 생명을 소모하는 것이 아니라, 인간의 노동력에 의해서 생산된 물품을 파괴하는 데 그 목적이 있다. 전쟁은 민중의 생활을 안락하게 하는 물자, 오랜 기간을 두고 그들의 지적 수준을 유지하는

데 이바지해온 물자를 깡그리 파괴해 허공으로 날려버리거나 깊은 바닷속으로 가라앉혀 버리는 행위다. 전쟁에 의해 무기가 파괴당하지 않는다 해도, 소비재를 생산하지 않고 지속적으로 무기 생산에만 전력하도록 하는 것도 노동력을 소모하는 한 방법이 되는 것이다. 예컨대 하나의 유동 요새를 건설하면, 수백 척의 화물선을 건조할 수 있는 노동력을 여기에 투입하는 결과가 된다. 결국 이런 일은 아무에게도 물질적인 혜택을 주지 않은 채 건조물을 폐물로 남게 하고, 막대한 노동력을 더 동원해 또 하나의 유동 요새를 건설할 수 있게 만드는 것이다. 궁극적으로 전쟁의 규모는 언제나 국민의 최소한의 욕구를 충족해주고 잉여 물자를 완전히 소모하는 범위 내에서 행해진다. 실제로 국민의 요구는 항상 과소평가되어, 생활필수품은 절대량이 부족한 고질적인 상태에 빠지게 된다. 그런데 오히려 이런 현상이 장점으로 간주된다. 정부로부터 가장 큰 혜택을 받는 집단까지도 다소 빈곤한 상태에 묶어두는 것이 현명한 정책이다. 그 이유는 전반적으로 약간 궁핍한 상태에 놓여 있어야만 소수 특권층의 중요성을 인식시킬 수 있고, 그렇게 되면 집단 간의 차별을 확산시킬 수 있기 때문이다. 20세기 초에 비교하면 핵심 당원의 생활도 검소하고 빈곤한 편이라고 보아야 할 것이다. 그렇지만 그들은 분명히 몇 가지 특혜를 누리고 있다. 설비가 잘된 저택, 고급 원단의 의복, 훌륭한 음식, 질이 좋은 술과 담배, 두세 명의 하인, 개인 전용의 승용차나 헬리콥터 등 외부 당원과는 비교가 안 되는 생활을 하고 있는 것이다. 그런 점에서 볼 때 외부 당원 역시 이른바 '프롤레타리아'라고 불리는 최하층의 국민과 비교하면 그와 비슷한 혜택을 누리고 있는 셈이다. 사회의 실태는 말고기 한 덩이를 갖느냐 못 갖느냐에 따라 빈부가 판가름되는 형편이다. 그와 동시에 전쟁 중이며 위험에 처해 있기 때문에 모든 권력을 소수 특권층에 넘겨주는 것이 불가피한 생존의 조건으로 받아들여지고 있다.

차차 설명하겠지만, 전쟁은 필요한 파괴를 수행할 뿐만 아니라 심리적으로도 효과를 거두고 있다. 원칙상 세계의 잉여 노동력을 사원寺院 혹은 피라미드를 건설하게 한다거나, 땅굴을 팠다가 다시 메우게 한다거나, 엄청난 양의 물자를 생산했다가 다시 소각해버리는 일에 동원한다면 문제는 간단할 것이다. 그러나 이런 행위는 계급사회의 경제 기반을 마련해주기는 하겠지만, 심리적 기반을 구축하기가 힘들 것이다. 이때 문제가 되는 것은 대중의 사기가 아니라 당 자체의 사기다. 민중이 언제까지나 일에만 매달려 있는 한 그들의 태도쯤은 무시해도 된다. 최하급 당원이라 해도 유능하고 부지런하며 어느 정도 지성을 갖춰야 하겠지만, 반면에 공포와 증오심, 찬탄과 승리의 도취감에 휘말려 들 수 있는 무지한 열광도 지니고 있어야 한다. 다시 말해 전쟁 상태에 알맞은 정신 상태를 갖고 있어야 하는 것이다. 실제로 전쟁이 일어나서 전투가 벌어지고 있든 그렇지 않든 그것은 별로 중요한 문제가 아니다. 결정적인 승리란 기대할 수 없는 일이므로 그런 문제는 신경을 쓸 필요가 없는 것이다. 중요한 것은 전쟁 상태가 유지되어야 한다는 점이다. 당이 당원에게 요구하는, 즉 전쟁 상태에서 쉽게 달성할 수 있는 지성의 분열은 공공연한 사실로서 인정되고 있다. 전쟁열과 적에 대한 증오의 감정은 핵심 당원일수록 더욱 강하다. 핵심 당원은 행정가로서의 기능을 수행하는 가운데 전쟁에 관한 갖가지 보도가 사실과는 다르다는 것, 전쟁 전체가 허위라는 것, 또 전쟁은 일어나지도 않았거나 본래의 목적과는 전혀 다른 목적을 위해 수행되고 있다는 것을 알게 될 수밖에 없다. 그러나 그런 지식은 '이중사고'에 의해 쉽사리 조정될 수 있다. 그 때문에 핵심 당원은, 전쟁은 실제로 일어나고 있으며, 의심할 여지 없이 오세아니아가 전 세계의 주인으로서 끝내 승리를 거두게 되리라는 불가사의한 신념을 확고하게 갖게 되는 것이다.

　이처럼 전체 핵심 당원은 오세아니아의 승리를 하나의 신조로 믿고 있다. 이와 같은 승리는 지속적으로 영토를 확장해서 압도적인 힘의 우위를 달성하고, 또는 무적의 새 병기를 발명함으로써 가능한 것이다. 신무기에 대한 개발은 끊임없이 계속되고 있다. 그것은 탐구심이 강하고 사색을 즐기는 사람에게는 돌출구로서 유일하게 남아 있는 활동 부문이다. 오늘날의 오세아니아에는 옛 시대의 과학이 하나도 남아 있지 않다. 신어에서도 '과학'이라는 낱말은 찾아볼 수 없다. 과거의 과학적 성과에 기반을 둔 경험적 사고방식이 영사의 기본 이념에 위배되기 때문이다. 기술의 개발조차도 인간의 자유를 구속할 필요에 의해서만 이용되고 있는 것이다. 모든 유용한 기술은 정체되어 있든가, 아니면 퇴보하고 있다. 서적이 기계에 의해서 저술되는 데 반해 농지는 말이 경작하는 것만 보아도 알 수 있다. 그렇지만 중요한 문제에 한해서는—예컨대 전쟁이라든가 사찰의 분야에서는—과학의 기초가 된 경험적 방법이 적용되거나 묵인되고 있다. 당의 두 가지 가장 큰 목적은 세계를 정복하는 것과, 독창적인 사고의 가능성을 근절하는 것이다. 이를 실현하기 위해서는 해결해야 할 두 가지 문제가 있다. 즉, 다른 사람의 생각을 정탐하는 일과, 전혀 예고 없이 순간적으로 수억의 생명을 끊는 것이다. 과학적인 연구의 필요성이 유일하게 남아 있다면 바로 이런 부문일 것이다. 오늘날의 과학자는 심리학자와 심문자의 역할을 겸하여 사람의 표정, 몸짓, 음성 등의 세부적인 특징을 파악한 다음 약물, 충격요법, 최면술, 고문 등에 의해 사실을 자백받는 효과를 실험하고 있다. 또 그와는 달리 인간의 생명을 빼앗는 특수 과제의 한 분야에 관심을 갖고 있는 화학자와 물리학자와 심리학자가 있다. 평화부의 넓은 실험실이나, 브라질의 비밀 실험실에서 여러 팀의 전문가들이 끈질기게 이 과제를 실현하기 위해 연구를 계속하고 있다. 한 팀은 미래의 전쟁과 관련된 병참술, 대형화된 로켓탄과 더욱 성능이 강화된 폭탄, 방어력이 뛰어난 장갑차 등을 연구하고 있다. 또 한 팀은 치명적인 새로운 유독가스, 전 세계의 식물을 말라죽게 할 수 있는 가용성 독약, 또 모든 항독소에 대해 면역성을 갖고 있는 세균 배양을 연구하고 있다. 다른 한 팀은 해저를 자유롭게 항행할 수 있는 잠수함처럼 땅속을 뚫고 다닐 수 있는 지하 차량, 선박처럼 기지가 필요하지 않은 비행기를 발명해내려고 발버 둥 치고 있다. 또 그 밖의 팀들은 가능성이 희박하지만 우주 공간 수천 킬로 미터 지점에 대형 렌즈를 설치해 태양 광선이 그것을 통과하도록 하고, 지구 중심부의 지열에 자극을 주어 인공적인 지진과 해일을 일으키는 일까지 연구하고 있는 것이다.

그러나 아직까지 이런 계획 중의 어느 한 가지도 실현되지 않았으며, 이 세 초대형국 중 어느 나라도 다른 두 나라를 앞지를 성과를 거두지 못하고 있는 형편이다. 그런데 더욱 놀라운 사실은, 이 세 열강이 과거의 어느 때보다도 더욱 강력한 핵무기를 보유하고 있다는 점이다. 당은 상투적인 수법으로 원자탄을 자기들이 발명했다고 주장하지만, 사실은 1940년대부터 이미 원자탄은 대규모로 사용되고 있었다. 그 당시 수백 개의 원자탄이 세계의 공업지대에 투하되었는데, 주로 유라시아, 서부 유럽, 북아메리카였다. 그로 인해 모든 나라의 지도자들은 앞으로 원자탄을 몇 개만 떨어뜨려도 세계의 종말이 올 뿐만 아니라 자기들의 권력 또한 끝나게 된다는 사실을 깨닫게 되었다. 이후 공식적인 협약이 체결되거나 제안된 일은 없었지만, 원자탄은 더 이상 투하되지 않았다. 세 나라는 다투어 핵무기를 제조해 언제 닥칠지 모를 결정적인 시기에 대비하여 비축만 해두고 있는 실정이다. 한편 전쟁 산업은 최근 30년, 40년 동안 거의 정체 상태에 빠져 있다. 헬리콥터가 종전보다 더욱 많이 사용되고, 전투기는 대부분 자력 추진의 로켓으로 대체되었으며, 기동성이 약한 전함은 좀처럼 침몰할 수 없는 유동 요새로 바뀌었다. 그러나 다른 무기의 경우를 보면 새로운 발전은 없다. 탱크, 잠수함, 어뢰, 기관총, 소총, 수류탄이 지금도 여전히 사용되고 있다. 신문과 텔레스크린이 끊임없이 적군의 사살을 보도하고 있지만, 몇 주 동안에 수백만 명의 목숨을 앗아가는 잔학한 방식의 전투는 다시 되풀이되지 않고 있다.

이 세 초대형국 중의 어느 나라도 치명적인 패배의 위험을 안고 있는 기동

작전을 아직 펴지 않고 있다. 대규모의 작전이 수행되는 것은 동맹국에 대한 기습 공격 때문이다. 이 세 열강이 꾸미는 수단은 한결같은 것이다. 그 계획은 전투와 협상, 그리고 기회를 잘 포착한 배신행위를 한데 엮어 교전 상대국을 완전히 포위하는 반지 모양의 기지를 확보한 다음, 그 상대국과 우호 조약을 체결하고 여러 해 동안 외양뿐인 평화를 유지하는 것이다. 그리고 이 기간 동안 원자탄을 적재한 로켓을 모든 전략 기지에 배치해두는 것이다. 그리하여 그것이 한꺼번에 발사되면 돌이킬 수 없는 치명적인 효과를 거두게 된다. 그런 다음 나머지 열강과 우호조약을 맺으면 다시 공격을 준비할 시간을 벌게 되는 것이다. 그러나 실제로는 이런 계획은 물론 실천이 불가능한 망상에 지나지 않는다. 더욱이 전투는 적도와 극지 부근의 분쟁 지역을 제외하고는 발생하는 일이 없고, 적국의 영토를 침공하는 일도 행해지지 않는다. 이것은 세 열강 간의 국경선이 곳에 따라 임의로 정해져 있음을 나타낸다. 예컨대 유라시아는 지리적으로 보아 유럽의 일부인 영국을 쉽사리 정복할 수 있고, 다른 한편 오세아니아는 라인 강이나 비스와 강까지 국경선을 확장할 수도 있다. 그렇지만 이것은 공식화되지는 않았으나, 각 국가가 암묵리에 지키고 있는 문화 보존 정책을 침해하는 행위다. 만약 오세아니아가 한때 프랑스와 독일로 알려졌던 지역을 정복한다면, 그 주민을 몰살하거나 아니면 약 1억에 가까운 인구를 오세아니아의 사회에 동화시켜야 할 필요가 있기 때문에 더욱 곤란한 문제에 부딪히게 된다. 이것은 세 열강이 공통적으로 안고 있는 문제다. 체제상으로 외국인과의 접촉은, 제한된 범위 내에서 전쟁 포로라든가 유색인 노예와의 접촉 이외에는 금지하는 것도 바로 이런 이유에서다. 서로 동맹 관계에 있을 때조차도 그들은 상대방을 의혹의 눈초리로 바라보게 마련이다. 오세아니아의 일반 시민은 전쟁 포로를 제외하곤 유라시아나 동아시아의 국민과 결코 접촉해서는 안 되며, 외국어를 배우는 것도 금지되어 있다. 외국인과 자유로이 접촉할 경우, 그들 외국인도 자기와 똑같은 인간이며, 외국인에 대해 자기들이 들은 대부분의 소문이 허위라는 사실을 알게 되고, 그로 인해 자기가 속해 있던 사회의 벽이 무너지면서 지금까지 사기를 고무하던 공포, 증오, 독선이 물거품처럼 사라져버리기 때문이다. 따라서 페르시아, 이집트, 자바, 실론 등지의 지배자가 수없이 바뀌더라도 폭탄 이외의 어떤 것도 그곳 경계선을 넘나들어서는 안 된다는 철칙을 모든 나라는 명확히 인식하고 있는 것이다.

이런 상황에서, 결코 공표되지는 않았지만 암암리에 이해되고 구체화된 사실이 한 가지 있다. 즉, 세 열강의 생활 조건이 똑같다는 점이다. 오세아니아의 지배적인 철학은 영사이고, 유라시아가 신봉하는 것은 신볼셰비즘이며, 동아시아는 중국 고유의 철학인데, 흔히 '죽음의 숭배'라고 알려진 것으로서 '자기 망각'이라고 하는 편이 더 적절할 것이다. 오세아니아 국민은 다른 두 열강의 철학적 교의를 알아서는 절대로 안 되며, 그 교의가 도덕과 인간성을 침해하는 야만적이며 불법적인 것이라고 배워왔다. 그러나 실제로 이들 세 가지 교의는 전혀 다를 것이 없고, 그것을 지탱해주는 사회제도 역시 다를 게 없다. 세계 도처에 똑같은 피라미드형 사회 체계가 존재하며, 지도자에 대해 반은 신격화된 숭배, 또 끝없는 전쟁을 위한 경제체제가 있을 뿐이다. 때문에 세 열강은 굳이 상대국을 정복할 필요를 느끼지 않을뿐더러, 그렇게 해봐야 아무런 이득도 얻을 수 없음을 깨닫고 있다. 오히려 세 나라는 분쟁을 계속하면서 세 다발의 옥수숫대처럼 서로를 떠받쳐주고 있는 것이다. 세 열강의 지도자들은 자기들이 벌이고 있는 일에 대해 무관심한 편이다. 그들은 세계 통일에 자신의 전 생애를 바치고 있지만, 전쟁이 영속적으로 승패 없이 계속되어야 할 필요가 있다는 것도 알고 있다. 그렇다 해도 정복될 위험이 없다는 사실은 영사의 특징과 그것에 필적하는 사상적 체계라는 당위성을 부정할 가능성을 낮게 한다. 이렇게 전쟁을 계속함으로써 근본적으로 전쟁의 성격 자체가 변했다는 사실을 미리 밝혀둘 필요가 있을 것 같다.

구시대에는 전쟁이란 조만간 거의 예외 없이 명확한 승리나 패배로 끝나게 마련이었다. 또한 과거의 전쟁은 인간 사회나 물리적인 현실과의 접촉을 유지하게 하는 주된 요소 가운데 하나였다. 모든 시대의 모든 지배자들은 자신들의 추종자에 대해 그릇된 세계관을 부여하려고 애썼지만, 그들은 군사적 효율성을 손상할 경향이 있는 어떤 환상도 장려할 수 없었다.

패배가 독립의 상실을 의미하거나 뭔가 일반적으로 견딜 수 없는 결과를 초래하는 한, 패배에 대한 준비는 중요한 문제가 아닐 수 없었다. 이런 엄연한 사실을 무시할 수는 없는 일이다. 철학이나 종교나 윤리나 정치학에서는 둘 더하기 둘이 다섯이 될 수 있지만, 총기나 비행기를 고안하는 일에 있어서만은 넷이 되어야 한다. 지적인 면에 있어 열등한 국가들은 조만간 정복당하게 마련이며, 효율성에 적대한다는 것은 불리한 환상이다. 더욱이 지적 능력을 갖추기 위해서는 과거로부터 배울 필요가 있으며, 그것은 과거에 일어났던 일에 대해 꽤 정확한 정보를 갖는 것을 의미하기도 한다. 물론 신문이나 역사 서적은 항상 미화되고 편견을 갖게 하는 것이지만, 오늘날 횡행하고 있는 날조 행위는 그 당시에는 불가능한 일이었다. 전쟁은 건전한 정신에 대한 명확한 자기방어였으며, 지배계급이 전쟁에 관계되는 한 그것은 아마 가장 중요한 자기방어였을 것이다. 전쟁에 있어 승리를 거두든 패배하든 어떤 지배계급도 그에 대해 완전히 책임을 모면할 수는 없는 것이다.

그러나 전쟁이 문자 그대로 지속되기 시작하면서부터 위험 역시 배제되었다. 전쟁이 계속되면 군사적인 필요성 같은 것은 존재하지 않게 된다. 기술의 진보는 중단되고, 가장 뚜렷한 사실조차도 부정되고 무시당한다. 지금까지 보아왔듯이 과학적이라고 일컬을 수 있는 연구는 전쟁을 위해서 여전히 수행되고 있지만 그것은 근본적으로 백일몽에 지나지 않으며, 결과적으로 실패를 초래하더라도 별로 문제될 것이 없다. 효능, 즉 군사적인 효능마저도 더 이상 필요하지 않다. 오세아니아에서 사상경찰보다 더 효율적인 것은 아무것도 없다. 세 개의 초대형 국가들은 결코 정복될 수 없으므로, 각기 분리된 우주 속에서 어떤 사상적인 왜곡도 안전하게 행해질 수 있는 것이다. 현실은 일상적인 생활의 필요를 통해서 영향력을 행사할 뿐이다. 그 일상적인 필요란 먹고 마시며, 비바람을 막아주는 주택과 옷을 구하고, 독약을 삼키거나 옥상에서 추락하는 따위의 위험을 피하는 일이다. 삶과 죽음, 육체적인 쾌감과 육체적인 고통 사이에는 여전히 구분이 있지만, 따지고 보면 그것이 전부다. 외부 세계 및 과거와의 접촉으로부터 단절된 오세아니아의 국민들은 위쪽과 아래쪽을 분간할 수 없는 우주 공간의 거주자와도 같다. 이런 상태에서의 지배자란 파라오나 카이사르와도 비교가 되지 않을 만큼 절대적인 존재다. 그들은 자기의 추종자들을 굶어 죽지 않도록 돌봐주어야 하며, 군사적인 기술 면에서도 적과 마찬가지의 낮은 수준을 유지하도록 노력해야 한다. 그러나 일단 최소한의 욕구가 충족되면 그들은 현실을 그들이 원하는 형태대로 개조할 수 있는 것이다.

그러므로 과거의 전쟁이라는 표준에 비추어 판단하건대, 오늘날의 전쟁은 단순한 사기극일 뿐이다. 그것은 마치 서로에게 상처를 입히지 않도록 뿔의 각도가 다른 반추동물의 싸움과도 같은 것이다. 그러나 이처럼 비현실적이라 하더라도 반드시 무의미한 것만은 아니다. 그것은 잉여 물자를 소비하고, 신성한 사회가 필요로 하는 특수한 정신적 분위기를 조성해준다. 앞으로도 그렇겠지만 전쟁은 이제 순전히 내부적인 일이 되고 말았다. 과거엔 모든 나라의 지배 집단은, 그들이 비록 공동의 이익을 인식하고 전쟁의 파괴성을 제안했다고는 해도 역시 적국을 상대로 싸웠으며, 승리자는 으레 정복당한 쪽을 약탈했다. 그러나 지금 이 시대에는 전혀 서로를 적대시하여 싸우지 않는다. 오늘날의 전쟁은 각 지배 집단이 자신의 과제로서 부과받은 것이며, 전쟁의 목적 또한 영토를 확장하거나 방어하는 데 있는 것이 아니라 사회구조를 완벽하게 보존하는 데 있는 것이다. 끊임없이 전쟁을 개시하면서부터 전쟁은 이미 존재하지 않게 되었다고 하는 편이 보다 더 정확할 것이다. 신석기시대부터 20세기 초까지 전쟁이 인간에게 미친 특수한 억압은 사라져버리고, 그 대신 전혀 이질적인 것으로 대체되었다. 만약 세 열강이 서로 싸우는 대신 자신의 영토로부터 벗어나지 않고 영원히 평화롭게 살기로 동의한다 해도 결과는 마찬가지일 것이다. 왜냐하면 그런 경우에도 각국은 외부적인 위협의 영향으로부터 영원히 탈피하겠지만, 여전히 그 자체가 안고 있는 모순은 버릴 수 없기 때문이다. 항구적인 평화란 결국 영속적인 전쟁을 의미한다. 이것이 바로—대부분의 당원이 희미하게나마 그 뜻을 이해하고 있는—'전쟁은 평화다'라는, 당이 표방한 슬로건의 참뜻인 것이다.

윈스턴은 잠시 읽는 것을 중단했다. 어딘가 먼 곳에서 로켓탄의 폭음이 들려왔다. 텔레스크린도 없는 방에 혼자 앉아 금서를 읽고 있다는 흐뭇함이 여전히 그를 사로잡았다. 고독감과 안정감이, 나른한 몸과 푹신한 의자와 창문으로 새어 들어와서 그의 뺨을 어루만지는 미풍의 감촉과 한데 어울려 그의 몸에 자극을 주었다. 그 책은 그를 매혹했다. 아니, 더 정확히 말해서 확신감을 주었다. 어떤 의미에서 그 책은 전혀 새로운 사실을 알려주지는 않았지만, 바로 그 점이 흥미를 자아내게 했다. 만약 그의 산만한 생각들을 체계적으로 정리할 수만 있다면, 그 책에 쓰인 것은 그가 이야기하고 싶었던 것들이었다. 그 내용은 그 자신의 생각과 똑같은 것이지만 훨씬 더 강력하고 조직적이며 대담한 것이었다. 가장 좋은 책은 사람들이 이미 알고 있는 사실을 지적한 책이라고 윈스턴은 생각했다. 그가 막 제1장을 펼치고 있는데 층계참을 올라오는 줄리아의 발소리가 들렸으므로 그는 그녀를 맞으려고 의자에서 일어났다. 줄리아는 갈색 연장 가방을 바닥에 내려놓더니 그의 품으로 뛰어들었다. 지난번에 만난 이후 일주일도 넘었다.

"그 책을 입수했어." 그는 껴안은 팔을 풀면서 말했다.

"아, 그 책을 입수했다고요? 잘됐군요." 그녀는 별 관심 없이 대답하고는 곧바로 커피를 끓이려고 오일 스토브 옆에 무릎을 꿇고 앉았다.

침대에 들어간 지 반 시간이 지났을 때까지 그들은 책에 대한 화제를 다시 꺼내지 않았다. 저녁 공기가 너무 서늘해서 이불을 끌어당겨 덮었다. 창 밑에서 귀에 익은 노랫소리와 마당의 돌바닥을 스치는 발소리가 들렸다. 처음 이곳에 왔을 때 윈스턴이 보았던 적갈색 팔뚝을 한 아낙네는 항상 안마당에 붙어 있는 모양이었다. 날이 새기가 무섭게 빨래통과 빨랫줄 사이를 왔다 갔다 하면서 입에 문 빨래집게를 번갈아 바꿔가며 우렁찬 노랫소리를 토해내는 것 같았다. 줄리아는 옆으로 비스듬히 드러눕더니 이내 잠이 드는 모양이었다. 그는 팔을 뻗쳐 바닥에 놓인 책을 집어 들고 침대 머리에 기대앉았다.

"우린 이 책을 읽어야 해." 그가 입을 열었다. "당신도 마찬가지야. 형제단의 조직원은 모두 읽어야 해."

"당신이 읽으세요." 그녀는 눈을 감은 채로 말했다. "큰 소리로 읽어요. 그편이 좋을 것 같아요. 읽으면서 저한테 설명해줄 수 있잖아요."

시계가 오후 6시를 가리키고 있었다. 아직 서너 시간 여유가 있었다. 그는 책을 무릎에 받쳐놓고 읽기 시작했다.

제1장 무지는 힘이다

유사 이래, 아마 신석기시대 말기 이후부터였겠지만, 이 세상에는 상류·중류·하류라는 세 계층의 사람들이 살고 있었다. 그들은 여러 갈래로 나뉘고, 각기 다른 이름으로 헤아릴 수 없을 만큼 많이 태어났으며, 그들 상호 간에 대하는 태도와 마찬가지로 그들의 상호 관계도 시대에 따라 달라졌다. 그러나 사회의 본질적인 구조는 결코 변하지 않았다. 엄청난 봉기와 결정적인 변혁이 일어난 후에도 늘 똑같은 유형이 재현되어왔다. 그것은 마치 팽이가 이리 맞고 저리 맞아도 항상 균형을 되찾는 이치와 같다.

"줄리아, 잠들지 않았어?" 윈스턴이 물었다.
"네, 듣고 있어요. 계속하세요. 정말 놀랍군요."
그는 계속 읽기 시작했다.

이러한 세 집단의 목표는 완전히 대립되어 있다. 상류계급의 목표는 현재의 상태를 그대로 고수하는 것이다. 중류계급의 목표는 상류계급의 자리를 차지하는 것이다. 하류계급의 목표는, 그들이 만약 목표라는 것을 가지고 있다면―왜냐하면 너무나 고달픈 일에 짓눌려 있어서 일상생활 이외의 어떤 것도 의식하지 못하는 것이 그들 하류계급의 특징이기 때문에―모든 차별을 없애고 모든 사람이 평등한 사회를 건설하는 것이다. 그리하여 인류의 전 역사를 통해 똑같은 형태의 투쟁이 끊임없이 반복되어왔던 것이다. 오랜 세월 동안 상류계급은 안전하게 권력을 장악하고 있는 것 같지만 머지않아 그들 자신에 대한 신념과 효율적인 통치 능력, 혹은 이 두 가지를 다 잃는 시기가 반드시 오고야 말 것이다. 그동안 중류계급은 상류계급을 전복한다. 그들은 자유와 정의를 위해 투쟁하고 있다고 선동하면서 하류계급을 자기편으로 끌어들인다. 그리하여 그들은 자신의 목적을 성취하자마자 하류계급을 옛날의 노예 신분으로 격하하고 자기들 스스로가 상류계급의 위치에 올라서는 것이다. 그러면 곧 새로운 중간 계층이 어느 한 계층이나 두 계층 사이에서 분리되어 나옴으로써 새로운 투쟁이 시작된다. 이 세 계급 중에서 하류계급만이 단 한순간도 자신의 목표에 도달하지 못한다. 역사를 통해서 물질적인 발전이 없었다고 하는 것은 지나친 비약일 것이다. 쇠퇴기에 접어든 현시

점에서도 일반 민중은 몇 세기 전에 비해 물질적으로는 훨씬 더 풍요한 삶을 누리고 있다. 재산이 늘고 인간관계가 완화되고 개혁과 혁명이 일어났지만, 인간의 평등은 개선되지 않았다. 하류계급의 눈으로 볼 때, 역사적 변화라는 것은 그들의 주인이 바뀌었다는 것 이외에는 아무 의미가 없다.

19세기 후반에 접어들었을 때 이러한 형태의 반복이 여러 사람들의 눈앞에 여지없이 드러나고 말았다. 그 때문에 역사를 하나의 순환 과정으로 보고, 불평등이란 인간 생활의 불가피한 법칙이라고 주장하는 학파까지 생겨난 것이다. 물론 이런 사상은 이전부터 형성되어 왔지만, 이 시점에서의 주장에는 뚜렷한 특징이 나타났다. 이러한 사상은 왕과 귀족, 성직자와 법률가, 그리고 이들에게 기생하는 족속들이 설교해왔으며, 다른 계급들은 사후 세계에서 보상을 받으리라는 기약만으로 그럭저럭 위안을 받을 수밖에 없었다. 중간 계층은 권력을 잡으려고 안간힘을 쓸 때마다 항상 자유와 정의와 우애라는 슬로건을 내걸었다. 그러나 이 우애라는 개념이, 현재는 그렇지 않지만 지배 계층에 올라서기를 바라는 사람들에 의해서 공격받기 시작했다. 구시대의 중간 계층은 평등이라는 깃발을 내걸고 혁명을 일으켰는데, 전날의 정권이 쓰러지자 새로운 전제 정권을 수립했다. 실제로 새로 등장한 중간 계층은 새로운 전제 정치를 선포한 셈이다. 19세기에 출현한 사상 계열의 마지막 단계인 사회주의 이론은 그 기원이 노예 반란으로까지 거슬러 올라가는데, 그것은 구시대의 유토피아 사상에서 깊은 영향을 받은 것이다. 그런데 대체로 1900년대 이후부터 출현하기 시작한 갖가지 사회주의 이론에서는 자유와 평등을 수립하겠다는 목적의식이 차츰 공공연하게 포기되기에 이르렀다. 20세기 중엽에 등장한 새로운 이념, 즉 오세아니아의 영사, 유라시아의 신볼셰비즘, 동아시아에 있어서의 죽음의 숭배 같은 것은 의식적으로 부자유와 불평등을 영속화하자는 속셈을 드러낸 것이라고 하겠다. 이 새로운 운동은 물론 과거의 것에서 태동했으며, 명칭도 당시의 것을 그대로 답습

한 경향이 있는데, 다만 그 이데올로기를 그럴듯하게 포장했을 뿐인 것이다. 그러나 이런 것은 진보를 억제하고 적당한 시기에 역사를 동결해버리려는 의도에서였다. 계속 반복되는 역사의 진동을 한 번만 더 봐주고 영원히 정지시켜 버리자는 속셈이었던 것이다. 대체로 상류계급은 중류계급에 의해 밀려나고, 중류층이 상류층의 자리를 차지하게 된다. 그 때문에 상류계급은 의도적인 작전을 써서 영구히 자기 자리를 지키려고 하는 것이다.

이 새로운 이념은 19세기 이전에는 존재하지도 않았던 역사의식의 축적과 성장으로부터 태동했다. 역사적 순환 운동은 이제 이해될 수 있는 것으로 받아들여졌다. 그러므로 그것이 이해될 수 있다면 변경될 수도 있다는 것을 의미한다. 그러나 근본적이며 기초적인 문제는 인간의 평등이 기술적으로는 가능해졌다는 사실이다. 인간의 재능이 누구나 똑같은 것은 아니기 때문에 그 기능이 개인적인 취향에 따라 전문화되어야 한다는 것은 정당한 사고방식이다. 그렇게 되면 계급의 차별이나 부의 격차에 대한 실질적인 필요성이 사라지게 된다. 구시대에는 계급의 차이가 불가피했을 뿐만 아니라 필요한 것이기도 했다. 인간의 불평등은 문명의 소산이었다. 그러나 기계의 발달로 인해 상황은 바뀌었다. 사람들이 서로 다른 직업에 종사한다 하더라도 사회적으로나 경제적으로 격차를 느끼며 살 필요가 없어진 것이다. 그 때문에 권력을 장악하려는 새로운 집단의 입장에서 보면 인간의 평등은 바람직한 이념이 아니라 무슨 수를 써서라도 막아야 할 위험 요소였다. 원시시대에는 정의와 평화에 바탕을 둔 사회가 사실상 불가능했기 때문에 평등이란 개념을 인식할 수조차 없었다. 인간이 법에 의해 구속당하지 않고 힘겨운 노동도 하지 않으면서 서로 우애 있게 살 수 있는 지상낙원을 건설하려는 이상은 수천 년 동안 인간의 염원이 되어왔었다. 그리고 역사의 변혁에 의해서 실질적인 혜택을 받은 집단까지도 이러한 미래상을 갖게 되었다. 프랑스와 영국과 미국의 혁명 후계자들도 인간의 권리, 언론의 자유, 법 앞에서의 평등 같은 이상에 희망을 걸었고, 어느 정도까지는 그것을 실천에 옮겼다. 그러나 20세기의 40년대에 들어와서는 정치사상의 주류가 권위주의로 바뀌었다. 지상낙원은 실천에 옮겨진 순간 불신을 받게 된 것이다. 새로이 등장한 정치 이론은, 그것이 어떤 것이 되었든 계급주의 통제 체제로 후퇴했다. 게다가 1930년경의 변칙적인 일반 정세에서는 수백 년 동안 폐기되었던 몇 가지 악습이─즉, 재판이 없는 투옥, 전쟁 포로의 노예화, 공개 처형, 자백을 받기 위한 고문, 인질, 무차별 추방 등─당연한 일처럼 다시 고개를 들었다. 이런 일들은 스스로 문명인이라고 자처하는 사람들에 있어서까지도 묵인되고 옹호되기에 이르렀다.

오세아니아와 그 경쟁국들이 나름대로의 정치 이론으로 무장해 나타난 것은, 세계 도처에서 전쟁과 내란이 일어나고 혁명과 반혁명이 발발한 지 10년이 지난 후의 일이었다. 이런 이론들은 20세기 초에 출연한 이른바 전체주의라고 일컬어지는 갖가지 체제의 전조를 보여주는 것이었고, 갈수록 비대해지는 혼란으로부터 그와 같은 흐름이 출현하리라는 것은 이미 오래전에 예상된 바였다. 그런 세계를 어떤 종류의 인간들이 지배하리라는 것도 역시 분명했다. 새로운 소수 특권계층은 관리, 과학자, 기술자, 노동조합 운동가, 광고 전문가, 사회학자, 교사, 신문기자 및 직업 정치가들로 구성되었다. 이들은 중류층 봉급생활자와 노동자 계층의 상류급들로서, 경제적인 독점과 중앙집권으로 세계가 황폐해지자 서로 단결하여 세력을 형성한 것이다. 과거의 반대 세력과 비교하면 그들은 덜 탐욕스럽고 덜 사치스러운 반면 권력에 대한 순수한 집념이라든가 자신의 본분에 대한 의식이 강했고, 반대 세력을 타도하는 데 더욱 민감했다. 이 마지막 차이점이 중요하다. 오늘날의 전제자와 비교하면 그들은 열의가 적고 비능률적이었다. 과거의 지배 집단들은 대체로 자유사상에 물들어 있는 데다 어딘가 치밀하지 못한 면이 남아 있었고, 명백한 행동만을 문제 삼았으며, 국민들의 생각 같은 것에는 관심이 없었다. 중세의 성직자들도 오늘날의 기준에서 보면 관대한 편이었다. 과거의 어떤 정부 형태도 국민을 지속적으로 감시할 능력이 없었던 까닭에 오늘날의 현상이 야기된 것이다. 인쇄술의 발달은 여론의 조작을 용이하게 했고, 영화와 방송이 그것을 한층 더 진전시켰다. 텔레비전이 출현하고, 이어서 하나의 기계로 동시에 송수신이 가능해짐에 따라 인간의 사생활에는 파국이 오고 말았다. 모든 시민들, 그중에서도 요시찰 인물들은 하루 24시간 동안 경찰의 감시하에 놓이게 되고, 다른 모든 통신망은 봉쇄당한 채 정부의 선전만을 듣게 되었다. 그리하여 국가가 이끄는 대로 복종해야 할 뿐만 아니라 모든 국민의 의사를 획일화하는 작업이 가능해진 것이다.

50년대와 60년대의 혁명기가 끝난 다음에도 사회체제는 여전히 상·중·하의 세 계급으로 편성되었다. 그러나 새로 형성된 상류계급은 구세대와는 달리 관습에 따라 행동하지 않았으며, 어떻게 하면 자기의 자리를 안전하게 지킬 것인지 그 방법을 잘 알고 있었다. 소수 독재정치의 안전한 기반은 오직 집단주의에 있다는 것을 그들은 깨닫고 있었다. 부와 특권을 동시에 장악하게 될 때 그들의 위치는 더욱 공고해질 것이었다. 20세기 중엽에 행해진 이른바 '사유재산의 폐지'는 사실상 전보다 훨씬 소수의 사람들에게 재산을 집중시키는 결과를 낳았다. 다만 다른 점은, 이번에는 새로운 지배층이 다수의 개인이 아니라 하나의 집단이라는 사실이었다. 당원이라 해도 자질구레한 개인 소지품 이외에는 아무것도 소유할 수 없다. 그런데 집단적으로 볼 때 당이 오세아니아의 모든 것을 소유하고 있는 셈이다. 왜냐하면 당은 모든 것을 지배할 수 있고, 모든 생산품을 처리할 수 있기 때문이다. 혁명 이후 수년 동안 당은 모든 정책 수행을 집단적으로 처리해버렸기 때문에 거의 아무런 저항도 받지 않은 채 지배층의 위치를 굳힐 수 있었다. 사회주의가 집권하면 자본가 계층이 재산을 몰수당하게 되리라는 것은 이미 예측된 바였다. 사실 예측한 대로 자본가들은 재산을 몰수당하고 말았다. 공장, 광산, 토지, 가옥, 수송선 등 모든 것을 빼앗긴 것이다. 몰수된 재산은 이미 사유재산이 아니었기 때문에 당연히 공유재산이 될 수밖에 없었다. 초기 사회주의 운동 이후 그 용어까지 고스란히 물려받은 영사는 사실상 사회주의자들의 계획 중 주요 조항을 수행했고, 그 결과 이미 의도한 대로 경제적 불평등을 영속화해 버렸다.

그러나 계급사회를 정착시키는 데는 더 큰 어려움이 따랐다. 지배 집단이 권좌에서 밀려나는 데는 주로 네 가지 이유가 있다. 그것은 외부 세력에 정복당한다든가, 통치 능력의 결여로 민중이 봉기한다든가, 불만에 찬 중간 계층이 강력한 세력을 형성한다든가, 또는 스스로 통치할 자신감과 의지를 상실했을 때다. 이런 것들은 대개 단독으로 나타나는 것이 아니라 어떤 법칙에 의해서 네 가지가 일시에 나타난다. 따라서 이 네 가지 원인을 제거할 수 있는 지배 세력만이 영구히 권력을 장악할 수 있다. 최종적이며 결정적인 원인은 지배계급 자체의 정신 자세에 달려 있는 것이다.

사실상 20세기 중엽 이후 첫 번째 위험 요소는 사라져버렸다. 세계를 분할한 세 강대국은 어느 한쪽이 정복당할 수 없게 되었다. 다만 점진적인 인구 통계학적 변화를 통해서만 정복할 수 있는데, 광범위한 권력을 장악하고 있는 정부는 그런 위험을 쉽사리 회피할 수 있다. 두 번째 위험 역시 이론적인 것에 지나지 않는다. 민중이란 결코 자의에 의해서 반역을 꾀할 수는 없으며, 단순히 압박을 받는다는 이유만으로는 반란을 일으키지 않는다. 물론 비교할 기준을 갖지 못하면, 그들은 언제까지나 억압당하고 있다는 사실을 깨닫지 못할 것이다. 구시대에 반복해서 일어난 경제적 위기도 이젠 전혀 중대한 문제가 아닐뿐더러, 그런 일이 일어나지 않도록 제도적인 장치를 해두었다. 그러나 그것과는 다른 똑같은 규모의 혼란이 아무런 정치적 결과를 수반하지 않은 채 일어날 수 있으며, 또 실제로 일어나고 있다. 왜냐하면 민중이 불만을 나타낼 방법이 달리 없기 때문이다. 기계 기술이 발달한 이래 인간 사회에 잠재해온 과잉생산의 문제는 영구적인 전쟁이라는 장치에 의해서 해결되었다(제3부를 참조할 것). 전쟁은 또한 민중의 사기를 필요한 데까지 끌어올리는 역할을 맡고 있다. 그러므로 오늘날 통치자의 관점에서 보면 단 하나의 진정한 위험은, 능력이 있으면서도 천한 일자리에 고용된, 권력에 굶 주려 있는 사람들로 구성된 새로운 집단의 출현이며, 지배계급 자체 내의 자 유주의와 회의주의의 성장이다. 말하자면 문제는 교육적인 데 있다. 그것은 의식을 끊임없이 형성하는 문제다. 민중의 의식이란 단지 부정적인 방법으 로 끊임없이 자극만 주면 된다.

이러한 배경 설명을 들으면 아직까지 그 사실을 모르고 있었다 하더라도 누구나 오세아니아 사회의 전반적인 구조를 추측할 수 있을 것이다. 이 피라 미드형 사회구조의 정점에는 빅 브러더가 있다. 빅 브러더는 전지전능한 권 력의 화신이다. 온갖 성공, 온갖 성취, 온갖 승리, 온갖 과학적 발명, 온갖 지 식, 온갖 지혜, 온갖 행복, 온갖 미덕은 그의 지도력과 영감으로부터 직접 생 겨나는 것이다. 어느 누구도 빅 브러더를 본 적이 없다. 광고물에 그려진 얼 굴과 텔레스크린에서 흘러나오는 음성이 그에 대한 전부일 뿐이다. 그는 결 코 죽지 않는다고 확신해도 좋으며, 그가 언제 태어났는지도 불확실하다. 빅 브러더는 당이 세계에 그 자체를 전시하기 위해 선택한 가공인물이다. 그의 기능은 어떤 조직체에 대해서보다 한 개인에 대해서 쉽사리 느끼는 사랑, 공 포, 존경, 감동을 한곳에 집중시키는 초점으로서 역할을 하는 것이다. 빅 브 러더 휘하에는 오세아니아 인구의 2퍼센트에도 미치지 못하는 600만 명으 로 제한된 핵심 당원이 있고 그 핵심 당원 밑에는 외부 당원이 있는데, 핵심 당원을 국가의 두뇌라고 한다면 외부 당원은 손발이라고 할 수 있을 것이다. 그 밑에는 우리들이 입버릇처럼 '프롤레타리아'라고 부르는, 전체 인구의 약 85퍼센트를 점유하는 반벙어리 민중이 있다. 이미 오래전에 분류한 계급 용 어로 말한다면, 프롤레타리아는 하층계급이다. 그러나 끊임없이 이 정복자의 손에서 저 정복자의 손으로 넘어가는 적도 지방의 노예 상태에 있는 인구를, 사회 구성원의 항구적이며 필요한 부분에 포함시킬 수는 없다.

원칙적으로 이들 세 집단의 구성원은 세습제가 아니다. 핵심 당원의 자녀라 하더라도 이론상으로 핵심 당원으로서 태어난 것이 아니다. 당의 부설 기관에 입단하려면 열여섯 살에 시험을 치러야 한다. 거기엔 인종 차별이라든가 어떤 지역적인 특혜가 있을 수 없다. 유태인, 니그로, 남아메리카의 순종 혈통을 지닌 인디언도 당 고위층에서 발견할 수 있으며, 지방의 행정관은 항상 그 지방의 주민들 중에서 선출한다. 오세아니아의 어떤 지역에 사는 주민들도 자기들이 멀리 떨어진 수도로부터 통치를 받는 식민지 주민이라는 생각을 갖지 않는다. 오세아니아에는 수도가 없으며, 명칭뿐인 우두머리도 어디에 사는 누구인지를 아무도 모른다. 영어가 일상용어로 사용되며, 신어가 공용어라는 것 이외에는 달리 중앙집권적인 요소가 없다. 지배자들은 혈연에 의해서 추대되는 것이 아니라 일반적인 원칙에 의해서 유지되는 것이다. 우리 사회는 첫눈에 세습제로 보일 만큼 계층이 지어져 있으며, 그것도 엄격히 구분 지어져 있다. 서로 다른 집단 간의 이입은 자본주의 체제나 산업 전기前期 시대보다도 훨씬 줄어든 셈이다. 핵심 당원과 외부 당원 사이에 약간의 교류가 있기는 하지만, 그것도 당 내부의 무능력자를 제거하고 야심을 가진 외부 당원을 회유하기 위해 진급시키는 정도에서 끝난다. 사실 프롤레타리아는 당에 가입해야 할 의무 규정이 없다. 그들 중 능력 있는 자들은 불만을 퍼뜨릴 요소가 될 수도 있기 때문에 사상경찰의 감시하에 있다가 제거되어 버린다. 그러나 이런 일들은 필연적으로 계속되지도 않고, 그렇다고 해서 원칙상의 문제가 되지도 않는다. 구시대의 개념으로 볼 때 당은 계급이 아니며, 권력을 자기 자손에게 물려주는 데 목적이 있는 것도 아니다. 그래서 당은 고위층에 유능한 인재가 없을 때는 프롤레타리아트 속의 새로운 세대에서 인재를 기용할 만반의 태세를 갖추고 있다. 위기의 시대에 당이 세습적 기구가 아니라는 사실이 반대 세력을 무마하는 데 중요한 역할을 하기 때문이다. 그런데 이른바 '특권계급'에 대항해 투쟁하는 데 길든 옛 사회주의자들은, 세습적이지 않은 것은 오래갈 수 없다고 생각했다. 그 사람들은 과두정치의 지속이 물리적일 필요는 없다는 것을 인식하지 못했으며, 세습적 귀족정치는 언제나 생명이 짧았지만 기독교 같은 선임제 조직이 때로는 수백 수천 년 동안 명맥을 유지했다는 사실을 간과하고 있었던 것 같다. 소수의 전체주의적 통치의 본질은 아버지에게서 아들로 이어지는 세습제가 아니라, 죽은 사람이 산 사람에게 부과한 어떤 세계관이나 생활양식을 끈질기게 지속해가는 것이다. 지배층은 그 후계자를 지명할 수 있을 때에 명실공히 지배층이라 할 수 있다. 당은 그 혈육을 영속하는 것이 아니라 그 자체를 항구화하려는 데 신경을 쓴다. 계급상의 조직 구조가 늘 똑같은 이상 누가 권력을 휘두르는가 하는 것은 별로 중요한 문제가 아니다.

우리 시대를 특징짓는 모든 신념, 습관, 취미, 감정 및 정신 자세 등은 실로 당의 비밀을 알 수 없게 하고 현대사회의 진정한 성격을 알지 못하게 한다. 눈에 띄는 반란이나 폭동을 꾀하려는 사전 준비도 현재로선 불가능하다. 프롤레타리아를 두려워할 이유는 전혀 없다. 그냥 내버려두어도 그들은 몇 대가 지나도록, 아니 몇 세기가 지나도록 반란을 일으킬 생각은커녕 세상이 변하는 것조차 의식하지 못한 채 일하고 자식을 키우며 죽어가는 데만 매달려 있을 것이다. 다만 산업 기술이 발달해 그들의 교육 수준이 높아질 때가 위험한 것이다. 그러나 군사상 및 산업상의 경쟁이 불필요하기 때문에 일반 대중의 교육 수준 또한 향상될 리가 없다. 대중이야 어떤 생각을 갖든 그것은 관심 밖의 일이다. 그들은 무지하기 때문에 지적 자유를 허가해도 아무 문제가 되지 않는다. 그러나 당원에겐 아주 사소한 문제라도 조그만 이견을 품는 것조차 허용해서는 안 된다.

당원은 태어나서 죽을 때까지 사상경찰의 감시의 눈초리를 피할 수 없다.

비록 혼자 있을 때라도 절대로 사상경찰의 감시에서 벗어날 수 있다고 믿어서는 안 된다. 그가 어디에 있든, 잠을 자거나 깨어 있거나, 일을 하거나 휴식을 취하거나, 목욕을 하거나 침대에 누워 있거나 간에 자기도 모르는 사이에 예고 없이 감시를 받는 것이다. 그가 무슨 일을 하든 관심의 대상이 된다. 친구 관계, 여가, 아내와 자식에 대한 태도, 혼자 있을 때의 표정, 잠잘 때의 잠꼬대, 심지어는 버릇의 특징까지 주의 깊게 관찰된다. 실제로 저지른 비행뿐 아니라 아무리 사소하더라도 이상하게 보이는 행동, 습관이 바뀌는 것, 그리고 내적 갈등의 징조로서 나타난 신경의 반응까지도 탐지당한다. 그러므로 어떤 일에도 선택의 자유란 있을 수 없다. 반면에 어떤 사람의 행동이든 법이나 어떤 뚜렷한 법규에 의해서 다스려지지는 않는다. 오세아니아에는 법이라는 것이 없다. 발견되면 사형에 처해질 것이 분명한 사상이나 행동도 공식적으로 금지된 사항이 아니다. 또 끝없는 숙청, 체포, 고문, 투옥, 그리고 증발 따위도 실제로 저지른 범죄에 대한 처벌이 아니라 장래 어떤 범죄를 저지를 가능성이 있는 사람들을 근절하는 작업에 지나지 않는다. 당원은 정당한 생각과 아울러 정당한 본능을 지니도록 요구된다. 그에게 요구되는 수많은 신조라든가 행동의 강령을 절대로 자세하게 지시하는 일이 없다. 가령 그런 것을 발표한다면 영사가 안고 있는 모순이 적나라하게 드러나고 말 것이다. 만약 그가 천성적인 정통파 당원이라면 어떤 상황에 놓여 있든 무엇이 진정한 신념이며 바람직한 행동인가를 무의식중에 알게 되는 것이다. 그러나 신어로 '죄중지crimestop(罪中止)', '흑백blackwhite', '이중사고doublethink'를 중심으로 구분되어 어린 시절부터 받은 치밀한 정신 훈련은 어떤 경우에도 어떤 문제에 대해 깊이 생각할 의욕과 능력을 갖지 못하게 한다.

당원은 개인적인 감정을 앞세워서도 안 되며, 열성을 보이는 데 주저해서도 안 된다. 그는 끊임없이 외국의 적과 국내 반역자에 대해 난폭한 증오심을 나타내고 승리에 대해 자랑스러워하며, 당의 권력과 지혜 앞에서 비굴할 정도로 열심히 해야 한다. 빈곤과 불만스러운 생활로부터 파생된 적개심은 2분 증오와 같은 책략을 통해 외부로 돌려버리고, 회의적이거나 반항적인 태도를 자아낼 만한 사색은 어릴 때부터 습득한 내적인 단련에 의해 그 싹을 끊어버려야 한다. 어린아이에게도 가르치는 초보적인 훈련의 첫 단계를 신어로 '죄중지'라고 한다. '죄중지'란 어떤 위험한 생각이 떠오르려고 하는 순간 그 생각을 중단하는 능력을 가리킨다. 그것은 비슷한 것을 구별하지 못하고, 논리적 과오를 깨닫지 못하며, 영사에 해로운 논증은 아무리 사소한 것이라도 아예 이해하지 못하며, 이단적인 방향으로 나아갈 가능성이 있는 생각이 떠오르면 몸서리를 치면서 혐오감을 품을 수 있는 능력을 의미한다. 예컨대 '죄중지'란 자기를 보호하는 힘을 지닌 우매성을 가리키는 것이다. 그렇지만 우매성만으로는 불충분하다. 완벽한 의미의 정통파라면 몸을 자유자재로 움직일 수 있는 곡예사처럼 자기의 사고를 완전히 다스릴 줄 알아야 한다. 오세아니아 사회는 근본적으로, '빅 브러더는 전지전능하며 당은 완전무결하다'라는 신념 아래 뭉쳐 있다. 그러나 실제로 빅 브러더는 전지전능하지 못하고, 당은 결함을 안고 있기 때문에 일을 처리하는 과정에서 끊임없는 술책을 필요로 하는 것이다. 이것에 대해 열쇠 역할을 하는 '흑백'이라는 말이 있다. 무수한 신어와 마찬가지로 이 낱말 또한 두 가지 반대개념을 갖는다. 이것을 반대파에 적용할 때는 명백한 사실과 달리 흑을 백이라고 뻔뻔스럽게 주장하는 상투적인 수법을 의미한다. 그러나 당원에게 적용할 때는 당이 요구하는 대로 흑을 백이라고 주장할 수 있는 충성심을 나타낸다. 그것은 또한 흑을 백이라고 '믿을 수 있는' 능력을 의미하며, 동시에 흑을 백으로 '알고' 전에 믿었던 개념을 잊어버릴 줄 아는 능력을 의미하기도 한다. 이것은 과거에 대한 끊임없는 날조를 통해, 신어로 '이중사고'라고 일컫는 사고 체계에 의해 성립될 수 있는 것이다.

과거의 날조는 두 가지 점에서 필요하다. 그중의 하나는 보조적인 것으로

서, 이를테면 예방적인 것이다. 그것은 당원도 노동자처럼 무슨 일이건 부분적으로 비교할 기준이 없기 때문에 현실을 참고 견딜 수 있다는 것이다. 누구를 막론하고 외국과의 관계가 단절되는 것처럼 과거와도 단절되어야 한다. 왜냐하면 자기가 선조들보다 더 잘살며 물질적 혜택의 평균 수준도 계속 향상되고 있다는 것을 믿을 필요가 있기 때문이다. 그러나 과거를 재조정하는 훨씬 더 중요한 이유는 당의 완전무결함을 보장받을 필요가 있기 때문이다. 당의 예언이 어떤 경우에도 옳다는 것을 증명하기 위해 연설과 통계와 각종 기록들을 현실에 맞춰야 한다. 나아가서 당의 강령이나 정치 노선의 변경 역시 결코 인정해서는 안 된다. 왜냐하면 사람이 쉽사리 생각을 바꾼다든가 당이 정책을 바꾼다는 것은 스스로 동요하고 있음을 입증하는 일이기 때문이다. 예컨대 오세아니아가 현재 유라시아나 동아시아와(어느 나라든 상관없다) 적대 관계에 있다면 그 당사국은 현재는 물론이거니와 과거에도 적이었어야 한다. 그렇지 않다면 일부러라도 그 사실을 왜곡해야 한다. 이리하여 역사는 끊임없이 변형되는 것이다. 진리부가 수행하고 있는 이 과거에 대한 일상적인 날조 행위는, 사랑부가 억압과 감시로 정권을 유지해주는 것만큼이나 중요한 일이다.

　과거를 변형할 수 있다는 것은 영사의 핵심적인 이념이다. 과거의 사건이란 객관적으로 존재하는 것이 아니라 단지 기록된 서류와 인간의 기억 속에만 존재한다고 당은 주장한다. 과거란 바로 그 기록과 기억이 일치된 것을 뜻한다. 따라서 당은 필요에 따라 모든 기록을 통제하고, 동시에 모든 당원의 마음을 일괄적으로 지배하기 때문에 과거란 당이 마음대로 조작할 수 있는 것이다. 그러므로 과거는 변형될 수도 있지만, 어떤 특수한 경우에는 절대로 변형될 수 없다. 왜냐하면 어떤 시대에 알맞은 형태로 재창조되면 그것이 진짜 과거일 뿐 과거란 있을 수가 없기 때문이다. 1년이 지나는 사이에 같은 사건이 여러 번 수정되는 경우가 있는데, 이런 일은 상관없다. 당은 항상 절대 진리를 갖고 있는데, 그 절대 진리가 현재의 것과 달라질 수 없음은 명백하다. 과거를 지배하는 것은 무엇보다도 기억의 훈련에 달려 있다. 모든 기록 문서를 그때그때의 정당성과 일치시키는 것은 단순한 기계의 조작만으로도 가능하다. 그러나 모든 사건이 바람직한 형태로 발생했다고 '기억'해 두는 것 또한 필요하다. 사람의 기억을 재조정하거나 기록 문서를 꼭 변형해야 할 필요가 있다면, 그 작업이 끝난 직후에 그렇게 변경했다는 사실까지도 '있어야' 한다. 이런 기술은 정신 훈련에 의해서 습득할 수 있다. 당원이라면 거의 다, 그리고 지적이며 정통성이 강한 사람이라면 누구나 다 그런 기술의 습득이 가능하다. 고어로는 이것을 '현실 통제'라고 부르며 신어로 '이중사고'라고 부르는데, 거기에는 그 밖의 많은 뜻이 함축되어 있다.

'이중사고'란 사람들로 하여금 동시에 두 가지 상반된 신념을 갖게 하고, 따라서 그 두 가지 신념을 한꺼번에 받아들이는 능력을 의미한다. 당의 인텔리 계층은 자신의 기억을 어떻게 조절해야 하는가를 잘 알고 있다. 따라서 자기가 현실을 조작하고 있다는 것도 알고 있다. 그러나 이중사고의 작용에 의해서 현실이 침해당하지 않는다고 스스로 자위한다. 그 과정은 의식적이어야 한다. 그렇지 않으면 아주 정확하게 수행될 수 없다. 그러면서도 동시에 무의식적이어야 한다. 그렇지 않으면 자신이 날조 행위를 한다는 데 대해 죄의식을 느끼게 될 것이다. 그래서 '이중사고'는 영사에 있어서 필수 불가결한 것이다. 왜냐하면 본질적으로 당의 행위는 정당성에서 조금도 이탈하지 않는다는 확고한 목적의식을 지니면서 아울러 의식적으로 기만을 자행해야 하기 때문이다. 의식적으로 거짓말을 하면서도 그 거짓을 진실이라 믿고, 어떤 사실을 필요에 따라 잊어버렸다가 상황이 달라지면 그 사실을 다시 망각으로부터 끌어내어 일정 기간 동안 기억하며, 객관적인 진실을 부정하면서도 그 부정한 진실을 항상 고려해야 하는 등 이 모든 것은 반드시 필요한 일이다. 심지어 '이중사고'란 낱말을 사용하는 데도 이중사고를 작용시켜야 한다. 왜냐하면 이 말을 사용하면 현실을 제멋대로 조작한 사실을 인정하게 되므로, 다시 이중사고를 작용시켜 그런 생각을 지워버려야 하기 때문이다. 이런 식으로 끝없이 진행하다 보면 거짓은 항상 진실보다 한 발짝 앞에서 뛰어가게 마련이다. 이렇듯 당은 역사의 흐름을 막아왔고, 앞으로도 수천 년 동안 이런 짓을 계속 저지를지 모르는데, 그렇게 하려면 '이중사고'의 힘을 빌려야만 가능한 것이다.

구시대의 모든 전제정치는 그 체제가 너무 견고하거나 혹은 허약했기 때문에 결국 권좌에서 물러나고 말았다. 그들은 지나치게 우매했거나 오만했기 때문에 변화하는 상황에 적응하지 못하고 몰락해버렸다. 그것도 아니라면 지나치게 관대했거나 비겁했기 때문에 강권을 발동해야 할 순간에 양보함으로써 몰락한 것이다. 예컨대 그들은 너무 의식적이었거나 무의식적이었던 까닭에 망했다. 이 두 가지 조건을 동시에 받아들일 수 있는 사고 체계를 확립한 것은 의심할 여지 없이 당의 빛나는 업적이다. 다른 지적 기반을 가지고는 당의 통치를 영구화할 수 없다. 통치를 원한다거나 계속 지배하고 싶다면 현실 감각부터 제거해야 한다. 왜냐하면 지배의 비결은 과거의 실책으로부터 배운 것과 완전무결한 신념을 결합하는 작업이기 때문이다.

'이중사고'를 교묘하게 행사하는 사람들이나 창안해낸 위인들은, 그것이 엄청난 정신적 기만이라는 것을 분명히 알고 있다. 오늘날 우리 사회에서 당면 문제를 가장 잘 파악하고 있는 사람들일수록 현실 감각이 결여된 인간들이라고 할 수 있다. 흔히 현명하면 현명할수록 더 큰 실망을 맛보고, 지식이 많으면 많을수록 온전한 정신을 갖기 힘들다. 이것에 대한 가장 뚜렷한 증거는, 사회적 지위가 높은 사람일수록 전쟁에 대해 히스테리한 반응을 보인다는 것이다. 전쟁에 대하여 가장 이성적인 태도를 지닌 사람은 분쟁 지역에 거주하는 피압박 민족이다. 이들에게 있어서는 전쟁이란 허리케인처럼 모든 것을 휩쓸어버리는 재앙에 지나지 않는다. 어느 쪽이 승리를 거두든 그들은 전혀 관심이 없다. 통치자가 바뀐다는 것은 새 주인을 섬기기 위해 전과 똑같은 일을 해야 한다는 것을 의미할 뿐이다. 이른바 '하층계급'보다 약간 나은 생활을 하는 프롤레타리아트는 어쩌다 가끔 전쟁을 의식할 뿐이다. 필요한 경우엔 그들도 격렬한 공포와 광적인 증오심을 나타낸다. 그러나 내버려두면 언제까지나 전쟁 따위는 잊어버리고 지내게 된다. 진짜 전쟁열에 들뜨는 것은 지위 있는 사람들이며, 특히 핵심 당원들이다. 세계 정복이 불가능하다는 것을 잘 알고 있는 사람들이 세계 정복이라는 신념을 앞세운다. 이처럼 서로 상반되는 것―이를테면 무지와 지식, 열광과 냉소―의 특이한 결합이야말로 오세아니아 사회의 가장 뚜렷한 특징 중의 하나다. 그들의 공식적인 이념을 자세히 들여다보면 명약관화한 일까지도 모순으로 가득 차 있다. 이리하여 당은 초창기 사회주의 운동이 내세웠던 모든 원칙들을 내팽개치고 그것을 비난하며, 사회주의의 이름을 표방해 온갖 비리를 자행하는 것이다. 오늘날의 사회주의는 과거 몇 세기 동안에 그 유례를 찾아볼 수 없을 만큼 프롤레타리아트를 멸시하고, 그들에게 입혔던 작업복을 벗겨 당원들의 제복으로 삼았다. 또한 당은 의도적으로 가족 관계를 약화하고, 지난날 가족 간에 사용되던 사랑의 호칭으로 당의 지도자를 부르게 했다. 그래서 국민을 통치하는 네 부처의 명칭마저 진실을 교묘히 은폐해 사용한 것이다. 즉, 평화부는 전쟁을 담당하고, 진리부는 허위를 조작하며, 사랑부는 온갖 고문을 담당하고, 풍요부는 국민이 굶어 죽지 않을 정도의 식생활을 담당하고 있다. 이처럼 상반된 것의 결합은 결코 우연이 아니며, 흔히 있는 위선의 결과에서 나온 것도 아니다. 그것은 계획적인 '이중사고'에 의해 탄생한 것이다. 왜냐하면 권력의 영구적인 유지는 이런 상반된 사항을 기술적으로 융합함으로써만 가능하기 때문이다. 그 밖의 방법으로는 구시대의 순환 과정에서 탈피할 수 없다. 인간의 평등을 영원히 파괴하려면―바꾸어 말해 상류계급이 영구히 그 자리를 지키려면―정상적인 정신 상태를 광적인 정신 상태로 바꿔놓아야 한다.

그러나 지금까지 우리가 무시해온 문제가 하나 있다. 그것은 '왜' 인간의 평등이 이루어져서는 안 되느냐 하는 문제다. 그러나 이러한 과정의 역학을 정확히 설명하기란 매우 어렵다. 그들은 무엇 때문에 역사를 어느 특정한 시점에다 묶어두기 위해 이런 거창하고도 치밀한 노력을 기울이는 것일까?

이제 우리는 핵심적인 부분에 이르렀다. 지금까지 보아온 바와 같이 당의, 특히 당 내부의 비결은 '이중사고'에 있다. 그러나 더 깊이 파고들어 가면 근본적인 동기에 접하게 된다. 먼저 권력을 장악한 다음에 이중사고와 사상경찰과 끝없는 전쟁, 그리고 모든 필요한 것들을 만들어낸, 한 번도 의심을 받아본 적이 없는 어떤 본능이 있다. 이 동기는 사실상⋯⋯.

윈스턴은 갑작스러운 소리에 정신이 들 듯, 문득 주위가 너무 조용하다는 데 생각이 미쳤다. 한참이 지났는데도 줄리아는 아무 말이 없었다. 그녀는 상반신을 벌거벗은 채로 한 손으로 볼을 받치고, 다른 한 손으로 두 눈을 가리고서 옆으로 누워 있었다. 그녀의 유방이 숨을 쉴 때마다 천천히 규칙적으로 오르락내리락했다.

"줄리아."

아무 대답이 없었다.

"줄리아, 깨어 있어?"

그래도 아무 대답이 없었다. 잠든 게 분명했다. 윈스턴은 책을 덮어 조심스럽게 바닥에 내려놓은 다음 홑이불을 끌어당겨 두 사람 위로 덮었다.

여전히 근본적인 비밀을 캐내지 못했다는 생각이 들었다. '어떻게'에 대해서는 이해했지만 '왜'에 대해서는 이해하지 못했다. 제3장과 마찬가지로 제1장 역시 그가 몰랐던 사실을 조금도 정확히 알려주지 못했다. 그것은 이미 알고 있는 지식을 체계화해 주었을 뿐이다. 그러나 그 책을 읽고 난 다음에 그 자신이 정신이상에 걸리지 않았다는 사실을 더 뚜렷이 알게 되었다. 적어도, 아니 전혀 정신이상에 걸리지 않았다. 세상에는 진실과 허위라는 것이 존재한다. 온 세상에 적대하여 진리의 편에 서더라도 그는 미치지 않았다. 황혼 녘의 태양이 발하는 노란 햇살이 창을 통해 비스듬히 비쳐 들어와 베갯머리를 가로질렀다. 그는 눈을 감았다. 그의 얼굴에 비친 햇살과, 그의 몸에 맞닿아 있는 여자의 매끄러운 살이 졸린 중에도 그에게 강한 확신감 같은 것을 심어주었다. 그는 안전했고, 아무것도 걱정할 일이라곤 없었다. 그는 잠들면서 "건전한 정신은 통계학이 아니다."라고 중얼거렸다. 이런 말을 하고 보니 그 말에 심원한 진리가 담겨 있는 것처럼 느껴졌다.

10

너무 오래 잠을 잤다는 생각에 벌떡 일어나 그 낡은 구식 시계를 힐끗 쳐다보니 겨우 저녁 8시 30분을 가리키고 있었다. 그는 잠시 더 꾸벅꾸벅 졸며 그대로 누워 있었다. 그때 귀에 익은 힘찬 노랫소리가 창 밑 뜰에서 들려왔다.

그것은 희망 없는 환상이었지.
4월의 꽃처럼 사라져버렸네.
그 모습, 그 말, 그 꿈을 흔들어놓고,

내 마음 훔쳐가 버렸네!

저 유치한 노래가 아직도 유행하고 있는 모양이었다. 어딜 가나 저 노랫소리가 들려오는 것으로 미루어 알 수 있었다. 그 노래는 〈증오의 노래〉를 압도하며 널리 유행했다. 줄리아가 노랫소리에 잠이 깨어 한껏 기지개를 켜고는 침대 밖으로 나갔다.

"배고파요. 커피나 좀 끓여 마셔요. 저런! 스토브의 불이 꺼졌네. 물이 식었어요." 그녀는 오일 스토브를 흔들어보았다. "석유가 떨어졌군요."

"채링턴 영감한테 조금 얻을 수 있을 거야."

"바보같이 석유가 가득 차 있는 줄만 알았어요. 이제 옷을 입어야겠어요. 날씨가 추워진 것 같군요."

윈스턴도 일어나서 옷을 입었다. 저 지칠 줄 모르는 목소리가 다시 노래를 계속하고 있었다.

시간이 모든 걸 아물게 한다지만,
사람은 모든 걸 잊을 수 있다지만,
웃음과 눈물이 해마다 엇갈려
아직도 내 가슴 아프게 하네!

윈스턴은 제복의 허리띠를 죄면서 창문 쪽으로 어슬렁거리며 걸어갔다. 태양은 집 뒤쪽으로 넘어간 모양이었다. 뜰에는 더 이상 햇빛이 비치지 않았다. 안마당의 포석은 물로 씻어낸 것처럼 젖어 있었고, 하늘 역시 깨끗이 닦아놓은 듯 굴뚝의 연기 구멍 사이로 내다보이는 그 푸름이 싱싱하고 투명한 느낌을 주었다. 아낙네가 지치지도 않고, 앞뒤로 왔다 갔다 하면서 입을 벌렸다 오므렸다 할 때마다 노랫소리도 끊겼다 이어졌다 했다. 그러면서도 입에서는 빨래집게가 그치지 않고 빠져나왔다. 저 여자는 살아 있는 동안 끊임없이 빨래를 하지 않을까, 아니면 이삼십 명이나 되는 손자들의 뒤치다꺼리나 하면서 일생을 보내는 게 아닐까 하고 윈스턴은 궁금한 생각이 들었다. 줄리아가 다가와 그 옆에 섰다. 두 사람은 창 밑 억센 아낙네의 모습을 넋을 잃고 내다보았다. 굵직한 팔뚝이 빨랫줄을 향해 뻗쳐 올라가고 힘센 암말 같은 엉덩이가 불쑥 튀어나온 아낙네의 개성 있는 자태를 눈여겨보면서, 윈스턴은 처음으로 그녀가 아름답다는 것을 절실하게 느꼈다. 50대 여성의 몸뚱이가 저토록 아름답다는 것을 예전에는 한 번도 생각해본 적이 없었다. 몸집은 애를 낳아 북통처럼 부풀어 오르고, 고된 일로 인해 너무 자란 순무 이파리처럼 차츰 시들어빠지면서 딱딱하고 거칠어지긴 했지만 거기엔 특별한 아름다움이 남아 있었다. '아무렴, 그렇고말고. 그렇지 말란 법은 없잖은가?' 하고 윈스턴은 생각했다. 강판으로 긁어놓은 것 같은 시뻘건 피부하며 화강암 덩어리처럼 단단하고 윤곽 없는 몸뚱이는, 처녀의 몸매에 비교하면 마치 장미 열매와 장미꽃과의 관계를 연상하게 했다. 그렇지만 왜 열매가 꽃보다 못하단 말인가?

"저 여잔 아름답군." 윈스턴이 혼잣말처럼 중얼거렸다.

"엉덩이 사이즈가 1미터는 되겠어요." 줄리아가 대꾸했다.

"그게 저 여자가 지닌 아름다움의 특징이야."

윈스턴은 줄리아의 나긋나긋한 허리를 팔로 껴안았다. 엉덩이에서 무릎까지 이르는 그녀의 허벅지께가 그의 몸에 찰싹 달라붙어 있었다. 그들 두 사람 사이에는 절대로 아기가 생기지 않을 것이다. 그것만은 결코 그들이 할 수 없는 일이었다. 그런 말을 입 밖에 꺼내지 않아도 서로의 마음과 마음을 통해 그들은 그 비밀을 전할 수 있었다. 저 밑에 있는 아낙네는 하찮은 정신 따위는 갖지 않았지만, 억센 팔뚝과 따스한 심장과 기름진 아랫배를 가지고 있다. 저 여자는 얼마나 많은 아이를 낳았을까. 윈스턴은 궁금하게 생각했다. 적어도 열댓 명쯤 되리라. 그녀도 아마 1년쯤은 야생의 들장미처럼 잠깐 꽃을 피웠다가 그 후에 갑자기 달콤한 과일처럼 부풀어 오르고는, 이내 딱딱해지고 새빨개지고 거칠어져서 남은 인생을 빨래하고 설거지하고 바느질하고 요리하고 청소하면서 처음엔 자기 자식을 위해, 다음엔 손자들을 위해 그 일을 되풀이해왔을 것이다. 그런 인생의 마지막에 이르러서도 그녀는 여전히 노래를 부르고 있다. 그녀에게 느끼는 신비로운 존경심이 굴뚝 구멍 너머로 구름 한 점 없이 끝없이 펼쳐진 해맑은 하늘과 어우러졌다. 이곳과 마찬가지로 저 하늘이 유라시아나 동아시아에서도 누구의 눈에나 똑같이 보일 것이라고 생각하니 미묘한 느낌이 들었다. 게다가 저 하늘 밑에 사는 사람들도 모두 똑같으리라. 전 세계 어느 곳이나 수억, 수십억의 사람들이 이곳 사람들과 똑같고, 서로의 존재를 의식하지 못한 채 증오와 허위의 장벽으로 분리되어 있지만 다른 점이라곤 하나도 없다. 이 사람들은 생각하는 것을 잊어버렸어도 그들의 심장과 배와 근육 속에는 언젠가 세계를 전복할 힘이 축적되어가고 있는 것이다. 이 세상에 희망이 남아 있다면 그것은 프롤레타리아 속에 있다! '그 책'의 끝부분을 읽지 않더라도 그것은 골드스타인의 마지막 메시지임에 틀림없었다. 미래는 프롤레타리아의 것이다. 그들의 시대가 오면 그들이 건설한 세계는 당이 건설한 세계와는 달리 이 윈스턴 스미스로 하여금 이질감을 느끼지 않도록 할 수 있을까? 그렇다, 그 세계는 건전한 정신을 지니고 있을 것이기 때문이다. 빠르든 늦든 그런 세계는 반드시 올 것이다. 완력은 의식으로 바뀔 것이다. 프롤레타리아는 사멸하지 않는다. 저 뜰 안의 건장한 아낙네를 볼 수 있는 한 그 사실은 의심할 여지가 없다. 결국 깨어나는 날이 도래할 것이다. 그날이 올 때까지 비록 천 년이 걸린다 해도, 당이 나누어 갖거나 말살시킬 수 없는 생명력을 몸에서 몸으로 전해 하늘을 나는 새처럼 온갖 잡다한 악조건을 견디며 살아남을 것이다.

"우리가 처음 만나던 숲 속에서 우리를 향해 지저귀던 개똥지빠귀를 기억하고 있어?" 윈스턴이 물었다.

"그 새가 우릴 보고 지저귄 건 아니에요." 줄리아가 대답했다. "혼자 흥겨워서 지저귄 거죠. 참, 그것도 아녜요. 그저 지저귄 것뿐이에요."

새들은 노래한다. 프롤레타리아도 노래한다. 그러나 당신은 노래하지 않는다. 전 세계를 통해, 런던과 뉴욕에서, 아프리카와 브라질에서, 국경을 넘어 왕래가 금지된 신비로운 땅에서, 파리와 베를린 거리에서, 끝없이 펼쳐진 러시아 평원의 시골 마을에서, 중국과 일본의 장바닥에서. 그어느 곳에서나 태어나서 죽을 때까지 힘들게 일하고 아이를 낳느라 괴물같이 되어버린, 결코 정복당하지 않는 굳건한 몸집을 한 아낙네들이 버티고 서서 여전히 노래를 부를 것이다. 저 억센 허리에서 언젠가는 의식을 가진 인종이 태어날 것이다. 너는 죽을 몸이다. 그러나 그들이 육체를 간직하고 살아가듯이 네가 정신을 간직하고 살아간다면 너도 그 미래에 참여할 수 있을 것이다. 그리고 둘 더하기 둘은 넷이라는 비밀의 원칙을 전할 수 있을 것이다.

"우린 죽은 몸이야." 윈스턴이 말했다.

"그래요, 우린 죽은 몸이에요." 줄리아가 마지못해 대꾸했다.

"너희들은 죽은 몸이야." 등 뒤에서 금속성의 음성이 들렸다.

그들은 깜짝 놀라 서로 떨어졌다. 윈스턴의 내장이 얼음같이 싸늘하게 얼어붙었다. 줄리아의 눈에 홍채 주위가 새하얘진 것이 보였다. 그녀의 얼굴이 샛노래졌다. 아직도 두 뺨에 묻어 있는 연지 자국이 피부에서 분리된 것처럼 뚜렷이 튀어나와 보였다.

"너희들은 죽은 몸이다." 금속성의 음성이 같은 말을 되풀이했다.

"저 그림 뒤에서 나는 소리예요." 줄리아가 숨을 죽이며 말했다.

"그림 뒤다." 그 음성이 다시 말했다. "그 자리에 꼼짝 말고 있어라, 별도의 명령이 있을 때까지."

결국 올 것이 오고야 말았다. 마침내 시작된 것이다! 그들은 꼼짝 않고 서로의 눈을 들여다볼 수밖에 없었다. 살아남기 위해서 이 집을 빠져나가기엔 너무 늦었다. 아니, 그럴 생각마저 떠오르지 않았다. 벽에서 흘러나오는 저 금속성의 음성에 거역한다는 것은 생각조차 할 수 없는 일이었다. 고리가 빠져 달아나는 것처럼 찰칵하는 소리와 함께 유리 깨지는 소리가 들렸다. 그림이 마룻바닥으로 떨어지면서 그 뒤에 감춰진 텔레스크린이 나타났다.

"이제 그들이 우리의 모습을 볼 수 있게 됐어요." 줄리아가 말했다.

"이제 우린 너희들을 볼 수 있다." 그 음성이 말했다. "방 한가운데로 나와서 서라. 서로 등을 돌리고 말이야. 두 손을 들어 머리 뒤에다 붙이고 있어. 서로 몸을 대면 안 돼."

그들이 몸을 대지 않고 있는데도, 윈스턴에겐 줄리아의 몸뚱이가 흔들리고 있는 것처럼 느껴졌다. 아니면 단지 그 자신의 몸뚱이가 흔들리고 있는지도 몰랐다. 그는 이가 덜덜 떨리는 것을 간신히 참을 수 있었지만, 무릎은 제멋대로 흔들리고 있었다. 집 안팎에서 저벅거리는 구둣발 소리가 들려왔다. 안마당에 사람들이 가득 차 있는 모양이었다. 마당의 포석 위에서 뭔가가 끌려가는 소리가 들렸다. 아낙네의 노랫소리도 뚝 그쳐버렸다. 빨래통이 마당에서 뒤엎어지는지 기다랗게 굴러가는 듯한 시끄러운 소리가 들리고, 어지러운 성난 소리가 고통스러운 비명으로 바뀌었다.

"집이 포위됐어." 윈스턴이 말했다.

"집은 포위됐다." 그 음성이 말했다.

줄리아가 이를 악무는 소리가 들렸다. "우린 이제 작별 인사를 하는 게 좋겠어요."

"너희들은 작별 인사를 하는 편이 좋을 거다." 그 음성이 흉내 내듯 말했다. 그런 다음에 윈스턴이 전에 들어본 듯한, 지금까지와는 전혀 다른 가늘고 교양이 있는 듯한 음성이 끼어들었다. "그건 그렇고, 우리 그동안 노래나 부르기로 하지. '당신의 침대를 밝혀줄 촛불이 오고 있네. 당신의 목을 칠 도끼가 오고 있네!'"

윈스턴의 뒤쪽에 있는 침대 위에서 무엇이 부서지는 소리가 났다. 사다리 꼭대기가 유리창을 뚫고 들어와 창틀 안쪽으로 디밀어졌다. 누군가가 창문을 통해 기어오르고 있었다. 계단 쪽에서도 쿵쾅거리는 발소리가 들렸다. 방은 검은 제복을 입고, 징 박은 장화를 신고, 손에 곤봉을 쥔 건장한 사나이들로 가득 찼다.

윈스턴은 더 이상 몸을 떨지 않았다. 눈동자조차 거의 움직이지 않았다. 단 한 가지 일만이 중요했다. 꼼짝하지 않는 것이다. 절대로 움직여서는 안 된다. 그래서 놈들에게 때릴 구실을 주지 말자! 권투 선수처럼 턱이 둥그스름하고 입이 조그맣게 째진 사나이가 곤봉을 단단히 잡고 생각에 잠긴 표정으로 그의 정면에 와서 멈춰 섰다. 윈스턴은 그의 눈을 똑바로 쳐다보았다. 두 손을 뒤통수에다 깍지 끼고 상반신을 벌거벗은 몸으로 마주 쳐다봐야 한다는 것이 견딜 수 없는 기분이었다. 그 사나이는 희멀건 혀끝을 내밀어 입술을 핥더니 그냥 지나쳐 갔다. 다시 한 번 뭔가 깨지는 소리가 요란스럽게 들렸다. 누군가가 탁자 위에 놓인 유리 문진을 집어 들어 벽난로의 돌벽에다 힘껏 내리쳐 산산조각을 냈다.

마치 케이크에서 떼어낸, 설탕으로 만든 장미꽃 봉오리처럼 생긴 조그만 핑크빛 주름 잡힌 산호 파편이 매트를 가로질러 흩어졌다. 참 작기도 하구나, 정말로 작아! 윈스턴은 혼자 생각했다. 그 순간 등 뒤에서 쾅 소리를 내며 누군가가 그의 발목을 힘껏 걷어찼다. 하마터면 그는 중심을 잃고 쓰러질 뻔했다. 사나이들 중의 하나가 줄리아의 명치를 주먹으로 후려치자 그녀는 접는 자처럼 몸이 푹 꺾였다. 그녀는 고통스럽게 숨을 헐떡이며 바닥 위에 나뒹굴었다. 윈스턴은 단 1밀리미터도 감히 그쪽으로 얼굴을 돌리지 못한 채 서 있었지만 언뜻 그녀의 흙빛이 된 얼굴이 곁눈의 시야 속에 들어왔다. 이런 숨 막히는 공포 속에서도 그녀의 고통이 마치 자기 자신이 겪는 고통처럼 느껴졌다. 그 어떤 혹독한 고통도 그녀가 숨을 되돌리려고 안간힘을 쓰는 것보다 덜 절박하게 느껴졌으리라. 그 고통이 어떠하리라는 것을 그는 알고 있었다. 그것은 눈앞이 캄캄할 정도로 무서운 것이지만, 무엇보다도 먼저 숨을 쉴 수 있어야 하기 때문에 아직 고통스럽게 느껴지지 않을 것이다. 그런 다음 두 명의 사나이가 그녀의 무릎과 어깨를 움켜잡고 번쩍 들어 올려서 자루처럼 방 밖으로 들고 나갔다. 윈스턴은 밑으로 축 늘어진 그녀의 얼굴을 순간적으로 보았다. 얼굴은 샛노랗고 일그러져 있었으며, 두 눈은 감겨져 있었고, 양쪽 볼엔 연지 자국이 아직 남아 있었다. 그것이 마지막으로 본 그녀의 모습이었다.

그는 죽은 듯이 가만히 서 있었다. 아직 어느 누구도 그를 때리지는 않았다. 전혀 관심조차 두지 않았던 온갖 생각들이 제멋대로 떠올라 그의 가슴속을 스쳐 가기 시작했다. 채링턴 씨도 체포되었는지 궁금했다. 마당에 있던 그 아낙네한테도 무슨 일이 일어났는지 궁금했다. 두세 시간 전에 소변을 보았는데도 또 몹시 마려운 게 이상했다. 벽난로 위의 시계가 9시를 가리키고 있었다. 그러나 여전히 밝은 빛이 남아 있었다. 8월의 저녁에는 9시까지 어슴푸레한 빛이 남아 있는 것일까? 결국 그와 줄리아가 시간 계산을 잘못한 것인지 의심스러웠다. 시계가 완전히 한 바퀴 도는 동안 잠을 자서, 사실은 다음 날 아침 8시 30분인데 저녁

8시 30분으로 착각한 건 아닐까? 그러나 그는 이런 일에 더 이상 신경 쓰지 않기로 했다. 그런 일은 이제 흥미조차 없었다.

통로에서 또 한 번 가벼운 발소리가 들렸다. 채링턴 씨가 방 안으로 들어왔다. 검은 제복을 입은 사나이들의 태도가 갑자기 고분고분해졌다. 채링턴 씨의 외모 역시 달라져 있었다. 그의 시선이 바닥에 떨어진 유리 문진의 파편에 멈췄다.

"저 조각들을 주워." 채링턴 씨가 날카롭게 소리쳤다.

한 사나이가 순순히 그 명령에 복종해 허리를 굽혔다. 런던 토박이의 억양이 사라지고 없었다. 윈스턴은 조금 전에 텔레스크린에서 들려왔던 음성이 누구의 목소리인가를 금방 깨달았다. 채링턴 씨는 여전히 낡은 벨벳 재킷을 입고 있었지만 반백의 머리가 이제는 검게 바뀌어 있었다. 안경 역시 쓰고 있지 않았다. 그는 윈스턴의 신원을 확인하려는 듯 단 한 번 날카롭게 쏘아보고 나서는 관심조차 두지 않았다. 옛날의 모습이 아직 남아 있긴 했지만 더 이상 동일인이라고는 생각할 수 없었다. 허리를 꼿꼿이 펴서 그런지 키가 더 커 보였다. 얼굴도 약간만 변형한 것 같은데 전혀 딴사람으로 보였다. 검은 눈썹은 숱이 적어졌고, 코도 더 짧아 보였다. 그것은 서른다섯 살 정도의 빈틈없고 냉혹한 얼굴이었다. 윈스턴은 난생 처음으로 사상경찰의 일원을 자세하게 살펴봤다는 생각이 들었다.

제3부

∽ ⋙ ⋘ ∽

1

윈스턴은 자신이 어디에 있는지 알지 못했다. 어쩌면 사령부에 와 있는지도 몰랐다. 그러나 확인할 방법이 전혀 없었다.

그는 천장이 높고, 새하얀 사기 타일을 붙여 번쩍이는 벽에 창문 하나 달리지 않은 감방에 갇혀 있었다. 은폐 등燈에서 차가운 빛이 흘러나오고, 환기해주는 것으로 생각되는, 낮게 윙윙대는 소리가 끊임없이 들렸다. 겨우 엉덩이를 붙이고 앉을 수 있을 정도의 벤치나 선반 같은 것이 문 있는 곳만 제외하고 벽을 따라 붙어 있었는데, 문 맞은편에 목제 좌석이 달리지 않은 변기가 하나 놓여 있었다. 그리고 사방 벽에 텔레스크린이 한 개씩 부착되어 있었다.

배가 살살 아파왔다. 꽉 잠근 죄수 호송차에 실려 왔을 때부터 계속 배가 아팠다. 게다가 위장을 마구 잡아 뜯는 것 같은, 뭐라고 설명할 수 없는 공복감을 느꼈다. 식사를 한 지가 24시간, 아니 어쩌면 36시간이 되었는지도 모른다. 그들이 그를 체포한 때가 아침인지 저녁인지를 아직까지 알 수 없었다. 아마 그것은 결코 밝혀내지 못할 것이다. 체포된 이래 한 번도 음식을 입에 대본 적이 없었다.

그는 두 손을 무릎 위에 깍지 끼고, 될 수 있는 한 움직이지 않은 채 좁은 벤치에 걸터앉아 있었다. 벌써 꼼짝하지 않고 가만히 앉아 있는 방법을 배웠다. 무심코 몸을 움직이기만 해도 텔레스크린에서 호통치는 소리가 들렸다. 그러나 음식에 대한 갈망이 시간이 흐를수록 더욱 심해졌다. 무엇보다도 그가 열망하는 것은 빵 한 조각이었다. 그는 자기가 입고 있는 제복의 호주머니에 약간의 빵 부스러기가 들어 있다는 데 생각이 미쳤다. 호주머니에는 꽤 큰 빵 조각도 남아 있을 가능성이 있었다. 가끔 뭔가가 다리를 간질이는 듯한 감각 때문에 그런 생각이 들었다. 마침내 그걸 찾아내자는 유혹에 휘말려 두려움도 잊은 채 호주머니 속에 살며시 손을 집어넣었다.

"스미스!" 텔레스크린에서 호통치는 소리가 들렸다. "6079번 윈스턴 스미스! 감방에선 호주머니에 손을 넣지 못한다는 걸 모르는가!"

그는 다시 무릎 위에 손을 포개고 가만히 앉아 있었다. 이곳으로 끌려오기 전에 그는 일반 감옥인지 경찰서의 임시 유치장인지 모를 그런 곳에 갇혀 있었다. 그곳에서 얼마나 오래 갇혀 있었는지 기억이 나지 않는다. 아무튼 몇 시간은 되었다. 시계도 없고 햇빛마저 구경할 수 없어서 시간을 측정하기란 어려웠다. 그곳은 시끄럽고 지독한 악취가 풍기는 곳이었다. 처음 들어간 감방은 지금의 감방과 비슷하게 생겼는데, 몹시 불결하고 항상 10명 내지 15명의 사람들로 붐볐다. 그 감방 안에 들어 있는 대부분의 사람들은 일반 범죄자였지만 개중에는 정치범도 몇 명 끼어 있었다. 그는 더러운 몸뚱이들에 떠밀려 조용히 벽에 몸을 기댄 채 앉아 있었다. 공포와 복통에 짓눌려 주위 사람들에게 관심을 가질 정신적인 여유가 없었다. 그런데 이제야 당원 범죄자와 일반 범죄자 사이에는 태도에 있어 놀랄 만한 차이가 있음을 깨닫게 되었다. 당원 범죄자들은 어느 누구에게도 두려움을 품고 있는 것 같지 않았다. 그들은 간수에게 욕지거리를 퍼부었고, 소지품을 압수당했을 때는 그걸 되찾으려고 사납게 덤벼들었으며, 마룻바닥에 음탕한 낙서를 휘갈기는가 하면, 옷속에 감쪽같이 숨겨둔 음식을 먹고, 텔레스크린에서 질서를 지키라고 명령해도 거기에 대고 악담을 퍼부었다. 한편 그들 중의 몇 사람은 간수들과 친밀하게 지내는 사이인지 그들에게 별명을 붙여 부르고, 문의 감시 구멍을 통해 담배를 얻어 피우려고 그럴듯한 말로 유혹하기도 했다. 간수들 역시 죄수를 거칠게 다뤄야 할 때에도 일반 범죄자들에겐 특별히 너그럽게 대해주었다. 대다수의 죄수들이 강제수용소로 보내지는 탓인지 그 얘기를 가장 많이 떠들었다. 강제수용소에서는 처신만 잘하고 줄만 잘 잡으면 걱정 없다는 얘기를 들었다. 그곳에는 온갖 종류의 뇌물과 정실과 협박이 난무하고, 동성애와 간통과 감자로 증류한 밀주까지 있다는 것이었다. 일반 범죄자 중에서도 강도와 살인범만이 일종의 귀족계급을 형성했고 특별한 신뢰를 받았다. 그리고 온갖 더러운 일은 정치범에게 맡겨졌다.

감방 안에는 갖가지 종류의 범죄자들이 끊임없이 들락거렸다. 마약행상, 좀도둑, 강도, 암거래상, 주정뱅이, 매춘부도 있었다. 몇 명의 알코올 중독자는 몹시 난폭해서 여럿이 합세해서 짓눌러야만 했다. 예순쯤 된 체구가 매우 큰 노파는 커다란 젖가슴을 덜렁이며 사납게 몸부림치는 바람에 숱 많은 흰 머리칼이 풀어헤쳐진 채 네 명의 간수들에게 사지를 들려 끌려오면서도 발길질을 하고 고함을 질렀다. 간수들이 마구 발길질을 하는 노파의 부츠를 벗긴 다음 그녀를 윈스턴의 무릎에다 집어 던지는 바람에 넓적다리뼈가 으스러지는 줄 알았다. 노파는 금방 벌떡 일어나더니 "에이, 개자식들!" 하고 간수들의 등 뒤에다 대고 악다구니를 썼다. 이윽고 노파는 뭔가 불편한 곳에 앉아 있다는 것을 깨달았는지 윈스턴의 무릎에서 미끄러져 벤치에 앉았다.

"이보게, 미안하우." 그녀가 말했다. "일부러 앉은 게 아니라 저 녀석들이 내팽개쳐버린 거라우. 글쎄, 놈들은 여자를 이렇게밖에 대접하지 못할까?" 노파는 말을 멈추더니 가슴을 두드리고 트림을 했다. "용서하구려, 내가 제정신이 아니라서."

그녀는 앞으로 몸을 숙이고는 마룻바닥에다 잔뜩 토했다.

"토하고 나니 한결 후련하군." 그녀는 눈을 감고 몸을 뒤로 기댔다. "정말이지 견딜 수가 없었어. 토해버리니 속이 이렇게 시원한걸."

생기를 되찾자 그녀는 고개를 돌려 다시 한 번 윈스턴을 보고는, 금방 마음에 드는 모양이었다. 노파는 굵직한 팔로 그의 어깨를 끌어안아 자기 쪽으로 끌어당기고는 맥주 냄새와 메스꺼운 냄새를 풍기며 그의 얼굴에다 대고 숨을 몰아쉬었다.

"이봐요, 당신 이름이 뭐지?" 그녀가 물었다.

"스미스라고 합니다." 그가 대답했다.

"스미스? 그것 참 우습군. 내 이름도 스미스인데." 그러고는 다정하게 덧붙였다. "어쩜 내가 당신 어미인지도 모르겠군!"

어쩌면 이 여자가 내 어머니인지도 모른다. 윈스턴은 혼자 생각했다. 나이와 몸집이 어머니와 비슷했다. 누구든지 강제노동수용소에서 20년을 보내고 나면 이렇게 모습이 달라질 수도 있을 것이다.

어느 누구도 그에게 말을 붙이지 않았다. 일반 범죄자들은 놀라울 정도로 정치범을 무시했다. 그들은 정치범 따위는 안중에도 없다는 듯이 경멸하는 투로 '정상배政尙輩'라고 불렀다. 당의 범죄자들은 또 그들대로 다른 사람들에게 말을 건네기를 두려워했고, 자기네들끼리 서로 이야기를 나누는 것은 더욱 두려워했다. 다만 꼭 한 번 두 여자 당원이 벤치에 나란히 붙어 앉아 몇 마디 급히 속삭이는 소리를 엿들었다. 특히

101호실에 관한 얘기를 했는데, 그는 무슨 말인지 이해할 수 없었다.

　그들이 그를 이곳으로 데려온 것은 두세 시간 전인 것 같았다. 배 속의 희미한 통증이 좀처럼 가시지 않을뿐더러, 이따금 좀 나았다가 더 심해지곤 했는데, 그럴 때마다 머릿속의 생각도 확장되었다가 수축되었다가 했다. 복통이 심해질 때는 통증 그 자체와 음식에 대한 갈망밖에 생각나지 않았다. 대신 복통이 가실 때는 무서운 공포가 한꺼번에 몰려왔다. 앞으로 그에게 닥칠 일을 상상하다 보면 심장이 몹시 뛰고 숨이 금방이라도 끊어질 것 같았다. 곤봉이 그의 팔꿈치를 후려치고 징 박힌 구두가 정강이를 걷어차는 느낌이었다. 그리고 마룻바닥을 기어 다니며 부러진 이 사이로 살려달라고 비명을 지르는 자신의 모습을 보았다. 줄리아를 생각할 경황은 거의 없었다. 그녀에게 생각을 집중할 수 없었다. 그녀를 진심으로 사랑했으므로 배신하는 일은 없을 것이다. 그러나 그 것은 그가 뻔히 알고 있는 수학 공식과도 같은 것이었다. 이제는 그녀에게 사랑을 느낄 수도 없었고, 그녀의 신변에 무슨 일이 일어나고 있는지 걱정조차 되지 않았다. 오히려 깜박이며 꺼져가는 불꽃같은 희망을 품고 오브라이언에 대한 생각을 더 많이 했다. 오브라이언은 분명히 그가 체포된 사실을 알고 있을 것이다. 형제단은 같은 조직원을 구하려는 노력을 전혀 하지 않는다고 그는 말했다. 그러나 면도날이라는 것이 있었다. 가능하다면 면도날을 보내줄지도 모른다. 간수들이 감방 안으로 몰려온다 해도 5초의 시간 여유만 있다면 충분한 것이다. 면도날은 일종의 타는 듯한 냉혹성으로 살 속에 파고들 것이며, 그 면도날을 쥐고 있는 손가락만으로도 뼈 있는 부분까지 잘라버릴 수 있을 것이다. 그의 아픈 몸에 갖가지 상념이 되살아났고, 아주 희미한 통증에도 그의 육신은 움츠러들며 떨렸다. 기회가 온다 해도 면도날을 사용하게 될지 자신이 없었다. 마지막 순간에 틀림없이 고문밖에 남는 게 없다 해도 최후의

10분이라는 삶을 순간순간 살려고 발버둥 치는 것이 오히려 인간으로서 자연스러운 일일 것이다.

가끔 그는 감방 안의 벽에 붙어 있는 타일 벽돌의 수를 애써 헤아려 보았다. 별로 어려운 일이 아닌데도 항상 똑같은 장소에서 그만 어디까지 셌는지 잊어버리곤 했다. 그보다는 오히려 그가 지금 어디에 있으며 며칠 몇 시인가 하는 생각이 더 자주 떠올랐다. 때로는 지금이 환한 대낮일 거라고 생각했다가도 다음 순간에는 칠흑 같은 밤중일 거라고 믿기도 했다. 이곳에서는 절대로 전기가 꺼지는 일이 없을 거라고 그는 직감적으로 느꼈다. 이곳이야말로 어둠이 없는 곳이었다. 이제야 왜 오브라이언이 그런 암시를 했는지 알 것 같았다. 사랑부의 건물에는 창문이 없었다. 그가 들어 있는 감방이 건물의 한가운데에 있는지 아니면 외벽 쪽에 맞닿아 있는지, 혹은 지하 10층인지 지상 30층인지 알 수 없었다. 그는 상상 속에서 이곳저곳을 돌아다니며, 그가 지금 허공 높이 앉아 있는지 아니면 지하 깊숙이 처박혀 있는지를 육감에 의해서 알아맞히려고 갖은 애를 썼다.

바깥에서 저벅거리는 구둣발 소리가 들렸다. 철문이 쾅 소리를 내며 열렸다. 말쑥한 제복을 차려입은 젊은 장교가 날렵하게 문 안으로 들어섰다. 그의 가죽옷이 온통 번쩍이고, 깎아놓은 것처럼 다듬은 창백한 얼굴이 마치 밀랍의 가면을 연상케 했다. 그는 밖에 서 있는 간수들에게 끌고 온 죄수를 데려오라고 손짓했다. 시인 앰플포스가 비실거리며 감방 안으로 들어왔다. 문이 다시 쾅 소리를 내며 닫혔다.

앰플포스는 거기에 빠져나갈 문이 또 한 군데 있다는 듯 이쪽저쪽으로 한두 번 멈칫거리며 움직이더니, 이제는 감방 안을 이리저리 배회하기 시작했다. 그는 아직 윈스턴의 존재를 깨닫지 못한 것 같았다. 그의 불안한 눈은 윈스턴의 머리 위 1미터쯤 높이의 벽을 응시하고 있었다.

신발도 신고 있지 않아서 크고 더러운 발가락이 구멍 뚫린 양말 사이로 비쭉이 나와 있었다. 며칠 동안 면도도 하지 못한 모양이었다. 텁수룩한 수염이 광대뼈까지 덮고 있어서, 덩치만 큰 허약한 체구와 신경질적인 몸놀림에 걸맞게 악당 같은 인상을 풍겼다.

윈스턴은 무기력한 상태에서 약간 몸을 일으켜 세웠다. 텔레스크린에서 호통을 치더라도 앰플포스에게 말을 해야겠다고 다짐했다. 앰플포스가 면도날을 숨기고 있을지도 모른다는 생각까지 들었다.

"앰플포스." 그가 불렀다.

텔레스크린에서는 아무런 호통 소리도 들리지 않았다. 앰플포스는 멈칫거리더니 약간 놀라는 기색이었다. 그의 시선이 저절로, 천천히 윈스턴에게 쏠렸다.

"아, 스미스! 자네도 역시!" 그가 소리쳤다.

"어떻게 해서 이곳에 들어왔지?"

"사실은 말일세……." 그는 윈스턴의 맞은편 벤치에 엉거주춤 앉았다. "죄래야 단 한 가지밖에 없잖겠나?"

"글쎄, 그 죄를 범했단 말인가?"

"그런 것 같아."

그는 무언가를 기억해내려는 듯 한 손을 이마에 대고 잠시 동안 관자놀이를 눌렀다.

"이런 일이 있었지." 그는 맥없이 얘기를 꺼냈다. "한 가지 일이 생각나는데…… 충분히 있을 수 있는 일이야. 의심할 여지 없이 그것은 경솔한 짓이었어. 우린 키플링의 최종판 시집을 만들고 있었다네. 난 맨 끝줄에 있는 '신God'이란 낱말을 그대로 남겨뒀어. 그럴 수밖에 없었던 거야!" 그는 얼굴을 들어 윈스턴을 똑바로 쳐다보면서 분연히 덧붙였다. "그 줄을 바꾼다는 것은 불가능한 일이었어. 각운은 '장대rod'였다네. 우리 언어를 전부 뒤져봐도 '장대'에 운이 맞는 말은 열두 개밖에 없다는 사실을 자네도 알지? 그것 때문에 며칠을 두고 골머리를 앓았지. 그래도 다른 운이라곤 찾을 수 없었어."

그의 얼굴 표정이 바뀌었다. 그 얼굴에 번민이 스쳐 지나가자 잠시 동안 환희로 빛났다. 일종의 지적인 다사로움이, 아무 쓸모도 없는 사실을 발견해낸 현학자의 즐거움이 그 지저분하고 텁수룩한 털북숭이의 얼굴에서 빛났다.

"자네도 이런 생각을 해본 적이 있는가?" 앰플포스가 말했다. "영어에 운이 결핍되어 있기 때문에 모든 영시英詩의 역사가 한정되어 버렸다는 사실 말일세."

아니다, 윈스턴의 머릿속에는 그런 특수한 생각이 떠오른 적이 없었다. 이런 환경에서는 그런 일이 중요하다거나 흥미 있는 것이라고 생각되지 않았다.

"오늘이 며칠 몇 시인지 아나?" 윈스턴이 물었다.

앰플포스가 다시 놀란 표정을 지었다. "난 그런 건 조금도 생각하지 않았어. 그들이 나를 체포한 것은 이틀 전이었어. 아니, 사흘 되었는지도 몰라." 그의 시선은 어딘가에 창문이 있으리라고 생각했는지 벽을 따라 더듬어 올라갔다. "이곳에서는 밤이나 낮이나 매한가지일세. 여기서는 사람들이 어떻게 시간을 계산하는지 모르겠어."

그들은 몇 분 동안 종작없이 이야기를 지껄였는데, 그때 갑자기 텔레스크린에서 조용히 하라는 호통 소리가 터졌다. 윈스턴은 두 손을 포개고 조용히 앉아 있었다. 앰플포스는 체구가 너무 커서 비좁은 벤치에 편안히 앉아 있질 못하고, 여윈 손을 양쪽 무릎 위에 올려놓고 쥐었다 폈다 하며 안절부절못했다. 텔레스크린에서 그에게 가만히 있으라고 큰 소리로 꾸짖었다. 시간이 흘러갔다. 20분이 지났는지, 한 시간이 지났는지 분간하기 힘들었다. 다시 한 번 바깥에서 구둣발 소리가 들려왔다. 윈스턴의 내장이 죄어들었다. 곧, 바로 당장에, 어쩌면 5분 내에, 아니 지금 이 순간에 그 구둣발이 이제 네 차례라고 알리러 오는 것만 같았다.

문이 열렸다. 냉혹한 얼굴의 젊은 장교가 감방 안으로 들어왔다. 그가 잽싼 손짓으로 앰플포스를 가리켰다.

"101호실." 장교가 소리쳤다.

앰플포스는 간수들 사이에 끼어 얼빠진 듯이 걸어 나갔다. 그는 무슨 영문인지 몰라 어리둥절한 표정이었다.

오랜 시간이 흘러간 것 같았다. 배가 다시 아파오기 시작했다. 똑같은 홈을 따라 빙글빙글 도는 공처럼 그의 마음도 똑같은 궤도를 따라 자꾸만 천천히 돌고 있었다. 그에게는 단지 여섯 가지 생각밖에 없었다. 배 속의 통증, 한 조각의 빵, 피와 비명, 오브라이언, 줄리아, 면도날. 그의 창자 속에서 다시 한 번 경련이 일어났다. 묵직한 구둣발 소리가 가까이 다가오고 있었다. 문이 열리면서 새로운 공기에 실려 지독한 식은땀 냄새가 풍겨왔다. 파슨스가 감방 안으로 걸어 들어왔다. 카키색 반바지에 스포츠 셔츠 차림이었다.

이번에는 자기도 모르게 윈스턴이 깜짝 놀랐다.

"자네가 어떻게 여길!" 윈스턴이 중얼거렸다.

파슨스는 단 한 번 윈스턴을 힐끗 쳐다보았는데, 그 눈길에는 관심이나 놀라움 같은 것은 없었고 곤혹스러움만이 엿보였다. 그는 도저히 가만히 있지 못하겠다는 듯이 감방 안을 수선스럽게 배회하기 시작했다. 그리고 짤막한 무릎을 곧추세울 때마다 분명히 부들부들 떨고 있는 것이 눈에 띄었다. 그는 눈을 크게 뜨고 허공 저쪽의 무엇인가를 노려보고 있었다.

"자넨 무슨 일로 들어왔지?" 윈스턴이 물었다.

"사상죄야!" 거의 울음 섞인 목소리로 파슨스가 외쳤다. 그의 목소리에는 자신의 죄를 완전히 시인하면서도 자기에게 그런 죄를 적용할 수 있다는 것을 도저히 믿지 못하겠다는 듯 어떤 두려움이 깃들어 있었다. 그는 윈스턴 앞에 멈춰 서서 열심히 호소하기 시작했다.

"여보게, 내가 총살당하리라고 생각하지는 않겠지? 오직 생각뿐이지 실제로 행동에 옮기지 않았다면 총살하지 않겠지? 자네라도 어쩔 수 없었을 거야. 어느 정도 사정을 참작해주리라고 믿어. 아, 틀림없이 그렇게 할 거야! 그분들이 내 경력을 인정해주지 않을까? 자네도 내가 어떤 인물인지 알 걸세. 지금까지 해온 걸로 보더라도 난 절대 나쁜 놈이 아니야. 물론 두뇌는 좋지 않지만 열성적이었어. 난 당을 위해 최선을 다했어. 그렇잖은가? 한 5년쯤 콩밥을 먹겠지. 그렇게 생각하지 않나? 아니면 10년쯤? 나 같은 놈은 노동 수용소에서 꽤 유용하게 써먹을 수 있을 걸세. 꼭 한 번 탈선할 걸 가지고 총살이야 않겠지?"

"유죄인가?" 윈스턴이 물었다.

"물론 유죄지!" 파슨스는 텔레스크린을 비굴한 눈초리로 슬쩍 쳐다보면서 소리쳤다. "당이 죄 없는 사람을 체포하리라곤 생각하지 않겠지?" 그의 개구리 같은 얼굴이 침착해지면서 약간 경건한 표정까지 띠었다. "여보게, 사상죄란 무서운 죄야." 그는 훈계조로 덧붙였다. "그야말로 교활한 짓이지. 그래서 사람들은 은연중에 그 죄에 말려들거든. 내가 어떻게 그 죄에 빠져들었는지 알겠나? 잠든 사이에 그랬어. 그래, 정말이야. 난 나한테 맡겨진 일을 완수하려고 최선을 다했지. 마음속에 좋지 않은 생각이 깃들게 된 것을 전혀 모르고서 말이야. 그래서 급기야 잠을 자면서 헛소리를 하게 됐다네. 뭐라고 잠꼬대를 했는지 아나?"

그는 마치 의학적인 이유 때문에 음탕한 말을 꺼내지 않을 수 없는 의사처럼 음성을 낮췄다.

"'빅 브러더를 타도하라!' 그래, 난 그런 소릴 했다네. 그것도 자꾸 되풀이해서 한 모양이야. 여보게, 자네와 나 사이니까 하는 말이네만, 더 큰 죄를 짓기 전에 잡혀온 게 오히려 다행이야. 법정에 서기 전에 심문하는 양반들한테 뭐라고 말할 작정인지 알겠나? '고맙습니다, 너무 늦기 전에 저를 구해주셔서 감사합니다.' 이렇게 말할 셈이야."

"누가 자넬 고발했지?" 윈스턴이 물었다.

"내 어린 딸년이었어." 파슨스는 일종의 씁쓰레한 자만심을 갖고 말했다. "그 애가 열쇠 구멍으로 엿들었다네. 내가 잠꼬대하는 소리를 듣고 다음 날 경찰한테 고자질했지. 일곱 살배기치고는 꽤 똑똑하잖은가? 그 애가 그런 짓을 했다고 해서 전혀 서운하게 생각하지는 않네. 사실 그 애가 자랑스러워. 아무튼 그 애를 건전하게 길렀다는 걸 증명한 셈이야."

그는 몇 번 수선스럽게 왔다 갔다 하더니 대변을 보고 싶은지 변기 쪽으로 자꾸 시선을 던졌다. 그러다가 갑자기 반바지를 끌어 내렸다.

"여보게, 실례하겠네. 도저히 참을 수가 없어. 대변이 마려워서 말이야."

그는 그 커다란 엉덩이를 드러내고 변기 위에 털썩 주저앉았다. 윈스턴은 두 손으로 얼굴을 가렸다.

"스미스!" 텔레스크린에서 호통치는 소리가 들렸다. "6079번 윈스턴 스미스! 얼굴에서 손을 떼라. 감방에서는 얼굴을 가리지 못하도록 되어 있어."

윈스턴은 얼굴에서 손을 뗐다. 파슨스가 요란한 소리를 내며 엄청나게 대변을 보았다. 대변을 보고 나서야 변기가 고장 난 것을 알았다. 감방 안에선 그 후 몇 시간 동안 지독한 구린내가 났다.

파슨스가 딴 방으로 옮겨 갔다. 이상하게도 많은 죄수들이 들어왔다가 나갔다. 여자 죄수 하나는 '101호실'로 가라는 명령을 받고 몸을 움츠리며 안색이 새파랗게 질렸다. 그가 이곳에 끌려온 것이 아침이었다면 지금 오후쯤 되었을 것이고, 그 시간이 오후였다면 한밤중일 것이다. 감방에는 이제 남녀 합해서 여섯 명의 죄수가 있었다. 모두 다 꼼짝하지 않고 가만히 앉아 있었다. 윈스턴의 맞은편에는 몸집이 크지만, 해를 끼치지 않는 설치류같이 턱이 없고 얼굴이 뾰족한 사나이가 앉아 있었다. 반점투성이의 살찐 볼이 아래쪽으로 볼록하게 튀어나와 웬지 음식물을 잔뜩 입속에 넣고 있는 것처럼 보였다. 그의 투명한 잿빛 눈은 겁에 질려 사람들의 얼굴을 더듬어가다가 다른 사람과 시선이 마주치면 얼른 돌려버리곤 했다.

문이 열리면서 또 한 사람의 죄수가 들어왔는데, 그 모습을 보았을 때 윈스턴은 순간적으로 소름이 끼쳤다. 그는 흔히 볼 수 있는 평범한 외모의 기사技士나 기술자 같았다. 그러나 놀라게 한 것은 그의 앙상하게 여윈 얼굴이었다. 마치 해골 같았다. 너무나 여윈 탓에 입과 눈이 어울리지 않게 커 보였으며, 그 눈은 누군가 또는 무언가에 대한 억누를 길 없는 살기를 품은 듯 증오로 가득 차 있었다.

사나이는 윈스턴과 약간 떨어진 벤치에 앉아 있었다. 윈스턴은 두 번 다시 그를 쳐다보지 않았다. 그러나 그 고통으로 일그러진 해골 같은 얼굴을 바로 눈앞에 보고 있는 듯 마음속에 생생하게 되살아났다. 문득 그는 무엇이 원인인가를 깨달았다. 그 사나이는 굶주림으로 인해 죽어가고 있었던 것이다. 똑같은 생각이 감방 안에 있는 모든 사람에게 동시에 전해진 것 같았다. 벤치 주변에 약간의 동요가 일어났다. 턱이 없는 사나이가 해골 같은 사나이의 얼굴 쪽으로 눈길을 주었다가 무슨 죄나 진 듯 시선을 돌려버렸지만, 다시 억제하지 못한 채 그쪽으로 시선을 보내는 것이었다. 이내 그는 앉은 자리에서 안절부절못하고 몸을 꿈틀거리기 시작했다. 이윽고 그는 일어나서 감방 안을 보기 흉하게 비실거리며 걸어 다니다가, 제복 호주머니에 손을 넣어 거무스레한 빵 한 조각을 꺼내 어색해하며 해골 같은 얼굴의 사나이에게 내밀었다.

그때 텔레스크린에서 귀가 멍멍해질 정도로 사나운 고함 소리가 터져 나왔다. 턱이 없는 사나이는 그 자리에서 펄쩍 뛰었고, 해골 같은 사나이는 그런 선물은 거절한다는 것을 모든 사람에게 시위라도 하려는 듯이 재빨리 두 손을 등 뒤로 돌렸다.

"범스테드!" 텔레스크린에서 으르렁거리는 소리가 들렸다. "2713번 범스테드 제이! 그 빵 조각을 내버려라."

턱이 없는 사나이는 빵을 바닥에다 떨어뜨렸다.

"그 자리에 그대로 서 있어." 텔레스크린의 목소리가 말했다. "문 쪽으로 얼굴을 돌리고 움직이지 마라."

턱이 없는 사나이는 그 명령에 순순히 복종했다. 그의 자루처럼 늘어진 커다란 볼이 억제할 길 없이 부르르 떨렸다. 문이 요란스러운 소리를 내며 열렸다. 젊은 장교가 들어와서 한쪽으로 비켜서자 그의 등 뒤에서 땅딸막한 몸집에 거대한 팔뚝과 떡 벌어진 어깨를 한 간수가 불쑥 나타났다. 그는 턱이 없는 사나이 앞에 마주 섰다. 그런 다음 장교의 신호에 따라 온몸의 체중을 실어 턱 없는 사나이의 입을 무섭게 한 대 후려쳤다. 그 타격으로 사나이는 바닥 위에 보기 좋게 나가떨어졌다. 그의 몸뚱이는 감방 안을 가로질러 날아가 변기 위에 나동그라졌다. 한동안 그는 입과 코에서 검붉은 피를 줄줄 흘리며 기절한 듯이 꼼짝 않고 누워 있었다. 무의식중에 그의 입에서 희미한 흐느낌과 낑낑대는 신음 소리가 새어 나왔다. 이윽고 그는 몸을 굴려 손과 무릎을 짚고는 간신히 몸을 일으켜 세웠다. 줄줄이 흘러내리는 피와 침 속에 섞여 두 동강 난 틀니가 빠져나왔다.

죄수들은 무릎을 손으로 감싸고는 죽은 듯이 가만히 앉아 있었다. 턱이 없는 사나이도 자기 자리로 기어 올라왔다. 얼굴 한쪽 밑이 시커멓게 멍들어 있었다. 입은 버찌 빛깔로 보기 흉하게 부어올랐고 이가 빠진 한가운데가 검은 구멍처럼 보였다. 그리고 간간이 조그만 핏방울이 제복의 가슴팍으로 뚝뚝 떨어졌다. 그의 잿빛 눈은 여전히 이 사람 저 사람의 얼굴을 더듬으면서 전보다도 더 죄의식에 차 있었다. 마치 그가 이런 모욕을 당하는 것을 다른 사람들이 얼마나 경멸하는지 알아내기라도 하려는 것 같았다.

문이 열렸다. 거의 알아보기 힘든 제스처로 장교는 해골 같은 얼굴의 사나이를 가리켰다.

"101호실."

윈스턴의 옆에서 숨넘어가는 소리와 함께 한바탕 소동이 벌어졌다. 그 사나이는 마룻바닥에 몸을 내던지고는 무릎을 꿇더니 두 손을 모았다.

"동무! 장교님!" 그가 외쳤다. "저를 그리로 보내지 말아 주십시오! 이미 모든 것을 다 말씀드리지 않았습니까? 무엇을 더 알고 싶으신가요? 이제 자백할 게 아무것도 없습니다. 아무것도요! 제가 할 말을 가르쳐 주십시오. 그러면 당장에 자백하겠습니다. 조서를 꾸며주십시오. 당장 서명을 하겠습니다. 무엇이든 좋습니다! 101호실만 빼고요!"

"101호실." 장교가 거듭 말했다.

이미 핏기가 가신 사나이의 얼굴은 윈스턴도 도저히 믿을 수 없는 그런 빛깔로 바뀌어 있었다. 그 빛깔은 잘못 보지 않았다면 분명히 짙은 초록색이었다.

"나에게 무슨 짓이든 하시오!" 사나이가 고함쳤다. "당신들은 여러 주일 동안 나를 굶겨왔소. 이젠 제발 그만하고 나를 죽여줘요. 총살하란 말이오. 교수형에 처하시오. 25년의 징역형을 선고하든지. 내가 더 이상 불어낼 연루자라도 있을 것 같소? 그게 누군지 말만 하시오. 당신들이 원하는 대로 가르쳐줄 테니. 그가 누구든, 또 당신들이 그에게 무슨 짓을 하든 난 상관하지 않소. 내겐 아내와 자식이 셋 있소. 제일 큰 놈이 아직 여섯 살도 채 안 됐소. 자식 놈들 전부를 내 눈앞에 세워놓고 목을 베어도 참고 보겠소. 하지만 101호실에만은 보내지 마시오!"

"101호실." 장교가 다시 되풀이했다.

사나이는 자기 대신 다른 희생자들을 물색할 수 있으리라고 생각한 것처럼 열에 들떠서 죄수들을 죽 훑어보았다. 그의 시선이 턱 없는 사나이의 으깨진 얼굴에 멈췄다. 그러자 여윈 팔이 뻗쳐졌다.

"데리고 가야 할 사람은 내가 아니라 바로 저 사람이오!" 그는 고함쳤다. "저 사람이 얼굴을 얻어맞고 뭐라고 지껄였는지 듣지 못했을 거요. 나한테 기회를 준다면 저 사람이 지껄인 말을 낱낱이 말씀드리겠소. 당을 배신한 사람은 내가 아니라 저 사람이오." 간수들이 앞으로 다가섰다. 사나이의 목소리는 거의 비명에 가까웠다. "당신들은 저 사람이 한 말을 못 들었잖소!" 그는 그 말만 되풀이했다. "텔레스크린조차 뭔가 잘못된 거요. 저 사람이야말로 당신들이 노리는 사람이오. 나를 잡아가지 말고 저 사람을 잡아가요!"

두 명의 건장한 간수가 그의 팔을 붙잡으려고 몸을 구부렸다. 그러나 바로 그 순간에 사나이는 몸을 날려 감방 바닥으로 떨어지더니 벤치를 떠받치고 있는 쇠다리를 움켜잡았다. 그리고 짐승처럼 울부짖는 소리를 냈다. 간수들이 그의 몸을 비틀어 벤치에서 떼어놓으려고 했지만, 그는 놀라운 힘으로 붙들고 늘어졌다. 약 20초 동안 간수들은 그를 붙잡고 잡아당겼다. 죄수들은 무릎 위에 손을 포개고 앞만 똑바로 쳐다보며 꼼짝하지 않고 앉아 있었다. 울부짖는 소리가 멈췄다. 사나이는 기를 쓰고 매달려 있을 뿐 숨 쉴 기력조차 남아 있는 것 같지 않았다. 이윽고 다른 비명 소리가 터져 나왔다. 간수가 구둣발로 걷어차는 바람에 손가락 하나가 부러진 것이다. 그들은 사나이의 발을 붙잡아 끌었다.

"101호실." 장교가 말했다.

사나이는 더 이상 버틸 기력을 상실한 듯 부러진 손가락을 매만지며 머리를 떨구고는 비틀거리면서 끌려 나갔다.

오랜 시간이 흘렀다. 그 해골 같은 얼굴의 사나이가 끌려간 시간이 한밤중이었다면 지금쯤 아침이 되었을 것이다. 그때가 만약 아침이었다면 오후가 되었을 것이다. 윈스턴은 혼자 남았다. 여러 시간 동안 홀로 있었다. 좁은 벤치에 앉아 있는 것이 고통스럽게 느껴졌으므로 그는 자리에서 일어나 텔레스크린으로부터 꾸중을 듣지 않을 정도로 걸어 다녔다. 턱 없는 사나이가 떨어뜨린 빵 조각이 아직 그 자리에 남아 있었다. 처음엔 그걸 보지 않으려고 무진 애를 썼지만, 이제 허기는 갈증으로 바뀌었다. 입안이 끈적끈적하고 쓴맛이 났다. 윙윙거리는 소리와 변함없는 백열白熱의 빛이 현기증을 일으키고, 머릿속이 텅 빈 듯한 느낌을 갖게 했다. 뼛속까지 쑤시는 통증을 도저히 견딜 수 없어 자리에서 일어났다가는 심한 현기증 때문에 금방 주저앉곤 했다. 육체적인 자극을 약간만 억제할 수 있어도 무서운 공포가 되살아났다. 가끔 희미한 기대를 품고 오브라이언과 면도날을 생각했다. 음식이 차입되기만 하면 빵 속에 면도날을 숨겨 넣어주리라는 가능성도 생각해볼 수 있었다. 아주 몽롱한 정신으로 줄리아를 생각했다. 지금쯤 어디선가 줄리아는 그보다 훨씬 무서운 고통을 당하고 있을 것이다. 지금 이 순간에도 그녀는 비명을 지르고 있을지 모른다. '줄리아를 구할 수만 있다면 나 자신의 고통이 두 배로 커져도 좋다. 과연 그럴 수 있을까? 그렇다, 난 해낼 수 있을 것이다.' 윈스턴은 그런 생각도 해보았다. 그러나 이런 생각은 그가 당연히 그런 고통을 감수해야 한다는 것을 알고 있기 때문에 하는 단순한 양심적인 결의에 지나지 않았다. 사실 윈스턴은 그런 의식조차 느끼지 못했다. 이런 곳에서는 통증과 앞으로 닥쳐올 고통을 예감하는 것 이외엔 아무것도 느낄 수 없었다. 게다가 현실적으로 고통을 당하고 있는 처지에 그 고통이 자꾸 가중되기를 바란다는 일이 과연 가능할까? 그러나 아직은 그런 질문에 답변할 수 없었다.

구둣발 소리가 다시 가까워지고 있었다. 문이 열리면서 오브라이언이 들어왔다.

윈스턴은 깜짝 놀라 일어섰다. 그의 모습을 접한 충격이 그에게서 모든 조심성을 앗아가 버렸다. 난생 처음으로 텔레스크린의 존재를 잊어버린 것이다.

"그자들이 당신까지도 체포했군요!" 윈스턴은 큰 소리로 부르짖었다.

"그 사람들은 오래전에 나를 붙잡아두었지." 오브라이언이 부드러우면서도 회한에 찬 냉소 섞인 음성으로 말했다. 오브라이언은 한쪽으로 비켜섰다. 그의 등 뒤에서 기다란 검은 몽둥이를 든, 가슴이 떡 벌어진 간수가 나타났다.

"자넨 이 사실을 알고 있었네, 윈스턴." 오브라이언이 입을 열었다. "자네 자신을 속이지 말라고. 이 사실을 알고 있었어……. 자넨 항상 이 사실을 알고 있었단 말이야."

그렇다, 이제야 윈스턴은 알아차렸다. 그는 항상 이 사실을 알고 있었다. 그의 온 시선은 간수가 들고 있는 몽둥이에 쏠려 있었다. 저 몽둥이가 아무 데고 가리지 않고 닥치는 대로 그의 몸뚱이 위에 떨어질지도 모른다. 정수리에, 귓바퀴에, 팔 위쪽에, 팔꿈치에.

팔꿈치였다! 그는 성한 손으로 뼈가 으스러진 듯한 팔꿈치를 감싸며 뻣뻣하게 마비되어 풀썩 주저앉고 말았다. 모든 것이 누런빛 속에 폭발했다. 상상도 못한 일이었다. 단 한 차례의 매질이 이런 통증을 일으키게 할 줄은 상상도 못했다! 불빛이 밝아지면서, 그를 내려다보고 있는 두 사람의 모습이 보였다. 간수가 그의 뒤틀린 얼굴을 비웃고 있었다. 아무튼 한 가지 질문에는 대답한 셈이었다. 세상에 무슨 이유로 고통이 가중되기를 바란단 말인가. 고통 앞에서는 어떤 영웅도, 그 어떤 영웅도 존재하지 않는다. 그는 이미 못쓰게 된 왼쪽 팔을 헛되이 부둥켜안고, 연신 마룻바닥에서 몸을 비틀며 그런 생각을 되풀이했다.

2

윈스턴은 수용소의 간이 침상처럼 느껴지는 침대에 누워 있었다. 마룻바닥으로부터 꽤 높직하게 있다는 점을 제외한다면 영락없는 간이 침대였다. 게다가 무엇으로 묶어놓았는지 몸을 꼼짝할 수도 없었다. 보통 때보다 더 강한 빛이 그의 얼굴을 비치고 있었다. 오브라이언이 침대 옆에 서서 뚫어지게 그를 내려다보았다. 그의 맞은편에는 흰 가운을 입고 손에 피하 주사기를 든 사나이가 서 있었다.

눈이 떠진 후에도 아주 천천히 주위 환경이 시야에 들어왔다. 저 아래쪽 깊은 물속의 전혀 다른 세계로부터 이 방으로 떠오른 느낌이었다. 얼마나 오래 거기에 가라앉아 있었는지 그 자신도 알지 못했다. 그들이 그를 체포했던 순간 이후로 어둠도, 한낮의 햇빛도 구경하지 못했다. 게다가 그의 기억도 중간에 끊겨 있었다. 의식이, 심지어 지금까지 잠들어 있던 의식조차 중간중간 끊기기는 했지만 가상 상태에서 깨어나 다시 활발하게 움직이는 때가 있었다. 그러나 그 의식의 공간이 평일인지 주일인지, 아니면 몇 초인지 전혀 알아낼 방법이 없었다.

　팔꿈치에 가해진 첫 번째 타격과 함께 악몽이 시작되었다. 그때 일어난 모든 일이 단순히 거의 모든 죄수들에게 부과되는 예비적이며 정해진 고문의 한 과정이라는 것을 뒤늦게야 알아차렸다. 거기에는 누구나 예외 없이 자백해야 하는 장황하게 나열된 범죄행위, 이른바 간첩 행위, 사보타주 같은 범죄들이 있었다. 고문은 진짜였지만 자백은 형식적인 것이었다. 얼마나 오랜 시간 얻어맞았는지, 얼마나 오래 구타가 계속되었는지 기억할 수 없었다. 동시에 그에게는 항상 검은 제복을 입은 대여섯 명의 사나이들이 붙어 있었다. 때로는 주먹이 날아오고, 때로는 몽둥이가 날아오고, 때로는 쇠꼬챙이로 찔렸으며, 때로는 구둣발에 걸어차였다. 부끄러움도 잊고 짐승처럼 마룻바닥 위를 굴러다닌 적도 있었다. 끝없이 절망적인 안간힘 속에서 발길질을 초래하는 결과가 되었다. 구둣발은 늑골과 복부와 팔꿈치와 정강이와 사타구니와 고환, 그리고 척추 아래쪽의 불룩 튀어나온 뼈를 사정없이 걸어찼다. 계속해서 그를 때리는 간수가 아니라, 빨리 의식을 잃지 않고 끝까지 버텨나가는 그 자신이 더 잔인하고 사악하고 용서할 수 없다고 생각될 때도 있었다. 그의 신경이 그를 포기해서, 구타가 시작되기도 전에 자비를 베풀어달라고 고함치고, 주먹을 한 방 날리려고 몸을 뒤로 젖히기만 해도 미리 진짜 자백이나 거짓으로 꾸며낸 범죄행위가 줄줄이 입에서 튀어나오는 때도 있었다. 어떤 때는 자백하지 않겠다고 마음먹었다가도 결국 한마디 한마디가 고통으로 헐떡이는 숨결 사이사이에 쥐어짜듯 터져 나올 때도 있었으며, 막연히 타협하려고 애쓸 때도 있었다. 때로는 스스로에게 이렇게 다짐하기도 했다. '난 자백하겠다. 하지만 아직은 안 된다. 더 이상 고통을 견딜 수 없게 될 때까지 견뎌보는 거다. 발길질을 세 번 더 할 때까지, 아니 두 번 더 할 때까지 기다렸다가 그들이 듣고 싶어 하는 말을 해주겠다.' 때로는 도저히 버틸 수 없을 때까지 계속 두들겨 맞다가 감방의 돌바닥 위로 감자자루처럼 쓰러져버릴 때도 있었다. 그러면 정신이 들 때까지 몇 시간 동안 내버려두었다가 다시 일으켜 세워 두들기기 시작하는 것이었다. 역시 정신이 들 때까지는 오랜 시간이 걸렸다. 그들은 대체로 혼수상태에 이를 때까지 구타했으므로 그들에 대한 기억은 희미하게밖에 남아 있지 않았다. 그는 벽에서 불쑥 튀어나온 선반 같은 송판 침대와 함석 세숫대야를 기억했다. 식사는 뜨거운 죽 같은 수프와 빵이었으며, 가끔 커피가 나왔다. 그는 또 퉁명스러운 이발사가 찾아와서 면도를 해주고 머리를 깎아준 일도 기억했다. 또 흰 가운을 걸친 극히 사무적이고 비정한 사나이들이 찾아와 맥을 짚어보고, 청진기를 대고 타진해보고, 눈꺼풀을 뒤집어보고, 부러진 뼈를 찾으려고 거칠게 손가락으로 찔러보고, 잠자게 하려고 팔에다 주삿바늘을 꽂은 일도 생각났다.

매질은 차츰 뜸해지고, 대신 그의 대답이 시원치 못할 때는 언제라도 다시 때리겠다고 협박과 엄포를 놓았다. 심문자는 이제 검은 제복의 무법자들이 아니라 적당히 살찌고 동작이 민첩하며 번뜩이는 안경을 쓴 당의 지식인들이었다. 그들은 교대로 심문했는데, 한 번에—확실한 것은 아니지만—내리 열 시간에서 열두 시간 계속했다. 이런 심문자들은 대체로 격심한 고통을 주지는 않았지만, 계속적으로 가벼운 고통을 느끼게 했다. 따귀를 철썩 갈기기도 했으며, 오줌을 못 누게 하고, 눈물이 나와 앞이 안 보일 때까지 얼굴에다 강렬한 빛을 비추기도 했다. 그들이 이런 짓을 하는 것은 단순히 모욕을 줌으로써 그의 분석력과 판단력을 파괴하려는 의도에서였다. 그들은 몇 시간이고 계속되는 무자비한 질문으로 말마다 꼬투리를 잡고, 함정에 걸려들게 하고, 그가 하는 말을 모두 조롱하고, 말마다 거짓말이며 자기기만에 사로잡혀 있다고 윽박질러서, 끝내 모욕감과 신경의 피로로 말미암아 울음을 터뜨리게 만들었다. 이것이 그들의 진짜 무기였다. 어떤 때는 한 차례 심문하는 동안에 여섯 번이나 운 적도 있었다. 대부분의 시간을 그들은 큰 소리로 욕설을 퍼부었고, 빨리 대답 않고 머뭇거리기라도 하면 다시 간수의 손에 넘기겠다고 협박했다. 그러나 어떤 때는 갑자기 목소리를 낮추어 동무라고 부르면서 영사와 빅 브러더의 이름을 들먹여가며 회유하기도 했고, 이제라도 그가 지은 죄를 용서받고 싶다면 당에 충성을 바치면 되지 않겠느냐고 묻는 것이었다. 몇 시간 동안의 심문 후에 신경이 극도로 피로해 있을 때는 이 정도의 호소에도 흐느껴 우는 것이었다. 결국 이런 진절머리 나는 흐느낌은 간수의 주먹이나 발길질보다도 더욱 그를 지치게 만들었다. 그의 입은 그들이 요구하는 것은 뭐든지 털어놓았고, 손은 서명하는 도구가 돼 있다. 그의 유일한 관심사는 그들이 자백하기를 바라는 사항을 찾아내어 태도가 거칠어지기 전에 재빨리 자백하는 일이었다. 그는 저명한 당원들의 암살, 선동적인 팸플릿의 배포, 공금 횡령, 팔아넘긴 조사 비밀, 갖가지 종류의 파업 행위 등을 자백했다. 그는 이미 1968년 전부터 동아시아 정부에 고용된 스파이였다고 자백했다. 그는 또 종교를 가진 신앙인이며 자본주의의 신봉자이고 성도착자라는 것까지 자백했다. 뿐만 아니라 아내가 여전히 살아 있다는 사실을 자신이 알고 있고 심문자도 뻔히 알고 있는데도 자기 아내를 살해했다고 고백했다. 또한 수년 동안이나 골드스타인과 개인적인 접촉을 가져왔으며, 그가 지금까지 알고 있는 모든 사람들이 포함되어 있는 지하조직의 단원이었다고 고백했다. 이처럼 모든 것을 자백하고 모든 사람들을 연루자로 만들어버리는 것은 쉬운 일이었다. 게다가 어떤 의미에서 그것은 사실이기도 했다. 그가 당의 적대자라는 것은 사실이며, 당의 입장에서 볼 때 사상과 행위 사이에는 차이가 있을 수 없었다.

거기엔 역시 또 다른 기억도 있었다. 그러나 배경이 온통 암흑으로 칠해진 그림처럼 그들은 단속적으로 그의 마음을 지워나갔다.

그는 어두운지 밝은지조차 구별할 수 없는 감방 안에 갇혀 있었다. 왜냐하면 그가 볼 수 있는 것이라곤 두 개의 눈밖에 없었기 때문이다. 그의 몸 가까이에는 천천히, 그리고 규칙적으로 찰칵거리는 어떤 종류의 기구가 놓여 있었다. 그 눈은 자꾸만 커지고 자꾸만 빛을 발했다. 갑자기 그는 침대 위에서 떠올라서 그 눈 속으로 빨려 들어가 삼켜져 버리는 것이었다.

윈스턴은 눈부신 전등불 밑에서, 무수한 다이얼로 둘러싸인 의자에 묶여 있었다. 흰 가운을 입은 사나이가 다이얼을 점검했다. 바깥에서 쿵쾅거리는 구둣발 소리가 들렸다. 문이 요란한 소리를 내며 열렸다. 밀랍 같은 얼굴을 한 장교가 뚜벅뚜벅 걸어 들어왔고 두 명의 간수가 뒤따랐다.

"101호실." 장교가 소리쳤다.

흰 가운을 입은 사나이는 뒤돌아보지 않았다. 그렇다고 해서 윈스턴을 바라보는 것도 아니었으며 다이얼만 주시하고 있었다.

그는 눈부신 황금빛으로 조명된 폭 1킬로미터의 회랑으로 끌려 내려갔다. 그리고 커다란 웃음소리와 고함 속에서 목청껏 있는 힘을 다해 자백했다. 그는 모든 것을 자백했고, 심지어 고문당하면서 털어놓았던 일들까지 다시 되풀이하여 자백했다. 이미 다 들어서 알고 있는 청중들을 향해 자신이 살아온 내력을 낱낱이 얘기하고 있었다. 그곳에는 간수들과 다른 심문자들과 흰 가운을 걸친 사나이들과 오브라이언, 줄리아, 채링턴 씨, 이 모든 사람들이 함께 뒤섞여 회랑을 굴러다니면서 큰 소리로 웃고 고함치고 있었다. 미래라는 시간 속에 새겨진 어떤 무서운 사건이,

건너뛰어 사라져버려서 결코 일어날 수 없는 일이 되기도 했다. 아무것도 걱정할 일이 없었으며, 거기엔 더 이상 고통도 없었다. 다만 남은 삶의 마지막 부분은 벌거숭이로 노출된 채 이해하고 용서받는 것이었다.

윈스턴은 반신반의 속에서 오브라이언의 음성을 들은 것 같아 깜짝 놀라 송판 침대에서 벌떡 일어났다. 지금까지 줄곧 심문을 받아오는 동안에 오브라이언을 한 번도 본 적이 없었지만, 어쩐지 눈에 띄지 않는 아주 가까운 곳에 그가 있다는 느낌이 들었다. 모든 것을 지시하고 있는 사람은 오브라이언이었다. 윈스턴에게 간수를 붙여주는 것도 그였고, 그들이 윈스턴을 죽이지 못하게 막는 것도 그였다. 윈스턴이 고통으로 비명을 지르게 하는 것도, 일정한 유예기간을 주는 것도, 음식물을 먹여주는 것도, 잠을 자게 하는 것도, 그의 팔에 약물을 주사하는 것도, 이 모든 일을 결정하는 사람은 바로 오브라이언이었다. 질문하는 사람도, 답변을 유도하는 것도 그였다. 그는 고문자였고, 보호자였고, 심문자였고, 친구였다. 그리고 한때 어떤 음성이 그의 귀에 대고 속삭였다. 윈스턴은 그 음성을 들었던 순간이 약물에 취해 잠들어 있었던 때인지, 아니면 정상적으로 잠들어 있었던 때인지, 혹은 깨어 있던 순간인지 기억할 수 없었다.

"걱정 말게, 윈스턴. 자넨 내 보호를 받고 있어. 7년 동안이나 난 자네를 지켜봐 왔네. 이제 전환점이 온 거야. 난 자네를 구해주겠어. 자네를 완벽한 인간으로 만들어주겠어."

그것이 오브라이언의 음성인지는 확인할 길이 없었다. 그러나 그 음성은 7년 전의 꿈속에서 그에게 "우리는 어둠이 없는 곳에서 만나게 될 것입니다."라고 속삭여주었던 바로 그 음성이었다.

언제 심문이 끝났는지도 기억나지 않았다. 한동안 암흑의 시간이 지난 후에야 그가 지금 와 있는 곳이 감방인지 혹은 실내인지 차츰 어렴풋한 실체로서 나타나기 시작했다. 그는 거의 등을 딱 붙이고 있었기 때문에 몸을 움직일 수가 없었다. 그의 몸뚱이는 어떤 특정한 지점까지 끌어 내려지기도 했다. 뒤통수까지 어떤 도구에 의해 꽉 죄어져 있었다. 오브라이언은 엄숙하고도 비통한 얼굴로 그를 내려다보고 있었다. 밑에서 올려다본 그의 얼굴은 눈 밑 피부가 늘어져 있고 코에서 턱까지 그어진 주름살로 인해 몹시 지쳐 보였다. 윈스턴은 오브라이언이 자기보다 훨씬 나이가 많으리라고 생각했다. 그는 아마 쉰아홉 내지 예순쯤 되었을 것이다. 그는 꼭대기에 손잡이가 달린 다이얼 위에 손을 올려놓고 있었는데, 둥그런 표면을 따라 숫자들이 씌어 있었다.

"난 자네에게 말했네." 오브라이언이 얘기를 꺼냈다. "우리가 다시 만난다면 이곳일 거라고 말이야."

"네." 윈스턴이 대답했다.

오브라이언의 가벼운 손놀림 이외엔 아무런 경고도 없었는데 고통의 파동이 윈스턴의 육신을 꿰뚫고 흘러갔다. 그것은 무서운 고통이었다. 그 때문에 무슨 일이 일어나고 있는지 짐작조차 가지 않았고, 다만 어떤 치명적인 행위가 그에게 가해지고 있다는 것만 느낄 뿐이었다. 그래서 그런 일이 실제로 일어나고 있는지, 아니면 전기의 작용에 의한 결과인지도 알 수 없었다. 그러나 그의 몸은 보기 흉하게 뒤틀렸고 뼈마디가 서서히 떨어져 나가 분해되는 것 같았다. 격심한 고통 때문에 그의 이마에서 땀방울이 솟았지만, 무엇보다도 가장 참기 힘든 것은 등뼈가 우두둑 소리를 내며 끊어질 것 같은 공포였다. 그는 가능한 한 비명을 지르지 않으려고 코로 숨을 쉬며 이를 악물었다.

"자넨 두려워하고 있군." 오브라이언이 그의 얼굴을 주시하면서 말했다. "금방이라도 뭐가 부러질까 봐 말이야. 자네가 특히 두려워하는 것은 등뼈가 부러지면 어떻게 하나, 그 점이겠지. 자넨 등뼈가 부러져서 골수액이 뚝뚝 떨어지는 것을 마음속으로 생생하게 그리고 있군. 자넨 그런 걸 생각하고 있지. 그렇잖은가, 윈스턴?"

윈스턴은 대답하지 않았다. 오브라이언이 다이얼의 손잡이를 잡아당겼다. 고통의 파장이 시작되었을 때와 마찬가지로 재빨리 물러가 버렸다.

"그건 40이었어." 오브라이언이 말했다. "이 다이얼의 숫자가 100까지 올라간다는 걸 잊지 말게. 우리가 이렇게 얘기하는 동안에도 언제든지, 내가 원하는 숫자까지 도수를 높여 자네에게 고통을 줄 능력이 나한테 있다는 걸 부디 기억해두게. 만약 거짓말을 하거나 무슨 수를 써서 일부러 얼버무린다거나, 혹은 지적인 수준을 정상보다 낮추어 얘기한다면 자넨 당장 고통을 참지 못하고 비명을 지르게 될 걸세. 내 말 알아듣겠나?"

"네." 윈스턴이 대답했다.

오브라이언의 가혹한 태도가 약간 누그러졌다. 그는 생각에 잠겨 안경을 고쳐 쓰고 몇 발짝 움직였다. 말을 할 때 그의 음성은 부드럽고 침착했다. 그의 태도는 처벌하려는 것보다는 애써 설명하고 설득하려는 의사나 선생이나 성직자 같았다.

"자네 때문에 골치가 아파, 윈스턴." 그가 입을 열었다. "자넨 그 정도의 고통을 당할 만한 가치가 있기 때문일세. 자네한테 문제가 되는 게 뭔지 잘 알 거야. 그런 일은 모른다고 주장할지 모르지만, 몇 년 전부터 우리는 그걸 알고 있었던 거야. 자넨 정신적으로 혼란에 빠져 있어. 불완전한 기억 때문에 고통당하고 있는 거야. 자넨 실제로 일어난 사건은 기억하지 못하면서 전혀 일어나지도 않은 사건을 기억해내려고 악착같이 덤비거든. 다행히 그런 건 고칠 수 있지. 그런데 자넨 스스로 원치 않았기 때문에 그 병을 고치지 못한 거야. 그렇게 하고자 하는 의지도 전혀 보이지 않았지. 지금 이 순간에도 그 병이 무슨 미덕이나 되는 것처럼 기를 쓰고 거기에 매달려 있다는 것을 난 알고 있네. 자, 우리 한 가지 예를 들어보기로 하세. 지금 이 순간 오세아니아는 어느 나라와 전쟁을 벌이고 있지?"

"내가 체포되었을 때 오세아니아는 동아시아와 전쟁을 하고 있었습니다."

"동아시아와, 좋아. 그럼 오세아니아는 항상 동아시아하고만 전쟁을 해왔는가?"

윈스턴은 숨을 들이쉬었다. 그는 말을 하려고 입을 벌렸지만 곧 그만두었다. 다이얼에서 눈길을 뗄 수 없었다.

"제발 진실을 얘기해, 윈스턴. '자네가 알고 있는' 진실을 말이야. 자네가 기억하고 있는 것을 말해."

"내가 체포되기 일주일 전만 하더라도 우린 절대로 동아시아와 전쟁을 하고 있지 않았습니다. 우린 그들과 동맹 관계에 있었지요. 전쟁은 유라시아와 하고 있었습니다. 그 전쟁은 4년 동안 계속된 거죠. 그전에는……."

오브라이언은 손을 흔들어 그의 말을 가로막았다.

"또 하나의 예를 들어보지. 몇 년 전에 자넨 아주 심한 망상에 사로잡혀 있었어. 한때 당원이었던 존스, 아론슨, 러더퍼드라는 세 사람이―이들은 완벽하고도 타당한 자백을 하고 나서 반역죄와 파업을 선동한 죄로 처벌받게 된 자들인데―저지른 범죄가 조작된 것이라고 자넨 믿었던 거야. 자넨 또 그들의 자백이 허위라는 사실을 증명하는 명백한 서류상의 증거를 확인했다고 믿었지. 자네로 하여금 그런 망상을 품게 한 사진 한 장이 있었어. 그래서 자네는 손으로 직접 그 사진을 만졌다고 믿었던 거야. 그건 이와 비슷한 사진이었네."

장방형의 신문지 조각이 오브라이언의 손에 들려 있었다. 약 5초 동안 그것은 윈스턴의 시야 속에 놓여 있었다. 그것은 사진이었고, 의심할 여지 없이 동일한 사진이었다. 바로 '그' 사진이었다. 11년 전에 우연히 발견했으나 즉시 소각해버린, 뉴욕에서 열린 당 대회에서 존스와 아론슨과 러더퍼드가 함께 찍은 사진의 복사판이었다. 그 사진은 아주 짧은 순간 그의 눈앞에 있다가 다시 시야에서 사라져버렸다. 그러나 그것을 보았다. 의심할 여지 없이 그것을 보았다! 그는 상반신을 뒤틀어 몸을 자유롭게 움직이려고 절망적이면서도 고뇌에 차 안간힘을 썼다. 그러나 어느 방향으로든 단 1센티미터도 움직일 수 없었다. 그 순간만은 다이얼의 존재마저도 잊어버렸다. 그가 열망한 것은 다시 그 사진을 손으로 만져보거나, 최소한 두 눈으로 확인하는 것이었다.

"그 사진이 지금까지 남아 있었군요!" 윈스턴이 부르짖었다.

"아니야." 오브라이언이 대답했다.

오브라이언은 방을 가로질러 걸어갔다. 맞은편 벽에 기억 구멍이 있었다. 그는 격자 창살을 들어 올렸다. 눈에 띄지는 않았지만 그 허망한 종이쪽지는 따스한 기류에 휩쓸려 날아가 버렸다. 그리고 불길 속에서 자취를 감추었다. 오브라이언이 벽에서 몸을 돌렸다.

"재가 되어버렸어. 흔적조차 찾아볼 수 없는 재로 말이야. 먼지로 변했어. 그건 존재하지 않아. 그리고 이전에도 결코 존재한 적이 없었어."

"하지만 과거에는 존재했어요! 그러니 지금도 존재하는 겁니다! 기억 속에 존재한단 말입니다. 난 그걸 기억하고 있어요. 당신도 그걸 기억하고요."

"난 기억하지 않아." 오브라이언이 말했다.

윈스턴은 심장이 무너져 내리는 것 같았다. 그것이 바로 이중사고였다. 그는 무서운 무력감에 빠졌다. 오브라이언의 말이 거짓임을 확인할 수만 있다면 별문제가 되지 않을 것이다. 그러나 오브라이언이 그 사진을 정말로 잊어버렸다는 것은 완전히 가능한 일이었다. 그렇다면 그는 이미 기억한다는 걸 부정한 사실조차 잊어버리게 된 것이며, 잊는다는 행위까지 잊어버린 것이다. 누가 그걸 단순한 속임수라고 증명할 수 있을 것인가? 어쩌면 마음속에서 실제로 정신착란 같은 환각이 일어날 수도 있을 것이다. 그것이야말로 그를 패배시키는 생각이었다.

오브라이언이 깊은 생각에 잠겨 그를 내려다보고 있었다. 전보다 더 고집쟁이긴 하지만 장래성이 있는 아이를 고심에 찬 눈으로 지켜보고 있는 선생 같은 태도를 취했다.

"과거를 조절하는 데 대한 당의 슬로건이 있지. 괜찮다면 그걸 한 번 말해보게."

"과거를 지배하는 자가 미래를 지배한다. 현재를 지배하는 자가 과거를 지배한다." 윈스턴은 말했다.

"현재를 지배하는 자가 과거를 지배한다." 그 말이 옳다는 듯 오브라이언은 천천히 머리를 끄덕이며 입을 열었다. "과거가 실제로 존재한다는 것이 자네의 견해인가, 윈스턴?"

다시 한 번 무력감이 윈스턴을 짓눌렀다. 그의 시선이 다이얼 쪽을 더듬었다. 고통을 당하지 않으려면 '예'라고 대답해야 할지 '아니요'라고 해야 할지 판단이 서지 않았다. 게다가 어느 대답이 진실인지조차 알 수 없었다.

오브라이언은 희미하게 미소를 떠올렸다. "자넨 형이상학자가 아닐세, 윈스턴. 지금 이 순간까지 자네는 존재한다는 것이 뭘 의미하는지 생각해본 적이 없겠지. 내가 좀 더 정확하게 설명해주겠네. 과거라는 것이 공간 속에서 구체적으로 존재하는가? 이 지구 상의 어느 곳에 과거가 아직도 진행되고 있는 그런 명확한 객관적 세계가 존재한단 말인가?"

"없습니다."

"그렇다면 도대체 과거는 어디에 있는가?"

"기록 속입니다. 문자로 기록되어 있지요."

"기록 속이라……. 그리고?"

"기억 속입니다. 인간의 기억 속 말입니다."

"기억 속이라……. 그럼 됐어. 우리의 당은 모든 기록과 모든 기억을 지배하지. 그렇다면 결과적으로 우린 과거까지 지배하는 셈이지. 그렇지 않은가?"

"하지만 당신은 어떻게 인간의 기억을 중단시킬 수 있습니까?" 윈스턴은 다시금 순간적으로 다이얼의 존재도 잊고 큰 소리로 외쳤다. "그건 억지입니다. 그건 마음대로 안 되는 일입니다. 어떻게 기억을 지배한단 말입니까? 당신은 나의 기억을 지배하지 못합니다!"

오브라이언의 태도가 다시 냉혹해졌다. 그는 다이얼에 손을 댔다.

"반면에 '자네'도 기억을 지배하진 못해. 그 때문에 자네가 이곳에 끌려온 거야. 겸허와 자기 수양에 실패했기 때문에 이곳에 와 있는 거야. 자넨 건전한 정신의 가치 기준인 복종의 행위를 거부하려고 해. 그래서 정신이상자인 소수의 인간 편에 서려고 한 거야. 윈스턴, 다만 수양된 정신만이 현실을 직시할 수 있네. 자넨 현실이란 객관적이며 외형적인 존재로서 실재한다고 믿고 있어. 자넨 또 현실의 본질을 자명한 사실로 믿고 있네. 자넨 눈으로 뭔가를 보았다고 생각해 스스로를 기만할 때, 다른 사람들도 자네와 마찬가지로 똑같은 걸 보았다고 간주해버리지. 하지만 분명히 밝혀두지만, 윈스턴, 현실이란 외형적인 것이 아니야. 현실이란 인간의 마음속에 있지 다른 데 있는 게 아니야. 하지만 개인의 마음속에 존재하게 되면 자칫 오류를 범하기 쉽고, 결국은 금방 사라져버리지. 당의 마음속에 존재할 때 비로소 현실은 집단적인 위력을 발휘하고 영원할 수 있는 걸세. 당이 진실이라고 주장하는 건 뭐든 진실이야. 당의 눈을 통하지 않고 진실을 본다는 건 불가능해. 윈스턴, 이것이 자네가 다시 배워야 할 진실이야. 그러자면 자기 파괴의 행위, 즉 의지의 노력이 필요해. 자네가 정상을 되찾기 전에 스스로 겸허해져야 하네."

그는 자기가 한 말이 이해될 수 있도록 그에게 시간 여유를 주려는 듯 잠시 이야기를 중단했다.

"자넨 '자유란 둘 더하기 둘은 넷이라고 말할 수 있는 것이다.'라고 일기장에다 써넣은 걸 기억하나?"

"네." 윈스턴이 대답했다.

오브라이언은 왼손을 쳐들어 윈스턴에게 손등을 보이고는 네 손가락을 편 채 엄지손가락을 감추었다.

"윈스턴, 내가 지금 펴고 있는 손가락은 몇 개인가?"

"넷입니다."

"그런데 만약 당이 넷이 아니라 다섯이라고 한다면……. 그땐 몇 개지?"

"넷입니다."

대답이 고통으로 헐떡이며 끊겼다. 다이얼의 바늘이 55로 올라갔다. 윈스턴의 온몸에서 진땀이 배어 나왔다. 폐 속의 공기가 파열할 것만 같았고, 이를 악물고 있는데도 다시금 고통에 찬 깊은 신음 소리가 새어 나왔다. 오브라이언은 여전히 네 손가락을 편 채로 그를 쏘아보고 있었다. 그는 손잡이를 늦추었다. 그러자 고통이 약간 누그러졌다.

"손가락이 몇 개지, 윈스턴?"

"넷."

바늘이 60으로 올라갔다.

"손가락이 몇 개지, 윈스턴?"

"넷! 넷! 뭐라고 말해야 됩니까? 넷입니다!"

바늘이 다시 올라간 게 분명했지만 그는 다이얼 쪽을 보지 않았다. 묵직하고도 엄격한 얼굴과 네 개의 손가락이 그의 시야를 가득 채웠다. 손가락들이 기둥처럼 그의 눈앞에 세워져 있었다. 거대하게, 떨리는 듯 흐릿하게 그의 눈앞에 보이는 손가락은 분명 넷이었다.

"손가락이 몇 개지, 윈스턴?"

"넷! 멈춰요, 멈춰! 어쩌자는 겁니까? 넷입니다! 넷!"

"손가락이 몇 개지, 윈스턴?"

"다섯! 다섯! 다섯!"

"안 돼, 윈스턴. 그래봐야 소용없어. 지금 거짓말을 하고 있어. 자넨 여전히 네 개라고 생각하고 있지. 제발 진실을 말하게. 손가락이 몇 개지?"

"넷! 다섯! 넷! 당신 좋을 대로 생각하시오. 그걸 멈추기만 해요. 제발 그만!"

갑자기 그는 오브라이언의 팔에 안긴 채 상반신이 일으켜졌다. 아마 몇 초 동안 의식을 잃은 모양이었다. 그의 몸을 묶은 끈이 약간 느슨해졌다. 참을 수 없는 오한 때문에 몸이 떨리고 이가 딱딱 마주쳤으며, 눈물이 볼을 타고 흘러내렸다. 잠시 동안 어린아이처럼 오브라이언의 그 묵직한 팔에 안겨 있으니 이상하게 포근한 느낌이 들었다. 오브라이언이 그의 보호자이고, 고통은 외부의 다른 곳에서 오며, 그 고통에서 그를 구해주는 사람은 오브라이언이라는 생각마저 들었다.

"윈스턴, 자넨 참 더디게 배우는 사람이군." 오브라이언이 상냥하게 말했다.

"저더러 어쩌라는 겁니까? 내 눈앞에 보이는 걸 어쩌라는 말입니까? 둘 더하기 둘은 넷이지요."

"가끔은 윈스턴, 다섯일 수도 있어. 어떤 때는 셋일 수도 있고 말이야. 때론 세 개, 네 개, 다섯 개, 이 모두가 동시에 될 수도 있다네. 자넨 더 열심히 노력해야겠군. 건전한 정신을 갖는다는 건 쉬운 일이 아니야."

그는 윈스턴을 침대 위에 뉘어주었다. 그의 온몸이 다시 꽉 죄어졌다. 그러나 고통은 썰물처럼 물러가고 경련도 멈췄지만, 전신에 힘이 하나도 없고 오슬오슬 추웠다. 오브라이언은 그동안 줄곧 부동자세로 서 있던 흰 가운의 사나이에게 고개를 끄덕여 보였다. 흰 가운의 사나이가 허리를 굽혀 윈스턴의 눈을 자세히 들여다보고, 맥을 짚어보고, 가슴에다 귀를 대보고, 여기저기 톡톡 두드려보았다. 그러고 나서 오브라이언을 향해 머리를 끄덕였다.

"다시." 오브라이언이 말했다.

고통이 윈스턴의 몸뚱이를 관통했다. 바늘이 70, 75까지 치솟은 게 분명했다. 이번엔 눈을 감아버렸다. 여전히 손가락은 거기에 있을 것이고, 여전히 네 개일 것이라고 윈스턴은 생각했다. 무엇보다도 중요한 것은 경련이 끝날 때까지 어떻게든 살아남는 것이었다. 그는 지금 자신이 비명을 지르고 있는지 그렇지 않은지조차 알아차릴 수 없었다. 고통이 다시 누그러졌다. 그는 눈을 떴다. 오브라이언이 손잡이를 늦춘 것이다.

"손가락이 몇 개지, 윈스턴?"

"넷, 네 개라고 생각되는데요. 하지만 그럴 수만 있다면 다섯 개로 보고 싶습니다. 난 지금 다섯 개로 보려고 애쓰고 있어요."

"어느 쪽을 바라는가? 다섯 개로 보인다고 말로만 나를 설득하고 싶은가, 아니면 진짜 다섯 개로 보고 싶은가?"

"진짜 다섯 개로 보고 싶습니다."

"다시." 오브라이언이 말했다.

아마 바늘이 80 내지 90을 가리키고 있을 것이다. 윈스턴은 고통이 일어나고 있는 이유를 간헐적으로 기억할 수 있을 뿐이었다. 가늘게 뜨고 있는 눈꺼풀 밑에서 손가락의 숲이 가물거리며 서로 겹쳐져서 멀리 사라졌다가는 다시 나타나곤 했다. 그는 손가락의 수를 세어보려고 애를 썼지만 왜 이런 짓을 해야 하는지 그 까닭을 알 수 없었다. 다만 손가락을 센다는 게 불가능함을 알았을 뿐이었는데, 그것은 넷과 다섯이라는 숫자 사이의 불가사의한 일치성 때문이었다. 고통이 다시 사라졌다. 그가 눈을 떴을 때는 여전히 똑같은 것이 보이는지 확인하기 위해서였다. 흔들리는 나무들 같은 무수한 손가락들이 여전히 서로 다른 방향으로 흘러 다니면서 엇갈리고 또 엇갈렸다. 그는 다시 눈을 감았다.

"내가 세우고 있는 손가락이 몇 개지, 윈스턴?"

"몰라요. 모릅니다. 다시 그런 짓을 계속한다면 당신은 나를 죽이고 말 것입니다. 넷, 다섯, 여섯……. 정말이지 모르겠습니다."

"좋아." 오브라이언이 말했다.

주삿바늘이 윈스턴의 팔에 꽂혔다. 거의 그와 동시에 감미롭고 아늑한 온기가 그의 온몸으로 번져나갔다. 고통은 벌써 반쯤 잊어버렸다. 그는 눈을 뜨고 감사하는 마음으로 오브라이언을 쳐다보았다. 그 묵직하고 주름진 얼굴이 추하면서도 지성적으로 보였을 때 윈스턴의 가슴은 찢어지듯 아팠다. 몸을 움직일 수만 있다면 다정하게 손을 뻗쳐 오브라이언의 팔을 잡고 싶었다. 지금 이 순간처럼 오브라이언을 깊이 사랑해본 적이 없었다. 그것은 오브라이언이 고통을 주는 것을 중단했기 때문만은 아니었다. 오브라이언이 친구이든 적이든 상관없다는 가슴속 저변에 깔려 있던 옛날의 감정이 되살아났다. 오브라이언이야말로 그의 이야기를 들어줄 만한 사람이었다. 어쩌면 사람들이란 사랑받기보다는 이해받기를 원할지도 모른다. 오브라이언은 거의 정신이상에 걸릴 정도로 그를 고문했고, 오래지 않아 그를 죽음으로 몰아넣을 게 뻔했다. 그렇더라도 상관없다. 어떤 의미에서 그들은 우정보다도 더 깊은 관계로 맺어진 친밀한 사이였다. 실제로 터놓고 대화를 나눌 수는 없다 하더라도, 그들이 서로 만나 이야기를 나눌 수 있는 장소가 어딘가에 분명히 있을 것이다. 오브라이언도 마음속으로 그와 똑같은 생각을 하고 있다는 듯한 표정으로 그를 내려다보고 있었다. 실제로 그가 입을 열었을 때 그의 음성은 편안하고 친밀한 데가 있었다.

"자네가 지금 어디에 있는 줄 아나, 윈스턴?"

"모르겠습니다. 하지만 짐작은 할 수 있습니다. 사랑부겠지요."

"이곳에 얼마나 오래 있었는지 알겠나?"

"모르겠어요. 며칠, 몇 주일, 몇 달…… 몇 달쯤 된 것 같군요."

"왜 우리가 사람들을 이곳으로 끌고 오는지 생각해봤나?"

"자백받으려고요."

"아니야, 그건 이유가 안 돼. 다시 생각해봐."

"처벌하려고요."

"아니야!" 오브라이언이 고함쳤다. 그의 음성이 완전히 바뀌었고, 얼굴은 갑자기 냉혹하고 무자비한 표정을 띠었다. "아니야! 단순히 자백받으려는 것도 아니고, 처벌하려는 것도 아니야. 우리가 왜 자네를 이리로 끌고 왔는지 얘기해줄까? 자네를 치료하기 위해서야. 제정신이 들게하려는 거야. 윈스턴, 우리가 이곳에 데려온 사람으로서 치료가 안 된 채 우리 손에서 풀려난 사람이 없다는 걸 이해하겠나? 우린 자네가 저지른 그런 어리석은 범죄에는 흥미가 없어. 당은 그런 명백한 범행에는 관심이 없지. 사상이야말로 우리가 관심을 갖는 대상의 전부야. 우린 단순히 적을 쳐부수는 게 아니라 그들을 개조하는 거야. 그런 점에서 내가 얘기한 뜻을 이해하겠지?"

그는 윈스턴 위로 허리를 구부렸다. 그의 얼굴이 너무 가까이 접근했기 때문에 엄청나게 커 보였고, 밑에서 올려다본 탓인지 소름이 끼칠 정도로 추하게 보였다. 더욱이 그 얼굴은 흥분과 광적인 열정 같은 것으로 충만해 있었다. 윈스턴의 가슴이 다시 철렁 내려앉았다. 만약 그럴 수만 있다면 침대 속으로 깊이 숨어버리고 싶을 정도로 겁이 더럭 났다. 오브라이언은 단순한 변덕으로 다이얼을 마구 돌릴 것만 같았다. 그런데 바로 이때, 오브라이언은 그에게서 등을 돌렸다. 그는 몇 발짝 서성거리더니 예상보다는 격렬하지 않은 음성으로 이야기를 계속했다.

"맨 먼저 자네가 이해해야 할 것은, 이곳에서는 순교 따위가 통하지 않는다는 점이야. 자넨 옛날에 있었던 종교적인 박해에 관한 글을 읽은 적이 있겠지. 중세에는 종교재판소라는 곳이 있었어. 그렇지만 그건 실패했지. 그건 이교異教를 조절할 목적으로 창설되었지만 결과적으로는 이교를 영속화했을 뿐이야. 이교도를 하나하나 붙잡아 화형하는 동안에 수천 명의 이교도들이 들고 일어섰지. 왜 그랬을까? 그건 종교재판소가 적을 공개적으로 처형하고, 죄인으로 하여금 회개할 시간도 안 주고 죽여버렸기 때문이지. 하지만 사실은 회개하지 않는다는 이유로 사형에 처한 거야. 사람들은 자신의 진정한 신앙을 버리고 싶지 않았기 때문에 죽어갔어. 그래서 자연히 모든 영광은 희생자에게 돌아가고, 모든 수치는 그들을 불태워 죽인 종교재판소로 돌아간 거야. 그 후 20세기에 들어와서 이른바 전체주의자들이 나타났지. 독일의 나치스와 러시아의 공산주의자들이 바로 그들이었어. 러시아 인들은 종교재판소보다 더 잔인하게 이단자들을 처형했어. 그들은 과거의 오류에서 많은 교훈을 배웠다고 상상한 거야. 아무튼 그들은 단 한 사람이라도 순교자를 내서는 안 된다는 사실을 알았어. 그래서 희생자를 공개재판에 회부하기 전에 신중하게 희생자의 권위를 박탈하는 작전을 썼지. 고문과 고립된 감금으로 희생자가 비굴해질 때까지 철저하게 짓밟은 거야. 즉, 파렴치할 정도로 굽실거리게 만들고, 입에서 튀어나오는 대로 자백하게 하고, 자기들끼리 서로 욕하고 고발하고 배신하도록 만들었으며, 눈물을 흘리며 살려달라고 빌게 만들었지. 그런데 몇 년이 지나지 않아 똑같은 일이 다시 발생한 거야. 죽은 자들이 순교자가 되었고, 그들의 비굴한 몰락은 사람들의 기억에서 잊히지 뭔가. 다시 한 번 말하겠는데, 왜 그랬을까? 첫째로 그들이 한 자백이 명백히 강요에 의해서 이루어진 것이고 진실성이 없었기 때문이야. 우린 그런 종류의 오류를 범하지 않네. 이곳에서 입밖에 꺼낸 자백은 모두 진실이야. 우리는 그 자백을 진실한 것으로 만들어버리거든. 그리고 무엇보다도 죽은 자들이 우릴 적대해 일어서는 것을 절대로 용납하지 않아. 후손들이 자네를 정당화해 주리라고는 꿈에도 상상하지 말게. 윈스턴, 후손들은 자네 얘길 결코 듣지 못할 걸세. 자넨 역사의 흐름에서 깨끗이 지워져 버리는 거야. 우리는 자넬 기체로 바꾸어서 대기권에다 뿌려버릴 걸세. 자네에 관한 건 아무것도 남지 않게 돼. 기록에서도 그 이름은 지워져 버리고, 살아 있는 인간의 두뇌 속에도 그런 기억은 남아 있지 않게 되지. 자넨 미래뿐만 아니라 과거 속에서도 완전히 절멸되어 버리는 거야. 자넨 결코 이 세상에 존재했던 사람이 아니게 돼."

그렇다면 왜 굳이 나를 고문하는 수고를 하는가? 윈스턴은 순간적으로 씁쓸한 기분을 느끼면서 생각했다. 오브라이언은 윈스턴이 그런 생각을 큰 소리로 입 밖으로 말하기라도 한 것처럼 의식적으로 발걸음을 멈추었다. 그의 커다랗고 추한 얼굴이 점점 가까이 다가들면서 두 눈이 가늘게 좁혀졌다.

"흠, 자넨 지금 이런 생각을 하고 있군." 오브라이언이 입을 열었다. "우리가 자넬 철저하게 파괴하려고 작정한 이상, 그래서 자네가 한 말이나 행동이 하등 문제가 되지 않는 이상, 그런 상황에서 왜 우리가 자넬

이렇게 심문하느라 수고해야 하느냐고 말일세. 자넨 그런 생각을 하고
있지, 그렇잖은가?"

"그래요." 윈스턴이 대답했다.

오브라이언이 가볍게 미소를 지었다. "자넨 우리가 그린 문양에 생
긴 흠집일세, 윈스턴. 자네는 반드시 지워 없애버려야 할 얼룩이야. 방
금 내가 얘기하지 않았던가? 우린 과거의 박해자들과는 다르다고 말이
야. 우린 음성적인 복종으로는 만족하지 않아. 가장 비열한 항복에는 더
더구나 만족할 수 없어. 결국에 가서 자네가 우리에게 항복한다 해도,
그것은 반드시 자네 자신의 자유의지에 따른 것이라야 해. 우린 이단자
들이 우리에게 저항하기 때문에 파멸시키는 게 아니야. 이단자가 우리
한테 반항하는 동안엔 절대로 처형하지 않아. 우린 그를 개조하고, 그의
정신을 빼앗고, 그를 새로운 인간으로 재형성시키는 거야. 우린 그의 속
에 깃든 모든 악과 망상을 불태워버리지. 단순히 외적으로가 아니라 진
짜 심장과 영혼으로 우리 편이 되게 하는 거야. 우린 그를 죽이기 전에
진짜 우리와 같은 당원으로 만든다네. 잘못된 사상이 이 세상 어딘가에
존재하고, 또 그것이 아무리 은밀하고 무기력하다 해도 우리에겐 참을
수 없는 일이야. 바로 죽는 그 순간에도 우린 어떠한 탈선도 용납할 수
없어. 옛날엔 이단자가 여전히 이단자인 채로 화형장으로 끌려가면서
도 자신의 신앙을 지켰다는 데서 희열을 느꼈지. 러시아에서 숙청당한
희생자들까지도 총탄이 기다리고 있는 사형장으로 걸어가면서 자신의
두개골 속에 반항 의식을 고스란히 간직하고 있었어. 그렇지만 우린 그
두개골을 날려버리기 전에 머릿속을 깨끗이 비우게 하지. 옛날 전제군
주의 명령은 '너희들은 이렇게 해서는 안 되느리라.'였고, 전체주의자의
명령은 '너희는 이렇게 해야 한다.'였어. 그런데 우리는 '너희는 이러하
다.'라고 명령하지. 여기 끌려온 자는 어느 누구도 우리에게 대항한 적

이 없어. 모두가 깨끗이 세뇌당한 거지. 자네가 한때 결백하다고 믿었던 저 세 명의 가련한 반역자들도—존스, 아론슨, 러더퍼드—끝내는 우리에게 굴복하고 만 거야. 나 역시 직접 그들을 심문한 사람 중의 하나지. 그들은 차츰 기가 꺾이더니만 울먹이고, 굽실거리고, 흐느끼더군……. 그리고 끝내 고통이나 공포 때문이 아니라 참회하면서 굴복했어. 우리가 심문을 끝마쳤을 때쯤엔 그들은 완전히 빈껍데기의 인간이었지. 그들에겐 자신이 저지른 행위에 대한 회한과 빅 브러더에 대한 사랑 이외엔 아무것도 남아 있는 게 없었어. 그들이 얼마나 빅 브러더를 사랑하는가를 보았을 때는 꽤 감동적이었지. 그들은 빨리 총살시켜 달라고 간청했다네. 마음이 아직 깨끗한 동안에 죽을 수 있도록 말이야."

그의 목소리가 꿈결처럼 들려왔다. 으스대는 듯한 광적인 열정이 여전히 그의 얼굴에 남아 있었다. 그가 거짓말을 하고 있는 게 아니라고 윈스턴은 생각했다. 그는 위선자가 아니다. 그는 오브라이언의 말이라면 무조건 믿고 있었다. 무엇보다도 그를 무겁게 짓누르는 것은, 자신의 지적인 열등의식이었다. 윈스턴은 묵직하면서도 여전히 우아한 그의 모습이 이리저리 배회하면서 그의 시야 속으로 들어왔다 나갔다 하는 것을 지켜보았다. 오브라이언은 모든 면에서 그보다 큰 존재였다. 오브라이언이 오래전에 알았거나 관찰했거나 거부했던 생각을 그 자신은 지닌 적도 없었고, 또 지닐 수 있으리라고 생각되지도 않았다. 그의 마음은 윈스턴의 마음속에 '포용되어' 있었다. 그런데 어떻게 오브라이언을 정신이상자라고 할 수 있겠는가? 미친 사람은 윈스턴 그 자신임에 틀림없다. 오브라이언은 발걸음을 멈추고 윈스턴을 내려다보았다. 그의 음성이 다시 단호해졌다.

"자네가 비록 완전히 우리한테 항복한다 해도 목숨을 건지리라곤 상상하지 말게, 윈스턴. 일단 탈선했던 자는 어느 누구도 구제된 적이 없었으니까. 설령 자네가 남은 생을 살아가도록 조처를 취해준다 해도, 자네는 우리의 감시망에서 절대로 벗어날 수 없어. 지금 이곳에서 일어나는 일이 영원히 계속될 거야. 그 점을 미리 알아두게. 절대로 회생될 수 없는 지점까지 우린 자넬 파괴해놓을 걸세. 자네가 만약 천 년을 산다 하더라도 결코 회복될 수 없도록 만들어버릴 거야. 다시는 정상적인 인간의 감정을 지닐 수 없을 걸세. 자네의 내면에 있는 것은 깡그리 죽고 말 거야. 다시는 사랑하거나, 우정을 갖거나, 삶의 즐거움을 누리거나, 웃거나, 호기심을 품거나, 용기 있는 행동을 취하거나, 한 가지 일에 집중할 수 없게 되지. 자네는 빈껍데기가 되는 거야. 우린 자네가 텅 빌 때까지 비틀어 짠 다음에 자네 속에 우리와 똑같은 것을 채워 넣을 걸세."

그는 걸음을 멈추고 흰 가운의 사나이에게 신호를 보냈다. 윈스턴은 어떤 무거운 기구 조각 같은 것이 뒤통수께에 밀어붙여지는 것을 느꼈다. 오브라이언이 그의 침대 옆에 앉았다. 그래서 그의 얼굴이 윈스턴의 얼굴과 거의 같은 높이에 있었다.

"3000." 오브라이언이 윈스턴의 머리 너머에 있는 흰 가운의 사나이에게 말했다.

약간 축축하게 느껴지는 두 개의 부드러운 패드가 어느새 윈스턴의 정수리를 죄어왔다. 그는 기가 질렸다. 통증이 밀려왔다. 전혀 새로운 종류의 고통이었다. 오브라이언은 달래듯이, 거의 다정한 느낌이 들 정도로 윈스턴의 손에다 자신의 손을 포갰다.

"이번엔 상처를 입지 않을 거야. 내 얼굴을 똑바로 쳐다보게."

바로 이 순간에 눈앞에서 아찔한 폭발이 일어났다. 어쩌면 폭발이 일어난 것같이 보였는지도 모른다. 무슨 소리가 들렸는지조차 분명하지 않았다. 말할 나위 없이 눈앞이 캄캄해지는 섬광이었다. 윈스턴은 상처는 입지 않았지만 기진맥진했다. 그 일이 일어났을 때, 이미 등을 대고 누워 있었는데도 호되게 얻어맞고 그런 자세로 널브러진 기묘한 느낌이 들었다. 무시무시하고 매우 충격적인 일격이 그를 납작하게 쓰러뜨린 것이다. 동시에 그의 두뇌 속에서도 무슨 일이 일어났다. 두 눈이 초점을 되찾자 그가 누구이며 어디에 있는지가 생각났고, 그를 들여다보고 있는 얼굴이 누군지를 알아볼 수 있었다. 그러나 뇌수의 한 조각이 떨어져 나가 어딘가에 텅 빈 커다란 공백이 생긴 것 같았다.

"오래 계속되지는 않을 걸세." 오브라이언이 입을 열었다. "내 눈을 보게. 오세아니아는 어느 나라와 전쟁을 하고 있지?"

윈스턴은 생각했다. 그러자 오세아니아가 무엇을 의미하는지, 그리고 자신이 오세아니아의 시민이라는 것도 알았다. 역시 유라시아와 동아시아도 기억났다. 그러나 누가 누구와 전쟁을 하고 있는지는 알 수 없었다. 실제로 무슨 전쟁이 있는지조차 생각나지 않았다.

"기억나지 않는데요."

"오세아니아는 동아시아와 전쟁을 하고 있어. 이제 생각나나?"

"그렇군요."

"오세아니아는 항상 동아시아와 전쟁을 하고 있는 거야. 자네가 세상에 태어났을 때부터, 당이 창설된 이래, 역사가 시작된 이후 줄곧 끊임없이 전쟁이 계속되어왔고, 그것도 항상 똑같은 전쟁이었어. 이제 기억하겠나?"

"네."

"11년 전에 자넨 반역죄로 사형선고를 받은 세 사람에 관한 전설을 제멋대로 꾸며냈어. 그들의 결백을 증명하는 종이쪽지를 발견했다고 착각했기 때문이지. 그런데 실제로는 그런 종이쪽지는 이 세상에 존재한 적이 없었어. 자네 자신이 그런 걸 만들어낸 다음 그걸 사실로서 믿어버린 거야. 맨 처음 그걸 조작해냈던 순간을 지금 기억할 수 있겠나?"

"네."

"지금 이 순간에 난 자네의 얼굴 앞에 손가락을 펴 보이고 있네. 자넨 다섯 개의 손가락을 보았어. 그렇다고 생각하는가?"

"네."

오브라이언은 왼손을 쳐들고는 엄지손가락을 구부려 감추었다.

"다섯 개의 손가락이 있네. 손가락 다섯 개가 보이는가?"

"네."

윈스턴은 마음속의 환각이 바뀌기 전에 재빨리 그 손을 보았다. 다섯 개의 손가락을 본 것이다. 기형 따위는 없었다. 그리고 모든 것이 다시 정상으로 되돌아왔다. 해묵은 공포와 증오와 당혹감이 아우성치며 되살아났다. 그러나 거기에는 오브라이언의 새로운 암시가 있을 때마다 그것이 텅 빈 공백을 가득 채운 다음에 절대적인 진실이 되었으며, 원하기만 하면 둘 더하기 둘이 쉽사리 다섯이 될 수 있는 것과 마찬가지로 셋이 될 수도 있다는 것을 확신할 만한 순간이 있었다. 윈스턴은 그 순간이 얼마나 긴 시간인지는 몰라도 아마 30초쯤 되리라고 생각했다. 그 확신감은 오브라이언이 손을 내리기도 전에 희미해져 버렸다. 그렇지만 그 확신을 다시 붙잡지 못한다 해도, 어떤 사람이 타인의 영향을 받을 때, 자신이 살아온 먼 과거의 경험을 생생하게 기억하는 것처럼 그것을 기억할 수 있었다.

"아무튼 그게 가능하다는 것을 이제 알았겠지?" 오브라이언이 말했다.

"네." 윈스턴이 대답했다.

오브라이언은 만족한 얼굴로 서 있었다. 윈스턴은 그의 왼쪽에 서 있는 흰 가운의 사나이가 앰풀을 깨뜨려 주사기로 그 안에 들어 있는 약물을 빨아들이는 것을 보았다. 오브라이언은 미소 띤 얼굴로 윈스턴을 돌아보았다. 거의 옛날과 똑같은 버릇대로 그는 콧등에 걸린 안경을 고쳐 썼다.

"자넨 내가 최소한 자네를 이해하며, 이야기 상대가 될 만한 사람이기 때문에 친구이든 적이든 상관없다고 자네 일기장에다 써넣은 걸 기억하고 있겠지? 자네 생각이 옳았어. 이렇게 자네와 대화를 즐기고 있으니까. 자네 마음이 나를 감동시키거든. 그 마음은 비정상적이라는 점을 제외하고는 나 자신의 마음과 비슷해. 심문을 끝내기 전에 원한다면 몇 가지 질문을 해도 좋네."

"원하는 대로 아무거나 물어도 좋습니까?"

"무엇이든 괜찮아." 그는 윈스턴의 시선이 다이얼 쪽으로 쏠려 있는 것을 보았다. "그건 꺼버렸네. 첫 번째 질문은 뭔가?"

"줄리아에게 무슨 짓을 했습니까?" 윈스턴이 머뭇거리며 물었다.

오브라이언은 다시 미소를 지었다. "그녀는 자넬 배신했네. 윈스턴. 곧바로, 솔직하게 말일세. 그처럼 빨리 우리 쪽으로 전향하는 사람도 드물 거야. 자네가 그녀를 만난다 하더라도 얼른 알아보지 못할걸. 그녀의 반역, 속임수, 어리석음, 더러운 정신, 그 모든 것이 그녀의 내부로부터 빠져나와 불태워졌네. 그건 완전한 전환이야. 교과서적인 모범일세."

"당신이 그녀를 고문했군요?"

오브라이언은 그 말엔 대답하지 않고, "다음 질문." 하고 말했다.

"빅 브러더는 존재합니까?"

"물론 존재하지. 당이 존재하듯이 말이야. 빅 브러더는 당의 화신化身일세."

"그분은 내가 존재하는 것과 똑같은 방식으로 존재합니까?"

"자넨 존재하지 않아." 오브라이언이 말했다.

다시 한 번 무력감이 전류처럼 그의 몸속을 꿰뚫고 흘러갔다. 윈스턴은 그와의 논쟁이 자신의 부재를 증명한 것으로 끝났다는 걸 알았고, 또 그렇게 생각했다. 그러나 그것은 궤변이며 말장난일 뿐이었다. '너는 존재하지 않는다.'라는 진술에는 논리적인 불합리가 내포되어 있는 게 아닐까? 하지만 그런 말을 한다고 해서 무슨 소용이 있는가? 오브라이언이 그를 분쇄하려는, 저 대답이 불가능한 미친 논쟁을 생각하자 그의 마음은 움츠러들었다.

"난 나 자신이 존재한다고 생각합니다." 윈스턴은 지친 듯 말했다. "난 나 자신의 인격을 자각하고 있습니다. 난 태어났고, 또 죽을 것입니다. 나는 두 팔과 두 다리를 갖고 있습니다. 그리고 공간 속의 어떤 특수한 지점을 차지하고 있습니다. 어떤 다른 유기적 물체도 내가 차지한 자리를 동시에 차지할 수는 없습니다. 그런 의미로 빅 브러더가 존재하는 겁니까?"

"그런 건 중요하지 않아. 하여튼 그는 존재하니까."

"빅 브러더는 영원히 죽지 않을까요?"

"물론 죽지 않지. 어떻게 그가 죽을 수 있나. 다음 질문."

"'형제단'이라는 것이 실제로 존재합니까?"

"윈스턴, 자넨 그 사실을 결코 모를 거야. 우리가 심문을 마치고 자네를 자유롭게 풀어준다 해도, 또 자네가 아흔까지 산다 하더라도 여전히 그 질문의 답변이 '예'인지 '아니요'인지를 모를 걸세. 그건 자네가 살아 있는 동안 풀리지 않는 수수께끼로서 마음속에 남아 있을 걸세."

윈스턴은 말없이 누워 있었다. 그의 가슴이 약간 빨리 오르락내리락하는 것이 보였다. 그는 맨 먼저 마음속에 떠올랐던 질문을 아직까지 하지 않았다. 그 질문을 던지려고 해도 그의 혀가 발음하기를 거부하는 것 같았다. 오브라이언의 얼굴에 재미있어하는 듯한 기색이 엿보였다. 그의 안경조차도 냉소적으로 빛났다. 그는 알고 있다. 윈스턴은 문득 그런 생각을 했다. 그는 내가 무슨 질문을 하려는지 알고 있다! 그런 생각과 함께 그 말이 윈스턴의 입에서 튀어나왔다.

"101호실은 뭘 하는 곳입니까?"

오브라이언의 얼굴 표정은 변하지 않았다. 그는 무뚝뚝하게 대답했다.

"101호실에서 무슨 일이 일어나는지 자네도 알잖나, 윈스턴. 모두들 101호실이 어떤 곳이라는 걸 알고 있어."

오브라이언은 흰 가운의 사나이에게 손가락을 쳐들어 보였다. 분명히 이번 심문은 끝났다. 주삿바늘이 윈스턴의 팔에 꽂혔다. 그는 어느새 깊은 잠 속으로 빠져들었다.

3

"자네가 완전히 회복되려면 세 단계를 거쳐야 하네." 오브라이언이 말했다. "배우고 이해하고 받아들이는 거야. 이젠 두 번째 단계로 들어갈 때야."

항상 그랬던 것처럼 윈스턴은 침대에 등을 대고 반듯하게 누워 있었다. 그러나 요즘엔 그를 묶은 끈이 다소 느슨해졌다. 여전히 침대에 묶여 있었지만 무릎을 약간 움직일 수 있고, 머리를 이쪽저쪽으로 움직일 수 있었으며, 팔도 팔꿈치 있는 데까지는 들어 올릴 수 있었다. 다이얼에 대한 공포 역시 차츰 줄어들었다. 눈치가 빠르기만 하면 다이얼의 고통은 피할 수 있었다. 오브라이언이 다이얼의 손잡이를 잡아당기는 것은 주로 그가 어리석게 굴 때였다. 때로는 다이얼을 한 번도 사용하지 않고 심문 과정을 마칠 때도 있었다. 그런데 몇 차례의 심문이 있었는지 기억나지 않았다. 전체 심문 과정은 꽤 오랜 시간, 거의 끝이 없이—어쩌면 몇 주일이 걸리는 것 같았다—계속되었다. 그리고 심문이 끝나고 다음 심문까지 때로는 며칠이 걸리고, 어떤 때는 한두 시간밖에 걸리지 않았다.

오브라이언이 입을 열었다.

"자넨 거기 누워서—나한테 묻기까지 했지만—왜 사랑부가 자네를 심문하는 데 이처럼 많은 시간을 허비할까 하고 자주 궁금하게 생각했겠지. 그런데 자네는 자유로운 몸일 때에도 주로 똑같은 의문으로 고민하고 있었어. 자넨 자네가 살고 있는 사회의 역학 관계는 파악할 수 있겠지만, 그 저변에 깔려 있는 동기는 파악하지 못하고 있어. '나는 '어떻게'는 이해하지만 '왜'는 이해하지 못한다.'라고 자네 일기장에다 쓴 걸 기억하겠지? 자네가 자신의 건전한 정신을 의심한 것은 '왜'에 대해서 생각할 때였어. 자넨 골드스타인의 '그 책'을 읽었겠지. 최소한 일부분이라도 말이야. 그 책이 아직까지 자네가 몰랐던 사실을 가르쳐준 게 있던가?"

"당신도 그 책을 읽었군요?" 윈스턴이 반문했다.

"내가 그 책을 썼어. 정확히 말한다면 공동 집필에 참여한 거지. 자네도 알다시피 요즘엔 어떤 책도 개인적으로 발간할 수 없으니까 말일세."

"그 책에 쓰인 건 사실인가요?"

"맞아, 대체로 그 책에 쓰인 대로야. 하지만 열거된 프로그램은 엉터리지. 비밀리에 지식을 축적한 다음—인간의 계몽을 점진적으로 확대함으로써—궁극적으로 프롤레타리아가 봉기하여 당을 전복할 거라는 내용 말일세. 자네도 그것이 의미하는 바가 무엇인지 예측하겠지. 그건 완전히 궤변이야. 프롤레타리아는 천 년이 가도 백만 년이 가도 절대로 반란을 꾀하지 않아. 그것은 불가능해. 그 이유를 설명할 필요도 없이 자넨 이미 알고 있겠지. 만약 격렬한 폭동이 일어날 거라는 꿈을 남몰래 품어왔다면 그런 망상은 아예 버려야 하네. 당을 전복할 방법은 없어. 당의 지배는 영원할 걸세. 그 원칙을 사고의 시발점으로 삼게."

그는 침대 쪽으로 다가왔다. "영원해!" 그는 되풀이해서 말했다. "그렇다면 이제 '어떻게'와 '왜'라는 문제로 되돌아가기로 하세. 자넨 당이 '어떻게' 권력을 유지하고 있는지 내게 말해보게. 그 동기가 뭘까? 왜 우린 권력을 필요로 하는가? 자, 말해보게." 윈스턴이 침묵을 지키고 있었으므로 그는 보채듯이 말했다.

그래도 한참 동안 윈스턴은 입을 열지 않았다. 무기력한 피로감이 그의 전신을 휩쓸었다. 희미하지만 예의 그 광적인 열정의 빛이 오브라이언의 얼굴에 되살아났다. 그는 오브라이언이 무슨 말을 꺼낼지 알고 있었다. '당은 그 자체의 목적을 위해서가 아니라 대다수 민중의 이익을 위해서 권력을 추구하고 있다. 왜냐하면 대다수 민중은 약하고 비겁해서 자유를 감당한다거나 진실을 직시할 능력이 없으며, 결국엔 그들보다 더욱 강한 자들에게 지배당하고 조직적으로 기만당하게 되어 있기 때문이다. 인류는 자유와 행복 가운데 어느 하나를 선택해야 하는데, 그들 대부분은 행복 쪽을 더 좋아한다. 당은 약자의 영원한 수호자이며, 이 헌신적인 집단은 다른 사람의 행복을 위해 그 자체의 행복을 희생하고, 선을 구현하고자 악을 행하고 있는 것이다.' 무서운 일은, 하고 윈스턴은 생각했다. 무서운 일은, 오브라이언이 이런 말을 했을 때 자신이 그 말을 믿게 되리라는 사실이었다. 오브라이언의 얼굴에서 그런 표정을 읽을 수 있었다. 오브라이언은 모든 것을 알고 있었다. 그는 세계의 진정한 본질이 무엇이며, 대중이 어떤 퇴화 속에서 살고 있고, 당이 어떤 거짓말과 야만성으로 민중을 움직이고 있는가를 윈스턴보다 몇천 배나 더 잘 알고 있었다. 윈스턴이 아무리 속속들이 이해하고 그 의미를 헤아린들 무슨 소용이 있겠는가. 모든 것은 궁극적인 목적에 의해 정당화되었다. 그 자신보다 훨씬 지성적인 광신자를 상대로 무슨 일을 할 수 있겠는가? 그 광신자는 상대방의 견해를 귀 기울여 듣고 나서 곧바로 자신의 광신을 주장하지 않는가?

"당신들은 우리의 이익을 위해서 우리를 지배하고 있습니다." 윈스턴은 힘없이 말했다. "당신들은 인류가 스스로를 지배하는 데는 적합하지 않다고 믿고 있습니다. 그러므로……."

윈스턴은 순간적으로 깜짝 놀라 비명을 질렀다. 심한 통증이 그의 육신을 엄습했다. 오브라이언이 다이얼의 손잡이를 35까지 올린 것이다.

"그건 바보 같은 소릴세, 윈스턴. 터무니없는 소리야! 그런 얘길 지껄이기보다는 좀 더 배워야겠군."

그는 손잡이를 원위치로 되돌려놓고 이야기를 계속했다.

"이제부터 내 질문에 대답하는 방식을 가르쳐주겠네. 들어봐, 당은 순전히 그 자체의 이익을 위해서 권력을 추구하지. 우린 다른 사람의 이익 따위엔 관심이 없어. 우리는 오로지 권력, 순수한 권력에만 관심이 있지. 순수한 권력이 무엇을 의미하는지 곧 알게 될 거야. 우린 우리가 하고 있는 일을 잘 알기 때문에 과거의 소수 독재주의자와 근본적으로 달라. 모든 독재자들, 심지어 우리와 닮은 독재자들까지도 비겁자이며 위선자였어. 독일의 나치스와 러시아의 사회주의자들은 수법에 있어서 우리와 아주 비슷했지만 그들 자신의 동기를 인식하려는 노력을 전혀 하지 않았어. 그들은 인간이 자유와 평등을 누리게 될 천국이 도래하는 그 제한된 시기까지만 마지못해 권력을 장악하는 체했고, 또 그렇게 믿었어. 그렇지만 우린 그자들과는 달라. 권력을 포기할 목적으로 권력을 장악한 사람은 일찍이 이 세상에 없었다는 사실을 알고 있거든. 권력은 수단이 아니라 목적이야. 어느 누구든 혁명을 방위하기 위해 독재 체제를 확립하지는 않아. 독재 체제를 구축하기 위해 혁명을 일으키는 거지. 박해의 목적은 박해야. 고문의 목적은 고문이고. 권력의 목적은 권력이지. 이제 내 얘길 이해할 수 있겠나?"

윈스턴은 지난날 오브라이언의 피곤해 보이는 얼굴에서 충격을 받은 것처럼 마음이 뒤흔들렸다. 그 얼굴은 강인하고 살이 쪘으며 잔인한 인상을 풍겼다. 또한 윈스턴이 무기력에 빠지기 이전부터 지성과 일종의 억제된 정열로 가득 차 있었다. 그러나 그 얼굴엔 싫증이 났다. 눈 밑의 피부는 늘어져 있었고, 광대뼈의 피부도 축 처져 있었다. 오브라이언은 윈스턴 쪽으로 몸을 숙이고는 조심스럽게 그 시들어빠진 얼굴을 가까이 가져왔다.

"자넨 내 얼굴이 늙고 피곤해 보인다고 생각하고 있군." 오브라이언이 입을 열었다. "그리고 내가 권력에 대해 이야기하면서도 내 육신의 쇠퇴는 아무래도 막을 수 없으리라는 생각을 하고 있어. 하지만 윈스턴, 인간이란 단순한 세포조직에 지나지 않는다는 걸 모르나? 세포의 위축이란 조직체의 활성을 의미하는 걸세. 손톱을 잘랐다고 해서 사람이 죽는 건 아니잖아?"

그는 침대 쪽에서 몸을 돌리고 한 손을 주머니에 집어넣고는 다시 서성거리기 시작했다.

"우린 권력의 성직자일세." 오브라이언이 다시 얘기를 시작했다. "신은 권력이야. 하지만 지금으로선, 자네에게 있어서는 권력이란 단지 하나의 낱말일 뿐이겠지. 이제 자네는 권력이 의미하는 바가 무엇인가에 대해 생각을 정리할 때가 되었네. 첫째로 자넨 권력이 집단적인 것이라는 사실을 깨달아야 해. 개인은 개인성이라는 것을 포기함으로써만 비로소 권력을 지닐 수 있네. '자유는 예속이다'라는 당의 슬로건을 알고 있겠지. 이 명제가 전도될 수 있다고 생각해본 적이 있나, '예속은 자유'

라고 말이야? 인간은 홀로 있을 때─즉, 자유로울 때─항상 패배하지. 그렇게 될 수밖에 없는 것이, 인간은 누구나 죽음을 숙명으로서 받아들여야 하고, 그것이 인간이 가진 최대의 약점이기 때문이야. 하지만 인간이 전적으로 완전히 복종할 수 있고, 주체성에서 탈피해 스스로 당에 합류할 수 있다면, 그래서 그가 당 '그 자체'일 수 있다면 그는 바로 전지전능이며 불멸인 셈이지. 두 번째로 자네가 깨달아야 할 것은, 권력이란 인간 위에 군림한다는 사실이야. 육체 위에 군림할 뿐 아니라, 무엇보다도 정신 위에 군림하지. 사물을 지배하는 권력은─자넨 그걸 외부적 현실이라고 부르겠지만─중요하지 않아. 사물에 대한 우리의 지배는 이미 절대적이니까."

잠시 동안 윈스턴은 다이얼을 잊어버렸다. 그는 일어나 앉으려고 심하게 몸부림쳤지만, 겨우 고통스럽게 몸을 꿈틀거릴 뿐이었다.

"하지만 어떻게 사물을 지배할 수 있습니까?" 윈스턴은 고함쳤다. "당신들은 기후나 중력의 법칙을 마음대로 지배하지 못합니다. 그리고 세상에는 질병과 고통과 죽음이 있습니다……."

오브라이언은 손을 흔들어 그의 말을 중단시켰다. "우린 정신을 지배하네. 따라서 사물도 지배할 수 있지. 현실은 두개골 속에 들어 있어. 자네도 차츰 알게 될 거야, 윈스턴. 우리가 할 수 없는 일이란 아무것도 없어. 갑자기 모습을 감춘다거나 공중을 헤엄쳐 다닌다거나, 뭐든지 말이야. 난 마음만 먹는다면 이 마룻바닥 위에서 비눗방울처럼 떠오를 수도 있어. 하지만 당이 그런 짓을 원하지 않기 때문에 나도 그런 짓은 하고 싶지 않아. 자연법에 관한 19세기의 사상은 몰아내 버려야 하네. 우리가 자연법을 만들어내니까 말일세."

"하지만 그렇게 안 될걸요! 당신은 이 혹성의 주인도 아니잖습니까. 유라시아와 동아시아는 어떻게 하고요? 아직 그들마저 정복하지는 못한 처지가 아닙니까."

"그런 건 중요하지 않아. 우린 적당한 시기에 그들을 정복할 걸세. 만약 그렇게 하지 못한다 하더라도 뭐가 달라진단 말인가? 우리는 그들을 존재하지 못하도록 만들 수도 있어. 오세아니아만이 세계의 전부야."

"하지만 그 세계 자체도 따지고 보면 한낱 먼지에 불과합니다. 그리고 인간이란 것도 무기력한 미물이고요. 인간이 얼마나 오랫동안 존재해왔다고 봅니까? 몇백만 년 동안 지구는 인간이 거주하지 않았던 지역이었습니다."

"그건 궤변이야. 지구는 우리와 같은 시기에 생겨난 것일세. 인간이 없는 지구가 어떻게 존재할 수 있단 말인가. 인간의 의식을 통하지 않고서는 그 어느 것도 존재할 수 없다네."

"하지만 명백히 동물의 뼈로 보이는 화석들이 흔히 발견됩니다……. 사람들이 일찍이 들어본 적이 없는 매머드와 마스토돈과 거대한 파충류들이 벌써 오래전에 이 지구 상에 살았었습니다."

"그런 뼈를 본 일이 있는가, 윈스턴? 물론 없겠지. 그건 19세기의 생물학자들이 발명해낸 거야. 인간이 거주하기 이전에는 아무것도 없었어. 만약 이 지구 상에 종말이 온다면, 인간이 사라진 후엔 다시 아무것도 존재하지 않게 될 걸세. 인간을 떠나서는 아무것도 존재하지 않아."

"하지만 거대한 우주가 우리의 외부에 있습니다. 저 별들을 보십시오! 별들 중의 몇몇은 백만 광년 거리 저쪽에 있습니다. 그 별들은 인간의 발길이 영원히 미치지 못하는 곳에 있습니다."

"도대체 별들이란 게 뭔가?" 오브라이언은 무관심하게 지껄였다. "그건 몇 킬로미터 저쪽에 떨어져 있는 조그만 불덩어리일 뿐이야. 우린 원하기만 하면 거기에 도달할 수 있어. 지워버릴 수도 있고 말이야. 지구야말로 우주의 중심이지. 태양이나 별들도 지구의 주위를 돌고 있어."

윈스턴은 다시 신경질적인 몸짓을 해 보였다. 그러나 이번엔 아무 말도 하지 않았다. 오브라이언은 마치 윈스턴이 소리를 내어 반대 의사를 표명하기라도 했다는 듯 이야기를 계속했다.

"물론 어떤 목적을 위해서는 그건 진실이 아닐 수도 있지. 우리가 대양을 항해하거나 일식을 예보할 때는 흔히 지구가 태양의 주위를 돌고, 별들이 수억만 킬로미터 떨어져 있다고 생각하는 게 편리해. 그렇지만 그게 뭐란 말인가? 우리의 능력으로 천문학의 이원론적 구조를 만들어낼 수 없다고 생각하나? 별들은 우리의 필요에 따라서 가까이 있을 수도 있고, 멀리 있을 수도 있어. 자넨 우리의 수학자들이 그런 일을 하기에 적합하지 않다고 생각하는가? 자넨 이중사고를 잊어버렸나?"

윈스턴은 침대 쪽으로 움츠러들었다. 그가 무슨 말을 하더라도, 또 아무리 재빨리 대답하더라도 그 말은 몽둥이로 후려치는 것처럼 분쇄되어 버렸다. 그렇다 해도 그는 '알고' 있었다, 그 자신이 정당하다는 것을. 인간의 의식이 없이는 아무것도 존재하지 않는다는 신념, 거기엔 분명히 허위임을 증명하는 어떤 방법론이 있을 것이다. 그것은 벌써 오래전에 허위임이 드러나지 않았던가? 잊어버리긴 했지만 예전에는 그것에 대한 명칭까지 있었다. 윈스턴을 내려다보면서 오브라이언은 입가에 희미한 미소를 떠올렸다.

"일찍이 자네한테 일러주었지, 윈스턴. 형이상학에 관한 한 자네는 매우 취약하지. 자네가 애써 생각하려고 하는 낱말이 '유아론唯我論'이란 걸 알고 있네. 하지만 자넨 잘못 생각하고 있어. 그건 유아론이 아니야. 자네가 좋다면 집단적 유아론이라고 불러도 돼. 하지만 그건 별개의 것이야. 실제로는 정반대지. 이 모든 것은 한마디로 말해서 탈선일세." 그는 어조를 바꾸어 덧붙였다. "참된 권력, 우리가 밤낮없이 쟁취하고자 하는 권력은 사물 위에 군림하는 권력이 아니라 인간 위에 군림하는 권력이야." 그는 말을 멈췄다. 그리고 한동안 지정된 학생에게 질문을 던지는 선생과도 같은 태도를 취했다. "한 인간이 어떻게 자신의 권력을 남에게 미칠 수 있나, 윈스턴?"

윈스턴은 잠시 생각하고 나서 "고통을 줌으로써 가능합니다."라고 대답했다.

"정확한 답변이야. 고통을 줌으로써 가능하지. 복종만으로는 불충분해. 만약 자네가 고통을 주지 않는다면, 어떻게 상대방이 그 자신의 의사가 아니라 자네의 의사에 순종하는가를 확인할 수 있겠나? 권력이란 견딜 수 없는 고통과 굴욕 속에 있다네. 권력은 인간의 마음을 갈기갈기 찢어놓은 다음에 지배자가 원하는 형태대로 재조립시키는 데서 생겨나지. 그렇다면 우리가 어떤 종류의 세계를 창조하고 있는지, 자네 눈에도 보이기 시작하나? 그것은 옛날 혁신주의자들이 상상한 어리석은 쾌락주의의 유토피아와는 정확히 상반되는 것일세. 공포와 반역과 고문의 세계, 유린하고 유린당하는 세계, 갈수록 교묘한 수법으로 '더욱더' 잔인해지는 세계야. 우리들 세계에 있어서의 진보란 더욱더 고통 쪽으로 전진하는 진보일 걸세. 옛 사람들은 그들의 문명이 사랑과 정의를 바탕으로 이룩된 것이라고 선언했지. 하지만 우리의 문명은 증오를 기반으로 삼고 있다네. 우리의 세계에서는 공포, 분노, 도취감, 자기 비하 이외에는 어떤 감정도 없을 거야. 그리고 우리는 모든 것을 파괴할 걸세. 모든 것을 말이야. 우린 이미 혁명 전부터 잔존해온 사고방식의 습관을 무너뜨렸어. 우린 또 부모와 자식, 남자와 남자, 남자와 여자 사이의 연계를 끊어버렸어. 어느 누구도 아내나 자식이나 친구를 더 이상 믿지 않게된 거야. 그러니 미래의 세계에서는 아내나 친구는 존재하지 않을 걸세. 암탉한테서 달걀을 빼앗듯 아기는 태어나자마자 엄마로부터 떨어지게 될 거야. 성 본능도 근절될 거고 말일세. 출산은 배급 카드의 갱신처럼 정기적인 형식을 취해야 될 걸세. 오르가슴이라는 것은 사라지게 될 거야. 우리 신경학자들이 현재 그것에 관한 연구를 하고 있다네. 당에 대한 충성심 이외엔 다른 충성심이란 있을 수 없어. 빅 브러더에 대한 사랑만이 인간이 가질 수 있는 유일한 사랑이야. 패배한 적을 향해 웃는 웃음 이외엔 다른 웃음이란 있을 수 없어. 게다가 예술, 문학, 과학도 없어질 거야. 우리 자신이 전지전능하게 된 마당에 과학이 더 이상 무슨 필요가 있겠나. 아름답다거나 추하다거나 하는 구별마저 없어져 버릴 걸세. 호기심도, 직업에 대한 관념도 없어질 거고. 경쟁에서 얻는 쾌감 따위 모두 파괴될 거야. 하지만 항상—이 점만은 명심하게, 윈스턴—끊임없이 증대해가고, 끊임없이 예민해지는 권력의 도취감은 남아 있을 걸세. 언제나, 매 순간 승리의 전율, 무기력해진 적을 유린하는 데서 오는 감동을 느끼게 될 거야. 미래의 모습을 보고 싶다면 영원히 인간의 얼굴을 짓밟고 있는 구둣발을 상상하게나.”

그는 윈스턴이 무슨 말을 하기를 기다리는 것처럼 입을 다물었다. 윈스턴은 다시 침대 속으로 움츠러들려고 안간힘을 썼다. 그는 심장이 얼어붙는 것 같아 아무 말도 할 수 없었다. 오브라이언은 다시 말을 이었다.

“내가 말한 사실이 영원하리라는 것을 기억해두게. 사회의 적인 이단자는 항상 생겨나겠지. 그자들이 패배당하고 거듭 모욕당할 수 있게 말이야. 자네가 우리 손에 체포된 이래 경험한 갖가지 수모는 앞으로도 계속될 거고 또 더욱 심해질 거야. 간첩 행위, 배신, 체포, 고문, 처형, 행방불명은 결코 중단되지 않아. 승리의 세계인 동시에 폭력의 세계가 될 거야. 당이 강력해지면 강력해질수록 관대함은 더욱더 줄어들 거야. 또한 반대자가 약화되면 약화될수록 독재 체제는 더욱더 굳게 뿌리내리게 될 걸세. 골드스타인과 그의 이단자들은 영원히 살아남겠지. 매일, 매 순간 그들은 패배당하고, 조롱당하고, 그 얼굴에 침이 뱉어지겠지. 그러면서도 그들은 항상 살아남게 될 거야. 내가 자네 같은 사람을 상대로 7년 동안 연출해온 이 드라마는 세대가 바뀌면서 더욱 미묘한 형태로 계속 되풀이될 걸세. 우린 항상 이곳에 고통으로 비명을 지르며 자비를 간청하고, 파괴당하고 모욕당하는 이단자들을 갖고 있을 거야. 그들은 결국 자신의 의지에 따라 우리의 발밑을 기어 다니면서 완전히 회개함으로써 비로소 구원받게 돼. 이것이 우리가 준비하고 있는 세계야, 윈스턴. 승리 다음에 승리가 이어지고, 개선 다음에 개선이 이어지는 세계지. 파렴치한 권력에 의거한 끝없는 압박, 압박, 압박만이 있을 뿐이야. 내가 보기에 자넨 이 세계가 어떤 것인지를 비로소 깨닫기 시작한 것 같군. 하지만 결국엔 이해하는 정도를 넘어서 훨씬 깊이 알게 되겠지. 자넨 이 현실을 받아들이고, 환영하고, 마침내 그 일부분이 될 걸세."

윈스턴은 정신을 가다듬고 간신히 입을 열었다. "그럴 수는 없을 겁니다." 그의 음성은 힘이 없었다.

"그게 무슨 뜻이지, 윈스턴?"

"당신이 방금 설명한 그런 세계는 결코 창조해낼 수 없어요. 그것은 한낱 꿈이며 불가능한 일입니다."

"왜?"

"공포와 증오와 잔인성 위에 하나의 문명을 건설한다는 것은 있을 수 없는 일입니다. 그런 세계에서는 어느 누구도 견디지 못할 테니까요."

"왜 견디지 못하지?"

"그 세계는 생명력을 갖지 못할 겁니다. 그래서 붕괴하고 말 거예요. 자멸할 거란 말입니다."

"자넨 궤변을 늘어놓고 있군. 자넨 증오가 사랑보다도 더 인간을 소모시킨다는 고정관념에 사로잡혀 있어. 왜 그렇지? 만약 그렇더라도 뭐가 달라진단 말인가? 우리가 일부러 인간을 더 빨리 소모시키길 바란다고 생각해봐. 우리가 인간으로 하여금 서른 살이 되면 이미 노쇠하도록 생명력의 속도를 가속화시킨다고 생각해보게. 그래도 무슨 문제가 생긴단 말인가? 개인의 죽음 따윈 진정한 죽음이 아니라는 사실을 이해하지 못하겠어? 당만이 죽지 않고 영원히 남게 되는 거야."

여느 때와 마찬가지로 그 음성은 윈스턴이 무기력해질 때까지 사정없이 몰아붙였다. 게다가 고집스럽게 그 말에 찬성하지 않는다면 오브라이언이 다시 다이얼을 돌릴지도 모른다는 두려움이 앞섰다. 그런데도 윈스턴은 계속 침묵을 지킬 수만은 없었다. 논증거리도 없고 오브라이언이 이야기한 것에 대한 막연한 두려움 외에 그를 지탱해주는 것이라곤 하나도 없으면서, 다시 공격적인 태세를 취하고 싶은 생각이 희미하게 떠올랐다.

"난 모릅니다. 관심조차 없어요. 아무튼 당신은 실패할 겁니다. 뭔가가 당신을 패배시킬 겁니다. 삶이란 것이 당신을 산산조각 낼 거란 말입니다."

"우린 삶을 지배하고 있네, 윈스턴. 그 삶의 기준에서 말일세. 자넨 우리의 행동에 분노해 대항하게 될 인간성이라는 것이 존재한다고 상상하는 모양이군. 하지만 그 인간성은 우리가 창조해내는 거야. 인간이란 본질적으로 무한히 순응하게 되어 있어. 혹시 프롤레타리아나 노예들이 봉기해 우릴 전복할 것이라는 생각을 다시 갖게 된 건 아닌가? 그렇다면 그런 생각은 마음속에서 지워버리게. 그들은 짐승처럼 무기력한 자들이야. 인간성이란 바로 당이지. 그 밖의 것은 논외로 쳐야 해. 부적합한 것이니까."

"상관없어요. 결국 그들이 당신들을 전복할 테니까요. 머지않아 그들이 당신들의 진정한 정체를 발견하면 갈가리 찢어버리고 말 겁니다."

"그런 일이 일어나리라는 어떤 확증 같은 거라도 예견하고 있나? 아니면, 그렇게 되어야만 할 이유라도 있나?"

"아닙니다. 그렇지만 믿고 있어요. 당신들이 실패하리라는 사실을 말이에요. 우주에는 뭔가가 있어요. 나도 자세히 인식할 수 없는 어떤 정신, 어떤 원칙 같은 것이 말입니다. 그걸 당신들은 결코 극복하지 못할 것입니다."

"자넨 신을 믿나, 윈스턴?"

"믿지 않습니다."

"그렇다면 도대체 우리를 패배시킬 것이라는 그 원칙이란 게 뭔가?"

"나도 모릅니다. 아마 인간성이라는 거겠지요."

"그렇다면 자넨 자기 자신을 인간이라고 생각하나?"

"물론입니다."

"윈스턴, 만약 자네가 인간이라면, 자넨 최후의 인간이야. 자네의 종족은 멸종했네. 우리가 바로 인간의 후예야. 자넨 '오직 홀로' 남았다는 걸 알겠나? 자넨 역사의 외곽에 존재해. 결국 자넨 존재하지 않는 셈이야." 그의 태도가 돌변하면서 점점 거칠어졌다. "우리가 허위에 가득 차고 잔인하다고 해서 자네 스스로를 우리보다 도덕적으로 훨씬 우수하다고 생각하는가?"

"그렇습니다. 나 자신이 훨씬 우수하다고 생각합니다."

오브라이언은 아무 말도 하지 않았다. 두 개의 다른 목소리가 이야기하고 있었다. 잠시 후에 윈스턴은 그중 하나가 자기 음성이라는 것을 알았다. 그것은 윈스턴이 형제단에 가입했던 날 밤에 오브라이언과 함께 나누었던 대화의 녹음이었다.

윈스턴은 자신이 거짓말을 하고, 도둑질을 하고, 서류를 날조하고, 살인하고, 마약 복용과 매춘을 권장하고, 성병을 퍼뜨리고, 아이들의 얼굴에 황산을 뿌리겠다고 서약하는 말을 들었다. 오브라이언은 이런 시위 행위를 해도 아무 소용이 없다는 말을 꺼내려는 듯이 약간 성급한 몸짓을 해 보였다. 이윽고 스위치를 돌리자 소리가 꺼졌다.

"침대에서 일어나." 오브라이언이 말했다.

묶은 끈이 저절로 느슨해졌다. 윈스턴은 마룻바닥으로 내려와 불안정한 자세로 섰다.

"자넨 최후의 인간이야." 오브라이언이 말했다. "자넨 인간 정신의 파수꾼이군. 결국 생긴 그대로의 자네 모습을 보게 될 걸세. 옷을 벗어."

윈스턴은 제복을 묶은 끈을 풀었다. 지퍼의 톱니가 오래전에 뒤틀려 있었다. 제복 속의 몸뚱이는 지저분하고 누르스름한 넝마 조각으로 감겨 있었는데, 그것이 내복의 찢어진 조각이라는 것을 간신히 알아볼 수 있었다. 그 넝마 조각을 몸에서 떼어냈을 때, 방 저쪽 먼 끝에 삼면경三面鏡이 붙어져 있는 것이 눈에 띄었다. 그는 거울 쪽으로 다가가다가 갑자기 멈춰 섰다. 순간 자기도 모르게 비명이 그의 입에서 튀어나왔다.

"계속해서 걸어." 오브라이언이 소리쳤다. "그리고 거울 중간에 서. 그러면 양면에서 자기 모습을 잘 보게 될 테니까."

그는 너무나 놀라서 발걸음을 멈췄다. 허리가 굽고 잿빛의 피부색을 한 해골 같은 것이 앞쪽으로 다가오고 있었다. 그 실체의 모습에 너무도 놀란 나머지 그 해골 같은 것이 자기 자신이라는 사실조차 깨닫지 못할 정도였다. 그는 멈칫거리며 거울 앞으로 다가섰다. 구부러진 자세 탓인지 그 짐승 같은 얼굴이 불쑥 튀어나오는 것 같았다. 희멀건 이마가 정수리 쪽으로 비스듬히 벗겨져 올라간 고독한 죄수의 얼굴, 갈고리처럼 휘어진 코와 우그러진 광대뼈 위의 두 눈이 사납게 쏘아보고 있었다. 상처 난 두 볼은 주름살투성이였고, 입은 안쪽으로 말려 들어간 것처럼 보였다. 그것은 분명히 그 자신의 얼굴이었지만, 내면에서 일어난 변화보다도 더 심하게 바뀌어 있었다. 그의 마음속에 새로이 새겨진 감정은 전에 그가 느꼈던 감정과는 전혀 다른 것이었다. 그의 머리는 반쯤 벗겨져 있었다. 처음 한동안은 머리가 반백으로 변한 줄 알았는데, 사실은 머리털이 빠져버렸기 때문에 희게 보인 것이었다. 손과 얼굴의 윤곽만 제외하고 그의 온 몸뚱이는 피부 깊숙이 스며든 때로 인해 잿빛을 띠고 있었다. 때로 덮인 피부의 여기저기엔 붉은 상처 자국이 나 있었고, 발목 근처의 정맥류성 궤양은 심한 염증을 일으켜 벗겨진 피부가 걸레 조각처럼 너덜거렸다. 그러나 진정 놀라운 일은 극도로 쇠약해진 몸뚱이였다. 갈빗대가 붙어 있는 몸통은 해골처럼 가느다랗게 보였다. 다리는 살이 빠져 무릎이 허벅지보다 더 두꺼워 보였다. 윈스턴은 오브라이언이 왜 옆모습을 보라고 했는지 이제야 깨달았다. 등뼈의 굴곡도 놀라울 정도였다. 여윈 어깨가 앞으로 굽어서 가슴에 공동空洞을 만들었고, 말라비틀어진 목은 두개골의 무게를 지탱할 수 없어 푹 꺾일 것만 같았다. 만일 누군가가 그의 모습을 본다면, 몸뚱이가 예순의 사나이처럼 시들어빠지고 만성병으로 고통받고 있는 사람이라고 생각했을 것이다.

"자넨 가끔 내 얼굴이—핵심 당원인 사람의 얼굴이—늙고 몹시 피로해 보인다고 생각했겠지. 그런데 자네 자신의 얼굴은 어떻다고 생각하지?"

그는 윈스턴의 어깨를 움켜잡고 거울에 비친 모습을 정면에서 바라볼 수 있도록 한 바퀴 빙 돌렸다.

"자네의 몰골을 보게!" 오브라이언이 소리쳤다. "자네의 온몸을 덮고 있는 이 더러운 먼지를 보란 말이야. 발가락 사이에 끼어 있는 때를 봐. 자네의 다리에 번져 있는 저 구역질 나는 종기를 봐. 자네 몸에서 염소 냄새가 난다는 걸 알고 있나? 아마 알면서도 일부러 모르는 체하겠지.

앙상하게 뼈만 남은 몸을 보란 말이야. 어때, 보고 있나? 엄지와 검지로 자네 팔뚝에다 두르면 서로 맞닿겠군. 난 당근을 부러뜨리듯 자네 목을 부러뜨릴 수 있어. 자네가 우리 손에 붙들린 이후 체중이 25킬로그램이나 줄어든 걸 알고 있어? 머리카락도 한 움큼씩이나 빠지고 있어. 자, 봐!" 그는 윈스턴의 머리를 한 줌 뽑아서 내팽개쳤다. "입을 벌려. 아홉, 열, 열하나, 이가 열한 개 남았군. 우리한테 붙들려 왔을 당시에는 이가 몇 개 있었지? 남아 있는 몇 개의 이마저 빠지려고 흔들거리고 있어. 이걸 봐!"

그는 엄지와 검지로 윈스턴의 남아 있는 앞니 한 개를 억세게 움켜잡았다. 격심한 통증이 윈스턴의 턱으로 전해졌다. 오브라이언은 흔들리는 이를 뿌리째 비틀어 뽑았다. 그리고 그것을 쓰레기통에다 집어 던져 버렸다.

"자넨 완전히 썩어가고 있어. 산산조각으로 무너져 내리고 있어. 자넨 뭐지? 썩은 고기 자루야. 자, 몸을 돌려서 거울을 다시 들여다봐. 자네 앞에 서 있는 저 흉측한 것이 보이지? 저것이 최후의 인간이야. 자네가 만약 인간이라면, 저것이 바로 인간성이라는 걸세. 이젠 다시 옷을 입어."

윈스턴은 경직된 동작으로 천천히 옷을 입기 시작했다. 지금까지 자신이 얼마나 여위고 허약한가를 모르고 있었던 것 같았다. 오직 한 가지 생각만이 그의 마음속을 어지럽혔다. 예상한 것보다 더 오랜 시간을 이곳에 붙잡혀 있지 않으면 안 된다는 사실이었다. 그러자 이 보기에도 끔찍한 누더기를 몸에 걸치고 있는 동안, 그의 황폐한 육신에 대한 뼈저린 회한이 문득 엄습했다. 그는 자신이 무슨 짓을 하는지조차 의식하지 못하고, 침대 옆에 놓인 조그만 의자에 무너지듯 털썩 주저앉아 흐느끼기 시작했다. 그는 추하고 불결하며 더러운 내의에 싸인 한 무더기의 뼈에 지나지 않는 육신으로, 눈부신 백열등 밑에서 흐느끼고 있는 자신을 의

식했다. 그러나 울음은 쉽게 그쳐지지 않았다. 그때 오브라이언이 그의 어깨에 손을 얹고 다정하게 입을 열었다.

"이런 고통은 영원히 계속되지 않아. 자네 스스로 원하기만 하면 언제든지 이 고통으로부터 벗어날 수 있어. 모든 게 자네 자신한테 달려 있는 거야."

"당신이 그랬습니다." 윈스턴은 울먹이며 소리쳤다. "당신은 나를 이런 파멸의 상태로까지 몰고 갔습니다."

"아닐세, 윈스턴. 자넨 스스로 파멸을 초래한 거야. 당에 맞서서 일어서려 했을 때 당신은 이미 이런 사태를 받아들인 거야. 그 첫 번째 행위 속에 모든 원인이 담겨 있었어. 예상하지 못했던 일이 일어난 게 아니야."

그는 잠시 말을 중단했다가 다시 계속했다.

"우린 자넬 파멸시켰어, 윈스턴. 자넬 쓰러뜨렸단 말이야. 자네의 몰골이 어떻게 생겼는지 보았겠지. 이제 무슨 자만심 따위가 남아 있으리라고는 생각하지 않네. 자넨 발길에 걷어차이고, 채찍질당하고, 온갖 수모를 겪고, 고통으로 비명을 지르고, 자신이 흘린 피와 토해낸 오물 속에서 뒹굴며 마룻바닥을 기어 다녔지. 자넨 또 눈물을 흘리며 자비를 구하고, 모든 사람과 모든 것을 배신했어. 자네한테 일어난 단 하나의 인간적인 타락을 생각할 수 있겠나?"

아직도 눈에서는 눈물이 줄줄 흘러내렸지만, 윈스턴은 더 이상 흐느끼지 않았다. 그는 오브라이언을 쳐다보았다.

"난 결코 줄리아를 배신하지 않았습니다." 윈스턴은 단호하게 말했다.

오브라이언은 깊은 생각에 잠겨 그를 내려다보고 있다가 입을 열었다. "맞아, 배신하지 않았어. 그건 완벽한 진실이야. 자넨 그녀를 배신하지 않았어."

그 어느 것도 깨뜨릴 수 없을 듯한 오브라이언에 대해 특별한 존경심이 다시 윈스턴의 가슴속을 꿰뚫고 흘러갔다. '얼마나 지성적인가! 얼마나 교양이 있는가!' 오브라이언은 그 말의 의미를 결코 이해하지 못하는 일은 없을 것이다. 이 지구 상의 어느 누가, 윈스턴이 줄리아를 배신했다고 곧바로 대답할 수 있겠는가? 그들이 고문에 의해서 그의 마음속의 생각을 알아내지 못한 것이 뭐가 있겠는가? 윈스턴은 그녀의 습관, 그녀의 성격, 그녀의 과거 생활에 관해 알고 있는 것은 뭐든지 말해주었다. 그들이 만났을 때 있었던 아주 사소한 일까지도 낱낱이 고백했다. 그가 그녀에게 했던 말, 그녀가 그에게 해준 말, 암시장에서 구한 식료품들, 간통, 당을 배신하기 위해 꾸민 막연한 음모 등 그 모든 것을 하나도 빠뜨리지 않고 털어놓았다. 그런데도 여전히, 그 말이 의도하는 범위에서 본다면 그녀를 배신하지 않은 것이다. 그녀에 대한 사랑이 끝나버린 것도 아니다. 그녀를 생각하는 그의 마음은 옛날과 똑같았다. 설명이 필요 없이 오브라이언은 윈스턴이 말한 의미를 알아챘을 것이다.

"말씀해주십시오. 언제쯤 나를 총살합니까?"

"아마 오래 걸릴지도 몰라." 오브라이언이 대답했다. "자넨 좀 곤란한 경우니까. 하지만 희망을 버리진 말게. 머지않아 모든 것이 회복되면 그때 자네를 총살해줄 테니."

4

그는 한결 나아졌다. 날이 갈수록 좋아졌다는 표현이 적절한 것이라면, 그는 그런 식으로 점점 살이 찌고 힘이 생겼다.

백열등과 윙윙거리는 소리는 그대로였지만, 감방은 전에 있던 다른 감방에 비해 좀 더 편안한 곳이었다. 판자 침대에 베개와 매트리스가 놓여 있었고, 앉아 쉴 의자도 한 개 있었다. 또 목욕도 하게 해주었고, 틈틈이 함석 대야에다 세수를 하도록 허락해주었다. 그렇게 씻을 때는 따뜻한 물까지 주었다. 또 새 내의와 깨끗한 제복도 주었다. 정맥류성 궤양에 바르는 연고도 주었다. 그리고 남은 이를 빼버린 다음에 새로 틀니를 끼워주었다.

몇 주일이나 몇 달이 지나간 게 틀림없었다. 이젠 규칙적으로 식사를 제공받기 때문에, 만약 그가 관심만 갖는다면 계속해서 시간의 흐름을 재는 것도 가능했다. 그의 판단에 따르면 24시간에 세 끼의 식사를 제공받았다. 가끔 그는 식사가 밤에 나오는지 낮에 나오는지 어리둥절해질 때가 있었다. 세 번째 식사 때마다 고기가 나올 만큼 음식은 매우 훌륭했다. 한번은 담배를 한 갑 가져다주었다. 그는 성냥을 갖고 있지 않았는데, 아무 말도 걸지 않고 식사만 날라다 주던 간수가 담뱃불을 붙여주었다. 처음 담배를 피웠을 땐 속이 메스꺼웠지만 참고 피웠다. 식사가 끝난 후에만 반 대씩 피웠기 때문에 한 갑이 다 떨어지기까지는 꽤 오랜 시간이 걸렸다.

그들은 귀퉁이에 도막 연필을 끈으로 매단 하얀 석판도 주었다. 처음엔 그것을 별로 사용하지 않았다. 깨어 있을 때에도 온몸이 마비된 듯 완전히 무감각한 상태였다. 대개 식사가 끝나면 잠을 자고, 때로는 눈뜨는 것조차 귀찮아서 멍청히 생각에 잠긴 채 누워 있었다. 오랜 시간을 지나는 동안 그는 얼굴에 강력한 전등 불빛을 받으면서 잠자는 데 익숙해졌다. 그렇게 강한 불빛을 받고 자면 꿈을 꾸더라도 일관성 있게 연결된다는 것을 제외하고는 별 차이가 없는 것 같았다. 요즘 들어선 줄곧 많은 꿈을 꾸었는데, 그것도 항상 행복한 꿈이었다. 꿈속에서 그는 황금의 나라에 있었다. 또 때로는 거대하고 휘황찬란하며 양지바른 폐허 속에서 어머니와 줄리아와 오브라이언과 함께 앉아 있었는데, 아무것도 하는 일 없이 그저 양지쪽에 앉아 평화롭게 이야기를 나누었다. 그가 잠에서 깨어났을 때 생각하는 것은 대체로 꿈에 관한 것이었다. 고통스러운 자극이 사라지고 나자 지적인 노력을 할 힘도 상실해버린 것 같았다. 지루하지도 않았다. 대화나 오락을 즐기고 싶은 생각도 없었다. 마냥 혼자 있으면서 구타나 심문을 당하지 않고, 배불리 먹고, 몸을 청결히 하는 것만으로 완전히 만족했다.

잠자는 시간이 점차 줄어들었지만, 아직도 침대를 떠나고 싶은 충동은 느끼지 않았다. 무엇보다도 그가 관심을 갖는 것은, 조용히 누워서 몸속에 힘이 축적되는 것을 느끼는 일이었다. 그는 자기 몸의 이곳저곳을 손가락으로 만져보며, 근육이 자꾸 통통해지고 피부에 탄력성이 더해가는 것이 꿈이 아닌가를 애써 확인하려고 했다. 결국 그가 점점 살이 쪄간다는 것은 의심할 여지 없는 확고한 사실이었다. 그의 넓적다리는 이제 분명히 굵어졌다. 그런 다음부터 처음에는 별로 마음이 내키지 않았지만 규칙적으로 운동을 시작했다. 얼마 후에는 감방 안을 걷는 걸음을 계산해볼 때 3킬로미터를 걸을 수 있었고, 구부러졌던 어깨도 꼿꼿해지고 있었다. 이윽고 그는 좀 더 힘든 운동을 시도해보았는데, 그것이 불가능함을 발견하고는 놀라움과 굴욕을 느꼈다. 그는 달릴 수 없었고, 어깨 높이까지도 의자를 들어 올릴 수 없었으며, 한 발로 서면 금방 쓰러져버렸다. 뒤꿈치로 버틴 채 웅크리고 앉아 있으면 넓적다리와 장딴지에 심한 통증을 느껴 금방 몸을 일으켜서 서 있는 자세를 취하지 않으면 안 되었다. 엎드린 자세로 팔굽혀펴기를 해보았지만 소용없는 짓이었다. 1센티미터도 몸을 들어 올릴 수 없었다. 그러나 며칠이 지나고 나서—몇 끼의 식사를 더 하고 나서—그 일도 해내게 되었다. 드디어 그 동작을 내리 여섯 번이나 할 수 있는 때가 왔다. 그는 자신의 몸에 대해 진심으로 자신을 갖고 혼자 흐뭇해했다. 그리고 어쩌다 벗겨진 정수리 쪽을 손으로 만져볼 때만 거울에 비쳤던 그 쭈글쭈글한 황폐한 얼굴이 생각나는 것이었다.

그의 마음은 차츰 적극성을 띠어갔다. 그는 판자 침대에 앉아 벽에다 등을 기대고 즉시 자신을 재교육하는 일에 착수했다.

그는 무조건 항복하고 말았다. 실제로 지금 보는 바와 같이 그 결정을 내리기 이미 오래전에 항복할 마음의 준비가 되어 있었다. 그가 사랑부에 붙잡혀 들어온 순간부터. 그렇다, 그와 줄리아가 텔레스크린에서 흘러나오는 금속성 목소리의 지시에 따라 무기력하게 서 있었던 그 순간부터 그는 당의 권력에 맞서 대항하려 한 것이 부질없고 경박한 생각이었음을 깨닫고 있었다. 이제야 7년 동안이나 사상경찰이 확대경으로 풍뎅이를 관찰하듯 그를 감시해왔다는 것을 알았다. 그의 몸동작이나 말 한마디까지 모두 파악하고 있었고, 그의 머릿속에 떠오른 일련의 생각마저 그들은 놓치지 않고 추리했다. 그의 일기장 표지의 한구석에 두었던 하얀 먼지 한 점도 용의주도하게 그대로 놓아두었다. 그들은 녹음테이프를 틀어주고, 사진까지 보여주었다. 그 사진 중에서 몇 장은 줄리아와 그를 찍은 것이었다. 그렇다, 이렇게까지 치밀한데……. 더 이상 당에 맞서 싸운다는 것은 어리석은 일이다. 게다가 당은 정당했다. 그럴 수밖에 없다. 불멸의 집단적 두뇌가 어떻게 잘못을 저지를 수 있겠는가? 그러니 어떤 외적인 기준에 의해 그들의 판단을 점검할 수 있겠는가? 건전한 정신이란 통계학적인 것이었다. 그것은 단순히 그들이 생각하는 것과 똑같이 생각하는 법을 배우는 문제였다. 오직!

연필이 손가락 사이에서 투박하고 거북살스럽게 느껴졌다. 그는 머릿속에 떠오른 생각들을 쓰기 시작했다. 먼저 커다랗고 서투른 대문자로 썼다.

자유는 예속이다.

그런 다음 멈추지 않고 그 밑에다 다음과 같이 썼다.

둘 더하기 둘은 다섯.

그러나 그 순간 그는 멈칫하며 쓰는 것을 중단했다. 마치 무언가로부터 부끄러워 도망치려는 듯이 한 군데에 정신을 집중할 수가 없었다. 다음에 무슨 생각이 떠오를 것인가를 알았지만, 그 순간에는 그것이 무엇인지를 알지 못했다. 그는 그 생각이 어떤 것이어야 한다는 것을 의식적으로 따져보고서야 머릿속에 떠올릴 수 있었다. 그것은 저절로 생각난 것이 아니었다. 그는 다음과 같이 썼다.

신은 권력이다.

그는 모든 것을 받아들였다. 과거는 변형시킬 수 있었다. 그러면서도 과거는 결코 변형된 적이 없었다. 오세아니아는 동아시아와 전쟁 상태에 있다. 존스, 아론슨, 러더퍼드는 처벌받아 마땅한 범죄를 저질렀다. 그는 그들의 범죄를 반증할 만한 사진을 본 적이 없었다. 그런 사진은 이 세상에 존재한 적이 없으며, 다만 자신이 꾸며낸 것이다. 그는 이것과 정반대의 사실을 기억하고 있었지만, 그것은 잘못된 기억이며 자기기만이 만들어낸 산물이었다. 이 모든 것이 얼마나 쉬운 일인가! 단지 항복하기만 하면 다른 일들은 저절로 해결되게 마련이다. 그것은 마치 물살을 거슬러 헤엄쳐 올라가려고 필사적으로 발버둥 치다가, 돌연 방향을 바꾸어 물결에 맞서는 대신 물살을 따라 헤엄쳐 내려가려고 결심한 것과 같았다. 결국 그 자신의 태도 이외엔 아무것도 변한 게 없었다. 예정된 일은 어떤 경우에도 일어나게 마련이었다. 그는 자신이 이전에 어째서 반역을 꾀했는지 알 수 없었다. 모든 것이 이렇게 수월할 줄은 몰랐다. 다만!

모든 것이 진실일 수 있다. 이른바 자연법이란 궤변이다. 중력의 법칙 또한 난센스다. 오브라이언이 말했었다. "내가 원하기만 하면 비눗방울처럼 이 마룻바닥 위에서 둥실 떠오를 수도 있어." 윈스턴은 그 말을 추론해보았다. '만약 그가 마룻바닥 위에서 떠오를 수 있다고 생각한다면, 그와 동시에 만약 그가 정말 그렇게 할 거라고 나 자신도 생각한다면, 결국 그 일은 이루어지는 것이다.' 갑자기 난파선의 잔해가 수면 위에 떠오른 듯이 불현듯 그런 생각이 그의 마음속에 떠올랐다. '그런 일은 실제로 일어날 수 없어. 우린 그렇게 상상할 뿐이야. 망상에 지나지 않아.' 윈스턴은 당장 그런 생각을 떨쳐버렸다. 그것은 분명히 망상이었다. 그것은 외부 세계 어딘가에, '진짜 사건'이 일어나고 있는 '진짜 세계'가 있을 것이라는 가정하에 예상한 일일 뿐이다. 하지만 어떻게 그런 세계가 있을 수 있는가? 자신의 마음을 떠나서 어떻게 사물에 대한 지식을 얻을 수 있는가? 모든 일은 우리의 마음속에서 일어난다. 마음속에서 일어나는 일은 무슨 일이든지 실제로 일어나는 것이다.

윈스턴은 그런 망상을 떨쳐버리는 데 별다른 어려움을 느끼지 않았고, 그 망상에 굴복하게 될까 봐 두려워하지도 않았다. 어떤 경우에도 그런 일이 자기한테 일어나서는 절대로 안 된다는 것을 깨달았다. 위험한 생각이 무의식중에 떠오를 때마다 마음은 공백 상태 쪽으로 향해야 한다. 그러한 진행 과정은 자동적이고 본능적이어야 하며, 이른바 신어로 '죄중지'여야 한다.

그는 스스로 '죄중지' 훈련에 착수했다. 그는 스스로에게 몇 가지 명제—즉, '당은 지구가 평평하다고 한다.' '당은 얼음이 물보다도 무겁다고 한다.'—를 제시한 다음 거기에 반대되는 논증을 찾지도 이해하지도 않는 훈련을 쌓았다. 그 일은 쉽지 않았다. 거기에는 추리력과 순간적인 융통성이 절대적으로 필요했다. 예를 들어 '둘 더하기 둘은 다섯.'이라는 진술에 의해 수학적인 문제가 제기되면 그의 지능으로는 도저히 이해할 수 없는 문제가 발생했다. 처음엔 가장 교묘한 논리를 이용하고 다음엔 가장 형편없는 논리적 과오도 이해하지 못하는 능력, 즉 일종의 정신 운동이 필요했다. 우매함이란 지성만큼이나 필요하면서도, 그 우매함을 얻기란 지성을 얻는 것만큼이나 어려운 일이었다.

한편으로는 마음 한구석에 언제 총살당하게 될까 하는 궁금증이 남아 있었다. "모든 것은 자네한테 달려 있네."라고 오브라이언은 말했다. 그러나 그에게는 죽음을 앞당길 만한 의식적인 행동을 할 능력이 결여되어 있었다. 그 죽음은 10분 후가 될지도 모르고 10년 후가 될지도 모른다. 그들은 몇 년 동안이나 그를 독방에다 가두어둘 수도 있을 것이다. 어쩌면 노동 수용소로 보낼지도 모르고, 가끔 그랬던 것처럼 일시적으로 풀어줄지도 모른다. 그리고 총살을 단행하기에 앞서 체포에서 심문에 이르기까지의 전체 드라마가 재연될 가능성도 충분히 있었다. 한 가지 분명한 일은, 죽음이 예상된 순간에는 결코 닥치지 않는다는 것이었다. 공식적으로 발표되지도 않았고 들어본 일도 없지만 모두 알고 있는 관례에 따르면, 감방 사이의 통로를 걸어갈 때 아무런 경고도 없이 뒤에서, 그것도 으레 뒤통수를 겨냥하여 쏜다고 했다.

어느 날—그러나 '어느 날'이란 적당한 표현이 아니다. 어쩌면 한밤중이 될지도 모른다—그는 기묘하고도 행복한 환상에 빠져들었다. 그는 총탄이 날아올 것을 기대하면서 복도를 걸어가고 있었다. 이제 곧 총탄이 날아오리라는 것을 그는 알고 있었다. 모든 것이 해결되고 안정되었으며 화해되었다. 이제는 더 이상 의혹도 논쟁도 고통도 두려움도 없었다. 그의 몸은 건강하고 힘이 있었다. 그는 기쁨에 차서 햇빛 속에 있는 듯한 느낌으로 편안하게 걷고 있었다. 그곳은 이미 사랑부의 좁고 새하얀 복도가 아니었다. 폭이 1킬로미터나 되는, 햇빛이 환히 비치는 거대한 통로를 마약에 취해서 걷듯이 걸어가고 있었다. 그는 황금의 나라에서 토끼들이 뛰노는 해묵은 풀밭 사이로 난 오솔길을 따라 걷고 있었다. 짧게 깎은 푹신한 잔디의 촉감이 발밑에 와 닿았고, 얼굴엔 부드러운 햇살을 받고 있었다. 들판 가장자리에는 느릅나무들이 미풍에 하늘거렸고, 그 느릅나무 숲 저쪽 건너편의, 버들가지가 늘어진 짙푸른 웅덩이 속에서는 황어 떼가 헤엄치고 있었다.

갑자기 그는 공포에 질려 벌떡 일어났다. 등줄기에서 식은땀이 배어나왔다. 그는 자기가 내지른 커다란 외마디 소리를 들었다.

"줄리아! 줄리아! 내 사랑, 줄리아! 줄리아!"

한동안 윈스턴은 그녀가 눈앞에 나타난 듯한 환각에 사로잡혔다. 그녀는 단순히 그와 함께 있는 것이 아니라 그의 내부에 있는 것 같았다. 마치 그녀가 그의 살갗을 뚫고 들어온 것처럼, 그 순간만은 그들이 자유로이 함께 있었을 때 사랑했던 것보다도 더 열렬히 사랑했다. 역시 그녀는 아직도 이 세상 어딘가에 살아남아서 그에게 도움을 청하고 있다는 데 생각이 미쳤다.

그는 다시 침대에 반듯이 드러누워서 마음을 진정하려고 애썼다. 도대체 무슨 짓을 저질렀는가! 일순간의 나약함 때문에 몇 년이나 더 이 노예 상태를 감수해야 할까?

금방이라도 문밖에서 구둣발 소리가 들려올 것만 같았다. 이런 돌발적인 감정의 노출을 그들이 묵인하지 않을 것은 분명했다. 만약 이전에 몰랐다 하더라도, 그들과의 약속을 그가 파기했음을 이제는 알게 될 것이다. 그는 당에 복종했지만 여전히 당을 증오했다. 옛날에는 겉으로만 순종하는 체하면서 마음속으로는 이단적인 생각을 품고 있었다. 이제 그는 한 걸음 후퇴하여 마음속으로 항복해버렸지만, 마음의 가장 깊은 곳까지 침범당하는 것은 거부했다. 그는 그것이 잘못임을 알면서도 그 잘못을 범하고자 바라고 있었다. 그들은 그 사실을 알게 될 것이다. 오브라이언도 그 점을 깨닫게 될 것이다. 어리석게도 방금 소리를 지름으로써 그 모든 것을 자백한 셈이 되어버리고 말았다

그는 처음부터 다시 시작해야만 할 것이다. 그러자면 몇 년이 걸릴지도 모른다. 그는 한 손으로 얼굴을 쓰다듬으며 새로 형성된 자신의 모습에 익숙해지려고 했다. 양 볼에 깊은 고랑이 패어 있고, 광대뼈는 불쑥 튀어나왔으며, 코는 납작해져 있었다. 게다가 거울에 비친 자신의 모습을 마지막으로 본 이후 완전히 새로운 틀니를 끼워 넣었다. 자기 얼굴이 어떻게 생겼는지를 모르면서도 일부러 태연한 표정을 짓기란 쉬운 일이 아니었다. 아무튼 단순히 얼굴 표정만 바꿀 수 있는 것으로는 불충분했다. 처음으로, 그는 사람이 비밀을 지키고 싶다면 자기 자신도 모를 만큼 감쪽같이 숨겨야 한다는 것을 깨달았다. 비밀이 항상 거기에 있다는 것을 의식하고 있어야 하지만, 필요할 때까지는 명칭을 붙일 수 있는 어떤 형태로든 절대로 의식에 떠올려서는 안 된다. 지금부터라도 계속해서 올바르게 생각해야 할 뿐만 아니라, 올바르게 느끼고 올바르게 꿈꾸지 않으면 안 된다. 그리고 항상 자신의 증오심을, 자기 몸의 일부이면서도 자기 몸의 나머지 부분과는 전혀 무관한 공 모양의 연체 포낭 생물처럼 자기 속에다 가두어두지 않으면 안 된다.

언젠가 그들은 그를 총살하기로 결정할 것이다. 그런 일이 언제 발생할지는 알 수 없었지만, 죽기 몇 초 전에는 짐작하게 될 것이다. 그 일은 항상 복도를 걸어갈 때 등 뒤에서 일어난다. 10초면 충분할 것이다. 그 시간 내에 그의 내면세계는 완전히 뒤집힐 것이다. 그러고 나서 갑자기 한마디 말도 꺼내지 못하고, 발걸음 한 번 멈칫거리지 못하고, 얼굴의 주름살 하나 움직이지 못한 채, 순간적으로 가면이 벗겨져 떨어지면서 총소리와 함께 그의 증오심은 산산조각 날 것이다. 증오심은 거창한 소리를 내며 타오르는 불꽃처럼 그를 가득 채우고 말 것이다. 그리고 총성과 거의 동시에, 너무 늦지도 너무 빠르지도 않게 총탄이 날아올 것이다. 그들은 그를 세뇌하기 전에 이미 그의 머리통을 박살 내고 말 것이다. 결국 이단적인 사상은 영원히 그들 손이 미치지 못하는 곳에서 처벌받지도 않고 참회를 강요당하지도 않을 것이다. 그러면 그들 자신의 완벽성에 하나의 구멍이 뚫릴 것이다. 그들을 증오하면서 죽는다는 것, 그것만은 자유다.

그는 두 눈을 감았다. 그것은 정신 훈련을 받는 것보다 더 어려웠다. 그것은 자신을 퇴화시키고 절단시키는 문제였다. 그는 더러운 것 중에서도 가장 더러운 오물 속에다 자신을 내동댕이치지 않으면 안 되었다. 이 세상 모든 것 중에서 가장 무섭고 역겨운 것은 뭘까? 그는 빅 브러더라고 생각했다. 그 어마어마한 얼굴과(언제나 포스터만으로 보아왔기 때문에 그의 얼굴은 폭이 1미터가 넘는 것으로 생각되었다) 무서운 검은 콧수염과, 사람이 움직일 때마다 뒤쫓는 듯한 눈초리가 저절로 그의 마음속에 떠오르는 것 같았다. 빅 브러더에 대한 그의 진정한 느낌은 무엇일까?

통로에서 묵직한 구둣발 소리가 들렸다. 철문이 요란한 소리를 내며 열렸다. 오브라이언이 감방 안으로 들어왔다. 그 뒤에 밀랍 같은 얼굴을 한 장교와 검은 제복의 간수들이 따라 들어왔다.

"일어서." 오브라이언이 명령했다. "이리 와."

윈스턴은 그 앞에 마주섰다. 오브라이언은 억센 손으로 윈스턴의 어깨를 잡아당겨 얼굴을 가까이서 들여다보았다.

"자넨 날 속일 생각을 했어. 그건 어리석은 짓이야. 똑바로 서. 내 얼굴을 쳐다봐."

그는 입을 다물었다가 좀 더 부드러운 음성으로 말을 계속했다.

"자넨 정신적으로 개선되고 있었네. 지적으로도 잘못된 점은 극히 적었어. 자네가 발전하지 못하는 면은 오직 감정적인 문제뿐이야. 말해봐, 윈스턴. 그리고 생각해봐, 절대로 거짓말은 하지 말고. 자넨 내가 항상 거짓말을 탐지해낸다는 걸 알고 있겠지. 말해보게. 빅 브러더에 대한 자네의 진정한 감정이 뭐지?"

"난 그를 증오합니다."

"그를 증오한다고? 좋아. 그럼 마지막 단계에 들어설 때가 되었군. 자넨 빅 브러더를 사랑하지 않으면 안 돼. 그에게 복종하는 것만으로는 아직 부족해. 그를 사랑해야 돼."

그는 윈스턴을 간수들 쪽으로 슬쩍 밀었다.

그리고 "101호실." 이라고 외쳤다.

5

그가 갇히는 감방이 바뀔 적마다, 그는 자신이 이 창살 없는 건물의 어디쯤에 있는가를 어렴풋이 짐작했다. 대체로 약간씩 기압 차이가 났기 때문이다. 간수들이 그를 매질했던 감방은 지하에 있었다. 오브라이언에게 심문을 받았던 방은 지붕 밑 높은 쪽에 있었다. 지금 이 방은 땅속 깊이 내려갈 수 있는 한도까지 몇 미터쯤 내려간 곳이었다.

그 방은 지금까지 그가 갇혀 있었던 감방들보다 더 컸다. 그러나 주위에 무엇이 있는지 거의 알아볼 수 없었다. 그가 알아볼 수 있는 것이라곤 고작 바로 앞에 놓인 두 개의 조그만 테이블이었는데, 녹색의 테이블보가 씌워져 있었다. 테이블 하나는 그에게서 1, 2미터쯤 떨어져 있었고, 다른 하나는 멀리 문 가까이에 있었다. 윈스턴은 의자에 똑바로 앉혀져 단단히 묶여 있었기 때문에 옴짝달싹할 수 없을뿐더러 머리마저 움직일 수 없었다. 어떤 조그만 받침대 같은 것이 뒤에서 머리를 꽉 죄고 있었기 때문에 앞만 똑바로 쳐다볼 수밖에 없었다.

그는 한동안 혼자 있었는데, 얼마 후에 문이 열리면서 오브라이언이 들어왔다.

"자넨 언젠가 나한테 101호실이 어떤 곳이냐고 물었지." 오브라이언이 입을 열었다. "난 벌써 자네가 알고 있을 거라고 대답해줬어. 누구나 다 알고 있다고 말이야. 101호실에서는 이 세상에서 일어날 수 있는 최악의 일이 일어나지."

문이 다시 열렸다. 간수 하나가 철사로 얽은 상자 같은 것을 들고 들어왔다. 그는 그것을 멀리 떨어진 테이블 위에다 놓았다. 오브라이언이 앞을 가리고 앉아 있었기 때문에 윈스턴은 그 물건이 무엇인지 볼 수 없었다.

오브라이언이 다시 입을 열었다.

"이 세상에서 가장 끔찍한 일은 개인에 따라 다르지. 산 채로 매장시키거나, 불에 태워 죽이거나, 물에 빠뜨려 죽이거나, 말뚝에 꿰어 죽이는 등 무려 50가지나 되는 처형 방법이 있네. 그런데 그런 운명적인 죽음이 아닌 아주 하찮은 방법이 몇 가지 있지."

그가 옆으로 약간 비켜섰기 때문에 윈스턴은 테이블 위에 놓인 물건을 좀 더 자세히 볼 수 있었다. 그것은 들고 다닐 수 있도록 윗부분에 손잡이가 달린, 철사로 얽은 장방형의 우리였다. 그 우리의 앞쪽엔 오목한 면이 바깥쪽을 향하도록 된 펜싱 마스크 같은 것이 부착되어 있었다. 그에게서 3, 4미터쯤 떨어져 있었지만, 우리가 두 칸으로 나뉘어 있고, 각 칸에는 뭔가 움직이는 동물 같은 것이 들어 있었다. 그것은 쥐였다.

"자네의 경우." 오브라이언이 덧붙였다. "이 세상에서 가장 끔찍한 것은 쥐일 걸세."

윈스턴은 그 우리를 흘낏 보자마자 뭐라고 설명할 수 없는 공포나 전율의 예고 같은 것이 그의 몸속을 전류처럼 관통하는 것을 느꼈다. 그러나 바로 그 순간에 앞쪽에 부착된 마스크의 의미를 즉각 알아차렸다. 그의 내장이 물처럼 녹아버리는 것 같았다.

"그럴 수 없어!" 그는 날카로운 소리로 고함을 질렀다. "안 돼, 안 돼! 그래서는 안 돼요."

"자넨 기억하고 있겠지?" 오브라이언이 말했다. "자네의 꿈속에서 늘 나타나곤 했던 그 공포의 순간 말일세. 자네 앞엔 어두운 담벼락이 가로막혀 있고, 자네 귀엔 으르렁거리는 소리가 들렸지. 담벼락 너머에 뭔가 무서운 것이 있었어. 자넨 그게 뭔지 알고 있었지만, 감히 드러내놓고 말할 수 없었어. 담벼락 너머에 있는 것은 쥐 떼였어."

"오브라이언!" 윈스턴은 목소리를 가라앉히려고 애쓰면서 말했다. "이런 짓을 할 필요가 없다는 것 아시지 않습니까. 내가 어떻게 하면 좋겠습니까?"

오브라이언은 곧바로 대답하지 않았다. 그가 입을 열었을 때는 언제나 그랬던 것처럼 학교 선생 같은 태도였다. 오브라이언은 윈스턴의 등 너머에 있는 청중들을 향해 연설이라도 하는 것처럼 깊은 생각에 잠겨 먼 곳을 응시하고 있었다.

그가 다시 입을 열었다. "고통을 주는 것만으로는 부족해. 인간이란 죽는 순간까지 고통에 맞서 버티는 경우가 종종 있거든. 하지만 누구에게나 도무지 견딜 수 없는 것, 생각조차 하기 싫은 것이 있어. 거기엔 용기나 비겁이 통하지 않아. 높은 곳에서 추락할 때 로프를 움켜쥐는 것은 비겁한 행동이 아닐세. 또 깊은 물속에서 떠올랐을 때 허파에 공기를 채워 넣으려고 숨을 들이쉬는 것 역시 비겁한 행동이 아니지. 그건 어쩔 수 없는 본능일 뿐이야. 쥐의 경우도 마찬가지네. 자네한테는 쥐란 놈이 견딜 수 없겠지. 쥐는 자네가 아무리 기를 써도 배겨낼 수 없는 압력의 한 형태일세. 자넨 자네한테 요구되는 일을 하게 될 걸세."

"하지만 그게 뭔데요? 그게 뭡니까? 무슨 영문인지도 모르고 어떻게 그런 짓을 할 수 있습니까?"

오브라이언은 우리를 들어 가까운 테이블 쪽으로 가지고 왔다. 그런 다음 조심스럽게 테이블 위에 내려놓았다. 윈스턴의 귀에 피에 굶주린 소리가 들려왔다. 그는 절망적인 고독감을 느끼며 앉아 있었다. 마치 인적이 없는 거대한 평원이나 햇볕만이 무섭게 내리쬐는 사막 한가운데서, 끝없이 펼쳐진 저 먼 곳으로부터 들려오는 갖가지 소리에 귀를 기울이고 있는 것 같았다. 쥐 떼가 들어 있는 우리는 그에게서 2미터도 안 되는 거리에 놓여 있었다. 몸집이 어마어마하게 큰 쥐들이었다. 쥐들은 나이가 든 탓인지 주둥이가 무디고 사납게 보였으며, 털도 잿빛에서 갈색으로 변해가고 있었다.

"쥐란 놈은." 오브라이언은 여전히 눈에 띄지 않는 청중을 향해 연설하듯 말했다. "설치류면서도 육식성이지. 그 사실을 알게 될 거야. 자네도 이곳 빈민가에서 일어난 일을 들었을 걸세. 어떤 거리에서는 부인들이 단 5분 동안도 어린애를 혼자 집에 놔두지 못한다더군. 십중팔구 쥐떼들이 공격을 하니까 말일세. 삽시간에 뼈까지 갉아 먹는다는 거야. 뿐만 아니라 쥐들은 병자나 죽어가는 사람도 공격한다네. 인간이 무력해진 것을 재빨리 알아내는 놀라운 지능을 보인다는 거야."

그때 우리에서 찍찍거리는 요란스러운 소리가 들려왔다. 윈스턴에겐 그 소리가 멀리서 들려오는 것 같았다. 쥐들은 싸우고 있었다. 놈들은 분리된 칸막이를 통해 서로를 잡아먹으려고 소란을 피웠다. 절망적인 깊은 신음 소리도 들렸다. 그 소리 역시 그의 입에서 새어 나온 소리가 아니라 외부에서 들려오는 것 같았다.

오브라이언은 방금 전에 했던 것처럼 우리를 들어 올려 그 안에 뭔가를 밀어 넣었다. 날카롭게 찰칵하는 소리가 났다. 윈스턴은 의자에서 빠져나가려고 필사적으로 몸부림쳤다. 그것은 절망적인 몸부림이었다. 그의 몸 모든 부분이, 심지어 머리까지도 꼼짝 못하게 묶여 있었다. 오브라이언은 우리를 더 가까이 가져왔다. 이젠 윈스턴의 얼굴에서 1미터 거리도 안 되었다.

"난 첫 번째 손잡이를 눌렀네." 오브라이언이 입을 열었다. "이 우리의 구조에 대해서 설명해 줘야겠군. 마스크는 자네의 머리에 꼭 맞게 되어 있어. 그러니까 한 치도 빠져나갈 틈이 없지. 다른 쪽 손잡이를 누르면 우리 문이 위로 열리도록 되어 있어. 그러면 이 굶주린 짐승들이 총알처럼 튀어나올 걸세. 공중으로 뛰어오르는 쥐를 본 적이 있나? 녀석들은 곧바로 얼굴을 향해 뛰어 올라가서 물어뜯는 거야. 눈을 먼저 공격하기도 하고, 때로는 볼에 구멍을 뚫고 들어가 혓바닥을 먹어치우기도 하지."

쥐 우리가 가까이, 바짝 다가들고 있었다. 윈스턴은 머리 위 허공에서 울려오는 듯한 연속적인 날카로운 울음소리를 들었다. 그러나 죽을힘을 다해 공포와 맞서 싸웠다. 생각하는 것, 마지막 남은 반 초까지 그가 생각하는 것은 오직 가느다란 희망뿐이었다. 갑자기 더럽고 지저분한 짐승 냄새가 콧속으로 확 풍겨왔다. 격렬한 구역질이 배 속으로부터 솟구치면서 그는 거의 의식을 잃었다. 눈앞이 캄캄해졌다. 순식간에 이성을 잃고 그 자신 울부짖는 짐승이 되어버렸다. 그러면서도 그 암흑 속에서 빠져나오기 위해 한 가지 생각에 매달렸다. 목숨을 건지기 위해서는 한 가지, 단 한 가지 방법밖에 없었다. 쥐와 그 자신 사이에 다른 인간, 다른 인간의 '육신'을 끼워 넣지 않으면 안 된다.

마스크의 둥그스름한 곡면이, 이제 다른 것은 하나도 보이지 않을 정도로 넓게 확대되어 왔다. 철사 문이 그의 얼굴에서 두 뼘 정도 떨어져 있었다. 쥐 한 마리가 위아래로 뛰었다. 수챗구멍에서나 나올 법한 또 한 마리의 늙고 불결한 쥐가 똑바로 서서 분홍빛 앞발을 철사에 걸치고 허공을 향해 코를 쫑긋거리며 사납게 냄새를 맡았다. 윈스턴은 쥐의 턱수염과 누런 이빨을 보았다. 다시 어두운 공포가 그를 사로잡았다. 눈앞이 캄캄해지고 맥이 빠지고 멍해졌다.

"이건 제정 시대 중국에서 널리 행해진 형벌이지." 오브라이언이 전과 같이 암시적으로 말했다.

마스크가 얼굴 쪽으로 다가오고 철사가 뺨에 닿았다. 그렇다면—아니다, 그것은 위안이 되지 못한다. 오직 희망일 뿐이다. 한 조각의 작은 희망일 뿐이다. 너무 늦었다. 아마 너무 늦었을 것이다. 그러나 문득 이 세상 온 천지에 그에게 가해진 형벌을 대신 받을 사람이 오직 '한 사람' 밖에 없다는 데 생각이 미쳤다—쥐와 그 자신 사이에 밀어 넣을 수 있는 육신은 '단 하나'밖에 없었다. 그래서 그는 미친 듯이 자꾸자꾸 되풀이해서 고함쳤다.

"이 짓을 줄리아한테 해요! 줄리아한테 하라고요! 내가 아니라 줄리아한테 말입니다! 그녀에게 무슨 짓을 하든 상관없습니다. 그녀의 얼굴을 갈기갈기 찢어요. 뼈가 나올 때까지 살을 발라요. 내가 아닙니다! 줄리아예요! 내가 아니란 말입니다!"

그는 쥐한테서 떨어지려고 있는 힘을 다해 뒤쪽으로 몸을 밀었다. 아직도 의자에 단단히 묶여 있었지만, 몸을 뒤로 젖혀 마룻바닥으로, 건물의 벽을 뚫고 지구 밖으로, 태양 너머로, 대기권으로, 외계 속으로, 별들 사이의 공간으로, 쥐를 피해서 달아나고, 달아나고, 계속 달아나고 있었다. 몇 광년의 거리까지 달아났지만, 오브라이언은 여전히 그 옆에 서 있었다. 아직도 볼에는 차가운 철사의 감촉이 느껴졌다. 그를 둘러싼 암흑을 뚫고 찰칵하는 금속성의 소리가 들렸다. 그러나 찰칵하는 소리와 함께 우리의 문이 닫혔을 뿐 열리지는 않았다는 것을 알았다.

6

'호두나무 카페'는 거의 텅 비어 있었다. 창문을 통해 비스듬히 들어오는 한 줄기 햇빛이 먼지 낀 탁자 위를 노랗게 비쳤다. 한적한 오후 2시였다. 가냘픈 음악 소리가 텔레스크린에서 흘러나왔다.

윈스턴은 언제나처럼 구석자리에 앉아서 빈 잔을 들여다보고 있었다. 가끔 그는 맞은편 벽에서 그를 쏘아보고 있는 널따란 얼굴을 흘낏 쳐다보았다. '빅 브러더가 당신을 주시하고 있다'라는 표제어가 적혀 있었다. 주문하지 않는데도 웨이터가 와서 빈 잔에다 빅토리 진을 채워주고,

코르크 마개에 대롱이 박힌 다른 병을 흔들어 잔 속에다 몇 방울의 액체를 흘려 넣어주었다. 그것은 이 카페만이 자랑하는, 정향丁香을 탄 사카린이었다.

윈스턴은 텔레스크린에서 흘러나오는 소리에 귀를 기울이고 있었다. 지금은 음악만 흘러나오고 있었지만, 예고 없이 평화부에서 특별 공보가 발표될 가능성이 있었다. 아프리카 전선에서 전해 오는 뉴스는 극히 불안했다. 그는 온종일 문득문득 그 일을 걱정하고 있었다.

유라시아 군대가 무서운 속도로 남쪽을 향해 진격해 오고 있었다(오세아니아는 유라시아와 전쟁을 하고 있었다). 정오의 발표는 어떤 명확한 지역을 언급하지 않았지만, 콩고 입구 쪽은 이미 전투 지역으로 바뀐 것 같았다. 브라자빌과 레오폴드빌은 위험한 상태였다. 그것이 의미하는 바는 굳이 지도를 들여다보지 않아도 알 수 있었다. 그것은 단순히 중앙아프리카의 상실에만 국한된 문제가 아니었다. 지금까지의 전쟁을 통해 맨 처음으로 오세아니아의 영토가 위협당하고 있는 것이다.

정확히 말해서 공포가 아닌 일종의 획일적 흥분인 격렬한 감정이 그의 가슴속에서 불꽃처럼 피어올랐다가 다시 스러지곤 했다. 그는 전쟁에 관한 생각에서 벗어났다. 그는 요즘엔 몇 분 이상 한 가지 일에 정신을 집중할 수 없었다. 그는 잔을 집어 들어 단숨에 비워버렸다. 언제나처럼 몸이 부르르 떨렸고, 가벼운 헛구역질까지 났다. 술맛은 끔찍스러웠다. 정향과 사카린만으로도 치가 떨릴 정도로 맛이 역겨웠는데, 한결같은 기름 냄새마저 가시지 않았다. 무엇보다도 가장 고약한 것은 진의 독특한 냄새였다. 그 냄새는 밤낮을 가리지 않고 그의 몸에 붙어 다녔으며, 기묘하게도 '그 어떤' 냄새와 뒤엉켜 그의 마음속에 자리 잡고 있었다.

윈스턴은 머릿속으로라도 그 어떤 이름을 떠올리지 않았고, 가능한 한 상상조차 하려 하지 않았다. 그것은 콧구멍 속에서 맴도는 어떤 냄새였다. 몸속에서 취기가 오르자 그는 자줏빛 입술 사이로 트림을 했다. 그는 석방된 이래 살이 더 쪘고 옛날의 안색을 되찾았다. 아니, 옛날보다 한결 나아졌다. 그의 몸은 통통해졌으며, 코와 광대뼈께의 피부는 천박스러운 붉은빛을 띠었고, 벗겨진 정수리까지도 짙은 핑크빛을 띠었다. 웨이터는 부탁하지 않았는데도 체스판과 이번 달의 《타임스》지를 가져왔다. 《타임스》지에서 체스 문제가 실려 있는 페이지를 일부러 접어가지고. 그런 다음 윈스턴의 술잔이 비어 있는 것을 발견하고는 진 병을 가져와서 술을 채워주었다. 그러니 주문을 할 필요가 전혀 없었다. 그들은 윈스턴의 습성을 알고 있었다. 체스판은 언제나 그를 위해 대기하고 있었으며, 구석 자리는 항상 그의 몫으로 남겨두었다. 사람들로 만원을 이루었을 때에도 그 자리만은 비워두었으며, 아무도 그 옆에 앉으려 하지 않는 것 같았다. 그는 또 자기가 몇 잔이나 마셨는지 번거롭게 헤아릴 필요를 느끼지 않았다. 때때로 이른바 계산서라고 하는 더러운 종이쪽지를 그 앞에 내밀기는 했지만, 항상 제값보다 싸게 청구하는 인상을 주었다. 그렇지만 술값을 비싸게 매겼다 하더라도 문제가 될 것은 없었다. 그는 요즘 돈에 별로 궁색하지 않았다. 게다가 한직이긴 하지만 직장까지 갖고 있었으며, 옛 직장에서보다 더 많은 급료를 받았다.

텔레스크린에서 들리던 음악 소리가 그치고 대신 사람의 목소리가 흘러나왔다. 윈스턴은 그 말을 들으려고 고개를 쳐들었다. 하지만 전황을 알리는 것은 아니었고, 단순히 풍요부에서 발표하는 간단한 공보였다. 제10차 3개년 계획 중 이전 사분기에 있어서의 구두끈 목표량이 98퍼센트 초과 달성 되었다는 얘기 같았다.

그는 체스 문제를 자세히 들여다본 다음 말들을 움직였다. 그것은 한 쌍의 말을 움직여 끝을 맺는 속임수였다. '백을 두 번 움직여 외통장군을 부를 것.' 윈스턴은 빅 브러더의 초상화를 쳐다보았다. 백이 항상 외통장군을 부른다는, 어렴풋하면서도 희한한 생각이 떠올랐다. 언제나 예외 없이 그렇게 되어 있었다. 체스 문제에 관한 한 인간 세계가 시작된 이래 흑이 이겨본 적이 없었다. 그것은 선이 악에 대해서 영원히 변함없는 승리를 거둔다는 것을 상징하는 게 아닐까? 그 거대한 얼굴이 조용한 힘으로 가득 차서 그를 뚫어지게 응시하고 있었다. 백은 항상 외통장군을 부른다.

텔레스크린에서 음성이 멎더니 훨씬 더 심각한 다른 사람의 목소리가 이어졌다. "오후 3시 30분에 중대한 발표가 있으니 대기해주십시오. 3시 30분! 아주 중대한 뉴스입니다. 그 뉴스를 놓치지 않도록 각별히 주의해주십시오. 3시 30분입니다!" 짧게 멜로디가 끊기는 음악이 다시 울렸다.

윈스턴은 가슴이 울렁거렸다. 그것은 전황에 관한 발표일 것이다. 직감적으로, 앞으로 발표될 뉴스가 좋지 못한 소식일 거라는 생각이 들었다. 온종일 아프리카에서 결정적인 참패를 당하지 않았나 하는 생각 때문에 마음이 불안정했다. 사실 그는 유라시아 군대가 철통같은 방어선을 뚫고 개미 떼처럼 아프리카 대륙의 끝을 향해 물밀듯이 진군하는 광경을 직접 보는 것 같았다. 왜 측면 공격을 해서 그들을 다른 쪽으로 몰아붙이지 못하는 것일까? 서아프리카 연안의 윤곽이 그의 마음속에 생생하게 떠올랐다. 그는 백말을 집어 판을 가로질러서 옮겨놓았다. '거기에' 틀림없는 자리가 있었다. 그의 상상 속에서는 흑의 대군大軍이 남쪽으로 밀려가는 것을 보고 있는 동안에, 다른 군단이 밀려가는 것을 보고 있는 동안에, 또 다른 군단이 기묘하게 집결하더니 갑자기 후방을 공격해 육지와 바다에서 적의 연락망을 끊어버리고 있었다. 그는 자신이 의식적으로 그렇게 되기를 바람으로써, 다른 군대를 거기에 투입한 것처럼 느껴졌다. 그러나 신속히 행동할 필요가 있었다. 만약 그들이 아프리카 전역을 장악하고 희망봉에 비행장과 잠수함 기지를 구축한다면 오세아니아는 두 동강이 나고 말 것이다. 그러면 뭔가 심각한 사태가 야기되는지도 모른다. 패배, 몰락, 세계의 재분할, 당의 파괴! 그는 숨을 깊이 들이마셨다. 몹시 착잡한 느낌이었다. 아니, 정확히 말해서 그것은 착잡한 느낌이 아니었다. 오히려 그것은 연속적으로 쌓여 있는 감정의 층이었다. 다만 그 가장 저변에 깔려 있는 것이 무엇인지를 알 수가 없었다. 그의 내부에서 충돌을 벌이고 있는 감정의 층을.

경련은 지나갔다. 윈스턴은 백말을 제자리에 가져다 놓았지만, 한참 동안 체스 문제를 진지하게 연구할 수 없었다. 그의 생각은 다시 어수선해졌다. 거의 무의식적으로 그는 먼지가 쌓인 탁자 위에다 손가락으로 이렇게 썼다.

2+2=5

"당신의 마음속까지 그자들이 포착할 수는 없어요."라고 그녀는 전에 말했었다. 그러나 그들은 사람의 마음속을 꿰뚫어 보는 일이 가능했다. "이곳에서 자네한테 일어나는 일은 앞으로도 영원히 계속될 거야."라고 오브라이언이 말했었다. 그것은 사실이었다. 거기에는 절대로 돌이킬 수 없는 일들과 그 자신의 행동이 있었다. 그의 가슴속에서 뭔가가 살해당하고 불태워지고 마비되었다.

그는 그녀를 만났고 대화까지 나누었다. 그렇게 해도 위험할 것은 없었다. 그들은 이제 그의 행동에 관심을 갖지 않는다는 것을 직감적으로 알 수 있었다. 그들 중의 한 사람이 원하기만 했다면 다시 만날 수도 있었을 것이다. 그들이 만난 것은 정말 우연이었다. 3월의 몹시 쌀쌀한 어느 날, 공원에서였다. 땅은 굳어 쇳덩이처럼 단단했고 풀은 모두 말라 죽은 것 같았으며, 바람에 꽃술이 떨어져 나간 몇 송이의 크로커스 이외에 새싹이란 전혀 찾아볼 수 없었다. 손은 얼어붙고 추위 때문에 눈에 눈물이 어린 채 급히 길을 가다가 10미터 전방에서 그녀를 본 것이다. 너무나 추하게 변모한 그녀의 모습을 한눈에 알아보고 그는 몹시 충격을 받았다. 그들은 서로 눈짓 한번 하지 않은 채 그냥 지나쳐버렸다. 그러나 결국 그는 몸을 돌려 별로 내키지 않는 발걸음으로 그녀의 뒤를 따랐다. 그래봐야 아무 위험도 없고, 누구 하나 그들에게 관심을 갖지 않으리라는 것을 잘 알고 있었다. 그녀는 아무 말도 안 했다. 그녀는 일부러 그를 피하려는 듯 풀밭을 빙 둘러서 걸어갔다. 그런 다음 하는 수 없다는 듯 그가 그녀 옆에 올 때까지 걸음을 늦추었다. 이윽고 그들은 이파리 하나 달리지 않은 앙상한 관목 숲으로 들어섰다. 그 벌거숭이 관목 숲은 바람을 막아주지도 못했고 그들의 모습을 숨겨주지도 않았다. 그들은 발걸음을 멈추었다. 지독하게 추운 날씨였다. 바람이 윙윙거리며 나뭇가지 사이를 빠져나가 보기 흉한 모양의 크로커스를 가끔 흔들어놓았다. 윈스턴은 그녀의 허리에다 팔을 둘렀다.

이곳엔 텔레스크린은 없었지만 마이크로폰이 숨겨져 있는 게 분명했다. 게다가 그들의 모습이 훤히 보였다. 그래도 상관없었다. 아무것도 문제 될 게 없었다. 원하기만 한다면 땅바닥에 누워서 '그 짓'도 할 수 있을 것이다. 그런 생각을 하니 그의 살이 공포로 얼어붙는 것 같았다. 그가 아무리 팔에 힘을 주어 끌어안아도 그녀는 아무런 반응을 보이지 않았다. 그렇다고 해서 그의 팔을 풀려고도 하지 않았다. 이제야 그는 그녀의 몸에 어떤 변화가 생겼는지를 알아차렸다. 그녀의 얼굴은 몹시 창백했고, 이마와 관자놀이를 가로질러 기다란 상처 자국이 있었는데, 상처의 일부는 머리카락으로 가려져 있었다. 그러나 그 정도의 변화는 아무것도 아니었다. 그녀는 놀라울 만큼 뻣뻣해지고 허리가 굵어져 있었다. 언젠가 로켓탄이 폭발한 직후에 폐허의 돌 더미 속에서 시체 하나를 끌어낸 적이 있는데, 그것이 살덩이라기보다는 돌덩이 같아서 어찌나 무겁고 딱딱한지 다루기가 힘들었던 일이 생각났다. 그런데 줄리아의 몸이 그런 느낌을 주었다. 그녀의 살결 또한 옛날의 감촉과는 너무나 다르다는 데 생각이 미쳤다.

윈스턴은 그녀에게 키스하고 싶은 생각도 없었다. 공원 문을 빠져나와 다시 돌아오는 길에 그녀는 처음으로 그를 빤히 쳐다보았다. 잠깐 쳐다보았을 뿐인데도 그녀의 눈초리엔 경멸과 혐오감이 가득 차 있었다. 그는 그 혐오감이 순전히 지난 일 때문에 생긴 것인지, 아니면 부풀어 오른 듯한 그의 얼굴과 찬바람 때문에 그의 눈에 어린 눈물을 보고 그런 감정이 싹튼 것인지 도무지 종잡을 수 없었다. 그들은 두 개의 철제 의자에 약간 거리를 두고 나란히 앉았다. 그는 그녀가 무슨 말을 꺼내려고 하는 것을 알았다. 그녀는 볼품없는 구두를 약간 움직여 일부러 마른 나뭇가지를 밟아 부러뜨렸다. 그녀의 발이 더 넓적해진 것 같은 생각이 들었다.

"난 당신을 배신했어요." 그녀가 당돌하게 말을 꺼냈다.

"나도 당신을 배신했어." 그가 대꾸했다.

"가끔 그들은 도저히 참을 수 없을 만큼, 생각하기조차 싫을 정도로 위협했어요. 그러면 '저한테 그러지 마세요. 다른 사람한테 그렇게 하세요. 이러이러한 사람한테 말이에요.'라고 소리치지 않을 수 없었어요. 그런데 후에 가서 그것은 속임수이며 고문을 중단시키려고 그런 말을 지껄였을 뿐이라고 애써 변명해보려 한들 그건 진정이 아니라는 게 드러나고 말아요. 목숨을 구하기 위해서는 달리 방법이 없고, 그런 식으로밖에는 위기를 넘길 수가 없는 거예요. 자신이 아닌 다른 사람에게 그런 일이 일어나길 바란 거지요. 자기만 발뺌을 하면 된다고 생각한 거예요."

"관심을 갖게 되는 것은 자기 자신뿐이야." 그는 그녀의 말을 흉내 냈다.

"그런 일이 생긴 다음에는 그 사람에 대한 감정이 더 이상 전과 같을 수 없어요."

"그래, 전과 같은 느낌을 가질 순 없지."

더 이상 할 말이 없는 것 같았다. 바람이 불어와 그들의 얇은 제복이 몸에 휘감겼다. 아무 말도 없이 거기에 앉아 있는 것이 갑자기 어색해졌다. 게다가 날씨마저 너무나 쌀쌀해서 그대로 앉아 있을 수 없었다. 그녀는 지하철을 타고 가야 한다면서 어물어물 말하더니 일어나서 가버렸다.

"우린 다시 만나게 될 거야." 그가 말했다.

"그래요, 우린 다시 만나게 될 거예요." 그녀가 대답했다.

그는 그녀 뒤에 약간 처져서 한동안 머뭇거리며 그녀를 따라갔다. 그들 두 사람 다 다시는 입을 열지 않았다. 그녀는 노골적으로 그를 떨쳐버리려고는 하지 않았지만, 그와 나란히 걷지 않으려고 걸음을 빨리했다. 지하철역까지 그녀와 동행하려고 생각했지만, 이런 추위 속에서 줄곧 따라간다는 것이 갑자기 무의미하고 참을 수 없는 일처럼 느껴졌다. 그는 줄리아를 계속 따라가겠다는 생각보다는 '호두나무 카페'로 돌아가고 싶은 충동에 강하게 사로잡혔다. 호두나무 카페가 이때만큼 매력적으로 느껴진 적은 없었다. 그 구석 자리와 신문과 체스판과 비지 않는 술잔이 생생하게 눈앞에 떠오를 만큼 그리웠다. 무엇보다도 그곳은 따뜻했다. 다음 순간, 결코 우연만은 아니지만, 몇 사람이 그들 사이에 끼어들어 그는 그녀로부터 떨어지기 시작했다. 그는 내키지 않는 발걸음으로 그녀를 따라잡으려고 애쓰다가 이윽고 걸음을 늦추어 방향을 바꾼 후 반대쪽으로 꺾어 들었다. 50미터쯤 그렇게 걸어가다가 뒤돌아보았다. 거리가 그다지 붐비는 편이 아니었는데도 이미 그녀의 모습은 보이지 않았다. 찾아볼 길이 없었다. 급하게 걸어가는 열두어 명의 사람들 가운데 그녀가 끼어 있을 것 같았다. 어쩌면 그녀의 몸이 비대하고 뻣뻣해졌기 때문에 뒤에서는 알아보지 못하는 것인지도 몰랐다.

"그런 일이 있었을 땐 당신은 진심으로 그렇게 말했을 거예요."라고 그녀는 말했었다. 사실 그랬다. 단순히 말만 그렇게 한 것이 아니라 그렇게 되기를 마음속으로 바랐었다. 그는 자신이 받는 고통이 그녀한테로 옮겨 가기를 바랐었다.

텔레스크린에서 흘러나오던 단속적인 멜로디가 바뀌었다. 금이 간 듯한 야유조의 가락이, 말하자면 선정적인 가락이 대신 흘러나왔다. 그러고 나서—어쩌면 실제로 그런 일이 일어난 게 아니라, 소리가 비슷해서 그런 기억이 떠올랐는지 모르지만—어떤 목소리가 노래를 부르고 있었다.

무성한 호두나무 아래서
난 당신을 팔고, 당신은 나를 팔았지.

그의 눈에 눈물이 괴었다. 지나치던 웨이터가 그의 잔이 비어 있는 것을 보고 진 병을 들고 왔다.

그는 술잔을 들고 냄새를 맡아보았다. 그 술은 마실수록 더욱 끔찍한 생각이 들었다. 그러나 이젠 취하도록 마시지 않고는 배길 수가 없었다. 술은 그에게 있어 생명이며 죽음이며 부활이었다. 매일 밤 그를 혼수상태에 빠뜨려 잠들게 하는 것도 술이었고, 매일 아침 그를 되살아나게 하는 것도 술이었다. 11시 전에 일어나는 경우는 거의 없지만, 달라붙은 눈꺼풀과 타는 듯한 입과 부러져 나갈 것 같은 척추의 통증을 느끼며 잠에서 깨어나면, 간밤에 침대 곁에 놓아둔 술병과 컵이 없이는 자리에서 도저히 몸을 일으키지 못했다. 그런 다음 정오가 지날 때까지 손에 술병을 들고 번들거리는 얼굴로 텔레스크린에 귀를 기울이는 것이었다. 이어 오후 3시부터 영업이 끝나는 시간까지 호두나무 카페에 못 박힌 듯 앉아 있었다. 어느 누구도 더 이상 그에게 관심을 보이지 않았고, 호루라기를 불어 그의 잠을 깨우지도 않았으며, 텔레스크린으로부터 호통을 치는 일도 없었다. 어쩌다 일주일에 두 번쯤은 먼지가 내려앉은 진리부의 사무실에 나가, 그것도 일이라면 일인 하찮은 서류를 주물럭거리다 돌아오곤 했다. 그는 신어사전 제11판 편찬 중에 제기된 사소한 문제점들을 다루는 수많은 위원회 가운데서 파생된 분과위원회 중 소분과에 발령받았다. 그곳은 이른바 '중간보고서'라고 일컫는 서류를 작성하는 일을 담당하고 있었는데, 윈스턴은 보고하는 내용이 무엇인지 명확히 알지 못했다. 그것은 마침표를 괄호 안에 찍느냐, 괄호 바깥에 찍느냐 하는 문제와 관련된 일이었다. 소분과에는 그 외에도 네 사람이 함께 모였다가 실제로 할 일이 없다고 솔직히 인정하고는 곧바로 헤어지는 날도 있었다. 그렇지만 이따금씩 열심히 일에 매달리는 날도 있었다. 그런 날이면 의사록을 작성하고, 결코 끝맺을 것 같지 않은 비망록을 입안하는 등 거창한 소란을 피우기도 했다. 그럴 때는 쟁점이라고 생각되는 것에 대한 토의가 의외로 복잡하고 까다로워져서 결정 사항을 놓고 미묘한 입씨름을 벌이고, 매우 엇갈린 주장을 하고, 싸우고, 심지어 고위 당국에 이 문제를 제출하겠다고 협박까지 했다. 그러다가 갑자기 맥이 빠져서, 수탉이 울면 자취를 감춰버리는 유령처럼 테이블 주위에 둘러앉아 퀭한 눈으로 서로의 얼굴을 바라보는 것이었다.

텔레스크린이 잠시 조용해졌다. 윈스턴은 고개를 들었다. 발표가 있을 것이다. 그러나 아니었다. 단지 음악이 바뀌었을 뿐이다. 그의 눈꺼풀 위엔 아프리카의 지도가 떠올랐다. 군대의 움직임에 관한 도표였다. 검은 화살표가 수직으로 남쪽을 향해 뻗쳐 있고, 흰 화살표의 꼬리를 가로질렀다. 그는 확인이라도 하듯 초상화 속의 침착한 얼굴을 쳐다보았다. 두 번째의 화살은 있지도 않다고 생각할 수 있을까?

모처럼의 흥미가 다시 시들해졌다. 그는 진 한 모금을 다시 마시고 나서 백말을 집어 시험 삼아 움직여보았다. 장군! 그러나 그것은 분명히 바른 수가 아니었다. 왜냐하면……

뜻밖에도 어떤 기억이 마음속에 떠올랐다. 하얀 시트가 깔린 커다란 침대가 놓여 있는, 환히 촛불을 밝힌 방이 윈스턴의 눈앞에 나타났다. 아홉 살이나 열 살쯤 된 소년 윈스턴이 주사위통을 흔들며 바닥에 앉아서 깔깔대고 있었다. 어머니도 마주 앉아 따라 웃었다.

어머니가 행방불명되기 한 달쯤 전인 게 분명했다. 참기 힘든 굶주림도 잊었고, 더 어린 시절에 느꼈던 어머니에 대한 애정이 잠시나마 되살아난 화기애애한 순간이었다. 그는 그날을 뚜렷이 기억하고 있었다. 비가 억수같이 퍼부어 창틀에 빗물이 줄줄 흘러내리고, 실내는 책도 읽을 수 없을 만큼 어둠침침한 그런 날이었다. 어둡고 답답한 침실에 갇혀 있었기 때문에 두 아이는 지루해서 견딜 수가 없었다. 윈스턴은 졸라대 봤자 아무 소용도 없는 음식을 내놓으라고 울며 보채고, 안달이 나서 방을 빙빙 돌며 손에 잡히는 물건들을 마구 집어 던지고, 벽을 발길로 걸어차는 바람에 이웃집 사람이 화가 나 벽을 꽝꽝 치기까지 했다. 게다가 어린애까지 끊임없이 보챘다. 참다못해 어머니가 말했다. "착하게 굴면 장난감을 사주지. 예쁜 장난감 말이야. 너도 좋아할 거다." 그런 다음 어머니는 빗속을 뚫고 나가, 아직 드문드문 문이 열려 있는 근처의 가게로 가서 '뱀과 사다리' 놀이 기구가 들어 있는 마분지 상자를 사 들고 돌아왔다. 그는 지금도 비에 젖은 마분지 상자의 냄새를 기억할 수 있었다. 그것은 조잡하기 짝이 없는 장난감이었다. 놀이판은 금이 갔고, 조잡하게 깎은 조그만 나무 주사위는 제대로 서지도 못했다. 윈스턴은 아무 흥미도 느끼지 못한 채 심통이 난 얼굴로 그 물건을 바라보았다. 그러나 그때 어머니가 촛불을 켰고, 그들은 놀이를 하려고 바닥에 둘러앉았다. 그는 곧 신바람이 나서 고함을 지르며 깔깔댔다. 티들리윙크스(조그만 원형의 말)가 희망에 차서 사다리를 기어오르다가 뱀한테로 주르르 미끄러져 떨어지면 원점에서 다시 시작하게 되는 놀이였다. 두 사람은 게임을 여덟 판 했는데 각각 네 판씩 이겼다. 누이동생은 너무 어려서 놀이를 이해하지 못했기 때문에 베개에 기대어 앉혀놓았는데, 다른 사람이 웃으니까 마냥 따라 웃었다. 오후 내내 그들은 옛 시절처럼 모두 행복했다.

윈스턴은 이런 추억의 그림자를 마음속에서 지워버렸다. 그것은 잘못된 기억이었다. 그는 가끔 이런 잘못된 기억 때문에 고통받았다. 그렇지만 그 추억의 정체를 파악하고 있는 한 곤란한 문제는 없었다. 어떤 일은 일어나고 또 어떤 일은 일어나지 않은 걸로 해두면 되었다. 그는 체스판으로 되돌아가서 백말을 다시 집어 들었다. 그와 동시에 말이 덜거덕 소리를 내며 체스판 위로 굴러떨어졌다. 그는 바늘에 찔린 것처럼 깜짝 놀랐다.

날카로운 트럼펫 소리가 허공을 가르며 들려왔다. 공보公報가 있었다! 승리였다! 뉴스 전에 트럼펫 소리가 울리면 반드시 승리의 소식이 전해졌다. 전류와도 같은 전율이 카페 안을 꿰뚫었다. 웨이터들까지도 깜짝 놀라 귀를 곤두세웠다.

트럼펫 소리에 이어 엄청난 함성이 뒤따랐다. 흥분된 목소리가 텔레스크린에서 떠들어대고 있었지만, 시작하기도 전에 이미 바깥에서 터져 나오는 우레와 같은 함성에 묻혀버리고 말았다. 뉴스는 마력과도 같이 거리를 휩쓸며 지나갔다. 텔레스크린에서 간신히 알아들을 수 있는 내용은, 예상했던 사태가 일어났다는 것이었다. 거대한 함대가 비밀리에 집결해서 적의 후방에 기습적인 공격을 감행했다. 흰 화살표가 검은 화살표의 꼬리를 꿰뚫은 것이다. 단편적인 승전보가 소음을 뚫고 간간이 들려왔다.

"대규모 기동작전…… 완전무결한 합동작전…… 철저한 패주敗 走……. 50만 명의 포로…… 완전한 사기 상실…… 아프리카 전 지역 장악……. 머지않아 도래할 전쟁의 종결……. 승리…… 인류 역사상 가장 위대한 승리……. 승리, 승리, 승리!"

탁자 밑에서 윈스턴의 다리가 후들후들 떨렸다. 그는 앉은 자리에서 꼼짝하지 않고 있었지만 마음속으로는 달리고 있었다. 바깥의 군중들 속에 섞여 숨 가쁘게 달리며 귀가 멍멍해지도록 환성을 질렀다. 그는 다시 빅 브러더의 얼굴을 쳐다보았다. 세계에 군림하는 거인! 아시아의 떼거지들이 아무리 덤벼보았자 끄떡도 않는 바위 같은 존재! 10분 전만 하더라도—그렇다, 겨우 10분 전이었다—그는 여전히 전선으로부터 날아드는 뉴스가 승리일까, 아니면 패배일까 반신반의하면서 가슴속에 모호한 의혹을 품고 있었다. 아, 그런데 패망한 것은 유라시아 군대가 아닌가! 사랑부에 잡혀간 첫날 이후 많이 변했지만, 최종적이며 절대적으로 필요한 회복의 변화는 지금 이 순간까지 결코 일어나지 않았다.

텔레스크린에서는 여전히 포로와 전리품과 학살에 관한 이야기를 장황하게 떠들어대고 있었지만, 바깥의 함성은 약간 가라앉았다. 웨이터들도 다시 자기 자리로 돌아갔다. 한 웨이터가 술병을 들고 다가왔다. 그러나 윈스턴은 잔이 채워지는 것도 보지 않은 채 행복한 꿈에 젖어 앉아 있었다. 그의 마음은 이제 더 이상 달리지도 않았고, 기쁨의 함성을 지르지 않았다. 그는 사랑부로 돌아가서 모든 죄를 용서받고 눈처럼 새하얀 마음이 되었다. 또한 곧장 재판정의 피고석에 앉아 모든 것을 고백하고, 그가 아는 모든 사람을 공범으로 끌어들였다. 그는 눈부신 햇빛 속을 걸어가는 듯한 기분으로 새하얀 타일이 깔린 복도를 걸어가고 있었는데, 무장을 한 간수가 등 뒤에서 따라오고 있었다. 오랫동안 그토록 기다렸던 총탄이 그의 머리를 꿰뚫었다.

윈스턴은 그 거대한 얼굴을 똑바로 쳐다보았다. 저 짙은 콧수염 밑에 어떤 종류의 미소가 숨겨져 있는가를 아는 데 40년이나 걸린 것이다. 오, 잔인하고 불필요한 오해여! 오, 저 사랑으로 가득 찬 품 안을 뛰쳐나와 스스로 택한 고집스러운 유형流刑이여! 진 냄새가 풍기는 두 줄기의 눈물이 양복을 타고 흘러내렸다. 그렇지만 잘된 일이었다. 모든 일이 잘 해결된 것이다. 이제 투쟁은 끝났다. 그는 스스로를 극복하고 승리를 거두었다. 윈스턴은 빅 브러더를 사랑하게 된 것이다.

부록 : 신어의 원리

신어는 오세아니아의 공용어로서 영사, 즉 영국 사회주의의 이념적 필요를 충족하기 위해 고안된 것이다. 1984년까지만 하더라도 말을 하거나 글을 쓰는 데 신어를 유일한 의사 전달의 수단으로 이용한 사람은 아무도 없었다. 《타임스》의 논설이 신어로 쓰였지만 미묘한 재주를 부렸기 때문에 전문가만이 이해할 수 있었다. 2050년쯤 가서야 비로소 신어가 고어(이른바 표준 영어)와 대체될 것으로 예상한다. 앞으로는 신어의 사용 범위가 계속 확대되어, 모든 당원들은 일상생활에서 신어의 어휘와 문법상의 구조를 더욱더 활용하는 경향을 띠게 될 것이다. 1984년에 사용된 어휘, 즉 신어사전 제9판과 제10판에 수록된 어휘는 잠정적인 것이고, 또 많은 불필요한 낱말과 고어체古語體가 들어 있어 후에 다시 삭제해야 될 것이다. 여기서 언급하는 것은 신어사전 제11판에 수록된 최종적이며 완전한 어휘다.

신어는 영사의 신봉자들에게 적합한 세계관과 사고의 습성에 대한 표현 수단을 제공해줄 뿐만 아니라, 영사 이외에 다른 모든 사상을 갖지 못하게 하는 데 목적이 있다. 신어가 일단 채택되어 모든 분야에서 사용되고 고어가 잊히면 이단적 사상—즉, 영사의 이념에 위배되는 사상—은 최소한 사상이 언어에 의존하는 한 그야말로 생각조차 할 수 없게될 것이다. 신어의 어휘는 당원이 하고자 하는 말 또는 생각의 모든 의미를 정확하게, 그리고 매우 섬세하게 표현할 수 있도록 구성되어 있으며, 반면에 모든 다른 의미나 혹은 간접적인 방법에 의해서 우회적으로말할 수 있는 가능성 역시 배제해버린 것이다. 이 작업은 새 단어를 고안해냄으로써 부분적으로 이루어지기도 했지만, 주로 바람직하지 못한단어를 제거해버리고 이단적인 의미를 지닌 단어와 2차적인 의미를 지닌 단어를 삭제함으로써 가능해진 것이다. 간단한 예를 들어보면, 신어에는 아직 '자유로운free'이라는 낱말이 남아 있다. 그러나 그 낱말은 다만, '이 개는 이가 없다This dog is free from lice.'라든가, '이 들판에는 잡초가 없다This field is free from weeds.'라는 말에만 사용될 수 있다. 그것은 '정치적으로 자유로운politically free'이라든가 '지적으로 자유로운intellectually free'이라는 옛날과 같은 의미로는 사용될 수 없다. 왜냐하면 정치적 자유라든가 지적 자유는 이미 그 개념조차 존재하지 않으므로 그런 용어의 명칭이 있어야 할 필요가 없어졌기 때문이다. 뿐만 아니라 분명히 이단적인 뜻을 지닌 낱말을 삭제하는 것 외에 어휘 수를 줄이는 그 자체가 목적이 될 수도 있으므로, 불필요한 낱말은 하나도 남겨놓지 않았다. 신어는 사고의 범위를 넓히기 위해 고안된 것이 아니라 '줄이기' 위해 고안된 것이다. 따라서 단어의 선택을 최소한도로 줄이는 것이 이 목적에 간접적으로 도움 된다.

신어는 현재 우리가 사용하는 영어를 바탕으로 한 것이지만, 대부분 신어로 된 문장은, 새로 창안된 낱말을 사용하지 않는다 해도 오늘날 영어를 사용하는 사람들이 이해하는 데에 많은 어려움이 따르게 되어 있다. 신어의 낱말은 A 어군語群, B 어군(합성어라고도 한다), C 어군의 셋으로 분류된다. 각 어군을 따로따로 설명하는 편이 간편하겠지만, 그 언어의 문법적 특수성은 A 어군에서 다루기로 한다. 왜냐하면 똑같은 규칙이 세 어군 모두에 해당되기 때문이다.

A 어군　A 어군은 일상생활에서 필요한 낱말들로 구성되어 있다. 예컨대 먹고, 마시고, 일하고, 옷을 입고, 층계를 오르내리고, 차를 타고, 정원을 가꾸고, 음식을 만들고, 하는 등의 일에 필요한 어휘들이다. 그것은 이미 우리들이 확보한 언어들, 즉 '때리다'·'달리다'·'개'·'나무'·'설탕'·'집'·'들판' 따위의 어휘로 이루어져 있다. 그러나 오늘날의 영어 단어와 비교하면 그 수가 아주 적고, 의미도 더욱 엄격하게 제한되어 있다. 모호하거나 암시적인 뜻은 완전히 그 낱말에서 제거해버린 것이다. 만약 이런 작업이 성취되면, 이런 계층의 신어는 단 하나의 명백한 개념만을 나타내는 간단한 단음이 될 것이다. 앞으로는 A 어군을 문학적 목적이나 정치적 및 토론 목적에 전혀 사용할 수 없게 될 것이다. 그것은 주로 구체적인 대상이나 실제 나타나는 행동을 뜻하는, 간단하고 목적이 뚜렷한 사고를 표현하는 데에만 사용하게 되어 있다.

　신어의 문법에는 두 가지의 뚜렷한 특징이 있다. 첫째는, 서로 다른 품사끼리 거의 완전히 전용轉用할 수 있다는 점이다. 신어에서는 어떤 단어라도—원칙적으로 이 문제는 '만약if'이라든가 '언제when'라는 추상어에까지 적용된다—동사·명사·형용사·부사로 사용될 수 있다. 어근이 같을 때에는 동사형과 명사형 사이에 아무런 변화가 없으며, 이 규칙을 적용하면 많은 고어체가 파괴될 것이다. 예를 들면 '사고thought'란 단어는 신어에는 존재하지 않으며 대신 '생각하다think'라는 말이 사용되는데, 이 단어는 명사와 동사의 역할을 겸하게 된다. 여기에는 어원학적 원칙의 문제가 발생하지 않는다. 어떤 경우에는 원래 명사인 단어가 본래의 기능만을 유지하고, 또 어떤 경우에는 동사로 쓰인다. 비슷한 뜻을 가진 명사와 동사가 어원학적으로는 전혀 관련이 없는데도 그중의 한 낱말이 흔히 삭제된다. 예를 들면, '자르다cut'란 낱말은 없어졌지만 명동사noun-verb인 '칼knife'이란 말로 충분히 그 뜻을 나타낼 수 있다. 형용사는 명동사에 어미 '~다운-ful'을 붙여 만들고, 부사는 '~롭게-wise'를 붙여 만드는 것이다. 이렇게 해서, 예를 들면 '속도다운speedful'은 '빠른rapid'이라는 단어에, '속도롭게speedwise'는 '빨리quickly'라는 단어에 해당된다. 우리가 오늘날 사용하는 어떤 형용사들, 즉 '좋은good'·'강한strong'·'큰big'·'검은black'·'부드러운soft' 같은 말은 그대로 남아 있지만 그 전체 숫자는 아주 감소된 편이다. 형용사가 거의 불필요하게 된 것이다. 왜냐하면 명동사에 '~다운-ful'만 붙이면 어떤 형용사라도 거의 다 만들 수 있기 때문이다. 현존하는 부사는 이미 '~롭게-wise'를 어미에 붙인 몇몇 개의 단어를 제외하고는 남아 있는 것이 거의 없다. 한결같이 부사는 '-wise'로 끝나게 되어 있다. 이를테면 '잘well'이란 낱말은 '잘롭게goodwise'로 대치될 수 있는 것이다.

더욱이 어떤 단어든—신어에서는 모든 말에 이 원칙이 적용된다—접두어 '안un-'을 붙여 부정할 수 있고, 접두어 '더plus-'를 붙여 의미를 강조할 수 있으며, '더욱더doubleplus'를 붙여 한층 더 그 의미를 강조할 수 있다. 그래서 예를 들면 '안 추운uncold'은 '따뜻한warm'을 의미하고, 반면에 '더욱 추운pluscold'과 '더욱더 추운doublepluscold'은 각각 '매우 추운very cold'과 '가장 추운superlatively cold'을 뜻한다. 또 오늘날의 영어에서처럼 거의 어떤 단어라도 '앞ante-'·'뒤post-'·'위up-'·'아래down-' 따위의 전치사적 접두어를 붙임으로써 의미를 수정할 수 있다. 이런 방법을 써서 어휘를 대표적으로 감소시키는 일이 가능해진 것이다. 한 예로써 '좋은good'이란 단어가 있으므로 '나쁜bad'과 같은 단어는 필요 없는 것이다. 왜냐하면 '안 좋은ungood'이란 단어를 써서 똑같이—더욱 훌륭하게—의미를 전달할 수 있기 때문이다. 무엇보다도 필요한 것은, 두 개의 낱말이 처음부터 반대의 뜻을 지닌 한 쌍이 될 경우 그중 어느 한쪽을 삭제하기로 결정짓는 일이다. 예를 들면 선택의 의사에 따라 '어두운dark'을 '안 밝은unlight'으로 대치할 수 있으며, '밝은light'을 '안 어두운undark'으로 대치할 수 있는 것이다.

신어 문법에 있어서 두 번째의 두드러진 특징은 규칙성이다. 다음에 언급하게 될 몇 가지 예외를 제외하고는 모든 어미변화가 똑같은 규칙을 따른다. 이리하여 모든 동사는 과거형과 과거분사형이 똑같이 '-ed'로 끝난다. 'steal'의 과거형은 'stealed'이고 'think'의 과거형은 'thinked'로서, 과거형 전체가 이런 식으로 변화하므로 'swam'·'gave'·'brought'·'spoke'·'taken' 따위의 형태는 폐지되고 만 것이다. 모든 복수형은 형편에 따라 '-s'나 '-es'를 붙여서 만든다. 그러므로 'man'과 'ox'와 'life'의 복수형은 'mans'·'oxes'·'lifes'가 된다. 형용사의 비교형도 한결같이 '-er'·'-est'(good, gooder, goodest)를 붙임으로써 불규칙형과 'more'·'most'의 형태는 삭제된다.

불규칙 어미변화가 여전히 통용되는 몇 가지 말은 대명사·관계대명사·지시형용사·조동사뿐이다. 이 모든 품사들은 이전 용법을 그대로 따르고 있으나, 'whom'은 불필요한 것으로 규정하여 폐기해버렸으며, 'shall'·'should' 등의 시제는 떨어져 나가고 대신 'will'·'would'가 어느 경우에나 통용된다. 그러나 말을 신속히, 그리고 쉽게 하기 위하여 단어 형성에 어느 한도까지는 불규칙적인 용법을 허용하게 되었다. 발음하기 어렵거나 잘못 들리기 쉬운 낱말은, 단순히 그 사실만으로도 좋지 않은 단어로 취급되었다. 그래서 때때로 발음의 편의를 위해서 특별한 철자가 삽입되거나 고어체가 그대로 사용되었다. 그러나 이런 것은 주로 B 어군과 관련 있으므로 거기서 언급하기로 하자. 발음은 쉬워야 한다는 원칙이 '왜' 그렇게 중요한가는 이 글 뒷부분에서 설명하겠다.

B 어군　　B 어군은 정치적 목적을 위해 신중하게 조직된 단어로 이루어져 있다. 말하자면, 그 낱말들은 어느 경우에나 정치적 암시를 내포하고 있을 뿐만 아니라, 그 말을 사용하는 사람이 바람직한 정신적 자세를 갖도록 의도한 것이다. 영사의 이념을 충분히 이해하지 못한다면 이 낱말들을 정확하게 사용하기가 힘들다. 경우에 따라 이 낱말들이 고어나 A 어군에 속하는 낱말들로 번역될 수도 있지만, 이런 경우에는 대개 문장이 길어지고 반드시 원문의 의미를 잃게 된다. B 어군은 일종의 속기 문자로, 흔히 전체 사고 영역을 몇 음절로 압축하는 동시에 원래의 언어보다 더 한층 정확하고 강력한 의미를 띠게 된다.

B 어군은 모두가 합성어다. 즉, B 어군은 둘 이상의 단어나 혹은 단어의 부분들이 하나로 결합되어 쉽게 발음할 수 있는 형태다. 이렇게 생긴 합성어는 일반 규칙에 따라 언제나 명동사로 변한다. 간단한 예를 하나 들어보자. '선심goodthink'이라는 낱말은 아주 어색하게도 '정통orthodoxy'이란 뜻을 나타내고, 이것을 동사로 쓰면 '정통적인 방법으로 생각한다to think in an orthodox manner'라는 의미를 갖게 된다. 이 낱말은 다음과 같이 변한다. 명동사는 'goodthink'로, 과거와 과거분사는 'goodthinked'로, 현재분사는 'goodthinking'으로, 형용사는 'goodthinkful'로, 부사는 'goodthinkwise'로, 동사적 명사는 'goodthinker'로 변한다.

B 어군은 어원학적 계획에 따라 구성된 것이 아니다. 합성되어 만들어진 이 낱말들은 어떤 품사로도 전용될 수 있고, 문장에서 어떤 위

치에 놓아도 상관없으며, 어원을 변화시키지도 않고 발음을 쉽게 할 수 있다면 일부를 삭제해도 상관없다. 예를 들면 'crimethink사상죄 (thoughtcrime)'라는 낱말에서는 'think'가 나중에 오지만, 'thinkpol사상경찰'이란 낱말에서는 앞에 나오고 동시에 '경찰police'이란 낱말의 둘째 음절을 삭제해버렸다. B 어군에서는 좋은 발음을 유지하기가 매우 어렵기 때문에 A 어군에서보다 불규칙형을 더 많이 사용하게 된다.

예를 들자면 '진부Minitrue(眞部)'·'화부Minipax(和部)'·'애부 Miniluv(愛部)'와 같은 단어들은 그 형용사형을 각각 'Minitruthful'· 'Minipeaceful'·'Minilovely'라고 하는데, 이것은 단순히 '-trueful'· '-paxful'·'-loveful'이라고 발음하기가 좀 어려워서 그렇게 된 것이다. 그러나 원칙적으로 B 어군의 모든 낱말은 일반 규칙과 똑같이 어형 변화를 한다.

B 어군 중 몇몇 낱말은 뜻이 몹시 미묘해서 언어 전체를 알지 못하는 사람은 좀처럼 이해할 수 없다. 예를 들어 《타임스》 사설에 나온 'Oldthinkers unbellyfeel Ingsoc.'라는 전형적인 문장을 생각해보자. 이것을 고어로 가장 짧게 번역하면, '혁명 전에 사상이 형성된 사람은 영국 사회주의의 원리를 감정적으로 충분히 이해하지 못한다.'가 된다. 그러나 이것은 적합한 번역이 아니다. 우선 위에 인용한 신어 문장의 뜻을 충분히 이해하려면 'Ingsoc'이 무엇을 의미하는지 분명하게 알아두어야 한다. 덧붙여서 설명하자면, 영사에 완전히 뿌리박은 사람만이 오늘날엔 상상조차 할 수 없는, 맹목적이면서도 열성적인 수용을 의미하는 'bellyfeel'이라는 낱말이나, 사악하고 퇴폐한 사고방식과 불가분의 관계를 가진 'oldthink' 같은 낱말이 나타내는 위력을 충분히 이해할 수 있을 것이다. 그러나 어떤 신어 어휘의 특수한 기능은, 'oldthink'도 그 중 하나지만, 어떤 의미를 나타내기보다는 의미를 파괴하는 데 있다. 이

러한 낱말은 필연적으로 수가 적지만, 대신 그 낱말들은 의미를 확대해서 많은 수의 낱말이 지닌 의미를 그 속에 포함하게 된다. 그러면 많은 의미를 내포한 그 낱말들은 포괄적인 하나의 말에 의해 각기 본래의 의미를 상실할 뿐만 아니라 잊히게 된다. 신어사전의 편집인이 직면한 가장 어려운 문제는 새로운 낱말들을 만들어내는 것이 아니라, 그 낱말이 지니는 뜻을 확정 짓는 일이다. 다시 말해서 새 낱말이 나타남으로써 없애버려야 할 낱말의 범위를 확정 짓는 일인 것이다.

이미 '자유로운free'이라는 낱말에서 본 바와 같이, 일단 이단적인 뜻을 파생시키는 낱말들도 편의상 그대로 남겨두는 경우가 있다. 그러나 바람직하지 못한 의미는 그 단어에서 제외해버린 것이다. '정직honor'·'정의justice'·'도덕morality'·'국제주의internationalism'·'민주주의democracy'·'과학science'·'종교religion' 등등의 숱한 낱말들이 없어졌으며, 몇몇의 포괄적 단어가 이들의 역할을 대신하고 있다. 대신한다는 것은 그 낱말들을 폐지해버린다는 뜻이다. 예를 들어 자유와 평등의 개념에 속하는 모든 낱말들을 '사상죄crimethink'라는 한 단어 속에 포함하고, 객관성과 합리주의의 개념에 속하는 모든 낱말들을 '구사고oldthink'라는 한 단어에 포함해버린 것이다. 정확성을 강조하는 것은 위험한 짓이다. 당원에게 요구되는 것은, 외부 사정에 어두웠던 까닭에 자기 나라 이외의 모든 국민들이 '거짓된 신'을 숭배한다고 믿어버린 고대 히브리 인들과 같은 사고방식을 가지라는 것이다. 히브리 인들은 이런 거짓 신들이 바알, 오시리스, 몰렉, 아스타로스 따위로 불린다는 것을 알 필요가 없었다. 아마 그 신들에 대해 모르면 모를수록 자기들의 정통성을 위해서 더욱 유익했을 것이다. 그들은 여호와를 알았고, 여호와의 계명들을 알고 있었다. 그러므로 다른 이름을 가졌거나 다른 속성을 지닌 신들은 모두 거짓 신이라고 믿었다. 그와 마찬가지로 어떤 면에서 당원은 무엇이 옳은 행동인가를 알고, 지극히 모호하고 개괄적인 용어에 있어서는 무엇이 그것에 어긋나는 행동인가를 알고 있다. 예를 들자면 당원의 성생활은 두 개의 신어, 즉 '성죄sexcrime(성적 부도덕성)'와 '선성goodsex(정절)'이란 낱말로 완전히 규정되었다. '성죄'는 모든 성적 비행을 의미한다. 그것은 사통私通·간음·동성애 및 그 밖의 성도착을 의미하고, 그 외에도 쾌락 추구만을 위해 성교를 하는 것까지 의미한다. 이런 음행들은 모두 한결같이 욕된 것이고, 원칙적으로 전부 사형죄에 해당하기 때문에 일일이 열거할 필요가 없을 것 같다. 과학적 기술 용어로 구성된 C 어군에서는 성적 탈선에 어떤 전문적 명칭이 필요할지 모르지만, 일반 시민에게는 그런 것이 필요 없다. 그들은 선성 goodsex이 의미하는 바를 알고 있다. 이를테면 부부간의 정상적인 성교는 오직 출산만을 목적으로 하고, 여자 쪽에 육체적 쾌감을 허용하지 않는다. 그 밖의 모든 것은 '성죄'다. 신어에서는 어떤 사상이 이단적이라는 것을 지각할 수 있지만, 그 이상을 추구하기란 거의 불가능하다. 그 한계를 넘어서면 필요한 낱말이란 존재하지 않기 때문이다.

  B 어군의 어떤 단어도 이념적으로 중립적이지 않다. 수많은 단어들이 완곡어법을 쓴다. 예를 들면 '쾌락 수용소joycamp(강제노동수용소)'라든가, '화부Minipax(평화부, 즉 전쟁부)'와 같은 낱말은 실제로 의미하는 바와 상반되는 뜻을 나타낸다. 이와 반대로 어떤 단어들은 오세아니아 사회의 본질적인 성격을 적나라하게 경멸적으로 이해하게 해준다. 그 예가 '무산자 사육prolefeed'이다. 이 말은 당이 대중들에게 제공하는 너절한 오락과 거짓 뉴스를 의미한다. 또한 당에 적용하면 '선善'이 되고, 적에 적용하면 '악惡'의 뜻이 되는 상반된 성격을 지닌 단어들도 있다. 이 밖에도 겉보기엔 단순한 약어 같은 단어들이지만, 정치적 색채를 의미로부터가 아니라 구조로부터 유도해내는 단어들이 매우 많다.

그 낱말이 고안된 이상, 여러 가지 정치적 의미를 가졌거나 가진 것처럼 보이는 모든 단어는 B 어군에 속한다. 모든 조직, 인체, 강령, 지방, 제도, 공공건물의 명칭은 한결같이 친근미를 느낄 수 있는 형태로 압축한 것이다. 즉, 본래의 어원을 잃지 않으면서 최소한의 음절로 발음하기 쉽게 만든 것이다. 예를 들면 윈스턴 스미스가 근무하던 진리부 안의 기록국은 '기국Recdep'으로, 창작국은 '창국Ficdep'으로, 텔레스크린 프로그램은 '텔국Teledep'으로 불린다. 모두가 이런 식이다. 그러나 이것은 시간을 절약하기 위해서가 아니다. 20세기 초반의 수십 년 동안에도 이런 합성 약어가 정치 용어의 특징적 양상을 이루고 있었다. 그리고 이런 약어를 사용하는 경향은 전체주의 국가에서나 전체주의 단체에서 가장 두드러지게 나타난 현상임을 알 수 있다. 예를 들면, '나치'·'게슈타포'·'코민테른(국제 공산당)'·'인프레코르International press correspondence(코민테른 기관지)'·'아지트프로프Agitation propaganda (선동 활동)'같은 낱말이 있다. 처음에는 이런 말들이 본능적으로 사용되었지만 신어에서는 의식적인 목적으로 사용되었다. 이런 식으로 명칭을 약어화하면, 원명에서 연상되게 마련인 여러 가지 다른 의미가 제거됨으로써 그 뜻이 제한되고 교묘히 변형되리라고 생각했다. 예를 들어 '국제 공산당'은 적어도 일시적이나마 다른 생각을 품게 하는 말이지만, '코민테른'은 거의 아무런 생각 없이 받아들일 수 있는 말이다. 그와 마찬가지로 '진부眞部'란 단어는 진리부란 단어보다 연상 작용이 다소 약하고 훨씬 다루기 쉬운 편이다. 이러한 이유 때문에 기회가 생길 때마다 단어를 생략하는 습관이 생겼을 뿐만 아니라, 모든 단어를 쉽게 발음할 수 있도록 필요 이상의 주의를 쏟게 된 것이다.

신어에서는 혀가 쉽게 발음할 수 있는 것에 대해, 의미의 정확성 다음으로 큰 비중을 둔다. 그러나 필요하다고 여겨지면 이 일에 앞서 문법

따위는 언제나 희생되며, 그렇게 하는 것이 당연한 일로서 받아들여진다. 왜냐하면 정치적 목적을 위해서는, 무엇보다도 빨리 말할 수 있으면서 말하는 사람의 마음에 최소한의 연상을 일으키게 하고 정확한 의미를 지닌 짧은 낱말이 요구되기 때문이다. B 어군의 단어들은, 그 단어들이 거의 한결같이 비슷하다는 사실에서 위력을 갖게 된다. 이런 낱말들은 대부분이—goodthink, Minipax, prolefeed, sexcrime, joycamp, Ingsoc, bellyfeel, thinkpol 등 그 밖에 무수히 많은 단어들—둘 내지 세 개의 음절로 이루어진 단어로서, 첫 음절과 끝 음절에 똑같이 악센트가 주어져 있다. 이런 단어는 단음과 단조성으로 인해 말을 재빨리 할 수 있다. 그리고 이것이 바로 그들이 정확하게 노리는 점이다. 그 의도는 연설을, 특히 이념적으로 중립성을 띠지 않는 어떤 주제에 관한 연설을, 가능한 한 의식과 관계없이 빨리 하자는 데 있다. 물론 일상생활의 목적을 위해서는 때로 말하기 전에 생각해볼 필요가 있지만, 정치적 혹은 윤리적 판단을 내려야 할 경우에 당원은, 기관총이 총탄을 마구 쏘아대듯 자동적으로 정확한 견해를 쏟아낼 수 있어야 한다. 당은 당원을 그런 일에 합당하도록 훈련시키고, 그 언어는 거의 완전무결한 도구를 제공한다. 그리고 영사의 정신에 일치하는 거친 소리와 고의적인 추악성을 띤 낱말의 조직이 이를 한층 촉진한다. 그래서 선택할 수 있는 말의 수효가 극히 제한되어 있다. 우리의 언어와 비교하면 신어의 어휘는 아주 적고, 더구나 그 수를 더 줄이기 위한 새로운 방법이 끊임없이 연구되고 있다. 사실 신어는 단어 수가 해마다 늘어가는 것이 아니라 자꾸 줄어간다는 점에서 다른 모든 언어들과 다르다. 선택의 범위가 제한되면 제한될수록 사고에 빠지려는 유혹도 줄어들기 때문에, 단어 하나를 줄이면 그만큼 이득이 되는 셈이다. 궁극적으로, 보다 차원 높은 뇌 중추는 전혀 사용하지 않고 목구멍으로만 똑똑히 말할 수 있기를 바라는 것이다. 이런 의도는, '오리처럼 꽥꽥거리다.'라는 뜻인 '오리 말 duckspeak'이라는 신어에서 솔직히 인정되고 있다. B 어군의 다른 여러 가지 단어들처럼 '오리 말'도 그 의미가 모호하다. 꽥꽥거린다는 견해가 전통적인 것이라면 이것은 바로 찬사를 의미하기 때문에, 《타임스》가 당의 한 연사에게 '더욱더 훌륭한 오리 말을 하는 자'라고 할 경우, 그것은 열렬하고 호의적인 찬사를 보내는 것이 된다.

C 어군　　C 어군은 A 및 B 어군에 보조적인 것으로서, 모두가 과학·기술 용어로 구성되어 있다. 이 말들은 오늘날 사용하는 과학 용어와 비슷하며, 어원을 같이한다. 그러나 C 어군은 그 낱말들을 더욱 엄격하게 정의하고, 부적절한 의미는 모두 없애버리는 데 각별히 주의를 기울였다. 이 어군도 다른 두 어군의 낱말과 같은 문법적 규칙을 따르고 있다. C 어군의 낱말은 대부분의 일상용어나 정치적 연설에서는 좀처럼 쓰이지 않는다. 과학자나 기술자는 자기가 필요로 하는 용어를 전문분야의 목록에서 모두 찾아볼 수 있다. 그러나 다른 목록에 나오는 낱말은 대략적으로만 알 뿐 자세히는 알지 못하고 있다. 모든 목록에 공통되는 극소수의 단어들이 있기는 하지만, 과학의 기능을 그 과학의 분야와는 상관없는 정신적 습성이나 사고방식과 같이 나타낼 수 있는 어휘란 없는 것이다. 사실상 '과학'이란 낱말은 없고, 그 낱말이 나타낼 수 있는 의미는 이미 '영사'란 낱말 속에 충분히 포함되어 있다.

앞에서 설명한 것으로 미루어볼 때 신어에서는 비정통적 견해를 표현하는 일이, 아주 낮은 수준 이외에는 거의 불가능함을 알 수 있을 것이다. 물론 매우 거친 이단적 말이나 모독적인 말을 하는 것은 가능하다. 예컨대 '빅 브러더는 안 좋다.'라고 표현하는 것은 가능할 것이다. 그러나 이런 말은 정통주의자에게 있어서는 매우 허황된 것이므로 합리적인 논쟁으로 인정될 수 없다. 왜냐하면 논쟁에 필요한 낱말이 없기 때문이다. 영사에 대해 적의를 품는 것은 오직 말로 표현할 수 없는 희미한 형태로만 가능하며, 모든 이단적 집단들을 명백하게 정의하지 않고 그 이단적 집단들을 하나로 집약해 똑같이 취급하는 아주 광범위한 말로써만 명칭을 붙일 수 있다. 사실 몇 마디 낱말을 고어로 불합리하게 번역함으로써만 이 신어를 비정통적 목적으로 사용할 수 있는 것이다. 예를 들면 '모든 인간은 평등하다All mans are equal.'라는 말은 신어 문장으로 가능하다. 그러나 고어체 문장의 '모든 사람은 빨강머리를 갖고 있다.'와 같은 의미에서만 가능한 것이다. 여기에는 문법적 오류가 포함되어 있지 않지만, 명백한 허위를 표현한 결과를 가져올 뿐이다. 즉, 모든 인간은 신장과 체중과 체력이 똑같다는 뜻이 되는 것이다. 정치적 평등의 개념이란 이제 더 이상 존재하지 않게 되었다. 따라서 '동등하다 equal'란 단어의 2차적 의미는 사라져버린 것이다. 1984년에는 고어가 여전히 의사소통의 정상적인 수단으로 사용되었으므로 신어 단어를 사용하면서도 그 본래의 뜻을 기억하게 될 위험이 이론적으로 남아 있었다. 그러나 실제로 '이중사고'에 정통한 사람이면 누구나 이런 위험쯤은 쉽게 피할 수 있다. 결국 두 세대가 지나기 전에 그런 실수를 저지를 가능성은 배제될 것이다. 그러므로 신어를 유일한 언어로 해서 자라온 사람은, 가령 체스에 대해 전혀 들어보지 못한 사람이 'queen'이나 'rock'에 들어 있는 2차적인 의미를 모르듯이 '동등한equal'이란 낱말이 한때는 '정치적으로 자유로운politically free'이란 뜻으로도 사용되었다는 사실을 모를 것이고, '자유로운free'이란 낱말에 과거에는 '지적으로 자유로운intellectually free'이란 뜻이 내포되어 있었다는 사실을 모를 것이다. 단순히 뭐라고 이름 붙일 수도 상상할 수도 없기 때문에, 자신도 모르게 저지를 수 있는 많은 죄와 함정이 도사리고 있는 것이다. 그리고 시간이 지남에 따라 신어의 특징은 더욱더 뚜렷해지고, 또 낱말 수는 점점 줄어들어 의미가 한층 더 엄격해지고, 따라서 그 말을 잘못 사용할 기회가 자꾸 줄어들 것이라고 예상된다.

고어가 완전히 폐지되면 과거와의 마지막 유대도 단절될 것이다. 역사는 다시 기록되었지만, 과거 문학 작품의 단편이 완전한 검열을 거치지 못해 여기저기 산재해 있기 때문에, 고어에 대한 지식을 갖고 있는 사람은 그러한 작품들을 읽을 가능성이 있다. 그러나 미래에는 그런 단편적인 작품들이 남아 있다 해도 알아볼 수도 번역할 수도 없을 것이다. 고어의 문장을 신어로 번역하고자 할 경우, 어떤 기술적 과정이나 아주 단순한 일상적 행동이든 이미 정통적인(신어로는 'goodthinkful'의 경향을 띤) 내용을 제외하고는 불가능할 것이다. 이것은 사실상, 대략 1980년 이전에 쓰인 책은 어떤 것도 완전히 번역될 수 없다는 의미이기도 하다. 혁명 이전의 문학은 단지 이념적 번역—즉, 언어뿐만 아니라 의미조차도 모두 변질된 것—으로만 제시될 수 있다. 그러면 미국 독립 선언문의 유명한 대목을 예로 들어보자.

우리는 다음의 사실을 자명한 진리로서 주장한다. 모든 인간은 평등하게 태어났고, 창조주로부터 남에게 빼앗길 수 없는 권리를 부여받았으며, 이 가운데는 삶과 자유와 행복을 추구할 권리가 포함되어 있다. 이들 권리를 보장하기 위해 정부를 수립하며, 정부의 권력은 국민들의 동의로부터 나온다. 어떤 형태의 정부든 이러한 목적을 파괴할 경우, 그 정부를 즉시 바꾸거나 폐지하고 새로운 정부를 수립하는 것이 국민의 권리다…….

이 글을 본래의 뜻을 유지하면서 신어로 번역한다는 것은 전혀 불가능하다. 그럼에도 가장 정확히 번역한다면 모든 대목을 '사상죄

crimethink'라는 단 한마디 말로 나타내는 도리밖에 없다. 그러면 제퍼슨의 말은 절대 정부에 대한 찬사로 바뀔 것이다.

사실 과거의 많은 문학 작품들이 이런 식으로 이미 번역됐다. 대외적인 이미지를 고려하여 어떤 역사적 인물에 대한 기억을 보존시키는 것이 바람직했지만, 그와 동시에 그들의 업적을 영사의 철학적 노선과 일치시켜야 했던 것이다. 그러므로 셰익스피어, 밀턴, 스위프트, 바이런, 디킨스 등등 수많은 작가들의 작품이 번역되고 있다. 이 일이 완성되면 그들의 원저작들은 아직 남아 있는 과거의 모든 문학 작품들과 더불어 폐기될 것이다. 이런 작업에는 많은 어려움이 따르고 그 때문에 속도가 더디므로, 12세기의 10년대나 20년대 이전에 매듭지어질 것으로는 기대되지 않는다. 또한 그와 똑같은 방법으로 처리되어야 할 수많은 양의 이용 가치가 있는 저서들이―즉, 없어서는 안 될 기술 계통의 입문서 따위―있다. 신어의 최종적 채택이 2050년까지로 늦추어 결정된 것은, 주로 이 번역의 예비 작업을 하기 위한 시간을 벌기 위해서다.

조지 오웰의 삶과 문학 세계

— 생애와 작품

영국의 소설가이자 비평가인 조지 오웰George Orwell의 본명은 에릭 아서 블레어Erich Arthur Blair다.

하급 세관 관리의 아들로 영국의 식민지인 인도에서 태어났으며, 여덟 살 때 영국으로 돌아와 1911년 수업료 감액의 조건으로 사립 기숙학교에 입학, 그곳에서 상류계급과의 강렬한 차별감을 맛보았다. 장학생으로 이튼 학교를 졸업했으나, 대학 진학을 포기하고 곧바로 버마(현재의 미얀마)의 경찰관이 되었다가, 점점 고조되는 문학에의 열정과 식민지 지배의 실정에 혐오를 느끼기 시작하여 사직했다. 1927년 유럽으로 돌아와서 불황 속의 파리 빈민가와 런던의 부랑자 생활을 실제로 체험하면서 르포르타주 소설 등을 썼다. 이때의 극도로 궁핍한 생활이 건강을 해치는 결정적인 원인이 되었다.

프랑스와 비교하여 영국의 부랑자 대책을 비난한 르포르타주 《파리·런던의 바닥 생활》을 시작으로, 백인 관리의 잔혹상을 묘사한 소설 《버마의 나날》을 써 소설가로서 인정받게 되었다.

그 후 사회주의로 전향해 1937년 말경 에스파냐로 건너가 인민전선 정부의 의용군으로 참가, 무정부주의자들의 부대에 소속해 싸웠으나 부상당하여 바르셀로나로 돌아왔다. 그는 그곳에서 좌익 내부의 격심한 당파 싸움에 휩쓸렸다가 박해를 벗어나 영국으로 귀국했다. 이때의 환멸의 기록이 《카탈로니아 찬가》에 잘 나타나 있다.

그 후 전쟁 중에 동맹국인 소련의 스탈린 체제를 예리하게 희화화한 동물 우화소설 《동물 농장》을 집필, 전쟁 직후인 1945년에 출판해 일약 베스트셀러 작가가 되었으며, 지병인 결핵으로 입원 중 걸작 《1984년》을 완성했다. 이것은 현대사회의 전체주의적 경향이 도달하게 될 종말을 기묘하게 묘사한 공포의 미래 소설이다.

그의 공적은 주로 당대의 문제였던 계급의식과 급진성의 대립을 풍자하고 이것을 극복하는 길을 제시했으며, 또 스탈린주의의 본질을 간파하고 거기서 다시 현대사회의 바닥에 깔려 있는 악몽과 같은 전체주의의 풍토를 작품에 정착시킨 점에 있다.

시대의 문제와 첨예하게 대립했던 평론가로, 특히 에스파냐 내전 이후에는 반전체주의적이지만 단순히 보수주의로 빠지지 않는, 유연하면서도 강인한 입장에서 훌륭한 평론을 많이 발표했다. 이들의 대부분은 그가 죽은 뒤 4권의 평론집으로 정리되었다.

―《동물 농장》에 대하여

1945년에 출판된 우화소설로, 작가가 에스파냐 내란에 참가해 인간성을 묵살하는 권력 정치의 가혹한 실체를 몸소 체험하고 현대 정치의 전체주의적 경향, 특히 소련에 초점을 맞춰 스탈린주의를 비판한 풍자소설이다.

매너 농장의 동물들이 늙은 돼지 메이저의 부추김에 빠져서 농장주의 압제에 대항해 반란을 일으키고, 인간의 착취가 없는 '모든 동물이 평등한 이상 사회'를 건설한다. 그러나 돼지들이 지도자가 되고, 그중에서도 힘이 세었던 스노볼을 돼지의 지도자 나폴레옹이 내쫓은 뒤부터는 옛날보다 더 혹독한 여건에서 혹사당하게 된다.

이윽고 인간과의 거래가 부활되고 그 사회를 위해 눈물겨운 투쟁을 했던 말 복서도 일할 수 없게 되자 도살용으로 인간에게 팔려가, 결국 돼지 사회도 인간 사회와 별 차이가 없어지고 만다.

정치 풍자소설로는 《걸리버 여행기》 이후 가장 훌륭한 작품이라는 평을 받고 있으며, 세계적으로 널리 읽혀지고 있다.

- 《1984년》에 대하여

《1984년》은 1949년 발표된 오웰의 마지막 소설로, 전체주의가 가까운 장래에 세계를 지배할지도 모른다고 믿고 그 위험을 경고하기 위해서 쓴 역유토피아적 이야기다.

세계는 셋으로 나뉘고, 영국은 그중 하나에 소속된다. 행정은 넷으로 나뉘며, 평화부는 전쟁을, 사랑부는 법과 질서 유지를, 풍요부는 경제문제를, 진리부는 뉴스·연예·교육·예술을 각각 계획 및 수행한다.

생활이 엄격히 통제되고 밤낮으로 감시당하고 있어, 개인적 사고나 감정은 일절 허용되지 않는다. 그 속에서 윈스턴 스미스는, 날조될 수 없는 과거를 알려 하고 줄리아와 연애하는데, 두 사람은 체포되어 산송장이 된다. 그때그때의 필요에 따라 사실을 왜곡하고 날조하여 개인의 생활을 파괴하고 인간성을 짓밟는 전체주의, 자유·평등·진실·사랑 따위의 인간의 가치를 말살해가는 전체주의의 악랄한 모습이 떠오른다. 음침하고 비참하며 공통적인 미래의 풍경이 그려져 있다.

냉전기에, 특히 미국과 영국에서 비상한 감동으로 널리 읽혔고, 영국에서는 텔레비전으로 방영되기도 했다. 현대가 낳은 특이한 정치문학으로서 주목되고 있다.

조지 오웰

1903 1월 12일 하급 세관 관리의 아들로 인도에서 출생.

1933 (30세) 본격적인 작가 활동 시작. 처녀작인 자전적 소설 《파리 · 런던의 바다 생활》 출판.

1934 (31세) 백인 사회와 원주민의 틈바구니에 끼어 고민하는 젊은 식민지 관리를 그린 소설 《버마의 나날》 뉴욕에서 출판.

1935 (32세) 《버마의 나날》 런던에서 출판. 《목사의 딸》 출판.

1938 (35세) 에스파냐 내란을 취재한 《카탈로니아 찬가》 출판.

1939 (36세) 빈곤화한 중산계급의 숨 막힐 것 같은 환경으로부터 탈출을 꾀하는 남녀를 그린 소설 《공기를 찾아서》 출판.

1940 (37세) 평론집 《고래 속에서》 출판.

1941 (38세) 《사자와 유니콘》 출판. 존 스트레이치와의 공저 《죄인의 배반》 출판.

1945 (42세) 풍자소설 《동물 농장》 출판.

1949 (46세) 《1984년》 출판.

1950 (47세) 1월 23일 런던의 국립 대학병원에서 객혈한 후 급사. 사망 후 평론집 《코끼리를 쏘다》 출판.

1953 《그 즐거웠던 나날》, 《영국, 너의 영국》 출판.

동물 농장 · 1984년

초　판 1쇄 발행 | 1993년 1월 10일
개정판 1쇄 발행 | 2013년 7월　1일

지 은 이 | 조지 오웰
옮 긴 이 | 김성운

발 행 처 | 홍신문화사
발 행 인 | 지윤환
출판등록 | 1972년 12월 5일(제6-0620호)
주　　소 | 서울 동대문구 용두2동 730-4(4층)
전　　화 | 02-953-0476
팩　　스 | 02-953-0605

ISBN　987-89-7055-815-8　04840
ISBN　987-89-7055-800-4　(세트)